악녀 카루나가 작아졌어요

문이경 장편소설

VI

동아

악녀 카루나가 작아졌어요 VI

초판 1쇄 인쇄일 | 2020년 05월 20일
초판 1쇄 발행일 | 2020년 06월 08일

지은이 | 문이경
펴낸이 | 박성면
펴낸곳 | (주)동아

출판등록 | 제406-2007-000071호
주소 | 경기도 파주시 문발로 115, 세종출판벤처타운 201-A호
전화 | (031)8071-5201
팩스 | (031)8071-5204
E-mail | bear6370@hanmail.net

정가 | 12,000원

ISBN 979-11-6302-345-6 (04810)
      979-11-6302-304-3 (set)

ZERO NOVEL

악녀 카루나가 작아졌어요

문이경 장편소설

VI

동아

목 차

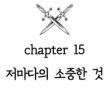

chapter 15
저마다의 소중한 것

카리룸에 들어온 지 닷새가 지나고 다시 열흘이 지났다. 카루나는 올벤이 겪고 있는 균열을 직접 맞닥뜨렸다.

"누, 눈의 존재가 쳐들어왔다! 다들 대피, 대피하라!"

이곳에서 눈의 땅에서 온 존재는 심심하면 쳐들어오는 재난이었다. 그때 카루나는 전당포에서 훔친 황금 팔찌를 흥정하고 있었다.

"이 번쩍번쩍 빛나는 광택을 보라고요! 적어도 말린 과일 두 자루랑 넓적한 빵은 받아야 한다니까?"

"글쎄다. 말린 과일 한 자루도 과분할 것 같은데."

물 담배를 뻐끔거리며 값을 후려치던 전당포 주인은, 다급히 울리는 종소리를 듣고는 눈을 빛내며 으스스하게 웃었다. 그녀는 눈의 땅에서 온 존재들이 쳐들어올 때마다 즐거워하는 유일한 인간이었다.

"흥정은 살아남은 다음에 다시 하자꾸나."

전당포 주인이 단상 위에 올려놓은 말린 과일 두 자루와 빵 덩이를 손으로 쓸어내렸다. 황금 팔찌는 이미 그녀의 팔목에서 번쩍이고 있었다.

"어딜!"

카루나가 폴짝 뛰어 제 몸뚱이만 한 빵을 끌어안았다. 카루나가 빵을 챙기는 사이, 말린 과일 두 자루는 어느새 사라지고 없었다. 몸이 작고 팔이 작은 게 원통할 따름이었다.

"좋아. 그럼 이 팔찌 가격은 그 빵 한 덩이로 치면 되겠지?"

"말도 안 돼! 그럴 바엔 그 팔찌 도로 내놔요, 다른 데 가서 팔 테니까."

"글쎄다, 그것도 일단 살아남은 다음의 일 아니겠니?"

"그건 내 거예요!"

"글쎄? 조금 전까지 이건 다른 누군가의 것이었단다. 그리고 조금 전까지는 네 것이었고, 이제는 내 것이 되었지."

전당포 주인이 약 올리듯 팔을 흔들어 보이고는 카루나의 코앞에서 가게 문을 닫았다.

"으으!"

카루나는 쾅쾅 발을 굴렀다. 제국이든 사막이든, 어리고 날쌘 소매치기가 활약하는 거리에는 장물 가격을 후려치는 전당포 주인도 있기 마련이었다.

"왜 지금 쳐들어오는 거야!"

카루나는 꼭꼭 숨어 버린 전당포 주인 대신 저 멀리서 흐물흐물 다가오는 하얀 그림자들을 노려보았다.

"당장 숨으십시오! 창문을 다 닫아! 지하실로 숨어요! 밖으로 나오지 마!"

"까아악!"

"엄마, 엄마. 얼른 이쪽으로 도망쳐요."

"이봐, 거기 꼬맹이. 얼른 도망가지 못해? 넌 목숨이 여러 개냐?"

도시 사람들이 하얀 그림자를 피해 도망쳤다. 아직 닫히지 않은 가게나 집, 아무 데나 뛰어 들어가기도 했다. 어느 중년 여성은 가만히 서 있는 카루나를 보고는 카루나를 끌어안으려고 했다. 착한 사람이다.

소매치기가 노리는 건 이런 착한 사람이었다. 습격 경보가 전당포 주인에게 이득을 주듯, 사람이 죽을지도 모를 위험한 상황은 어린 소매치기에게 한몫 잡을 기회를 주었다.

카루나는 빠르게 여인을 훑었다. 옷은 꽤 비싼 비단으로 지은 것. 귀걸이와 목걸이와 팔찌, 반지에 발찌까지 보석과 황금. 꽤 부유한 사람이었다.

'좋았어.'

카루나는 두 팔을 벌리며 여인에게로 뛰어들었다. 여인이 카루나를 끌어안았다. 카루나는 품에 파고들어 묵직한 돈주머니와 목에 건 보석 목걸이를 훔쳤다.

"감사해요, 아주머니."

'같이 도망쳐 주는 거 말고, 이 돈이랑 목걸이 말이에요.'

카루나는 고마운 마음을 듬뿍 담아 그녀의 양 빰에 입을 맞췄다. 덕분에 방금 전, 허무하게 황금 팔찌를 빼앗긴 손해를 메울 수 있을 듯했다.

"그런 말은 살아남은 다음에 하자꾸나. 얼른, 얼른 도망가야 돼!"

여인은 도망치는 데 정신이 팔려 있었다. 제 목과 허리춤이 허전해진 것이나, 품에 안은 소녀의 목소리가 유독 명랑한 걸 이상하게 여기지 못했다.

"어? 엄마! 우리 엄마가 저기에 있어요!"

카루나가 여인의 품에서 폴짝 뛰어내렸다.

"얘, 얘!"

여인은 카루나를 붙잡으려 했으나 성큼 가까워진 하얀 그림자들을 보고는 걸음이 날 살려라 달아났다. 카루나 또한 돈주머니와 보석 목걸이와 빵을 야무지게 챙겨, 뽀르르- 달아났다. 망토가 펄럭거리며 뛰는 것같이 보일 정도로, 작고 가느다란 몸이 어른들 사이를 요리조리 비껴가며 달렸다.

카루나는 특히나 좁아 보이는 골목으로 뛰어들었다. 거리에 널브러져 있던 빈민들이 하나도 보이지 않았다. 그나마 보이는 건, 미처 도망치지 못해 하얀 그림자에게 붙잡힌 몇 명뿐이었다.

"사, 살려 줘!"

그들은 저보다 한참 어린 카루나에게 구원을 바라며 손을 내밀었다. 이름은 모르지만, 그간 오며 가며 얼굴을 익힌 사람들이 보였다. 카루나는 순간 멈칫, 했다. 숲의 힘을 쓰면 살릴 수 있을지 모른다. 망설이던 그때.

"얘, 이리로!"

옆에서 낡은 문이 삐죽 열리더니, 비쩍 마른 손이 튀어나왔다.

'아!'

카루나는 정신을 번쩍 차렸다.

'누가 누굴 구해!'

카루나는 얼른 그 문으로 뛰어 들어갔다. 등 뒤에서 비명 소리가 들렸다. 으아악! 이어 쾅, 쾅, 다시 쾅. 카루나가 어두운 바닥을 구르는 동안 두꺼운 문이 삼중으로 닫혔다. 이어 밖에서 요란한 소리가 들렸다. 거친 말발굽 소리와 금속 부딪치는 소리,

"아탈라께서 보고 계신다! 저것들을 모조리 쓸어 버려라!"

"카리 님께 충성을!"

"카리 님을 위하여!"

우렁찬 함성이 이어졌다. 보이진 않지만 듣는 것만으로도 꽤 감동스러운 상황이었다. 도시 경비대가 이제야 출동해서는, 걸음이 늦어 하얀 그림자들에게 잡아먹히는 사람들을 보고서도 구할 생각은커녕 전열을 가다듬고 저렇게 소리치고 있는 거니까.

"그딴 말 할 틈에 하나라도 더 죽이라고."

카루나는 투덜거리며 자리에서 일어섰다. 뒤집어쓴 먼지를 털어내는 척하며 보석 목걸이와 돈주머니를 얼른 옷 속에 넣었다. 그러다 목에 걸고 있던 목걸이가 손에 잡혔다.

녹색 돌이 달려 있는 목걸이.

올가의 것이었다.

'이걸 하고 있으면 내 기척을 눈치챌 수 없다고 했었나? 아무튼 그 비슷한 말을 했었지.'

눈의 땅에서 온 존재가 했던 말이었다. 카리룸에 쳐들어오는 눈의 땅에서 온 존재들을 보자마자, 카루나는 올가에게 영해를 구하고 목걸이를 빌렸다. 확실하진 않지만, 자신의 존재를 시스에게는 물론 눈의 땅에서 오는 존재들에게도 들키면 안 될 것 같다는 생각이 들어서였다.

밖에서 병장기 부딪치는 소리가 들렸다. 비로소 경비대가 흰 그림자들과 맞서 싸우는 것이었다. 다행히 경비대 소속 전사들의 실력은 꽤 좋은 편이었다. 이곳의 기준으로 따지면 평범한 수준이지만, 어쨌든 눈의 땅에서 온 존재들—하얀 그림자와 맞서 싸워 허무하게 잡아먹히지는 않을 수 준이니까.

"오늘은 아슬아슬했어."

문에 기대선 노파가 히죽 웃으며 갈고리 같은 손을 내밀었다.

"오늘은 이것뿐이에요."

카루나는 큰 빵을 반으로 잘라 건넸다.

"흐음."

노파는 얼른 빵을 낚아채고는, 미심쩍은 눈초리로 카루나를 살폈다. 위아래로 훑어보는 데 많은 시간이 필요하지 않았다. 지금의 카루나는 어른의 절반 정도의 크기였으니까. 노인의 눈은 세월을 겪으며 흐려졌고, 안은 등불 하나 없이 어두웠다. 노인은 카루나가 숨긴 보석 목걸이와 돈주머니를 발견하지 못했다.

"어쩔 수 없지."

노파는 빵을 꼭 움켜쥐고는 고개를 끄덕였다. 통과. 카루나는 후우– 숨을 내쉬고는 돌아섰다. 벽을 더듬어 구석으로 가니 토끼 굴처럼 구멍이 나 있었다. 카루나는 최대한 돈주머니와 목걸이에서 소리가 나지 않게 꽉 움켜쥐고는 그 굴속으로 기어 들어갔다.

기어 들어가다 보면 밖의 전투 소리가 들리지 않았다. 곧 토굴이라 부르는 방이 나타났다. 어른 서넛이 누우면 꽉 찰 만한 크기였다. 그곳에서 두 여인이 카루나를 반겼다.

"아가씨, 오셨습니까."

"네, 잘 있었어요?"

"뭐, 그냥 무료하게 있었습니다. 가끔 인질이랑 눈싸움이나 좀 하구요."

세나는 구멍 바로 옆 돌벽에 기대앉아 있었다. 장검은 어깨에 걸치고 있었다. 카루나가 들어오자마자 얼른 카루나의 겨드랑이에 손을 넣어 쑥 잡아당겼다. 덕분에 수월하게 일어설 수 있었다.

"오셨습니까. 영애."

올가 역시 카루나를 반겼다. 그녀는 양팔과 다리가 묶인 채 옆으로 쓰러져 있었다. 이곳에 자리를 잡은 이후 입에 물렸던 재갈을 풀어 주었다. 올가는 시험 삼아 몇 번 소리를 질러 보고는 아무 소용없다는 걸 깨닫고 얌전해졌다.

카루나는 먼지가 잔뜩 묻은 망토를 차곡차곡 접어 구석에 두었다. 세나는 반대쪽에 두었던 물동이에서 물을 떠 카루나에게 건네주었다. 카루나는 물을 마신 후 가져온 빵을 세 등분으로 나누었다. 세나는 그중 한 덩이를 성의 없이 올가의 입에 물려 주었다. 올가는 오물오물 열심히 씹어 먹었다. 빵 덩이가 꽤 큰 편이어서 셋 다 그럭저럭 배를 채울 수 있었다.

카루나는 오늘, 말린 과일 두 자루를 어떻게 강탈당했는지 우울한 목소리로 말했다.

"나중에 이곳 떠나기 전에, 그 여자는 반드시 손봐 주고야 말 겁니다. 감히 우리 아가씨의 재물을 후려치다니."

"장물이 이렇게 쉽게 처리되다니."

"흥, 우리 제국만도 못하군."

세나가 뻐기는 목소리로 올가를 구박했다. 올가는 제국에 사절단 대표로 갔을 때 봤던 잘 정비된 도로만 생각하고는, 부끄러워했다.

'사실 장물은 제국에서 더 잘 팔아치웠는데.'

카루나는 근질거리는 입을 꾹 참았다.

"밖의 상황은 어떻습니까. 좀 시끄러운 것 같은데."

이 토굴 안에 들어앉아서도 세나는 밖의 기척에 예민하게 반응했다.

"오는 중에 눈의 땅에서 온 존재들의 습격을 받았어요."

"한 번?"

"아니, 두 번. 오전에 한 번, 이번에 한 번."

"잦군요."

"그러니까 말이에요."

카루나와 세나는 아무렇지 않게 대화를 나누었다. 가만히 듣고 있던 올가가 고개를 수그렸다.

"몇 년 전만 해도 이렇지 않았습니다. 눈의 땅에서 온 존재들은 물의 장막 인근에서만 나타날 뿐이었는데……."

"최근 들어 이렇게 도시 곳곳에서 나타난다는 말인 거죠? 특히 오아시스 주변에서?"

"물의 장막이 약해졌기 때문입니다."

"오늘 오아시스를 확인하니, 확실히 우리가 처음 온 날보다 수면이 낮아져 있었어요. 카리 가문에서 파견된 관리들이 수심을 재고 있더라구요."

"제가 여기 오기 전에 숲에 들렀지 않습니까. 숲 역시 이전보다 더 자주 공격을 받고 있긴 했습니다. 그래도 이 정도는 아니었는데 말입니다."

세나가 혀를 내둘렀다.

"올벤에선 다른 도시들도 이곳과 상황이 비슷할 겁니다."

올가가 착잡한 목소리로 말했다. 이게 시스와 올가가 무리를 해서 남쪽으로 내려가 카루나를 납치한 이유였다.

올벤인들 대부분은 이 갑작스러운 재앙의 이유를 모르고 있었다. 그저 살아남기에 급급할 뿐이었다. 올가는 왜 이런 재앙이 벌어지는지 이유를 알고 있는 단 두 명의 올벤인 중 한 명이었다.

"당신 잘못이 아니에요."

"······상냥하시군요, 영애."

"난 상냥하지 않아요. 그냥 사실을 말할 뿐."

카루나가 단호하게 말했다.

"고맙습니다, 영애. 하지만 영애가 무슨 말씀으로 절 위로해 주신들, 제가 죽지 않아 벌어진 일이라는 건 부인할 수 없는 사실입니다."

올가는 희미하게 웃었다.

"저는 영애가 왕비가 되신 후에도 상황이 해결되지 않으면 자결할 생각이었습니다."

올가의 말에 세나가 얼굴을 찡그렸다. 자살이라니. 숲의 일족에게 자살은 큰 죄였다. 특히나 아직 반려가 살아 있거나, 반려를 못 찾은 늑대에게는. 자신이 죽으면 세상에 남을 자신의 반쪽, 반려는 어쩐단 말인가. 자살은 자신은 물론 반려까지 죽이는 행위였다.

"아무튼 물지렁이들은."

세나는 혀를 쯧, 차며 못마땅한 눈빛으로 올가를 바라보았다.

"진작 죽지 않았던 건, 왕께서 정말 혼자가 되어 버리니까······ 그 때문이었습니다."

하나 이어진 올가의 말에 세나의 얼굴이 풀렸다. 이 좁은 곳에서 몸을 맞대고 살다 보니 은근히 정이 들어 버려서일까. 올가는 이전보다 편하게 제 속마음을 털어 놓았다. 카루나는 그런 올가의 어깨를 토닥토닥 두드려 주었다.

* * *

백 명이 넘는 형제자매들 사이에서, 어머니 가문이 한미한 칠십 몇 번째 왕자와 팔십 몇 번째 왕녀는 바람에 날리는 모래만도 못한 존재였다.

시스와 마르타는 다음 대 왕으로 손꼽히는 유력한 형제자매들의 틈바구니에서 살아남기 위해 바닥에 납작 엎드렸다. 일부러 창술을 배우지 않고, 글자도 익히지 않았다. 밥 먹는 양을 줄여 비쩍 마른 몸을 유지했다. 그런데도 왕을 빼닮은 보랏빛 눈동자는 힘을 가진 이들의 눈에 띄었다.

보랏빛 눈을 가지지 못한 둘째 왕녀는 새삼, 백성들에게 모범이 되어야 하는 왕실의 위엄을 걱정하며 옛 제도를 되살렸다. 왕족 또한 물의 장막에 가서 10년간 봉사하는 삶을 살아야 한다는 것이었다.

둘째 왕녀는 보랏빛 눈을 가진 왕자와 왕녀들을 모조리 물의 장막에 보내버리려고 했다. 눈의 땅에서 온 존재들과 싸우다 죽든, 등 뒤에서 매수된 아군의 창에 죽든, 아무튼 죽게 될 터였다.

외가가 든든한 왕자, 왕녀들은 갖은 수를 써 가며 몸을 뺐다. 시스와 마르타에게는 그만한 힘이 없었다. 시스가 열 살, 마르타가 일곱 살 때의 일이었다. 그때까지 살아 있었던 둘의 어머니는 자식을 사지로 내보내지 않기 위해, 자신이 할 수 있는 유일한 방법을 썼다. 독을 마시고 죽은 것이다.

왕성의 규례에 따르면, 왕의 자식을 낳은 후궁의 장례 기간은 1년이었다. 왕자나 왕녀는 어머니의 시신이 묻힌 왕의 계곡에 매일 찾아가, 어머니의 시신이 안전한지 누가 도굴해 가지는 않았는지 확인해야 했다. 시스와 마르타의 어머니는 그 규례로 어린 자식들을 지키고자 했다.

하지만 그녀의 바람과 달리, 그녀가 죽음으로 지킬 수 있는 자식은 한 명뿐이었다. 둘째 왕녀는 마르타와 시스에게 둘 중 한 명만 왕성에 남고 한 명은 물의 장막으로 떠나라고 명령했다.

시스는 어떻게 해서든 왕을 만나 어머니에 대한 효도를 다하게 해 달라고 빌려 했지만, 왕을 만나지 못했다. 당시 왕은 몇 번째인지도 모를 어린 애첩에게 빠져 있었다. 이름도 기억 안 나는 후궁과 그녀에게서 얻은 자식들에게는 전혀 관심이 없었다. 둘 중 하나만 남아야 한다면, 누가 남아야 하는지는 뻔했다.

시스는 떠났고 마르타는 남았다. 마르타는 차라리 함께 가겠다며 매달렸지만, 시스는 단호하게 그녀를 밀어냈다.

"어쩌면 이 왕궁에 남는 게 더 고통스럽고 힘든 일일지도 몰라. 마르타. 그러니까 나보다 현명한 네가 여기 남아 있어야 해."

시스는 물의 장막으로 가는 게 차라리 나은 일이라며 말했지만, 마르타는 그의 말을 믿지 않았다. 그 말을 들은 날부터 시스가 떠날 때까지, 그녀는 매일매일 울었다. 물의 장벽으로 떠나기 전날 밤에도 마르타는 눈이 녹아내릴 것 같을 정도로 울고 있었다. 시스는 한숨도 안 자고 동생의 곁을 지키며, 그 밤이 둘이 함께하는 마지막 밤이 되지 않길 바랐다.

"꼭 살아 돌아올게. 그러니까 너도, 살아. 내가 돌아올 때까지 살아 있어야 돼. 알았지?"

그 말이 인사를 대신했다.

마르타는 물의 장막으로 떠나는 시스를 배웅할 수 없었다. 밤새 울다 지친 소녀는 오라비가 주는 약을 먹고 기절하듯 잠들었다. 마르타는 친오라비가 떠나는데 배웅조차 못 나올 정도로 심약한 여자아이가 되어 그 누구의 견제도 받지 않고 방치된 채 살아남을 수 있었다.

10년.

시스는 물의 장막에 가서 살아남은 유일한 왕족이 되었다. 그는 물의 장막을 지키는 전사들의 지지를 등에 업고 쿠데타를 벌였다. 아버지인 왕이 죽기 전, 전사들을 이끌고 왕궁으로 쳐들어왔다.

10년 동안 왕성은 더 복작복작해져 있었다. 왕은 10년 동안 이복 형제 자매를 십수 명이나 더 만들어 놓았다. 물의 장막으로 보낸 열다섯 명의 빈자리를 기어이 채운 것이었다.

시스는 저를 물의 장막으로 보낸 둘째 왕녀를 죽였다. 그때, 저 혼자만 몸을 빼낸 보랏빛 눈의 첫째 왕자도 죽였다. 만난 적도 없는 열 살 아래의 형제자매마저 죽였다.

마지막은 아버지인 왕이었다. 그는 노쇠한 몸을 일으켜 도망가지조차 못했다. 머리 위에 쓴 터번을 벗어 내밀며 왕위를 물려주겠으니 살려 달라고 빌었다. 그런 왕도 왕이랍시고 충성을 맹세한 전사들이 시스에게 달려들었다.

시스는 그들의 시체를 밟고 서서 왕의 목을 창으로 꿰뚫었다. 그러고 나서야 제 어머니가 살았고, 이제는 여동생이 홀로 지키고 있을 후궁으로 갔다.

궁은 낡고 어두웠다. 사람이 돌본 손길이 전혀 느껴지지 않았다. 그 궁의 입구에 한 소녀가 서 있었다. 마르타였다. 시스가 약속을 지켰듯, 마르타 역시 약속을 지켰다. 남매는 살아서 재회했다.

오라비는 아비와 형제자매들의 피를 뒤집어쓰고 있었고, 여동생은 길가의 걸인보다 비쩍 말라서는 넝마에 가까운 옷을 입었지만. 아무튼 남매는 살아남았다. 이제 왕궁에서 아탈라의 피를 이은 사람은 그 둘뿐이었다.

시스가 피를 뚝뚝 흘리며 마르타에게 다가왔다. 마르타는 그가 흘리는 피가 그의 피가 아닌 것을 아탈라께 감사드렸다. 그리고 순순히 목을 내밀었다. 시스는 살아 돌아왔고, 다음 대 왕이 될 것이다. 그녀의 죽음은 그가 위대한 왕이 되기 전 마지막으로 거쳐야 하는 의식이었다. 마르타는 진심으로 기뻤다. 죽는 것이 무섭지는 않았다.

'오라버니라면 아프지 않게 죽여 줄 거야.'

그녀는 저를 죽이기 위해 살아 돌아온 제 오라버니를 믿었다. 시스는 죽음을 바라는 동생을 바라보며 얼굴을 일그러뜨렸다. 함께 끌려간 형제자매 중에서 반드시 살아 돌아오겠다는 결심을 품은 게 시스 한 명뿐이었을 리없었다.

열다섯 명의 왕족은 물의 장막에 도착하기 전, 다섯 명이 되었다. 비쩍 마르고 곯은 칠십 몇 번째 왕자는 기를 써서 살아남았다. 물의 장막으로 끌려가 숱한 죽음의 고비를 넘겼고, 끝내 위대한 전사가 되어 돌아왔다.

그건 10년 만에 만난 여동생을 죽이기 위해서가 아니었다.

시스는 배다른 형제자매들의 피로 물든 창을 집어 던졌다. 그러고는 여동생을 껴안았다. 마르타의 몸은 세게 쥐면 부서질까 무서울 정도로 비쩍 마르고 가냘팠다. 올벤에서 가장 강한 전사가 된 오라비는 그 마른 어깨에 뜨거운 눈물을 쏟았다.

"어머니께서 널 지키라고, 꼭 널 지켜주라고 하셨다."

독약을 마시기 전, 어머니는 시스를 불러내 그리 말했다. 올벤의 왕족은 왕이 되거나 왕이 될 자에게 죽는다. 그 절대적인 불문율을 모를 리 없는 어머니가 아들에게 딸을 지키라고 했다. 어머니의 유언은 물의 장막에서의 10년간 시스를 지탱했다.

"하지만, 오라버니……."

"하지만은 없어. 난 널 죽이지 않을 거야."

시스는 생각하고 또 생각했다. 눈의 땅에서 온 존재들을 베고 죽이고, 또 그들에게 죽을 뻔하며 생각했다.

무엇을 위한 피 흘림이고, 무엇을 위한 희생이란 말인가.

남쪽은 동쪽의 숲, 서쪽의 사막이 자신들을 지키기 위해 얼마나 희생하고 있는지 알지 못한다. 저들이 잘나서 풍요로운 줄 알며, 눈의 땅에서 오는 저 괴물 같은 흰 그림자로부터 위협당하지도 않는다.

그런 남쪽을 위해 여동생을 죽이고 왕이 되어, 제 일족을 쥐어짜 물의 장막을 지키고, 훗날 제 자식들이 서로 죽고 죽이는 광경을 지켜봐야 하는 걸까. 시스는 그런 삶을 살고 싶지 않았다.

"내가 반드시 바꿔 주마."

살아오겠다는 약속을 지킨 오라버니는 여동생에게 다시 약속했다.

"네가 사랑하는 사람을 만나 결혼하게 해 주마. 네가 원한다면 아이를 얼마든 낳고 기를 수 있게 만들어 주겠어. 너의 아이들과 나의 아이들이 서로를 죽고 죽이는 일은 없을 거야. 비극은 나로 끝날 테니까."

시스는 물의 장막 주변을 순찰하다 마주친 숲의 일족 경비대와 꾸준히 친분을 쌓았다. 그리고 그들로부터 변신 마법이 담긴 귀걸이를 얻었다. 시스는 그걸 마르타에게 걸어 주었다.

그날, 왕녀 마르타는 올가가 됐다.

올가는 훈련소로 가서 훈련을 받았다. 토할망정 꾸역꾸역 음식을 먹고 몸을 키웠다. 죽기 일보 직전까지 마르고 굶주렸던 소녀가 훌륭한 전사가 되는 동안, 시스는 백 명이 넘는 형제자매들을 왕으로 밀었던 56개 오아시스를 차례로 격파하여 복종의 맹세를 받았다. 왕의 터번에는 각 오아시스의 지배 가문들이 바친 청금석이 달렸다.

시스가 다시금 올벤의 통일을 선포하며 왕좌에 올랐을 때, 올가는 시스의 곁에 서 있었다. 그는 올벤의 젊은 왕, 악시스가 가진 가장 날카로운 창이었다.

올벤은 시스의 치세 아래 정치적으로 안정되어 갔지만, 그만큼 다른 면에서 불안정해졌다. 물의 장막이 점점 얇아졌다. 눈의 땅에서 내려오는 존재들은 물의 장막을 넘어 올벤 곳곳에서 모습을 드러냈다. 한 시대에 아탈라의 피를 이은 두 명의 후손이 있어서는 안 된다. 눈의 땅에서 온 존재들의 습격은 그걸 경고하는 듯했다.

올가는 지금이라도 자신을 죽여 달라고 했지만, 시스는 거절했다. 대신 오래도록 생각해 왔던 계획을 올가에게 말했다. 숲의 심장을 가진 숲의 장로와의 사이에서 아이를 낳겠다는 것이었다. 물의 힘과 숲의 힘을 합치면 올벤을 지킬 수 있을 거라는 예측이었다.

"만약 안 된다면?"

올가가 물었다.

"파국이지."

시스가 씩, 웃으며 답했다. 조금의 망설임도, 두려움도 없었다.

"널 희생시키면서까지 이 나라도, 이 대륙도 지키고 싶은 마음은 없다. 안 된다면 그걸로 끝인 거야."

물의 장벽이 약해지고 있다고는 하나 아직은 강대했다. 못해도 한두 세대까지는 버틸 수 있을 터였다. 시스는 이대로 올벤이 눈의 땅에 먹히면, 올가를 남쪽으로 망명 보낼 생각까지 했다. 올가는 이대로 눈의 땅의 공격이 심해지면, 자신이 자살을 해서라도 시스를 온전한 왕으로 만들고자 다짐했다.

서로 다른 생각을 가진 두 남매의 눈이 최초의 숲으로 향했다.

최초의 숲은 모계 사회로 시조의 능력은 어머니로부터 자식에게로 이어졌다. 핏줄은 거미줄처럼 퍼져 나갔고, 천 년이 지난 지금에 이르러서는 일족 중 절반 이상이 시조의 가계도에 포함됐다.

숲의 일족은 올벤과는 사정이 달랐다. 올벤은 피를 타고 흐르는 능력으로 물의 장막을 유지해야 했다. 그러나 숲에서는 시조가 자신의 지팡이로 최초의 나무를 자라나게 했고 자신의 눈물로 최초의 샘을 만들었기에, 매 세대마다 피의 살육을 벌일 필요가 없었다.

때문에 숲의 장로는 한 가문에서 대대로 잇지 않았다. 일족의 여자들은 항상 다음 대 장로가 될 가능성이 있었고, 장로마다 능력의 차이도 천차만별이었다.

현 장로는 역대 숲의 장로 중에서도 힘이 약한 자였다. 원래 장로가 되어야 할 후계자가 행방불명된 뒤, 그녀의 약혼자가 유지를 이어 장로가 되었기 때문이었다. 때문에 시스와 올가는 장로보다는 그의 후계자에게 관심을 가졌다. 어째서인지 이번 장로의 후계자도 남자였다.

시스는 아쉬워했다. 여차하면 숲의 장로의 후계자를 암살하고, 새로운 여자 후계자가 나타나길 기대해 볼 생각까지 했다. 올가는 시스가 번거로운 길을 고른다고 여겼다.

'꼭 여자여야 할 필요가 있나? 남자라면, 내가 그와 결혼해 아이를 낳으면 될 일인데.'

올가는 장로의 후계자가 젊고 능력 또한 상당하다는 데 집중했다. 올가는 물의 장막을 시찰하러 가는 김에 길을 헤맨 척하며 경계를 넘어 숲으로 갔다. 시스 몰래 독단적으로 벌인 일이었다. 마침 남쪽에 있다 잠깐 돌아왔다는 장로의 후계자를 만날 수 있었다. 그의 이름은 리센이었다.

직접 만난 장로의 후계자는 꽤 만족스러웠다. 올가는 왕성으로 돌아와 시스에게 보고했다.

"피부가 너무 하얗고 몸이 허약해 보이기는 하는데, 데리고 와서 잘 먹이고 훈련시키면 되겠지요. 낯선 사람을 봐도 생글생글 잘 웃고 상냥한 걸 보니, 이곳에 와서도 적응을 잘 할 것 같습니다. 의술을 배운 것 같으니, 전사로서 재능이 없어도 의사로서는 쓸모가 있을 것도 같습니다."

"그래서?"

"제 남편감으로 괜찮지 않겠습니까?"

"뭐?"

"굳이 지금 후계자를 죽이고, 새 여성 후계자를 기다리는 것보다는 이 편이 나을 것 같습니다. 자칫 잘못해 암살이 실패하거나 들키면 숲과의 관계가 안 좋아질 수도 있습니다."

올가는 시스의 계획을 살짝 변경하기로 했다. 시스가 숲의 후계자와 결혼하는 게 아니라, 자신이 리센을 납치하든 해서 아이를 얻을 계획을 세웠다.

첫 만남에서, 리센은 상냥했으나 올가에게 특별히 관심을 보이지는 않았다. 적절한 선을 지키는 상냥함이었다. 올가는 본능적으로 자신이 그의 반려가 아니라는 걸 느꼈다. 그렇다 해도 상관없었다.

'내가 반려가 아니라면, 그 사내를 내 집에 가둬 놓고 나 말고 다른 여자를 못 보도록 하면 되지. 대신이라기엔 뭐하지만, 나 또한 그에게만

충실하면, 그럭저럭 사이좋은 부부가 될 수 있지 않을까?'

물의 힘과 숲의 힘을 이어야 하니, 아이는 최대한 많이 낳아야 한다. 그러려면 부부 관계가 좋아야 하는 게 당연하니. 시스는 제 남편이 될 시스에게 최대한 성실한 아내가 될 것을 다짐했다.

올가는 적극적으로 시스를 설득했다. 하지만 시스는 완강했다.

"나는 너에게 그런 결혼을 시키고 싶지 않아. 네 남편감은 네가 정말 사랑하고, 전사로서 명성이 높고, 너만 사랑하고 지고지순하게 너만 바라보는 그런 사내여야 한다. 그러지 않으면 내가 죽어서 어머니를 뵐 면목이 없어."

"그 사내가 절 두고 딴 여자와 바람을 피울 것 같지는 않습니다. 만약 그럴 기미가 보이면 제가 잘 단속하면 됩니다. 제가 제 남편 하나 잘 다스리지 못할 것 같습니까?"

"넌 위대한 전사다. 여러 남편을 둬도 될 만큼 능력도 있고. 네 능력을 의심하는 건 아니다."

"그렇다면 더더욱, 제 말대로 하셔야 합니다. 왕이시여."

"둘만 있을 때는 왕이시여, 어쩌구 하는 건 집어치워. 게다가 지금 나는 왕으로서 너와 이야기 나누고 있는 게 아니잖아."

"그렇다면 오라버니. 내 뜻을 따라 줘. 난 그가 제법 마음에 들어. 비리비리해 보이긴 하지만, 꽤 잘생겼거든."

"잘생겼다고?"

시스가 괴상한 표정을 지었다.

"허여멀겋다면서."

"그런 것도 잘생길 수 있는 법이잖아?"

"……그런 취향이었던 거냐?"

"이상한 생각하지 마, 오라버니."

"이상한 생각이라니. 네가 머무는 궁에 네가 좋아하는 비리비리한 미소

년들을 좀 더 선물로 내려줄까 생각하는 중이었다."

"숲의 늑대를 데리고 오면 그에게만 충실한 아내가 될 거야. 그러니까 그 생각은 접어 둬."

"흠."

시스의 표정이 뚱해졌다. 숲의 심장을 가진 여인을 아내로 맞이하면 그녀에게만 충실하고 따로 후궁을 얻지 않을 거라고 했으면서. 막상 제 동생이 장로의 후계자와 혼인 후 둘째 셋째 남편을 들이지 않겠다고 하니, 불만스러운 듯했다.

"비리비리한 늑대가 사막에서 어떻게 버틸 수 있겠어. 다시 생각해 보는 게 어때?"

투덜대긴 하나 목소리는 누그러져 있었다. 올가의 말대로 하는 게 최선의 선택이라는 걸 슬슬, 인정하는 기색이었다.

"데리고 와서 천천히 적응시키면 될 거고. 무엇보다, 오라버니의 생각대로 된다면 우리 일족의 땅은 더 이상 사막이 아니게 될 거잖아?"

올가는 시스가 말해 준 푸른 초원이란 걸 떠올렸다. 오아시스 근처에서나 자라는 풀과 나무가 온 사막을 뒤덮고, 오아시스와 오아시스가 연결되어 그 사이에 물이 끊임없이 흐르게 된다니.

그건 저번에 잠깐 들렀던 최초의 숲과도 다른 광경이었다. 메마른 사막에서 나고 자란 그녀에게는 상상하는 것조차 쉽지 않았다. 하지만 현실에서 이루어지리라 믿었다. 다른 사람도 아니고, 그녀의 오라버니가 현실로 만들겠다고 약속했으니까.

"그 푸른 초원이면, 그 늑대도 내 옆에서 마음을 붙이고 살겠지."

"그래, 알았다. 뭐, 그놈이 그럭저럭 네 마음에 들었다면 어쩔 수 없지."

결국 시스는 뜻을 꺾었다. 올가는 숲의 후계자, 리센을 올벤으로 데리고 올 준비를 시작했다.

리센이라는 숲의 일족은 장로의 후계자인 주제에 도통 숲에 붙어 있질 않았다. 툭하면 남쪽으로 내려가 한참 시간을 보내다 잠깐 숲에 들렀다. 그러다 보니 납치가 쉽지 않았다.

차라리 사절단을 꾸려 남쪽으로 내려가 남쪽에서 납치를 해 올까. 그렇게 고민하던 중에 뜻밖의 소식이 전달됐다. 숲의 일족 장로의 후계자, 리센이 죽었고, 눈의 땅에서 온 존재들이 덤벼들 만큼 강력한 숲의 심장이 나타났다는 것이었다. 안타까운 소식이었으며 더불어 희망찬 소식이기도 했다.

남쪽으로 내려갈 사절단이 꾸려졌다. 올가의 신랑감이 아니라 아니라 시스의 신붓감을 데려오기 위한.

* * *

올가는 고저 없는 목소리로 시스와 저에 대한 이야기를 술술 털어 놓았다. 묘하게 순종적인 모습이었다. 카루나는 저도 모르게, 올가가 말하는 내내 그녀의 머리와 어깨를 토닥여 주고 있었다.

'나도 퍽퍽하게 살아온 거로 따지자면 어딜 가도 밀리지 않는다고 생각했는데. 이쪽도 꽤나 고달프게 살았네.'

어릴 적 이야기를 들으며 괜히 동질감을 느끼기도 했다. 시스가 물의 장막으로 떠난 후 10년간, 단 한 번도 배불리 먹어 본 적 없다는 말이 특히나 심금을 울렸다. 그리고 리센의 이야기가 나올 때는 저도 모르게 어깨를 움찔, 떨었다. 세나 역시 의외라는 듯 빵을 씹다 말고 멍한 표정으로 올가를 바라보았다.

"아는 사이십…… 아, 설마. 전 숲의 후계자가 남쪽에 머물렀다는 게 그럼……."

올가는 두 사람분의 동요를 금방 눈치챘다. 하지만 그 동요를 이용할 순 없었다. 세나도 카루나도 리센의 죽음이나 올가의 불행에 감정이 흔들릴 정도로 마음 여린 사람들이 아니었다.

"이제 와서 과거 일을 술술 말해서, 뭐? 우리 아가씨의 동정심이라도 자극하려고? 괜한 짓이니까, 그런 건 꿈에도 꾸지 마라."

세나는 올가의 말이 끝나기 무섭게 말했다. 카루나 역시 아무 말도 하지 않았지만, 딱히 시스와 올가가 안쓰럽고 불쌍해 죽겠다는 표정은 아니었다. 후우. 올가는 작게 한숨을 내쉬었다.

"그저 말씀드리고 싶었을 뿐입니다."

"그러니까 왜 말하고 싶은 거냐고."

"당연히, 영애께서는 제 왕의 곁에 서실 분이니, 제 왕에 대해 아셔야 하지 않겠습니까."

"허? 바로 본색이 나오는군. 꿈 깨라고 했지. 내가 살아 있는 한 그런 일은 절대로 일어나지 않아."

세나가 비죽, 웃어 보였다.

"그렇습니까? 꽤 쉬운 장애물이군요."

올가의 보랏빛 눈 역시 반뜩였다. 그렇게 철없는 늑대와 손발이 묶인 사막의 전사가 입씨름을 할 새, 카루나는 토굴 구석에 웅크려 앉아 눈을 감았다.

빛 한 점, 바람 한 줄기 들지 않는 곳에 숨어 시간이 지나가길 기다리고 있다. 남의 주머니를 소매치기해 그날 먹을 빵과 물을 사면서도, 토굴에 웅크려 잠을 청하면서도, 머릿속으로는 늘 치열하게 고민하고 있었다.

'언제쯤이면 국경 경비가 느슨해질까?'

'시스는 끝까지 포기하지 않을까?'

'황태자와 철십자 기사단은 무얼 하고 있지?'

'최초의 숲과 맞닿은 서쪽 국경 쪽으로 가 보면 어떨까. 도움을 받을 수 있을까?'

'언제까지 이렇게 버틸 수 있을까?'

그러다 보면 애써 생각하지 않으려 했던 생각까지 떠오르기 마련이었다.

'라안은?'

라크안을 떠올리자 마음 한구석이 시큰거렸다.

"우리 아가씨는 라안 님의 약혼녀야! 네놈들, 물지렁이 무리의 왕비 따위는 되지 않을 거다."

"글쎄, 그 물지렁이의 땅에서 오도 가도 못 하고 있는 상태 아닌가? 그 잘난 늑대 동료들은 언제 쳐들어오지? 내 왕에게서 영애를 빼앗아 갈 수 있을 것 같은가?"

세나와 올가의 말다툼이 치열해졌다. 카루나는 둘의 대화를 한 귀로 듣고 한 귀로 흘리다 말고 피식, 웃어 보였다. 시스를 떠올리면 드는 생각은, 어떻게 하면 그의 손아귀에서 벗어날 수 있을까- 뿐이었다.

라크안을 향한 애틋한 마음의 손톱만큼도 시스에게 가지 않았다. 그러니 올가는 세나의 말대로 괜한 욕심을 부리고 있는 것이었다. 그렇다고 다시 올가의 입에 재갈을 물리고 싶지는 않았다.

'그 사람을 구해서 함께 제국으로 돌아간다. 그게 내 목표야, 절대 잊으면 안 돼.'

올가의 말을 듣고 있노라면 자신이 무얼 원하는지, 그걸 이루기 위해 무엇을 해야 하는지 분명해지니까.

카루나는 토굴 속에서 다시 한 번 각오를 다졌다. 지금은 비록 창문 하나 없는 굴속에 숨어 웅크리고 있지마는. 곧 환한 햇빛 아래에서 당당히 어깨를 펴고, 라크안을 껴안으리라.

어둠 속에서 녹색 눈이 반짝, 빛났다. 슬그머니, 발치에서 가느다란 새싹이 돋아 카루나를 간지럽혔다. 카루나는 피식, 웃으며 손끝으로 그 여린 잎사귀를 어루만졌다. 세나와 한참 투닥거리던 올가는 흘깃, 그 모습을 바라보았다. 그녀의 옅은 보라색 눈 역시 희망을 잃지 않고 빛났다.

* * *

다음 날에도 카루나는 어김없이 토굴을 나섰다.

"이제 슬슬, 제가 따라가도 되지 않겠습니까?"

세나는 늘, 카루나를 걱정했다.

"괜찮아요. 오히려 혼자 움직이는 게 안전해요. 세나 경이랑 함께 붙어 있으면 오히려 눈에 띌 거예요."

카루나는 따라 나오려는 세나를 말리고 평소처럼 홀로 나섰다. 우선 어제 장물 값을 후려쳤던 전당포를 찾아갔다.

"······어?"

전당포가 있던 자리가 썰렁했다. 높은 삼층 건물이 폭삭 무너져 있었다. 양쪽의 다른 건물들은 멀쩡한데, 전당포 건물만 그랬다.

"어제 눈의 땅에서 온 존재들이 특히 여기에 몰려들었다며?"

"그러니까 말이야. 경비대에서 여길 둘러싸고 공격하는 걸 저기 숨어서 지켜봤는데, 장난이 아니더라고."

"으으, 도대체 눈의 땅에서 온 존재들이 왜 자꾸 나타나는 거야. 최근엔 너무 잦잖아."

"그 말이 사실인가 봐. 전대 왕께서 너무 많은 왕자, 왕녀분들을 낳아서 피가 흐려졌다는 말."

"쉿! 자넨 목숨이 둘인가? 입 조심하게!"

"뭐, 내가 틀린 말 했나? 그나마 지금의 왕께서 왕자 왕녀들을 싸그리 다 죽이시고 왕이 되어 그나마 이 정도라도 버티는 거라던데."

지나치는 사람들의 말이 들렸다. 지금의 왕, 그러니까 시스가 얼마나 위대한지 열변을 토하던 사내가 우두커니 서 있는 카루나를 발견하지 못하고 툭- 쳤다.

"아!"

그제야 카루나는 정신을 차리고 옆으로 비켜났다.

'설마······ 아니겠지? 아니야, 당연히 아니지. 내가 여기에 있는 줄 알고,

내가 잘 가는 가게를 공격했다니? 도대체 무슨 생각을 하는 거야, 카루나.'

카루나는 두 손으로 양 뺨을 세게 때렸다. 짝- 소리가 나며 뺨이 얼얼하게 아려 왔다. 그 통증 덕분에 잡생각에서 벗어날 수 있었다. 카루나는 정신을 차리고 사람들 틈으로 스며들었다.

자꾸만 무너진 전당포 건물이 떠올랐다. 마음속 저 깊은 곳에서 알 수 없는 불안감이 치솟았다. 카루나는 그걸 애써 외면하기 위해, 평소보다 더 열심히 소매치기를 했다.

어제 훔친 목걸이와 돈주머니 말고도 돈주머니를 두 개나 더 훔쳐냈다. 두 번 다 들키지 않았고, 돈주머니는 제법 묵직했다. 어쩐지 운이 너무 좋은 날이었다. 아침에 느꼈던 찜찜함과는 별개로.

* * *

'오늘은 여기까지.'

카루나는 앞에 걸어가는 사람의 허리춤에서 찰랑찰랑 움직이는 돈주머니를 홀린 듯 보다가 눈을 질끈, 감았다. 해가 머리 꼭대기에 서 있었다. 좀 더 돌아다니면 좀 더 많이 훔칠 수도 있겠지만, 카루나는 욕심을 누르고 여기에서 멈췄다.

'너무 많이 훔치면 내가 금방 드러날 거야.'

경비대든 뒷골목 세력이든 카루나를 눈여겨볼 것이다. 지금이야 다른 도시에서 어찌어찌 흘러들어 온 조그만 계집 하나가 깔짝대고 있다고만 보고 있을 터. 딱 그 정도가 좋았다. 그 이상 관심을 받는 건 피해야 했다. 있는 듯 없는 듯 조용하게.

'그리고 오늘, 뭔가 이상해. 일이 너무 잘 풀리잖아.'

10년 만에 다시 소매치기가 됐다. 입고 있는 옷 복식도 다르고, 골목길도 완전히 익히지 못했으니 훔치는 것도 도망치는 것도 아주 능숙하지는 않았다. 그래서 열 번 중 서너 번은 들켜서 붙잡힐 뻔했다. 그런데 오늘은 한 번도 들킬 뻔하거나 들키지 않았다.

'운이 좋아도 너무 좋잖아.'

카루나는 묵직한 돈주머니를 손으로 만지작거리며 인상을 썼다.

'그리고 계속 기분이 이상하기도 하고.'

전당포 가게만 무너져 있던 광경이 자꾸 떠올랐다. 괜히 심장이 두근두근, 뛰었다. 이유를 알 수 없는 불안함이 카루나를 괴롭혔다.

'목걸이는 내일 팔고, 오늘은 이 돈으로 빵이나 사서 돌아가자. 아무래도 안 되겠어.'

카루나가 마음을 정하고 몸을 돌릴 때였다. 땅땅땅- 긴급한 종소리가 울렸다.

"눈의 땅에서 온 존재들이 쳐들어왔다. 다들 대피하라!"

고함 소리가 들렸다.

'왜 안 쳐들어오나 했다.'

아무래도 빵을 사 갈 수 없을 듯했다.

'굶어야겠네.'

쯧, 혀를 차다가 하마터면 혀를 깨물 뻔했다. 카루나는 얼른 잡생각을 몰아내고, 언제나 그러했듯 토굴이 있는 골목을 향해 달렸다.

어쩐지 오늘은 평소보다 상황이 급박하게 돌아갔다. 눈의 땅에서 온 존재들이 도시 사방에서 밀려들었다. 사람들은 익숙한 곳으로 도망가다 말고, 골목에서 튀어나오는 흰 그림자를 보고는 기겁했다. 카루나가 뛰어 들어가려고 했던 골목도 마찬가지였다. 하얀 그림자가 앞서 뛰던 사내를 덥석, 집어삼켰다.

"으아악!"

그 사람의 마지막 유언은 처절한 비명이었다.

"······!"

카루나는 얼른 돌아서 반대편 골목으로 뛰어들었다. 흰 그림자는 사람을 하나 먹어치우고도 만족하지 못하고 주위를 두리번거렸다. 그 주변으로 다른 흰 그림자들이 몰려들었다.

흰 그림자들이 카루나가 숨은 골목 바로 앞을 슬렁슬렁 지나갔다. 카루나는 반쯤 부서진 커다란 항아리 뒤에 몸을 숨겼다. 몸을 최대한 웅크리고 두 손으로 입을 틀어막았다. 숨조차 쉬지 않고 버텼다.

골목 밖 흰 그림자들이 다 지나갔나 싶을 즈음. 등 뒤에서 이상한 기척이 느껴졌다. 울렁거리고 흐느적거리는. 사람이 아니라 마치 꼭, 눈의 땅에서 온 존재 같은…….

카루나는 뒤를 돌아보았다.

"……!"

흰 그림자 하나가 허리를 굽혀 카루나를 내려다보고 있었다. 얼굴처럼 보이는 곳에 구멍이 크게 세 개 뚫려 있었다. 두 눈과 입 같았다. 속이 보이지 않을 정도로 까만 구멍이 빙글빙글 돌며 카루나에게 가까이 다가왔다. 단번에 카루나를 집어삼킬 기세였다. 카루나는 기괴한 두려움을 감당하지 못하고 굳어 버렸다. 도망칠 여력도, 틈도 없었다.

"……!"

'싫어어!'

눈을 질끈 감았다.

서걱-

무언가 베이는 소리가 들렸다. 카루나는 움찔, 몸을 떨었다. 그리고 잠깐 시간이 지났다. 아무렇지 않았다. 아프지도, 뭔가에 잡아먹히지도 않은 것이다. 카루나는 슬며시 고개를 들고 눈을 떴다.

반으로 동강 난 흰 그림자가 보였다. 그 틈 너머에 한 사람이 서 있었다. 얼마나 급하게 달려왔는지 숨소리가 거칠었다. 그녀는 헉헉, 거리면서도 긴 검을 두 손으로 꽉 쥐고 있었다. 파지직- 검에서 푸른 스파크가 일었다.

동강 난 흰 그림자가 바닥에 털썩, 쓰러졌다. 그것은 바닥에 닿자마자 푸스스- 녹아내리듯 사라졌다.

"세, 나 경?"

"허억, 허어, 아, 가씨. 무사, 하십니까?"

세나가 카루나 앞에 무릎을 꿇고 앉아, 카루나가 다친 곳이 있는지 살폈다. 카루나는 고개를 저었다. 세나가 안도의 한숨을 내쉬었다.

"어떻게 알고 왔어요."

"아무래도 안에만 있기엔 몸이 근질근질해서, 잠깐 나와 봤습니다. 그런데 때마침 이런 상황이었습니다."

세나가 어깨를 으쓱이며 말했다.

"아, 그 물지렁이는 단단히 묶어 뒀습니다. 주변에 날카로운 건 전부 치워 놨구요. 그 점은 걱정 안 하셔도 됩니다."

"그렇군요."

카루나는 힘없이 고개를 끄덕이고는 스르륵- 세나의 품에 쓰러지듯 안겼다.

"아가씨?"

"고마워요, 세나 경."

"당치도 않습니다. 아가씨를 지키는 게 제 역할이니까요."

세나가 카루나의 어깨를 꽉 붙잡으며 말했다. 그 때, 골목 밖에서 수상한 기척이 났다. 세나는 얼른 카루나를 끌어안고 항아리 뒤로 숨었다. 또 한 무리 흰 그림자들이 스르륵- 지나갔다.

"앞으로는 저와 함께 나오십시오. 너무 위험한 것 같습니다."

세나가 소곤소곤 말했다. 카루나는 대답할 기운도 없어 고개만 끄덕였다. 둘은 숨소리도 죽인 채 이 사태가 진정되기를 기다렸다.

대개는 도시 경비대가 출동하여 눈의 땅에서 온 존재들을 소탕한다. 눈의 땅에서 온 존재들은 도시 곳곳을 기웃거리다가 경비대의 공격을 받아 사라지거나 도망갔는데, 어디로 도망가는지는 아무도 몰랐다.

그런데 오늘은 뭔가 달랐다. 어째서인지 경비대가 출동하지 않았다. 눈의 땅에서 온 존재들—흰 그림자는 이전보다 몇 배나 더 많았다. 사방에서 비명과 울음소리가 들렸다.

'으으······.'

카루나는 두 손으로 귀를 틀어막았다. 세나는 자신의 망토로 카루나를 덮어 주었다. 그렇게 한참 숨어 있을 때였다.

콰앙!

땅이 진동했다. 강한 지진이라도 난 듯한 흔들림이었다. 꺄아악. 여기저기에서 비명이 들렸다. 어슬렁거리던 흰 그림자들이 그 소리를 듣고는 우어어어- 괴성을 지르며 골목 곳곳으로 몰려들기 시작했다. 아니, 몰려들려고 했다.

카루나가 숨어 있는 골목의 맞은편, 유독 큰 비명 소리가 들렸던 곳에 흰 그림자들이 몰려들었다. 그 뒤에 까만 그림자가 사뿐히 내려앉았다. 검은 로브를 뒤집어쓴 사내였다.

로브 밖으로 드러난 팔뚝은 굵고 단단했으며, 채찍 자국이 가득했다. 그리고 커다란 무기가 들고 있었다. 칼인지 창인지 모를 것이었다. 긴 날 양쪽이 서로 다른 방향으로 휘어져 있었다.

그는 그 무기의 가운데를 쥐고 있었는데, 붕대를 둘둘 맨 손에서 피가 흘렀다. 손잡이가 없는 무기였다. 그는 칼날을 쥔 채로, 그 칼날을 사정없이 휘둘렀다.

서걱- 얼음을 날카로운 금속으로 베는 듯한 소리가 났다. 흰 그림자 무리의 허리가 단번에 동강 났다.

끄어어어-

우어어어!

흰 그림자들이 풀썩, 쓰러져 흔적조차 남지 않고 사라졌다. 검은 그림자는 미련 없이 돌아서 달렸다. 그는 눈에 보이는 족족, 흰 그림자들을 베어 냈다. 가차 없었다.

때로 사람을 집어삼킨 흰 그림자가 보였다. 그림자 속에 갇힌 사람은 괴로워하며 죽어 가고 있었다. 살려 달라는 듯 몸부림치기도 했다. 그래도 그는 흰 그림자를 벴다. 흰 그림자가 동강 나 사라지면, 남는 건 피를 흘리며 쓰러지는 사람뿐이었다.

"사, 살려…… 꺼억……."

그들은 애처로이 손을 내밀며 도움을 청했으나, 그는 그 손을 잡아 주지 않았다. 흰 그림자를 찾아 주변을 둘러보다가, 흰 그림자가 보이는 쪽으로 달려갈 뿐이었다.

그의 검은 로브는 금세 붉은 피로 흠뻑 젖었다. 무기를 쥔 손에서는 붉은 피가 뚝, 뚝, 흘러내렸다. 카루나와 세나는 그가 흰 그림자들을 상대하는 모습을 홀린 듯 바라보았다.

"뭔가……."

"설마……."

둘은 저도 모르게 소리를 내 말했다가 깜짝 놀라며 서로를 바라보았다. 두 사람의 눈이 불안하게 흔들리며 엇갈렸다. 그리고 검은 그림자가 흰 그림자들을 상대하다가 밀쳐져 바닥을 굴렀다.

"크흑!"

그는 쏟아지는 흰 그림자의 공격을 피해 계속 구르다가 겨우 몸을 일으켰다. 푹 덮어 쓰고 있던 후드가 벗겨지고 얼굴이 드러났다. 검은 머리카락. 그 머리카락 사이로 보이는, 살기로 번뜩이는 붉은 눈. 야윈 뺨, 메마른 입술.

라크안이었다.

그는 거추장스럽다는 듯 찢어진 로브를 벗어 던졌다. 양팔과 다리가 훤히 드러났다. 사슬도, 족쇄도 없었다. 그런데 그는 도망치는 대신, 흰 그림자를 향해 달려들었다. 그는 오직 흰 그림자를 죽이는 데에만 몰두했다. 입가에 언뜻, 웃음이 비쳤다. 허나 그 웃음은 카루나가 알고 있는 라크안의 웃음이 아니었다.

"라안-!"

카루나는 그를 부르며 뛰쳐나가려고 했다.

"안 됩니다!"

세나가 그런 그녀를 붙잡고, 골목 벽으로 밀어붙였다. 그러고는 제 몸으로 가리고서 밖의 상황을 살폈다.

"······?"

라크안이 흰 그림자를 죽이다 말고 멈춰 서서 주변을 둘러보았다. 무언가를 찾는 듯했으나 보이지 않자 고개를 갸웃, 했다.

'라안 님이 나와 아가씨의 기척을 못 알아챌 리 없다. 그런데 모르는 척하다니? ······아니면 못 알아챈 건가?'

세나의 눈이 가늘어졌다.

'뭔가 이상해. 어쩐지 몸도 둔해 보이시고.'

라크안은 월등한 실력으로 흰 그림자들을 잡아 죽이고 있었으나, 꾸역꾸역 몰려드는 흰 그림자들의 공격을 모두 피하지는 못했다. 몸에 하나둘 상처가 생겼고, 상처에서 피가 흘렀다.

흰 그림자들은 그 피를 보고 더 발광하며 라크안에게 몰려들었다. 라크안은 아예 수십, 수백의 흰 그림자들에게 둘러싸였다. 날렵하게 몸을 빼내 피할 법도 하련만, 그저 무식하게 눈앞의 적만 베어 냈다. 라크안답지 않은 방식이었다.

"으읍, 읍!"

카루나가 세나의 품에서 몸부림쳤다.

"아가씨, 진정하십시오. 뭔가 이상하지 않습니까? 냉철하게, 이성적으로 살펴보셔야 합니다."

세나가 카루나의 귀에 대고 속삭였다.

"……."

말이 끝나기 무섭게 카루나의 저항이 잦아들었다. 세나는 카루나의 녹색 눈이 차분하게 가라앉는 것을 보며 손을 뗐다. 하필이면 그 때.

"공격하라!"

누군가의 우렁찬 고함이 들렸다. 그 명령을 기다렸다는 듯 사방 건물의 옥상에서 화살과 창이 쏟아져 내렸다. 우기 때나 내린다는 장마 같았다. 일순간 하늘이 어두워질 정도였다. 얇은 화살과 굵은 창이 라크안 주위로 몰려든 흰 그림자들에게 박혔다.

화살과 창에는 눈이 없었다. 그것들은 라크안에게도 쏟아져 내렸다. 라크안이 쳐내는 데에도 한계가 있었다. 쏟아지는 양은 그 한계를 넘어섰다. 카루나의 눈이, 이 이상 커질 수 없을 만큼 커졌다.

"젠장!"

세나는 이를 악다물며, 다시 카루나의 입을 손으로 막았다. 미처 가리지 못한 두 눈은 거리의 상황을 고스란히 담았다. 흰 그림자들이 고슴도치가 되어 사라졌다. 수십 개의 창과 화살에 꿰뚫린 라크안이 피를 흘리며 무너져 내렸다.

쿵. 두 발이 무릎을 꿇었다. 두 손이 그 제 손을 다치게 하는 흉측한 무기를 꽉 쥐어 지팡이로 삼았다. 라크안이 고개를 푹 숙이고 왈칵, 피를 토했다.

"우욱……."

카루나는 세나의 손을 깨물며 신음을 참았다. 두 눈에서 눈물이 흘러 내렸다. 곧 창을 등에 멘 남녀 전사 둘이 다가와 라크안의 양 어깨를 잡고 끌고 갔다. 라크안의 몸이 질질 끌리며 길게 핏자국이 남았다.

압도적인 무력으로 눈의 땅에서 온 존재들을 무찌른 검은 그림자와 하늘에서 쏟아진 화살의 비.

살아남은 사람들은 처음 겪어 보는 상황에 당황하면서 슬금슬금, 걸어 나왔다. 그리고 제가 본 것을 믿을 수 없어 하며 그 자리에 무릎을 꿇고, 그들을 구원해 준 존재를 부르짖었다.

"왕이시여!"

"왕이 우리를 구했다."

"만세, 왕께서 이곳으로 오시다니!"

그 함성을 들으며 카루나는 이를 갈았다.

'아니야, 당신들을 살린 건 당신들의 왕 따위가 아니라고.'

거리로 나선 사람들의 환호를 받으며 한 무리가 행진했다. 덩치 큰 낙타를 타고 앞장선 건 시스였다. 그는 청금석이 주렁주렁 달린 커다란 터번을 쓰고 있었다. 길게 늘어지는 흰 천을 온몸에 휘감고 있었는데, 끝자락마다 금실로 된 수가 빼곡히 놓여 있었다.

그를 뒤따르는 건 창과 활을 든 사막의 전사들이었다. 그들은 절도 있게 걸었다. 사방에서 환호하고 꽃을 뿌려 대도 눈썹 하나 깜빡하지 않았다. 그리고 라크안이 일행의 끄트머리에서 질질 끌려가고 있었다.

그가 지날 때마다 사람들은 안타까워하거나 놀랐지만, 잠시뿐이었다. 모두들 위풍당당한 왕의 행차에 정신이 팔려, 노예처럼 끌려가는 피투성이 남자에게 오래 신경 쓰지 않았다.

카루나와 세나는 기척을 죽이고, 일행을 뒤따랐다. 왕의 행차는 광장에서 멈춰 섰다. 시스가 단상 위에 오르자 전사들이 주변을 감싸고 호위했다. 라크안이 그의 전리품처럼 단상에 올랐다. 다행히 여전히 고슴도치 상태는 아니었다. 시스는 한 손으로 라크안의 머리카락을 움켜쥐고 얼굴을 들어 올렸다. 피 흘리고, 눈을 감고 있는 얼굴이 드러났다.

"카루나, 내 소중한 신부. 듣고 있는가?"

시스의 목소리가 울려 퍼졌다.

'설마, 나 보라고 이딴 짓을 벌인 거야?'

카루나의 눈은, 시스에게 붙잡혀 있는 라크안에게서 떨어지지 않았다. 옆에 서 있는 세나도 마찬가지였다. 핏발 선 눈으로 라크안을 올려다보았다.

"영애가 키우던 늑대가 주인을 애타게 기다리는데, 나오지 않고 뭘 하는가. 이대로 있다가는 죽을 텐데? 놔둘 셈인가?"

시스가 더러운 것을 내치듯 라크안을 놓았다. 옆에 서 있던 사내가 시스에게 둘둘 감긴 채찍을 건넸다.

'설마?'

라고 생각하기 무섭게, 시스가 라크안을 채찍질했다.

"크윽."

막 몸을 일으키려던 라크안은 다시 쓰러졌다. 안 그래도 피투성이인 몸에서 다시 피가 흘렀다.

"……!"

카루나의 눈에서 불꽃이 튀었다.

"저건 뭐래요?"

"왕의 노예라던데? 듣자 하니 왕께서 왕비를 맞이하시려고 했는데, 저게 방해를 했나 보더라고."

"왕께선 저런 걸 왜 살려 두시나 몰라."

"바로 죽여 버리지 않고 죽을 때까지 눈의 땅에서 온 존재들과 싸우며 죄를 씻을 수 있는 기회를 주시니. 얼마나 자상하신가."

"저 노예가 실력은 좋은가 봐요. 듣자하니 물의 장벽에서 근무하고 돌아온 전사 출신이라던데? 왕께서 저 노예를 데리고 각 도시를 돌아다니며 눈의 땅에서 온 존재들을 처치하고 계신다더군."

주변에서 수군대는 말이 들렸다. 카루나는 이를 악물고 단상 위를 노려보았다. 피 흘리며 쓰러진 라크안의 모습을, 그가 시스와 함께 사라질 때까지 지켜보았다.

"뭔가에 묶여 있지 않았어요. 하지만 도망치려고 하지 않았어."

"제가 보기에도 그렇습니다."

"뭔가…… 이유가 있을 거예요, 뭔가 이유가. 그게 뭘까, 그게……."

토굴로 돌아온 카루나는 웅크려 앉아 손톱을 물어뜯었다.

"아가씨, 진정하십시오."

"아……."

피가 비칠 즈음, 세나가 카루나의 손을 붙들었다. 카루나는 그제야 엉망이 된 제 손톱을 보았다.

"혹시 저게 무슨 연락이라도 취한 건 아닐까요."

세나가 도끼눈을 뜨고 올가를 노려보았다.

"그건 아닐 거예요. 듣자하니 각 도시를 순회하고 있다고 하니까."

"그럼 아가씨가 아직 국경을 못 벗어났다고 생각하고, 인근 도시를 돌며 아가씨를 찾고 있는 걸까요?"

"그럴 거예요. 라안 님을 보란 듯이 그렇게 취급하는 걸 보니."

카루나는 저도 모르게 다시 손톱을 깨물었다가 따끔-한 느낌에 놀라 입을 뗐다. 기어이 손톱에서 피가 흘렀다.

"이런."

세나가 인상을 찌푸리며 옷소매를 찢어 손가락을 둘둘 감아 주었다.

"그러고 보니, 세나 경. 경의 손이요."

카루나는 제가 깨물었던 세나의 손을 펴 보았다. 이빨 자국이 가득했다. 살갗이 찢어져 피딱지가 생겨 있었다. 꽤 아팠을 텐데, 세나는 아프다는 내색 한 번 하지 않았다.

"미안해요."

"이 정도 가지고, 그런 말씀 마십시오. 아무렇지 않습니다."

세나가 급히 손을 빼내려 했으나 카루나가 놓아주지 않았다. 카루나는 제 옷소매를 뜯어내 세나의 손을 꽁꽁 묶었다. 그러면서 생각했다.

'그 사람이 무사한 건 다행이야.'

그걸 무사하다고 말해도 되는 건지는 모르지만. 어쨌건 죽지 않고 살아 있었다. 카루나는 일단, 라크안의 생사를 확인한 것을 다행으로 여겼다. 아니, 다행으로 여기려고 애썼다.

"……."

잠깐만 멍하게 있어도 쏟아지는 화살 속에 서 있던 라크안, 채찍질을 당하며 조금도 반항하지 않던 라크안이 떠올랐다. 당장이라도 달려가 시스를 응징하고 라크안을 구해 내고 싶었다. 온몸에 가득한 상처에 약을 발라주고, 누구도 다시는 그를 다치게 만들지 못하게 하고 싶었다.

하지만 그럴 수 없었다. 지독한 무력감이 온몸을 집어삼켰다.

"아가씨, 어쩌시렵니까."

세나가 눈치를 보다 조그만 목소리로 물었다. 카루나는 쉽사리 입을 열지 못했다.

'이대로 더 시간을 끌면 안 될 거 같아.'

안일한 희망을 가졌다. 이대로 하염없이 숨어 있다 보면, 국경의 경비가 느슨해지지 않을까. 혹시나 시스가 제 신부 찾기를 포기하지 않을까. 쓸모 없어진 라크안을 순순히 풀어주지 않을까.

일어날 리 없는 헛꿈이었다. 오늘 본 광경이 현실을 깨닫게 해줬다.

'시스는 이대로 날 포기하지 않을 거야. 날 찾을 때까지 국경 경비도 유지하고, 계속 도시를 돌아다니겠지. 당장 이번에 들키지 않더라도, 언젠가는 붙잡히고 말거야. 아니면 그 전에 라안이 견디지 못하고 죽든지.'

라크안이 죽는다. 생각만으로 몸이 부르르, 떨렸다.

'그런 일은 절대로 일어나선 안 돼.'

카루나는 마음을 정하고 고개를 들었다.

"세나 경."

"네, 아가씨."

"혼자라면, 국경 경비를 피해 남쪽으로 내려갈 수 있겠죠?"

"……."

"가 줘요."

"안 됩니다."

"왜요?"

"당연하지 않습니까. 저는 아가씨를 지켜야 하는, 아가씨의 호위 기사입니다."

"그 전에, 라안 님께 충성을 맹세한 철십자 기사이죠."

"아가씨!"

"내 말 들어요!"

카루나는 벌떡 일어서려는 세나를 진정시켜 도로 앉히고, 차근차근 설득했다.

"언제까지나 이러고 있을 수는 없어요. 게다가 오늘, 봤잖아요. 시간을 끌면 끌수록 라안 님이 위험해져요."

"그렇다고 아가씨 곁을 떠나 아가씨마저 위험하게 만들 수는 없습니다."

세나가 이를 갈며 올가를 노려보았다.

"저쪽에서 저렇게 나온다면, 우리도 맞대응하면 됩니다. 저자의 머리카락이든 팔이든 잘라내, 다른 도시 문 앞에 걸어 놓고 오겠습니다. 그렇게 끔찍한 여동생이니, 머리카락이든 팔 한쪽이든 금방 알아보겠지요."

올가는 얌전히 눈을 감았다. 곧 닥칠지 모를 폭력 앞에서, 모든 걸 감수하겠다는 듯한 태도를 보였다. 그런 태도가 세나를 더 열 받게 한다는 걸 알고 그러는 건지 궁금할 따름이었다.

"세나 경, 진정해요."

카루나는 당장이라도 올가에게 달려들려는 세나를 붙잡았다. 몸을 일으켜 세나와 올가 사이를 가로 막고 앉으며, 세나의 어깨를 쓸어내렸다.

"진정해요, 진정해. 세나 경. 내 눈을 봐요."

카루나의 손길을 받자 세나는 금세 유순해졌다. 씨근덕거리던 숨이 잦아들고, 살기로 번뜩이던 눈이 가라앉았다. 순식간의 변화였다. 한 번 정신이 나가면 라크안도 못 말린다는 그 다혈질이 가라앉은 것이다.

세나를 아는 사람이 함께였다면 모두들 제 눈을 의심하며 믿지 않았을 상황이건만. 정작 당사자인 카루나와 세나는 아무렇지 않아 보였다. 다만 올가만, 눈을 깜빡이지도 않고 둘을 바라볼 뿐이었다.

"나를 지키고 라안 님을 구하기 위해선, 세나 경이 제국으로 가서 소식을 전하고 병력을 이끌고 오는 수밖에 없어요."

"하지만……."

"세나 경이 가지 않는다면 내가 가야 해요. 경. 경이 가는 것과 내가 가는 것, 어떤 것이 더 위험할까요?"

"……."

"지금까지 지켜봤잖아요. 나는 이곳에 잘 적응했어요. 세나 경이 없어도 한동안은 버틸 수 있을 거예요."

"오늘, 위험했습니다."

"또 그런 일이 일어나지 않도록 조심, 또 조심할게요."

카루나가 세나의 손을 붙잡았다. 자신이 물어뜯어 다친 그 손이었다.

"부탁이에요. 지금쯤이면 적어도 철십자 기사단도 회복해서 움직일 수 있을 거예요."

'철십자 기사단은 라안에게 충성을 맹세한 집단이야. 라안을 구하기 위해서라면, 기꺼이 이곳으로 달려올 거야.'

거기에 더해, 제국군까지 움직여 준다면 더할 나위 없었다.

"어떻게든 황제 몰래 황태자 전하를 만나 지금 상황을 자세히 알리세요. 황제를 움직일 수 있으면 움직여 보고, 아니라면 황명을 거역해서라도 황실 기사단을 움직여 이곳으로 오라고 해요.”

황태자와 라크안은 각별한 사이니, 황태자는 기꺼이 그를 위해 움직여줄 것이다. 납치되기 직전에 본 황태자는 예전과 달랐다. 황제에게 눌려 우유부단하게 굴던 태도를 던져 버리고, 제 뜻을 분명히 드러내기 시작했다.

‘그러니 분명 라안을 위해 움직여 줄 거야.’

시스는 눈의 땅에서 온 존재들이 나라 안을 휘젓는 걸로 골머리를 썩고 있을 것이다. 거기에 제국의 침입까지 감당하기는 어려울 터.

외교적, 군사적 충돌을 피하기 위해 카루나와 라크안을, 적어도 라크안만이라도 제국에 순순히 넘겨줄 확률이 크다. 설령 순순히 넘겨주지 않는다면, 충돌을 불사해서라도 라크안을 구하면 된다. 카루나의 설명을 들은 세나는 잠시간 침묵했다.

세나는 영리한 사람이었다. 주변 기척에 예민한 만큼 판세를 잘 읽었고, 그렇기에 리센 이후 철십자 기사단의 부단장 자리를 대리하고 있었다. 그녀는 카루나가 말하는 방법이 최선이라는 걸 알았다.

“……알겠습니다.”

세나가 수긍하자 카루나는 그녀에게 제 장신구를 쥐여 주었다. 카루나가 방문자의 연회 때 끼고 있었던 다이아몬드 귀걸이였다. 새끼손톱만 한 금제 장식에 바이켈드 공작가의 문양이 새겨져 있었다.

시스에게 납치되어 올벤 복장으로 갈아입을 때, 이것 하나를 움켜쥐고 있었다. 올가는 카루나의 주먹 쥔 손을 보고도 못 본 척했다. 하나쯤은 남겨 줘도 되지 않을까 생각했던 것이었다. 그 하나가 카루나와 라크안의 생존을 알리는 증표가 될 줄은 카루나도, 올가도 몰랐다.

세나는 그걸 받아 들고는 카루나에게 고개 숙여 인사했다.

“다녀오겠습니다. 제발, 무사하셔야 합니다.”

“저쪽에서는 내가 여기에 숨어 있는지 모르고 있어요. 나도 더 조심하고 있고. 그러니까 나 말고 세나 경, 자신을 걱정해요. 국경을 넘는 게 쉽지는 않을 거예요."

"제 걱정은 마십시오. 바람같이 빠르게 다녀오겠습니다."

세나는 떠나겠다고 하면서도 한동안 머뭇거렸다. 카루나의 재촉을 받고서야 떨어지지 않는 걸음을 떼며 돌아섰다. 그렇게 세나가 떠났다.

"이제 우리 둘이 남았네요."

카루나는 팔다리가 묶인 채 누워 있는 올가를 내려다보았다. 세나와 헤어지는 동안, 분위기를 망치지 않으려 입을 다물고 있어 준 그녀에게 손톱만큼 고마운 마음이 들었다.

어쩌면 세나가 떠난 빈자리가 허전해, 올가에게 정을 붙이려 한 건지도 몰랐다. 올가 역시 제가 세나 대신이라는 걸 아는지, 카루나를 위로해 주었다.

"저번에 한 번 싸워 봤을 뿐이지만, 실력이 보통이 아니었습니다. 사막의 전사들 역시 강하나, 지금 국경에 있는 전력으로는 그녀를 당해 내지 못할 겁니다."

올가는 올벤에 대해 강한 자부심을 가지고 있었다. 그런 그녀가 이런 말을 하는 건 결코 쉬운 일이 아닐 터였다.

"세나 경이 뛰어난 기사이긴 하죠."

카루나는 어깨를 으쓱이며 대꾸하고는,

"고마워요, 그렇게 말해 줘서."

올가 옆에 앉아 몸을 웅크렸다. 라크안도 세나도 없이 다시 혼자. 옆에 있는 건 올가뿐이었다. 카루나는 오늘 아침부터 계속되는 알 수 없는 불안감에 몸을 떨었다.

* * *

세나가 떠난 뒤에도 카루나의 일상은 거의 변하지 않았다. 그나마 달라진 게 있다면, 빵을 나눌 때 셋으로 나누지 않고 둘로 나눈다는 정도? 좀 더 풍족하게 먹을 수 있게 됐지만, 좀 더 행복해지진 않았다. 덜 먹어도 되니 세나와 함께 있고 싶었다.

올가는 세나의 빈자리를 채우려는 듯 카루나에게 좀 더 열심히 말을 걸었다. 가끔, 손과 발을 풀어 달라고 요청했으나 카루나는 고개를 저었다. 단둘뿐인 상황이니 올가에게 마음이 기울긴 했으나, 그녀가 자신의 인질이라는 건 잊지 않았다.

그렇게 닷새가 지났다. 시스는 여전히 도시에 머물렀다. 시스와 함께 온 전사들은 딱히 도시를 수색하거나 카루나를 찾아다니지 않았다. 카루나는 시스가 자신이 여기에 있는 줄 모른다고 생각했다.

눈의 땅에서 온 존재들이 도시를 습격할 때마다 검은 망토를 두른 라크안이 끌려 나왔다. 그는 홀로 싸우며 피투성이가 되어 사막의 전사들에게 끌려갔다.

시스는 매일 노을이 질 때, 광장에서 라크안을 매질했다. 그 광경을 볼 때마다 당장 뛰쳐나가고 싶었지만, 곧 돌아올 세나를 생각하며 이를 악물고 참았다.

'지금은 내가 들키지 않는 게 이기는 거야. 지금 내가 뛰쳐나가서 뭘 할 수 있겠어? 날 찾지 못하니까, 저 쪽에서도 라크안을 죽이지 못하고 있는 거야.'

카루나는 더더욱 웅크려 몸을 숨겼다. 그리고 생각했다. 이런 상황이 세나가 돌아올 때까지 유지될 거라고. 그 때까지만 버티면 된다고. 그러나 상황은 카루나의 바람처럼 흘러가지 않았다.

닷새. 딱 닷새째 되는 날.

토굴로 사막의 전사들이 몰아닥쳤다. 카루나는 토굴 밖으로 나오려다가 그 광경을 봤다. 노파가 카루나의 토굴을 손가락으로 가리켰다. 카루나는 얼른 토굴에 기어 들어왔다.

"무슨 일이 있습니까?"

올가가 물었다. 그녀는 카루나의 다급한 표정을 보고는 영문을 몰라 했다. 내내 여기에 갇혀서는 햇빛 한 줄기 보지 못한 그녀가 시스에게 연락을 할 순 없었을 것이다. 카루나는 잠시나마 올가를 의심했던 마음을 풀었다.

'여기서 잡힐 수 없어. 도망가야 해. 하지만, 어떻게?'

토굴 밖에서 고함 소리가 들렸다. 나오지 않으면 자신들이 들어오겠다고 했다. 그 소리를 들은 올가의 안색이 변했다.

'내가 어린아이가 되었다는 걸 모르고 있을 거야. 아이인 척하면서 도망갈까?'

그들이 찾는 건 스무 살의 여인이지 열두 살 내지는 열세 살 정도 되는 꼬마 숙녀가 아니었다.

'아냐, 통할 리 없어.'

카루나는 고개를 내저었다. 후드를 벗기고 얼굴에 묻은 흙을 닦아 내면, 얼굴이 드러날 것이다. 머리카락과 눈 색은 물론이고. 올가와 함께 있던, 카루나와 똑같이 생긴 여자아이를 그냥 놓아줄 리 없었다.

"아가씨, 더 이상의 저항은 무의미합니다. 왕의 품으로 돌아가십시오. 그분은 자애로우신 분입니다. 영애가 스스로 돌아가면, 결코 영애를 탓하지 않으실 겁니다."

"닥쳐요."

"영애."

"절대 그럴 일 없으니까, 아무 말도 하지 말아요. 당신은."

머리로는 올가가 불러온 게 아니라고 생각하면서도, 마음은 올가를 원망했다. 뭔가, 자신이 모르는 방법을 써서 저들을 이곳까지 부른 게 아닐까, 하는 의심이 가시질 않았다.

'지금은 괜한 트집이나 잡고 있을 때가 아니야.'

카루나는 짝 소리 나게 제 뺨을 내리쳤다.

'어쩔 수 없지.'

어린아이의 모습을 이용해 상대방을 방심하게 할 수 없다면, 남은 방법은 하나뿐이었다. 카루나는 세나가 준 단검을 뽑아 들고 올가에게 다가갔다.

"일단, 미안하다는 말을 먼저 해 둘게요."

"영애?"

"진짜, 미안해요."

카루나는 단검을 내리쳤다.

* * *

녹색 눈을 가진 여자 '아이'가 저보다 키가 두 배 이상 큰 여자 둘과 저기에 머물고 있다.

노파가 말했다. 매일 카루나가 가진 음식의 절반을 받았지만, 그녀의 비밀을 지켜 줘야 한다는 의리 따윈 없었다. 노파는 빵 한 광주리를 받고 토굴 세입자를 팔아 넘겼다. 빵 광주리를 내준, 청금석 터번을 두른 사내는 손가락을 까딱여 수십 명의 전사들을 움직였다. 노파가 밖으로 끌려 나갔다.

토굴 위에 얼기설기 지은 건물은 전사들의 손짓 몇 번에 부서졌다. 무너진 벽과 천장의 잔해를 치우니, 주변이 훤했다. 때맞춰 토굴 안쪽에서 소리가 들렸다. 잠시 후, 누군가 토굴 밖으로 고개를 내밀었다. 올가였다.

시스는 욱 솟구치는 감정을 억누르기 위해 이를 악다물어야 했다. 녹색 눈을 가진 여자와 딴 여자 둘이 더 있었다는 말을 듣고 혹시나 했건만.

올가가 살아 있었다. 그냥 살아 있는 게 아니라 건강해 보였다. 그동안 굶기고 고문하지는 않았던 것 같았다. 팔은 묶여 있는 데다, 지금은 자유로운 다리도 오랫동안 묶여 있었던 듯 발목에 밧줄 자국이 보였지만 어쨌든.

"……."

시스는 몇 번이고 입술을 달싹였으나 아무 말도 하지 못했다. 올가가 먼저 목소리를 냈다.

"왕이시여, 다시 뵙습니다."

"……살아, 있었구나."

"아직까지는요."

대답은 올가의 등 뒤에서 들렸다. 철컥, 토굴 주변에 서 있던 전사들이 일제히 창을 겨눴다. 올가의 뒤에 누군가 서 있었다. 올가의 반절이나 될 법한 그것은 감히 시스 앞에서, 올가의 등에 칼을 겨누고 있었다.

시스의 보랏빛 눈이 가늘어졌다. 그것은 넝마 같은 로브를 뒤집어쓴 여자아이였다. 넝마가 머리카락과 얼굴을 모두 가리진 못했다. 밝은 갈색머리와 반짝이는 녹색 눈이 드러났다. 얼굴과 단검을 쥔 손은 흙먼지가 묻어 엉망이었다.

언뜻 보면 그냥 거리의 빈민 아이처럼 보이나, 유심히 살펴보면 피부가 희어 보였다. 단검을 쥔 손 또한 곱디고왔다. 그가 남쪽에서 납치해 온 귀족 영애와 매우 비슷한 생김새였다. 꼭 영애가 마법의 약이라도 주워 먹고 어린아이가 된 것처럼.

"그래서 내가 준 팔찌를 벗을 수 있었군. 어려지다니, 신박하군. 정말로 특이해."

시스가 픽, 웃었다.

'역시나 알아보네.'

카루나는 혀를 찼다. 새삼 라크안에 대한 짜증이 치솟았다. 안 지 얼마 안 된 사이에도 저렇게 기가 막히게 알아보건만. 라크안은 어째서 못 알아봤던 걸까.

'두고 봐, 나중에 반드시 그 죗값을 치르게 할 테니까.'

카루나는 시스의 뒤에 서 있는 라크안을 노려보며 생각했다.

그는 줄에 묶인 인형 같았다. 올가를 봐도, 올가의 뒤에 서 있는 카루나를 봐도, 달라지지 않았다. 그저 무표정한 얼굴로 서 있을 뿐이었다. 카루나가 아니라 빈 허공을 바라보는 붉은 눈이 탁했다. 그런 그를 보는 것만으로도 심장이 덜컥, 내려앉았다.

'역시, 뭔가에 당한 걸까? 세뇌나 바보가 되는 마법약이라든가.'

카루나는 입술을 깨물며 시스를 노려보았다. 시스는 노파가 늘 앉아 있던 낡은 의자에 앉아 있었다. 의자가 삐거덕거리며 당장이라도 부서질 듯 비명을 질러대는데, 시스는 태연했다.

"자, 영애. 위험한 걸 내려놓고 이쪽으로 오지."

시스가 카루나가 손에 쥔 걸 가리키며 말했다. 더없이 여유로워 보였다. 하나 눈빛이 흔들리는 걸 숨기지는 못했다. 카루나는 코웃음을 치며 올가의 등을 검 끝으로 찔렀다.

"영애."

"당신은 가만히 있어요."

카루나가 올가의 등에 바짝 다가가 그녀에게만 들릴 정도로 작게 속삭였다.

"내가 당신 등에 검을 겨눠 봤자, 당신은 두렵지 않겠지. 당신 실력이면 얼마든지 나에게서 벗어나 저쪽으로 갈 수 있을 테고."

"아신다면 왕의 말씀대로, 그 위험한 걸 내려놓으십시오."

"아니, 난 놓지 않을 거예요."

카루나는 검 끝으로 올가의 등을 콕콕 찔렀다.

"저쪽으로 가고 싶다면 가 봐요. 당신을 놓치면, 내가 든 이 위험한 건 당신 대신 내 목을 향할 테니까."

"……!"

카루나의 무기는 손에 든 단검이 아니었다. 입술 속에 숨긴 세 치 혀, 자기 자신을 제물로 내놓기를 두려워하지 않는 두뇌였다. 올가는 그런 카루나를 당해내지 못했다. 카루나는 올가를 협박하고는 시스에게 물었다.

"내가 여기에 있는 줄 어떻게 안 거지?"

"내가 내 왕비가 있는 곳을 모를 리 있나? 그나저나, 좀 작아진 것 같은데. 햇빛을 너무 많이 받은 건가? 내가 물을 주면 다시 자랄 수 있는 거야?"

"난 물 주면 자라는 새싹이 아냐. 내 질문에 대답이나 해. 내가 여기에 있는 줄 어떻게 알았어?"

"그건……."

"말도 안 되는 소리 지껄일 생각은 말고. 당신, 내가 이곳에 숨어든 뒤에 바로 쫓아오지 않았어. 여기저기 돌아다니며 헛발질하다가 여기로 왔지."

"뭐, 그렇지. 역시 내 왕비는 현명하다니까."

시스가 어쩔 수 없다는 듯 웃었다. 그러면서도 올가의 등을 겨눈 단검에서 눈을 떼지 않았다. 입은 푸근하게 웃고 있으나 보랏빛 눈은 그 어느 때보다 싸늘하게 빛났다.

"말해, 어떻게 찾았어?"

카루나는 시스 뒤에 선 라크안을 힐끔힐끔 쳐다보며 시스를 다그쳤다.

'어떻게 해야 하지? 지금 여기서 저 바보 멍충이 늑대를 제정신 차리게 만들 수는 없을까?'

위기가 곧 기회인 법. 카루나는 이 상황을 라크안을 구할 수 있는 기회로 삼고자 했다. 실상은 정신을 차린 라크안이 자신을 구해 내 달아나야 할 테지만, 어쨌든. 라크안이 어떤 상황인지, 그를 제정신 차리게 할 수 있는 방법은 없는지 살피기 위해서라도 시간을 끌어야 했다.

"말하면, 지금 상황이 뭔가 달라질 수 있을까? 그럴 수 있을 거라고 생각하고 묻는 건가?"

"어떤 생각을 하든 그건 내 마음이야. 당신은 대답이나 해."

카루나는 일부러 큰 소리를 냈다. 애들이나 읽는 동화처럼, 라크안이 제 목소리를 듣고 번쩍 제정신을 차리지 않을까. 헛된 기대를 품었으나 라크안은 눈 한 번 꿈쩍이지 않았다.

그는 단 한순간도 카루나를 쳐다보지 않았다. 카루나는 괜히 서러웠다.

"뭐, 내 왕비가 궁금하다면야."

시스는 씩, 웃으며 손가락을 까딱였다. 주변의 전사들이 창을 거두고 뒤로 물러났다. 그들이 충분히 뒤로 물러났다 싶었을 때, 시스가 말했다.

"내가 왕이 된 뒤로, 눈의 땅에서 온 존재들이 물의 장벽을 넘어 내 나라 곳곳을 휘젓기 시작했지."

"내가 숨어 있던 이곳에 특히나, 그 눈의 땅에서 온 존재들이 더 많이 몰려들기라도 했던 거야?"

카루나는 하루에 두 번, 세 번씩 쳐들어오던 흰 그림자 무리를 떠올리며 물었다.

"아니, 그렇지는 않아."

"그럼 어떻게……."

"영애, 그대의 힘이 나를 여기로 이끌었지."

"내 힘?"

"그래. 내가 선물로 준 팔찌를 놓고 갔더군? 어렵게 준비한 건데."

"그게 뭐?"

"주변 도시들의 오아시스 수위가 낮아지고 야자수가 시드는데, 어째서 인지 이 도시만큼은 식물들이 시들지 않더군."

"……!"

"똑같이 오아시스는 줄어드는데 말이야. 그러면 이런 의심을 해 볼 수 있지 않겠나? '아, 여기에 숲의 힘을 가진 내 소중한 신부가 숨어 있나 보군.' 하고 말이야."

시스의 말이 끝나기 무섭게 올가가 고개를 숙였다.

'알고 있었어.'

카루나는 올가가 그 사실을 알고도 제게 말해 주지 않았다는 걸 깨달았다. 그러나 올가에게 서운한 감정을 느낄 틈이 없었다.

"뭐, 인사치레는 이 정도로 해 둘까?"

시스가 짝, 손뼉을 쳤다.

"영애, 이제 그만 그 위험한 거로 내 사람을 위협하지 않았으면 좋겠어."

그러고는 눈 깜짝할 새 라크안의 허리춤에 찬 검을 빼들어 라크안의 목을 겨누었다.

"라안 님!"

카루나가 놀라 소리를 질러도, 라크안은 카루나를 바라보지 않았다. 그저 제 목을 얌전히 시스에게 내밀 뿐이었다. 시스가 검 끝으로 라크안의 목을 긁었다. 피가 흘러내렸다.

"어때, 소중한 사람의 목숨을 위협받는 기분이?"

시스가 싸늘하게 웃었다.

"그거 당장 내려놔."

"내가 하고 싶은 말인데, 영애."

시스는 라크안을, 카루나는 올가를 겨눈 채 대치했다. 위협당하는 당사자들은 당장 칼이나 창에 찔려 죽어도 괜찮다는 듯 묵묵했다.

라크안은 시스가 명령만 내리면 기꺼이 제 목을 들이댈 상태였다. 올가는 카루나가 스스로의 목숨을 가지고 장난치느니 차라리 제 목숨을 가지고 노는 게 낫다 판단하여 잠자코 있었다.

속 끓는 건 창과 검을 든 위협자들이었다. 카루나는 라크안이 시스에게 무슨 짓을 당해 인형처럼 군다고 생각했다. 시스는 올가가 저를 위해 카루나의 장단에 놀아나 주고 있는 거라고 생각했다.

'감히 내 동생을 인질로 삼다니.'

'내 라안한테 무슨 짓을 한 거야.'

결혼할 뻔한 두 남녀는 애틋함과는 거리가 먼, 살벌하기까지 한 눈빛으로 서로를 노려보았다.

"영애, 숨바꼭질은 끝났어. 들켰으면 패배를 인정하고 술래에게 와야지."

"내가 있던 곳에선 숨바꼭질을 할 때, 술래가 숨은 사람을 붙잡아야 놀이가 끝났는데? 찾는다고 다가 아니야."

"아직 잡히지 않았다?"

"적어도."

아직 시스에게 잡힌 것은 아니다. 잡힐 상황인 거지.

'라안을 묶어서 들고 도망친다면…… 시스의 명령을 듣고 나한테 반항할까?'

카루나는 주먹을 꽉 움켜쥐었다.

시스의 말대로 물의 팔찌를 벗은 후 숲의 능력이 돌아왔다. 그동안 능력을 사용하지 않은 건 시스의 눈을 피해 숨어 지내느라 그런 것이었다. 이렇게 들킨 이상, 도망갈 수만 있다면야 황태자궁처럼 이 도시 전체를 식물로 뒤덮어 난장판으로 만들 용의도 있었다. 라크안이 제정신이 아니라는 게 유일한 장애였다.

'어떻게 해야 저 이상한 상태를 깨고 원래대로 돌릴 수 있을까.'

카루나는 눈을 치켜떴다. 누가 봐도 순순히 시스에게로 돌아갈 눈빛은 아니었다. 시스는 픽, 웃으며 그 녹색 눈에 예를 표했다.

"이런, 끝까지 포기하지 않는 그 호승심에는 존경을……."

그러던 중 시스가 입을 다물었다.

'무슨 수작을 부리려고?'

카루나가 의심하기 무섭게 시스의 창이 움직였다. 창끝이 향한 건 라크안의 심장이 아니었다. 정반대. 올가와 카루나가 있는 쪽이었다.

"……?"

"왕이시여?"

카루나와 올가가 놀라 시스를 바라보았다. 라크안만이 묵묵히 서 있을 뿐이었다.

"너, 누구냐?"

"갑자기 무슨 말을 하……."

카루나는 짜증스런 목소리로 대답하다 말고, 방금 전 시스처럼 말을 멈췄다. 창은 올가를 향하고 있었다. 차마 심장을 노리진 못하고 그 아래를 향하고 있긴 했지만.

'어째서?'

시스는 카루나를 다 잡은 상황인데도 카루나가 올가를 인질로 잡자 부하들을 뒤로 물렸다. 라크안에게 창을 겨눠 협박에 협박으로 응수하긴 했지만, 무턱대고 달려들진 않았다. 태연한 척하고 있지만, 혹시라도 카루나의 눈 먼 칼이 올가를 진짜로 찌를까 봐 두려워하고 있었다. 그런 시스가 올가에게 창을 겨누었다.

"난 물의 장벽에서 10년을 버텨 살아 돌아온 사막의 전사다. 너 같은 것들을 10년 넘게 죽이고 또 죽였지. 그런데 내 앞에서 감히, 내 동생을 집어삼키려 들어?"

시스가 이를 악물고 말했다.

'무슨 말을 하는 거야.'

카루나는 시스의 말을 바로 알아듣지 못하고 미간을 찌푸렸다. 그런데, 올가의 입술이 쭉- 찢어지듯 위로 솟구쳤다.

'웃어?'

그냥 웃음이 아니었다. 보는 것만으로도 소름이 끼칠 정도로 싸했다. 카루나는 저렇게 웃는 사람을 본 적이 있었다. 리센의 모습을 하고 나타났던 눈의 땅에서 온 존재. 그가 분명 리센의 얼굴로 저렇게 웃었었다.

'설마.'

하고 생각하기 무섭게.

"맞아, 지난 10년. 내가 너 때문에 꽤 고생을 했지."

올가가 고개를 들었다. 동시에 그녀의 몸에서 흰 그림자가 폭발하듯 터져 나왔다. 동시에 카루나의 몸 앞에 식물이 순식간에 자라났다. 카루나가

의도한 것이 아니었다. 카루나 주변으로 모여든 식물들이 그녀를 지키기 위해 스스로 일어선 것이었다.

카루나가 머문 도시에 풀이 성하고 과실이 풍성히 맺혔던 것도 같은 이유였다. 덕분에 시스에게 숨어 있는 곳이 들통 나긴 했으나. 한번 물의 팔찌에 막혔다가 풀려난 숲의 능력은 카루나도 모르는 새 더욱 강해져 있었다. 손끝에서 여린 잎사귀가 살랑였다.

"⋯⋯!"

카루나는 그 잎사귀를 움켜쥐었다. 그러고는 올가를 피해 앞으로 달려 나갔다. 올가가 급히 손을 뻗었으나 카루나에게 닿지 못하고 멀어졌다. 올가의 얼굴이 일그러졌다. 식물들이 그녀의 걸음걸음마다 피어나며, 흰 그림자가 다가오는 것을 막았다.

'라안!'

카루나는 있는 힘껏 손을 뻗었다. 분노로 일그러진 시스의 얼굴을 스쳤다. 그 뒤에 서 있는 라크안의 팔을 붙들었다. 그제야 빈 허공을 보고 있던 붉은 눈이 카루나를 향했다. 고개 숙이는 행동이 얼마나 느리던지, 눈을 마주치기까지 천 년이 걸린 것 같았다. 그토록 오래 기다렸건만. 정작 눈이 마주친 건 몇 초 되지 않았다.

"라안!"

마법처럼, 이름을 부르는 것만으로 그가 세뇌를 이겨 내고 제정신을 되찾을 수 있으면 얼마나 좋을까. 상황이 급박할수록 기적을 바라기 마련이었다. 지금의 카루나가 꼭 그랬다.

"⋯⋯."

하지만 탁해진 붉은 눈은 쉬이 빛나지 않았다.

"제발, 정신 차려요."

그를 부르는 목소리에 울음이 섞여들었다.

'동화처럼, 이 사람이 내 목소리를 듣고 날 알아보게 되면 좋을 텐데.'

그러면 공주님과 왕자님이 나오는 모든 동화의 결말처럼, 그와 자신 또한 '오래오래 행복하게 살았습니다'라는 결말을 얻을 수 있게 되지 않을까. 그녀답지 않게 품고 있던 헛된 믿음은 산산조각 났다. 카루나는 잠시나마 품었던 믿음을 바로 내던졌다. 실망할 여유 따윈 없었다.

'날 잡아갈 거야.'

그보다는 곧 일어날 상황에 대한 예감이 두려움처럼 밀려들었다. 또 누군가에게, 힘없이 끌려갈지 모른다. 이번에 그녀를 잡아가는 사람은 시스가 아니었다. 그보다 더 거대하고, 강력한 존재였다.

사막을 넘고 숲을 넘고, 리센의 시신을 훔쳐 남쪽에 있는 제국으로까지 내려왔던 존재. 카루나를 데려가기 위해 황태자궁까지 쳐들어오고, 클레이엔까지 조종했던 존재.

그에게서 도망칠 수 없다면, 이번만큼은 라크안이라도 지키고 싶었다. 그러기 위해서는 라크안이 제정신으로 돌아와야만 했다. 스스로의 힘으로, 자기 자신을 지키고 도망가야 했다. 카루나는 짝- 소리 나게 라크안의 뺨을 올려붙였다. 키가 작아 폴짝 뛰어야 했지만, 빗나가지 않았다.

"……."

라크안은 돌을 깎아 만든 인형처럼 딱딱했다. 때린 건 카루나인데, 손이 얼얼하게 아픈 것도 카루나였다. 라크안은 뺨이 붉게 변해도 아픈 줄 몰랐다.

"젠장, 당장 올가에게서 떨어져!"

라크안을 이렇게 만든 시스는 물의 힘을 최대한 끌어 올려 올가를 상대하고 있었다. 연약한 물줄기들이 올가를 감쌌다. 올가에게서 흘러나오는 흰 그림자는 번번이 그 물줄기를 끊어냈다. 그 상황이 반복됐다.

시스는 점점 뒤로 밀렸고, 올가는 점점 앞으로 나섰다. 그만큼 올가와 카루나가 가까워졌다. 카루나를 지키려고 자라난 줄기와 여린 잎사귀들은 흰 그림자에 닿자마자 불탔다.

보다 못한 전사들이 창을 들자 시스가 신경질적으로 소리쳤다.

"공격하지 마라, 명령이다!"

그의 명령이 아니라도, 물러서 있던 전사들은 이내 올가를 공격할 수 없게 되었다. 어느샌가 또 도시 곳곳에서 눈의 땅에서 온 존재들이 나타났다. 그것들은 이 좁은 골목으로 꾸역꾸역 몰려들었다. 전사들은 주변을 빙 둘러서 몰려드는 흰 그림자들을 상대해야 했다.

카루나는 올가가 제게 가까워진 걸 알아차리고는, 발돋움하여 라크안에게 매달렸다.

'지금 눈의 땅에서 온 존재에게 붙잡힌다면, 당신을 다시 만날 수 있을까?'

라크안이 반드시 자신을 구하러 올 거라고 믿는다. 하지만 구하러 오는 것과 구하는 것은 엄연히 다른 의미. 카루나는 왜 하필이면 그날, 라크안이 자신에게 사랑한다 말했는지 알 것 같았다. 아주 살짝, 입술이 맞닿았다.

"나도 좋아해요, 아주 많이."

일전에 들었던 고백에 대한 답이었다.

"……."

라크안의 붉은 눈이 아주 작게 흔들렸다. 너무 작은 움직임인지라 카루나는 알아차리지 못했다.

"이렇게 말하고 싶진 않았는데, 나도 결국 이렇게밖에 말 못하네요."

카루나는 두 팔로 라크안을 꽉 끌어안았다. 입술이 라크안의 왼쪽 가슴에 닿았다. 카루나는 그 위에도 살짝 입을 맞췄다. 그리고 손에 움켜쥐고 있던 잎사귀를 그 위에 올렸다. 잎사귀가 기다렸다는 듯 줄기를 뻗었다. 연둣빛 얇은 줄기가 칭칭, 라크안을 감쌌다.

"라크안, 나를 도와라! 올가를 구해야 돼."

바로 옆에서 숲의 힘이 라크안만을 지키려 하는 걸 느끼자, 그제야 시스는 제게 살아 움직이는 뛰어난 무기가 있다는 걸 떠올렸다. 그의 명령은 라크안에게 절대적이었다.

"명을, 받, 듭니다."

라크안이 뭉툭하게 말하며 제 몸을 휘감는 줄기들을 헤치고 시스에게 다가가려고 했다.

"누구 마음대로!"

카루나가 그런 라크안의 앞을 막아서며 시스를 노려보았다.

"라크안!"

시스가 신경질적으로 소리쳤다. 라크안이 들러붙는 식물 줄기를 뜯으며 손을 뻗었다. 절 방해하는 카루나를 집어 들어 멀리 던질 생각이었건만.

"내 거야, 이 사람은. 당신 멋대로 못 해."

카루나가 라크안의 어깨에 손을 올리며 시스에게 맞섰다. 그러자 막 카루나의 뒷덜미를 잡아채려던 손이 우뚝, 멈춰 섰다.

"……."

붉은 눈이 좀 더 크게 흔들렸다. 카루나는 몰랐지만 시스는 알아챘다. 시스는 자신이 올가를 상대하고 있다는 것도 잠시 잊고, 뜨악해졌다.

'설마, 그럴 수 있을 리가. 주술을 스스로 깬 늑대가 있다는 기록 따위 없었는데.'

시스가 느슨해지자 올가를 집어삼킨 흰 그림자가 맹렬히 타올랐다. 순식간에 흰 그림자의 기세가 막강해졌다. 물의 힘과 숲의 힘이 밀렸다. 카루나는 금세, 흰 그림자의 영역 안에 놓였다.

"안 돼!"

카루나는 도망치는 대신, 도망치게 하는 것을 선택했다. 있는 힘껏 라크안을 밀었다. 조그만 여자아이의 힘이 얼마나 대단하랴마는, 라크안을 붙든 풀줄기는 카루나의 뜻을 알아차리고는 라크안을 뒤로 자빠트렸다. 퍽, 소리가 났다. 아마도 뒤통수를 딱딱한 바닥에 박았으리라.

'아프겠네.'

이 와중에 풋, 웃음이 났다. 그게 카루나의 마지막 웃음이었다. 흰 그림자가 카루나를 감쌌다.

"윽!"

카루나는 뼛속까지 시리게 하는 차가움에 몸을 떨었다. 꼭 얼음 속에 갇힌 것 같았다. 카루나는 흰 그림자에 감싸여 올가의 옆으로 끌려갔다. 올가는 카루나를 옆구리에 꼈다. 비로소 올가의 입가에 만족스런 웃음이 어렸다.

올가의 등 뒤로 눈바람이 몰려들어 소용돌이를 만들어 냈다. 그 소용돌이가 열리며, 전혀 다른 풍경을 비췄다. 시스는 소용돌이 너머의 풍경이 어디인지 단번에 눈치챘다.

"물의 장벽!"

그가 10년간 머물렀던, 북쪽 경계였다.

"안 돼, 막아. 막아야 돼! 막아!"

시스가 있는 대로 물의 힘을 끌어 올리며 소리쳤다. 그럼에도 막상, 올가를 공격하는 물줄기는 뭉툭하고 느렸다. 라크안을 공격할 때와는 하늘과 땅 차이였다. 주변에서 흰 그림자 무리를 막고 있던 전사들 몇이 시스의 말을 듣고 창을 던지려 하자.

"안 돼! 다치게, 다치게 하지 마라! 올가는, 올가는⋯⋯!"

차마 내 동생이라는 말은 못하고. 조금 전 자신이 했던 말과 정반대 되는 명령을 내렸다. 시스라고 그 모순을 모르는 건 아니었다.

"젠장, 젠장!"

하지만, 그는 차마 올가를 공격할 수 없었다. 카루나는 흰 그림자에 갇혀, 그 모습을 아득하게 바라보았다. 문득 의문이 들었다.

'왜 항상⋯⋯ 우리의 가까운 사람들을 이용하고, 다치게 하는 거야⋯⋯.'

황태자는 싫어했지만, 어쨌든 그와 가장 가까웠던 클레이엔. 자신에게 소중했던 리센. 시스의 하나뿐인 동생 올가.

눈의 땅에서 온 존재는 각 일족의 힘을 이어받은 이들의 주변 사람을 이용했다. 카루나는 그리 생각하며, 제게 창을 겨누는 시스를 바라보았다.

"빼앗길 바엔, 차라리 죽인다."

시스가 카루나에게 창을 겨눴다. 올가 대신 그가 선택한 과녁이었다.

'눈의 땅이 숲의 심장을 노리고 내 동생을 이용한 거라면, 차라리 숲의 심장을 죽이자. 나도, 눈의 땅도 가질 수 없게 만들리라.'

그러면 눈의 땅에서 온 존재는 쓸모없어진 올가를 이곳에 두고 갈지도 모른다. 보랏빛 눈이 예리하게 빛났다. 시스는 올벤 최고의 전사였다. 그가 노린 이상 올가를 제외한 무엇도 그의 창을 피할 수 없었다. 창끝은 정확히 카루나의 머리를 향했다.

'조금도 비껴 나선 안 돼. 자칫 잘못하면 내 동생이 다친다.'

시스는 물의 장막에서 눈의 땅에서 온 존재들을 겨눌 때보다 신중하게 조준했다.

라크안은 올가에게 붙잡힌 카루나를 멍하니 바라보았다. 제게 닿자마자 순식간에 눈앞에서 사라져 버렸다. 눈의 땅에서 온 존재에게 붙잡혀 멀어졌다. 마지막으로 닿았던 입술이 화끈거렸다. 낙인이 찍힌 것 같았다.

카루나. 여자. 숲의 심장.

붉은 눈이 흔들렸다. 눈동자를 덮은 탁한 안개가 조금씩 흩어지기 시작했다. 시스의 창끝이 카루나를 향했을 때. 피의 속박에 갇힌 심장이 날뛰었다.

'안 돼, 다치면 안 돼. 주인께 바쳐야 하는, 내…… 내……!'

윽. 라크안이 허리를 반으로 접으며 고꾸라졌다. 흰 그림자가 그 틈을 놓치지 않고 덮쳤다. 라크안은 한 손으로 검을 휘둘러 그것을 꿰뚫었다. 그가 쥔 검의 손잡이에는 커다란 청금석이 달려 있었다. 청금석에서 푸른 스파크가 일어 검 전체를 뒤덮었다. 눈의 땅에서 온 존재는 그 청금석의 기운을 견디지 못하고 녹아내렸다.

허억, 허억. 라크안은 거칠게 숨을 몰아쉬며 고개를 들었다. 이번엔 빈 허공을 향하지 않았다. 시스를 보지도 않았다. 흔들리는 붉은 눈동자가 향한 곳은 녹색 눈을 가진 소녀가 있는 곳이었다.

카루나. 여자. 숲의 심장.

그의 주인이 원하는 것이었다.

—*잡아야 한다.*

'지켜야 해.'

—*가지고 와야 한다.*

'구해야 해.'

—*주인에게로.*

'아니, 아니, 그녀는 내……'

거기까지 '생각'이란 걸 했을 때, 어김없이 피의 속박이 작동했다.

—*아무 생각도 하지 마.*

—*무엇도 기억하지 마.*

—*주인의 명령만 따라라.*

피의 속박이 끊임없이 속삭였다. 머리가 그 주문에 취해 하얗게 변했다. 아무것도 생각하지 않고, 아무것도 궁금해하지 않으며, 아무 감정도 느끼지 못하는 그런 존재가 되어야 했다. 그런데.

"나도 좋아해요, 아주 많이."

다급하고 간절한 목소리. 알고 있는 목소리보다 앳되고 기억하고 있는 것과 똑같이 사랑스러운 그 목소리가, 그를 놓아주지 않았다.

아니, 그가 그 목소리를 놓아주지 못했다.

—*아무 생각도 하지 마.*

"나도 좋아해요, 아주 많이."

—*무엇도 기억하지 마.*

"나도 좋아해요, 아주 많이."

—주인의 명령만 따르라.

"나도 좋아해요, 아주 많이."

떨림을 애써 숨기고 씩씩하게 말하던 소녀의 모습이, 그 목소리가……. 자꾸만 그의 심장을 두드렸다. 물기 어린 녹색 눈. 마지막의 마지막 순간까지 자신을 바라보던, 그 눈. 그 눈은, 주인의 것이 아니었다.

'내 것. 내 사람…… 카, 루나.'

입술에 살짝 닿았던 온기가 온몸으로 퍼졌다. 그 온기가 심장을 얽어맨 속박을 뒤흔들었다.

'카루나!'

내내 무표정했던 라크안의 얼굴이 일그러졌다. 그때, 창이 시스의 손을 떠났다.

"……!"

라크안은 본능적으로 그 창을 쫓아 몸을 날렸다. 창이 허공을 가르고 카루나에게 닿기 직전. 소용돌이 안으로 걸어 들어가던 올가가 뒤를 돌아보았다. 그녀가 손쓰기 전, 누군가 앞을 가로막았다. 라크안이 창끝을 겨우 움켜잡았다. 창이 유연하게 휘어 그의 몸에 박혔다.

"커헉!"

라크안은 피를 한 움큼 토하며 고개를 들었다. 올가와 눈이 마주쳤다. 올가가 한쪽 입꼬리를 비뚤게 치켜 올리며 웃었다. 올가에게 씐 그것이 속삭였다.

"이번에는 방해하지 못하겠군."

"너…… 절, 대 놓치지 않겠……."

라크안은 이를 악물고 손을 뻗었다. 흰 그림자에 덮여 얼음처럼 굳어 버린 카루나를 붙잡으려 했으나,

"카, 루나!"

닿지 않았다. 올가와 카루나는 소용돌이 속으로 사라졌다. 둘을 집어삼킨 소용돌이마저 사라지자, 골목을 가득 메웠던 흰 그림자는 아지랑이처럼 사라졌다.

"커, 흑."

라크안은 방금 전까지 소용돌이가 있던 빈 허공을 손으로 헤저으며, 그 자리에 무릎을 꿇었다.

"안 돼애애!"

시스가 고함을 지르며 달려들었다.

"너, 이 자식. 빌어먹을 늑대 새끼, 무슨 짓이야! 무슨 짓을 한 거야!"

시스는 대뜸 라크안의 멱살을 잡아 올렸다. 그러다 라크안의 눈을 보고는 숨을 집어삼켰다.

"속박을, 깼어?"

믿을 수 없다는 듯 중얼거렸다. 라크안은 시스의 손을 쳐내며, 제 배에 박힌 창을 스스로 뽑아냈다. 피가 분수처럼 솟구쳤다. 시스는 제 얼굴에 튄 피를 닦아 내며 뒤로 물러섰다.

라크안은 이를 악물고, 구멍 난 배를 손으로 꾹 누르며 지혈했다. 당장 죽지 않고, 쓰러져 정신을 잃기만 하는 것도 대단해 보일 정도의 상태건만. 라크안은 기어이 제가 쥔 검을 지지대 삼아 몸을 일으켰다.

"너……."

시스가 얼굴을 찌푸리며 뭔가 말하려 할 때였다. 사방에서 전사들의 고함 소리가 들렸다.

"나, 남쪽에서 군대가!"

"왕이시여, 남쪽의 국경이 뚫렸습니다. 평화 협정이 깨졌습니다."

"왕이시여, 늑대들이 동쪽 국경을 넘었다고 합니다. 왕이시여! 그들이 아무런 협약 없이 이쪽으로 오고 있다고 합니다."

동쪽과 남쪽의 국경이 뚫렸다는 급보가 전해졌다.

"숲의 심장을 구하러 온 건가?"

굳이 묻지 않아도 알 수 있었다.

"하!"

시스가 뒤로 물러서며 손으로 이마를 짚었다. 믿을 수 없다는 듯, 황당하다는 듯, 아니, 웃긴다는 듯. 실소를 터뜨리고 난 뒤 그 보랏빛 눈을 들어 라크안을 노려보았다.

더 이상 그와 라크안은 피의 속박으로 얽힌 주종 관계가 아니었다. 라크안은 그의 눈을 피하지 않고 마주쳤다. 붉은 눈은 고통에 일그러졌으나 더 이상 탁하지 않았다.

"숲의 심장 덕에 이제 와서 셋이 뭉칠 수 있게 된 건가? 모든 걸 포기하고 내려놓은, 이제 와서야?"

"……."

"그런데 어쩌지? 가장 중요한 숲의 심장을 빼앗겼으니 말이야. 그래 봤자 둘뿐이지 않은가."

으득. 시스가 이를 악물었다. 빼앗긴 건 숲의 심장뿐이 아니었다. 그의 단 하나뿐인 가족마저 넘어갔다. 구할 수 있는 마지막 희망을 망가뜨린 늑대가 바로, 저 붉은 눈의 늑대였다.

그가 원망스러웠으나, 정말로 원망할 수는 없었다. 원망을 품어야 하는 사람은 자신이 아니라 라크안이라는 걸 모르지 않았으니까. 하지만 라크안은 시스를 원망하거나 복수하려고 하지 않았다. 창에 배가 뚫려서도 기어이 일어서서는 북쪽 하늘을 바라볼 뿐이었다.

"구해 오면 돼."

라크안이 중얼대듯 말했다.

"뭐?"

"셋이든 넷이든 그딴 건 중요하지 않아. 빼앗겼으니 되찾아 온다. 구해 온다. 그러면 되는 거야."

라크안이 이를 악물며, 무너져 내리는 몸을 지탱했다. 몸을 돌려, 남쪽을 바라보았다.

저 멀리 모래뿐인 지평선 너머로 모래 먼지가 이는 게 보였다. 그 먼지는 단숨에 돌풍처럼 커져, 라크안이 서 있는 도시를 집어 삼킬 듯 달려왔다. 제일 앞에 서 있는 건 세나였다. 그 뒤에 철십자 기사단이, 그리고 황태자와 황실 기사단이 뒤따르고 있었다.

"나도 좋아해요, 아주 많이."

그건 카루나가 그에게 건 축복이자 저주였다. 또 다른 피의 속박이었다. 라크안은 배에서 철철 넘쳐흐르는 피에 맹세했다.

'반드시 널 구하겠어.'

구한다. 반드시 구한다.

"이번에야말로."

Chapter 16
눈이 내리는 이유

정신을 차렸을 때, 보이는 것은 온통 하얀 세상이었다. 구름으로 뒤덮인 하늘. 눈으로 뒤덮인 땅. 그리고 끊임없이 떨어져 내리는 눈.

'이곳이 눈의 땅.'

누가 말해주지 않아도 알 수 있었다. 카루나는 그 한가운데에 주저앉아 있었다. 찬 공기를 들이쉬니 몸이 오싹, 떨렸다. 눈 바닥에 닿은 손도 발도 시렸다.

'어떻게 된 거지?'

카루나는 손을 비벼 녹이며 기억을 더듬어 봤다. 마지막 기억은, 라크안의 탁한 붉은 눈이었다. 자신을 알아보지 못하는 그에게 입을 맞추고 좋아하는 마음을 고백했다. 그다음, 뼛속까지 시릴 정도로 차가운 기운에 잡혔고, 다시 눈을 뜨니 이곳이었다.

"끄으, 으…… 으…… 우으…… 커헉!"

옆에서 이상한 소리가 들렸다. 사람이 다 죽어 갈 때 토해 내는 신음소리였다. 카루나는 깜짝 놀라 옆을 바라보았다. 그리고 더욱 놀랐다.

"……!"

올가가 그녀의 옆에 쓰러져 있었다. 어째서 여태 눈치채지 못했는지 의아할 따름이었다. 그녀의 몸 주변에 일렁이던 흰 그림자는 보이지 않았다.

"영, 애……."

그녀는 제비꽃색 눈으로 피눈물을 흘리며 카루나를 불렀다. 눈의 땅에서 온 존재에게 씌지 않은 올가였다. 그 올가가 죽어 가고 있었다. 숨을 쉬기 힘든 듯했다. 아니, 아예 숨을 못 쉬는 것 같았다.

그녀는 숨 막혀 하며 두 손으로 제 목을 마구 긁었다. 손톱이 살갗을 뜯어 피를 냈다. 눈, 코, 귀, 입. 온몸에서 피를 토했다. 그녀의 주변은 이미 핏빛 눈밭이었다. 고통스러워하며 몸부림친 흔적이 고스란히 남아 있었다.

"어째서? 왜, 왜 이러는 거예요. 정신 차려 봐요. 다친 거예요?"

카루나는 올가를 끌어안고 그녀의 몸을 살폈다. 어디에도 다친 상처는 없었다.

"커흑!"

올가가 죽은피를 연신 토해 냈다.

"안 돼, 안 돼. 제발!"

카루나는 누구에게 바라는지도 모른 채, 그저 간절히 바라며 소리 질렀다. 그 때였다.

—내가 도와줄까?

바람결에, 낯익은 목소리가 들렸다. 분명 낯익은 목소리였다. 리센, 클레이엔, 그리고 올가까지. 눈의 땅에서 온 존재들에게 씌었던 사람들에게서 들렸던 미성과 같았다.

카루나는 고개를 들어 주위를 둘러보았다. 사람은 고사하고, 흰 그림자 하나 보이지 않았다. 그저 바람에 흩날리는 눈뿐이었다. 바람 소리를 잘못 들은 거라고 생각할 수도 있었으나, 카루나는 그러지 않았다.

"도와줘."

카루나는 허공에 대고 외쳤다.

"도와줄 수 있다면 당장 나타나 도와줘."

그러자 기다렸다는 듯 그 목소리가 다시 다가왔다.

―내가 도와주길 바라는 거야?

"그래. 도와줘. 이 사람을 죽이지 마!"

자신을 납치했으며, 인질이 되어서도 전혀 도움이 안 됐다. 눈의 땅에서 온 존재에게 씌어 이곳까지 오게 만들었다. 처음 만난 날부터 지금까지, 단 한순간도 도움이 된 적이 없었던 사람이다. 죽든지 말든지, 내버려 두고 못 본 척해도 그동안 당했던 분을 다 풀까 말까 하건만.

차마, 죽게 놔둘 수 없었다. 시스를 위해서는 언제든 죽을 준비가 되어 있다고 말하던 그 모습이 눈에 밟혔다. 값싼 동정심일지도 모른다. 한 번도 느껴 본 적 없는 가족애가 참으로 절절해서, 그게 부러워서 그런 건지도 모른다.

이유가 어쨌든, 올가가 여기서 죽는 것만은 막고 싶었다. 자신을 납치하고 괴롭힌 것에 대한 복수는 이곳에서 살아남은 다음에, 그 다음에 하리라. 나중에 제 힘으로 복수를 하기 위해서라도 올가는 지금, 여기에서 죽어서는 안 됐다. 카루나는 차갑게 식어 가는 올가의 몸을 끌어안으며 아무것도 없는 허공을 노려보았다.

"나한테 원하는 게 있지? 들어 봐서 해 줄 수 있는 거면 해 줄 테니까, 이 사람은 살려 줘."

그 말이 끝나기 무섭게, 주변에서 흰 그림자들이 스륵스륵― 일어나기 시작했다. 그것들은 우쭐우쭐, 춤을 추듯 흐느적거리며 카루나에게로 다가왔다.

카루나는 제국에서, 또 올벤에서 겪었던 그들의 습격을 떠올리며 몸을 움츠렸다. 카루나가 두려워하는 기색을 보이자, 그들은 더 가까이 다가오지 않았다.

다만 그들 중 하나가 앞으로 나서서 팔로 보이는 뭉툭한 몸의 일부를 내밀었다. 거기에 엄지손톱만 한 녹색 돌이 놓여 있었다. 카루나는 그것을 건네받아 목걸이의 녹색 돌과 비교해 보았다. 똑같았다.

'설마?'

카루나는 혹시나 하는 마음에 녹색 돌을 올가의 손에 쥐여 주었다. 효과는 바로 나타났다.

"허억, 허억……."

숨이 트였다. 올가가 거칠게 숨을 몰아쉬었다. 숨을 내쉴 때마다 입과 코에서 피가 흘렀다.

'이 돌이 눈의 땅에서 버티게 해 주는 건가?'

올가를 죽게 내버려 두지 않은 게 잘한 일이라는 생각이 들었다. 올가에게서 목걸이를 빼앗았기 때문에 자신이 멀쩡할 수 있었던 거니까. 그때, 흰 그림자들이 슬금슬금, 다가왔다.

'뭐지?'

카루나는 올가를 꽉 끌어안고 그들을 경계의 눈초리로 바라봤다. 흰 그림자들은 길쭉하기도 하고 뭉툭하기도 한 손 같은 것을 휘휘 내저었다.

"……."

카루나는 잠시 머뭇거리다가 그들에게 올가를 내주었다. 그들은 기다렸다는 듯 올가를 번쩍 들어 올렸다. 그러더니 올가를 이고는 꾸물꾸물, 어디론가로 향했다. 방향을 가늠하기는 어려웠으나, 카루나는 그들이 남쪽으로 내려가려는 것 같다는 생각이 들었다.

'저들을 따라가면 사막과 맞닿은 국경에 닿지 않을지도.'

희망이 지친 몸을 일으켜 세웠다. 카루나는 막연한 기대감을 가지고 그들을 뒤따르려고 했다. 그러나 그럴 수 없었다. 바닥에서 쑤욱- 흰 그림자들이 자라나 카루나를 막아섰다. 서로 손을 맞잡아 울타리를 쳤다.

카루나는 입술을 깨물고 그것들을 노려보았다. 앞을 막아서는 그림자들은 올가를 들고 가는 그림자들과 다른 모양이었다. 모난 구석 없이 둥글둥글했다. 크기도 카루나의 허리쯤에 올 정도로 작았다. 만들다 만 눈사람 같았다. 무서워하기 어려운 모양이었다. 이윽고 그것들은 카루나 주위를 빙빙 돌며, 올가가 간 곳과 정반대 방향을 가리켰다.

'나는 저쪽으로 가야 된다, 그건가?'

카루나는 멀어지는 올가를 잠시 바라보고는 돌아서 그들이 가리키는 방향으로 걸었다. 걸어갈수록 눈발이 거세졌다. 눈이 쌓여 푹, 푹, 발이 빠졌다. 덜컥 두려운 마음이 들어 뒤를 돌아보았다. 올가는 더 이상 보이지 않았다.

흰 그림자들은 또 막아섰다. 팔이라고 생각해도 될까 싶은 부위가 붕붕 흔들렸다. 가지 말라고 말리는 것 같았다. 상황에 맞지 않게 하는 짓이 꽤 귀여워 보였다. 쏟아지는 눈발을 맞아 몸이 좀 더 둥글둥글해진 것도 같고. 카루나는 저도 모르게 손을 내밀어 그것들의 머리를 쓰다듬을 뻔했으나.

'정신 차려, 카루나.'

닿기 전에 정신을 차리고, 손을 거둬들였다.

'설마 날 방심하게 만들려는 건 아니겠지?'

올가에게 정을 붙였다가 배신당한 게 방금 전이었다. 카루나는 그걸 되새기며 옷깃을 바싹 여몄다. 올가를 안고 있을 때는 그나마 괜찮았는데, 혼자가 되니 너무 추웠다. 심리적인 영향도 없잖아 있으리라.

몸이 달달 떨렸다. 아슬아슬, 한기가 올라왔다. 이대로 있다가는 독한 감기에 걸릴 게 분명했다.

'이 상황에서 감기에 걸릴까 봐 걱정하다니.'

카루나는 자조적인 웃음을 지으며 고개를 저었다. 그렇게 잡생각을 떨쳐 내고, 앞으로 닥칠 상황을 가늠해 보고 대책을 세우려 노력했지만, 울컥 치솟는 기억을 아주 털어 낼 수는 없었다. 특히나 바이켈드 공작저에서 먹었던 따뜻한 코코아가 자꾸만 생각났다.

'다시 먹을 수 있을까?'

그리운 건 단지 따뜻한 코코아 한 잔이 아니었다. 그걸 작은 손에 꼬옥 쥐여 주는, 바이켈드 공작저 사람들의 온기와 애정이었다. 몸은 그 때처럼 다시 어려졌건만. 따뜻한 코코아는 어디에도 없었다. 뼈가 아릴 정도의 추위뿐.

카루나는 이를 악물고, 한 발 한 발 내딛었다. 한 치 앞도 안 보일 정도로 눈발이 거세졌다. 찬 바람이 쌩쌩 불었다. 윙윙거리는 바람 소리 때문에 귀가 얼얼했다. 눈은 허벅지까지 쌓여, 한 발 한 발 내딛기도 버거웠다. 흰 그림자들이 앞으로 나서 눈길을 헤쳤다. 그래서 계속 걸을 수 있었다.

이대로 아무것도 없는 눈밭 위에 쓰러져 얼어 죽게 될지도 모르겠다는 생각이 들 때 즈음. 거짓말처럼 눈이 그쳤다.

"어?"

카루나는 눈을 깜빡이며 뒤를 돌아보았다. 방금 전, 카루나가 걸어왔던 길이 보였다. 저길 어떻게 건너왔나 싶게 눈바람이 몰아치고 있었다. 카루나의 발자국 따위는 생기자마자 눈바람에 휩쓸려 사라진 지 오래였다.

한 발, 카루나는 그 눈발로부터 딱 한 발 비껴 나 있었다.

'어떻게 이럴 수 있지?'

카루나는 주변을 둘러보았다. 바로 뒤는 눈바람 몰아치는 세상. 한 발 안으로 들어온 이곳은, 여전히 하얗지만 눈 한 점 내리지 않는 고요한 곳.

꼭 유리 온실에 들어온 것 같았다. 주위를 돌아보던 카루나의 눈이 어느 한 곳에 고정되었다. 눈이 그친 고요함 속. 그저 새하얀 눈밭 위. 하얀 하늘 아래.

거대한 얼음 비석이 서 있었다. 빙산이라고 해도 좋을 듯한 크기이나, 빙산이라기보다는 차라리 비석 같아 보였다. 대리석을 깎아 만든 듯 반듯하지는 않았다. 그 비석은 녹색이었다. 카루나가 목에 걸고 있는 목걸이에 달린 돌과 같은 색이었다. 하얀 세상에서 홀로 도드라졌다. 비석은 이 하얀 세상의 심장 같기도, 무덤 같기도 했다.

여기까지 카루나를 인도해 준 흰 그림자들은 녹아내리듯 사라졌다. 카루나는 그걸 알아차리지 못하고 녹색 비석으로 걸어갔다.

비석 아래, 사람의 형상이 보였다. 카루나는 흠칫, 놀라 멈춰 섰다. 이곳은 눈의 땅. 잘 알지는 못하나 라크안과 숲의 일족, 그리고 시스와 올가에게 어느 정도 주워듣기는 했다. '눈의 땅에서 온 존재들'이라 부르는 흰 그림자들이 살고 있는 곳이라고 했다. 사람이 산다는 이야기는 들어 본 적이 없다.

카루나는 다가가야 하나 말아야 하나 고민했다. 고민은 길지 않았다. 그녀에게는 되돌아간다는 선택지가 없었으니까. 힐끔, 뒤를 보았다. 눈보라가 몰아치는 바깥 광경이 보였다.

후우. 한숨을 내쉬고 다시 앞을 보았다. 다시 걸음을 내딛어 비석에 가까이 다가가니, 한 청년이 비석에 기대앉아 있는 게 보였다. 열 발자국쯤. 아니, 일고여덟 발자국쯤?

카루나는 멈춰 서서 청년을 바라보았다.

이제 스무 살이나 되었을까 싶었다. 뽀얀 우윳빛 뺨과 갸름한 턱선이 그의 나이를 짐작하게 해 주었다. 머리카락은 눈처럼 하얬다. 은발이 아니라, 하얀 색이었다. 그리고 눈.

그의 눈을 보는 순간, 카루나는 제가 가늠한 스물이라는 숫자를 머릿속에서 지웠다. 그의 눈은 천 년의 세월을 버틴 노인의 것이었다. 무척 지쳐 보였다. 기대고 있는 비석과 같은 색의 녹색 눈이 곱게 휘었다.

"안녕, 드디어 만나는구나."

그의 말을 듣는 순간. 조금 전 보았던 올가처럼, 숨이 막혔다. 그간 눈의 땅에서 온 존재와 마주칠 때마다 들었던 목소리가 생각났다. 흰 그림자들은 늘 카루나를 향했고 카루나를 원했다. 저 흰 머리 청년이 그 목소리의 주인이었다.

'그리고 어쩌면, 이 눈의 땅의 주인.'

숲과 사막이 끔찍해하는 눈의 땅에서 온 존재, 그 자체. 그 존재를 직접

대면한 것이다. 라크안도 세나도 시스도 올가도, 그 누구도 눈의 땅에서 온 존재가 사람의 형상을 하고 있다고 말하지 않았다.

'그렇다면 내가 처음으로 마주친 걸까? 왜?'

카루나는 저도 모르게 목걸이의 녹색 돌을 움켜쥐었다. 차가운 감촉에 정신이 확- 들었다.

"그게 마음에 들어? 다행이네."

그가 생긋, 웃으며 손을 내밀었다.

"……당신, 누구야?"

얼어붙은 목구멍에서 겨우겨우 목소리를 쥐어짜냈다. 스스로 듣기에도 놀랄 정도로 메마른 목소리가 흘러나왔건만. 듣는 사람은 아무렇지 않아 보였다.

"이런. 처음 보는 거라 못 알아보는 건가? 그래도 섭섭하네. 나는, 오래 전부터 널 알고 기다려왔는데. 처음 봤을 때부터 바로 널 알아봤는데."

그는 그저, 카루나가 자신을 못 알아보는 것이 섭섭한 듯했다. 그가 내민 손은 여전히 허공에 붕 떠 있었다. 그는 어서 잡아 달라는 듯 손을 살랑살랑 흔들었으나,

"당신, 누구냐고!"

카루나는 오히려 뒤로 물러섰다. 본능적으로, 지금 저 손을 잡으면 안 될 거 같다는 생각만 들었다.

두근, 두근.

심장이 뛰었다. 어떤 불안한 예감이 눈보라처럼 몰려들었다. 차라리, 등 뒤의 눈보라 속에 갇혀 있는 게 나았을지도 모른다는 확신이 들었다.

카루나는 그를 향해 스스로 걸어온 사람답지 않게, 새삼 그를 경계하며 몸을 움츠렸다. 그는 그런 카루나를 보며 퍽 섭섭한 표정을 지었으나, 이내 그 기색을 지우고 생긋- 웃어 보였다. 어쩐지 카루나는 그 웃음이, 자신과 닮았다는 생각이 들었다.

"내 이름은 아카론. 너만은 아론이라고 불러도 좋아."

그 이름을 듣는 건, 처음이 아니었다.

"……."

카루나는 두 손을 들어 입을 가렸다. 가리지 않는다 해도 비명이 나올 것 같지는 않았지만. 안 그래도 추위 때문에 하얗게 질린 얼굴에서 남은 핏기마저 가셨다.

"……아, 카론?"

조그맣게 중얼댄 목소리에, 아론은 흐뭇하게 미소 지었다.

"그래, 내가 아론. 네 쌍둥이란다. 태어나자마자 헤어질 수밖에 없었던."

"그럴 리가……."

카루나는 채 말을 끝맺지 못했다.

"네 어머니는 항상 딸을 낳으면 카루나의 카나라고 이름을 지을 거고, 아들을 낳으면 아카론, 아론이라고 부르겠다고 말했단다."

숲의 장로가 해 줬던 말이 귓속을 맴돌았다. 아카론, 아론. 그 이름을 가진 남자가 애틋한 눈빛으로 카루나를 바라보며 다정히 물었다.

"내가 먼저 태어났으니, 오라비라고 불러야겠지?"

"……."

"너를 기다렸어. 너만을. 이 세상에 단 하나뿐인 내 반쪽."

그가 손을 까딱였다. 아직도 내 손을 잡지 않을 거냐고 묻는 듯. 그 손을 바라보는, 녹음을 닮은 눈이 크게 흔들렸다.

* * *

대단치 않은 이야기였다. 한 남자가 한 여자를 만나 사랑하게 되고, 그 여자의 사랑을 받았다는 이야기. 끝내 그 사랑을 이루지 못하고, 태어난 아이들만 남긴 채 비참하게 죽을 수밖에 없었다는 결말.

다른 점이 있다면, 태어난 아이들이 부모의 죽음을 먹고 살아남았다는 것일 것이다.

죽어 가는 숲의 장로에게는 영특한 후계자가 있었다. 그녀의 이름은 시에나.

숲의 일족은 모두 그녀를 사랑했다. 숲은 그녀의 손길 아래에서 울창하게 자라나고 아름답게 꽃폈다. 그녀는 역대 어느 장로보다 숲을 사랑했으며, 숲의 사랑을 받았다. 숲의 일족은 그녀가 시조 카스라의 환생이라고 말하며 자랑스러워했다.

그런데 숲의 사랑을 한 몸에 받는 그녀의 눈은 정작, 숲 밖을 향했다. 북쪽 경계 너머의 땅. 그곳은 눈의 땅이라 불리는 저주받은 땅이었다.

눈의 땅에서 온 존재들은 시도 때도 없이 쳐들어와 숲을 공격했고, 숲의 일족은 그들을 물리쳐 숲을 지켜왔다. 숲의 장로는 그런 숲의 일족을 이끄는 존재. 누구보다 눈의 땅을 미워하고 혐오해야 하건만, 그녀는 숲과 달리 하얗기만 한 세상에 호기심을 느꼈다.

어느 날, 그녀는 남몰래 경계를 넘어 눈의 땅에 발을 디뎠다. 그녀는 뛰어난 궁수였기에, 혼자서 흰 그림자 대여섯 정도는 어려움 없이 처치하곤 했다. 흰 그림자가 보이면, 보이는 족족 없애 버리리라 잔뜩 긴장했건만. 이상하게도 그날따라 흰 그림자는 보이지 않았다.

스무 발자국 걸을 때 즈음, 그녀는 활을 내리고 긴장을 풀었다. 서른 발자국부터는 온통 하얀 눈의 땅에 홀렸다. 그리고 육십 발자국을 걸었을 때. 숨이 막혀 왔다. 시에나는 목을 움켜쥐고 눈밭 위에 쓰러졌다. 울컥, 피를 토하며 자신의 스승이자 어머니인 숲의 장로의 말을 떠올렸다.

"눈의 땅은 독으로 가득한 곳이다. 저 눈은 그냥 눈이 아니야. 악룡의 독이 얼어붙어 눈으로 내리는 것이니, 보통 사람은 그곳에서 백 발자국도 걷지 못하고 죽게 된다. 그러니 절대 그곳에 들어가서는 안 돼."

하얀 세상에 마음을 빼앗겨, 그 경고를 무시하고 발을 내디딘 대가는 죽을 것 같은 고통과 피였다. 시에나는 제가 토한 피로 붉게 물들어 가는 하얀 눈밭을 바라보며 천천히 죽어 갔다. 마지막 숨을 내쉬기까지 얼마 남지 않았을 때.

흐릿한 시아에 무언가 비쳤다. 사람의 형상이었다. 눈밭 위에 단정히 서 있는.

"이번 대 숲의 심장은 용맹무쌍한 아가씨로군."

웃는, 하지만 어쩐지 씁쓸하게 느껴지는 목소리를 마지막으로 시에나는 정신을 잃었다. 그 순간에도, 자신을 안아 드는 차가운 손길과, 제 손안에 잡히는 딱딱한 돌의 감촉이 느껴졌다.

다시 눈을 떴을 때. 그녀는 숲과 눈의 땅 경계선에 쓰러져 있었다.

"시나!"

오랜 친구, 카젤인이 목책을 넘어 달려왔다.

"여기서 뭐하고 있는 거야, 언제 눈의 땅에서 온 존재들이 나타날지도 모르는데, 혼자 목책을 넘어가다니!"

카젤인이 잔소리에 가까운 걱정을 늘어놓으며 손을 내밀었다. 시에나는 그의 손을 잡고 일어섰다. 카젤인의 손은 따뜻했다. 시에나는 그의 손을 잡으며, 그와 달리 차가웠던 누군가의 손을 떠올렸다. 괜히 반대편 손이 차가워지는 기분이 들었다.

시에나는 꽉 주먹 쥐고 있던 반대편 손을 살짝 펴 보았다. 그녀는 반들반들한 녹색 돌을 쥐고 있었다. 오랫동안 손에 쥐고 있었는데도 돌은 미지근해지지 않고 여전히 차가웠다.

'꿈이 아니야.'

서늘한 손길. 곤란해하는 목소리. 그게 전부였지만, 시에나는 가슴이 콩닥콩닥 뛰었다. 그 두근거림이 미지의 존재에 대한 호기심에서 한 사람에 대한 애정으로 바뀌는 데에는 그리 오랜 시간이 걸리지 않았다.

시에나는 녹색 돌을 돌려주러 가는 거라고 스스로를 합리화하며, 또 남몰래 목책을 넘었다. 채 백 걸음을 걷기 전에 쓰러질지 모른다는 두려움은 눈의 땅에서 만난 남자에 대한 호기심을 이기지 못했다.

어째서인지 백 걸음을 넘게 걸어도 전과 같은 죽음의 고통은 찾아들지 않았다. 눈보라가 거세질 때 즈음, 그녀를 이리로 이끌었던 그 존재가 다시 눈앞에 나타났다.

머리가 눈처럼 하얬다. 무엇보다 그 머리카락에 눈이 갔다. 이후 사내를 찬찬히 살펴본 시에나는 저도 모르게 얼굴을 붉혔다. 사내는 미남이었다. 숲의 일족 특유의 건강하고 생기 넘치는 외모와는 전혀 결이 달랐다. 유리, 아니, 얼음으로 깎은 듯 시리면서 날카로웠다. 그러면서도 쓸쓸하고 애처로워 보여서, 눈을 떼려야 뗄 수가 없었다.

"이런, 또 오다니."

그는 고개를 저으며 옅게 미소 지었다. 반가운 건지 곤혹스러운 건지 분간이 안 가는 표정이었다.

"이거, 이걸 돌려주려고 왔어요. 당신 것이지요?"

시에나는 내내 쥐고 있던 손을 펴 녹색 돌을 내보였다. 그러자 그의 웃음이 좀 더 진해졌다.

"내가 준 것이긴 한데, 지금 그걸 내게 돌려주면 그쪽이 곤란해질 거야."

곤란한 건 오히려 남자 쪽인 듯했다. 시에나가 한 발 다가서자 그만큼 뒤로 물러섰다. 가까이 다가오지 말라고 손을 내저었다. 그러면서 남자는 시에나에게서 눈을 떼지 못했다. 생기 가득한 녹색 눈이 그의 시선을 사로잡았다.

시에나는 저를 반기지 않는 그를 보며 덜컥, 서운함을 느꼈다. 그리고 자신이 그런 감정을 품었다는 것에 또 덜컥, 놀랐다.

'뭐야, 저 남자가 누군 줄 알고 서운하다는 거야? 시에나, 정신 차려!

너랑 저 사람은 아무 사이도 아냐. 얼굴을 제대로 마주친 것도 이번이 처음이잖아. 왜? 저 사람이 당연히 널 반길 거라고 생각했어?'

스스로를 다그쳐도 서운한 마음은 쉬이 가시지 않았다. 그래서였다. 시에나는 평소의 그녀답지 않게 굴었다.

"나는 남의 것을 탐내는 사람이 아니에요."

저도 모르게 퉁명스럽게 말해 버렸다.

'아니, 이게 아닌데. 지난번에 구해 줘서 고맙다고 말하고 싶었던 건데…….'

시에나의 얼굴은 대번 울상이 되었다. 눈보라가 심해 얼굴이 잘 보이지 않으리라는 게 그나마 위안거리였다.

"내 말뜻은 그런 게 아니라……."

"내가 가까이 다가가는 게 싫다면, 좋아요. 제가 던질 테니까 받으세요. 이것만 돌려주고 난 바로 돌아갈 테니까요."

고맙다는 말도 하지 못했고, 그가 누군지 호기심을 충족하지도 못했다. 그래도 그런 것 따위, 다 소용 없다는 생각이 들었다. 그저 저를 반기지 않는 저 사람에게 섭섭한 티를 잔뜩 내고는 매몰차게 돌아서고 싶을 뿐이었다. 그런다고 저 사람이 제 섭섭함을 알아줄지는 미지수지만.

시에나는 돌을 든 손을 번쩍 들어 올렸다.

'지금 내가 뭘 하고 있는 거지?'

자신이 애처럼 군다는 자각이 들었다. 그렇다고 이제까지 저지른 무례를 모르는 척 싹 입 닦고 다시 남자에게 살갑게 굴 수는 없는 노릇이었다.

'망했어.'

이대로 숲으로 돌아가면 다시는 눈의 땅 쪽으로 고개도 돌리지 않고 살리라. 그리 생각하며 녹색 돌을 사내에게 집어 던졌다. 아니, 집어 던지려고 했는데…… 던지지 못했다.

"……!"

분명 저 멀리 서 있었건만. 남자가 어느새 시에나의 코앞에 와 있었다. 눈보라 속에서 휘날리는 하얀 머리카락. 훤히 드러난 짙은 녹색의 눈이 선명하게 드러났다. 이 하얀 세상에서 시에나가 유일하게 볼 수 있는 녹음을 닮은 빛이었다.

시에나는 당장에 돌을 던지려던 자세에서 굳어 버렸다. 눈보라에 얼어붙어 얼음 동상이 되어 버린 것 같았다. 남자는 그런 시에나를 보며 살며시 웃었다.

두근. 시에나의 심장이 뛰었다.

'어?'

시에나는 깜짝 놀라 눈을 깜박였다.

"이걸 놓으면 또 아플 거예요. 그러니까 이 눈의 땅을 떠나기 전까지는 꼭 쥐고 있어야 합니다. 난 이 말을 하고 싶었던 거예요."

남자가 시에나의 손을 붙잡고는 헐겁게 녹색 돌을 쥐고 있는 손을 꼭 말아주었다.

'차가워.'

그의 손은 기억했던 것만큼 서늘했다.

"……."

시에나는 멍하니 그를 올려다보았다. 조금 전, 흥분하여 잊고 있었던 호기심과 호기심 이상의 그 어떤 감정이 다시금 새록새록 샘솟았다.

'당신은 누군가요?'

입가에 맴도는 질문을 차마 꺼내지 못한 건, 그의 얼굴이 무척 쓸쓸해 보였기 때문이었다. 누구냐고 묻는 질문은 곧, 당신이 누군지 나는 전혀 모르고 있다는 의미. 정말로 그가 누군지 모르고 있지만, 그럼에도 굳이 입 밖으로 그런 말을 꺼내고 싶지 않았다.

"만약 내 말이 다르게 들려 상처를 받았다면, 미안합니다. 사람과 대화하는 건 너무 오랜만이라."

그가 자조적으로 웃으며 말했다.

"그런 의미가 아니었어요. 미안합니다."

"아니요, 제가 죄송해요. 아니, 고마워요."

"네?"

"고맙다고요. 아니, 미안하다고요."

"……."

"……."

'이게 아닌데.'

생각이란 걸 하고 말해야 하는데. 입만 열리면 머리를 거치지 않은 말들이 뒤죽박죽 엉망으로 쏟아졌다. 시에나는 자신이 한심하게 느껴져서, 또 너무 부끄러워서 도무지 이 자리에 계속 서 있을 자신이 없었다.

'안 되겠어, 일단 여기를 벗어나야겠어.'

시에나는 남자의 손을 뿌리치고 뒤돌아서려고 했다. 그런데.

"……?"

남자의 손이 손목에서 떨어지지 않았다. 시에나는 좀 더 힘을 주어 손을 흔들었다. 그래도 남자의 손은 여전히 시에나의 손목을 감싸고 있었다.

"저, 저기요?"

시에나는 슬그머니 남자를 불러보았다. 남자가 시에나를 빤히 내려다보고 있었다. 그 시선 때문에 괜히 뺨이 간질간질했다.

"왜 그러나요?"

"이, 이것 좀 놓아주세요."

"왜요?"

"왜라니……."

시에나가 눈을 깜빡였다.

"네, 왜요?"

"당연히……."

"당연히?"

"돌, 돌아가야 하니까요."

"아아. 도망가야 하니까 놔달라는 말이군요."

남자가 이제야 알겠다는 듯 고개를 끄덕였다.

"그렇다면, 놓아줄 수 없습니다."

"네, 그러니까 어서 놓…… 네?"

"놓아주기 싫다고요."

남자가 빙긋, 웃으며 시에나의 손을 좀 더 꽉 움켜쥐었다.

"네에?"

시에나의 눈이 뎅그래졌다. 그렇게 두 사람의 눈이 마주쳤다. 그 순간.
두근, 두근. 심장이 뛰었다.

'어어?'

시에나는 아직 남자에게 붙잡히지 않은 손을 들어 제 왼쪽 가슴 위에
얹었다. 그러면서도 남자에게서 눈을 떼지는 못했다. 남자의 눈은 시에나
처럼 녹색이었다.

하지만 녹음을 닮은 시에나와 녹색과는 뭔가 달랐다. 좀 더 짙고 어두
웠다. 깊었다. 시에나는 그 속에 빠져드는 것 같은 기분이 들었다. 눈을
깜빡이지조차 못한 채, 멍하니 남자와 눈을 마주쳤다.

그건 남자 역시 마찬가지였다. 그는 시에나의 다른 한 손마저 움켜잡았다.
시에나는 두 손 모두 붙잡혔다. 남자가 한 걸음, 그녀에게 다가갔다. 시에나
는 뒤로 물러설 수 없었다. 쿵쿵, 세차게 뛰는 심장이 그를 거부하지 말라고
외치고 있었다. 심장 소리가 머리끝까지 차올라, 귀가 먹먹했다.

"내가 잡았으니까, 내 거잖아요? 그러니까 도망가지 말아요. 좀 더 나와
함께 있어 줘요."

귀가 먹먹한데도 그 말은 너무도 선명하게 들렸다. 목소리는 서늘하니
차분하고 단단했다. 두 눈은 메말랐고 눈물 한 방울 보이지 않았다.

그런데도 시에나는 그가 울음을 참고 말하는 것 같다는 생각이 들었다. 녹음을 닮았으나 훨씬 질척하고 깊은, 늪과 같은 그의 눈에서 빠져나올 수가 없었다. 굳이 허우적대며 빠져나오려고 애쓰고 싶지도 않았다. 이대로 그에게 붙잡혀, 영원히 그의 곁에 있고 싶다는 생각까지 들었다. 시에나는 그런 자신의 마음을 깨달았다.

"아……."

눈물이 그녀의 두 눈에서 흘러내렸다.

'당신이군요. 내가 기다려 왔던, 나의 반려가.'

영혼에 각인되는 감각은 말로 표현할 수 없을 만큼 황홀하며 벅찼다. 이 감정을 다른 무엇이라고 실수로라도 착각할 수 없었다. 어쩌면 정신을 잃어 가며 언뜻 보았던 첫 만남 때 이미, 그를 알아본 것일지도 모른다. 그러니 죽을지 모를 두려움을 무릅쓰고 또 목책을 넘어 여기까지 제 발로 걸어 들어온 것이 아닐까.

둑이 무너지듯, 감정이 몰아닥쳤다. 그녀를 가득 채우고 넘쳐 눈물로 흘러내렸다.

"우는 건가요? 내가 무서워서? 나와 함께 있고 싶지 않아서?"

그가 손을 들었다. 눈물을 닦아 주려는 듯 했지만 뺨에 손끝이 닿기 전, 그 손이 멈췄다. 방금 전 대담하게 양 손목을 움켜쥔 사람답지 않았다.

뜨거운 눈물에 손이 녹고, 심장이 녹을까 두려운 걸까. 만약 그런 거라면, 기꺼이 제 눈물로 그를 녹이고 싶었다. 그렇게 해서라도 그의 심장을 가질 수 있다면, 시에나는 이대로 백 일이고 천 일이고 울 자신이 있었다. 그만큼 그를 원했다.

시에나는 고개를 숙여 그의 손에 제 뺨을 가져다 댔다. 뺨에 손바닥이 닿았다. 움찔, 그가 떠는 게 느껴졌다.

"……뜨거워."

"이게 나예요."

"……."

그는 조심스럽게, 시에나의 뺨을 문질렀다. 그의 손이 눈물로 젖어 들었다. 눈물은 금방 차게 식었지만, 그녀의 눈물이 전해 준 온기는 계속해서 그의 손끝에 머물렀다.

"내 이름은 시에나. 당신이 시나라고 불러 줬으면 좋겠어요."

시에나가 말했다. 그가 머뭇거리다가 입술을 달싹였다.

"시, 나?"

"……!"

그에게 이름을 불린 순간. 감당할 수 없을 만큼 거대한 기쁨과 행복의 감정이 몰려들었다. 이대로 심장이 터져 죽어 버리는 게 아닐까 무서울 정도였다.

숲의 장로의 후계자로 살며, 눈의 땅과 맞닿은 경계를 지키는 경비대의 일원으로 활약하는 동안 죽는 걸 두려워한 적은 없었다. 그런데 지금. 죽음의 땅이라 불리는 눈의 땅 한가운데에 서 있는 지금, 시에나는 죽는 게 두려워졌다. 이제야 겨우 맛본 이 기쁨과 행복을 잃고 싶지 않았다.

"당신의 이름을 알려 줘요."

"내 이름?"

"그래요, 당신의 이름."

"나는……."

그는 천천히 기억을 더듬더니, 제 이름이나 남의 이름처럼 어색해진 그 이름을 입에 담았다.

"소렌."

그 이름은 시에나도 익히 들어 알고 있는 이름이었다.

"그래, 내 이름은, 소렌. 소렌."

그는 마치 천 년 만에 자신의 이름을 말해 본다는 듯 더듬더듬 말했다.

"소렌."

시에나는 그의 이름을 불렀다. 남자가 감동인지 경악인지, 분간이 안 가는 표정을 지었다.

그 얼굴을 보고 있노라니, 역시나 지금은 죽고 싶지 않았다. 반려를 만난 기쁨과 행복을 오래도록 누리고 싶은 욕심은 둘째치고라도, 내내 외로웠을 이 사람을 홀로 두고 죽고 싶지 않았다.

시에나는 다시 한 번 그의 손을 뿌리쳤다. 이번엔 너무 쉽게 벗어날 수 있었다. 시에나는 뒤로 물러서거나 달아나는 대신, 그의 양팔을 잡고, 발돋움했다. 한껏 고개를 들어, 얼빠진 표정을 짓는 남자의 입술에 입을 맞췄다. 차가운 얼음에 입 맞추는 기분이었다. 그 서늘함이 좋았다.

"소렌. 당신이 내 반려예요. 나는 당신을 사랑하고, 또 사랑받기 위해 태어났어요. 지금까지 당신을 만나기 위해 살아왔고, 이제야 당신을 만나 당신을 사랑하게 되었어요."

눈보라 몰아치는 죽음의 땅. 온기라고는 녹색 돌을 아슬아슬하게 움켜쥔 시에나의 것뿐. 그녀는 그 무엇도 싸늘하고 차가운 세상에서 숲의 종달새보다 더 달콤하게 사랑을 속삭였다. 소렌은 믿을 수 없다는 듯, 제게 입 맞춘 여인을 내려다보았다.

그가 확신을 가질 때까지 얼마든 다시 입 맞추리라. 시에나가 다짐하며 다시 한 번 발꿈치를 들어 올리려 할 때였다. 소렌이 시에나의 양 어깨를 감싸 쥐고 뒤로 밀었다. 너무 정중하고 조심스러운 손짓인지라, 시에나는 제가 밀려나는 줄도 몰랐다.

"어?"

소렌과 자신의 거리가 팔을 뻗어도 닿을 듯 말 듯하게 멀어지고야 밀려난 줄 알았다.

"나는…… 미안합니다. 미안해요."

소렌이 얼굴을 찡그렸다. 그는 무척이나 곤혹스러워 보였다.

"내가 당신을 오해하게 만들었습니다. 당신은 지금, 생기라고는 하나도 없는 죽음의 땅에 서 있어요. 이런 곳에서는 비쩍 마른 나뭇가지를 봐도 반가운 법이지요. 하지만 나는 비쩍 마른 나뭇가지만도 못한 존재입니다. 내가 당신의 반려일 리 없습니다."

"하지만 나를 잡았잖아요. 도망가지 말라고 했잖아요!"

"그건……."

소렌의 표정이 처연해졌다. 미처 숨기지 못한 그의 속내가 드러난 것이었다. 하지만 목소리는 표정과 전혀 달랐다.

"그저, 장난이었습니다. 오랜만에 나 외의 사람을 만난 게 반가워서, 그래서 그랬던 겁니다. 그러니 마음에 담아두지 마십시오."

그녀의 싱그러운 웃음과 생기 가득한 녹색 눈동자에 시선을 빼앗겼으면서. 그는 그런 적 없다는 듯 무뚝뚝하게 말했다.

"왔던 길을 돌아가십시오. 목책 앞에서 그 녹색 돌을 멀리 던지면, 그러면 잠깐의 만남은 모두 잊힐 겁니다. 용감하고 씩씩한 숲의 아가씨."

그는 매정하게 돌아섰다. 시에나는 그가 준 녹색 돌을 꽉 움켜쥐었다. 돌은 여전히 차가웠으며, 여전히 눈의 땅의 독기로부터 그녀를 지켜 주고 있었다.

시에나는 그가 이 녹색 돌과 똑같다고 생각했다. 생각은 생각으로만 끝나지 않았다. 이 세상 어느 숲의 일족이 제 반려가 제게 등을 돌리는 걸 지켜만 본단 말인가. 시에나는 뛰어가 소렌의 팔에 덥석 껴안았다.

"날 우습게 보지 말아요!"

소렌은 화들짝 놀라며 걸음을 멈췄다. 얼마나 놀랐는지 시에나를 뿌리치기는커녕, 그녀를 내려다보지도 못했다. 앞만 바라본 채 얼음이 되어 버렸다. 시에나는 나무 타기 솜씨를 발휘하여 아예 그의 팔에 매달렸다.

"……!"

눈보라 흩날리는 허공을 바라보는 청록색 눈동자가 사정없이 흔들렸다. 그러면서도 끝내, 시에나를 뿌리치지는 못했다.

"나는 최초의 숲을 수호하는 숲의 일족, 시에나예요. 절대 내 반려를 놓치지 않을 거예요."

시에나는 얼른 제 품 속에 손을 집어넣어 조그만 가죽 주머니를 꺼냈다. 주머니를 톡톡 두드리자 깨알만 한 씨앗이 우수수 떨어졌다. 시에나가 씨앗이 떨어진 바닥을 발로 두드리자, 씨앗이 새싹을 틔웠다.

새싹은 가늘고 유연한 연둣빛 줄기가 되었다. 줄기는 소렌의 두 다리를 타고 올라 그의 허벅지까지 꽁꽁 감쌌다. 그제야 남자가 고개를 움직였다. 제 팔에 매달린 시에나가 아니라 저를 묶은 식물을 내려다보았다. 청록색 두 눈에 이채가 감돌았다. 시에나는 뿌듯하게 웃어 보였다.

하지만 그 놀람과 기쁨은 그리 오래가지 못했다. 눈보라는 세찼다. 눈이 두껍게 쌓인 죽음의 땅은 푸릇한 식물이 뿌리 내릴 한 뼘의 땅도 내주지 않았다. 식물은 곧 꽁꽁 얼어붙었다. 소렌이 크게 움직이지 않았는데도 파사삭- 산산이 조각나 흩어졌다.

'역시 넷이 아니면 안 되는 것인가.'

소렌은 낙담했다. 시에나는 울상이 되었다. 저를 보지 않는 소렌과 바닥에 흩어진 얼어붙은 식물을 번갈아 바라보더니, 이윽고 마음을 굳게 먹고 소렌의 팔을 놔주었다. 대신 소렌의 손을 잡았다. 팔을 붙잡혔을 때는 맞닿은 면적이 넓었지만, 옷소매 때문에 시에나와 직접적으로는 닿지 않았다. 하지만 손은 달랐다.

손과 손. 맨살과 맨살이 맞붙었다. 두 사람의 손바닥 사이로 녹색 돌이 데구르르, 굴렀다. 소렌은 혹여나 그 돌이 손바닥 사이로 흘러 떨어질까 싶어 시에나의 손을 꽉 움켜잡았다.

자신은 상관없지만, 시에나가 문제였다. 돌을 가지고 있지 않으면 눈의 땅을 뒤덮은 차가운 공기가 그녀를 단번에 죽음으로 몰고 갈 테니까.

시에나는 헤헤, 웃어 보였다.

"이런."

소렌은 그걸 보고야 자신이 시에나의 꾀에 넘어 갔다는 걸 깨달았다. 시에나는 소렌과 맞잡은 손을 흔들며, 그의 발아래 쭈그려 앉았다.

"미안, 얘들아. 다음엔 꼭 숲에다 심어 줄게."

시에나는 얼어붙은 줄기들 사이사이에 떨어져 있는 씨앗을 거뒀다. 씨앗 한 알 한 알에게 미안하다고 사과했다. 그러면서도 소렌과 맞잡은 손은 절대로 풀지 않았다. 소렌도 씨앗도 절대 포기하지 않겠다는 의지였다. 소렌은 당해 낼 수 없다는 듯 웃음 지었다.

"그렇게 서 있지만 말고 좀 도와줘요."

시에나가 소렌의 손을 쭉쭉 잡아당겼다. 소렌은 잠시 망설이다가 시에나처럼 무릎을 접고 쭈그려 앉았다. 몰아치는 눈보라가 그의 너른 어깨에 부딪쳐 주변으로 흩어졌다. 시에나는 그를 방패 삼아 눈보라를 피할 수 있었다.

그는 눈과 바람만 막아 줄 뿐. 바닥에 흩어진 씨앗에는 손대지 않았다. 대신 시에나가 마지막 씨앗을 주울 때까지 기다려 주었다. 시에나는 마지막 씨앗을 줍고도 미처 못 주운 씨앗을 찾는 척 미적거렸다. 소렌은 그런 모습까지 봐주지는 않았다.

"이제 돌아가야 할 시간입니다."

먼저 일어나 시에나를 번쩍 일으켜 세웠다. 좀 더 눈 구경을 하고 싶다는 둥 철없는 소리를 늘어놓는 아가씨를 끌고 숲과 맞닿은 경계 근처까지 갔다. 그때까지도 둘 다 맞잡은 손을 놓지 않았다. 시에나는 소렌에게 질질 끌려가면서도 꽉 맞잡은 손을 보며 싱긋, 웃음 지었다.

숲의 경계에 서 있는 목책이 보일 즈음, 소렌이 멈춰 섰다.

"내가 오지 말라고 해도, 다시 오겠지요?"

"네. 그럴 거예요. 그런데, 내 이름을 한 번만 더 불러 주면 안 되나요?"

"……시나."

소렌이 잠시 주저하다 작은 목소리로 그녀의 이름을 불러 주었다. 시에나는 헤헤, 웃음 지었다. 얼굴 가득 기쁨이 피어올랐다. 소렌은 넋을 잃고 그녀를 바라보았다. 시에나는 시에나 나름대로 벅차오르는 감정을 어쩌지 못해 분주했다. 고작 이름을 불렸을 뿐인데, 감당할 수 없을 만큼 행복했다.

시에나는 새삼스럽게 제 앞에 선 남자를 바라보았다. 눈을 닮은 하얀 머리카락, 무뚝뚝한 척하지만 제게서 떨어지지 않는 짙은 녹색의 눈. 서늘한 입술까지. 모든 게 다 좋았다. 더할 나위 없이 좋았다.

'내 반려.'

시에나가 눈을 반짝반짝 빛내며 소렌을 바라보았다. 소렌은 그녀와 차마 눈을 마주치지 못하고 고개를 살짝 옆으로 돌렸다. 귓불이 붉었다.

"어떻게 하면 당신을 또 만날 수 있나요?"

"……."

소렌은 저를 쳐다보느라 눈도 깜빡이지 않는 시에나를 보며 긴 숨을 내쉬었다.

"당신이 눈에 땅에 들어오면……."

"시나."

"네?"

"시나. 시나예요, 저는. 당신이 아니에요."

"음……."

"시나."

"시……."

"알겠어요. 시나."

"네. 소렌."

크흠, 소렌이 헛기침을 하고는 오랫동안 잡고 있던 손을 풀었다. 시에나가 아쉬워 손가락을 꼼지락거리자, 시에나의 손에 녹색 돌을 꼭 쥐여 주었다.

"시나가 오면 언제든 내가 마중 나갈게요. 단, 이걸 꼭 가지고 있어야 해요."

"그건 걱정하지 말아요."

시에나가 생긋, 웃으며 말을 이었다.

"소렌, 당신에게서 받은 거잖아요. 절대 몸에서 떼어 놓지 않을 거예요. 숲에 있을 때도요."

소렌은 아무 말도 하지 못했다. 눈동자만 마구 흔들릴 뿐이었다.

"또 봐요! 내가 가면 만나러 나오겠다는 약속, 꼭 지켜야 할 거예요. 안 그러면 소렌을 찾을 때까지 눈의 땅을 뛰어다닐 테니까 말이에요. 늑대의 몸을 입고요!"

시에나는 녹색 돌을 든 손을 붕붕 흔들며 목책으로 달려갔다. 그녀의 맑은 웃음소리가 눈의 땅에 넓게 퍼졌다. 소렌은 시에나가 목책 너머로 사라질 때까지, 꼼짝하지 않고 그녀의 뒷모습을 바라보았다. 그녀의 모습이 사라지고 나서야 천천히 뒤를 돌아보았다.

고요한 눈의 땅에 흰 그림자가 가득했다. 곳곳의 빈자리에서는 쑤욱― 흰 그림자가 자라나 생기고 또 생겼다. 숲의 일족과 물의 일족이 '눈의 땅에서 온 존재'라고 부르는 것들이었다.

우워어어. 어우아어어어.

얼굴인 듯 뭉친 덩이에 뚫린 까만 구멍에서 알아들을 수 없는 괴성이 흘러나왔다. 흰 그림자들은 팔인지 채찍인지 모를 길쭉한 것을 휘두르며, 소렌에게 위협적으로 다가왔다. 그들이 소렌에게 닿기 직전. 짙은 녹색 눈이 싸늘하게 빛났다.

"감히."

한숨과도 같은 나직한 목소리가 바람결에 흩어졌다. 곧 소렌으로부터 눈보라가 휘몰아치기 시작했다. 눈보라는 단번에 흰 그림자들을 휩쓸었다. 지나간 자리마다 눈이 무겁게 내렸다.

흰 그림자들은 눈보라에 짓눌려 눈 속으로 파묻혔다. 고요한 눈밭 곳곳에서 기어이 발악하는 흰 그림자들이 꿈틀댔다. 소렌은 무심히 그것들을 발로 짓밟으며 걸었다.

눈보라는 소렌이 한 걸음 한 걸음, '그것'에게 가까워질수록 강해졌다. 그가 마침내 '그것' 앞에 다다랐을 때, 정작 눈보라는 더 이상 견디지 못하고 사라져 버렸다.

소렌은 하늘 높은 줄 모르고 솟아 있는 거대한 얼음 비석을 바라보았다. 소렌은 그것을 녹주석이라고 불렀다. 악룡의 피를 가둔 그의 심장이기도 했다.

소렌은 비석에 등을 기대고 앉아 하늘을 올려다보았다. 시에나를 만났을 때의 웃음은 온데간데없었다. 천년의 삶을 버텨 온 저주 받은 사내의 허무함이 다시금 그를 집어삼켰다. 그는 더없이 지친 목소리로 중얼댔다.

"또 나는 이렇게…… 이 세상을 버리지 못하게 되는가."

시에나에게 잡혔던 팔이 아직도 얼얼했다. 그 손을 꽉 주먹 쥐어 보았다. 소렌은 그 팔을 꽉 붙잡았다가 허망하게 웃었다.

숲의 심장인 그녀의 힘.

제게 닿자마자 얼어붙어 고드름처럼 챙강챙강 부서졌던 녹색 줄기를 떠올렸다. 잠깐의 희망은 순식간에 사라졌다.

"넷이, 넷이 돌아와야 해. 하지만 어떻게 돌아올 수 있지?"

결국 원점이었다. 숲의 심장만으로는 그를 어찌할 수 없다. 넷이 모여야만, 그가 심장에 품은 악룡의 피를 무찌를 수 있다.

바사삭- 그를 비웃듯, 녹주석 비석의 겉 표면이 부서졌다. 파편들이 눈처럼 떨어졌다. 제법 위협적이었으나 소렌은 눈을 감지도, 피하지도 않았다. 녹주석 주변엔 그렇게 떨어져 내린 파편들이 수북했다. 소렌은 그중 하나를 주워 시에나에게 준 것이었다.

소렌은 부서지고 있는 녹주석에게서 도망치려는 듯 눈을 질끈 감았다.

하지만 그런다고 정말 도망칠 수는 없었다. 현실은, 힘을 잃고 부서져 내리는 녹주석. 그걸 보며 아무것도 할 수 없는 자기 자신이었다.

"부탁이야. 누구든 좋아."

소렌은 중얼였다.

"이젠, 날 죽여 줘."

이 세상 누구도 들어주지 않는, 이 세상을 악룡의 피에서 구원해 낸 구원자의 지친 절규였다.

눈의 땅에서 온 존재들은 시시때때로 경계를 넘으려 했다. 그들을 무찌르고 경계를 지키는 건 숲의 일족의 신성한 의무.

장로의 후계자인 시에나는 전투가 벌어질 때마다 참여했다. 당당히 한 사람의 몫을 채우고, 전투가 소강상태로 들어가면 남몰래 목책을 넘어 소렌을 찾아갔다. 이상하게도 소렌을 찾아갈 때면 눈의 땅 어디서고 흰 그림자들이 보이지 않았다.

눈의 땅 안쪽으로 걸어갈수록 눈보라가 심해졌다. 소렌은 눈보라가 아주 심해지기 전에는 항상 나타났다. 그는 곤란하다는 듯 웃으면서 맞잡은 손을 놓지 않았다.

시에나는 그런 그가 좋았다. 그를 좋아하는 마음은 매일매일 무럭무럭 자라났다. 소렌 역시 마찬가지였다. 굳이 좋아한다, 사랑한다 말하진 않아도 표정으로 다 드러났다.

두 사람은, 아니, 소렌은 얼마 지나지 않아 자신의 마음을 인정할 수밖에 없었다. 두 사람은 서로를 사랑했고, 사랑을 나누었다. 둘 중 누구도, 둘이서 함께할 수 있는 미래를 함부로 입에 담지 않았다. 하지만 둘 모두 그런 미래를 간절히 바랐다.

그 애매한 설렘과 긴장 상태를 깨트린 건, 시에나였다.

어느 날. 시에나는 녹색 돌로 브로치를 만들어 가져왔다. 대단하게 세공한 건 아니었다. 돌은 반 정도 작아져 있었다. 돌 주변을 금사로 둘러 고정한 형태였다.

"이거 봐 봐요."

시에나가 남자에게 브로치를 보여 주었다.

"잘 달고 다녀요. 몸에 꼭 지니고 있어야 하는 거니까."

소렌은 좋은 생각이라는 듯 웃으며 답했다.

"흐음."

칭찬을 들은 시에나의 표정이 뚱해졌다.

"왜 그러나요?"

소렌이 다정한 목소리로 묻기 무섭게 시에나가 대뜸, 브로치를 소렌의 손에 쥐여 주었다.

"뭐 하는 겁니까!"

소렌은 기겁하며 얼른 여자의 어깨에 브로치를 달아 주었다. 브로치를 다는 손이 덜덜 떨렸다. 제 싸늘한 몸이 시에나에게 전혀 도움이 되지 않는다는 걸 알면서도 시에나를 끌어안았다.

혹시라도 그녀에게 닥칠지 모를 고통을 제 몸으로 대신 받겠다는 듯, 그의 표정은 더없이 절실했다. 새삼, 녹색 돌이 아니면 함께 할 수 없는 자신과 그녀의 처지가 실감 났다. 그녀를 더 이상 붙잡고 있어선 안 된다는 각오도.

'더는 미적거려선 안 돼. 그녀를 놓아줘야 해. 내 이기심으로, 그녀를 붙잡고 있어서는 안 돼.'

마음속에서 울리는 양심의 목소리는 퍽 잔인했다.

'……왜 그래야 하지? 천 년, 천 년 만에 되찾은 온기인데. 내 여인, 내 것인데.'

울컥, 치솟는 울분 역시 마음속에서 우러난 것이었다.

'조금만, 조금만 더. 오늘까지만. 오늘 헤어지면서 이별을 고하면 돼.

그러면 되는 거야. 그러니까 지금 이 순간은, 이 순간만큼은, 함께이고 싶어.'

시에나를 만날 때마다 반복되는 다짐이었다. 소렌은 눈앞으로 성큼 다가온 이별의 순간을 외면하듯, 시에나를 안은 손에 힘을 주었다.

"윽, 숨 막혀."

시에나가 소렌의 팔을 두드리며 항의했지만, 소렌은 애써 못 들은 척했다.

"소렌. 난 괜찮아요."

시에나는 소렌이 자신을 걱정한다고 생각하고는 애써 밝게 웃어 보였다. 소렌은 우울한 얼굴로 시에나를 내려다봤다. 팔을 느슨하게 풀자, 시에나는 오히려 소렌의 팔에 매달렸다.

"혹시 그거 알아요?"

"뭘 말인가요?"

"우리 일족은 제 반려가 준 선물을 반으로 나누어 가져요. 그게 결혼 서약의 증표죠."

"……?"

생뚱맞은 말이었다. 소렌은 시에나가 왜 지금, 갑자기 이런 말을 하는 건지 알 수 없어 고개를 내저었다. 시에나는 아까부터 손에 꼭 쥐고 있던 걸 소렌의 손가락에 끼웠다.

왼쪽, 네 번째 손가락에 낀 것은 반지였다. 넓은 링에는 보호와 사랑을 뜻하는 숲의 일족 고어가 새겨져 있었다. 동그랗게 다듬은 녹색 돌 또한 함께였다.

브로치에 박힌 돌이 작아 보이기에, 브로치 틀에 맞춰 깎아 냈나 싶었 건만. 반으로 쪼개 하나는 브로치로, 하나는 반지로 만든 것이었다.

"……"

소렌은 손에 낀 반지를 멍하니 바라보았다.

'왜 이 사람은 항상 이렇게 나를……'

그녀 없이 버텼던 지난 천 년이 아득했다. 그녀가 자신을 떠났을 때, 다시금 홀로 버텨야 하는 앞으로의 세월이 더욱 아득했다. 소렌은 그 아득한 시간의 깊이 속에서 허우적댔다.

정작 겉으로는 기쁨도 슬픔도, 절망도 전혀 티 나지 않았다. 그가 좋다 싫다 말 한마디 없이 묵묵히 서 있기만 하자, 슬그머니 눈치 보던 시에나는 소렌이 아무 반응이 없자 지레 실망하여 투덜댔다.

"마음에 안 든다고 하지 마요. 투박하다고 하지도 말고. 혼자서 만들었단 말이에요. 그러니까 정교하지 않을 수밖에요. 이 돌이 얼마나 단단한지 알아요? 끌과 망치를 써도 쪼개지지 않고, 마법이란 마법을 다 쏟아부어도 흠집 하나 나지 않았다구요. 장로님이 위험해서 쓰지 말라는 화염 마법을 써서야 겨우 쪼개졌는데, 하마터면 숲을 홀라당 태울 뻔했구요. 혹시나 해서 호숫가에서 시도해서 다행이었지."

어휴. 시에나는 한숨을 내쉬며 자신이 얼마나 무식, 과격하게 녹주석 파편을 쪼갰는지, 그 간의 과정을 장황하게 늘어놓았다. 소렌은 그런 그녀를 보며 웃음 지었다. 너무 사랑스러워서 웃지 않을 수 없었다.

"어? 웃었다. 그럼 마음에 든 거죠?"

"그러게요."

소렌은 종알종알 쉼 없이 말하는 시에나를 가만히 바라만 보았다.

몸 속 깊은 곳에서 어떤 감정이 울컥 솟구쳐, 단번에 그의 몸을 집어삼켰다. 천 년 전, 용의 피를 제 심장에 봉인할 때와는 또 다른 감각이었다. 그땐 고통스러웠지만, 지금은 고통과 정반대의 감정을 느꼈다.

"그러게가 뭐예요, 마음에 들면 든다, 안 들면 안드…… 어?"

소렌은 벅찬 마음을 억누르지 못하고, 시에나에게 입을 맞췄다. 처음이었다. 소렌이 시에나에게 먼저 입 맞춘 것은.

시에나는 깜짝 놀란 것도 잠시, 이내 두 팔을 뻗어 소렌의 목을 끌어안았다. 소렌은 아예 시에나를 번쩍 들어 제 품에 가뒀다. 두 사람은 한 치

틈 없이 맞닿아 서로를 바라보았다. 세찬 눈보라도 두 사람을 갈라놓지 못했다.

"내가, 당신의 반려라고요?"

소렌이 물었다. 목소리가 살짝 떨렸다.

"맞아요."

"확신해요?"

"확신해요."

"……어째서?"

"내가 결정했으니까. 말했잖아요. 첫눈에 반했다고."

시에나가 싱긋 웃으며 소렌의 뺨에 입을 맞췄다.

"여러 번 만나며 그 마음이 식진 않았고? 나한테 실망하지 않았나요?"

소렌이 다시 물었다.

"아니요, 점점 더 좋아졌는데요?"

시에나가 무슨 말을 하냐며 살짝 미간을 찌푸렸다.

"당신이 좋아요. 너무 좋아요. 그러니까 당신이 나만큼, 나를 많이 좋아해 줬으면 좋겠어요."

그녀는 자신의 마음을 드러내는 데 주저하지 않았다. 늘, 그랬다. 그리고 소렌은 그런 그녀를…….

"……좋아하지 않는 여자를 사랑할 리 없잖아요."

사랑하지 않을 수 없었다.

"그래, 아직 나만큼 좋지는…… 어?"

시에나가 눈을 동그랗게 뜨고 소렌을 올려다보았다.

"왜요. 내 말이 또 잘못됐나요? 그래도 좀 봐줘요, 난 아주 옛날 사……

읍!"

시에나가 대뜸 까치발을 들고, 두 손을 번쩍 들어 소렌의 입을 틀어막았다.

"우와, 우와!"

녹색 눈이 반짝, 빛났다. 그녀는 선물을 받은 아이처럼 폴짝폴짝 뛰었다. 이내 제법 눈을 새초롬하게 뜨고 소렌을 째려보았다.

"당신 말 못 믿겠어요."

방금 그렇게 좋아하고서는. 갑자기 태도를 뒤집어 못 믿겠다니. 소렌의 눈이 사정없이 흔들렸다. 시에나는 제 어머니이자 스승인 숲의 장로를 떠올리며, 그녀를 흉내 냈다. 흠흠, 위엄 있게 헛기침을 하고는 엄한 목소리로 소렌에게 선고를 내렸다.

"지금부터 내 질문에 솔직하게 대답해요. 맞으면 고개를 위아래로 끄덕이고, 아니면 좌우로 젓고, 그렇게 대답하면 돼요. 예, 아니오. 둘 중 하나밖에 없는 거예요. 알았죠?"

소렌은 고개를 끄덕였다.

"음, 그러니까, 음…… 날 정말로 사랑해요?"

소렌이 고개를 다시 움직이려고 하자.

"아, 아냐. 잠깐. 잠깐만! 마음의 준비가 필요해요."

하우, 후우. 시에나가 여러 번 심호흡한 뒤, 소렌에게 경고했다.

"혹시나 해서 말하는 건데, 나 아까 당신이 한 말 못 들은 거 아니에요. 다시 한 번 확인하려고 묻는 거지. 그러니까 내가 못 알아들었다고 생각하고 무르지 마요. 그 잠깐 새 마음 바뀌었다고 하지도 말고. 알았죠?"

소렌은 고개를 끄덕였다.

"대답은 잘하네."

또 끄덕끄덕. 시에나는 열심히 끄덕거리는 소렌을 묘한 눈으로 바라봤다.

'은근 얄밉고 귀엽단 말야.'

어떤 모습이든 안 귀엽겠냐마는. 시에나는 저보다 훨씬 큰 사내를 귀여워 죽겠다는 눈빛으로 바라보았다. 덕분에 긴장이 풀렸으나, 그래도 떨리는 건 매한가지였다.

소렌의 입을 틀어막은 두 손이 파르르, 떨렸다. 소렌은 제 입술에 닿는 그 떨림을 실컷 맛보며, 시에나가 정말 중요한 그 질문을 다시 해 주길 기다렸다. 잠시 뒤.

"날 정말로 사랑한다고 했……죠?"

시에나가 물었다. 소렌은 고개를 끄덕였다. 시에나는 한동안 아무 말도 하지 않았다. 한참 뒤에야 울음이 묻어난 목소리로 물었다.

"내가 당신을 사랑하는 만큼?"

소렌은 얼른 고개를 저었다. 도리도리.

"뭐?"

한창 감동 받아 울먹하고 있었건만. 김이 빠져 버렸다.

"그런 게 어딨어요. 뒤로 물리기 없댔잖아요."

시에나가 믿을 수 없다는 듯, 허망하게 소렌을 올려다보았다. 뭐가 웃긴지 소렌이 미소 지었다. 손바닥에 입술의 감촉이 느껴졌다.

"웃지 마!"

시에나가 빽- 소리 질렀다. 그러자 소렌이 이번엔 시에나의 손바닥을 혀로 날름 핥았다.

"꺅!"

시에나가 깜짝 놀라 손을 떼자, 비로소 자유를 되찾은 소렌이 첫 숨을 들이마시며 말했다.

"시나, 내가 당신을 더 사랑해요, 당신이 날 사랑하는 것보다 더."

"……."

시에나는 또 감동 받을 뻔하였으나 이번에도 금방 이성을 되찾았다.

"거짓말!"

"거짓말이라니?"

"내가 당신을 더 사랑하는데, 어디서 거짓말을 하는 거예요!"

"왜 그렇게 생각해요?"

"왜냐니."

시에나가 눈물이 그렁한 눈을 들어 말했다.

"계속 나만, 내가 당신을 만나러 왔잖아요."

"고작 그걸 가지고?"

"고작 그거라니. 당신은 뭐? 뭐가 그렇게 대단한데요?"

"시나. 나의 시나."

소렌이 고개를 숙여 시에나의 귀에 대고 속삭였다.

"나는 당신 때문에 이 세상을 망하지 않게 내버려 두고 있는걸."

이제 와 고백하건데, 시에나를 처음 만났던 그날. 소렌은 모든 것을 포기할 심산이었다.

고독은 길었다. 기다림은 더욱 길었다. 한낱 인간에게 천 년의 세월은 너무도 길었다. 그 세월 속에서 미치지 못했으니 포기할 수밖에. 소렌은 세상이 다시 악룡의 피에 덮이든 말든 상관없고, 그저 자신만 죽을 수 있으면 된다는 마음으로 눈의 땅을 벗어나려고 했다.

한 발자국, 단 한 발자국만 눈의 땅을 벗어나면 된다.

그런데 그녀의 앞에 시에나가 나타났다. 그는 시에나 때문에, 다시금 미치지 않고 포기하지도 않은 채 버티는 것을 감당해야만 했다. 그녀가 사는 세상을 지키기 위해.

소렌은 시에나를 안고 눈의 땅에서도 더 안쪽으로 걸어 들어갔다. 눈보라가 심해 눈을 뜨기 힘들었다. 시에나가 눈을 감고 소렌에게 매달리자, 소렌은 시에나의 귀에 입술을 대고 속삭였다.

"눈을 떠요. 우리가 어떤 길을 걷고 있는지 기억해야 해요."

그러면 시에나는 눈을 애써 크게 뜨고 앞을 바라보았다. 어느 순간. 눈보라가 그쳤다. 파삭, 파사삭- 메마른 바람 소리만 들렸다. 시에나는 눈을 비비고 앞을 바라보았다. 눈이 내리지 않는 하얀 눈의 세상 속. 거대한 녹주석이 서 있었다.

"아······."

시에나는 감탄인지 탄식인지 알 수 없는 숨을 내쉬었다. 내려 달라고 어깨를 두드리자 소렌이 순순히 놓아주었다. 시에나는 두 발로 눈밭을 밟고 서 녹주석을 올려다보았다.

녹주석은 아무리 고개를 뒤로 젖혀도 눈에 다 담을 수 없을 정도로 컸다. 마치 하늘을 찢고 날아와 땅에 박힌 화살 같았다. 시에나는 녹주석의 존재에 압도되어 잘게 몸을 떨었다. 하지만 무섭거나 두렵지는 않았다.

'이상한 기분이 들어.'

녹주석에서 흘러나오는 기운은 소렌에게서 느껴지는 기운과 같았다. 녹주석과 소렌은 보이지 않는 힘으로 이어져 있었다.

"소렌······."

시에나가 그를 돌아보려는데.

"시나."

소렌이 그녀를 뒤에서 껴안았다. 두 팔이 그녀의 허리를 단단히 감싸 안았다. 시에나는 그의 팔을 부드럽게 쓸어내렸다. 그가 이것에 대해 말하기 위해 자신을 이곳으로 데리고 왔다는 것을 알아차렸다. 막상, 이곳에 도착해서는 말하기 망설이고 있다는 것도,

"이게 뭔지, 나한테 설명해 주겠어요?"

소렌은 말없이 시에나의 어깨에 얼굴을 묻었다. 그의 숨이 한쪽 어깨로 쏟아졌다.

"저 녹주석에는 악룡의 힘이 갇혀 있습니다."

아니, 정확히는—악룡의 피를 머금은 그의 심장이 갇혀 있다고 말해야 할 것이다. 그 심장을 매개로 소렌과 녹주석은 연결되어 있었다. 그가 녹주석과 멀어질수록, 악룡의 피를 집어삼킨 그의 심장은 약해진다.

아마도 그가 눈의 땅을 한 발자국이라도 벗어난다면. 녹주석은 깨지고, 그의 심장은 악룡의 피를 감당하지 못하고 터져 버릴 것이다. 그렇게 된다면,

그는 죽고 세상은 다시금 악룡의 피에 덮이게 될 것이다.

또 한 번, 천 년 전의 악몽이 되풀이되는 것이다.

"당신들이 '눈의 땅에서 온 존재'라 부르는 그것들은 사실, 내가 부리는 것이 아닙니다."

"……그러면요?"

"그것들은 이 땅에 얼룩진 악룡의 핏자국에서 생겨난 악룡의 흔적, 천 년 전의 악몽들이지요."

악룡이 죽자, 땅에 얼룩진 악룡의 피에서 괴물들이 자라났다. 소렌과 동료들은 악룡의 피로부터 대륙을 지키기 위해 북부의 땅을 봉인하고 소렌을 희생시켰다. 그래도 이미 땅에 흐른 악룡의 피까지 가둘 순 없었다.

때문에 소렌은 그것들을 자신의 힘으로 억눌렀다. 절대 길들여지지 않는 맹수들에게 재갈을 물려 고삐를 잡아당기는 것이었다.

소렌의 힘은 눈을 내리게 하는 능력.

그리하여 악룡이 내뿜은 불로 시커멓게 타 버린 대륙 북부의 땅은 흰 눈으로 덮였다. 악룡의 피에서 태어난 것들은 눈에 뒤덮여 흰 그림자가 되었다.

"때때로, 악룡의 피가 내 심장을 집어삼키고자 날뛰곤 합니다. 그럴 때면 나의 힘은 쇠약해져, 악룡의 피도, 악룡의 피에서 난 악몽들도 완전히 억누르지 못하게 되지요. 그러면 이 눈의 땅은 그것들로 가득 찹니다."

그것들은 고삐를 끊고 미쳐 날뛰며 그에게 덤벼든다. 자신들이 자유를 얻기 위해서는 그가 죽어야 한다는 걸 본능적으로 알고 그를 죽이려 하는 것이었다.

그런데 발에 무언가 걸렸다. 죽어 가는 시에나였다. 소렌은 단번에 그녀가 이번 대 숲의 심장이란 걸 알아차렸다. 숲의 잎사귀를 닮은 머리카락, 죽어 가면서도 눈을 떠 앞을 바라보려 애쓰는 강한 의지. 강인하고 아름다운 시에나가 죽어 가고 있었다.

유령처럼 눈의 땅 위를 떠도는 악룡의 숨이 그녀를 집어삼키고자 맴돌았다. 소렌은 죽어 가는 시에나를 보며 천 년 전 헤어졌던 제 친우들을 떠올렸다.

그의 심장을 뽑아 녹주석에 가두며 끊임없이 울던 숲의 카스라.

몰려드는 악룡의 피에서 난 괴물들을 긴 창으로 가르며 포효하던 아탈라.

제 손에 칼을 박아 넣고 그 상처가 다 아물기 전에 반드시 돌아오겠다고 맹세했던 칼리오.

모두들 그를 잊지 않겠다고, 반드시 다시 돌아오겠다고 맹세했다. 악룡의 피로 얼룩지고 눈으로 덮인 이 땅 어딘가에, 분명 그들의 눈물과 비명이 남아 있을 것이었다.

'나는 너희들이 돌아오지 않을지도 모른다고 생각했었어. 그럼에도 자청했지. 악룡에게 내 일족을 모두 잃고, 나만 남았으니까. 악룡이 내 일족을 죽인 내 땅에서 악룡과 함께 천천히 죽어 가는 것도 나쁘지 않다고 생각했었어. ……너희를 위해.'

소렌은 그때 되새겼던 각오를 기억해 냈다. 천 년 만에 왼쪽 가슴이 따뜻해지는 기분이 들었다. 그곳엔 이미 심장은 없지만. 소렌은 고개를 들어 저 앞을 바라보았다. 숲의 목책이 보였다. 거리가 멀지 않았다.

어느새 뒤따른 눈 그림자들은 수를 헤아릴 수 없이 많았다. 당장에라도 그의 몸을 갈가리 찢어 먹어 치우고 싶어 안달이 나 있었다. 그가 목책을 넘으면, 그것들은 그를 먹고 이 세상을 먹어 치울 터였다.

대륙에 사는 모든 사람들—천 년 전 헤어진 소중한 친구들의 후손들이 이 여인처럼 고통스럽게 죽어 갈 것이었다.

'내가 지금, 뭘 하고 있는 거지?'

비로소 정신 번쩍 들었다. 소렌은 다시 제 발치에 쓰러져 있는 여인을 바라보았다. 카스라의 힘을 품고 있는 여인이 더없이 고마웠다.

'카스라, 네가 내게 보낸 경고인 걸까?'

소렌은 한쪽 무릎을 꿇고 앉아 시에나를 유심히 살폈다. 어쩐지, 유쾌한 기분이 들었다.

"아무리 그래도 그렇지, 혼자 아무 주문도 없이 이곳으로 쳐들어올 생각을 하다니. 이번 대 숲의 심장은 용맹무쌍한 아가씨로군."

소렌은 제 몸에 붙어 있던 녹주석 조각을 시에나의 손에 쥐여 준 후 상냥한 눈보라를 만들어 그녀를 목책 근처로 날려 보냈다. 그 뒤, 자신이 저질렀던 일을 수습하고자 한동안 고생했다. 눈의 땅과 맞닿은 동쪽 숲과 서쪽 사막의 경계가 함께 고생해야 했다.

시에나는 그의 말을 들으며 녹주석을 유심히 보았다. 풍경이 눈에 익으니, 처음에는 안 보였던 것들이 보였다. 이를테면 녹주석 주변에 아무렇게나 흩어져 쌓여 있는 자잘한 파편들. 녹주석을 유심히 보니, 소렌이 말하는 중에도 녹주석은 조금씩 부서지고 있었다.

파삭, 파사삭. 바람 부는 소리라고 생각했던 소리는 녹주석에서 파편이 부서져 내리는 소리였다. 시에나는 그 모습을 좀 더 가까이에서 보고자 했다. 앞으로 걸어 나가려 했지만 소렌이 그녀를 붙잡았다.

"가지 말아요. 아직 위험한 정도는 아니지만, 그래도 혹시 모르니까."

세상에서 가장 위험한 곳으로 데리고 온 주제에, 그럼에도 위험하지 않기를 바라는 모순된 마음이었다.

"소렌, 당신이 녹주석이라고 부르는 저것이……."

"당신이 본 대로입니다."

"……."

"조금씩 조금씩 부서지고 있지요."

소렌이 작게 한숨을 쉬며 말을 이었다.

"봉인이 부서지고 있다는 의미이기도 합니다."

천 년은 너무 길었다. 그 세월 속에서 닳아 없어진 것은 소렌의 의지만이 아니었다. 악룡의 피를 가둔 봉인 역시 점차 삭아 내리고 있었다.

처음 악룡의 피를 봉인할 때만 해도 이 봉인이 천 년이나 가게 될 줄은 아무도 예상하지 못했다. 숲의 카스라도, 물의 아탈라도, 바람의 칼리오도, 자신들이 죽기 전 다시금 소렌을 찾아올 수 있으리라 믿어 의심치 않았으니까.

하지만 그들도, 그들의 후예들 중 누구도 그에게까지 닿지 못했다. 이 용감하고 씩씩한 숲의 아가씨를 제외하고는 아무도.

시에나의 몸이 바들바들 떨렸다. 그녀는 감히 가늠할 수조차 없는 아득한 세월과 그 세월 속에서 홀로 버티고 있었던 소렌의 고독에 숨이 막혔다. 그가 안쓰러워서 눈물이 났다.

'설마……'

그리고 어떤, 불안한 예감에 사로잡혔다.

"이런, 울리려 했던 것은 아닌데."

소렌이 얼굴을 찡그리며 손을 들어 그녀의 눈물을 닦아 주었다.

"아주 나쁜 것만은 아닙니다. 그 바람에 아주 쉽게 악룡의 피를 이 세상에서 없앨 수 있게 되었으니까."

"말하지, 마요. 궁금하지 않아. 하나도 궁금하지 않아."

시에나가 흐느꼈다. 소렌은 그런 그녀가 안쓰러워 어쩔 줄 몰라 하면서도, 그녀의 부탁은 들어주지 않았다.

"봉인이 천 년이나 가리라 생각하지 못했기 때문에, 그 천 년의 세월 동안 내 심장과 악룡의 피가 섞여 하나가 되리란 것도 예상치 못했을 겁니다, 아무도. 나조차도."

악룡의 피가 그의 심장의 핏줄을 타고 돌았다. 그가 숨을 쉴 때마다 심장이 뛰며, 악룡의 피를 빨아들였다 내뱉었다. 끊임없이, 끊임없이. 어느새 그와 악룡의 피는 하나가 되었다.

"왜, 왜…… 나한테 이런 말을 하는 거예요? 아니, 아니. 아니에요. 말하지 마요. 난 몰라요. 아무것도 몰라요. 아무것도 못해요. 그러니까 더 이상,

아무 말도 하지 말아요."

시에나가 두 손으로 귀를 틀어막았다. 소렌은 파르르, 안쓰럽게 떨리는 손등에 입 맞추며 기어이 속삭였다.

"다음번에는 나의 안내 없이 동료들과 여기까지 와야 합니다. 당신이라면 할 수 있을 거예요."

사막이 되어 버린 땅에서 명맥을 유지하고 있는 물의 힘. 약속을 잊은 채 번영하고 있는 풍요로운 남쪽 땅의 주인, 잠들어 있는 바람의 힘. 숲의 심장은 그 둘을 일깨워 북쪽으로 이끌 수 있었다.

시에나의 생기 가득한 녹색 눈을 마주 보면, 누구든 그녀를 따르고 싶어지리라. 그녀를 위해 기꺼이 목숨을 바치고, 그녀가 사는 이 세상을 구하고 싶어지리라. 마치 자신이 그러했듯이.

소렌은 믿어 의심치 않았다.

"나는, 나는 할 수 없어요. 어떻게 나한테 이럴 수 있어요?"

시에나가 소렌의 손길을 떨치고, 어깨에 단 브로치를 움켜쥐었다. 소렌은 반지를 낀 손으로 그 손을 다시 붙잡았다. 시에나가 움찔, 몸을 떨었다.

"미안해요, 하지만 당신이 아니면. 그리고 지금이 아니면, 더는 기회가 없어요."

"그렇게 말하지 말아요!"

시에나가 소렌의 입을 막으려 손을 뻗었으나 소렌은 말을 멈추지 않았다.

"내가 악룡의 피와 섞이게 된 것은 기적 같은 일입니다. 날 죽이면 악룡의 피마저 영영 없앨 수 있게 되었으니까."

소렌은 제 심장이 갇혀 있는 녹주석을 힐끔, 보았다가 이내 다시 시에나를 바라보았다. 그 잠깐의 시간마저도 아쉽다는 듯이.

"하지만 그렇다고 마냥 좋은 일만은 아니지요. 이 시기를 지나, 내가 완전히 악룡의 피에 물들어 버리면…… 우린 다시 넷이 될 수 없을 테니까."

"왜 다시 넷이 될 수 없다고 말하는 거예요? 왜 지금, 내가 당신을……

떠나길 바라는 거예요?"

시에나가 물기 가득한 눈을 들어 소렌에게 물었다. 사랑을 고백하고 정표를 나누자마자 잔인한 부탁을 하는 남자를, 시에나는 그럼에도 미워할 수 없었다. 원망스럽지만 그 이상으로 그가 안쓰러웠다.

"소렌."

시에나는 몸을 돌려 소렌을 꽉 끌어안았다. 소렌은 잠시 머뭇거리다가 조심스럽게 시에나의 어깨에 손을 얹었다.

"나 말고는 아무도 네 번째가 될 수 없으니까요."

소렌이 한숨을 쉬듯 말했다. 언젠가, 소렌은 시에나에게 숲에서는 자신들의 이야기를 어떻게 기억하고 있느냐고 물어본 적이 있었다.

시에나는 그에게 노래를 들려주었다. 노래는 네 시조들이 어떻게 악룡을 물리쳤는지 담겨 있었다. 하지만 그가 누구인지, 어떤 비밀을 가지고 있는지는 전혀 담겨 있지 않았다.

소렌은 자신을 칼리오와 함께 바람의 일족으로 여기는 구절을 들으며 피식, 웃음 지었다.

'아마도 물의 일족 역시 마찬가지겠지. 내가 누군지, 내가 어느 일족의 사람인지, 누구도 중요하게 여기지 않았을 테니까.'

소렌은 철저히 잊힌 자신과 제 일족의 처지가 서글펐지만, 숲과 사막을 원망하지는 않았다. 노래를 만들고 불러 주는 일족이 없는데, 어찌 역사가 이어지기를 바랄까. 남의 일족 노랫가락에 한 구절 소개된 것만으로도 영광스러운 일이었다.

"시나, 나는 살아남은 마지막 눈의 일족입니다."

소렌이 제 왼쪽 가슴에 손을 올리며 살짝 고개를 숙였다. 눈 내리는 추운 겨울에도 심장은 뜨겁게 뛰며 당신을 반기고 있다. 이런 의미가 담긴 눈의 일족의 인사법이었다. 이제 이 대륙에서 오직, 그만이 알고 있는 인사였다. 정작 그의 왼쪽 가슴은 텅 비어 차갑게 식어 있지만.

"눈의 일족? 그런……."

시에나는 말을 하다 말고 입을 꾹 다물었다. 하마터면 그런 일족도 있었느냐고 물을 뻔했다. 아무리 소렌이 너그럽게 받아넘겨 준다고 해도, 충분히 무례한 말이었다.

시에나는 미안한 마음을 담아 소렌을 올려다보았다. 소렌은 그녀의 마음을 알아차리고는 상냥하게 웃어 주었다.

"괜찮아요, 시나."

"……그래도, 미안해요."

"아니, 당신 잘못이 아닙니다. 다만."

소렌이 쓰게 웃었다.

"조금 긴 이야기를 해야 될 것 같군요."

시에나는 아무 말 없이 그를 안은 팔에 힘을 주었다. 소렌은 고개를 숙여 그녀에게 속삭였다.

"이 땅, 대륙의 북쪽은 본래 내 일족의 땅이었습니다. 그러니 당신들이 이곳을 '눈의 땅'이라 부르는 건, 아주 틀린 말은 아니지요."

천 년 전, 악룡은 하늘을 찢고 대륙으로 내려왔다. 그 거대한 발이 처음 디딘 곳은 대륙의 북쪽이었다. 그곳엔 만년설이 쌓인 산과 침엽수림으로 덮인 아름다운 눈의 나라가 있었다.

악룡의 불과 눈은 상극이었다. 악룡은 모든 눈을 녹이고 대륙의 북쪽을 불바다로 만들려고 했고, 눈의 일족은 그에 맞서 싸웠다. 눈의 일족은 용맹하게 싸웠으나 그들끼리 악룡을 감당할 수는 없었다.

결국 다른 일족들에게 소식이 닿기 전 전멸하였고, 단 한 명만 살아남았다. 유일한 생존자는 일족의 왕자, 소렌. 그는 대대로 왕에게 전해지는 활을 품고 남쪽으로 도망쳤다. 다른 세 일족과 힘을 합쳐 악룡에 맞섰다.

소렌은 모든 전투에 함께하며 제 나라가 어찌 되었는지 보았다. 북쪽의 땅은 악룡의 본거지가 된 지 오래였다. 만년설이 쌓인 산은 악룡의 불에 녹아 평평해졌다. 때때로 얼어서 아이들이 썰매를 타고 놀곤 했던 커다란 호수는 불구덩이가 되었다. 눈 맺힌 흰 숲은 흔적도 없이 불탔다. 북쪽 땅에는 이제 오직 죽음과 불꽃만이 들끓었다.

악룡을 죽인 뒤에는 그 위에 악룡의 피가 더해졌다. 악룡의 몸에서 끊임없이 흘러내리는 악룡의 피를 봉인하는 것만도 벅찼다. 카스라의 주술로도 이미 땅에 얼룩진 악룡의 피까지는 어쩔 수 없었다.

소렌은 차라리, 그 땅을 눈으로 덮어 버렸다. 눈의 일족이 가꾸고 살았던 그 아름다운 눈의 나라 대신, 눈보라가 몰아치고 흰 그림자들이 어슬렁대는 죽음의 땅이 되었지만. 적어도 불길은 다시 일지 않았다. 눈보라가 일족의 땅을 감싸 돌았다. 소렌은 그것만으로도 만족했다.

그렇게 버틴 천 년.

"녹주석은 이제 채, 백 년도 버티지 못할 겁니다. 내 심장이 그 전에 악룡의 피에 완전히 점령당해 버릴 테니까요."

"소렌……."

"그러니 당신이 날 죽여 주세요."

이제는 누구도 기억하지 않는 이야기. 그 이야기를 들으며 마음을 가라앉혔던 시에나지만, 그의 입술에서 흘러나온 말은 다시금 그녀를 흥분시켰다.

"말도 안 돼. 그럴 수 없어요. 내가 어떻게 당신을…… 당신을!"

시에나가 소렌의 팔을 뿌리쳤다. 그녀는 믿을 수 없다는 듯 소렌을 바라보았다.

소렌은 손에 낀 반지를 문지르며 서글피 웃었다.

"아니, 당신은 날 죽일 수 있어요. 그래야만 합니다."

"소렌!"

"날 사랑하잖아요? 그러면 내가 행복할 수 있도록 도와줘야지요."

"비겁해요, 그런 말. 내가, 아니, 내 일족에게 그런 말은……."

시에나가 주춤주춤, 뒤로 물러섰다. 두 손으로 귀를 틀어막으려 했지만, 소렌이 좀 더 빨랐다.

"내가 죽어 시나, 당신이 살아갈 세상을 구하는 게 내 행복입니다."

소렌이 한 걸음, 다가갔다.

"아니, 아니에요! 그런 건 행복이 아니에요!"

시에나는 그만큼 뒤로 물러서며 그의 손길을 피했다. 그러면서 저도 모르게 손으로 자신의 배를 감싸 쥐었다. 소렌을 바라보는 그녀의 눈빛이 한없이 흔들렸다. 시에나는 눈빛으로 무언가를 말하고자 했으나, 소렌은 그녀의 마음을 알아채지 못했다.

"나의 행복은 오직 그것뿐입니다. 시나, 부탁입니다. 날 행복하게 해 줘요."

"제발, 그렇게 말하지 말아요."

시에나가 노망치던 것을 멈췄다. 소렌도 덩달아 걸음을 멈추고 그녀를 바라보았다. 흔들리던 녹색 눈이 천천히 원래대로 돌아왔다. 평소의 싱그러운 생기는 느껴지지 않았지만. 대신, 평소에는 볼 수 없는 단호한 눈빛을 보였다.

"소렌, 그건 당신의 행복이 아니에요."

시에나가 한 발, 그에게 다가갔다. 소렌은 돌변한 그녀의 모습에 적응하지 못하고 잠시 머뭇거렸다. 시에나는 그 틈에 다시 소렌의 두 손을 움켜 잡았다.

서늘한 냉기가 손바닥을 타고 느껴졌다. 아무리 살을 맞대고 문질러도, 그의 손은 차갑기만 했다. 시에나는 그게 싫지 않았다. 그가 차가운 만큼 자신이 좀 더 따뜻해지면 된다고 생각했으니까. 그만큼 그를 사랑했다.

그가 원하는 그의 행복으로 그를 이끌고 싶지 않을 만큼.

"당신의 행복이 뭔지는 내가 알아요. 내가 알려 줄게요. 그러니까, 그런 무서운 말은 더 이상 하지 말아요. 우리'들'을 두고 죽겠다는 말 같은 건."

시에나는 소렌의 손을 자신의 배에 가져다 댔다.

"시나?"

소렌은 처음엔, 그게 무슨 의미인지 알지 못했다.

"......!"

하지만 언제까지나 모를 순 없었다. 시에나가 그를 올려다보며, 이 세상 그 어떤 여인보다 따스하게 웃어 주었으니까.

"설마!"

소렌의 눈이 커졌다. 보름달이 뜨는 밤은 유독 눈의 능력이 약해진다. 악룡의 피는 그 틈을 놓치지 않고 날뛰니, 눈의 땅이 가장 위험해질 때이기도 하다.

하필이면 보름달이 뜨기 전날, 시에나가 소렌을 찾아왔던 적이 있었다. 소렌은 시에나를 목책 근처까지 데려다줄 수 없었다. 안 그래도 힘이 약해졌는데, 녹주석에서 더 멀어졌다가는 무슨 일이 일어날지 몰랐다. 그렇다고 눈 그림자들이 날뛰는데 시에나 혼자 돌려보낼 수도 없었다.

그날, 소렌은 눈으로 동굴을 만들고 시에나와 함께 밤을 지새웠다. 달빛은 얼음으로 만든 동굴 안을 훤히 비췄다. 달빛 아래, 시에나는 소렌이 기억하는 이 세상 그 어떤 존재보다 아름답고 사랑스러웠다.

두 사람은 누가 먼저랄 것 없이 손을 맞잡았고 입을 맞췄다. 그때의 기억을 떠올리는 것만으로도 얼굴이 새빨개졌다. 시에나는 그런 소렌을 보며 생긋, 웃었다.

"내가 괜히 당신에게 청혼했을까 봐요?"

진짜 사랑의 증표는 브로치와 반지가 아니라 이것이었다. 그녀의 배 속에서 자라나고 있는 새로운 생명. 시에나는 제가 품고 있는 새 생명의 기운을 여실히 느꼈다. 아직은 작고 미약했으나, 분명 그들은 살아서 움직이고 있었다.

소렌의 손이 덜덜 떨렸다. 그는 믿을 수 없다는 표정을 지으면서도 손을 떼지 않았다. 손끝에 닿자마자 녹아 버리는 첫 눈을 만지듯, 조심스럽게 시에나의 배를 어루만졌다. 그의 얼굴에 곧, 벅찬 감동이 솟구쳤다.

"당신과 나의…….."

"그래요, 우리의 아기들이에요."

시에나는 그가 생명의 기적을 느끼기 바라며, 그의 손이 배에 더 가까이 닿게 이끌었다. 그 순간만큼은 눈의 땅의 무엇도 두 사람을 방해하지 못했다. 하지만 그 순간은 너무도 짧았다.

"맙소사."

소렌의 안색이 어두워졌다. 감동은 금세 공포에 먹혀 버렸다.

"안 돼, 안 돼……. 나, 나는…… 나는…… 악룡에게, 악룡의 피에……."

악룡의 피에 먹힐 운명의 사내가 누군가를 사랑하고, 아이를 가진다는 게 옳은 일일까. 사랑하는 여인은? 그 품에 잉태된 아이들은? 악룡의 피가 그들에게 끔찍한 저주를 몰고 오지는 않을까?

소렌은 두려움에 질렸다. 지난 천 년, 홀로 악룡의 피를 감당해 내며 버틸 때에도 느껴보지 못한 두려움이었다. 소렌이 뒷걸음질 쳤다. 시에나는 그의 두려움을 금방 알아챘다. 그가 도망가도록 두고 보지만도 않았다.

"아니, 아니에요. 당신은 아직, 악룡이 되지 않았어요. 당신은 내가 사랑하는 소렌이에요. 당신의 사랑을 받은 나도, 이 아이들도 모두 무사할 거예요. 절대 잘못되지 않을 거야."

시에나는 소렌을 붙잡았다. 저보다 훨씬 크고 강인한 그가 가진 두려움에 정면으로 맞섰다. 두 사람의 눈이 마주쳤다.

"나는 이 아이들을 지킬 거고, 절대 이 아이들을 아버지 없이 키우지 않을 거예요. 아이들이 자라며 아버지는 어디에 있냐고 물었을 때, 너희들의 엄마인 내가 죽였다고 말하지도 않을 거구요."

소렌은 고개를 떨구었다.

"피하지 말아요, 날 봐요."

시에나는 다시 고개를 들어 자신을 보게 했다. 그의 손을 잡아 다시금 제 배에 가져다 댔다. 소렌은 움찔, 떨었으나 그녀의 손길을 거부하지 않았다. 못 이기는 척 다가와 배를 덮는 서늘한 손길을 느끼며, 시에나는 웃음 지었다.

"나를 믿어요. 그리고 당신과 나의 아이들을 믿어요."

손을 뻗어 소렌의 뺨을 쓸어 내렸다.

"백 년? 그 정도면 우리 아이들이 훌륭하게 자라서 아버지를 구할 방법을 찾기까지 충분해요."

아직 태어나지도 않은 아이들에게 짐을 지우는 것 같아 미안하지만, 어쩔 수 없었다.

'대신 엄마가 많이 도와줄게. 아빠도 옆에서 너흴 도와줄 거야. 우리 네 가족이 똘똘 뭉쳐서, 꼭 아빠를 구해 주자. 알았지?'

시에나는 소렌 몰래 아기들에게 말을 걸었다. 기분일 뿐이겠으나, 배 속의 아기들이 그러겠다고 대답하는 것 같았다.

"소렌, 우리 아이들은 금방 자랄 거예요. 카스라 님보다 똑똑할 거고, 아탈라 님보다 씩씩하겠지요. 칼리오 님처럼 약속을 잊지 않을 거예요. 그리고, 천 년 동안 이 세상을 홀로 지켜온 소렌, 당신을 닮아 의지가 강하고 착할 거예요. 세상을 지키고 또 당신을 구할 거예요. 그러니까 우리 넷이서 행복해져야 해요."

소렌이 지난 천 년 동안 기다려 왔던 넷과는 또 다른 넷.

"우린 함께 행복해져야 해요."

시에나는 그의 품에 뛰어들어, 가장 절실한 한마디를 속삭였다.

"죽지 마요. 날 두고 죽지 마."

"……."

소렌은 더 이상 머뭇거리지 않았다. 사랑하는 여인, 그녀와의 사이에서 태어날 아이들을 꽉 끌어안았다.

이렇게 넷이고, 이 또한 넷이었다. 가족이라는 이름의, 영원히 끊어지지 않을, 더 이상 기다리지 않아도 되는 인연. 무엇인지 이름을 잃어버린 감정이 솟구쳤다. 소렌은 그 감정에 파묻혀 허우적대며, 유일한 구명줄인 시에나를 움켜잡았다.

"시나, 나는, 나는……."

말을 하고 싶었다. 이 감정을, 이 감정이 무엇인지. 하지만 말이 나오지 않았다. 속으로 꾹꾹 눌러 삼켰던 진심이 도무지 목구멍 위로 올라오지 않았다. 꽝꽝 얼어서 목구멍에 붙어 버린 것 같았다. 천 년의 세월이 이다지도 길고 서러웠다.

"알아요, 말하지 않아도 알아."

시에나가 그런 그의 등을 손바닥으로 쓸어내리며, 그의 진심을 대신 말해 주었다.

"당신, 사실…… 혼자 죽고 싶지 않았던 거잖아요. 그쵸?"

우흑. 소렌은 울음을 터뜨렸다. 이를 악물고 어떻게든 참아 보려 했으나 시에나의 따스한 온기를 이겨내지 못했다. 시에나는 그의 어깨를 토닥토닥 두드려 주었다. 울지 말라는 말 따윈 하지 않았다.

그가 그동안 흘리지 못했던 그 얼어붙은 눈물들을 모두 흘리도록 놔두고 싶었다. 그가 우는 내내, 옆에서 그를 지키고 그와 함께이고 싶었다.

"나랑 함께하고 싶었던 거죠?"

"……."

"이제는 혼자가 싫은 거잖아요."

"……."

"그러니까 죽지 말아요. 함께해요. 우리 아이들과 함께해요."

"……."

"충분해요. 소렌."

시에나가 그의 얼굴을 들어 이마를 맞댔다. 서로의 숨이 섞였다.

"응?"

"……응."

소렌이 눈을 감으며 답했다. 눈물이 하염없이 흘러내렸다. 찬 눈보라도, 눈의 땅에 가득한 악룡의 독기도, 그의 이 눈물만큼은 얼리지 못했다. 시에나는 그의 눈물을 품어 안으며 시조들에게 간절히 빌었다.

'카스라 님, 부디 저희를 굽어 살피고 도우소서. 당신의 오랜 친우와 당신의 후손인 제가 서로를 사랑합니다. 더욱더 사랑하고자 합니다.'

그녀의 눈에서도 눈물이 한 줄기, 흘러내렸다.

'우리의 사랑을 지켜 주세요. 이 사람을 더 이상, 외롭게 만들지 말아주세요. 이 사람이 내 반려입니다. 내가 사랑하는 사람입니다. 그러니 내가, 우리 아이들과 내가 지킬 수 있도록 도와주세요.'

이후 시에나는 숲으로 돌아가지 않으려 했다. 소렌은 눈이 땅, 자신의 곁에서 아이를 낳으려 하는 그녀를 만류했다. 눈의 땅은 악룡의 저주로 가득 찬 땅. 그런 땅에서 새로운 생명이 태어날 수 있을까? 소렌은 그녀와 아이들이 잘못될까 두려워했다.

"걱정 말아요. 다 잘될 거예요. 악룡의 피로 얼룩지기 이전, 당신과 당신의 일족들이 평화롭게 살던 곳이잖아요?"

시에나는 씩씩하게 말하며 소렌을 달랬다.

"언제까지 악룡에게 빼앗긴 채 살 거예요? 이젠 되찾아 와야지요. 당신과 나의 아이들이 이 땅에서 태어나는 첫 생명이 될 거예요. 언제나 처음이 어려운 법이죠. 두 번째부터는 쉬워요."

시에나는 싱긋, 웃으며 허공에 손을 휘저었다. 그러자 녹주석 주변에서 꽃이 피어났다. 선명한 노란색 꽃잎이 찬 바람에 살랑살랑 흔들렸다. 함께 자라난 녹색 넝쿨이 줄기가 짧은 꽃들을 얹고 녹주석을 감쌌다. 녹주석은 금세 꽃과 덩굴로 뒤덮였다.

"얼음새꽃이에요. 추위에 강한 꽃이죠."

"……."

소렌은 아무 말도 못하고 눈만 깜빡였다. 딱 봐도 놀라고 감동받은 표정이어서, 시에나는 뿌듯하게 웃었다. 소렌 몰래 녹주석 주변에 씨앗들을 뿌려 놓은 보람이 있었다, 그렇게 생각하려 했건만.

쩌정- 거슬리는 소음이 귀를 간지럽혔다. 녹주석을 감싸던 꽃과 넝쿨이 단번에 얼어붙어 버렸다. 곧 그것들은 산산조각 나 녹주석 파편들과 함께 떨어져 내렸다. 닿기만 해도 손이 벨 만큼 날카로운 얼음비가 되었다.

"……너무 많이 추웠나 봐요."

시에나가 어깨를 축 늘어뜨리고 울적하게 말했다. 소렌은 그녀를 등 뒤에서 끌어안으며, 손을 들어 올렸다. 그의 손 안에서만 눈이 내리기 시작했다. 그 눈이 뭉쳐 작은 얼음꽃을 만들었다.

만들어진 얼음꽃이 퐁퐁 날아갔다. 시에나가 얼른 두 손을 내밀자, 얼음꽃이 그녀의 손바닥에 내려앉았다. 시에나가 감탄을 쏟아냈다. 조금 전의 의기소침한 모습은 온데간데없었다. 소렌은 그런 그녀를 한없이 따뜻한 눈빛으로 바라보다가 고개를 들어 녹주석을 살폈다.

파스슷- 파편들은 계속 떨어지고 있었다.

* * *

눈에 보일 정도로 배가 나오자 아예 숲에 발길을 끊었다. 늑대의 몸을 입는 숲의 일족은 알게 모르게 늑대의 습성을 닮아갔다. 시에나 역시 그랬다. 소렌이 없는 곳에서 아이를 낳는 건 상상도 하지 못했다.

소렌은 어쩔 수 없이 눈의 땅 심장부에서 생명이 태어날 준비를 해야 했다. 이때만큼은 녹주석의 봉인이 다해 가는 게 반가웠다. 덕분에 파편들을 잔뜩 모을 수 있었으니까.

소렌은 녹주석의 파편과 눈을 섞어 얼음 동굴을 만들었다. 그녀가 아이를 낳을 공간이었다. 처음엔 시에나와 아이들을 지키기 위한 사명감으로 시작했지만, 점점 그 일 자체에 즐거움을 느꼈다.

사랑하는 여인과 곧 태어날 아이들을 위해, 남편이자 아버지로서 그들을 위해 집을 만드는 것이었다. 이 얼음집에서 넷이 행복하게 사는 날을 감히 꿈꿔 보며, 시에나 몰래 얼음 벽돌에 눈물을 뚝뚝 흘리기도 했다.

소렌은 의욕이 과해졌다. 얼음 동굴을 얼음 성처럼 쌓으려고 밤잠도 안 자고 몰두했다. 보다 못한 시에나가 그를 말렸다. 말리는 방법은 쉬웠다. 얼음 벽돌을 만드느라 신난 소렌의 손을 잡아끌어 배에 가져다 대면 됐다.

통통, 태동을 느낄 때마다 소렌은 숨을 멈췄다. 때론 겁에 질렸다.

"아프지 않아요?"

"하나도요."

"하지만 이렇게 세게 발차기를 하는데?"

"당신과 내 자식들이라 그런가, 힘이 넘치나 보네요. 어서 태어나 쑥쑥 자라서 아버지를 구해 줄 생각에 신이 나나 보죠."

그렇게 둘은 넷이 되는 날을 기다렸다.

한편 숲은 유능한 차기 장로를 잃은 충격에서 헤어나지 못하고 있었다. 시에나는 아름답고 현명하며, 뛰어난 후계자였다. 숲의 일족은 모두들 그녀를 사랑했으며, 그녀가 숲의 장로가 되는 날을 기다렸다.

그녀라면 훌륭하게 숲을 이끌고, 눈의 땅에서 온 존재들이 감히 숲을 넘보지 못하도록 막아 낼 거라고 믿어 의심치 않았다. 그녀의 어머니이자 스승인 당대의 숲의 심장마저 그리 믿었다.

그런 그녀가 짧은 편지만 남긴 채로 사라졌다.

편지에는 눈의 땅으로 가겠다고, 그곳에서 자신의 반려를 발견했으며 그와 함께 살며 새로운 희망을 찾아내고 싶다고 쓰여 있었다. 장로는 그 편지를 보자마자 불태워 버렸다.

'눈의 땅에서 반려를 찾았다니? 그 형체도 제멋대로이고 흉측한 것들 중 하나에게 사랑을 느꼈단 말인가.'

숲의 장로는 눈의 땅에서 온 존재들을 떠올리고는 몸서리쳤다.

'그럴 리 없어. 내 딸은, 시나는…… 뭔가에 홀려 눈의 땅으로 납치된 거야. 그래, 맞아. 납치된 거야. 누구보다 숲을 사랑하고 숲을 지키고 싶어 했던 그 아이가, 언제나 앞장서서 눈의 땅을 공격하던 그 아이가 자신의 의지로 그런 끔찍한 선택을 했을 리 없어.'

숲의 장로는 분노하여 숲의 일족을 모으고 시에나가 눈의 땅에 납치되었다고 공표했다. 숲의 일족은 그 어느 때보다 격렬하게 반응했다.

"구하러 가야 합니다! 되찾아 와요, 우리의 시나를!"

누군가 한 명이 소리쳤다. 그 외침은 단숨에 일족 전체의 구호가 되었다. 숲의 일족은 기꺼이 눈의 땅으로 쳐들어가 그녀를 구하고자 결의했다. 그러기 위해 그간 거의 교류하지 않았던 서쪽의 사막과 힘을 합치기를 망설이지 않았다.

사막은 기꺼이 협조하겠다고 연락을 주었다. 그런 결정이 난 건 물의 일족 내 내정 다툼이 지독했기 때문이었다. 숲의 일족은 그런 것까지 신경 쓰지 않았다. 한 여인을 구하기 위해, 동쪽과 서쪽의 두 일족이 눈의 땅으로 쳐들어가게 된 날.

숲의 장로는 시에나를 구하러 가기 위한 군대가 되겠다고 나서는 전사들을 하나하나 축복했다. 그 축복은 눈의 땅에서 장시간 버틸 수 있는 마법이었다.

카스라는 숲을 만든 후 자신의 후계자에게 숲의 비밀과 위대한 마법을 전수해 주었다. 그 축복이 카스라가 남긴 위대한 마법 중 하나였다. 카스라는 훗날, 눈의 땅이 악룡의 피에서 나오는 독으로 뒤덮일 것을 예상하고 마법을 준비해 둔 것이었다.

숲의 장로는 대대로 후계자에게 카스라의 위대한 마법을 전수하며, 다른 이들에게는 그 마법의 존재를 알리지 않았다. 혹시나 혈기왕성한 젊은 늑대들이 눈의 땅에 무작정 뛰어들까 봐 걱정한 조치였다.

마법을 입은 장로와 숲의 경비대가 눈의 땅으로 뛰어들었다.

그날은 시에나의 해산일이었다.

소렌은 시에나와 얼음 동굴에 틀어박혔다. 끙끙대며 괴로워하는 시에나를 안고, 그녀의 이마에 난 땀을 닦아 주며 오늘만큼은 아무 일 없이 무사히 지나기를 바랐건만.

소렌은 숲의 침입을 느꼈다. 녹주석 주변에 감히 다가오지는 못하고, 우글우글 몰려들어 눈보라를 헤집고 있던 흰 그림자들이 경계로 향했다. 소렌은 그들의 다툼을 못 본 척 무시하고자 마음먹었다.

나중에 시에나에게 원망을 받게 된다 해도 상관없었다. 지금 이 순간, 그가 지켜야 하는 건 이 세상이 아니었다. 단 한 명의 여인이었다. 그의 품에 안겨 신음하며, 그와의 사이에서 생긴 아이를 낳으려는 그의 여인.

하지만 마냥 모른 척할 순 없었다. 숲의 일족과 눈 그림자들과 싸우면서 하나둘씩 쓰러졌다. 그 때마다 눈의 땅, 그 하얀 눈밭 위로 시뻘건 피가 뿌려졌다.

눈밭 아래엔 악룡의 피로 얼룩진 땅이 잠들어 있었다. 때는 하필이면 보름. 이 세상을 피와 죽음으로 물들이고자 불을 뿜었던 악룡의 힘이 강해지는 날.

악룡의 피는 뜨거운 피의 세례를 받고는 더욱 날뛰었다. 천 년 동안 질리도록 겪어온 보름이건만, 이번만큼은 견디기 버거웠다. 심장이 없는데도 심장이 터지는 것 같은 충격과 통증이 찾아들었다. 소렌은 산통을 느끼는 시에나를 껴안은 채로 왈칵, 피를 토했다.

"소렌!"

"나, 난…… 괜찮습니다."

"괜찮은 게 아니잖아요."

"당신이야말로. 나는 당신이, 더 걱, 정입니다."

쿨럭, 말을 하는 중에도 소렌은 계속 피를 흘렸다. 시에나는 보다 못해 그를 밀쳤다.

"가서 보고 와요."

"싫습니다."

"그들을 구해 줘요."

"지금 당신을 혼자 둘 수 없어요."

"나를 못 믿어요?"

"내가 없으면 할 수 없다고, 내 곁에 머무른 건 당신입니다."

"……"

"그러니까 나는 당신의 곁을 지킬 겁니다."

설사 이 세상이 다시 악룡의 피로 뒤덮인다고 해도. 악룡의 피를 견디지 못한 심장이 터져 버려, 죽게 된다고 해도. 소렌은 시에나를 안은 손을 놓지 않았다.

"그들을 지켜주는 게 날 지켜주는 거예요."

"시에나."

"그리고 당신을 지켜주는 거기도 하구요. 난 괜찮아요. 그러니까 가서 내 일족을 도와줘요."

시에나가 간절히 부탁했다.

그녀는 아파서 입술이 하얗게 변했는데도, 땀을 비 오듯 흘리면서도 제 일족을 걱정하고, 소렌을 걱정했다. 그런 그녀의 부탁을, 소렌은 차마 거절할 수 없었다.

"금방, 금방 다녀올게요. 그것들은 절대로 이 근처로는 오지 못하니까. 걱정 말고 날 기다려 줘요."

소렌은 남은 평생 후회할 선택을 했다.

시에나의 이마에 입을 맞추고 그녀를 조심스럽게 뉘여 놓고는 얼음 동굴을 나섰다. 가면서도 몇 번이고 뒤를 돌아보았다. 시에나는 애써 웃으며 손을 내저었다. 어서 가라고.

소렌이 얼음 동굴을 완전히 나가자, 시에나는 참았던 신음을 터트리며 몸을 뒤틀었다.

"아악!"

소렌은 급히 동쪽 경계로 달려갔다.

'먼발치에서 상황을 지켜보고, 무리를 해서라도 눈보라를 일으켜 눈의 일족을 모두 숲 쪽으로 날려 버리자.'

마음이 조급해, 말도 안 되는 생각까지 했다. 소렌은 시에나와 헤어진 지 오래지 않아 격전지에 다다랐다. 그의 예상과 달리 숲의 경계, 목책이 보이는 곳에서 일어난 게 아니었다.

눈의 땅 깊숙이, 눈보라가 심하게 몰아치는 곳이었다. 숲의 일족들이 그만큼이나 깊게 침투해 있었다.

'어떻게 된 거지?'

유례가 없던 일인지라, 소렌은 놀랐다. 숲의 일족이 목책을 넘어 눈의 땅으로 쳐들어온 게 최초는 아니었다. 때문에 소렌도 카스라가 남겼다는 위대한 마법을 알고 있었다. 하나 지난 천 년 동안 이만큼이나 전진해 온 적은 없었다.

사랑하는 딸을 눈의 땅에 빼앗긴 장로가 악에 바쳐 제 능력을 있는 대로 쏟아부은 덕이었지만. 소렌은 그 사정까지는 알지 못했다. 당황한 바람에 자신의 기척을 완전히 숨기지 못했다. 그의 존재를 알아챈 건, 천 년 동안 그와 함께해 온 흰 그림자들이었다.

그것들이 몸을 틀었다.

우워어어- 우어어-

저를 공격하는 숲의 일족에게 뒤를 보이고는 일제히 소렌에게 달려들었다.

그 바람에 숲의 일족도 소렌을 눈치챘다. 눈의 땅에 나타난 사람 형상. 숲의 일족도 물의 일족도 아닌 누군가. 눈의 땅에서 온 존재들이 괴성을 내지를 정도로 반기며 몰려드는, 그들의 수괴.

숲의 일족들이 눈을 번뜩였다.

"저거다. 저게 시나를 꾄 거야!"

꽤 통찰력 있는 외침이었다.

"저걸 잡아 죽여야 돼."

"시나를 되찾아야 해!"

숲의 일족이 일제히 소렌을 공격했다.

"이런."

소렌이 쓰게 웃었다. 싸움을 말리러 왔건만, 졸지에 양쪽에서 공격을 받게 되었다. 그 덕에 두 세력 간의 전투가 중단되었기는 했지만. 그렇다고 이 땅에 피가 흐르는 일이 그친 건 아니었다.

눈 그림자들은 소렌에게 달려들면서도 거추장스럽게 엉켜드는 눈의 일족도 공격했다. 숲의 일족은 소렌과 눈 그림자들을 한패로 보고 마주잡이로 활을 쏘고 검을 휘둘렀다. 소렌과 눈 그림자, 그리고 숲의 일족이 엉킨 현장은 난장판이 되었다.

그 난장판 속에서 소렌은 금세 피투성이가 됐다. 소렌은 눈 그림자들이 숲의 일족을 공격하는 걸 막으려다 번번이 다쳤다. 숲의 일족은 저희를 구해 주는 소렌의 등을 주저 없이 내리찍었다.

눈밭에 소렌의 피가 더해졌다. 소렌은 제 피 역시 붉음을, 꽤 오랜만에 확인했다. 아마도 천 년 만일지도 몰랐다. 제가 아직 붉은 피를 흘리는 인간이라는 것에 안도할 틈이 없었다.

숲의 일족이 죽거나 쓰러질 때마다 눈밭 위로 피가 흘러 넘쳤다. 뜨거운 피를 머금은 눈의 땅은 악룡의 저주로 날뛰었고, 녹주석은 급격히 부서져 갔다. 녹주석을 떠받치고 있는 그의 심장은 악룡의 피를 감당해 내고자 발버둥 쳤다. 그 부담은 고스란히 소렌이 짊어져야 했다.

그런 상황 속에서, 소렌은 이 소란스러운 상황에만 집중하지도 못했다. 그의 신경은 온통 저 눈보라 너머의 땅에 고정되어 있었다. 홀로 산통을 감당하고 있을 시에나가 그곳에 있었다.

"헉, 허억. 헉."

입에서 거친 숨이 쏟아졌다. 뜨겁진 않았고, 여전히 차갑긴 했지만.

'어떻게 해야 되지?'

당장에라도 시에나에게 돌아가고 싶은데, 처한 상황은 점점 더 난장판이 되었다. 도저히 몸을 뺄 수 없었다. 다치고 지친 몸은 천근만근 무거워졌다. 악룡의 피에 짓눌린 심장은 당장이라도 갈가리 찢어지려고 했다. 낭떠러지 끝에 몰린 기분이었다.

'어쩌다 이렇게 된 거지?'

원래대로라면 지금쯤, 진통을 느끼고 있을 시에나의 곁을 지키며 그녀가 아이를 낳는 걸 돕고 있어야 하는데. 한시도 곁에서 떨어지지 않고 함께 있어야 하는데.

"어째서!"

소렌은 제게 달려드는 눈 그림자를 얼음 칼로 벴다. 날아드는 화살을 얼음 방패로 막았다. 뒤에서 달려드는 숲의 일족을 붙잡아 눈밭에 내리꽂아 기절시키며, 얼굴을 일그러뜨렸다. 시에나가 보았다면, 울상 짓지 말라고 다독여 주었겠으나. 그녀는 이곳에 없었다.

'시에나……'

소렌은 시에나를 걱정하는데 급급하여 저를 공격하는 숲의 일족 중 장로가 보이지 않는 걸 중요하게 여기지 않았다. 그저 근처에서 강력한 숲의 기운이 느껴지는 것만으로, 눈에 보이지 않는 숲의 장로가 난장판 속 어딘가에서 정신없이 싸우고 있을 거라고만 생각했다.

평소라면 장로가 어디에 있는지 눈으로 확인하고 경계했을 터이나,

오늘은 그러지 못했다. 방심의 대가는 컸다. 숲의 장로는 소렌을 발견하자마자 은신 마법으로 몸을 숨겼다. 그리고 난장판에 휘말리지 않고 천천히 소렌에게 접근했다.

소렌과 가까워질수록 오랫동안 못 만난 딸의 기운이 선명해졌다. 숲의 장로는 소렌에게서 자신의 딸이자 후계자인 시에나의 기운이 묻어나는 걸 보고, 확신했다.

'이것이 내 딸을 홀렸구나. 우리 숲에서, 내게서, 내 딸을 빼앗아 갔어!'

숲의 장로는 계속 소렌의 근처를 어른거리며 기회를 노렸다. 소렌이 쏟아지는 화살을 모조리 동강 내고, 달려드는 숲의 일족 두엇을 바닥에 패대기쳤을 때였다. 장로가 서 있는 쪽으로 등을 보였다.

그 순간, 장로가 은신 마법을 풀고, 들고 있던 지팡이를 높이 들어 올렸다.

푹—

지팡이가 소렌의 왼쪽 가슴을 관통했다. 심장은 없었으나 그래도 치명상이었다.

"……!"

소렌이 비명조차 지르지 못하고 쓰러졌다. 장로는 지팡이를 타고 흐르는, 생살을 찢는 감촉에 경악했으나 물러서지 않았다. 이를 악물고 버텼다. 장로에게서 흘러나온 숲의 기운이 지팡이를 감싸고, 소렌에게로 흘러들었다.

"으아아아아악!"

지팡이가 왼쪽 가슴을 관통해도 침묵했던 그가, 비명을 내질렀다. 그의 비명이 눈의 땅 곳곳에 울려 퍼졌다. 이미 악룡의 피와 상당한 수준까지 일체화된 그에게, 숲의 기운은 맹독이었다. 그는 고통을 참지 못하고 몸부림쳤다.

누군가의 고통스러운 비명이 들렸다.

"소렌?"

배를 끌어안고 끙끙대던 시에나가 눈을 번쩍, 떴다. 산통으로 정신이 아득해지는 가운데서도 그의 비명만은 선명히 들렸다. 그건 분명, 소렌의 비명이었다. 착각이나 환청이 아니었다.

"안, 돼…… 어째서……."

시에나는 몸을 일으켰다.

진통과 고통으로 얼룩진 머리는 이성의 영역과 가장 멀어져 있었다.

"소렌, 소렌을 구해야 돼……."

소렌이 비명을 지르고 있으니, 그에게 가야 했다. 그 생각이 머릿속을 뒤덮었다. 덕분에 잠시간이지만 진통을 잊을 수 있었다. 벽을 더듬으며 걸었다. 양수가 터져 두 다리가 흠뻑 젖었지만, 시에나는 그런 줄도 몰랐다. 막 동굴 입구로 손을 뻗을 때였다. 이전과는 비교도 할 수 없을 정도로, 끔찍한 진통이 찾아들었다.

"아악!"

시에나는 그 자리에 쓰러져 배를 움켜쥐었다. 머릿속이 하얗게 비었다. 몸은 오직 고통을 담는 그릇이었다. 고통은 배 속 깊은 곳에서 울려 온몸, 머리끝부터 발끝까지 물결처럼 퍼졌다.

"하읍, 우윽…… 흑……."

눈물이 두 눈을 타고 흘렀다. 시에나는 두 손으로 차가운 눈조각을 움켜쥐며 이를 악물었다. 열 달 동안 품었던 생명들이 태어날 준비를 하는 게 느껴졌다. 그래도 시에나는 멈출 수 없었다.

'소렌, 소렌…… 소렌…….'

시에나는 브로치를 움켜잡고 동굴을 나섰다.

파스스- 녹주석은 당장이라도 부서질 듯, 위태로워 보였다. 주변에는 부서진 파편들이 가득했다. 하지만 시에나는 그런 녹주석의 상태를 보지 못했다. 하얀 눈밭 위에 점점이, 그녀의 발자국이 찍혔다. 그녀는 비틀대며 소렌의 비명 소리가 들린 쪽으로 걸어갔다. 얼마나 걸었을까.

"꺄아악!"

시에나는 더는 견디지 못하고 쓰러졌다.

"아, 안 돼. 안 돼…… 안, 안…… 돼에……!"

몸이 열리고 있었다. 배 속에 품은 두 생명이 요동쳤다.

"우윽! 으윽!"

시에나는 몸부림쳤다. 실핏줄이 터져 피눈물이 흘렀다. 소렌 없이 홀로, 그녀는 하얀 눈밭 위에서 아이를 낳았다. 두 아이는 낳자마자 차가운 공기를 가득 들이마셨다.

빨갛고 쪼글쪼글하던 얼굴이 금세 하얗게 질렸다. 아이들은 울음마저 토하지 못했다. 시에나는 아이를 낳고 기진맥진하여 쓰러져 있었다. 정신이 아득했다.

얼마나 시간이 지났는지. 자신이 정신을 잃었다 깨어난 건지. 아니면 막 아이를 낳은 상태인 건지. 가늠이 되지 않았다. 그러던 중, 문득- 눈보라 소리에 귀가 윙윙한데, 아이들의 울음소리가 들리지 않는 게 이상하다는 생각이 들었다.

"아, 안 돼. 안 돼……."

그제야 이곳이 어딘지, 자신이 어디에서 아이를 낳은 건지를 떠올렸다. 시에나는 더듬더듬, 손을 뻗어 아이들을 붙잡고는 제 치맛자락 속으로 끌어당겨 안았다.

"안 돼, 안 돼에…… 안 돼에……."

시에나는 흐느끼며, 제 어깨에 매단 브로치를 손으로 쥐어뜯었다. 손에 힘이 하나도 없어서, 좀처럼 뜯기지 않았다. 그때였다.

"이곳입니다. 이 근방에서 무슨 소리가 들렸습니다."

"일동, 정지. 진을 정비한 후 수색에 들어간다!"

낯선 목소리와 금속 소리가 들렸다.

"……!"

시에나는 퍼뜩, 고개를 들었다.

"우읍."

터져 나오는 신음을 막으며, 아이들을 품에 끌어안고 몸을 뒤집었다. 멀지 않은 곳에 사람의 형상이 보였다. 그들은 구릿빛의 팔과 다리를 드러내고 있었다. 남자 여자 할 것 없이 크고 긴 창을 든 채였다.

채 몇 되지 않았다. 다섯, 아니 여섯. 시에나만큼은 아니지만 그들 역시 성한 상태는 아니었다. 여기까지 오는 동안 고생이 심했던 건지 피투성이 상태였다.

"상처는 물의 장막의 조각으로 지져라. 우리의 피가 악룡에게 힘을 준다 했으니, 절대 피를 흘려서는 안 된다."

앞장 선 여인의 말이 끝나자마자 나머지 사람들이 품에서 무언가를 꺼냈다. 물컹한 덩어리였다. 물을 뭉친 것처럼 투명했다. 그들은 그것을 몸의 상처에 가져다 댔다.

"크윽."

"윽!"

"……음."

다들 신음을 삼켰다. 물의 장막 조각이라는 그것이 상처의 피를 빨아들여 붉게 변했다. 상처는 불에 지진 것처럼 지혈되었다.

'물의 일족!'

정신이 고통을 이겼다. 시에나는 그들이 누군지 알아차렸다. 그리고 왜 그들이 지금, 여기까지 온 건지도 알아챘다.

'양동 작전이었던 거야.'

시에나가 해야 하는 행동은 단 하나였다.

'도망가야 해.'

눈보라 때문에 그들이 저를 발견하지 못한 틈에 도망가야 했다. 막 몸을 일으켜 눈앞의 얼음 바위 뒤로 숨으려 할 때였다. 휘익- 긴 창이 눈보라를 뚫고 날아왔다. 퍽, 소리를 내며 시에나의 눈앞에 박혔다.

"……!"

시에나는 아이들을 꽉 껴안고 뒤를 돌아보았다. 물의 일족은 어느새 일 렬로 늘어서 있었다. 일제히 창을 들어 어깨에 대고, 그녀를 겨누고 있었다.

"잠깐."

창을 날려 위협했던 여인이 빈손을 들어 올렸다.

"멈춰, 저 여자는 숲의……."

그녀는 채 말을 끝맺지 못했다.

"컥!"

그녀가 피를 토하며 아래를 내려다보았다. 사람 팔뚝만 한 고드름이 그녀의 배를 꿰뚫고 있었다. 피가 분수처럼 흘렀다. 그녀는 믿을 수 없 다는 듯, 시에나를 바라보며 천천히 무릎을 꿇었다.

"조장님!"

"조장!"

다른 물의 일족들이 비명을 지르며 그녀에게로 몰려들었다. 그녀를 가운 데 두고 빙- 원을 둘러 경계 태세를 갖추었다. 얼마 지나지 않아 그들의 조장을 죽인 존재가 눈보라 속에서 모습을 드러냈다.

"……소렌."

시에나가 그를 알아보았다.

"소렌, 이라고?"

"그게 무슨……."

물의 일족 전사들이 시에나의 말을 듣고 의아해하는 것도 잠시뿐이었다. 눈보라 속에서 수십 개의 얼음 송곳이 날아가 그들을 공격했다.

"으아!"

"아……."

그들은 비명도 지르지 못하고 쓰러졌다. 그 순간, 그들 주변에서 흰 그림자들이 우후죽순처럼 솟았다. 그들은 흐느적대다가 덥석, 물의 일족들을 집어삼켰다. 그러고는 소렌을 바라보았다. 약해진 소렌까지 잡아먹으려 달려들지 않았다. 오히려 경의를 표하듯 몸을 찌그러뜨려 인사 비슷한 걸 하고는, 다시 눈밭으로 사그라들었다.

"……."

시에나는 그 광경을 고스란히 지켜봤다. 뚜벅뚜벅, 제게 걸어오는 발소리를 듣고는 고개를 들었다.

"소렌……."

주르륵. 시에나의 눈에서 다시 눈물이 흘렀다.

"어, 떻게…… 어떻게……."

소렌은 말 그대로 피 칠갑을 한 상태였다. 다른 누군가의 피, 그리고 자신의 피였다. 왼쪽 가슴에 지팡이가 박혀 있었다. 지팡이에서 뻗어 나온 줄기들이 그의 몸에 박혀 있었다.

숲의 기운이 그를 죽이려 하고 있었다. 시에나는 단번에 그 지팡이가 누구의 것인지 알아차렸다. 또한 그 지팡이의 주인이 심하게 다치거나 죽지 않았다는 것도.

만약 그랬다면 지팡이에 깃든 숲의 기운은 사라졌을 테니까.

시에나는 덜덜 떨리는 손을 뻗었다. 차마 그의 몸을 관통한 지팡이에 닿지 못했다. 털썩. 소렌이 그녀의 앞에 무릎을 꿇었다. 시에나는 그의 눈을 보았다. 녹주석과 같은 색이었던 눈이 변해 있었다.

아니, 변하고 있었다. 짙은 청록색과 불과 피처럼 붉은색이 엉겼다. 청록색의 호수에 붉은 불이 퍼지는 것 같았다. 시시각각, 눈동자의 색이 달라졌다. 점점 더, 붉은색이 진해지고 넓어져 갔다.

"괜찮아, 요. 난……."

소렌이 상냥히 웃으며 그녀의 젖은 머리카락을 쓸어 넘겨 주었다. 그러고는 울컥, 피를 토했다. 소렌은 이를 악물고 신음을 참아냈다.

"당, 신…… 어머니도, 다들…… 대부분은, 무사할 겁니다."

있는 힘을 다해 눈보라를 일으켜 그들을 목책 근처까지 밀어냈으니까. 그러느라 너무 많은 힘을 썼다. 더는 남은 밤을 감당해 낼 여력이 없었다. 하지만 버텨야 했다. 적어도 백 년. 시에나와 약속했으니까.

소렌은 이를 악물며, 애써 미소 지었다. 그는 자신이 어떤 상태인지, 여기가 어딘지도 가늠하지 못했다. 막연하게, 시에나를 만났으니 녹주석 근처가 아닐까 생각할 따름이었다. 때문에 시에나가 울음을 터뜨리며 제 품에 안고 있던 두 아이를 보여 주었을 때.

"……."

그는 비로소 제 눈을 의심했다. 아이들이 그대로 눈의 땅에 노출되었다. 죽어 가고 있었다. 그 이유가 무엇 때문인가. 하필이면 오늘, 기다렸다는 듯 눈의 땅을 침범한 두 일족 때문이다.

숲의 일족. 그리고 물의 일족.

기다릴 때에는 오지 않았으면서. 기다리는 것을 포기하고 행복을 붙잡으려 하는 이제야 나타나 그의 행복을 깨뜨려 버린 존재들. 그들에 대한 분노는 곧, 이 세상에 대한 원망으로 이어졌다.

―다 죽여. 불태우는 거야.
―증오스러운 이 세상에.
―네 가족을 죽인 이 세상에게 똑같은 죽음을 보여 줘.

귓가에 누군가의 속삭임이 들렸다. 그 목소리는 다름 아닌 소렌, 자신의 목소리였다.

'시에나를, 내 자식들을 죽인 이 세상에…… 복수를…….'

소렌의 눈동자에서 청록색이 밀려났다. 그의 눈이 시뻘건 불처럼 붉게 빛나려 할 때였다.

"소렌, 소렌!"

시에나가 그의 팔을 끌어안았다. 가녀린 온기가 느껴졌다. 아직 시에나도, 아기들도 죽지 않았다는 증명이었다. 그 온기가 뜨거운 불길을 몰아냈다.

"……!"

붉은 눈에 녹색 빛이 섞여 들었다. 시뻘겋게 물들었던 세상이 도로 하얗게 변했다. 소렌은 눈을 깜빡이며 시에나를 바라보았다. 잠깐이었지만, 시에나가 보이지 않았다. 그 순간 느꼈던 절망이 악룡의 피를 불러들였다.

아니, 어쩌면 악룡의 피가 그의 눈을 가린 것일지도 몰랐다. 소렌은 손을 뻗어 시에나와 아기들을 더듬었다. 직접, 만지고 확인해야만 했다. 아직 시에나와 아기들은 살아 있다는 걸.

홀로 아이를 낳고 지키려 발버둥 쳤던, 사랑하는 사람. 그 사람의 품에서 차갑게 죽어 가는 아기들. 증오는 그들에 대한 사랑에 밀려났다. 광룡의 피는 그의 몸을 차지할 뻔했으나 놓쳤다.

"우욱."

소렌은 날뛰는 광룡의 피를 견디지 못하고 다시 피를 토했다. 피를 토하면서도 시에나가 준 반지를 빼 두 아이의 손에 쥐여 주었다. 두 아이는 사이좋게 녹주석 반지를 꼭 움켜쥐었다.

시에나와 소렌은 말없이 두 아이를 바라보았다. 잠시 후. 아이들이 겨우, 가느다란 숨을 내쉬었다.

"아, 신이시여."

소렌은 오랫동안 잊고 살았던 신을 부르짖으며 아이와 시에나를 한꺼번에 껴안았다. 눈보라 치는 눈의 땅. 피로 물든 눈밭 위에서, 네 가족은 그렇게 하나가 되었다.

소렌과 시에나는 자신들의 품속에서 점점 더 가늘어져 가는 아이들의 숨소리, 심장 소리를 느꼈다. 두 사람은 서로 다른, 하지만 같은 생각을 했다.

"내게 아이를 살릴 방법이 있어요."

시에나가 떨리는 목소리로 말했다.

"내게도 방법이 있어요."

소렌 또한 말했다. 시에나를 안고 있던 소렌의 팔이 느슨해졌다. 시에나는 한 발 뒤로 물러나 소렌을 올려다보았다. 소렌 역시 말없이 그녀를 내려다보았다.

"……."

"……."

더 말하지 않아도 알았다. 서로가 자신의 생명을 걸고 아이를 살리려 하고 있음을. 소렌과 시에나는 각자 아이를 한 명씩 품에 안았다.

"반드시 살릴 거예요. 당신과 나의 아이를."

"나도, 무슨 수를 써서라도 반드시. 우리 아이를 살려 낼 겁니다."

시에나가 소렌에게 살며시 웃어 보였다. 소렌 역시 억지웃음으로 화답했다. 둘은 누가 먼저랄 것 없이 입을 맞췄다. 짧은 입맞춤 후 두 사람은 헤어졌다.

시에나는 제 발로, 목책을 넘어 숲으로 돌아갔다. 눈물은 흘리지 않았다. 더 이상 눈물을 닦아 줄 사람은 없으니까. 시에나는 최초의 샘에 아이를 담그고, 제 손목 또한 샘에 담그며, 아이의 손을 꼭 움켜잡았다.

"부디, 행복하렴. 늘 행복해야 돼. 미안, 엄마가 너무 미안해. 카루나. 카나, 내 소중한 딸."

그것이 그녀의 마지막이었다.

태어나자마자 눈의 땅에서 악룡의 숨을 들이마셨던 아이는 샘 위로 떠올라 첫 울음을 터뜨렸다. 시에나의 부탁을 받은 숲의 일족, 카젤인은 그녀의 유품인 브로치와 아이를 제국으로 가는 짐마차에 숨겼다.

그리고 소렌. 그는 아이를 안고 녹주석이 서 있는 곳으로 돌아갔다. 녹색과 붉은 색이 섞인 눈으로 녹주석을 올려다보았다. 녹주석은 시시각각,

부서져 내리고 있었다. 백 년은커녕, 채 30년도 못 버틸 것 같았다.

소렌은 녹주석이 자신을 비난하고 있는 것 같다는 생각이 들었다. 천 년을 버텼으면서. 고작 1년 만에, 한 여인에게 무너져 내린 자신을. 누구에게든, 무엇으로부터 비난을 받아도 상관없었다. 시에나를 만나고 그녀를 사랑한 걸 조금도 후회하지 않으니까. 그 결과가 이런 것이라 하더라도.

'시나, 당신의 말이 맞아. 천 년은, 천 년은 너무도 길었어······.'

평범한 사람이라면 지금, 지독하게 후회했을 것이다. 시간을 돌려서라도 그녀와 만나지 않으려 할지도 모른다. 하지만 소렌은 그러지 않았다.

'조금 기쁘다고 하면······ 다른 사람은 몰라도 당신은 날 이해해 줄 거야.'

천 년은 너무도 길고 외로웠다. 이렇게라도 시에나와 같은 날 죽을 수 있게 되어 기뻤다. 미안한 마음은 오직 태어나자마자 부모를 잃은 아이들. 특히나 제 업을 물려받을 이 작은 아이에게 향했다.

소렌은 아이를 소중히 껴안고 녹주석 기둥에 기대 주저앉았다. 차갑고 날카로운 녹주석 파편이 비처럼 내려 그의 몸을 덮었다. 살갗이 찢기고 피가 흘렀다. 그래도 소렌은 아픈 줄 몰랐다. 고통을 준 건 다른 것이었다. 왼쪽 가슴에 박혀 있는 숲의 지팡이. 소렌은 이를 악물고, 지팡이를 제 손으로 뽑아냈다.

"크윽, 윽····· 끄아아아아악!"

몸이 반으로 뜯어지는 것 같았다. 눈에 핏발이 서며, 입에서 줄줄 피가 흘렀다. 그래도 아이를 놓지 않았다. 결국 지팡이를 뽑아냈다. 뻥 뚫린 가슴에서 피가 분수처럼 쏟아졌다.

그 피가 고스란히 아이를 적셨다. 소렌은 역시나 피 묻은 손으로 아이의 얼굴을 문질렀다. 피를 닦아 주려고 한 건데, 더 피 칠갑을 해 버렸다. 하하, 소렌은 힘없이 웃으며 느리게 눈을 깜박였다.

고통이 극한을 넘어서니, 오히려 아프지 않았다. 구름에 누운 듯 몸이 가볍고 나른하게 느껴졌다. 실상은 손가락 하나 까딱할 기운도 없는데.

이대로 눈을 감고 잠들고 싶었다. 만약 이대로 잠든다면, 당장은 죽지 않을 것이다. 백 년까지는 못 버티겠지만, 그래도 녹주석의 봉인이 완전히 부서질 때까지는 살 수 있으리라.

고작 몇십 년. 천 년에 비하면 너무도 짧은 시간이지만.

소렌은 그 시간이 절실했다. 자신이 아니라, 아이를 위하여. 이제 더 이상 아이에게선 희미한 숨소리마저 들리지 않았다. 소렌은 바닥을 더듬어, 녹주석 파편 중에서 제법 크고 날카로운 걸 움켜쥐었다. 소렌은 피 섞인 숨을 몰아쉬며 아이에게 속삭였다.

"네 어머니가 네 이름을 아카론이라고 지었단다. 아론. 아주…… 좋은 뜻을, 담고 있는데, 무엇인지, 기억이 나지 않는구나……."

점점 눈이 흐려졌다. 정신이 아득해졌다. 이대로 눈을 감기 전, 녹주석의 힘으로 낫기 전에 모든 걸 끝내야 했다. 소렌은 녹주석 파편을 움켜쥔 손에 힘을 주었다. 파편이 손바닥을 파고들어 피가 흘렀다. 녹주석 파편을 따라 흐른 피가 뚝, 뚝, 아이의 왼쪽 가슴 위로 떨어졌다.

"나를 원망하려무나. 이렇게 해서라도 너를, 살리고 싶은 내 이기심을……. 미안하다, 아가야."

소렌은 아이를 꽉 끌어안고, 아이의 등에 파편을 박았다. 아이의 몸이 꿈틀, 했다. 얕은 숨이 뺨에 닿았다. 소렌은 손바닥을 타고 느껴지는, 여린 살을 가르는 그 느낌에 몸서리쳤다.

하지만 손을 뒤로 물리지는 않았다. 오히려 더, 힘을 주어 밀었다. 파편의 날카로운 끝이 소렌의 살갗에 닿았다.

"아아……."

소렌은 그제야 안도하였다.

"큭!"

녹주석 파편이 소렌의 왼쪽 가슴에 마저 박혔다. 두 부자는 하나의 파편에 꿰였다.

"……미안, 하다. 아가."

피인지 눈물인지 모를 것이 뺨을 타고 흘렀다. 소렌은 아이를 껴안고, 제가 가지고 있는 모든 것을 고스란히 아이에게 쏟아부었다. 녹주석 파편이 희미하게 빛을 내뿜기 시작했다.

그가 가지고 있는 건 단지 눈을 다루는 능력만이 아니었다. 절대 넘겨주고 싶지 않았던 것. 그것이 그의 아이를 살릴 수 있는 유일한 희망이었다.

"희망……."

소렌은 헛웃음 지으며 아이의 이마에 입을 맞췄다. 처음이자 마지막, 아비가 아들에게 줄 수 있는 저주였다.

"아가야, 네 여동생을, 지켜 주렴. 찾아서…… 너는 오빠니까, 꼭, 그래야 돼."

천 년 동안 기다렸던, 하지만 이제는 바라지 않았던 죽음이 마침내 그의 목을 움켜잡았다. 아이를 안고 있던 손이 툭, 바닥으로 떨어졌다. 그래도 파편으로 이어진 부자의 몸은 떨어지지 않았다.

소렌이 마지막 숨을 내쉬었을 때, 아이의 끊어졌던 숨이 이어졌다. 하아. 작은 숨, 작은 입김이 허공으로 퍼졌다 흩어졌다. 그 숨으로부터 눈보라가 시작됐다.

고요하던 녹주석 주변에 거센 눈보라가 휘몰았다. 소렌과 아이는 순식간에 눈보라에 뒤덮였다. 눈보라는 천 년의 저주를 버텨 온 몸을 흔적도 없이 집어삼켰다.

아이는 심장에 파편이 박힌 채 눈보라 속에서 빙글빙글 돌았다. 한 바퀴, 다시 한 바퀴. 돌 때마다 아이의 몸이 커졌다. 머리카락이 하얗게 세고 길어졌다.

이윽고 아이가 제 아비만큼 자랐을 때. 눈보라가 그를 감당해 내지 못하고 사그라들었다. 눈보라가 뱉어 낸 사내가 제 두 발로 눈밭 위에 섰다. 눈처럼 하얀 머리와 짙은 녹색 눈을 가진 청년이었다.

청년은 멍하니, 녹주석을 바라보며 제 왼쪽 가슴을 더듬었다. 녹주석 파편은 흔적도 없이 사라졌다. 다만 파편이 남긴 긴 상처가 왼쪽 가슴 위에 선명했다.

손바닥을 상처 위에 얹었다. 두근두근, 심장이 뛰는 소리는 들리지 않았다. 그는 심장의 빈자리에 대신 울리는 누군가의 목소리를 읊었다.

"카, 루나……"

녹주석이 담긴 청록색의 눈이 반짝, 빛났다.

"……내 동생, 카나."

그것이 그가 존재하는 이유가 되었다.

* * *

"찾고 또 찾았어. 늘 너를 찾아 헤맸지."

아카론이 손을 뻗었다. 카루나는 그 손이 제 뺨을 어르는 걸 막지 못했다.

"드디어 널 찾았어. 카나. 내 동생."

"말도 안 돼, 그럴 리…… 그럴……."

카루나는 채 말을 잇지 못했다. 혼란스러운 눈으로 아카론을 올려다보았다. 흰 머리에 익숙해지니, 비로소 그의 얼굴이 선명히 보였다. 카루나는 그가 저와 많이 닮았다는 생각이 들었다. 그래서였다. 뒤늦게 그의 손을 쳐내려 했던 손이 움찔, 떨린 것은.

"날 밀어낼 거야?"

아카론이 물었다. 카루나는 한동안 말을 잇지 못하다 힘겹게 입을 열었다.

"……아니면, 어떻게 해야 하는데?"

"우린 함께 있어야 해."

아카론이 망설이지 않고 답했다.

"함께?"

"그래, 함께. 그동안 내내 헤어져 있었으니까."

아카론이 카루나를 끌어안았다. 카루나는 그를 밀어내려 했지만, 그가 속삭인 말 한 마디에 그를 밀어내지 못했다.

"너무 외로웠어. 너만을, 너만을 기다렸어, 카나."

그 목소리에 담긴 사무친 외로움이 카루나의 목을 움켜잡았다. 어떤 거절의 말도 할 수 없게 만들었다.

"……."

카루나는 맥없이 그에게 이끌렸다.

"착하다."

아카론이 싱긋 웃으며 카루나에게 짧게 입을 맞췄다. 그 순간. 카루나의 눈이 탁해졌다. 쩌적- 녹주석 목걸이에 금이 갔다.

"지금 당장은 얌전해도, 곧 내게서 벗어나려고 하겠지. 지금까지 계속 그랬 잖아? 그래서 말야, 서쪽의 창쟁이가 재미있는 기술을 알고 있더라고."

아카론이 카루나의 귓가에 대고 속삭였다.

"너도 반은, 늑대잖아. 그치, 카루나?"

흐릿해진 녹색 눈에 아카론이 비쳤다.

'저 사람은 누구지?'

친애와 애정을 드러내는 짙은 청록색 눈, 눈처럼 하얀 머리카락. 무엇 하나 낯설지 않은 게 없건만. 그렇게 생각하는 게 죄스러웠다. 그래선 안 된다는 강박이 몰려왔다.

'그를 믿고 *따라야 해. 그의 말을 들어. 그에게 복종해.*'

누군가 속삭였다. 머리를 가득 채웠던 복잡한 생각이 싹- 날아가 버렸다. 빈 공간을 채우는 건 그 속삭임이었다. 그렇다고 그 속삭임에 무턱대로 넘 어간 건 아니었다.

'어째서? 왜 저 사람을? ……난, 누군데? 왜 저 사람의 말을 들어야 하는 거야?'

한 가닥 남은 이성이 마지막으로 발버둥 쳤다. 하지만 끝내 카루나는 제 눈을 가린 안개를 거둬 내지 못했다. 짙게 안개가 끼면, 아침 해도 가리는 법. 지금 카루나가 그런 상태였다.

'나는 누구지?'

카루나는 자신이 누군지 기억하지 못했다. 다만 기억나는 건, 지금 귓가에서 속살거리는 것과는 다른 속삭임.

"좋아해, 계속 좋아해 왔어. 정말로 좋아해."

무엇이 그리도 급한지, 숨도 내쉬지 않고 우르르 쏟아내던 그 수줍은 고백. 자기 자신이 누군지 기억도 못하면서 그 목소리, 그 고백만은 떠올랐다. 그 목소리마저 잊고 싶지 않았다. 자신이 누군지 잊고 모든 걸 잊게 되더라도 그것만은 잃고 싶지 않았다.

카루나의 마음을 지키는 마지막 관문은 자기 자신이 누구인지 아는 것이 아니었다. 이 목소리를 잊지 않는 것이었다. 흐음, 아카론이 못마땅한 표정을 지었다.

"카루나."

"……."

"나를 받아들여. 나는 네 오빠잖아."

아카론이 다정히 속삭였다. 그 목소리에 깃든 마력이 기어이 마지막 관문을 짓밟았다.

"아……."

카루나는 작게 탄성을 내지르며 눈을 깜빡였다. 고여 있던 눈물이 뺨을 타고 내렸다. 아카론은 미지근한 눈물을 제 손으로 닦아 냈다.

"카루나?"

"……응. 오라버니."

카루나가 천천히 고개를 끄덕였다. 아카론의 입가에 웃음이 짙어졌다.

"착하다."

아카론이 카루나의 머리를 쓰다듬었다. 카루나는 가만히 그 손길을 받아들였다. 곧 그가 일어섰다. 카루나는 해바라기처럼 그를 따랐다. 고개를 한껏 뒤로 젖혀 그를 올려다보았다.

앉아 있을 때는 눈높이가 맞았는데, 아카론이 일어서니 까마득해졌다. 아카론은 제 키의 절반밖에 안 되는 꼬마 아가씨를 귀엽다는 듯 바라보았다.

"어릴 적 너는 이런 모습이었겠구나."

"……."

"나는 이 모습도 꽤 귀엽다고 생각하지만."

흐음. 아카론이 침음성을 내며 고개를 내저었다.

"그래도, 계속 이렇게 있는 건 곤란하겠지?"

"……."

카루나는 아무 말도 하지 않았다. 그녀는 곤란한지 곤란하지 않은지 생각할 수 없었다. 오직, 아카론의 말을 따를 뿐이었다. 그가 곤란하다고 하면 곤란한 것이고, 곤란하지 않다고 결론내리면 곤란하지 않게 될 뿐이었다.

"본래의 모습으로 돌아오렴, 카루나."

아카론이 대수롭지 않게 말했다. 마치 카루나가 원해서 꼬마 아가씨가 되었으며, 카루나가 원한다면 얼마든지 제 모습으로 돌아올 수 있다는 듯한 말투였다.

"……."

카루나는 조금 전, 아카론을 따라 하듯 고개를 좌우로 내저었다. 아카론의 명령을 따라야 한다는 '생각'이 들었으나, 명령을 따를 수 있는 방법과 행동을 알지 못해 그런 것이었다.

아카론은 그 귀여운 모습을 보고는 웃음을 터뜨렸다.

"네가 어떤 힘을 가지고 있는지 전혀 모르고 있구나."

"……."

"정말 그깟 물약 따위가 널 어리게 만들었다고 생각하는 거니?"

"……네, 오라버니."

"아니, 아니야. 그렇지 않아, 카나. 그건 그저 매개일 뿐이야. 널 이렇게 작고 귀여운 모습으로 만든 건 정말로 너 자신의 힘이란다."

아카론이 싱긋, 웃고는 카루나와 이마를 맞댔다. 그가 눈을 감으니 카루나도 따라서 눈을 감았다. 아카론은 안개가 짙게 깔린 카루나의 머릿속을 헤치고 기억 한 가닥을 뽑아냈다. 그건 카루나가 마탑의 마법사, 우리겐 길튼에게서 마법의 물약을 건네받을 때의 기억이었다.

우리겐의 말은 장황했다. 핵심만 뽑아내자면 '이 약은 아직 미완성이며, 생명의 돌이라 부르는 현자의 돌이 들어가야 완성될 것 같다.'는 추측이었다.

"그가 말하는 현자의 돌이 너야, 카나."

숲의 장로, 숲의 심장, 현자의 돌, 생명의 돌.

부르는 말은 다르지만 결국 하나, 아니 한 명을 의미하는 것이었다. 거대한 숲을 단번에 자라나게 할 정도로 강대한 생명의 힘을 품은 한 사람. 카스라의 힘을 고스란히 이어받은 카루나.

"물론 그냥 물약을 받아 마셨다면 넌 이렇게 귀여운 모습이 되지 못했겠지. 아직 네 힘을 완벽하게 다루지 못하니까. 하지만 이게, 때마침 네게 있었고 널 도왔지."

아카론이 카루나가 매고 있는 녹주석 목걸이를 꽉 움켜쥐었다.

"이 돌은 악룡의 피로부터 기적을 감춰 주지. 하지만 그게 다가 아니야. 이 돌의 진짜 효능은, 힘을 가두는 거야."

녹주석이 악룡의 피를 가두었듯, 녹주석 파편으로 만든 카루나의 브로치가 카루나가 가진 숲의 능력을 가두었다. 가둬진 능력은 카루나 안에 가득 찼다. 그 상태로 단지 생명의 돌만 들어가지 않았을 뿐인 마법의 물약을 마셨다.

그리하여 마법의 약이 제 효능을 발휘했다. 첫 번째는 녹주석 브로치의 힘을 빌렸어야 했으나, 두 번째는 그러지 않아도 되었다. 카루나가 이미 숲의 능력을 깨우친 상태였으니까.

어른으로 되돌아오는 것 역시 마찬가지. 첫 번째로 어린아이로 변했을 때는 녹주석의 힘이 약해지는 보름달이 뜨는 밤, 혹은 녹주석이 부서졌을 때에야 어른으로 돌아올 수 있었겠지만. 두 번째는 카루나가 원래대로 돌아가길 원하면 이뤄질 터였다.

"네가 자란 모습을 보고 싶은데. 보여 줄 거지?"

아카론이 물었다. 아니, 명령했다.

"네, 오라버니."

카루나는 아카론을 따라 웃으며 고개를 끄덕였다. 그러고는 눈을 감고 정신을 집중했다. 아카론의 명령이 곧 카루나의 의지였다. 카루나는 진심으로, 다시 스무 살 원래의 모습으로 돌아가길 바랐다.

바람은 곧바로 현실이 되었다. 아카론의 웃음소리가 들려 눈을 떴을 때, 카루나는 더 이상 고개를 뒤로 꺾지 않아도 되었다. 바로 눈앞에 아카론의 어깨가 놓여 있었다. 카루나가 아카론의 어깨에 닿을 만큼 자란 것이었다.

입고 있던 옷은 폭이 낙낙했다. 열두 살 카루나가 입기엔 많이 헐렁한 편이었다. 스무 살의 몸으로 돌아가니, 그 옷이 꽉 끼었다. 땅에 끌릴 듯 길었던 바지는 반바지가 되었다. 우스꽝스러울 정도는 아니나, 불편해 보이고 추워 보였다.

"이런, 새 옷이 필요하겠구나."

아카론이 손가락을 튕겼다. 딱- 소리가 나기 무섭게 다시금 눈보라가 일었다. 이번엔 닿는 대로 집어삼키고 갈가리 찢을 듯 거세지 않았다. 눈의 땅에 몰아치는 겨울바람답지 않게, 봄바람을 흉내 내듯 보드라웠다. 그 눈보라가 카루나를 감쌌다. 입고 있던 옷은 바람에 닳아 없어지고, 맨살 위로 보드랍고 차가운 감촉이 닿았다.

하얀 눈이 실이 되어 씨실, 날실로 엇갈려 천이 되었다. 눈의 천은 비단처럼 치렁치렁하게 늘어져 카루나를 감쌌다. 바닥에 쌓여 있던 투명한 얼음과 녹주석 파편이 두둥실 떠올랐다. 얼음과 녹주석 파편은 바람에 갈리고 연마되어 반짝반짝 빛나는 벨트와 구두, 목걸이와 팔찌 등의 장신구가 되었다. 특히나 녹주석 파편은 새끼손톱보다 잘게 깎여 드레스 곳곳에 달렸다.

긴 머리카락은 여러 가닥으로 땋아 틀어 올렸다. 고정하는 장신구는 에메랄드처럼 빛나는 녹주석 파편이었다. 눈보라가 가라앉자, 눈부시게 꾸민 카루나가 드러났다.

차랑차랑- 카루나가 움직일 때마다 녹주석과 얼음이 부딪쳐 영롱한 소리가 났다. 그건 꼭 고양이 목에 달린 방울 소리같이 들렸다. 아카론은 넋을 잃고 카루나를 바라봤다. 머리끝에서부터 발끝까지, 카루나는 완벽했다. 모든 게 아카론이 준 것이었다.

단 하나를 빼면.

아카론은 눈에 거슬리는 것을 노려보았다. 가죽 끈으로 대충 묶은 녹주석 파편이었다. 아카론의 손을 탄 것이긴 하나, 그가 카루나에게 준 것은 아니었다.

"고작 이런 걸 네게 줄 수는 없지."

아카론이 목걸이를 움켜잡았다. 이미 금이 가 있었던 녹주석은 그의 악력을 견디지 못하고 산산이 부서졌다. 카루나는 바닥에 흩어진 목걸이 파편들을 아무렇지 않게 바라보았다.

아카론은 찌푸린 미간을 펴고, 다시금 흡족한 표정으로 카루나를 바라보았다. 카루나는 그의 시선을 받으며, 가만히 서 있었다. 흐려진 눈을 느리게 깜빡이는 게 가장 큰 움직임이었다.

"카루나. 이렇게 다시 만난 기념으로 부탁 하나만 들어줄래?"

"응, 오라버니."

"가서 자꾸 네 주변을 얼쩡거리는 늑대를 죽이고 오렴."

"……."

"감히 돌연변이 늑대 주제에 네 짝이라고 알랑대는 걸 가만 놔두면 안 되겠지?"

아카론이 손을 내밀었다.

"……응."

카루나는 그 손을 붙잡으며 고개를 끄덕였다.

어떤 목소리가 계속 왼쪽 가슴에서 울리는데, 도통 그게 무슨 뜻인지 알 수가 없었다.

중요한 것 같은데.

chapter 17
다시 넷이 되는 날, 너는

"올가 님, 올가 님을 찾았습니다!"

물의 장막 근처를 수색하던 수색대의 외침이 들렸다. 사흘. 물의 장막 위에 올라 눈의 땅을 노려보며 꿈쩍도 안 하던 시스가 움직였다.

그는 목소리가 들린 쪽으로 뛰어내렸다. 물의 장막에서 물줄기가 쑥- 튀어나와 시스를 받쳐 주었다. 덕분에 안전하게 착지할 수 있었건만. 시스는 뒤를 돌아보지도 않고 달려 나갔다.

눈의 땅과 맞닿은 경계 인근에 올가가 버려진 것처럼 쓰러져 있었다. 숨은 가늘었고, 온몸엔 핏자국이 가득했다. 얼굴은 창백하고 입술은 하얗다 못해 시퍼렜다. 축 늘어져 있었는데, 한 손만큼은 꽉 주먹을 쥐고 있었다. 그런 올가를 보자 눈이 뒤집혔다.

"마르타!"

주변에 사막의 전사들이 늘어서 있다는 것도, 그녀의 진짜 이름이 무엇인지, 그녀가 누구인지 절대 드러나선 안 된다는 것도 까맣게 잊었다. 시스는 한달음에 달려가 올가를 끌어안았다. 올가의 몸은 얼음처럼 찼다. 으득, 시스가 이를 갈았다. 툭 주먹 쥔 손이 풀리며 녹색 돌이 데굴데굴 굴렀다. 시스는 올가를 안고 일어섰다.

"왕이시여, 저희가 들겠습니다."

"올가 님은 눈의 땅에서 돌아온 겁니다. 어떻게 돌아온 건지 확인하기 전까지는 위험합니다, 닿아선 안 됩니다!"

전사들의 만류가 시스의 화를 더 돋웠다.

"닥쳐라! 누구든, 한 마디만 더 한다면 그 입을 꿰매 버리고 목을 자르겠다!"

시스가 신경질적으로 소리쳤다. 입을 꿰매고 목을 치는 건 사기꾼, 거짓말쟁이를 벌하는 형벌이었다. 전사들에게는 일반적으로 가해지지 않는, 치욕스러운 처벌이었다. 전사들은 기겁하며 뒤로 물러섰다.

시스는 올가를 끌어안고 달렸다. 훌쩍 뛰니, 물의 장막에서 또 물줄기가 줄줄이 솟구쳐 그의 발받침이 되었다.

"오오!"

"역시, 아탈라의 현신이시다."

"대단하군."

전사들은 방금 전 겁먹었던 것도 잊고, 허공을 날듯 하는 시스를 멍하니 바라보았다.

"잠깐, 그런데 '마르타'라니?"

전사들 중 하나가 문득 중얼거렸으나, 경외감에 물든 다른 전사들은 그의 말을 귀담아듣지 않았다. 오직 그만이 고개를 내저으며 의아해할 따름이었다.

올가를 발견했다는 소식이 전해지니, 함께 수색대를 꾸려 물의 장막 주변에 뒤지던 다른 세력의 대표들이 시스의 천막으로 모였다. 시스는 상석에 앉아 그들을 맞이했다. 불청객을 보듯 표정이 떨떠름했다. 그들의 면담 요청 때문에 올가의 곁을 지키지 못해 불쾌한 것이었다. 하지만 찾아온 이들 중 누구도 시스의 마음을 헤아려주지 않았다.

"어디서, 어떻게 찾은 겁니까. 다른 분, 우리가 찾는 그분은 어찌 되었답니까."

먼저 나선 건 백발이 섞인 청록색 머리를 길게 늘어뜨린 숲의 일족, 라미라였다. 그녀는 올가의 상태를 궁금해하지 않았다. 시스는 올가를 '그녀'를 찾기 위한 수단으로밖에 여기지 않는 라미라를 보며 대놓고 불쾌해했지만, 그녀는 눈썹 하나 꿈쩍이지 않았다.

"물의 일족의 왕이여. 어서 대답해 주십시오."

오로지 자신이 원하는 대답만을 요구할 따름이었다.

그녀는 장로의 부재시 숲의 경비대를 대신 이끌 수 있는 권한을 가진 원로였다. 숲의 일족 중에서도 특히나 눈의 땅 타도를 강하게 주장하는 강경파였으며, 숲의 일족 혼혈을 반기지 않는 순혈파이기도 했다. 눈의 땅과 싸우는 데 있어 숲에 대한 충성도가 낮은 혼혈은 별 도움이 안 된다는 생각에서였다.

그런 그녀였지만 세나가 도움을 청한 전서를 받고는 숲의 경비대 대부분을 이끌고 가장 먼저 달려왔다. 그리고 그 누구보다 카루나를 찾는 데 열성을 다하고 있었다.

"찾았다는 그분, 올가 경이었던가요. 친선 사절단의 대표로 내려와 우리 제국의 공작과 그 약혼녀를 납치해 간 당사자로군요. 그분의 상태는 어떻습니까. 괜찮은 건가요?"

험악한 둘 사이를 부드럽게 끼어든 건 남쪽 제국의 황태자였다.

"분명 올가 경과 카루나, 둘이 함께 납치되었다고 들었는데. 어째서 올가 경만 발견된 건지 궁금하군요."

물론 그 역시 카루나에게 집중했다.

"……"

무거운 침묵을 지키고 있는 건 제국의 단 하나뿐인 공작, 라크안밖에 없었다. 가장 거칠게 항의할 거라 생각했던 그가 입을 꾹 닫고 있는데도 누구 하나 이상하게 여기지 않았다.

그는 눈으로 제 감정을 드러내고 있었다. 피처럼 붉은 눈은 당장에 시스의 목을 따 버리겠다는 듯 번들거렸다. 평소라면 라크안을 다독였을 황태자건만, 이번만큼은 그를 책망하지 않았다. 세나를 통해 그와 카루나가 이곳, 사막의 땅에서 어떤 일들을 당하고 겪었는지 대충 들어 알고 있었기 때문이었다.

오히려 숲의 원로, 라미라가 라크안을 불안한 눈빛으로 바라보았다. 그녀는 라크안이 언제든 발작을 일으킬 수 있는 불안한 상태라는 것과 남쪽에서 젊은 혼혈 늑대들을 규합해 세력을 형성하고 있다는 것을 항상 꺼림칙하게 여겼다.

"분명히 대답해 주시기 바랍니다. 올벤의 왕이시여."

황태자의 옆에 서 있던 은발의 사내가 입을 열었다

"참고로, 지금 황태자 전하께서 이끌고 온 기사단은, 국경에서 대기하고 있는 군대의 극히 일부에 지나지 않는다는 점을 말씀드리고 싶군요."

기복이 없는 목소리임에도 살벌하게 들렸다.

"올가는 아직 정신을 못 차리고 있소이다. 눈을 뜨더라도 오랫동안 안정을 취해야 한다고 하니, 당장은 영애에 대해 물을 수 없을 것 같군."

시스의 뜻은 명백했다. 올가를 찾았으니, 카루나가 어찌 되든 일단 한발 빼겠다는 것이었다.

황태자와 라미라는 바로 얼굴을 찡그렸다. 라크안과 루시온은 무표정한 얼굴로 시스를 노려보았다. 시스를 두고, 나머지 사람들이 흉흉한 기세를 드러내며 대립각을 세울 때였다.

"안 됩니다, 올가 님. 이곳은!"

"올가 님, 여기서 이러시면 안 됩니다. 어서 돌아가셔서 치료를 받으셔야…….."

밖에서 소란이 일었다. 무슨 상황인가 가늠하기 전에 천막의 문이 확-걷혔다. 침입자를 본 시스의 안색이 굳었다. 올가는 경비를 선 전사들을 거칠게 밀치고 천막 안으로 고꾸라졌다.

"왕이시…… 윽!"

"마…… 올가!"

시스가 한달음에 달려 나가 올가를 부축했다.

"뭣들 하고 있는가, 어서 데리고 가서 치료를…….."

"아니, 아니요."

올가가 시스의 팔을 붙잡았다. 힘이 하나도 느껴지지 않는 손짓이었으나 시스는 밀쳐내지 못했다.

"왕이시여, 제가 보고 들은 것을 증언할 수 있도록 해 주십시오. 전사로서의 제 명예를 지키고 싶습니다."

"……."

"허락해 주십시오."

"……."

시스는 올가를 지그시 바라보다가 이를 갈았다. 그러고는 올가에게 붙잡히지 않은 손을 흔들었다.

"물러들 가라."

올가를 따라 얼결에 발을 들였던 전사들을 물리고, 올가를 직접 부축하여 제 자리에 앉혔다.

"왕이시여, 제가 어찌 감히…….."

"가만히 있거라. 그러지 않으면, 네가 뭐라 하든 난 널 바로 둘러업고 의사에게로 갈 거다. 약을 먹고 한 달 정도 자고 나면 모든 게 끝나 있을 테니 그것도 나쁘지 않겠지."

시스가 일어나려는 올가의 어깨를 꾹 누르며, 그녀 옆에 섰다. 올가가 왕이고 자신은 부하인 듯 보이는데도 거리끼지 않았다. 올가와 시스의 관계를 알지 못하는 사람들은 그 광경을 괴이하게 보았다.

'약혼한 사이인가?'

'결혼할 관계인가 보군. 저리 끔찍이도 아끼니, 저 사람을 발견하자마자 몸을 빼려 한 거군.'

어쨌거나 올가의 등장은 시스를 제외한 모두가 원하던 일이었다. 모두들 올가의 입만 바라보았다. 황태자만 예의상 몸 상태가 괜찮은지 물어봤다. 올가는 농담으로라도 괜찮아 보인다고 말할 수 있는 상태가 아니었다. 그런데도 그녀는 의연하게 행동했다.

올가는 괜찮다고 답하고는 천천히, 제가 기억하고 있는 것을 말했다. 그녀는 경계를 넘어 눈의 땅으로 들어간 직후부터 고통에 휩싸여 피를 토하고 괴로워했다. 물의 장막을 넘어 눈의 땅을 쳐들어갈 적엔 늘 물의 가호를 받았기 때문에 그런 고통을 겪어 본 적이 없었다. 생소한 고통은 정신을 혼미하게 만들었다.

그대로 정신을 놓고 눈을 감았다면 고통에서 도망갈 수 있었겠지만, 올가는 그러지 않았다. 입 안쪽 살을 깨물며 버텼다. 그녀는 카루나가 자신을 위해 눈의 땅으로 끌려간 것을 보았고, 그것을 솔직하게 말했다.

"이런."

손으로 이마를 감싸 쥐며 탄식한 건 시스였다. 라크안은 이를 악물고 올가를 노려보았다. 천막 안에 숨 막히는 살기가 감돌았다. 죽을 뻔했다 살아난 사람이 견딜 수 있는 살기가 아니었다.

시스는 한 발 앞으로 나서 올가의 앞을 막아섰다. 세나는 허리춤에 손을 가져다 댔다. 여차하면 시스에게 달려들어 그의 심장에 검을 꽂을 태세였다.

황태자와 루시온은 입을 꾹 다물고 각자 생각에 빠졌다. 라미라는 얼굴이 창백해졌다. 그녀는 충격을 감당하지 못하고 벌떡 일어섰다가 휘청이며 도로 주저앉았다.

"늦어 버렸군, 늦었어. 좀 더 일찍 왔어야 했는데."

넋 나간 사람처럼 중얼거리기까지 했다.

"그게 무슨 말씀이십니까."

세나가 궁금증을 참지 못하고 물었다. 안 그래도 그녀와 숲의 경비대가 필사적으로 수색하는 걸 의아하게 여기던 중이었다.

"장로님께서 유언으로 자신의 후계로 그녀를 지명하셨다. 그러니 그녀는 우리의 새로운 지팡이. 우리가 따라야 하는 지도자다. 그런데 숲으로 모셔 정식으로 추대하기 전에 또 눈의 땅에 빼앗기다니."

라미라가 얼굴을 일그러뜨렸다. 그녀는 이번 대 장로와 리센의 비극뿐 아니라, 전대 장로와 그녀의 후계였던 시에나의 비극도 겪었던 세대였다. 연달아 두 세대 동안 장로와 그 후계자를 눈의 땅에 빼앗기다니. 그녀로서는 참담하기 그지없는 일이었다.

"카루나 아가씨가 다음 대 장로라니, 그게 무슨 말씀이십니까?"

"모르느냐, 모르는 척하는 것이냐."

"전에 숲에 갔을 때 장로님께서 돌아가셨다는 건 알게 되었습니다만. 후계 없이 돌아가셨기에 다음 대 장로가 누가 될 것인지 논의가 분분하지 않았습니까?"

"그렇게 믿고 싶은 자들이 그렇게 떠들고 다닌 것이지. 장로님께서는 책임감이 강하신 분이다."

라미라는 세나가 미처 파악하지 못했던 숲의 정세를 간략하게 말했다. 숲에서 나고 자란 순혈이긴커녕 어머니와 아버지가 누군지도 모르는, 숲의 능력을 쓸 수 있으니 아무튼 부모 중 한 명이 숲의 일족이 아닐까 생각되는 사람을 장로로 섬겨야 한다. 죽은 장로의 유언을 풀이하면 그랬다.

당연히 전대 장로의 형제자매들이 반발했다. 안 그래도 장로 카젤인은 정식으로 숲의 장로가 된 자가 아니었다. 전대 장로와 그녀의 후계자, 시에나가 눈의 땅에서 죽으니, 약혼자로서 책임을 지고자 대리로 숲을 이끌었다.

그는 시에나의 어린 조카를 후계로 삼아 제게 반발하는 세력을 눌렀다. 그런데 그 후계자마저 죽어, 장로와 장로의 후계자가 모두 공석인 상태. 시에나 가문의 사람들은 카루나라는 듣도 보도 못한 젊은이가 아니라, 전대 장로와 시에나의 피를 이은 순혈이 새로운 장로가 되어야 한다고 주장했다.

하필이면 시에나의 어린 조카 중 한 명이 미약하나마 숲의 능력을 가지고 있었다. 사실은 치유 능력이 워낙 뛰어나 부러진 가지를 붙게 하고, 시든 꽃이 생기를 되찾게 해 준 것이었으나, 그들은 그 또한 숲의 능력이라 우기며 그 아이를 숲의 장로로 밀었다.

그리하여 숲은 장로의 유언을 따르려는 자들과 그 유언을 거부하려는 자들이 갈등을 벌이고 있었다. 라미라는 장로의 유언을 받들어야 한다는 쪽이었다.

그녀는 눈의 땅에 쳐들어가야 한다는 강경파였다. 좀 더 강한 숲의 능력을 가진 카루나를 선택했다. 라크안과 카루나가 위험하다는 세나의 연락이 숲에 당도하자, 라미라는 반대파를 무력으로 찍어 누르고 새로운 장로를 맞이하러 온 것이었다.

그런데 그 새로운 장로감이 고작 물의 일족 한 명을 구하기 위해 스스로 눈의 땅으로 걸어 들어갔다니. 그녀는 절망했다. 일족 내에서 권력 다툼을 하느라 늦었기 때문에 새로운 장로를 잃었다는 참담함. 그리고 감히 숲의 장로 대신 살아남은 물의 일족 여인에 대한 분노. 그런 질척한 감정이 그녀를 뒤덮었다.

그녀는 독을 품은 화살이 되어, 소중한 새 장로감을 사막과 눈의 땅에 내돌려 이 지경을 만든 원흉을 노려보았다. 그 원흉은 하- 웃음을 터뜨리고 있었다. 어이없어서 나오는 실소였다.

"카루나가 새 장로?"

그 웃음이 순식간에 갇혔다.

"누구 마음대로."

그 역시 원수를 노려보듯 라미라를 쏘아보았다. 두 성난 늑대의 대치를 깨트린 건 황태자였다.

"맙소사, 뭐가 어떻게 돌아가는 건지 모르겠군."

황태자는 혼란스러운 얼굴이었다. 그의 옆에 서 있는 루시온은 여전히 인형처럼 무표정했다. 다만 그의 짙은 남색 눈은 차갑게 번뜩였다.

라크안과 카루나가 제국 수도 한복판에서 납치당한 뒤. 카루나의 예상 대로 황제는 미적거렸다. 황제는 내심 이 문제를 가지고 황제파와 신귀족파가 크게 갈등하기를 바랐다. 두 세력 사이에서 휩쓸리는 척하면서 시간을 질질 끌다가, 라크안과 카루나가 잘못되었다는 소식이 들려올 즈음에 올벤에게 책임을 묻고, 외교적 우위를 점해 여러 국가적 이득을 취할 계획이었다.

라크안이 부담스러워지던 차. 앓던 이를 빼내고, 그간 소원했던 올벤과의 관계에서 주도권을 획득할 수 있는 절호의 기회였다. 하지만 상황은 황제의 계획대로 돌아가지 않았다.

제국은 역사상 유례 없는 의기투합, 협력을 이뤄 냈다. 먼저 움직인 건 백성들이었다. 라크안은 백성들이 가장 존경하는 귀족이었다. 백성들은 어린 나이에 부모를 잃자마자 제국의 변경 전쟁터로 떠나 제국의 평화를 지켜 줬던 전쟁 영웅에 대한 고마움을 잊지 않았다.

수도 거리의 상점들은 가게 문을 열지 않고, 문 앞에 흰색 천을 달았다. 매일 밤, 백성들이 흰 두건을 머리에 쓰고 황궁 근처로 몰려들어 큰 소리로 바이켈드 공작을 살려 달라고 외쳤다.

황제는 백성들의 단체 행동에 두려움과 분노를 동시에 느끼고, 황실 기사단을 동원하여 그들을 진압하고자 했다.

황실 기사단은 어깨에 단 빛나는 기사단 문장을 떼고 황제의 명에 불복했다. 제국 최고의 검이라 불리는 라크안은 제국 기사들에게도 존경과 두려움의 대상이었다. 그들은 목숨을 걸고 황제에게 바이켈드 공작을 살려 달라고 요청했다.

이런 상황에서, 수장이 납치당한 황제파 역시 가만있지 않았다. 황제파 귀족들은 황실에 올벤 타도, 바이켈드 공작과 그 약혼녀의 무사 귀환을 요구하며 모든 사교계 활동을 중지했다.

황태자 역시 황제파를 지지하는 성명을 냈다. 황후는 시녀들과 함께 시위하는 백성들과 황실 기사단에게 먹을 것과 마실 것을 나눠 주며 그들과 뜻을 함께하고 있음을 밝혔다.

거기에, 당연히 납치당한 쪽이 문제라는 식으로 꼬투리를 잡으며 훼방을 놓을 거라 예상했던 신귀족파마저 뜻을 보탰다. 바이켈드 공작 납치 문제는 제국의 위신과 관련된 문제라며, 당장 올벤에 쳐들어가야 한다는 강경한 입장을 내세운 것이다. 이는 신귀족파의 수장인 루시온의 입김 덕분이었다. 루시온은 황제파와 힘을 합치는 것에 거부감을 가진 신귀족파 귀족들을 일일이 설득했다.

백성들과 황실, 거기다 황제파와 신귀족파까지. 제국이 하나로 똘똘 뭉쳐 바이켈드 공작과 그 약혼녀를 구해야 한다는 여론으로 들끓었다. 황제는 당해 낼 재간이 없었다.

"내가 아니라 바이켈드 공작, 그 젊은 것이 이 제국의 진짜 주인이었군."

황제는 거대한 왕좌에 걸맞지 않는 초라한 목소리로 중얼댔다. 황태자만이 단상 아래 서서 황제의 한탄을 듣고 있었다. 황제의 한탄은 밖에서 바이켈드 공작을 구해 달라는 백성들의 함성에 금세 묻혔다.

"저들을 봐라. 황제인 나도, 내 뒤를 이을 너도, 아니, 이 제국 역대 그 어떤 지배자도 저렇게나 열렬한 지지를 얻지 못했다."

황제의 한 줌 남은 분노는 저 함성을 부추기는 제 아들을 향했다.

"저걸 보고서도 너는, 이 늙은 아비의 편을 들지 않는 것이더냐."

"제국의 천 년 역사에서 백성들의 사랑을 받은 훌륭한 재상과 기사는 얼마든지 있었습니다."

"그들은 늘 반역을 꿈꾸었다."

"훌륭한 황제는 그들을 의심하고 내치는 대신, 그들의 도움을 받아 제국을 더욱 발전시켰지요."

"고얀 놈! 네놈은 이 아비가 부하를 질투하고 내치기나 하는 폭군이라고 말하고 싶은 게냐!"

황제의 분노가 홀을 쩌렁하게 울렸다. 이전이라면, 황태자는 황제와 부딪치는 것을 피하려고 물러서거나 거짓으로나마 고개를 숙였을 것이었다. 하지만 지금의 황태자는 더 이상 나약하고 우유부단한 모습을 보이지 않았다.

"부디, 그러한 길을 걷지 마시라고 간곡히 청하는 것입니다."

황태자의 몸 근처에서 청량한 바람이 불었다. 밝은 금발이 살랑살랑 흔들렸다.

"라안을, 바이켈드 공작을 구해야 합니다. 제국의 심장부에서 제국의 단 하나뿐인 공작이 납치되었는데, 그를 구하지 않으면 앞으로 귀족들 중 누가 우리 황실을 진심으로 따르고 충성을 맹세하겠습니까."

"그 녀석을 구해 온다면, 내 다음 대 황제는 네가 아니라 그 녀석이 될지도 모른다."

"제가 부족하다면 그럴 수도 있겠지요."

"지금, 그걸 말이라고……."

"아버님, 아버님께서는 어찌 당신의 후계자를 믿지 않으십니까."

"뭐?"

"백성의 지지를 받는 신하를 감당하지 못하면서 어찌 이 제국을 지킬 수 있겠습니까. 그런 자가 어찌 감히, 아버님의 뒤를 이을 수 있겠습니까."

황태자는 라크안의 인기에도, 황제의 분노에도 흔들리지 않았다. 그저 차분하게 가라앉은 푸른 눈을 들어 황제를 올려다볼 뿐이었다.

"제게 명령을 내려 주십시오. 고난에 처해 아버님의 도움을 바라는 아버님의 충성스러운 신하를, 제가 구해 오겠습니다."

"……."

황제는 침묵했다. 그 잠깐의 대화 동안, 황제는 10년은 더 늙어 버린 듯했다. 이제는 초라하다 못해 지친 얼굴로 황태자를 내려다보았다. 오랜 시간이 지난 뒤, 황제는 손으로 이마를 덮으며 힘없이 말했다.

"네 말은 잘못되었구나. 바이켈드 공작은 네게 충성을 맹세한 신하이니, 앞으로 네가 다스릴 제국을 위한 너의 신하다. 네가 원한다면, 구해 오너라."

황명이 떨어졌다.

"명을 받듭니다. 제국의 황태자로서, 사명을 다하고 오겠습니다."

황태자는 그길로 황제파의 수장 대리와 신귀족파의 수장을 불러들였다. 황제파에서는 철십자 기사단의 단장이, 신귀족파에서는 루시온이 나섰다. 그들은 기꺼이 황태자의 왼편과 오른편에 섰다. 황태자는 황실의 기사단과 철십자 기사단, 황제파와 신귀족파의 사병들을 규합하여 북쪽으로 올라갔다.

전쟁을 불사한 규모였다. 그 정도 병력을 움직이면서도 올벤에 따로 선전 포고를 보내지는 않았다. 평화 조약을 거짓으로 꾸며 제국의 심장부에서 사람을 납치해 간 올벤에게 예의를 차릴 이유가 없었으니까.

국경에 당도하여서는 나머지 병력들을 대기시켰다. 황실 기사단의 일부, 철십자 기사단과 루시온의 사병들만을 데리고 올벤의 국경을 넘었다. 당장 국경 주변의 도시들을 침략하여 불태우고, 보이는 오아시스마저 모조리 메워 버리려고 했으나, 세나의 중재로 일단 중단했다. 어디까지나 라크안과 카루나를 되찾는 게 우선이었으니까.

그 과정에서 다치긴 했으나 라크안의 신병을 확보했다. 그러나 사라진 카루나를 찾기 위해서는 카루나를 납치해 간 올벤과 협력해야 했다. 황태자는 물론, 평소 제 감정을 거의 드러내지 않는 루시온까지 격분하여 반발

했으나. 올벤에서 모진 고난을 직접 당한 라크안이 부탁하여 일단 일시적
인 휴전 관계를 맺었다.

황태자와 루시온은 병력을 이끌고 물의 장막 근처까지 올라와 인근을
수색하며, 제국이 지난 천 년간 잊고 있었던 것들에 대해 대충 이야기를
전해 들었다. 네 시조니, 악룡이니, 약속이니 하는 것들.

생소한 내용이었다. 아니, 사실 처음 듣는 이야기는 아니었다. 거의 잊혔
다고는 하나, 제국에서도 그 비슷한 내용의 전설이 전해지기는 했으니까.

어느 지역에서는 다섯 명이라 하고, 또 어느 지역에서는 초대 황제를
따르는 백 명의 결사대라고도 했다. 제국민들은 그 전설을 그저, 어린아이
들이 처음 글자를 배울 때 읽는 동화 정도로 생각하고 있었다. 황태자와
루시온 역시 마찬가지였다.

'우리 제국이 천 년 동안 번영했던 이유는 오로지, 북쪽 국경을 마주한
최초의 숲과 사막이 지켜 줬기 때문이라니.'

황태자는 제국의 차기 지배자로서 기묘한 감상에 사로잡혔다. 자신이
갑자기 얻게 된 바람을 부리는 능력에 대한 고민도 깊어졌다.

'아버님께 제국 황태자로서 사명을 다하고 오겠다고 했는데. 어쩌면
그 사명이, 단지 라안과 카루나만을 구하는 걸로 끝나지 않을지도 모르
겠구나.'

덥고 메마른 사막에서도 청량한 바람은 황태자의 곁을 맴돌았다. 그의
생각이 옳다는 듯이.

'아가씨가 사실 숲의 일족이고, 숲의 장로가 되실 예정이라는 건가?
그렇다면 앞으로의 계획을 수정할 필요가 있겠군.'

루시온은 황태자처럼 감상적으로 생각하지 않았다.

'아가씨께서 숲의 장로가 되시겠다면 내가 굳이 제국에서 세력을 유지할
이유가 없어. 제국에 남고자 하신다면, 제국을 움직여 숲과 맞설 준비를 해
야 할 거고, 어쨌든 아가씨를 찾아 아가씨의 생각을 확인해 봐야 할 일이야.'

그는 오직 카루나에게 집중했다. 악룡의 피니, 눈의 땅이니 하는 것은 그에게 전혀 중요하지 않았다. 작은 천막 안에 둘러앉은 사람들의 생각이 저마다 제각각이었다. 올가는 그중 가장 비겁한 선택을 하려 하는 자신의 왕, 자신의 오라비를 붙잡았다.

"제발, 물러서지 마십시오."

"물러서지 않으면? 제 발로 눈의 땅 깊숙이 걸어 들어간 영애를 구하기 위해, 올벤의 전사들을 이끌고 눈의 땅으로 뛰어들라는 거냐."

시스가 냉정하게 올가의 말을 끊어 냈다.

"20년 전, 숲에서 눈의 땅을 대대적으로 습격하며 우리에게 도움을 요청했던 적이 있다. 우리 전사들이 죽고 사는 데 관심이 없었던 전대 왕은 기꺼이, 아무 대가도 받지 않고 승낙했지. 그 결과가 어땠지?"

보랏빛 눈이 일렁였다.

"전멸이었다. 물의 장막을 지키던 최정예 전사 이백여 명 중 단 한 명도 돌아오지 못했어. 그 바람에 물의 장막 수비가 약해져, 왕실에서 모범을 보인답시고 왕자와 왕녀들을 뽑아다 물의 장막으로 올려 보냈고."

그중 하나가 시스였다. 시스의 입가에 차가운 미소가 어렸다. 그때, 어머니는 시스가 끌려가는 걸 막기 위해 스스로 목숨을 끊었다. 그럼에도 시스는 어린 동생을 왕궁에 홀로 내버려 두고 물의 장막으로 떠나야 했다.

10년 뒤, 저를 따르는 전사들을 이끌고 돌아왔을 때. 동생은 왕녀라고 부르기 민망할 정도로 처참한 상태였다. 시스는 그때 보았던 여동생의 비참한 모습을 아직도 생생하게 기억하고 있었다.

"나는 그처럼 어리석은 선택을 하지 않을 것이다."

그런 시스를 바라보는 올가의 눈에 고통스러운 감정이 스쳤다.

'결국 또 내가, 오라버니의 앞길을 막는구나.'

올가는 주변을 둘러보았다. 절망했지만 다시금 투지를 불태우는 숲의 일족. 어떻게든 카루나를 되찾겠다며 끝까지 포기하지 않는 바람의 일족.

한 발 뒤로 물러서며 제 일족과 제 여동생의 안전만을 도모하려는 물의 일족의 왕. 이렇게 모이고 나니, 무엇이 잘못인지 선명히 보였다.

'아니, 안 돼. 더는 안 돼.'

올가는 그것을 외면하고 싶지 않았다. 시스 또한 그러길 바랐다. 그랬기에 용기를 내어 시스의 팔을 붙잡았다.

"올가?"

시스는 걱정스러운 눈빛으로 올가를 내려다보았다. 그 눈빛은 곧, 배신감으로 뒤덮였다.

"전대 왕의 선택은 무책임한 것이었으나, 지금 오라버니의 선택은 비겁한 것입니다."

"뭐?"

시스가 눈을 치켜떴다.

"네가 어떻게 그렇게 말하는 게냐."

그는 비겁하다는 비난에 충격을 받아, 그녀가 자신을 어떻게 불렀는지는 미처 신경 쓰지 못했다.

"오라버니?"

세나가 그 생소한 호칭을 가장 먼저 알아차렸다. 라미라 역시 의아하다는 표정을 지었다. 올벤의 왕위 계승 방식은 숲에도 익히 알려져 있었으니까.

"……너!"

시스는 세나보다 한 박자 늦게 깨달았다.

"오라버니."

"진정해라, 네가 지금 많이 다쳐서, 이제 막 정신이 들어서 제정신이 아닌 거 같은데……."

"더 이상 비겁해지지 말아요."

"……!"

"전사 중의 전사인 내 오라버니가 고작 나 때문에 계속 비겁한 선택만

하는 것이 싫었습니다. 제발, 이제 더 이상은 물러서지 말아 주세요."

올가는 비틀거리며 일어나 무릎을 꿇었다.

"부탁드립니다. 영애를 구해 주십시오."

시스의 얼굴은 보기 좋게 구겨졌다. 그가 눈빛으로 책망해도, 올가는 물러서지 않았다.

"영애는 저를 구해 준 생명의 은인입니다. 생명은 생명으로 갚아야 하는 법. 그러니……."

"그만."

시스가 올가의 말을 끊으며 한숨을 내쉬었다.

"목숨을 구해 준 은인을 저버리는 건 전사의 명예를 저버리는 일. 그러니 너는, 너 혼자라도 영애를 구하는 데 나서겠다는 거겠지."

"그러합니다."

올가가 순순히 고개를 끄덕였다. 시스는 깊게 한숨을 내쉬며 마른세수를 했다.

"일이 이렇게 꼬이다니. 아탈라께서 굽어보고 계시기라도 한 건가."

주변 사람들은 두 사람, 아니 두 남매의 대화에 끼어들지 않고 침묵했다. 라미라나 세나는 어찌 된 사연인지 알겠다는 표정이었고, 나머지는 저 둘이 남매라는 것에 당황한 기색을 내비쳤다.

그들의 마음이 가라앉을 즈음, 시스 역시 생각을 정리하고는 한 발, 앞으로 나섰다.

"뭐, 보고 들은 것처럼 내 사정이 이러하니, 어쩔 수 없이 협력해야겠군."

시스가 씩, 웃으며 말을 이었다.

"하나뿐인 여동생에게 비겁하다는 말을 듣고 살 수는 없으니."

"제국은 올벤 왕의 결정을 잊지 않을 겁니다."

황태자가 가장 먼저 일어서 시스에게 손을 내밀었다. 그 역시 여동생이 있으니, 여동생에게 존경받는 오라비가 되고 싶은 마음을 이해해 주었다.

"물론, 제국의 수도에서 공작과 그 약혼녀를 납치해 간 일 역시 잊지 않고 있습니다. 그 점은 눈의 땅인지 뭔지에서 그녀를 되찾은 후 논의해 보도록 하지요."

"……기꺼이, 그러도록 하지."

시스는 흔쾌히 악수에 응했다. 제국과 올벤. 당장 전쟁이 나도 이상하지 않을 상황에서 기묘한 타협이 성사되었다. 올가는 시스의 부축을 받고 일어나 황태자와 라크안에게 고개 숙여 사과했다.

죽다 살아난 사람이 정중하게 죄를 청하니, 황태자는 금세 마음이 풀렸다. 라크안의 굳은 얼굴만은 풀릴 줄 몰랐으나, 어쨌거나 올가로 인해 분위기가 풀어진 것은 사실이었다.

"그럼 이제, 카루나 아가씨가 살아 있다는 것을 어떻게 하면 확인할 수 있는지, 그리고 어떤 방법으로 카루나 아가씨를 눈의 땅이란 곳에서 구해 낼 건지 의논하면 될 것 같군요."

황태자 옆에 인형처럼 서 있던 루시온이 말했다. 카루나가 죽었을지 모른다는 가능성은 전혀 염두에 두지 않은 말이었다. 모두들 그걸 알아차렸으나 섣불리 지적하지 않았다.

루시온과 라크안은 말없이 서로를 바라보았다.

"눈의 땅에서 만난 정체 모를 존재는 저를 두고, 영애와 거래를 했습니다. 영애가 반항하지 않고, 스스로 눈의 땅으로 걸어 들어오기를 바라는 분위기였지요. 그러니, 영애가 잘못되거나 하지는 않았을……."

올가가 자신 없는 말투로, 카루나가 아직 살아 있을 거라는 희망을 이야기하려 할 때였다.

콰앙! 귀청을 찢는 굉음이 울리며, 땅이 뒤흔들렸다. 천막 안에 모여 있던 사람들은 일제히 일어서, 제 무기를 빼 들었다. 쿠웅! 다시 한 번 굉음이 울리며, 더 크게 지진이 났다. 몸을 가누기 힘들 정도였다. 다들 균형을 잃고 휘청이거나 어지럼증을 느끼는 정도였지만 시스는 달랐다.

"커흑!"

그가 허리를 꺾으며 피를 토했다.

"오라버니!"

올가가 기겁하며 시스를 부축하려 했다.

"괜, 괜찮. 괜찮아."

시스는 그녀를 다독여 의자에 앉히고는 소리쳤다.

"무슨 일인가, 밖에 누구 없는가. 보고하라!"

밖에서 어수선한 발자국 소리가 들리더니, 곧 천이 걷히고 건장한 사막의 전사 두엇이 뛰어 들어왔다.

"왕이시여, 눈의 땅에서 물의 장막을 공격했습니다."

"거대한 힘이, 물의 장막을 뚫으려 하고 있습니다. 가 보셔야 할 것 같습니다!"

"역시."

시스가 이를 갈며 허리를 꼿꼿이 세웠다. 올벤의 왕인 그는 물의 장막과 연결되어 있었다. 그가 죽으면 물의 장막이 무너지고, 물의 장막이 공격당하면 그가 죽는 공생 관계까지는 아니었으나. 어느 한쪽이 타격을 받으면 민감하게 반응할 수밖에 없었다.

이번 타격은 왕이 된 이래 처음으로 느껴보는, 가장 강력한 것이었다. 어쩌면 물의 장막이 위험할 수 있다는 위기감이 들 정도로.

'영애가 눈의 땅으로 간 것과 관련이 있는 건가?'

이전까지 한 번도 경험해 본 적 없는 충격이 물의 장막에 가해졌다. 아무래도 카루나를 떼 놓고 생각하긴 힘들었다.

'어쨌든, 나 혼자 발 뺄 수 없는 상황이긴 하군.'

올가에게 비겁하단 말을 듣기 싫어서만이 아니다. 올벤의 왕이자 올가의 오라비로서, 일족과 동생을 지키기 위해서라도 나설 수밖에 없다. 시스는 그렇게 자기 행동을 합리화하며 입 안에 머금은 피를 마저 뱉어 냈다.

"물의 장막으로 간다."

손등으로 입술에 묻은 피를 거치게 문지르고는 뛰쳐나갔다. 눈의 땅과 관련된 일은 결국, 카루나와 관련 있는 일. 나머지 일행은 당연히 시스의 뒤를 따랐다.

한시가 급하니 여유롭게 걸어서 움직이는 대신, 말에 올라탔다. 이곳은 물의 장막과 가까워 땅이 물기를 머금고 있었다. 게다가 눈의 땅과도 가까우니, 사막이라기보다는 얼어붙은 땅 같았다. 말을 타기엔 무리가 없었다.

시스는 따라 나서는 올가를 사막의 전사들에게 맡기고 홀로 말에 올라타 내달렸다. 라크안은 저를 보고는 겁먹고 주춤주춤, 물러서는 말을 복잡한 심정으로 바라보았다.

라크안은 말을 타는 걸 그다지 즐기지 않았다. 늑대가 말을 탄다니, 늑대가 개를 애완동물로 기르겠다는 것만큼이나 우스운 일이 아닌가. 그래서 제국에선 늘, 마차로 이동했으나 지금 상황에선 마차를 탄다는 선택지가 없었다.

훌쩍 말 위에 올라타, 겁먹은 말을 더 겁먹게 만들어 제 뜻대로 움직이도록 만들었다. 말은 죽기 살기로 달려 시스를 따라잡았다. 황태자와 루시온, 세나, 라미라 등이 그 속도를 따라잡지 못하고 뒤처졌다.

휘익- 시스는 절 뒤쫓아 오는 라크안을 보며 휘파람을 불었다. 기특하다는 건지 비웃는 건지 알 수 없게 웃기까지 했다.

"대단하군."

"농담할 여유가 있나 보지?"

"여유가 없을 이유는 또 뭐지?"

시스가 퉷, 피 섞인 침을 뱉으며 물었다.

"내가 아직 살아 있다. 내 동생이 살아 있는 한, 계속 그럴 예정이고, 내가 살아, 내 피가 이어지는 한 물의 장막은 무너지지 않아."

"조금 전 피를 토한 건 어디의 누군지 모르겠군."

"내 걱정을 해 줘서 고맙긴 한데, 공작. 아니, 돌연변이 늑대. 나보단 네 걱정을 해야 하는 거 아닌가?"

"또 무슨 요사스러운 말을 하려는 거지?"

붉은 눈이 차갑게 빛났다. 시스는 비난 어린 눈빛을 웃음으로 흘렸다.

"내게 유감이 많겠지만. 개인적인 감정은 잠시 넣어 두라고. 그쪽이 모시는 황태자 전하께서 말씀하시지 않았던가. 우리 사이의 은원은 일단, 영애를 구하고 난 다음의 일이라고."

"그러니까 그쪽이 아직 살아서 숨 쉬고 있는 거겠지."

"이런, 아까 내 말을 못 들었나? 내가 잘못되면 물의 장막은……."

"네 여동생의 짐이 되겠지."

"……."

능글맞게 웃던 시스의 얼굴이 싹, 굳었다.

"그 얼굴이 더 마음에 들어."

"……할 말, 안 할 말은 가려서 해라, 늑대."

"할 짓 안 할 짓 안 가리고 상황을 이렇게 만든 자가 할 말은 아닌 것 같군."

"감히!"

시스가 등에 메고 있던 창을 휘둘렀다. 동시에 라크안 역시 허리춤에 차고 있던 검을 뽑아 들었다. 차캉- 창과 검이 맞부딪쳤다. 그그극- 창이 검신을 긁어내려 가며 불꽃을 튀겼다. 그들이 타고 있는 말은 여전히 빠르게 달리고 있었고, 저편에서 물의 장막이 모습을 드러내고 있었다.

두 사내는 웃음기 없는 얼굴로 서로를 노려보았다. 먼저 무기를 거둔 건 시스였다. 그는 돌연변이 늑대 따위와 무기를 맞대는 건 전사의 수치라며 미련 없이 창을 뒤로 물렸다.

"다시는 내 동생을 입에 담지 마라. 돌연변이 늑대 따위가 입에 담을 수 있는 존재가 아니다."

"그쪽이야말로 다시는 내 반려를 건드리지 마라. 네 동생 말대로 비겁하게 빠져 있어도 상관없다. 내가 그녀를 구해 낼 테니까."

"반려? 반려라고?"

시스가 별 해괴한 소리를 듣는다는 듯 웃었다.

"내가 전에 말했을 텐데? 그녀가 네 반려일 리 없다고."

"네 말 따위……."

"그녀는 숲의 심장이고, 너는 반려 없이 태어난 돌연변이 늑대다. 그건 변치 않는 사실일 텐데? 지금쯤이면 너도 충분히, 느끼고 있지 않나?"

"……."

"지금 네가 그녀를 되찾고 싶어 하는 마음은, 그녀를 사랑해서가 아니야. 그저, 허기진 마음이 숲의 심장을 갈구하는 것뿐이지."

시스가 가까워진 눈의 장막을 바라보며 말을 이었다.

"반려와 헤어진 늑대를 본 적 있나? 그들이 얼마나 괴로워하는지, 기억하느냔 말이야. 그렇다면 그들과 너를 비교해 봐라."

비웃는 듯한 말투는 어느새, 눈앞의 거대한 장벽처럼 차분하고 단단해져 있었다.

"너는 네가 기억하는 그들과 같은 모습인가. 아니면 저 뒤에서 쫓아오는, 영애를 구해야 한다며 충성을 다하는 네 무리의 늑대들과 같은 모습인가."

"그게, 뭐가 중요하지?"

라크안의 눈이 한층 더 붉어져 있었다.

"중요하지. 우리 모두 그녀를 되찾기 위해 이곳으로 모여든 것이니. 우리들 중 네가 특별하지 않다는 걸 끝까지 외면하다가, 중요한 때 발작이라도 일으키면 곤란해지거든."

시스가 턱짓으로 물의 장막을 가리켰다.

"이곳은 그런 안일한 마음으로 설 수 있는 곳이 아니니까."

쏴아아─ 물소리가 귀를 먹먹하게 만들었다. 라크안은 새삼스럽게 눈앞의 거대한 장막을 바라보았다. 물의 장막. 거대한 폭포를 잘라 내 세운 것 같은 경계가 하늘과 땅 사이에 우뚝 서 있었다.

차가운 물방울이 화살처럼 흩어져 얼굴과 손등을 때렸다. 채찍에 맞은 것처럼 붉은 자국이 올라왔다. 먹먹한 물소리에 익숙해지니, 그 물소리가 단지 물소리가 아니라는 걸 알아차렸다.

우워어어어- 크와아-

알아들을 수 없는 기괴한 소리가 물소리에 섞여 있었다. 그건 물의 장막 너머, 눈의 땅에서 온 존재들의 괴성이었다.

시스는 달리는 말 위에서 뛰어내렸다. 라크안 또한 급히 재갈을 잡아 당겨 말을 세우고는, 뒤로 넘어질 듯 앞발을 높이 든 말 위에서 뛰어내려 가볍게 착지했다.

"상황이 많이 안 좋군."

쯧, 시스가 혀를 찼다. 라크안은 아무 말 없이 주변을 둘러보며 동조했다. 공기에 축축한 물 냄새뿐 아니라 비릿한 피 냄새가 섞여 있었다. 눈의 땅에서 온 존재들은 피를 흘리지 않으니, 물의 장막을 지키는 전사들의 피일 터였다.

시스는 길게 휘파람을 불며 손을 들어 올렸다. 바람이 그의 소리를 물의 장막 곳곳으로 퍼트렸다. 물의 장막 위에서, 혹은 장막을 넘어 눈의 땅으로 내려가 싸우고 있던 전사들이 급히 물의 장막에 몸을 내맡겼다.

물의 장막은 물컹하게 움직여 그들을 감싸 안았다. 시스는 그렇게 전사들을 모두 물의 장막 이쪽으로 끌어냈다. 살아 있는 자는 고작 수십이었다. 그마저도 제 힘으로 창을 쥐고 있는 자는 절반도 안 됐다.

"왕이시여, 크흑."

"용서를……."

그들은 절뚝거리고 비틀거리면서도 시스에게 무릎을 꿇고 고개를 숙였다. 시스는 가벼운 손짓으로 그들을 일으켜 세웠다. 그나마 몸이 성한 전사가 다가와 전투 상황을 설명하려 했으나, 시스는 그를 물렸다. 굳이 듣지 않아도 알 수 있었다. 물의 장막이 보고 느끼는 모든 것이 그에게 고스란히 전달됐으니까.

그즈음 뒤따르던 일행도 도착했다. 세나는 말을 내던지듯 뛰어내려 라크안의 옆에 섰다. 황태자와 루시온도 지친 기색을 숨기지 못하고 뒤따랐다. 말을 타는 걸 꺼린 라미라와 숲의 일족은 늑대로 변해 달려온 터라, 늑대의 모습으로 숨을 헐떡였다.

쿠웅-

모두가 모이길 기다렸다는 듯 다시금 굉음이 울렸다. 물의 장막이 크게 흔들리는 게 선명히 보였다.

"커흑!"

다시 한번 피를 토한 시스는 부축하고자 달려드는 전사들을 물리치고 입가의 피를 닦아 냈다.

그때. 물의 장막에서 무언가 쑥- 튀어나왔다. 시스를 보호하기 위한 물줄기인가 했으나, 아니었다. 하얗게 빛나는 얼음이었다. 아니, 얼음에 뒤덮인 나뭇가지였다. 이어 물의 장막 한 가운데가 뻥 뚫리듯 열리더니. 누군가 얼어붙은 나뭇가지 위를 걸어와 그들 앞에 섰다.

새하얀 눈으로 감싸인 아름다운 눈의 여왕. 그녀는 긴 갈색 머리카락을 틀어 올리고, 얼어붙은 녹색 눈을 떠 그들을 내려다보았다. 하얗게 질린 입술이 살짝, 달싹였다.

"늑대를, 죽인다."

그 작은 소리를, 모두가 똑똑히 귀담아 들었다. 하얗게 얼어붙은 나뭇가지가 곳곳에서 물의 장막을 뚫고 나왔다. 나뭇가지 주변의 물은 순식간에 얼어붙어 쩌적쩌적, 부서져 내렸다. 그 틈으로 흰 그림자들이 기웃기웃, 고개를 들이밀었다.

"큭!"

시스는 피를 토하며 고꾸라졌다. 한쪽 무릎을 꿇은 채 버티는 게 고작이었다.

"젠장, 눈의 땅과 숲의 심장이 합해진 위력이 이 정도나 되는 건가."

시스는 조금 전, 올가만 챙겨 뒤로 물러서려 했던 것이 얼마나 위험한 생각이었는지 깨달았다. 눈의 땅과 숲의 심장의 결합은 상상 이상으로 부시무시했다.

라크안이 그를 부축해 주려 손을 내밀었다. 시스는 그 손을 뿌리치며 고개를 치켜들었다. 그는 피를 한 움큼 더 토하고는 비틀거리며 스스로 일어섰다.

"우리의 왕을 지켜라."

"저것들이 더는 넘어오지 못하도록 막아!"

사막의 전사들이 시스를 에워싸고 방어진을 펼쳤다.

"라안 님!"

세나를 필두로 뒤따라 온 철십자 기사단도 라크안의 앞을 막아섰다.

"아니, 나 말고. 전하, 전하를 호위해라."

라크안은 그들을 헤치고 앞으로 나서며 명령했다.

"명령을 따르겠습니다!"

"황태자 전하를 지켜라!"

철십자 기사단 중 일부가 황태자와 루시온에게로 달려갔다. 나머지는 라크안의 양옆에 늘어서 검을 뽑아 들었다.

"우리도 합류한다. 눈의 땅이 넓어지는 것을 막아야 하니, 다들 적을 섬멸하라."

라미라는 이끌고 온 숲의 경비대와 함께 철십자 기사단 우측에 섰다. 라크안과 철십자 기사단을 중심으로 사막의 전사들과 숲의 경비대가 양측에 나란히 선 모양새가 됐다.

아무래도 수가 적은 사막의 전사들 쪽이 취약했다. 라크안은 손짓으로 철십자 기사들 일부를 그쪽으로 보내 전력을 보강했다. 얼어붙은 물의 장막 아래, 끔찍할 정도로 버글거리는 흰 그림자들과 세 일족의 전사들이 대치했다.

흰 그림자들은 얼음 장막이 만드는 하얀 그늘 밖으로 나가지 않았다. 기웃기웃. 머리인 듯 보이는 몸의 일부를 흔들며 자꾸만 위를 올려다볼 뿐이었다.

그런 그들을 내려다보는 시선이 한 쌍 있었다. 흰 그림자들은 여인의 명령을 기다리며, 순한 짐승처럼 그르륵거렸다. 태양 볕이 뜨거웠다. 그 볕 아래, 얼어붙은 물의 장막은 눈부시게 빛났다. 뚫린 구멍에서 꾸역꾸역 비집고 나오는 흰 그림자들은 그야말로 얼음의 그림자라 할 만했다.

이윽고, 그녀가 손을 펼쳤다. 그녀의 손길을 타고, 얼어붙은 땅 위에서 새싹이 돋아났다. 새싹은 눈 깜짝할 새 굵은 줄기, 길쭉한 넝쿨로 자라났고, 싸늘한 냉기가 그들을 얼려 버렸다. 얼어 버린 식물들이 엮이고 엮여 얼음 장막의 그림자를 길게 이어 갔다.

우와어어어- 쿠와악!

흰 그림자들이 그 그늘을 쫓아 움직이기 시작했다.

"막아라!"

라크안이 검을 빼들고 달려 나가며 외쳤다. 철십자 기사단이 그를 따랐다.

"나를 엄호해라."

시스는 한쪽 무릎을 꿇고 앉았다. 사막의 전사들이 날래게 달려들어 그의 주변을 틈 없이 빙 둘렀다. 이쪽에 합류했던 철십자 기사들은 그들의 앞에 서서 칼을 휘두르고, 방패로 흰 그림자들을 밀어냈다.

"나도 가만히 당하고만 있을 수만은 없지."

시스는 이를 악물고, 얼어 버린 물의 장벽을 노려보았다. 그는 정신을 집중하여 제 능력을 끌어 올렸다.

"크흑."

악다문 잇새에서 피가 줄줄 샜다. 그와 동시에 얼음의 장막에서 투둑, 툭- 금이 가며 물줄기가 흘러내렸다. 아직 얼어붙지 않은 물이 시스의 부름에 응하는 것이었다.

물은 뱀처럼 움직이며 한때는 물이었을 물의 장막 여기저기에 고개를 들이박았다. 쩌적, 적- 어느 곳에서는 그 물줄기가 단번에 얼어붙었다. 다른 곳에서는 기어이 물줄기가 인근의 얼음을 녹이고 더 굵어졌다.

눈과 물의 싸움이었다. 이어 바람이 합류했다. 얼음의 장벽이 점점, 녹기 시작했다.

"늑대, 방해물들."

그녀의 고개가 갸웃, 한쪽으로 기울었다. 어떻게 해야 될까. 그녀는 스스로 생각하는 능력을 잃었다. 늑대를 죽인다. 그것이 그녀를 움직이는 절대적인 명령이었다. 늑대를 죽이는 걸 방해하는 방해물 역시 그 명령대로 해치우면 될 일이었다.

"다, 모두 다 죽일래."

그녀가 생긋, 웃으며 뛰어내렸다. 눈 그림자들이 그녀를 가뿐히 받았다. 그녀는 그들을 밟고 날아올랐다. 잠자리 날개처럼 얇은 망토가 날개처럼 펼쳐졌다.

한편.

"핵을 파괴해라. 쓸데없는 움직임을 줄여! 여기는 숲이 아니다, 체력을 낭비하지 마!"

노련한 라미라는 숲의 경비대를 독려하며 선봉에서 싸우고 있었다. 크아악! 그녀는 단번에 늑대로 변해 네 발로 땅을 할퀴었다. 자라나던 넝쿨이 찢겼다. 그마저도 얼어붙었다가 파사삭- 공기 중에 흩어졌다.

숲의 경비대는 라미라를 따라 하나둘, 늑대도 변해 흰 그림자 속으로 뛰어들었다. 날카로운 이빨과 발톱이 흰 그림자들을 갈기갈기 찢었다.

"라안 님, 저희도!"

세나가 라안과 등을 맞대고서, 달려드는 흰 그림자를 베며 소리쳤다.

"아니, 다들 변신하지 말고 대열을 유지해라. 흐트러지지 마!"

라크안은 흰 그림자를 베고, 그 속으로 손을 집어넣어 핵을 손으로 잡아뽑으며 소리쳤다. 흰 그림자를 상대하는 와중에도 그는 계속 전세를 살폈다. 그러고는 멀지 않은 곳에 반짝이는 황금빛 머리카락이 흩날리는 것을 보았다.

황태자는 철십자 기사들과 한데 뭉쳐 눈 그림자들을 상대하고 있었다. 철십자 기사들 못지않게 훌륭한 검술 실력을 뽐냈으나, 사람이 아닌 것을 상대하는 데에는 익숙하지 않아 고전하고 있었다. 루시온도 마찬가지였다.

황태자가 검을 휘두를 때마다 그의 검 주변에서 칼날 같은 바람이 불었다. 흰 그림자들은 검으로 베는 것보다 그 바람에 베이는 것에 더 치명타를 맞는 듯했다.

"지크!"

라크안이 황태자를 불렀다.

"라안, 나는 괜찮아!"

황태자는 라크안이 저를 걱정한다고 생각해 큰 소리로 말했으나, 이어지는 라크안의 목소리는 그의 생각과 전혀 달랐다.

"올벤의 왕에게로 가! 네 능력으로 그자를 도와 카루나를 막아!"

"내 능력?"

황태자는 얼떨떨한 목소리로 중얼거리다 심결에, 달려드는 눈 그림자를 검으로 벴다. 서걱- 검이 닿기도 전에 눈 그림자의 몸통이 반으로 갈렸다.

"아!"

그제야 황태자는 자신이 무슨 능력을 가지고 있는지 깨달았다.

"제길."

황태자는 어울리지 않게 욕설을 내뱉었다. 주변에서 싸우고 있던 철십자 기사들이 그 급박한 와중에도 흠칫, 놀라 황태자를 돌아보았다.

'왜 이걸 이용할 생각을 안 한 거지?'

나름 변명거리는 있었다. 황태자는 아직 자신의 능력을 능숙하게 다루지 못했다. 시스에게 약간의 교육을 받아 잠잠해지게 갈무리하는 정도나 배웠을까. 그래서 능력을 써먹을 생각을 아예 못하고 있었다. 멀찍이 떨어져 지켜보고 있던 라크안이 아니었다면 영영 몰랐으리라.

"라안, 너! 형이라고 부르랬지!"

황태자는 민망한 마음을 감추려 큰소리치고는.

"올벤의 왕에게로 가겠다. 길을 열어!"

기사들에게 명령했다. 루시온과 철십자 기사들은 두말없이 황태자의 앞길을 뚫었다. 황태자는 제 금빛 머리카락을 휘날리며 시스에게로 갔다. 시스는 피를 토하며 황태자를 반겼다.

"언제 오려나 했더니만, 이제야 오는군."

"……."

황태자는 입을 꾹 다물며 그를 부축했다. 입이 열 개라도 딱히 할 말이 없었다.

"내가 뭘 어쩌면 되지?"

"저쪽이 눈과 숲이라면, 이쪽은 물과 바람. 능력을 끌어내 맞서야지."

"나는 방법을 알지 못해."

"아니, 이미 다 알고 있어."

쿨럭, 시스가 또 피를 토하며 바닥의 흙을 움켜쥐었다. 얼마나 고통을 참았던 걸까. 손톱이 다 부러져, 뭉개진 손끝에서 시뻘건 피가 흐르고 있었다.

"정신을 집중해. 못 한다고, 할 수 없다는 생각 따윈 하지 말고. 그 능력의 주인은 당신이니까. 당신이 아니면 아무도 쓸 수 없어."

시스가 피 묻은 손을 황태자의 어깨에 올렸다.

"여기가 뚫리면, 그대의 제국도 끝이야."

핏발 선 보랏빛 눈이 황태자를 쏘아보았다. 황태자는 그의 눈을 피하지 않았다.

"굳이 말해 주지 않아도, 그런 것쯤은 알고 있어."

푸른 눈동자가 굳은 의지로 빛났다. 믿을 수 있는 황제과 귀족을 선발하여 보내도 충분했다. 황제 역시 그걸 원했고. 그런데도 손수 기사단을 이끌고 이곳까지 달려온 건, 시스가 말하는 그 사명감 때문이었다.

제국의 차기 황제로서 제국을 지킨다. 그 제국은 단지, 넓은 땅덩이만을 의미하는 게 아니었다. 지금 이 순간에도 생업에 매진하며 살아가는 수많은 백성들, 국경을 지키고 있는 병사들, 그리고 남의 나라로 납치된 공작과 그 약혼녀까지.

하나하나가 다 제국이었다. 그들을 지키는 건 그의 의무이자 권리였다. 네 시조니, 악룡이니, 물의 장막이니. 동화 속에 들어온 것처럼 허황된 이야기투성이였지만. 그래서 아직도, 마음을 다해 이해하진 못하고 있지만. 그렇다고 하여 눈앞에 펼쳐진 현실을 모르는 척할 생각 따윈 없었다.

우어어어어!

눈 그림자들이 사막의 전사들을 뚫고 떼거리로 몰려들었다.

'아무튼, 지켜내겠어. 내 제국을!'

그렇게 결심한 순간. 황태자의 몸에서 칼날 같은 바람이 솟구쳤다. 거센 바람이 불어 흰 그림자들을 감싸더니 그들의 목을 비틀었다. 와사삭, 흰 그림자들이 굳은 점토 조각처럼 으깨졌다.

"말해 봐, 지금 내가 어떻게 해야 저 장막인지 뭔지를, 다시 원래대로 돌릴 수 있는 건지."

황태자가 날카로운 바람에 감싸여 시스에게 물었다.

"드디어 정신을 차리셨군."

시스가 피 묻은 입술로 웃으며 고개를 까딱였다. 눈과 숲에 맞서는 물과 바람의 결합이었다.

얼음 장막을 타고 오르는 뱀 같은 물줄기 주변에 소용돌이가 몰아쳤다. 바람은 냉기를 밀어내며 물줄기를 지키고, 얼음벽을 날카롭게 파고들었다.

물줄기가 부서지는 얼음 조각을 잡아먹으며 몸집을 키웠다.

그렇게 얼음의 장막이 녹아내리기 시작할 즈음. 눈으로 감싸인 숲의 심장이 물과 바람의 주인에게로 찾아 들었다. 나풀거리는 드레스 자락 사이로 하얀 발목이 드러났다. 투명한 얼음 구두를 신은 작은 발을 내밀 때마다 빈 허공에 꽃이 피어나 얼음이 되었다.

그녀가 꽃 얼음을 밟고 지나면, 얼음은 부서져 사라졌다. 그렇게 그녀는 허공을 너울너울 날 듯 걸어 시스와 황태자의 머리 위에 섰다. 그녀의 두 손은 송곳처럼 얼어붙은 넝쿨을 잡고 있었다.

그것이 시스와 황태자의 심장을 노렸다. 눈 그림자들을 상대하느라 정신없던 전사들과 기사들은 옅은 그림자가 그들의 머리 위를 스치고야, 그녀의 존재를 알아챘다.

"와, 왕이시여!"

"전하!"

"안 돼!"

뒤늦게 돌아서 손을 뻗었을 때는 이미 늦었다. 그녀가 꽃잎처럼 떨어지며 두 사람의 심장을 노렸다. 바로 그 때.

크아악!

거대한 울부짖음이 땅을 울렸다. 강인한 네 발이 땅을 박차고 날아올랐다. 늑대는 붉은 눈을 가지고 있었다. 늑대는 시스와 황태자를 노리던 얼음송곳을 앞발로 부수고 그대로 여인에게 달려들었다. 거침없이 여인을 후려칠 듯했던 큰 앞발은, 막상 그녀에게 닿으려는 순간 연약해졌다.

늑대는 본능적으로 발톱을 숨겼다. 여인의 앞에는 얇은 얼음 방패가 생겨나 늑대를 막았다. 여인과 늑대. 카루나와 라크안. 두 사람의 눈이 마주쳤다.

'카루나!'

늑대가 그녀의 이름을 불렀다. 그래 봤자 입 밖으로 나오는 건 짐승의 울음뿐이었지만.

"늑대네."

카루나가 생긋 웃었다. 혹시나 저를 알아보지는 않을까. 기대감이 서렸던 붉은 눈은 절망으로 흐려졌다.

"어서 죽으렴. 내 오라버니가 그걸 바라고 있거든."

희게 질린 입술이 상냥하게 속삭였다.

'그녀가 내 죽음을 바라고 있어.'

라크안은 충격에 빠지는 대신 담담히 수긍했다.

'그렇다면 기꺼이 죽어야지.'

마음속 깊은 곳에서부터 그녀의 뜻을 따라야 한다는 목소리가 들려왔다. 굳이 그녀의 손을 더럽힐 필요도 없다. 이대로 모든 걸 포기한 채 저 아래 드글거리는 눈 그림자들 속으로 떨어져 내리면 된다.

그들이 바로 몸뚱이를 갈가리 찢고 영혼마저 집어삼키리라. 그녀가 원하는 데 고작해야 자신의 죽음 그것 하나 주지 못할까. 붉은 눈이 삶의 욕구를 잃고 빛을 잃었다. 그때였다.

'나도 좋아해요, 아주 많이.'

울음 섞인 목소리. 애써 웃음 짓던 얼굴. 분명 닿아 있었는데, 떨어져 멀어지던 온기. 그녀의 고백이 그를 흔들었다.

그날. 정신을 차렸을 때는 모든 게 끝나 있었다. 카루나를 잃었고, 그는 극심한 절망과 공포, 허기를 느꼈다. 그런데도 발작을 일으키지 않고 제정신으로 버텼다. 오늘, 여기에까지 이르렀다. 그럴 수 있었던 건 오직, 카루나의 그 말 한마디 때문이었다.

그렇게 말해 준 그녀를 되찾아야 했다. 그래서 버텼다. 카루나를 다시 품에 안기만을 바라며 악착같이 버텼다. 그런데, 그녀를 바로 코앞에 두고 죽어야 한다니?

'난 죽지 않아. 그녀가 그런 걸 진심으로 바랄 리 없으니까.'

설사 그녀가 진심으로 바란다 해도, 결론은 똑같았다.

'네가 살아 있는 세상에서, 널 두고 나 혼자 죽을 수 없어.'

살아서, 그녀를 되찾고 그녀의 사랑을 받으리라. 지난 삶, 홀로 그녀를 기다리며 외롭고 고통스럽게 지냈던 삶을 모두 보상받고야 말리라. 자신을 만나기 전까지 힘들었을 그녀의 삶을 보듬으며, 그녀와 함께 평생 행복하게 살고야 말리라.

그게 그의 유일한 목표였다.

'카루나!'

라크안은 다시 그녀를 향해 몸을 내던졌다. 죽기 위해서가 아니었다. 그녀를 되찾기 위해서였다. 그 절실함은 카루나에게 닿지 못했다.

픽! 땅에서 얼어붙은 나무 덩굴이 솟구치더니 라크안을 후려쳤다. 라크안은 늑대의 몸인 채로, 종이 인형처럼 날아가 땅으로 떨어졌다. 가까스로 몸을 굴려 네 발로 착지하긴 했지만 등허리가 찢겨 피가 주르륵, 흘러내렸다.

"젠장."

시스는 허공에 떠 있는 카루나를 보고는 대뜸 욕설을 내뱉었다. 왕에겐 어울리지 않는 거친 말이었으나 황태자 때와는 달리, 주변의 누구도 놀라지 않았다. 시스는 바로 라크안을 불렀다. 라크안은 눈 그림자들을 발로 짓누르며 고개를 돌렸다.

"영애는 지금 제정신이 아니야."

크르르-

자신도 알고 있다는 듯, 늑대가 으르렁거렸다.

"영애 역시 절반은 늑대의 피를 가졌으니, 눈의 땅의 어떤 존재가 날 따라 해서 주술을 건 것 같은데."

지금 카루나의 모습은 라크안이 주술에 걸렸을 때와 비슷했다. 다른 사람은 몰라도 시스의 눈엔 그렇게 보였다. 분명 올가는 눈의 땅의 어떤 존재가 카루나의 순종을 대가로 자신을 죽이지 않고 보내 준 거라고 말했다. 그 존재가 그동안 올가에게 들러붙어 모든 걸 지켜봤다면.

'내 주술을 훔쳐 낼 수도 있었겠지.'

시스는 올가에게 아무것도 숨기지 않았으니까. 왕만이 전수받을 수 있다는 시조 아탈라의 주술을 익힐 때에도 둘은 함께였다.

'감히 내 동생을 이용하고, 나를 기만하다니.'

시스가 이를 갈며 소리쳤다.

"잡아 와. 산 채로만 잡아 와. 내가 저 주술을 풀어낼 수 있으니까. 반드시 풀어 줄 테니까. 어떻게든 내 앞으로 데리고 와!"

크아악!

라크안은 곧바로 땅을 박찼다.

"라안 님을 따라가. 어서!"

세나가 주변의 동료들을 재촉했다. 근처에서 싸우고 있던 라미라도 숲의 경비대를 밀집시켜 진을 유지하며 합류했다. 시스와 황태자 역시 물의 장막을 되찾는 것을 미루고, 카루나에게 자신들의 능력을 집중했다.

전투의 양상은 돌변하였다. 끝나지 않을 것 같이 이어지던 난투극은 이제, 쟁탈전으로 바뀌었다. 카루나는 제게 달려드는 라크안과 무리들을 보며 고개를 갸웃, 저었다.

"도망가지 않네?"

카루나는 생긋, 웃음 지으며 제게 달려드는 늑대를 향해 손을 뻗었다. 라크안은 다시금 땅에서 솟구친 넝쿨에 막혔다.

넝쿨은 하얗게 성에가 낄 정도로 얼어 있었다. 그 차갑고 단단한 것이 늑대의 몸을 두 동강 내려는 듯 옭아맸다. 라크안은 이빨과 발톱으로 넝쿨을 찢고 탈출했다. 워낙 높은 곳에서 떨어진 터라 이번에는 몸을 제대로 가누지 못했다. 라크안은 볼품없이 바닥으로 떨어져 나동그라졌다.

"라안 님!"
"라안 님!"

뒤따르던 철십자 기사들이 일제히 늑대로 변해 라크안의 주위를 에워쌌다. 카루나에게 덤벼들진 않았다. 그저 그르렁거리며, 카루나를 절절하게 올려다 볼 뿐이었다. 그들은 카루나에게 이를 드러내거나 발톱을 보이지 못했다.

감히 숲의 심장에게 맞설 수 없다. 태어나기 전부터 심장에 새겨진 무조건적인 복종이 그렇게 만들었다. 설사 덤벼들었더라도, 그들이 카루나를 해칠 가능성은 전무했다.

그녀를 보호하듯, 바닥 여기저기에서 얼어 버린 넝쿨이 솟구쳤다. 얼음 넝쿨은 적군과 아군을 가리지 않았다. 이쪽 사람도, 저쪽의 흰 그림자도 피하지 못하면 여지없이 넝쿨에 몸이 뚫려 쓰러졌다.

"일단 물러나서 전열을 가다듬고, 어떻게 저분을 구할 수 있을지 방법을 찾아야 하네!"

라미라가 소리쳤지만, 라크안은 들은 척도 하지 않았다. 바로 눈앞에 카루나가 있는데, 그녀를 두고 물러선다는 건 그에겐 불가능한 일이었다. 라크안은 계속해서 카루나에게 달려들었다.

그 때마다 바람과 물의 힘이 그를 엄호했다. 그리고 매번, 숲의 힘과 눈의 힘이 앞을 막아섰다. 카루나는 마르지 않는 샘처럼 계속 숲의 능력과 눈의 힘을 사용했다.

숲의 능력이야 본디 그녀의 것이라 해도 눈의 힘은 남의 것. 남의 능력을 전달받아 사용하는 건 결코 쉬운 일이 아니었다. 거기에 물과 바람의 저항이 거세니, 홀로 감당하는 게 점점 버거워졌다.

전투가 길어지자, 카루나의 얼굴이 안쓰러울 정도로 창백해졌다. 하얀 드레스와 녹색빛 장신구도 자꾸 불안하게 흔들렸다. 그건 그녀가 쓰는 눈의 힘이 다해 약해지고 있다는 신호였다.

크르르-

라크안이 그 변화를 눈치챘다. 제 몸이 부서질 때까지 카루나에게 덤벼들면, 적어도 한 번쯤은 그녀를 움켜쥘 수 있지 않을까. 라크안은 그런 기대를 품고 고통을 잊었다. 제 몸이 피투성이가 된 것도 모른 채 카루나에게 달려들었다.

그때.

"오라버니."

카루나가 뒤를 돌아보았다. 라크안 따위는 안중에도 없었다. 퍽. 라크안은 허공에 생긴 얼음 장벽에 부딪쳐 날아갔다.

"라안!"

라크안은 비틀거리면서도 고꾸라지지 않았다. 고개를 들어 카루나만을 바라보았다. 카루나는 저를 노리는 늑대 따윈 신경도 쓰지 않고, 얼음 장벽 너머에 집중했다. 오직 그녀만 들을 수 있는 목소리가 그녀에게 돌아오라고 달콤하게 속삭이고 있었다.

"하지만 오라버니, 늑대가 여기 있는데."

카루나가 아쉽다는 듯 라크안을 바라보았다. 라크안을 내려다보는 눈빛엔 조금의 온기도 없었다. 사냥감을 바라보는 눈빛, 그 이상도 이하도 아니었다.

"……알겠어요."

카루나는 시무룩하게 중얼거리고는 미련 없이 돌아섰다. 크르르- 라크안이 그녀의 뒷모습을 보고 울부짖었다. 늑대의 울음소리가 주변 공기를 뒤흔들었다.

귀가 먹먹해지다 못해 정신이 들만도 하련만. 카루나는 끝내 그를 돌아보지 않았다. 그저 지친 기색을 숨기지 않고 휘청이며, 너울너울 날아 얼음 빙벽 위에 섰다. 눈 그림자들은 그녀의 그림자가 된 양 뒤따랐다.

"멈춰!"

시스가 이를 악물고 장막에서 녹아내린 물을 움직였다. 물줄기가 사슬이 되어 카루나를 덮쳤다. 그 역시 카루나에게 채 닿기도 전, 바닥에서 솟구친 나무줄기에 막혀 흩어졌다. 그렇게 카루나는 간다는 인사 한 마디 없이 유유히 사라졌다.

그녀와 눈 그림자들이 물러나고 난 후, 얼음 장막 주변은 휑해졌다. 죽은 시체가 널브러져 있고, 다친 자들이 신음하며 몸부림쳤다. 그나마 몸이 성한 자들은 동료를 보살피기 위해 사방으로 흩어졌다.

"젠장, 젠장!"

사람의 몸으로 돌아온 라크안은 제가 나신이라는 것도 잊은 채, 엎드려 주먹으로 바닥을 내리쳤다.

"조금만, 조금만 더 했으면 되는데!"

애끓는 감정이 고스란히 입 밖으로 튀어나왔다.

"라안 님."

세나가 망토를 벗어 라안의 위에 둘러주었다. 그녀 역시 침통해 마지않았다.

"난장판이 따로 없, 큭."

시스는 시니컬하게 말하다 말고 피를 토하며 쓰러졌다. 옆에 있던 황태자 역시 아까부터 속이 울렁거리고 머리가 어지럽던 걸 더는 참지 못하고 뒤로 넘어갔다. 곁을 보필하고 있던 루시온이 황태자를 부축했다.

그렇게 첫 전투가 끝났다. 상처뿐인 방어였고, 누구도 감히 승리했다고 말하지 못한 전투였다. 나뭇가지에 박혀 하얗게 얼어 버린 물의 장막이 말 없이 그들을 내려다보았다.

* * *

그날의 전투는 긴 전쟁을 알리는 서막이었다. 눈의 땅은 끊임없이 쳐들어왔다. 하루 이틀 싸우고 말 규모가 아니라는 걸 모두가 짐작했으나,

누구도 그 생각을 입 밖으로 꺼내지 않았다. 그저 몰려드는 적을 맞이해 싸우고 또 싸울 뿐이었다.

그 수가 워낙 많으니, 몇 개 기사단 정도의 규모로는 제대로 막아 낼 수 없었다. 방어선이 계속 밀렸다. 물의 장막은 이제 물의 장막이라 부를 수 없을 만큼 얼어붙었다. 흰 그림자들은 얼어 버린 물의 장벽, 아니, 얼음 장벽을 수시로 넘어 왔다.

아주 조금씩이지만, 얼음 장막 인근의 땅이 얼어붙기 시작했다. 사막이 눈의 땅이 되어 가고 있었다. 올벤의 왕은 그걸 더는 좌시할 수 없었다.

"단지 영애만 구하고 끝낼 생황이 아니야. 아무래도 눈의 땅이 작정한 것 같은데. 그렇다면 나 역시, 다른 일족들에게 도움을 구해야 하는 거겠지."

유독 처절했던 전투가 끝난 후.

시스는 저만치 멀어진 얼음 장벽을 보며 남은 자존심을 버렸다. 올가의 말대로, 비겁해지지 않기 위해선 결단을 내려야 했다. 그날 밤, 시스는 제국의 황태자와 숲의 라미라를 막사로 초청해 밤새도록 논의했다.

다음 날. 시스와 황태자, 라미라는 삼국협약을 맺었다.

"나, 올벤의 왕 악시스가 천 년의 약속을 지켜 온 두 일족에게 협력을 요청했으니. 나의 요청을 흔쾌히 받아 준 두 일족과 함께 물의 장막을 사수하고, 제국민인 카루나를 무사히 구출해 내는데 최선을 다할 것이요. 대륙의 평화를 위해, 눈의 땅과 맞설 겁니다. 내 몸에 흐르는 시조 아탈라의 피에 대고 맹세하나니, 오늘의 협약은 눈의 땅이 없어지고 물의 장막이 더 이상 필요 없어질 그 날까지 유효할 것입니다."

"나는 황제 폐하께 전권을 위임받아 제국군을 이끌고 온 총사령관으로서 분명히 약속합니다. 우리 제국군은 올벤의 땅 한 조각, 물 한 방울도 탐내지 않을 것이며. 정당한 값을 치르지 않고는 빵 한 조각도 함부로 취하지 않을 겁니다. 우리 군의 목표는 오직, 눈의 땅으로 끌려간 우리 제국민을 구출하고자 하는 것입니다. 그 목표를 이룬 후 올벤 왕의 철수를 원한다면 즉시 물러날 겁니다. 황태자로서 나의 명예와 목숨을 걸고 맹세합니다."

"숲을 지키는 라미라가 선언하는 바, 나와 우리 경비대의 목표는 오직 우리의 새로운 장로님을 구출하는 것뿐. 그분을 안전하게 구출하고, 그분의 안위가 확보된다면 즉시 숲으로 물러날 것입니다. 그분을 구하기 위한 어떤 전투에서도 제일 선봉에 설 것이며, 설사 전멸한다 해도 기쁘게 죽을 뿐. 올벤과 제국에 그 책임을 지라 요구하지 않을 겁니다. 만약 올벤의 왕과 제국의 황태자가 그 이후 일을 진행하길 원하고 눈의 땅으로 진격한다면, 그 때에도 역시나 선봉에는 나와 숲의 경비대가 설 것을 분명히 밝힙니다."

세 사람은 협약서에 서명했다. 시스와 라미라가 당연하게 팔을 내미니, 황태자도 얼결에 팔을 내밀었다. 올가가 날카로운 단도를 건네자 세 사람은 손목을 그어 피를 냈다.

제국에선 야만스럽다며 사장된 방법이었다. 황태자는 역사책에서나 보던 피의 맹약을 경험하며 얼떨떨하게 제 팔목을 내려다보았다.

물의 일족과 숲의 일족, 거기에 바람의 일족.

세 일족 대표의 피가 투명한 술잔에 떨어져 붉게 퍼졌다. 세 사람은 그 술을 나누어 마셨다.

협약에 따라 제국의 기사단과 군대가 올벤의 국경을 넘었다. 황태자는 라크안을 제국군의 총사령관으로, 루시온을 보좌관으로 임명했다. 두 사람 다 군말 없이 따랐다. 서로 얼굴도 마주 보기 싫은 사이였으나, 하나의 목표를 위해서 기꺼이 협력했다.

제국군은 라크안의 지휘를 받으며 물의 장막 근처에 진을 쳤다.

"시조 아탈라의 후예 악시스가 선언한다. 눈의 땅이 천 년간의 침묵을 깨고 물의 장막을 넘어 우리 올벤을 노리고, 나아가 다시금 대륙을 집어삼키려는 야욕을 드러내니. 창을 벼르며 나의 부름을 기다렸던 충성스러운 전사들이여. 일어서 나를 따르라. 물의 장막으로 나아오라. 시조 아탈라의 명예를 위해 다시 싸워야 할 때가 왔다."

시스는 올벤 전역에 전쟁 포고문을 보냈다. 왕에게 복속한 56개의 오아시스에서 앞다퉈 전사들을 보냈다. 시스에게 청금석 반지를 받은 올가가 그들을 통솔했다.

숲의 일족은 숲의 경비대의 절반을 마저 데려오려고 했으나 그러지 못했다. 눈의 땅은 물의 장막만을 공격한 게 아니었다. 이전과는 비교도 할 수 없을 정도로 많은 수의 흰 그림자들이 숲의 경계, 목책을 공격했다. 남아 있던 숲의 일족은 그들이 또 언제고 다시 쳐들어올지 모르니, 숲을 비울 수 없다고 연락을 보냈다.

절반의 빈자리는 라크안을 따르는 혼혈 늑대들이 채웠다. 세나가 라크안의 명령을 받고 철십자 기사단을 이끌어 숲의 경비대에 합류했다.

"뭐야, 저건?"

"첫 전투 때에도 그렇고 그 이후에도 계속 인간의 몸으로 싸운다면서? 혼혈은 늑대의 몸을 입지도 못하는 건가? 그런 주제에 왜 얼쩡대는 거야. 싸우는 데 방해되게."

"감히 신성한 숲에서 그딴 식으로 굴고도 뻔뻔하게 고개를 들고 다니다니. 수치를 모르는 것들."

숲의 경비대 소속 순혈 일족들이 큰 소리로 떠들어 댔다.

"아, 세나 경. 진짜 저딴 놈들이랑 같이 싸워야 하는 겁니까?"

"차라리 라안 님 옆에서 라안 님 발작이나 막으렵니다. 그게 더 마음은 편하겠네요."

"저 꼴 보기 싫어서 숲을 뛰쳐나온 건데."

"싸울 때 실수로 저쪽을 푹- 찔러도 되지? 눈의 땅에서 온 것들보다 쟤들이 더 재수 없어."

철십자 기사단은 기죽지 않고 왁자지껄 떠들어 댔다.

"조용히들 해."

세나가 인상을 팍 쓰고 주변을 돌아봐도 딱 그 때만 조용해질 뿐이었다.

혼혈 늑대들과 숲의 경비대는 그리 사이가 좋지 않았다.

숲의 경비대는 혼혈 늑대들이 막무가내로 숲에 쳐들어와 자신들을 공격하고 숲을 어지럽혔던 날을 똑똑히 기억하고 있었다. 숲의 일족 최정예인 자신들이 고작 혼혈 따위에게 농락당했다는 치욕감을 숨기지 못했다.

혼혈 늑대들은 혼혈 늑대들 나름대로, 알게 모르게 차별받고 무시당했던 경험 때문에 데면데면하게 굴었다.

'아가씨가 계셨다면 이 상황을 어떻게 해결하셨을까.'

세나는 뒷머리를 긁적이며 고민하다가, 카루나가 생긋- 웃던 걸 흉내 내며 그 비슷하게 웃어 보려고 했다.

"다들을, 그러지들 좀 말고오. 라안 님 시키는 대로, 입 닥치고 얌전히 좀 협력하지이?"

입꼬리를 치켜올리는데, 안 쓰던 근육을 쓰려니 입가에 경련이 일었다. 그 고생을 동료들이라도 알아줘야 보람을 느낄 수 있으련만.

"……뭐, 잘못 먹었나?"

"역시 세나 경도 저쪽이 끔찍할 정도로 싫으시군요. 표정이 진짜 살벌하십니다."

"오늘 밤, 쟤들 막사 들어가서 슥삭- 해 버릴까?"

솔토가 손날로 목을 치는 시늉을 하며 뿌듯하게 웃어 보였다. 세나는 카루나 흉내를 내는 걸 그만두었다. 대신, 자신이 평소 하던 대로 행동했다.

"젠장, 다들 입 닥쳐! 불만 있는 놈은 나와, 내가 라안 님 대신 조져 줄 테니까. 까이기 싫으면 얌전히 까라는 대로 까라. 어?"

허리춤에 손을 올리고 당장이라도 검을 뽑아 들을 듯 굴자, 철십자 기사들이 기겁하며 뒤로 물러섰다. 세나는 그대로 돌아서 숲의 경비대를 노려보았다. 얼굴이 제법 눈에 익었다. 지난번 소동 때 세나에게 된통 당했던 사람들이었다.

"뭐, 뭐야."

"그렇게 쳐다보면 어, 어쩌려고."

그들은 본능적인 두려움을 이겨 내지 못하고 뒷걸음질 쳤다. 세나는 삐딱하게 웃으며 고개를 까딱였다.

"아니, 불만 있으시면 나와 보시라고. 그 때처럼 또 한판 해 줄라니까."

불량스럽게 웃으며 대놓고 살기를 흘리니, 몇몇이 도움을 청하듯 라미라를 바라보았다.

"흠."

라미라는 세나를 대충 훑어보고는 한숨을 내쉬며 고개를 돌렸다. 세나의 행동을 묵인한다는 태도였다.

"자, 어쩌겠어."

세나가 그런 그녀를 보고는 픽, 웃었다. 허락도 받았겠다. 더 막 나갔다.

"아까처럼 또 지껄여 보시지? 순혈 분들이 얼마나 대단하신지 혼혈 따위가 감히, 경험 좀 해 볼라니까. 엉?"

"보자 보자 하니까 혼혈 주제에 자꾸!"

"본때를 보여 주마!"

욱하는 마음에 몇 명이 나섰으나.

"오호라?"

싸늘하게 웃으며 반기는 세나에게 한 방에 나가떨어졌다.

"아우."

"으으."

"무식하면 비겁하기라도 해야지. 왜 용감하고 지랄이냐."

철십자 기사들은 쯔쯔, 혀를 차며 애도를 표했다. 숲의 경비대는 눈앞에서 동료들이 나가떨어지는 걸 보고는 경악했다. 또 자신 있음 나와 보라고 세나가 손을 까딱여도, 아무로 감히 나서지 못했다. 세나는 그렇게 분위기를 제압했다.

덕분에 철십자 기사단과 숲의 경비대, 양쪽에서 원한과 원망을 한 몸에 받게 되었으나, 바라던 바였다. 그 덕에 철십자 기사들과 숲의 경비대가 세나를 욕하면서 친해졌으니.

그렇게 올벤과 제국, 숲의 일족이 뭉쳤다. 목표는 단 하나, 눈의 땅의 공격을 막고 카루나를 구하는 것이었다. 누군가는 그 다음엔 어떻게 되는 거냐고 물었다. 하지만 시스와 황태자, 라미라는 즉답을 피했다.

애초부터 삼국협상은 카루나를 구하고, 그 다음 일까지 함께 도모하기 위한 것이었다. 하지만 카루나를 구한다는 것 외에는 뚜렷한 목표를 잡지 못했다. 그저, 함께 눈의 땅과 싸워 나간다는 두루뭉술한 말로만 세 일족, 세 나라의 힘을 모을 뿐이었다.

그다음? 뭘 할 수 있을까. 삼국협상을 주도한 시스조차 아무런 확신이 없었다.

이제 셋이 되었다. 시조들은 다시 넷이 되어야 한다고 했는데. 겨우 셋이 된 이 상황에서 어떻게 넷이 될 수 있는 걸까. 이대로 힘을 합쳐 눈의 땅으로 진격해도 될까? 정복한 땅은 셋이서 공평하게 나누기로 약속하고? 그곳에 있을 악룡인지 뭔지를 고작 셋의 힘으로 죽일 수는 있을까?

이것은 평범한 전쟁이 아니었다. 그 누구도 평범하게 다음 상황을 생각하고 계획할 엄두를 낼 수 없었다. 천 년 전 과거에 익숙하지 않은 황태자는 둘째 치고서라도, 천 년 전 기억을 전승해 온 두 일족의 대표, 시스와 라미라마저.

그러니 일단, 눈앞에 닥친 상황에 집중할 뿐이었다. 눈의 땅의 공격을 막는다. 눈의 땅에서 온 존재들을 이끄는 카루나를 구한다.

* * *

나흘째 되던 날. 다시금 물의 장막 너머에는 흰 그림자들이 들끓었다. 그들을 이끄는 건 언제나 카루나였다.

카루나를 구하기 위해서는 카루나와 싸워야 했다. 셋은 힘을 합쳐 그들을 상대했다. 셀 수 없이 많은 흰 그림자들을 죽이고 죽였지만, 카루나에게는 가까이 다가가지도 못했다.

노을이 질 즈음, 카루나와 흰 그림자들은 미련 없이 물러났다.

"오늘도 실패인가?"

후방에서 황태자와 함께 전투를 지원하던 시스가 허망하게 중얼댔다.

"……."

라크안은 전쟁에 패배한 기사처럼 돌아왔다. 선봉에 서서 눈 그림자들을 상대하고, 어떻게든 카루나에게 다가가려 애썼으나, 카루나의 머리카락 한 올 쥐지 못했으니 패배한 것이 맞았다.

그는 죽어 버린 붉은 눈으로 그 누구도 바라보지 않고 제 막사로 걸어 갔다. 축 처진 어깨가 주변 사람들의 동정을 샀다.

"발작이 안 일어나는 건 다행인데…… 걱정입니다. 저 상태가 계속되면 언제고 분명 발작이 일어날 텐데."

세나가 안타까워하며 혼잣말을 하듯 중얼댔다. 그녀 역시 종일 전투로 녹초가 된 상태였다. 검을 바닥에 꽂고 지팡이 삼아 몸을 기대 흐느적거리고 있었다.

"아니."

시스가 그녀의 말에 고개를 저었다.

"예?"

"그가 발작하지 않는 건 내 주술 때문이다."

"주술?"

세나가 고개를 갸웃, 내젓다가 라크안이 시스에게 세뇌당해 있던 모습을 떠올렸다.

"설마!"

그리고 보니, 카루나를 눈의 땅에 빼앗긴 이후 라크안의 태도도 뭔가 이상했다. 과묵해지고 차분해졌다. 이전의 라크안이었다면 발작을 일으킬 듯 길길이 날뛰며, 당장 눈의 땅으로 쳐들어가려 했을 것이다. 그런 라크안을 말리는 건 세나와 다른 철십자 기사단의 몫이었을 테고.

"그 설마지."

시스가 미소 지었다.

"……아직, 주술이 안 깨진 겁니까?"

"내가 거둔 적 없으니, 여전히 남아 있겠지. 불완전하게나마."

"그렇다면 당장 거두십시오."

세나는 방금 전까지 지쳐 있던 모습이 거짓이었다는 듯, 몸을 일으켰다. 두 눈이 형형하게 빛났다. 땅에 박혀 있던 검은 어느새 시스를 향해 있었다. 잠시간 둘 사이에 긴장 어린 침묵이 흘렀다.

"참 충성스럽기도 하지."

시스가 픽, 웃으며 그 침묵을 깼다. 그는 자신에게 무례한 자에게 냉정한 성격이었다. 만약 다른 사람이 세나처럼 굴었다면, 그 자리에서 즉결 처형되었을 것이다.

그런데도 세나에게 관대한 건, 그녀가 라크안에게 충성하는 것이 꼭 제게 충성하는 올가를 보는 듯해서였다. 그것이 그녀의 목숨을 유지시켜 주었다.

"하나 그 충성을 예의 바르게 드러내는 연습이 필요한 것 같구나."

시스가 눈을 깜빡였다.

"윽."

세나는 몸을 짓누르는 엄청난 무게를 느꼈다. 시스가 수중의 공기를 끌어모아 그녀를 짓누른 것이었다. 버티겠다고 생각하기 무섭게 다리가 꺾였다. 세나는 허물어지듯 쓰러졌다. 숨도 쉴 수 없었다. 시스는 세나의 검 끝을 밟고서 그녀를 오만하게 내려다보았다.

"내가 주술을 거두지 않는 건, 나의 자비란다. 멋도 모르고 캉캉대며 네 주인을 고난으로 몰아넣으려 하지 말거라."

"큭, 윽…… 그, 게, 무슨 말……."

"그는 평생 발작에 시달렸을 것이다. 죽지 않은 게 용할 따름이지."

여기까지는 세나도 익히 들어 알고 있는 내용이었다.

"그런데 영애를 만나고 거짓말같이 발작이 줄어들지 않았더냐."

"당, 연…… 반, 려, 니……."

"글쎄, 그렇게 믿고 싶다면 그렇게 믿는 것도 나쁘지 않겠지. 어쨌든 숲의 심장인 그녀가 곁에 있었기에 그가 발작을 멈춘 걸 테니까. 그런데 지금, 숲의 심장은 어디에 있지?"

"……!"

"내 주술을 거두면 그는 반드시 발작을 일으킨다. 주술은 한 번밖에 통하지 않아. 나는 그에게 다시 주술을 걸 수 없을 테고, 그는 아군, 적군을 가리지 않고 날뛰겠지."

"커, 윽……!"

세나의 얼굴이 시퍼레졌다. 숨이 꼴깍 넘어가기 직전이건만. 그럼에도 눈을 부릅뜨고 시스를 노려보았다. 흰자위에 실핏줄이 터졌다. 마치 라크 안의 눈처럼 붉어졌다.

시스는 그 모습을 기특하다는 듯 바라보며 손짓했다. 그의 손짓을 따라 그녀를 억누르던 수분이 다시 주변으로 흩어졌다. 시스는 그 대가로 피를 토했으며, 세나는 잃었던 숨을 되찾고는 바닥을 뒹굴며 거칠게 숨을 몰아 쉬었다.

둘 다 말을 할 수 있게 되었을 때, 시스가 뒤로 물러서며 세나의 검에서 발을 뗐다.

"발작을 일으키지 않는 돌연변이 늑대는 훌륭한 아군이지. 실제 현재 우리의 방어선은 그의 활약에 기대는 바가 크다. 내가 주술을 거두지 않음으로써 나는 뛰어난 아군을, 너는 충성하고 싶은 주군을 잃지 않게 되는 것이니. 모두에게 이득이지 않은가?"

"허억, 하억, 하, 지만…… 하지만, 라안 님의 자유는!"

"그렇게 그가 걱정된다면 직접 가서 여쭈어 보려무나. 주술이 풀리길 원하느냐고. 그가 원한다면 나는 기꺼이, 그의 뜻대로 해 주겠다."

시스는 웃음을 흘리며 돌아섰다. 절대 라크안이 그러길 바라지 않는다고 자신하는 듯했다.

"으윽!"

세나는 분한 마음을 참지 못하고 주먹으로 바닥을 내리쳤다. 몇 번 내리치니, 손등이 까지고 피가 흘렀다. 세나는 쓰린 줄도 모르고 벌떡 일어서 라크안의 막사로 달려갔다. 결과는 시스의 생각대로였다.

"난 지금 이대로가 괜찮아."

라크안은 담담히 세나에게 말했다. 세나는 어쩌면, 라크안이 주술이 완전히 풀리지 않은 걸 이미 알고 있었는지도 모른다는 생각이 들었다.

"라안 님, 이건 아닙니다. 이건 아니에요!"

세나가 부르짖었다.

"그만. 내 결정이다. 따르도록."

붉은 눈은 흔들리지 않았다.

* * *

깊은 밤.

지친 이들이 무거운 몸을 이끌고 모여들었다. 다들 매일 벌어지는 전투에 지치고, 피해가 극심한 방어전에 환멸을 느끼며 축 늘어져 있었다. 강경한 라미라마저도 안색이 어두웠다.

"천 년 전, 시조들께서 악룡과 싸우셨을 때도 이랬던 건가 싶군."

그녀의 말에 모두들 말없이 동의했다. 말 그대로 끝없는 소모전이 계속되고 있었다. 흰 그림자들은 끝없이 몰려들었다. 아무리 베고 베도, 줄어

들지 않았다. 대낮에 헛것을 보고 빈 허공에 무기를 휘두르는 헛짓거리를 하는 게 아닐까 싶을 정도였다.

흰 그림자들이 물러나면, 얼어붙은 땅 위에 시체와 피가 그득했다. 그 모습을 보고야 이 상황이 현실이라는 걸 실감했다.

흰 그림자들은 이쪽의 사람을 집어삼켜 꼭두각시로 삼았다. 곳곳에선 방금 전까지 함께 싸우던 동료가 흰 그림자에게 먹혀 자신을 공격하는 상황이 벌어졌다. 그러면 흰 그림자에게 먹힌 동료를 제 손으로 죽여야 했다.

흰 그림자들의 공격에 익숙하지 않은 제국군들의 피해가 컸다. 병사, 기사 가릴 것 없이 꼭두각시가 된 제 동료를 차마 죽이지 못하고 오히려 죽임을 당하는 자들이 속출했다.

황태자와 루시온은 이틀에 한 번씩 제국에 편지를 보내 추가 병력과 보급을 요청했다. 다른 두 일족이라고 상황이 나은 건 아니었다.

시스는 56개 오아시스 대표 가문들의 원성을 찍어 누르며 전사들을 계속 쥐어짜 냈다. 라미라는 매일같이 숲에서 피 냄새가 묻어나는 독촉을 받고 있었다. 휘갈겨 쓴 전서에는 어서 숲의 경비대를 이끌고 숲으로 돌아와 숲을 지키라는, 일족의 절규가 담겨 있었다. 새로운 숲의 장로든 뭐든, 일단 숲을 지키고 난 다음의 일이 아니겠냐는 글귀가 그녀를 흔들었다.

"이대로면 우리는 패배합니다. 언제 패배하느냐일 뿐."

라크안이 오랜 침묵을 깨고 발언했다.

"그런 말은 누군들 못 하나. 그래, 뭔가 계책이 있는 건가?"

시스가 고갯짓하며 물었다. 그의 몸에서는 쓴 약초 냄새가 났다. 몸이 축나고 있는 걸, 약의 힘으로 겨우 버티고 있는 듯했다.

막사에 모인 모두가 라크안을 바라봤다. 라크안은 자리에서 일어서 막사 중앙에 놓인 탁자에 손을 뻗었다. 탁자에는 지도와 각 세력을 상징하는 모형들이 어지럽게 늘어져 있었다.

"그간 우리는 협력한다고 하지만, 각개 전투를 하고 있었을 뿐입니다. 갑작스럽게 합류하였으니, 서로의 전투 방식을 존중하는 게 고작이었습니다."

라크안은 얼어 버린 물의 장막 앞에 뭉툭한 돌 한 무더기를 쌓았다. 카루나와 흰 그림자 군대였다. 형체도 제각각이고, 괴성만 지르는 그것들의 무더기를 군대라고 표현하고 싶지는 않지만.

전혀 섞이려 들지 않고 제각각인 이쪽 상황에 비하면 차라리 저쪽이 잘 훈련받은 군대처럼 보였다. 라크안은 얼어붙은 평원 건너편에 다른 모형물을 세웠다.

중앙엔 제국군을 의미하는 흰 돌. 오른쪽에는 나뭇조각. 숲의 일족을 의미하는 것이었다. 왼쪽에는 석영 원석. 사막의 전사들, 시스의 군대였다. 라크안은 지휘봉으로 흰 돌과 나뭇조각, 석영을 밀었다. 세 모형물은 각자 뻗어 나가 돌무더기에 파묻혔다. 딱 그동안의 전투 방식이었다.

"전투가 계속되며 서로에게 익숙해지고 있다고는 하나, 계속해서 셋으로 나뉘어 싸우고 있었으니까요."

"다른 방도가 있나? 이제 와서 병력을 섞을 수는 없어. 명령 체계가 어그러질 테고, 아군끼리 찌르고 죽이는 상황이 올지도 모르니."

시스가 혀를 차며 대꾸했다.

"나도 올벤 왕의 말에 동의하는 바야."

황태자는 한숨을 내쉬며 손을 휘저었다.

흰 돌과 나뭇조각, 석영이 다시 뒤로 밀려났다. 라크안이 그것들을 낚아채 손안에 넣었다. 와드득. 주먹 쥔 손 안에서 뭔가 부서지는 소리가 들렸다.

"그래도 전투 방식을 바꿔야 합니다. 천 년 전, 우리 시조들이 그러했듯이."

손을 폈다. 뭔가 우수수- 떨어져 내렸다. 조각난 돌조각과 나뭇조각들, 그리고 석영 파편들이었다. 라크안은 흰 돌 조각들을 후방에 늘어세웠다. 그 앞에는 나뭇조각과 석영 파편들을 섞어 늘어놓았다. 라미라가 몸을 앞으로 내밀어 그 모양새를 살폈다.

"우리와 물의 일족을 섞어 편재하자고?"

"정확히는 늑대로 변한 우리의 몸 위에 물의 일족 전사들을 태우는 겁니다."

"뭐?"

라미라가 벌떡 일어섰다.

"호오? 늑대를 타 본 적은 없는데."

시스가 한쪽 입꼬리를 올리며 중얼댔다.

"누가 뭘 타?"

황태자는 라크안의 말을 바로 알아듣지 못하고 되물었다.

"창을 쓰는 물의 일족 전사와 늑대로 변한 우리가 함께 움직여 길을 뚫습니다. 그 뒤를 제국군이 바짝 뒤쫓아 처리하고."

라크안은 다시금 모형물들을 돌무더기를 향해 밀어 올렸다. 돌무더기들은 자잘한 모형물들에게 갇혔다. 라크안은 돌무더기 중 유독 작고 뾰족한 돌을 지휘봉으로 찍었다. 돌이 퍽, 소리를 내며 튀었다. 라크안이 그걸 움켜잡으며 주변을 돌아보았다.

"길이 뚫리면, 황태자 전하와 올벤의 왕, 그리고 저까지 셋이 한 번에 카루나를 잡을 겁니다."

라크안은 무섭도록 차분하고 담담했다.

"말도 안 돼!"

반대 의견은 예상치 못한 곳에서 튀어나왔다. 늘 라크안을 지지하고 따르던 황태자가 거칠게 소리쳤다. 세나와 루시온은 무심코 고개를 끄덕였다.

"라안, 넌 오랫동안 전쟁터에 있었잖아. 나보다 네가 더 잘 알 거 아냐. 이런 갑작스러운 변화는, 아군에게 절대 좋지 않아. 말이야 누군들 못하겠어. 이론상으로도 가능은 하겠지. 하지만 전쟁은, 전쟁은 실전이잖아. 다른 누구도 아닌 네가 어떻게 이런 황당한 제안을 할 수 있어."

황태자는 숨을 몰아쉬며 한마디를 덧붙였다.

"나한테 그걸 가르쳐 준 게 바로 너야."

그는 시스만큼이나 지친 상태였다. 화내는 걸로 남은 힘을 다 썼다는 듯 일어나다 말고 털썩 주저앉았다.

"할 수 있습니다. 아니, 해야 돼."

라크안은 무섭도록 차분했다. 무슨 생각을 하는지 알 수 없는 붉은 눈을 들어 황태자를 보았다.

"……."

황태자는 오싹한 기분이 들어 어깨를 움찔, 떨었다.

"확실히, 이런 기록이 있긴 하지."

동의하는 의견은 전혀 예상치 못한 곳에서 나왔다. 라미라는 제 등 뒤에 물의 일족을 태워야 한다는 거부감을 이겨 낸 듯했다.

"그간 우리가 후방에만 있는 게 꽤 마음에 안 들었나 보군."

시스가 픽, 웃으며 기지개를 켰다. 우드득, 어깨에서 뼈 소리가 났다.

"뭐, 뒤에서 구경만 하는 게 질리기도 했으니. 늑대의 고리타분한 전술을 한번 시도해 보는 것도 나쁘진 않을 것 같군."

"말도 안 되는 소리! 이건, 장난이 아니오. 그간 제국군이 몇이나 죽었는데!"

"황태자 전하, 당신의 충성스러운 부하가 바라는 건데 한번쯤 들어 봐 주지 그러오?"

시스가 황태자의 말투를 흉내 내며 대꾸했다.

"그러니 더더욱……!"

"그럼 네가 날 태우겠다는 건가?"

시스가 황태자의 말을 끊어 내며 라크안에게 물었다.

"물론."

라크안은 당연하다는 듯 고개를 끄덕였다.

"그게 어떤 의미인지는 알고?"

"그 역시 각오하고 있습니다."

"그렇다면야."

시스가 올가의 부축을 받으며 자리에서 일어섰다.

"기꺼이 응해주지. 내게 죽을 각오를 하고 전투에 나선다는데. 그 필사의 의지를 외면하면 전사라 할 수 없겠지. 난 비겁하지 않으니까."

시스의 말에 올가가 고개를 숙였다.

"라안 님!"

세나가 뭔가를 눈치채고는 라크안을 말리려고 했다. 라크안은 손을 들어 세나를 말리고는 시스와 눈을 마주쳤다.

"왕께서 걱정하시는 일은 절대로 일어나지 않을 겁니다. 내 반려를 구하기 위해 나서는 것이니."

라크안의 말에 라미라가 눈썹을 꿈틀, 움직였다.

"엉망이군. 모든 게 다 엉망이야."

황태자가 두 손으로 얼굴을 감싸 쥐었다. 루시온은 시스와 라크안을 번갈아 바라보고는 무표정한 얼굴로 생각에 잠겼다. 그렇게 역시나 동상이몽의 회의가 또 한 번 마무리되었다.

* * *

녹주석 파편이 비처럼 내렸다. 날카로운 파편은 아카론에게도, 그의 옆에 멍하니 서 있는 카루나에게도 공평하게 떨어졌다. 그러나 둘에게 닿지는 않았다.

아카론에게 떨어져 내린 녹주석 파편은 보이지 않는 벽에 부딪치듯 파사삭- 흩어졌다. 카루나의 발 근처에서 자라난 녹음이 잎사귀로 파편을 막았다.

새싹은 눈 덮인 땅을 뚫고 자라나 가늘고 긴 넝쿨이 되고, 여린 잎을 펼쳤다. 카루나를 한번 지키고 난 다음에는 눈과 추위를 견디지 못하고 바로 얼어붙었다. 그러고는 녹주석보다 더 잘게 부서져 흩어졌다.

그 빈자리를 다음번 넝쿨이 차지하고, 또 부서져 내렸다. 녹음은 결코 그녀를 포기하지 않았다. 산산이 부서지는 그 순간에도 씨앗을 품어 바닥에 흩뿌렸다. 씨앗은 눈을 파고들어 싹을 틔우고 카루나에게 뻗어 나갔다. 연둣빛 줄기가 카루나의 손가락 끝에 닿기 직전, 하얗게 얼어 부서졌다.

"카나."

아카론이 카루나에게 손을 내밀었다.

"네, 오라버니."

카루나가 아카론에게 다가갔다. 아카론은 카루나에게 닿지 못하는 녹음에게 뽐내듯, 카루나의 긴 머리카락을 손가락에 감았다. 갈색 머리카락 끝이 하얗게 얼어붙어 차랑차랑, 소리를 냈다.

아카론은 차가운 손으로 그 얼음 조각들을 깨트렸다. 그렇게 아카론이 손장난을 하는 동안 카루나는 두 손을 모으고 가만히 서 있었다. 언제나 생기로 반짝 빛났던 녹색 눈은 탁하게 흐려졌고, 웃음 가득했던 입가는 차갑게 굳었다. 자신이 그렇게 만들었으면서, 아카론은 그런 카루나가 마음에 들지 않았다.

"카나."

손을 내려 카루나의 뺨을 쓸어내렸다. 카루나의 뺨은 아직 보드랍고 따뜻했다. 그에 비하면 아카론의 손은 얼음장처럼 찼다. 그런데도 카루나는 아무렇지 않게 아카론의 손에 제 뺨을 비볐다.

"그 늑대에게 웃어 주었던 것처럼, 그렇게 웃어 줄래?"

"……."

카루나가 눈을 깜빡였다.

"웃어 봐."

명령하듯 말하니 그제야 빙긋, 웃어 보였다. 그림으로 그린 듯 단조롭고 밋밋한 웃음이었다. 그동안 다른 사람의 눈을 통해 봐 왔던 웃음과는 달랐다. 그 웃음을 갈구하였건만. 막상 카루나를 손에 넣고 나니, 그 웃음은 영영 얻을 수 없게 되었다. 아카론은 왼쪽 가슴이 뻐근해졌다.

만족스러운 걸까. 안타까운 걸까. 경험해 본 적 없고, 누군가 알려 준 적 없는 감정이기에 알지 못했다. 알아야 한다는 생각조차도 하지 못했다. 그저, 제가 기억하는 최초의 목소리. 그 목소리에 담겼던 간절한 바람을 기억하며 따를 뿐이었다.

"네 여동생을, 지켜 주렴. 찾아서…… 너는, 오빠니까 꼭, 그래야 돼."

그것이면 족했다. 그것이 그가 존재하는 이유였으니까.

"카나. 이리 와."

아카론은 두 팔을 벌려 카루나를 끌어안았다. 카루나는 얌전히 그의 품에 안겼다. 차가운 몸은 카루나의 온기를 견디지 못했다. 카루나와 닿는 곳마다 화상을 입은 것처럼 쓰리고 아팠다. 그 통각마저도 사랑스러웠다. 오랫동안 그를 괴롭혔던 허기가 가시는 것 같았다.

"아픈 게 뭐 어때서? 단지 평안하기 위해 널 내 곁에 두는 게 아냐."

아카론은 길게 흘러내린 카루나의 머리카락을 손가락 사이에 끼웠다.

"내가 네 행복만을 바랄 것 같니? 네가 시드는 걸 마다할 것 같아?"

"……."

명령이 아니기에, 카루나는 대답하지 않았다. 아카론 또한 답을 바라고 한 말은 아니었다.

"나로 인해 시드는 모습마저 나의 카나인걸."

머리카락이 손가락 사이로 흘러내렸다. 아카론은 그걸 다시 움켜쥐는 대신, 카루나의 정수리에 턱을 얹고는 조용한 목소리로 말했다.

"내가 가지고 있는 기억은 내 아버지의 기억이야. 아버지의 모든 걸 물려

받았지만, 가장 소중한 걸 직접 받지는 못했지. 그래서 아버지는 처음이자 마지막으로, 내게 그런 말을 남기신 거야."

아카론이 처음 눈을 떠 본 세상은 온통 하얬다. 그저 눈뿐인 세상. 얼어붙은 땅. 그 위에 선 그는 처음부터 혼자였다.

"혼자…… 어째서?"

그는 첫 발자국을 뗄 때부터 극심한 허기에 시달렸다. 처음엔 그 감정의 이름을 알지 못했다. 제가 느끼는 갈증과 허덕임이 '허기'라는 걸 알게 되기까진 꽤 오랜 시간이 걸렸다.

물의 장막과 목책에서 눈의 땅과 맞서 싸우는 두 일족. 다가가기도 전에 알 수 있었다.

'아냐, 저들이 아냐.'

그들은 그의 허기를 채워 줄 수 있는 반쪽이 아니었다. 아카론은 그들을 통해 인간의 감정과 생리를 익혔다. 제가 가진 감정이 무엇인지도 보았다. 흰 그림자에게 잡아먹히기 직전 흘리는 눈물. 연인에게 손을 뻗으며 울부짖는 모습. 동료가 죽는 걸 본 자의 일그러진 얼굴.

그 모든 것이 카루나를 향한 그의 감정이었다.

아카론은 날로 강해지는 악룡의 피를 억누르기 위해, 우후죽순 생기는 흰 그림자들을 계속 물의 장막과 숲의 목책으로 내보냈다. 두 일족이 흰 그림자들을 도륙하면, 아카론 역시 한숨 돌릴 수 있었다.

"또 이렇게 얼마간은 버틸 수 있겠군……."

아카론은 흰 그림자들의 주인이 아니었다. 차라리 숙주라는 말이 더 알맞은 표현이었다. 두 일족의 전사들과 마찬가지로, 눈 그림자들이 죽어 나가야 편히 숨을 쉴 수 있으니까.

그렇다고 아카론과 흰 그림자들이 아예 대척점에 선 관계인 것은 아니었다. 만월의 밤 같은 특별한 날이 아니라면, 아카론은 흰 그림자들을 조종할 수 있었으니까.

"가라, 너희의 본능대로 마음껏 파괴하고 날뛰어 봐라. 그리고 전멸해 버려."

아카론은 악룡의 힘을 누르기 위해 흰 그림자들을 물의 장막과 숲의 목책—사지로 내몰았다.

"내 동생 카나, 그 아이를 찾아야 해. 사막을 넘고, 숲을 넘어라. 튼튼한 인간을 집어삼켜, 그 몸속에 숨어 나의 눈과 귀가 되어라."

또한 이 대륙 어딘가에 있을 카루나를 찾기 위해 남쪽으로, 남쪽으로 내려보냈다. 한 번도 만난 적 없지만. 얼굴을 본 적도, 목소리를 들은 적도 없지만. 아카론은 자신이 그녀를 알아볼 수 있을 거라고 확신했다.

한 번, 한 번이면 된다. 한 번만 볼 수 있다면, 목소리를 들을 수 있다면. 바로 알아보리라.

단 한 번의 만남을 좇아 온 대륙을 헤집었건만. 어째서인지 카루나는 나타나지 않았다. 그렇게 애타게 찾았는데. 그렇게 애타게 기다렸는데. 정말이지 머리카락 한 올, 그림자 한 조각 눈에 띄지 않았다.

꼬박 20여 년을 흘려보낸 뒤. 아카론은 위태로운 수준까지 부서져 내린 녹주석을 보며 담담히 생각했다.

'어쩌면 내게 여동생 같은 건 없는 게 아닐까.'

문득, 아버지의 기억 중 한 조각이 의식의 수면 위로 떠올랐다. 목책 너머의 인간들 중에는 돌연변이가 있다고 했다. 태어나면서부터 미친 존재. 돌연변이 늑대. 가만 놔두면 발광하여 제 동료까지 해치니, 어쩔 수 없이 물의 장막 너머 인간들의 도움을 받아 악룡의 아가리로 밀어 넣었다고 했다.

'나도 그렇게 미친 걸까.'

아버지의 기억 속, 세뇌되어 악룡에게 돌진하는 돌연변이 늑대들의 모습을 수없이 머릿속에 그려 보았다. 점점 그들의 모습 위로 자신의 모습이 겹쳤다.

'만약 내가 미친 거라면.'

텅 빈 왼쪽 가슴 속에서 계속 울려 대는 아버지의 목소리는 무얼까. 그 역시 미쳤기 때문에 들리는 환청인 걸까?

'애초부터 내게는 존재해야 하는 이유가 없었던 걸까?'

그렇다면 그 오랜 세월, 또 앞으로 남은 세월 동안 홀로 이 얼어붙은 땅 위에서 외로워야 되는가. 아무 이유도, 아무 의미도 없다면 왜.

그렇게 자포자기했을 때. 기적처럼, 너는 미치지 않았다고 응답해 주듯 그녀의 기척이 나타났다. 존재하지 않았던 것이 갑자기 세상에 존재하게 된 것처럼. 방금 전까지 느껴지지 않았던 것이 느껴졌다.

제 반쪽의 기척을 느끼자마자 몰려든 건, 배가 뚫리는 것 같은 고통이었다. 아카론은 눈밭에 쓰러져 눈물을 흘리며 하하, 웃었다. 그 뒤로, 그는 오직 카루나를 손에 넣기 위해 살았다.

"널 찾기 전에도, 찾고 나서도 항상 내 세상엔 너뿐이었던 거야."

아카론이 벅찬 목소리로 말했다.

"그런데 고작 너의 행복과 기쁨, 그 정도만 바랄 리가."

카루나의 머리를 쓰다듬으며 그녀의 귓가에 속삭였다.

"너를 사랑한단다."

사랑스럽고도.

"그래서 이 세상 무엇보다 너를 증오하고 원망해."

증오스러운.

"어떻게 널 이 세상에 홀로 둘까."

나의 전부.

얼어붙은 갈색 머리카락 끝에 입을 맞췄다. 카루나의 몸에서 유일하게 아카론과 같은 온도인 부분이었다.

파사삭. 머리카락이 더 하얗게 얼어붙었다. 마치 수정 조각을 머리카락 끝에 매단 것 같았다. 아카론은 그 가닥을 셋으로 나누어 땋았다. 처음 해 보는 거라 어색하고 서툴렀다.

카루나를 만나면 늘, 자신이 머리를 매 주겠다고 다짐했었는데. 아무래도 많은 연습이 필요할 듯했다. 능숙해지려면 시간이 얼마나 필요할까.

아카론은 제가 땋은 울퉁불퉁한 머리카락을 매만지며 녹주석을 올려다 보았다. 녹주석은 말없이 부서져 내릴 뿐이었다. 아카론은 녹주석에서 눈을 떼지 않으며 입을 열었다.

"카나."

"네, 오라버니."

"내가 네게 뭘 부탁했지?"

"……늑대를, 죽인다."

"그래. 그런데 그 늑대가 아직도 살아서 널 기다리고 있구나."

"죄송해요."

"이번엔 꼭, 날 위해 그 늑대를 죽이고 올 거지?"

"……."

어째서인지 카루나가 머뭇거렸다. 흐릿했던 눈빛이 순간 진해지는 것도 같았다. 아카론은 카루나의 턱을 잡고 얼굴을 들어 올렸다. 카루나와 눈을 마주치며 물었다.

"대답은?"

"……네."

깜빡, 카루나가 눈을 감았다 떴다. 눈가에 맺혀 있던 눈물 한 방울이 뺨을 타고 흘러내리는가 싶더니, 얼어붙어 툭— 아카론의 가슴으로 떨어졌다. 심장이 없는 텅 빈 가슴은 그 눈물의 의미를 알지 못했다.

* * *

이른 새벽. 삼국의 연합군은 일찌감치 전열을 가다듬고 싸울 준비를 마쳤다. 매일 이어지는 전투는 피로함과 죽음에 대한 공포를 비슷한 무게로 만들었다. 동료가 죽는 게 당연해진 일상. 어제 살았기 때문에 오늘 더욱 피곤해지는 하루.

살아서 피곤한 것과 죽어서 편안해지는 것. 어느 것이 더 이로운 것인지 헷갈리기 시작하던 시기였다. 라크안의 새로운 편제는 군 내부를 떠들썩하게 만들었다.

"뭐? 늑대를 타고 싸우라고?"

"하, 차라리 태어난 지 백 일 된 낙타를 타고 악룡의 아가리로 뛰어드는 게 낫겠군."

"난 말이나 당나귀가 아니야. 숲을 지키는 경비대야. 내 긍지를, 도대체 뭐라고 생각하는 건가. 그 혼혈 늑대는!"

"천 년 전에도 그렇게 싸웠다잖아."

"뭐? 누가 누굴 태워? 숲의 일족이 올벤의 전사들을? 그게 뭔 말이야. 전쟁이 장난이야? 사람이 사람을 목마 태워서 나가면 뭐? 저 괴물들이 무서워서 도망간대?"

"아니, 병영을 어슬렁거리던 그 늑대 무리, 그게 사실 올벤 전사들이 말 대신 타는 거라던데?"

"숲에서 키웠다던가, 그렇다던데. 군마를 내주는 것과 같으니 숲의 일족이 꽤나 불만스러워한다더군."

좋은 쪽으로든 나쁜 쪽으로든 활기가 도니, 피로감과 패배감으로 우중충해졌던 분위기가 환기되었다.

선두에 선 것은 늑대 위에 올라탄 사막의 전사들이었다. 제국군의 보병과 기마병은 후방을 든든히 받쳤다. 철십자 기사단장이 이끄는 절반의 철십자 기사단이 번쩍이는 갑옷을 입고 긴 창을 뽑아 들었다. 그들의 얼굴엔 아직도 얼떨떨한 표정이 남아 있었다.

어젯밤, 숲의 경비대와 라크안의 호위를 맡았던 철십자 기사단은 제국군 앞에서 늑대로 변했다. 안 그래도 제국군은 병영에 여기저기를 걸어

다니는 늑대 무리를 보고 궁금해하고 있었다.

'늑대를 길들인 건가? 그런데, 아무리 군대에서 자랐다고는 하지만……
저렇게 인간 같을 수가 있는 건가? 말하면 다 알아듣고. 사람보다 더 사
람 같잖아.'

하고 생각했건만. 그 늑대 무리가 사실은 사람이었다니. 믿기 힘든 일이
었으나 제국군은 생각 외로 쉽게 받아들였다.

"그럴 수도 있지."

"어쩐지, 그럴 것 같더라니."

그들에게 있어 숲의 일족은 비밀스러운 존재였다. 워낙 숲의 일족에 대해
모르니, 상식적이지 않은 이야기를 들어도 그러려니 싶었다. 늑대가 아니라
토끼로 변했어도 크게 놀라지 않았으리라. 하지만 라크안의 호위대 역할을
했던 일부 철십자 기사들마저 늑대로 변할 때는 달랐다.

"뭐? 너희도 숲의 일족이었다고?"

"너, 너도 늑대로 변할 수 있어?"

제국민으로 이루어진 철십자 기사단은 그야말로 기겁했다. 세나는 그들의
눈앞에서 늑대로 변하고는 씩, 웃어 보였다. 날카로운 이빨이 번쩍 빛났다.

"마, 마, 마, 마마마, 말도 안 돼……!"

방금 전까지 세나와 잡담을 나누던 기사가 엉덩방아를 찧었다. 세나는
저를 가리키는 손가락을 보며 깨물까 말까 살짝 고민했다. 사색이 된 기사
의 얼굴을 보고야 겨우 장난기를 가라앉혔다. 장난으로라도 깨무는 시늉을
했다가는 바지에 실례라도 할 것 같았다.

큰 전투를 앞두고 동료의 사기를 꺾는 것도 모자라 지린내까지 맡고
싶지는 않았다. 늑대의 몸을 입을 때는 후각이 예민해지니까.

'나쁘지 않은데?'

세나는 썩 즐거운 마음으로, 제국 출신의 동료 기사들을 둘러보았다.
눈이 마주치니 주춤주춤 물러서는 겁먹은 모습이 꽤나 볼만했다.

평소, 당연하게 늑대로 변하는 걸 숨기고 살아왔다. 그걸 딱히 불편하다고 느끼지도 않았다. 당연히 숨겨야 하고, 들키지 않으려 조심해야 한다고 생각했다. 오죽하면 기억을 지우는 약까지 만들어 가지고 다닐까. 어릴 적, 마을 사람들 앞에서 늑대로 변한 아버지가 밤중에 사람들의 기억을 지우는 걸 본 뒤로 그렇게만 생각해 왔다.

'당연히 들키지 말아야 한다고 생각했는데, 당연한 게 아니었나? 난, 그렇게 숨기는 게 싫었을까?'

막상 제국 출신 동료들 앞에서 늑대로 변하고 나니, 속이 시원했다. 상쾌하고 개운한 기분이랄까. 아무튼 기분이 좋았다. 다른 숲의 일족 혼혈 출신 철십자 기사들도 세나와 비슷한 생각이었다. 다들 얼굴이 폈다.

"서, 설마 너도?"

"……넌, 아니지?"

제국 출신 철십자 기사들이 혹시- 하는 마음에 그들에게 물었다.

"글쎄."

"어떠려나?"

숲의 일족 혼혈인 철십자 기사들은 의뭉스럽게 굴며 낄낄댔다.

"말도 안 돼. 내 주변에 숲의 일족이 이렇게나 많았다고?"

"그런데 다 늑대로 변할 수 있다고?"

제국에서 온 기사들은 쉬이 현실을 받아들이려 하지 않았다. 그렇게 두 일족과 제국은 왁자지껄하게 섞여 들었다.

매일의 전투가 쌓여 피와 죽음이 일상이 된 나날이었다. 패배하지 않았으나 승리한 것도 아닌 상태. 방어에 힘쓰고 있으나 그마저도 점점 뒤로 밀려나고 있는 상황. 당연히 사기가 떨어질 수밖에.

특히나 듣도 보도 못한 괴물—눈의 땅에서 온 존재들—과 싸우게 된 제국 기사들의 정신 상태는 말도 아니었다. 그런 상황에서 급작스러운 전술 변화는 침침한 분위기를 걷어내는 데도 큰 역할을 했다.

변화를 이끌어 낸 당사자는 높은 언덕 위에 서서 그 광경을 내려다보고 있었다. 허리춤에 찬 칼을 잡고 얼어붙은 고목나무에 기대 서 있는 모습은 채색한 동상 같았다.

그가 살아 있다는 걸 증명해 주어야 할 두 눈은 싸늘하게 굳은 지 오래였다. 루시온에게 감정 없는 인형 같다고 뭐라 할 형편이 아니었다. 본인이 루시온만큼이나, 어쩌면 루시온보다 더 무감각해져 있었으니까.

주술의 위력은 아직 라크안을 움켜쥐고 있었다. 조금만 방심해도 정신은 다시 주술에 잠겨 시스에게 복종하게 될 것이다. 불완전하게나마 깨어난 정신이 발버둥 치며 시스의 주술을 밀어내고 있었다.

그 정신이 유지되는 원동력은 카루나를 구해 내야 한다는 마음이었다. 그런데 아이러니하게도, 그 주술이 카루나를 구해 내는 데 도움을 주고 있다. 예고 없이 울컥, 감정이 치솟았다.

'카루나가 내 곁에 없어.'

그 사실 하나만으로 이 세상은 빛을 바랬다. 이 세상이 존재하는 이유. 존재하도록 놔둬야 하는 이유가 없었다.

'파괴해.'

'다 죽여.'

'저것들, 그녀를 제대로 지키지 못한 저것들부터 다 갈가리 찢어 죽여 버리는 거야.'

누군가 귓가에 속살거렸다. 눈에 닿는 모든 걸 죽이고 파괴하라는 달콤한 명령. 눈앞이 캄캄해지며, 반쪽뿐인 정신이 혹했다.

이대로 눈을 감고 저 속살거리는 목소리에 몸을 맡기면, 모든 게 다 편해질 텐데. 카루나가 제 곁에 없는 세상 따위, 존재한 적도 없다는 듯 폐허로 만들어 버릴 수 있을 텐데.

그렇게 한쪽으로 기울라 치면, 반쪽짜리 주술이 그의 목을 쥐었다. 주술이 그를 발작으로부터 건져 냈다. 라크안은 눈을 번쩍 떴다.

"……아냐, 아직은 아냐."

이를 악물고, 일렁이는 파괴 욕구를 억눌렀다. 붉은 눈은 얼어 버린 장벽 너머를 향했다.

'저곳에 아직 카루나가 살아 있어. 그녀를 구해야 해.'

손을 들어 왼쪽 가슴을 움켜쥐었다. 심장이 요란하게 뛰었다. 당장 더져 버려도 이상하지 않을 정도였다.

'이 주술이 내 발작을 누르고 있어.'

카루나를 구해 내는 그 순간까지, 이 끔찍한 주술을 포기할 수 없는 이유였다.

"……!"

뒤에서 인기척이 느껴졌다.

'복종해.'

'그의 명을 따라.'

몸속을 떠다니는 불완전한 주술이 발광하듯 날뛰었다. 주변 공기가 축축해지는 기분이었다. 그 모든 게 등 뒤 사내가 누군지 말해 주고 있었다.

악시스. 올벤의 왕. 주술의 주인.

"어디 갔나 했더니 여기에 있었군."

그가 라크안의 옆에 섰다.

보랏빛 눈은 라크안의 것보다는 생기 있었다. 소중한 여동생을 구했고 안전한 곳에 숨겨 두었으니 그럴 수밖에.

시스가 아래를 내려다보았다. 숲의 경비대와 사막의 전사들이 짝을 짓고 있었다. 숲의 일족이 늑대로 변하면, 사막의 전사들이 등에 올라탔다. 회색 늑대가 일부러 거칠게 날뛰며 등에 탄 사막의 전사를 떨어뜨렸다.

와하하~ 숲의 일족 측에서 비웃음이 터져 나왔다. 사막의 전사는 수치심에 얼굴을 붉히더니, 벌떡 일어나 어디론가 뛰어갔다. 돌아오는 모습을 보니, 등에 말안장을 지고 있었다. 그는 그것을 회색 늑대의 등에 얹으려 했다.

"하필이면."

쯧. 라크안이 그 늑대를 알아보고는 혀를 찼다.

"저놈이 기어이 사고를 치는군."

시스는 말안장을 들고 온 사막의 전사를 보고는 고개를 내저었다.

두 사람의 반응대로, 소동이 일었다. 늑대가 말안장을 걷어찼다. 그걸로도 모자라 들고 온 자의 어깨를 물어 버린 것이다. 순식간에 일어난 일인 데다가, 사막의 전사는 주변에 으스대며 긴장하지 않고 있던 터라 반항 한 번 하지 못하고 당했다.

"으아악!"

전사의 비명이 사방으로 울려 퍼졌다. 늑대로 변한 세나가 곧바로 엉킨 둘에게 달려들어 몸통 박치기를 시전했다. 사람을 물고 있던 늑대가 나가떨어졌다. 죽일 생각까지는 없었는지 세게 물지는 않은 듯했다.

물린 사람은 다행히 정신을 잃지 않았고, 동료들에게 부축을 받으며 의사가 있는 후방으로 옮겨졌다.

크르르-

사람을 문 늑대가 곧바로 일어서 세나를 노려보았다. 자신을 방해한 세나를 탓하는 것 같은 울음소리였다. 입가에서 피가 뚝, 뚝, 떨어졌다.

크르르르-

세나는 피하지 않고 맞섰다. 여차하면 달려들려는 듯 자세를 낮췄다.

"그만들 하시오!"

"우리끼리 뭐 하는 짓이오."

뒤늦게 제국의 기사들이 끼어들었다.

"지, 진정들 하시라니까."

"세나 경, 그러니까, 이쪽이 세나 경…… 이 맞겠지? 아무튼, 세나 경이라도 진정하세요."

제국의 기사들은 당장이라도 달려들 듯 발을 구르는 늑대들을 보고서도 물러서지 않았다. 일단은 말이 통할 것 같고 알고 지내는 사이였던 세나부터 진정시키려고 했다.

"완전 겁쟁이는 아닌 모양이군."

"제법인데? 꼬리를 말고 달아날 줄 알았더니."

"쟤들은 변신 못 해서 꼬리가 없어."

그 모습을 지켜보던 사막의 전사들과 숲의 경비대의 눈빛이 호의적으로 변했다.

그간 두 일족은 남쪽의 제국을 못마땅해했다. 자신들의 목숨을 걸고 눈의 땅과 싸울 동안, 모든 걸 잊은 채 희희낙락하며 편하게 지내는 쥐새끼 같은 것들이라 생각해 왔다. 천 년 동안 이어져 내려온 멸시와 편견이었다. 그런데 이번에 연합하여 함께 전투를 치르면서 그 편견이 조금씩 가시고 있었다. 당장의 흉흉해진 분위기는 세나가 먼저 물러서며 수습되었다.

"나는 말안장을 얹지는 않을 테니 염려 말게."

시스가 웃음기 어린 목소리로 말을 걸었다.

"……."

라크안이 눈가를 찡그렸다. 대답할 가치도 없는 말이라는 듯, 시스를 쳐다보지도 않고 돌아섰다. 시스를 피해 자리를 뜨려고 하는데, 시스가 다시 말을 걸었다.

"나를 태우고 전투에 나선다는 게 어떤 의미인지, 정말 알고는 있는 거겠지?"

"……."

라크안이 걸음을 멈췄다.

"그게 궁금해 나를 찾아온 겁니까?"

돌아보지는 않고 되물었다. 목소리는 싸늘했지만 말투는 공손했다. 주술을 반쯤은 벗어난, 혹은 반밖에 못 벗어난 흔적이었다. 시스는 웃고 싶었지만, 괜히 라크안을 자극할 것 같아 참았다.

그에게 있어 라크안은 '위험한' 돌연변이 늑대였다. 그냥 돌연변이 늑대여도 위험한데, 주술이 반쯤 부서진 상태의 돌연변이 늑대라니. 더없이 위험했다.

'괜히 자극해 주술이 완전히 깨지기라도 하면, 발작을 일으켰을 때 처리할 방법이 없지. 설사 주술이 깨진다 해도 그건 눈의 땅에 들어가서야 해.'

시스는 애써 자애로운 척하며 웃었다.

"모르면 말해 줘야 할 것 같아서."

"알고 있고."

라크안이 돌아서 시스를 마주 보았다. 붉은 눈이 어둡게 번들거렸다.

"각오하고 있습니다."

"그렇다면 다행이군."

"이제 용건은 끝난 겁니까?"

라크안이 다시 돌아서려는데.

"눈의 땅에서 상황이 불리하게 돌아간다면, 나는 공작에게 명령할 거라오."

으득. 라크안이 이를 악물었다. 주먹 쥔 손에서 핏줄이 솟았다.

"만약 그곳에 악룡이 살아 있다면, 혹은 영애를 영영 눈의 땅에 빼앗기게 될 상황이 온다면."

"……"

"내가 가진 최고의 무기인 당신, 바이켈드 공작을 눈의 땅에 풀어놓을 수밖에."

그것이 지금, 아군인 라크안에게서 주술을 완전히 거둬들이지 않는 이유였다.

"알고 있으니까……."

"정말로 알고 있다는 건가?"

보랏빛 눈이 차게 빛났다. 입가가 뒤틀리며 실소가 터져 나왔다.

"싸우는 중 언제라도 아군이 그대의 정신을 지배하여, 적군의 아가리 속으로 들어가 미쳐 날뛰라고 명령하겠다는 건데. 그 자신은 거부할 수 없이 그 명령에 따르게 될 텐데."

"……."

"그걸 감내하고서라도 날 그대의 등에 태우겠다고?"

"그렇다면? 어쩔 거지?"

라크안이 물었다. 목소리가 살짝 쉬어 있었다.

"어째서?"

시스는 고개를 갸웃했다. 라크안이 새로운 전술을 내밀었을 때, 시스는 라크안이 제게 주술을 풀어 달라고 요구할 줄 알았다. 그래서 회의 시간이 일부러 날 등에 태우는 게 무슨 의미인 줄 아느냐고 도발했다. 나중에 라크안이 찾아와 주술을 풀어 달라 하더라도 풀어 주지 않으려 했다.

주술은 한 늑대에게 딱 한 번밖에 걸 수 없다. 이대로 라크안에게 남아 있는 주술을 완전히 풀어 내면, 시스는 다시는 라크안에게 주술을 걸 수 없다. 훗날 폭주하는 라크안을 세뇌해 눈의 땅으로 보낼 수 없다는 뜻이었다.

그래서 주술을 풀어 주지 않으려 했는데. 정작 라크안은 시스를 찾아오지 않았다. 주술을 풀어 달라고 부탁하지도 않았다.

'설마 영애 때문인가? 영애를 구하기 위해서? 그녀가 너에게 그렇게까지 대단한 존재인 건가? 돌연변이 늑대가 숲의 심장을 진심으로 사랑한다고?'

시스는 실소했다.

'말도 안 돼.'

그리고 라크안에게 타이르듯 말했다.

"여러 번 말했지만, 영애는 그대의 반려가 아니야."

라크안이 수없이, 귀에 못이 박히도록 들어온 그 말이었다.

"……."

라크안의 주먹 쥔 손에서 피가 흘렀다. 손톱이 손바닥을 파고들어, 살갗을 찢고 피를 냈다.

'어째서, 어째서!'

라크안은 끓어오르는 감정을 억지로 짓눌렀다. 이 순간마저, 발작을 누르기 위해 감정을 참아야 한다는 게 억울하고 분했다.

'내가 반려라고 생각하고 있는데, 내가 그녀를 사랑하고, 그녀 또한 나를 좋아한다고 말해 줬는데. 더 뭐가 필요하지?'

카루나를 생각하면 늘, 마음이 설렜다. 함께하지 못하는 지금 이 순간이, 죽어 버리고 싶을 만큼 고통스럽기만 하다. 그저, 카루나를 되찾겠다는 마음 하나로 버티고 있다. 그런데도 세상은 늘, 꾸짖듯 말한다. 그녀는 너의 반려가 아니라고.

"그대는 돌연변이 늑대. 영애는 숲의 심장. 그러니 영애가 가진 숲의 능력이 공작의 발작을 잠재우는 효과도 있었을 테지. 그대는 허기진 상태에서 풍요로운 녹음에게 끌린 것뿐이야."

반려가 아니고 사랑이 아니라는 말을 장황하게도 떠들어 댔다. 시스가 아니더라도, 그동안 몇 번이고 들었던 말이었다. 처음에 들었을 때는 흔들리고 낙담하기도 했지만, 이제는 아니었다. 라크안은 오히려 시스에게 되물었다.

"반려란 게 뭔지 아나?"

말투는 더 이상 공손하지 않았다. 시스의 주술이 더 불완전해졌다는 의미였다. 시스는 살짝 눈가를 찡그리며 라크안을 살폈다.

"원론적인 질문이군. 반려가 뭔지는 나보다 숲의 일족인 그대가 더 잘 알고 있어야 하지 않나? 그런데 왜 나에게 묻……."

"그런데 왜 당신은 나에게 나의 반려에 대해 멋대로 훈계하는 거지?"

"그거야 그대가……."

"내가 돌연변이 늑대라서?"

라크안은 다시 한 번 시스의 말을 가로챘다. 시스는 기분 나빠 하는 대신 순순히 고개를 끄덕였다.

"잘 알고 있군."

"그런 것과 상관없이, 내가 그녀를 사랑한다면? 내가 그녀를 내 반려로 여긴다면?"

"똑같은 말의 반복이겠군. 돌연변이 늑대는……."

"그녀를 사랑해."

라크안이 선언하듯 말했다.

"……."

시스의 눈이 가늘어졌다.

"그건 불가능해."

"그럼에도 그녀를 내 반려라고 생각하고 있다."

"그 역시 불가능해."

"그녀를 구하기 위해 내 목숨을 걸겠어. 조금도 아깝지 않아."

"그 역시……."

"불가능한지 아닌지는 내가 정해."

"이런."

시스가 곤란하다는 표정을 지었다.

"이 자리에 올가가 있었다면, 네 목엔 창이 꽂혀도 열 번은 넘게 꽂혔을 거다."

그의 얼굴이 잠시나마 부드러워졌다.

"당신은 나의 왕이 아니니까."

라크안의 얼굴은 여전히 무뚝뚝했다. 그는 아직 제가 사랑하는 사람을 구해 내지도, 안전한 곳에 숨겨 두지도 못했으니까.

"한 마디도 안지는 건 주술에 걸려 있어도 여전하군."

시스는 주술이 완전했을 때의 라크안을 떠올리며 입맛을 다셨다.

과묵하고 강한 노예를 잃어서 아쉽다는 생각을 했는데.

"당신이 건 주술이 그녀를 향한 나의 마음보다 약한가 보지."

라크안이 낯간지러운 말을 아무렇지 않게 내뱉으며 그 상념을 방해했다.

"맙소사."

시스가 실소를 터뜨렸다. 주술이 깨진 걸 아쉬워했던 마음이 쏙- 들어가 버렸다. 그만큼 라크안과의 대화는 꽤 유쾌했다. 그가 언젠가 반드시 발작을 일으켜 죽게 될 돌연변이 늑대라는 게 아쉬울 정도로.

"그런 낯간지러운 말도 할 줄 알았나?"

"내 반려에 한해서는."

라크안은 카루나를 굳이 '반려'라고 불렀다.

'기어이 영애를 사랑하고, 영애를 자신의 반려로 여기겠다는 거군.'

시스는 그 의미가 무엇인지 바로 알아차렸다.

'착각에 제 목숨을 내던지다니. 재미있어.'

시스가 다시 웃음을 터뜨렸다. 비웃음이었다. 조상들의 기록을 통해 '돌연변이 늑대'라는 존재에 대해 잘 알고 있기에 그러는 것이었다. 라크안은 저를 비웃는 시스를 탓하거나 불쾌해하지 않았다. 남들의 생각과 평가가 중요한 게 아니었으니까.

"좋아, 그렇게까지 각오했다니. 나도 더는 말하지 않도록 하지."

"……."

라크안은 고개를 돌려 얼어붙은 장벽 너머를 보았다. 눈보라에 덮여 뿌연 세상. 눈을 감으면, 그곳에 서 있는 카루나가 느껴지는 것만 같았다.

귓가에 들리는 시스의 웃음소리 따위는 무시하고, 숨을 크게 들이켰다. 카루나의 상쾌한 웃음소리가 귓가를 간지럽혔다. 코끝에 달콤한 그녀의 내음이 감도는 것도 같았다.

아주 멀리 있는 그녀가 다시 그에게로 다가오는 것 같았다. 착각이고 환상이겠지만.

* * *

라크안이 백부장들을 불러 전투를 예고했다. 얼어붙은 장막에 올라가 그 너머를 감시하고 있는 감시병들에게선 아직 아무런 신호가 없었다. 그럼에도 백부장들은 라크안의 말에 토를 달지 않았다.

백부장들은 군사를 이끌고 전략대로 전열을 가다듬었다. 짝을 지은 숲의 늑대와 사막의 전사는 급히 합을 맞춰 보았다. 좀 전의 소동이 무색하게도, 사막의 전사들은 늑대의 등에 올라탄 채로 능숙하게 창을 휘둘렀다. 안장은 필요 없었다.

숲의 늑대 역시 제 등에 사막의 전사를 태우는 것에 금방 적응했다. 등을 통해 느껴지는 살갗과 근육의 떨림으로 전사의 상태를 알아채고, 공격에 방해되지 않게 움직였다.

"천 년 전, 우리의 시조들도 이렇게 싸웠던 건가?"

"걱정했는데. 그래도 그럭저럭 싸울 만한데?"

두 일족의 전사들은 퉁명스럽게 서로에 대한 평가를 상향했다. 제국군은 검과 방패를 들고 그들의 뒤를 빼곡 채웠다.

이전까지 연합군은 일족별로 중앙군과 좌, 우군을 맡아 나뉘었다. 이번 엔 일족들이 섞여 중앙과 좌, 우군으로 나뉘었다. 늑대와 사막의 전사가 앞에 나섰다. 제국군이 뒤에 버티고 섰다.

중앙군을 빽빽하게 밀집시키고 좌우군을 넓게 벌렸다. 중앙에서 돌격하여 적을 흐트러뜨리고, 양쪽에서 그물처럼 넓게 둘러쳐 섬멸하려는 것이었다.

전군의 지휘는 라미라와 루시온이 후방에서 담당하기로 했다. 이전과 달리 시스와 황태자가 전투에 합류했다. 황태자는 늑대로 변한 라크안의 위에 올라탔다. 시스는 역시나 늑대로 변한 세나 위에 탔다.

그들은 늑대와 사막의 전사들 조합과 제국군 사이에 끼었다. 각자 지키고자 하는 것은 달랐으나, 이번 전투에서 원하는 것은 같았다.

얼음 장막에 들러붙어 있던 경비병들이 급히 연기를 피우며 물러났다. 그 연기는 하늘 높이 솟구치는 듯하더니, 얼어붙어 산산이 흩어졌다. 연기를 집어삼킨 얼음비를 맞으며, 카루나가 모습을 드러냈다. 하얗게 언 잎사귀를 사뿐사뿐 밟고 허공을 걸어 얼음 장막 위에 올라섰다.

그녀의 등장으로 전투가 시작되었다. 흰 그림자들이 얼음 장벽을 타넘어 물밀듯 쏟아졌다.

"돌격!"

선봉에 선 백부장들이 달려 나갔다. 늑대와 사막의 전사들이 한 몸이 되어 뒤를 쫓았다. 늑대와 전사들은 종횡무진, 흰 그림자들 사이를 헤집으며 물어뜯었다. 창으로 그 핵을 꿰뚫었다.

흰 그림자와 늑대, 전사들이 어지럽게 얽히며 판이 벌어지자. 뒤에서 대기하고 있던 제국군들이 몰아닥쳤다. 두 늑대와 그 등에 탄 두 사람은 그들과 함께 전투 속으로 뛰어들었다.

크아악!

라크안과 세나는 울부짖으며, 길을 막는 흰 그림자들을 해치웠다. 황태자와 시스는 검과 창을 휘두르며 그들의 핵을 깨부쉈다. 얼음 장벽까지 거리는 멀지 않았으나, 가기까지 꽤 오랜 시간을 잡아먹었다.

그들이 지나가면 늑대와 전사들은 목숨을 아까워하지 않고 앞으로 뛰어들어 길을 뚫어 주었다. 뒤따르며 공격을 막아 주던 제국군 수백 명은 금방 수십 명이 되었다. 그러면 근처에서 싸우던 제국군들이 몰려들었다. 라크안과 황태자 주변으로 달려와 그들을 엄호했다. 누구도 제 목숨을 아까워하지 않았다.

"황태자 전하! 제 이름은 비토! 절 기…… 커헉!"

"공작 각하! 반드시 제국을 지켜 주십시오!"

"대업에 함께할 수 있어 영광입니다."

자신들을 지키려다 스러지는 아군들을 보며, 황태자는 눈물을 줄줄 흘렸다. 그래도 손에 든 검을 놓치지는 않았다.

해가 머리 위에 올랐을 때. 그들은 비로소 얼음 장막 가까이에 닿았다. 라크안과 세나는 지쳤지만, 잠시도 멈추지 않았다. 바로 얼음 장벽을 향해 몸을 날렸다.

콰직.

두 늑대의 발톱이 얼음 장벽에 박혔다. 그대로 얼음 장벽을 기어올랐다. 그 위에 탄 시스와 황태자는 빙벽에 붙어 있다가 달려드는 눈 그림자들을 족족 베어 냈다.

카루나는 그들을 내려다보며 고개를 갸웃, 기울였다.

"늑대를, 죽인다."

이번에야말로 늑대를 죽여 오라버니를 기쁘게 해 드려야 하는데. 그 늑대가 제 발로 오다니. 그저 반가울 뿐이었다. 반갑다고, 그들이 무사히 올라오도록 도와주거나 하지는 않았다.

얼음 장막 곳곳에서 푸릇한 녹음이 돋아났다. 얼어붙은 녹음은 날카로운 화살이 되어 늑대들을 공격했다. 세나와 라크안의 몸은 금방 피투성이가 되었다. 그들은 공격당하고, 발을 헛디뎌 미끄러지면서도 기어이 얼음 장벽을 올랐다. 카루나와 라크안 일행이 비로소 서로를 마주했다.

"늑대, 방해물."

카루나는 빙긋, 웃어 보였다. 아카론이 웃어 보라고 했을 때 보여 주었던 그 웃음이었다. 진심 따위 담겨져 있지 않은 인형의 미소. 늑대로 변한 라크안과 세나는 잠시나마 그 미소에 정신이 아득해지는 걸 느꼈다. 전쟁터에선 그 잠깐의 순간이 목숨을 앗아 가는 법이었다.

"정신 차려!"

시스가 세나의 목을 팔로 감싸 잡아당겼다. 큭. 세나는 시스를 털어 내려는 듯 고개를 흔들다가 정신을 차렸다.

"라안!"

황태자는 검 손잡이로 제가 올라탄 늑대의 머리를 내리쳤다. 퍽, 소리가 났다. 그래 봤자 아프기는커녕, 간지러운 수준이겠지만. 정신을 되찾기에는 충분했다.

거의 동시에, 두 늑대의 발 아래가 무너졌다.

크르르-

라크안과 세나는 펄쩍 뛰어올랐다. 그 밑에서 얼음이 박힌 넝쿨이 솟구쳤다. 두 늑대는 아슬아슬하게 넝쿨을 피해 뒤로 물러섰다.

"어머나?"

카루나는 아쉬워하며 손을 들어 올렸다. 얼음 장갑을 낀 손에 넝쿨이 닿았다. 넝쿨은 단번에 자라나 두꺼워졌다. 여러 가닥이 흉물스럽게 꿈틀 대며 카루나 주변을 감쌌다.

"정신 차려. 이번엔 반드시, 영애를 잡아야 하니까."

시스가 창을 단단히 움켜잡으며 말했다.

'살려서 데리고 갈 수 없다면, 죽이기라도 해야 한다. 눈의 땅과 숲의 심장이 더 이상 함께해선 안 돼.'

멀리 안전한 곳에 숨겨 놓은 올가를 위해서라도. 시스의 보랏빛 눈이 살기로 번뜩였다.

"반드시, 이번에야말로."

황태자가 비장한 목소리로 한 마디를 더했다. 지금 이 순간에도, 아래에서는 수많은 제국의 기사들과 병사들이 흰 그림자들과 싸우다 죽어 가고 있었다. 황태자는 그들의 희생을 헛되이 할 수 없었다.

세나와 라크안은 목울대를 울리며 그르렁거렸다. 무슨 생각을 하는지 알 수 없으나 시스와 황태자는 자신들과 마찬가지로 각오를 다지는 거라고 생각했다.

여기까지 와서, 그저 카루나의 얼굴을 마지막으로 한 번 본 것을 의의로 삼고 허망하게 죽고 싶지는 않을 테니까. 그들의 생각이 맞다고 답하듯, 세나가 먼저 땅을 박차고 뛰어올랐다.

크아악!

입을 크게 벌려 나무 넝쿨을 물었다. 날카로운 얼음 조각에 찔리는가 싶을 때, 시스가 재빨리 물의 힘으로 얼음 조각들을 꺾었다. 세나는 이빨과 발톱으로 넝쿨을 갈가리 찢었다.

그사이 다른 넝쿨들이 세나를 칭칭 감쌌다. 그 때, 얼음 장막 곳곳이 투둑, 툭- 부서져 내리며 물줄기가 튀어 올랐다. 물줄기가 넝쿨을 파고들어 세나와 시스를 구출해 냈다.

그렇게 시스와 세나가 넝쿨들을 유인해 내 감당하는 동안, 라크안과 황태자는 카루나에게로 달려들었다. 날카로운 발톱을 세운 늑대가 카루나의 얼굴을 후려칠 듯 다가갔다. 카루나는 피하지 않았다. 인형처럼 가만히 서서 제게 달려드는 집채만 한 늑대를 맞이했다. 이대로라면 카루나는 뼈도 못 추리게 될 터.

"라안!"

황태자가 비명을 질렀다. 카루나는 피하기는커녕 생긋, 웃었다. 빛을 잃은 붉은 눈과 얼어 버린 녹색 눈이 허공에서 마주쳤다. 그 순간, 날카로운 발톱을 숨긴 발이 카루나의 코앞을 스치고 지나갔다. 머리카락 한 올만큼의 격차였다.

차랑. 라크안이 몰고 온 바람에 녹주석이 달린 귀걸이가 흔들렸다. 라크안은 균형을 잃고 바닥을 굴렀다. 데굴데굴 구르던 몸이 빙벽의 끝에 걸치더니, 무게를 감당하지 못하고 아래로 미끄러졌다.

그그극-!

날카로운 발톱이 빙벽을 긁었다.

"으윽!"

황태자는 라크안에게 바짝 붙어 웅크렸다.

"뭐 하고 있는 거야!"

허공에서 다급한 목소리가 들렸다. 세나의 울부짖음도 같이였다. 이어서 물줄기가 발을 받쳐 주었다. 라크안은 물을 튀기며 뛰어올라 다시 카루나의 앞에 섰다. 황태자는 위를 올려다보았다. 세나는 보이지 않는 날개를 단 것처럼 허공에서 자유자재로 움직였다.

시스는 세나와 한 몸처럼 움직이며 물의 능력으로 넝쿨들을 제압하고 있었다. 잠깐, 시스와 황태자의 눈이 마주쳤다. 그 짧은 틈에 시스는 황태자에게 고개를 까딱였다.

"……."

황태자는 입술을 깨물었다. 하아. 카루나는 긴 숨을 내쉬었다. 허공에 하얀 김이 흩어졌다. 그녀는 새로운 넝쿨을 키우지 않았다. 숨을 가쁘게 내쉬며 라크안을 마주 볼 뿐이었다. 전쟁터를 헤집고 시스까지 상대하는 게 벅찬 듯했다.

라크안은 자세를 낮추며 으르렁거렸다. 날카로운 발톱과 이빨을 드러냈는데도 그다지 위협적이지 않았다.

'살기가 없어.'

등에 올라탄 황태자가 가장 먼저 알아차렸다.

'역시. 라안은 카루나를 다치게 하지 못해. 그녀를 막을 수 없을지도 몰라.'

방금 전, 단 한 번의 공격으로 깨달았다.

'올벤 왕의 예상대로군.'

출전하기 직전.

시스는 황태자에게 루시온도, 라크안도 대동하지 않은 채로 자신에게 와 달라고 연락했다. 황태자는 잠시 고민했으나, 그의 부탁대로 움직였다. 시스는 천막에 혼자 있었다. 그는 황태자를 보자마자 대뜸 이렇게 말했다.

"우린 영애를 구하기 위해 모였소. 이유야 어쨌건 그녀를 구하기 위해 최선을 다해야겠지만……."

시스가 슬쩍 눈웃음 지으며 말을 이었다.

"한 나라를 다스리는 우리들은 만일의 사태를 걱정하고 준비해 두어야 하지 않겠소?"

"……."

황태자는 시스의 말뜻을 바로 알아차렸다. 황태자는 활짝 웃는 카루나의 모습을 떠올렸다. 그녀를 따스한 눈으로 바라보며 미소 짓던 라크안의 모습이 덩달아 생각났다. 바이켈드 공작저 후원에서 함께 차를 마시며 웃고 떠들던 그 시절의 모습이었다.

그때에도 마냥 편하기만 했던 것은 아니었다. 마카레나 백작이니, 클레이엔이니, 루시온이니. 고민거리는 많았다. 하지만 지금에 비하면, 비교적 가벼운 고민거리였다. 행복했던 시절이었다.

'되찾을 수 있을까? 그날의 모습을?'

그럴 수 있을 거라고, 그렇게 만들고야 말겠다고 마음먹고 황제를 설득해 군사를 이끌고 올벤으로 향했다. 카루나와 라크안을 구하기 위해 올벤과 전쟁을 불사하리라.

이제 와서 생각해 보니, 얼마나 소박한 생각이었던가. 지금, 황태자는 올벤의 왕과 싸우는 대신 그와 힘을 합쳐 싸우고 있었다. 싸워야 하는 적은 아이들이 읽는 동화책에서나 나오는 이야기인 줄 알았던 존재였다.

천 년 전 눈의 땅에 봉인했다는 악룡. 혹은 악룡의 피를 이은 무언가.

정체조차 확실히 알 수 없는 그것이 카루나를 조종하고 있었다. 카루나를 구하는 게 눈의 땅이 강해지는 것을 막고 대륙을 구하는 일이 되어 버렸다.

제국과 대륙의 멸망을 막기 위해 제국과 올벤이 손을 잡고, 최초의 숲까지 힘을 보태고 있는 형국. 전설이 반복되고 있었다.

'전설 속에서도 악용과 싸우던 시조들은 끝없는 희생과 전투에 지쳐 가지.'

그들은 어떻게 악룡으로부터 대륙을 구했던가.

'이번에도 우린, 한 사람을 희생시켜야 하는 건가?'

그것이 왜 하필이면, 밝은 갈색머리카락과 생기로 반짝이는 녹빛 눈을 가지고 있던 카루나여야 한단 말인가. 생각만으로 끔찍했지만, 그렇다고 그 생각을 외면할 수는 없었다.

천 년 전, 바람의 일족 칼리오가 그러했듯 황태자 역시 이 상황을 타개하기 위해서라면 무슨 짓이든 하고 싶은 심정이었으니까.

'미안하다, 카루나.'

카루나를 구하기 위해 달려온 것인데. 카루나를 포기해서라도 다른 목적—이를테면 제국의 평안 같은 것을 더 우선시하게 된다. 생각만으로도 목이 졸렸다. 카루나를 향한 죄책감. 라크안에게 미안한 마음.

그 같은 감정에 괴로워하면서도 포기할 수 없는, 제국에 대한 책임감.

황태자는 자신과 비슷한 감정을 가지고 있을 시스를 바라보았다.

"당연히 영애를 살려서 구하는 게 최우선이지만……."

"……반드시, 그래야 할 겁니다."

황태자는 목 졸린 듯한 목소리로 중얼거렸다.

"물론, 나 또한 그러기 위해 최선을 다할 것이오. 하나, 만약의 사태 또한 대비해 두어야 하지 않겠소."

"만약……."

"그렇소, 만약. 만약 영애를 살려서 구할 수 없을 상황이 온다면."

"……."

황태자는 눈을 질끈, 감았다.

"그런 상황이 온 다면, 나와 뜻을 함께해 주겠소?"

시스가 물었다.

"……."

황태자는 차마 아니라고 대답하지 못했다.

'라안, 네게는 카루나를 구하는 것만이 목적이겠지. 하지만 나는 아냐. 그녀를 구하는 것도 중요하지만, 제국을 지키는 것이 더 중요해.'

황태자는 늑대의 털을 세게 움켜쥐었다. '눈의 땅'에 대해 알지 못한 채 제국의 울타리 안에서 평화롭게 살아온 제국민들. 그들이 이 험난한 재앙을 맞닥뜨리게 해서는 안 됐다.

'카루나만 없어지면, 눈의 땅이라는 곳은 예전처럼 다시 약해지겠지. 다시 숲의 일족과 올벤이 감당할 수 있는 수준으로 돌아갈 거야.'

황태자는 검을 쥔 손에 힘을 주었다. 라크안이 카루나에게 다시 달려들었다. 하지만 카루나에게 닿지 못했다. 막상 닿을 즈음엔, 발톱이 수그러들었다. 감히, 날카로운 이빨로 그녀의 어깨를 물어뜯으려는 시도조차 하지 못했다. 그는 그저, 카루나에게 달려드는 덩치 큰 순한 개에 불과했다.

카루나는 그런 엉성한 공격에 당할 만큼 호락호락하지 않았다. 라크안이, 집채만 한 검은 늑대가 자신에게 제대로 공격하지 못한다는 걸 알아차린 후부터 카루나는 마음껏 라크안을 공격했다. 자기 자신을 지키려는 방어는 소홀하면서, 공격에만 온 힘을 쏟아부었다.

빙벽이 부서지며, 그 속에서 얼어붙은 녹음이 자라났다. 녹음은 세나와 시스, 라크안과 황태자를 몰아붙였다. 각자 분투하던 두 팀은 어느새 한곳으로 몰렸다.

"소풍은 잘 다녀오셨나? 난 또, 영애를 잡으러 간 건 줄 알았지?"

시스가 비죽, 웃으며 황태자를 뚫어져라 바라보았다. 황태자는 고개를 돌리고, 라크안은 으르렁거렸다. 콰직- 세나가 넝쿨을 짓밟아 산산조각 내며 길게 울었다. 덕분에 긴장감 흐르던 세 사내 주변의 분위기가 누그러들었다.

"으아악!"

"제, 제국을 위해!"

"엄마!"

"사, 살려 줘. 컥!"

빙벽 아래에서 비명이 차곡차곡 쌓이고 있었다. 땅 속에서 거대한 나무 뿌리가 솟구쳤다. 그것들은 연합군과 흰 그림자를 가리지 않고 마구 날뛰었다.

늑대와 올벤 전사들로 이루어진 전방군이 허무하게 흩어졌다. 그들은 통째로 땅 속으로 끌려 들어가거나 나무뿌리에 짓눌려 죽었다. 후방의 제국군이 전진하여 나무뿌리와 흰 그림자들에 맞섰다.

제국군은 그나마 공성전과 전차전에 익숙했다. 그들은 나무뿌리를 미친 말이 모는 거대한 전차나 움직이는 성벽이라고 생각하고는 맞서 싸웠다. 물론 말이 안 되는 생각이고, 그렇게 생각해도 맞서는 게 버거웠지만, 물러서지는 않았다.

그렇게 빙벽 아래의 전투 상황 역시, 카루나의 능력으로 인해 연합군이 밀리는 형국이었다. 카루나는 빙벽 아래에서, 또 위에서, 제 능력을 쏟아 부어 연합군을 밀어붙이고 있었다. 오늘이 절호의 기회라고 여긴 건 카루나도 마찬가지였다.

"늑대를, 죽인다. 오늘이야말로."

그녀는 생글 웃으며, 라크안 쪽을 향해 손을 까딱였다.

크르르-

크르르르-

두 늑대는 꼬리가 닿을 정도로 가까워져서는 카루나를 바라보았다. 그녀에게 당장 다가가고 싶은 건 이쪽 역시 절실했지만. 그러려면 그녀가 만들어 낸 얼어붙은 녹음을 상대해야 했다.

크아악!

세나가 넝쿨 더미 속으로 달려들어 날카로운 이빨로 물어뜯고 발톱으로 짓이겼다. 시스가 물줄기를 끌어 올려 녹음을 움켜잡았다. 라크안이 빈틈을 파고들어 녹음과 녹음 사이를 뛰어다니고, 황태자가 칼날 같은 바람을 날려 갈가리 찢었다. 그렇게 네 사람의 합이 맞아 갔다.

넷은 한 몸처럼 기민하게 움직이며 차근차근, 카루나에게로 향했다. 제법 거리가 가까워졌을 때 즈음.

'내가 그녀에게로 가겠어.'

'엄호하겠습니다, 라안 님.'

라크안과 세나가 눈빛을 교환했다.

"……."

"……."

시스와 황태자 역시 서로를 마주 보았다. 곧. 크아악! 세나가 포효하며 몸을 날렸다. 가장 굵은 넝쿨을 밟고 뛰어 올랐다. 넝쿨들이 일제히 세나를 쫓아 하늘 높이 솟구쳤다.

그때, 시스가 세나를 놓고 떨어져 내렸다. 허리춤에 찬 간도를 뽑아 넝쿨에 박았다. 요동치는 넝쿨에 달라붙어서는 물의 힘을 모두 끌어 모았다. 아래에서 굉음이 울리며 장벽이 흔들렸다.

"……!"

라크안 일행이 넝쿨 줄기들과 노니는 모습을 즐기듯 보고 있던 카루나의 안색이 싹- 변했다. 카루나가 급히 빙벽 아래를 내려다보았다.

얼어붙은 장막 중간이 푹, 뚫려 있었다. 거대한 물줄기가 관통했다. 처음, 카루나가 물의 장막을 장악했을 때 썼던 방법과 같았다. 물줄기의 기원은 장벽 너머, 눈의 땅이었다.

"그쪽만 남의 기술을 빼다 쓸 수 있는 건 아니지."

시스는 카루나보다 더 창백한 얼굴로 비죽, 웃었다.

"물이 눈이 되듯, 눈 역시 물이 되기 마련이라고."

쿨럭. 그 말을 하자마자 다시 피를 토해 버렸지만. 세나가 싸우는 동안 계속 그녀의 등에 매달려 자잘한 공격이나 하며 꾸몄던 일이었다. 물줄기는 뱀처럼 움직이며 빙벽에 몸을 부딪쳤다.

물줄기 주변, 물과 닿은 곳부터 장막이 녹기 시작했다. 뚝뚝, 떨어진 물은 물줄기에 더해졌다. 한편, 미끼가 된 세나는 하늘 높이 들려, 나무 넝쿨들에게 붙잡혔다. 늑대의 입에서 울음이 터져 나왔다. 꼭 카루나를 부르는 것같이 들렸다.

죽을지도 모를 상황에서도 세나는 끝까지 카루나에게서 눈을 떼지 않았다. 일그러진 눈에 눈물이 맺혔다. 그 눈이 막 감기려는 순간. 라크안이 뛰어올라 세나를 둘러싼 녹음을 후려쳤다. 카루나에게는 무력했으나 넝쿨에게는 아니었다. 후드득, 넝쿨이 맥없이 부서졌다.

세나의 몸이 바닥에 떨어졌다. 쿵 소리와 함께 세나는 잠시 들썩이는가 하더니 축, 늘어졌다. 시스가 그녀를 향해 손을 뻗었다. 물줄기가 세나의 몸을 감싸 나무 넝쿨로부터의 공격을 막았다.

그 속에서 세나는 천천히, 늑대에서 인간의 몸으로 돌아왔다. 바로 정신을 차리지는 못했다.

"어서 가. 오래 막지는 못해!"

시스가 라크안과 황태자에게 소리쳤다.

크아아!

라크안이 답하듯 울부짖었다. 넝쿨을 헤집으며 카루나에게 달려갔다. 넝쿨은 필사적으로 라크안을 막아섰다. 넝쿨의 끝이 얼어붙어 뾰족해졌다. 뾰족한 끝이 라크안을 노리고 창처럼 내리꽂혔다.

그 때마다 수십 갈래의 물줄기들이 막아섰다. 거기에 황태자가 바람의 힘을 더했다. 얼어붙은 나무 덩굴과 회오리바람에 휩싸인 물줄기가 허공에서 맞붙었다.

서로를 찍어 누르고 꿰뚫었다. 마치 용 두 마리가 전투를 벌이는 것 같았다. 라크안은 물과 바람의 가호를 받아 녹음과 얼음을 지나쳤다. 카루나는 제게 달려오는 늑대를 보며 작게 혀를 찼다. 칫,

어차피 죽여야 하는 늑대. 자신이 가기 전, 먼저 죽으러 와 주니 고마워해야 할 텐데. 까만 늑대가 죽는 걸 두려워하지 않고 달려오는 게 왠지 싫었다.

"날 위해, 늑대를 죽이고 오렴. 오늘에야말로."

그 생각을 탓하듯 아카론의 목소리가 귓가에 울렸다. 마치 바로 옆에서 말하는 것처럼 생생했다.

"오라버니?"

카루나는 주변을 둘러보며 아카론을 찾았다. 당연한 말이지만 그는 보이지 않았다. 아카론은 녹주석 기둥을 떠날 수 없는 몸이었다. 그가 움직일 수 있었다면 애초부터 카루나를 이곳으로 보내지 않았을 터.

'오라버니를 위해,'

카루나는 늑대에게 불편한 마음을 가졌던 걸 까맣게 잊었다. 머릿속에 꽉 들어찬 건 오직 하나, 아카론의 명령뿐이었다.

'늑대를, 죽인다.'

카루나는 바로 앞까지 다가온 라크안을 보며 두 손을 들어 올렸다. 우르릉. 천둥소리가 울렸다. 하늘이 아니라, 발아래에서.

"조심해!"

시스의 고함이 굉음을 뚫고 라크안에게 닿았다. 라크안은 본능적으로 땅을 딛고 뛰어 올랐다. 아니, 뛰어오르려 했다. 하지만 붙잡히고야 말았다.

얼어붙은 장막 전체에 녹음이 새싹을 틔웠다. 이번엔 키 작은 풀과 꽃이었다. 그것들이 순식간에 자라나 라크안의 발목을 휘어 감았다. 풀줄기는 가늘지만 질겼다. 늑대의 발을 휘어 감고는 그 커다란 몸을 바닥에 내팽개쳤다.

라크안이 옆으로 쓰러졌다. 쿠웅, 큰 소리가 나며 장벽이 흔들렸다.

"라안!"

황태자는 라크안을 놓치고 떨어질 뻔하다가 가까스로 다시 늑대의 털을 붙잡았다. 다행히 라크안은 정신을 잃지 않았다. 오히려 붉은 눈을 번뜩이며, 저를 쓰러뜨린 카루나를 바라보았다.

카루나는 싱긋, 웃어 보였다. 여유로워 보였지만, 꽉 주먹 쥔 손이 파들파들 떨리고 있었다. 아직 해가 지려면 멀었는데, 슬슬 지치는 듯싶었다. 라크안은 그 떨리는 팔을 놓치지 않았다.

크아악!

포효하며 몸을 일으켰다. 제 발을 얽맨 풀줄기들을 발로 짓이기고 카루나를 향해 다시 뛰어올랐다.

"나도 당하고만 있지는 않아!"

황태자가 바람을 끌어모았다. 칼날 같은 바람들이 몰아쳤다. 라크안을 붙들려는 풀줄기들을 단번에 베어 냈다.

파사삭- 라크안의 걸음걸음마다 갈가리 찢긴 풀들이 회오리바람에 휘말려 주변으로 흩어졌다. 그 회오리바람 중 한 가닥이 황태자의 손 안에 모여들었다. 날카로운 바람이 검신 위를 타고 흘렀다.

황태자의 검은 전설에 나오는, 바람의 칼이 되었다. 그렇게 라크안과 황태자는 다시 카루나와 마주했다.

거리는 불과 세 걸음 남짓.

라크안은 당장 카루나의 목을 물어뜯을 듯한 기세였으나, 막상 카루나를 제압하려 앞발을 들 때에, 그 발에는 발톱이 없었다. 으르렁거리는 짐승의 울음에도 살기가 묻어나지 않았다. 그저, 커다란 개가 주인을 알아보고 덤비는 것과 같았다.

'라안이 할 수 없다면, 내가 해야 해.'

황태자는 라크안의 등 뒤에 탄 채로 마음을 굳혔다.

"살려서 구하는 것이 최선. 하지만 그럴 수 없다면, 죽여서라도 눈의 땅으로 되돌아가지 못하도록 할 수밖에."

"……만약의 경우를 어떻게 알 수 있겠습니까."

"글쎄, 여러 경우가 있겠지. 이를테면, 당신의 신하가 영애를 보고도 공격은커녕, 발톱 한 번 제대로 세우지 못하고 천금 같은 기회를 흘려보낸다거나. 그걸 보다 못한 내가 어쩔 수 없이, 무슨 조치를 취해 영애뿐 아니라 공작까지 위험에 처하게 만들 수 있는 상황이 오기 직전이랄까."

"라안이 위험해진다고?"

"오, 그 충성스러운 공작께서 황태자 전하께는 말씀드리지 않은 모양이군. 이런 불충이 있나."

"무슨 말을, 하는 겁니까."

"당신 신하의 목숨이 내 손 안에 달려 있다는 말을 하고 있소만."

"어째서 라안의 목숨이 당신 손에…… 설마!"

"그 설마라오. 공작이 내 주술에 걸렸다는 이야긴 들었겠지? 그 주술이 완전히 깨지지 않았소이다. 덕분에 난 아직 그에게 눈의 땅으로 걸어 들어가 날뛰다가 죽으라는 끔찍한 명령을 내릴 수 있지."

"라안을 건드린다면 결코 용서하지 않겠소!"

"영애는?"

"……."

"영해는 건드려도 상관없다는 건가?"

"……."

"뭐, 희생은 최소한인 게 좋은 거니까."

황태자는 이를 악물고 검을 높이 들어 올렸다. 카루나가 소중하다. 하지만 이왕 카루나를 잃어야 한다면, 라크안이라도 지켜야만 했다. 그러기 위해서는 라크안이 평생토록 원망할 일을 벌여야 했다.

'라안, 미안하다.'

그대로 몸을 일으켜 라크안을 밟고 뛰었다. 기다렸다는 듯, 시스가 물줄기를 튕겨 라크안을 감쌌다.

'안 돼!'

늑대의 붉은 눈에, 카루나를 향해 검을 내리치는 황태자의 모습이 비쳤다. 몸부림치며 앞발을 뻗었다.

찌이익- 황태자를 붙잡으려 했으나, 그의 옷자락이 걸려 찢어진 게 고작이었다. 황태자의 검은 그대로 카루나를 향했다. 막 검 끝이 카루나의 오른쪽 심장에 닿으려 할 때였다.

카루나가 뒤로 물러나며 그 공격을 피했다. 스케이트를 타듯, 얼음 장벽 위를 가볍게 미끄러진 것이었다. 황태자의 검은 어이없을 정도로 허무하게 카루나를 놓쳤다. 방금 전 카루나가 서 있던 얼음 바닥에 푹- 꽂혔다.

"젠장."

황태자가 그답지 않은 거친 욕설을 내뱉으며 고개를 들었다. 죄책감은 카루나가 공격을 피한 순간 사라졌다.

'반드시, 내 손으로 끝내야 해. 내가 못하면 라크안은 죽어.'

카루나의 공격을 받아서든, 시스의 주술에 의해서든.

'아니면, 라크안 손으로 카루나를 죽이는 상황이 오겠지.'

그리 된다 하여도 라크안은 죽으리라. 황태자는 카루나를 바라보던 라크안의 눈빛, 저도 모르게 웃던 그 얼굴을 떠올렸다. 그 얼굴이 절망과 슬픔으로 일그러지는 걸, 곁에서 두고 볼 자신이 없었다.

'차라리, 모든 원망과 증오를 내가 받으마.'

황태자는 검을 잡은 손에 힘을 주었다. 우웅- 검을 타고 회오리바람이 몰아쳤다. 검을 붙잡고 있던 자잘한 녹음이 싹 갈려 나갔다. 황태자는 검을 뽑아 들고 카루나에게 달려들었다.

크앙!

등 뒤에서 귀가 먹먹할 정도로 큰 꽝음이 들렸다. 라크안 역시 바로 몸을 일으켜 달려든 것이었다. 그는 카루나가 아니라 황태자에게 달려들었다.

"라안, 미안하다."

황태자는 참담한 심정으로, 바람의 능력을 끌어모았다.

크륵!

주변의 공기가 무겁게 라크안을 짓눌렀다. 라크안은 바닥에 처박혔다. 푹, 푹, 바닥의 얼음이 파였다. 라크안은 벗어나려 발버둥 쳤으나 쉽지 않았다.

끄, 으윽.

보이지 않는 힘이 몸을 짜부라뜨릴 듯 짓누르고 있으니, 숨을 쉬는 것마저 힘겨웠다. 라크안을 붙잡은 황태자 역시 편안한 상태는 아니었다. 아름다운 얼굴은 피가 몰려 시뻘게져 있었다. 라크안이 발버둥 칠 때마다 이마에 힘줄이 돋았다.

그런 상황에서도 황태자의 검은 카루나의 심장을 노렸다. 쒜액- 검이 허공을 갈랐다. 막 카루나에게 닿기 전,

콰직. 이번엔 얼음 방패에 막혔다.

"버텨! 물러서지 마!"

그걸 본 시스가 소리쳤다. 시스의 얼굴은 카루나 못지않게 창백했다. 악다문 잇새에서 피가 줄줄 흘렀다.

쿠우우- 다시 한 번, 물의 장막이 불안할 정도로 흔들렸다. 이어 모두의 눈앞에, 하늘 위로 치솟는 거대한 물줄기가 나타났다. 얼어붙은 장막을 관통했던 거대한 물줄기였다. 물줄기는 허공에서 방향을 바꿔 카루나에게 해일처럼 쏟아졌다.

"어디 이것도 막을 수 있나 보자고. 다 쓸어 버려 주마!"

시스가 이를 악물고 말했다.

"쓸어 버려?"

카루나가 픽, 웃으며 시스를 올려다보고는 손을 흔들었다. 그녀의 얼굴에서 핏기가 가시며 몸이 한 번, 크게 휘청였다.

크르르르-

그걸 지켜보는 라크안의 눈에 실핏줄이 터졌다. 안 그래도 붉은 눈이 그야말로 핏빛으로 빛났다.

"장애물 주제에, 감히."

카루나가 쫙 편 손을 꽉 움켜쥐었다. 아무것도 없는 허공에서 주먹을 쥐었을 뿐인데.

뚝.

모든 움직임이 멈췄다. 카루나에게 쏟아지던 물줄기가 허공에서 멈춘 것이다.

"어, 떻게?"

시스의 눈이 튀어나올 듯 커졌다. 거대한 물줄기는 여전히 물이었다. 얼음이 되지 않았다. 허공에서 넘실넘실, 출렁이고 있었다.

"말도 안 돼!"

시스는 피를 토하며 능력을 끌어 올렸다. 올벤의 왕이 된 이후로, 이렇게까지 능력을 써 본 적이 있나 싶을 정도로 능력을 쏟아부었다. 하지만 허공의 물줄기는 움직이지 않았다.

"으읏, 큭!"

황태자 역시 고전 중이긴 마찬가지였다. 바로 머리 위에서 거대한 물줄기가 멈춰 있었다.

이대로 쏟아지면 카루나는 물론이거니와 자신의 안전까지 장담할 수 없는 상황. 그런데도 황태자는 도망치지 않고, 카루나를 공격하는 것에 최선을 다했다. 두 손으로 검을 움켜쥐어, 카루나를 내리찍었다.

카루나를 지키고 있는 얼음 방패와 검이 맞붙었다. 단지 방패와 검의 대결이 아니었다. 얼음 방패에 담긴 눈의 힘과 검에 휘몰아치는 바람의 힘. 두 힘의 대결이었다.

얼음 방패만 부수면 바로 카루나의 심장이었다. 한 칼에 꿰뚫을 수 있었다. 그 칼질 한 번이 불가능했다.

'할 수 있어. 할 수 있어. 해야 돼. 해야만 해!'

황태자는 이를 악물고 온 힘을 쏟아부었다. 그의 코와 입, 귀에서도 시스와 마찬가지로 피가 흘러내렸다.

머리 위로 쏟아지려는 해일, 심장을 위협하는 바람의 검.

거대한 위협 앞에서 카루나는 그저 생긋, 웃어 보였다. 그녀는 지금 아픈 줄 모르는 인형이었다. 힘을 쓸수록 몸이 축나고 지쳐 갔지만 물러설 줄 몰랐다. 카루나는 눈을 깜빡이며 위를 올려다보았다. 투명하게 출렁이는 물줄기를 바라보며.

"후우."

길게 숨을 내쉬었다. 숨은 물줄기에 닿자마자 흩어졌다. 하지만 물줄기 속에 섞여 있던 작은 씨앗들은 흩어지지 않았다. 그것들은 카루나의 부름을 받고는 뭉쳐서 싹을 틔우기 시작했다.

수중 새싹.

물줄기가 시스의 뜻대로 움직이지 않은 원인이 이것이었다. 물줄기는 제 속에서 싹을 틔운 녹음에 먹혀들어 갔다.

"젠장, 언제까지 기다려줘야 해! 어서 영애를 죽여!"

시스가 어떻게든 물줄기를 움직여 보려 애쓰며 버럭, 소리를 질렀다.

"젠장!"

황태자가 욕설을 내뱉으며 검에 몸을 실었다. 잠깐, 황태자와 카루나의 눈이 마주쳤다. 탁한 녹색 눈에는 아무 감정도 담겨 있지 않았다.

'카루나.'

황태자는 참담함을 느끼며 눈을 질끈, 감았다. 그리고.

"라안! 라크안 프레이트 자크셀 폰 바이켈드!"

라크안을 부르짖었다.

그를 짓누르던 바람이 걷혔다. 검은 늑대의 눈이 번쩍 뜨였다.

"그게 최선이야? 카루나를 향한 네 마음, 고작 그 정도뿐인 거냐고!"

황태자가 소리쳤다.

"이대로 카루나가 우리를 다 죽이고, 꼭두각시처럼 살길 바라는 거야?"

라크안이 고개를 들어 황태자를 바라보았다. 황태자는 그를 돌아보지 않았다. 라크안을 누르던 힘까지 거둬 카루나에게 향했다.

"아니면 이대로 우리가 카루나를 죽이길 바라는 거야?"

만약 얼음 방패가 부서진다면, 황태자의 검은 이대로 카루나의 심장에 박힐 것이다. 그 한 번의 기회를 위해 황태자도, 시스도 자신들이 가지고 있는 모든 힘을 쏟아 카루나를 공격하고 있는 것이었다. 지금으로선 그것이 황태자가 바라는 최선이니까.

'하지만 넌 아니잖아. 라안!'

제국에 매이고, 신하와 백성을 구하기 위한 것이 황태자의 최선이라면, 라크안에게는 라크안만의 최선이 있을 터였다. 그것이 고작, 카루나를 공격할 수 없어 머뭇대다가 카루나가 죽는 걸 지켜보거나 카루나에게 자신들이 죽는 걸 지켜보는 것은 아닐 터였다.

황태자는 라크안이 그걸 깨닫길 바랐다.

"이대로 가만히 지켜보고만 있을 거냐고!"

황태자가 고함쳤다. 태어나서 이렇게나 큰 소리를 내 본 적이 있었던가 싶을 정도였다. 그 고함에 답하듯, 라크안이 비틀대며 몸을 일으켰다. 푸드득, 고개를 흔들고는 눈을 들어 황태자와 카루나를 바라보았다.

크르르르-

목울대를 타고 짐승의 울음이 새어 나왔다. 깜빡. 감았다 뜬 눈은 선명한 붉은색이었다. 그 때.

"피해!"

등 뒤에서 시스의 목소리가 들렸다. 잠깐 새, 물줄기 속에 잎사귀와 꽃잎이 차오르기 시작했다. 시스는 물줄기를 움직이는 게 아니라, 그 물줄기가 황태자에게로 쏟아지지 않도록 막는 데 급급해졌다. 그마저도 오래가지 못했다.

결국 물속에 녹음이 가득 피어오르니, 거대한 물줄기는 완전히 카루나의 것이 되었다. 카루나의 얼굴은 핏기 한 점 없이 새하얬다. 당장 쓰러져도 이상하지 않을 것 같은데.

그 창백한 얼굴, 파랗게 질린 입술 위에 생긋, 웃음이 꽃피었다.

"됐다."

카루나는 황태자에게만 들릴 정도로 작은 목소리로 속삭였다. 시스의 외침, 이어 카루나의 속삭임까지. 황태자는 도망치고 싶은 본능을 억누르며 눈을 질끈, 감았다. 끝까지 검을 놓치지 않았다.

만의 하나. 기적을 바라며, 검에 온 힘을 쏟았다. 그런 황태자를 비웃듯, 녹음으로 가득 찬 물줄기가 내리꽂혔다.

'끝인가.'

황태자는 끝을 예감했다. 그 순간, 아무것도 생각나지 않았다. 죽기 전, 지난 삶이 눈앞을 스친다는 건 거짓말인 듯했다. 아니면 아직, 죽을 때가 아니거나.

크아악!

라크안이 황태자에게 달려들었다. 머리 위에서 굉장한 속도로 쏟아지는 날카로운 물줄기. 황태자의 목을 노리며 달려드는 검은 늑대.

누군가에게는 다행히도, 또 누군가에게는 불행하게도. 승자는 늑대였다. 늑대는 간발의 차로 황태자의 뒷목을 물었다. 바로 바닥을 굴렀다.

쾅!

방금 황태자가 서 있던 자리에 물줄기가 내리꽂혔다. 빙벽이 푹 꺼지며 무너졌다. 카루나의 바로 앞에 절벽이 생겼다. 황태자의 검에도 꿈쩍 안 하던 얼음 방패가 산산조각 나 부서질 정도의 위력이었다.

얼음 방패가 부서지자 곧바로 새로운 방어막이 나타나 카루나를 감쌌다. 라크안과 황태자를 보호한 건 시스의 힘이었다. 내리꽂히는 공격을 피했 긴 하지만, 그 옆으로 뒹굴며 쏟아지는 물줄기들은 피할 수 없었다. 그대 로 맞았다면 죽었을 것이다.

하지만 둘은 살아남았다. 쓰러진 둘의 몸 위로 물의 장막이 쳐졌다. 허억, 허억, 헉. 시스는 멀찍이 떨어져 두 손을 내밀고 있었다. 시스의 뒤에는 여 전히 기절한 상태인 세나가 누워 있었다.

시스와 세나의 머리 위에도 우산처럼 물의 보호막이 드리워져 있었다. 얼어 버린 장막 위에서 나뭇잎과 꽃잎이 뒤섞인 폭우가 쏟아졌다.

그 물은 그대로 빙벽을 타고 내려 주변을 쓸어 버렸다.

눈 그림자, 연합군 가릴 것 없이 물에 잠기고 넝쿨에 감겨 허우적대 다가 가라앉았다. 모든 걸 쓸어버릴 것 같던 비가 그치자, 세상이 고요 해졌다.

빙벽 위도 마찬가지였다. 이 난리를 일으킨 당사자는 저를 지켜 주었던 얼음 방패에 몸을 기댔다. 비틀거리며 제대로 몸을 가누지 못했다. 자신의 것이 아닌 남의 능력을 강제로 뺏어 사용한 후유증은 상상할 수 없을 만 큼 컸다.

만약 카루나가 의지를 가지고 있고 고통을 느낄 수 있었다면, 지금 이 자리에서 심장이 터져 죽었을지도 모른다. 의지를 상실한 세뇌 상태이기 에, 제 몸이 고통에 잠긴 것도 몰랐다. 그저 몸을 가누지 못할 뿐이었다. 시야가 흐려져 라크안과 황태자 등을 알아보지도 못했다. 그러하니 그들 이 공격을 피해 아직 살아 있다는 걸 알아채는데 시간이 걸렸다.

라크안은 비틀거리며 일어나 황태자의 뒷목을 물었다. 물에 흠뻑 젖은 빙벽을 걸어 시스에게로 갔다.

"라, 안……"

황태자는 정신을 잃을락 말락 한 상태에서 라크안의 털을 한 움큼 움켜쥐었다.

"카, 루…… 정신…… 모, 르……."

뭐라 말하려고 애썼으나 문장을 만들어 내지 못했다.

크르르.

라크안은 대답하듯 목울대를 울렸다. 그러고는 황태자를 시스의 앞에 내려놓았다. 라크안은 고개를 숙여 황태자의 이마에 제 이마를 가져다 댔다.

"으으……."

황태자는 제 얼굴에 와 닿는 젖은 털과 뜨거운 온기를 느끼고는 꿈틀, 했다. 시스는 그 모습을 지켜보다가 라크안이 한 걸음 뒤로 물러서자, 황태자를 제 쪽으로 끌어당겼다.

"나보고 황태자까지 돌보라고?"

세나에 이어 황태자까지. 자신이 보모인 줄 아냐고 투덜거렸다.

"이제 어쩔 셈이지?"

시스가 물었다. 라크안은 고개를 들고 돌아섰다. 시스에게 뒤를 보이고, 카루나를 향해 섰다.

그그극-

앞발을 몇 번 투레질하자, 날카로운 발톱이 빙벽을 긁었다.

크르르르-

날카로운 이를 드러냈다. 대답은 그것으로 충분했다.

라크안이 카루나를 향해 일직선으로 달렸다. 시스가 남은 힘을 모아 라크안을 엄호했다. 막 시력을 되찾은 카루나는 황태자뿐 아니라 라크안까지 멀쩡할뿐더러, 그가 제게로 달려오는 걸 보았다.

"너무 질겨. 지겹게."

카루나가 미간을 찌푸리며 손을 흔들었다. 귀찮은 날파리를 털어 내는 것 같은 손길을 따라 푸릇한 넝쿨이 자라나 쩌적, 얼어붙었다. 주렁주렁 날카로운 고드름을 단 넝쿨이 라크안에게로 달려들었다.

살짝만 스쳐도 베였다. 찍히면 살갗이 뜯겼다. 시스는 그것들이 앞길을 막지 못하게 물리쳐 주는 것 이상은 하지 못했다. 라크안의 몸에 상처가 늘었다. 카루나에게 가까이 도착했을 때, 라크안은 피투성이였다.

그는 제 몸의 상처는 아랑곳하지 않았다. 아픔을 못 느끼는 건 아니었다. 카루나와 달리 주술이 절반 이상 부서진 상태니, 의지도 통증도 존재했다.

'카루나.'

라크안은 그 아픔을 카루나에게 다가가기 위한 대가로 여겼다. 그녀에게 다가갈 수만 있다면, 그녀를 되찾을 수만 있다면. 이 정도 고통은 아무 것도 아니었다. 더한 고통도 감내할 수 있었다. 그녀가 곁에 없는 게 더 큰 고통이었으니까.

크아악!

라크안은 바로 앞에서 튀어나오는 너무 넝쿨을 밟고 뛰어올랐다. 위에서 아래로, 카루나를 향해 날카로운 발톱을 들이댔다.

"······."

카루나는 고개를 들어 절 공격하려는 라크안을 가만히 바라보았다. 피하지도, 막지도 않았다. 그저 저를 향하는 날카로운 발톱을 바라볼 뿐이었다.

그 발톱이 끝까지 사라지지 않고, 기어이 카루나를 갈가리 찢을 듯 닿으려 할 때.

차캉-

눈앞에 눈의 결정이 퍼졌다. 눈의 꽃이 라크안의 공격을 막았다. 얇은 눈꽃 방패는 오래 버티지 못하고 부서졌다.

"읏."

카루나는 얼음 파편이 눈으로 쏟아지자 눈을 질끈 감고 뒤로 물러섰다. 라크안 역시 부딪친 반동 때문에 뒤로 밀려났다.

크르르-

라크안은 곧바로 자세를 잡고 으르렁거렸다. 상체를 낮추고 몸을 움츠렸다가 바로 튀어나갔다.

깡, 깡.

공격은 번번이 막혔다. 카루나는 눈과 녹음의 보호를 받았다. 아무것도 없는 허공에서 눈꽃이 피어나고, 발밑에서 넝쿨이 자라났다. 라크안은 매번 전력으로 부딪쳐 그것들을 깨부쉈다.

카루나는 한 발, 또 한 발, 뒤로 물러났다. 어느 순간부터는, 물과 바람의 능력이 라크안을 도왔다. 황태자는 겨우 정신을 차리고는, 제 몸도 가누지 못하면서 바람의 능력을 펼쳤다.

날카로운 얼음 넝쿨이 라크안을 칭칭 감으려 할 때마다 라크안을 감싸 구해 주었다. 시스는 겨우 녹음에게서 벗어난 물을 다시 끌어 올려 라크안의 공격에 보조를 맞췄다. 라크안은 둘의 보호를 받으며 카루나를 몰아붙였다.

어차피 모두 다 지치고 지친 상황이었다. 누가 먼저 흐트러지느냐의 싸움이었다. 이럴 땐 결국, 숫자가 문제였다.

한 명과 다수의 싸움.

당연히 한 명이 불리할 수밖에 없었다. 카루나는 결국 버티지 못하고 허점을 보였다. 그 허점은 라크안이 제 몸을 희생하여 얻은 것이었다.

카루나는 자꾸만 검은 늑대가 왼쪽 앞발을 절며 높이 뛰지 못하는 걸 발견했다. 라크안이 일부러 틈을 보인 것이었다. 카루나는 함정인 줄 모르고, 남은 힘을 다해 라크안의 왼쪽 다리를 집중적으로 공격했다. 라크안은 제 왼쪽 발을 내주었다. 얼어붙은 넝쿨이 어깨를 관통했다.

크아악!

라크안은 비명을 지르면서, 그대로 카루나에게 몸을 던졌다.

"꺄악!"

카루나가 비명을 지르며 뒤로 넘어졌다. 라크안은 바로 카루나의 위에 올라타 그녀의 어깨를 성한 오른발로 꾹 눌렀다.

"놓치지 마. 절대로."

잔뜩 된 목소리가 뒤에서 들렸다. 시스였다. 물과 바람의 힘이 뒤따라 그녀를 붙들었다. 정확히는, 라크안을 날려 버리려는 눈과 녹음의 힘을 내리눌렀다. 카루나는 발버둥 치며 벗어나려 했다. 그녀의 몸에서 힘이 요동쳤다.

"커, 흑."

"우욱."

시스와 황태자는 바닥을 기고 피를 토하며 카루나의 힘에 대항했다. 지리한 힘겨루기가 계속됐다. 그동안 라크안은 내내 카루나를 붙들고, 카루나를 내려다보았다.

저를 거부하고, 저를 밀어내고, 제게서 도망치려고 하는 제 반려를.

매번 그 손길에 심장이 쥐어뜯기는 느낌이었다. 온몸이 수없이 갈가리 찢기길 반복했다. 애끓는 울음이 목울대를 타고 넘어왔다. 그래도 흐려진 녹색 눈은 그를 알아보지 못했다.

해가 서쪽으로 지고 하늘이 붉게 노을이 질 무렵. 라크안이 눈을 깜빡였다. 눈물이 한 방울, 카루나의 뺨 위로 톡- 떨어졌다. 그 한 방울이 시작이었다.

투둑, 툭. 비가 내리듯 눈물이 끊임없이 흘러내렸다.

"……!"

어미를 잃은 어린 동물처럼 바동거리던 카루나가 일순간, 움직임을 멈췄다.

"……뜨, 거워."

카루나가 눈을 깜빡이며 라크안을 올려다보았다. 흐릿한 녹색 눈에 처음으로 라크안이 비쳤다.

"……."

"……."

둘은 말없이 서로를 바라보았다. 아니, 서로의 눈에 비친 자신을 보았다. 카루나는 느리게 눈을 감았다 떴다. 불안정하게 요동치던 눈과 녹음의 힘이 잔잔해졌다.

그 틈에 시스는 카루나에게로 다가왔다. 어느새 정신을 차린 세나가 망토로 대충 몸을 가리고는 시스를 부축했다. 시스는 카루나의 머리맡에 앉아 손으로 카루나의 두 눈을 가렸다.

크르르-

먼저 반응한 쪽은 라크안이었다. 검은 늑대는 눈을 번뜩이며 시스를 노려보았다. 카루나도 버둥거리기 시작했다. 시스는 카루나의 얼굴에 얹은 손에 힘을 주며 말했다.

"주술을 풀려는 거다. 지금까지 네게 건 주술을 써먹지 않은 것만으로도 우리가 한편이라는 건 증명이 되었을 텐데?"

목소리에 힘이 하나도 없었다. 그는 이 정도 말을 하는 것도 버거워 보였다. 아니나 다를까. 말을 마치자마자 어깨를 들썩이며 피를 한 움큼 토했다. 라크안 역시 상처로 온몸이 너덜너덜한 상태였다.

둘만으로는 카루나의 저항을 막아 내기 버거웠다. 카루나의 눈을 덮은 시스의 손이 덜컹거리며 비껴 나려 할 때, 살랑살랑 바람이 불었다. 시스와 라크안의 지친 몸을 부드럽게 감싸는 바람결은, 높은 장막 위에선 자연스러운 것이 아니었다.

"깨어났군."

시스가 마침 잘됐다는 듯 바람을 반겼다.

크르르-

라크안이 낮게 울었다.

"내가, 얼마나 쓰러져 있었던 거지?"

황태자는 카루나를 붙잡고 있는 시스와 라크안을 보며 몸을 일으키려 했다. 하나 힘이 부쳐 번번이 철퍼덕, 엎어졌다.

"전하!"

세나는 그 모습을 보자마자 시스를 버렸다.

"큭!"

시스는 바닥에 내동댕이쳐지다시피 했다. 가까스로 카루나의 눈을 가린 손이 미끄러지는 것만은 막았다. 지쳐서일까. 시스는 쉽게 화를 냈다. 올 벤어로 욕설을 뱉었다.

세나는 뉘앙스로 대충, 시스가 제게 욕을 하고 있다는 걸 알아차리고는 손가락으로 귀를 몇 번 후볐다.

"전하, 저를 잡으십시오."

"고맙네, 경."

세나는 시스를 옮길 때보다 몇 배는 더 조심스럽게 움직였다. 드디어 카루나를 잡았다는 안도감 때문일까. 다들 마음이 느긋해진 감이 없잖아 있었다. 그 느슨해진 분위기를 비웃듯 장막 아래에서 거대한 괴성이 들려 왔다.

―쿠어억, 꾸악, 칵나악.

흰 그림자들이 알아들을 수 없는 소릴 내질렀다. 싸우고 있던 연합군을 등지고 장벽에 달라붙었다. 얼어붙은 장벽은 천천히 녹아내리고 있었다.

눈 그림자들은 물에 닿을 때마다 괴로워하며 미끄러졌다. 그래도 포기 하지 않고 계속 달려들었다. 먼저 달라붙은 눈 그림자가 미끄러지면, 뒤따 른 눈 그림자가 그걸 밟고 껑충 뛰었다. 위에서 내려다보기에도, 아래에서 올려다보아도, 기이한 광경이었다.

"저게 대체……."

"갑자기 왜 저러는 거야."

눈 그림자들과 싸우던 연합군은 난데없는 상황에 할 말을 잃고 장벽을 바라보았다. 먼저 정신을 차린 건 장벽 위 사람들이었다.

쿠우우우-

땅이 울리는 소리가 들리며 장벽이 흔들렸기 때문이었다. 모두들 소리가 난 쪽을 바라보았다. 장벽 너머 눈의 땅에서 거대한 눈보라가 몰려오고 있었다. 하늘을 빨아 먹고, 땅 위 모든 것을 집어삼키려는 듯한 거센 회오리였다.

"젠장, 저쪽에서 눈치챘나 보군."

시스의 말에 다들 아차, 싶었다. 카루나를 잡았다고 끝이 아니었는데, 모든 일이 끝난 양 긴장을 풀었다.

크아앙-

라크안이 고개를 들고 거칠게 포효했다.

"웃."

"으, 마, 말을 하고 하셔야지요."

황태자와 세나가 귀를 움켜잡았다. 불행인지 다행인지 시스는 별 타격이 없었다. 아까 카루나의 공격을 맞으며 얼굴을 심하게 얻어맞았는데, 그 바람에 귀가 먹먹한 상태였다.

장막 주변에 라크안의 울음소리가 쩌렁하게 울렸다. 서서 장막을 올려다보던 늑대들이 하나둘, 이를 드러내기 시작했다. 제국군과 사막의 전사들은 사방에서 울리는 늑대의 울음에 정신을 차렸다.

늑대들이 먼저 장막으로 달려들었다. 장막을 기어 올라가는 흰 그림자를 발톱으로 찍고 이빨로 물어뜯었다. 사막의 전사들이 한 몸이 되어 창으로 흰 그림자들을 쳐부쉈다.

제국군 또한 장막으로 달려들었다. 늑대들이 날뛰며 장막에 들러붙은 흰 그림자들을 떨어뜨리면, 몰려들어 검과 방패로 공격했다.

장막 위에서도 넋 놓고만 있지는 않았다.

"바람은, 내가 막아 보도록 하지."

황태자는 세나의 부축을 받은 채로, 장막 너머에서 다가오는 눈의 회오리를 마주했다. 거친 바람에 맞서, 일행을 부드러운 바람으로 덮어 방어막을 만들었다.

"꽉 잡고 있어!"

시스가 라크안에게 소리치고는 카루나의 얼굴 위에 남은 손마저 얹었다. 두 손을 겹쳐 카루나의 눈을 가리고, 알아들을 수 없는 주문을 외우기 시작했다. 라크안에게는 익숙한 듯 낯선 주문이었다.

역주문. 시스는 라크안을 세뇌할 때 외웠던 주문을 거꾸로 외웠다. 그는 제 안에 남아 있는 모든 피를 토해 내듯, 물의 기운을 닥닥 긁어모아 두 손에 집중했다.

카루나의 몸이 커다란 물방울에 잠겼다. 푸르륵- 파랗게 질린 입술에서 새하얀 김이 흘러나왔다. 쩌적- 쩌적. 카루나를 감싼 물방울이 얼었다 녹았다를 반복했다. 카루나의 안에 깃든 눈의 주문과 시스의 주문이 힘겨루기를 하는 것이었다.

"큭."

시스는 계속 피를 토했다. 역주문은 기록으로만 남겨져 있었다. 반려 없이 미친 늑대를 원활하게 처리하기 위한 주술을 푸는 방법 따위가 필요할 리가.

숲의 카스라는 혹시나 하는 마음에 역주문을 만들었으나, 아탈라는 단한 번도 사용하지 않았다. 그 후손들도 마찬가지. 기록으로만 전해져 내려오며 사장되다시피 한 그 역주문을 시전하고 있는 것이었다. 그것도 자신이 건 주술이 아니라, 남이 건 주술을 풀기 위해.

시스는 차라리 죽고 싶을 만큼의 고통을 느꼈다. 온몸의 뼈가 산산조각

나고 핏줄이 뽑혀 피가 줄줄 새는 느낌이었다. 역주술의 반동이었다. 눈이 가물가물해졌다. 눈과 코 입, 귀. 몸에 난 구멍이란 구멍에서 피가 철철 흘러넘쳤다. 그럼에도 주문 외기를 멈추지 않았다.

그렇게 시스가 온몸의 피를 쏟아내고 있는 동안, 황태자는 몰려오는 눈보라를 막았다. 힘에 부쳐도, 장막 아래 군사들을, 라크안과 카루나를 지키기 위해 버티고 또 버텼다.

"커흑."

"조금만, 조금만 더 버텨주십시오. 전하!"

세나는 황태자의 옆에서 그가 고꾸라질 때마다 바로 세워 주었다.

라크안은 카루나가 버둥거리며 쏟아내는 눈과 녹음의 힘을 고스란히 받아 냈다. 카루나와 닿은 발이 얼었다. 여린 연둣빛 줄기가 늑대의 발을 타고 올라 목에 닿을 즈음엔 짙은 청록색이 되었다. 그 질긴 줄기가 목을 휘감고 숨통을 조였다.

끄륵, 큭.

라크안이 목 졸린 소리를 억누르며 고통을 참았다. 시스는 오직 카루나에게 걸린 주술을 푸는 데 집중하고 있기에 라크안을 도울 수 없었다. 라크안은 카루나가 쏟아내는 눈과 녹음의 힘은 찍어 누르며 홀로 버텨야 했다.

카루나를 붙잡은 손에 좀 더 힘을 준다면, 그래서 카루나가 아픔을 견디지 못하고 비명을 지르기라도 한다면, 공격이 약해질지도 모른다. 하지만 라크안은 그러지 않았다.

목을 조여 오는 넝쿨이 점점 더 두꺼워졌다. 눈앞이 흐려지고, 온몸이 얼음으로 뒤덮일 때 즈음.

쿨럭.

시스가 피 섞인 기침을 토하며 뒤로 넘어졌다. 내내 가려져 있던 카루나의 눈이 다시 드러났다. 카루나는 눈을 꼭 감고 있는 상태였다. 눈을 막고 있던 손이 사라지자 닫힌 눈꺼풀이 파르르, 떨렸다. 곧이어 눈꺼풀이 열렸다.

긴 속눈썹이 들리고 녹색 눈동자가 드러나는 순간. 그 순간이 천 년보다 길게 느껴졌다. 라크안은 숨 쉬는 것마저 멈추고 카루나를 바라보았다. 깜빡, 깜빡. 눈이 느리게 감겼다 뜨였다. 흐릿했던 눈동자가 점점 선명해졌다.

눈을 가리던 희뿌연 안개가 흩어졌다. 맑은 눈동자에, 저를 내려다보는 늑대가 선명히 비쳤다. 그러자, 순간. 세상의 시간이 멈춘 것처럼 모든 것이 멈춰 버렸다. 장막을 부술 듯 휘몰아치던 눈보라도, 장막을 기어오르던 흰 그림자들도.

"크윽."

황태자는 부딪치며 힘겨루기를 하던 상대편의 힘이 텅 비듯 사라져 버리는 걸 느끼며 이번에야말로 앞으로 고꾸라졌다.

황태자의 느낌이 거짓이 아니라는 듯, 눈보라가 서서히 물러서기 시작했다. 먹구름으로 까맣게 물들었던 하늘이 열리고, 아직 붉은 노을이 남아 있는 원래의 하늘이 드러났다. 장막을 기어오르던 눈 그림자들은 햇빛에 눈이 녹듯 사그라졌다.

그 속에서 카루나가 하악, 차갑지 않은 숨을 내쉬었다. 코와 입으로 물을 한가득 들이왔다. 콜록, 켁켁. 카루나가 몸을 흔들며 발버둥 쳤다. 물에 빠진 듯 숨이 막히는데, 손발이 붙잡혀 움직일 수 없으니 견딜 수 없었다.

포르르- 입과 코에서 숨 방울이 흘러나왔다. 차가운 기운을 머금고 있는 눈의 입김이 아니었다.

"됐어!"

하악, 하악. 카루나는 흠뻑 젖은 채로 정신없이 숨을 들이켰다. 겨우겨우 눈을 뜨니.

"……라안?"

저를 감싼 채 내려다보고 있는 커다란 늑대가 보였다. 하늘 저편에서 몰려오는 어둠보다 까만 털. 촉촉하게 젖은 붉은 눈. 무시무시해 보였으나 전혀 무섭지 않았다. 왜 무서워한단 말인가. 다른 늑대도 아니고 라크안인데.

'……젖어?'

카루나는 다시 검은 늑대를 바라보았다. 늑대가 울고 있었다. 늑대가 울다니. 아니, 정말 늑대가 아니라 사실은 라크안이지만. 그래도 아무튼 늑대는 늑대인데.

울다니?

카루나는 늑대에게 잡힌 손을 빼냈다. 늑대는 순순히 놔주었다. 카루나는 그 손을 높이 들었다. 늑대에게 닿지 않았다. 늑대는 고개를 숙여 카루나의 손에 제 얼굴을 가져다 댔다.

"……왜, 울어요."

붉은 입술이 달싹였다. 목 멘, 쉰 목소리가 흘러나왔다. 늑대는 아무 대답 없이 눈을 감았다. 카루나를 붙잡고 있던 늑대의 발에서 힘이 빠졌다. 커다란 늑대는 카루나의 눈앞에서 다시 인간이 되었다. 카루나는 까만 머리카락에 붉은 눈을 가진, 상처투성이 남자를 올려다보았다.

"드디어, 되찾았어."

그가 울음 섞인 목소리로 속삭이며 카루나를 향해 손을 뻗었다. 그 손이 카루나에게 닿기 전. 그의 몸이 크게 휘청였다. 뻗은 손은 카루나가 아니라 카루나의 얼굴 옆 바닥을 짚었으나 미끄러졌다.

그의 몸이 힘없이 카루나에게로 쓰러졌다. 이제 내가 할 일은 모두 다 했다. 나는 기절할 테니, 알아서 날 잘 받아 보아라. 이렇게 말하는 듯한 몸짓이었다. 카루나는 자유로워진 두 팔을 들어 그를 끌어안았다.

"윽!"

돌덩이와 부딪친 것 같은 충격을 받아 작게 신음했다. 라크안은 카루나의 품에 안겨 눈을 감았다. 카루나는 아까 겨우 들이쉬었던 숨을 도로 턱, 뱉으며 눈을 크게 떴다.

하늘. 하늘이 보였다. 붉은 노을이 물러가고, 슬슬 어두워지는 하늘. 그리고 몸을 짓누르는 묵직한 무게와 따끈따끈한 온기. 조금 숨이 막히는 것만 빼면, 나쁘지 않았다.

따끈따끈한 맨살의 느낌이 조금 민망스럽긴 했지만. 처음이 아니니 괜찮았다. 다만 머릿속이 어지러웠다.

올가. 목걸이. 녹주석. 아카론. 어머니. 아버지. 세나. 그리고 라크안. 조각조각 난 기억들이 우수수 쏟아졌다. 짜 맞출 엄두도 못 낸 채 떠오르는 대로 두고 있는데.

"안녕, 영애. 기분이 어때?"

꽤 잘생긴 얼굴이 불쑥, 눈앞에 나타났다.

"기분이 어때. 아직도 나만 보면 죽이고 싶은 기분이 드나?"

그건 주술이 깨졌는지 확인하기에 적당한 질문이 아니었다. 카루나는 주술에 걸리기 전에도 시스를 죽이고 싶어 했으니까.

"아, 질문을 바꾸지. 당신의 약혼자로 말이야."

시스는 한 박자 늦게 질문을 바꿨다. 카루나는 무표정한 얼굴로 그를 올려다보았다. 듣기만 해도 짜증나는 목소리, 보기만 해도 짜증이 나는 얼굴이었다.

머리카락은 더 이상 개털이 아니지만, 피투성이가 되어서도 음흉하게 빛나는 보랏빛 눈동자는 여전했다. 입가에 피를 묻히고 유쾌한 척하는 목소리도, 표정도 불합격.

"뭐야, 당신."

"나?"

시스가 손가락으로 자기 자신을 가리켰다.

"여기에 당신 말고 또 누가……."

카루나는 말을 하다 말고 잠시 침을 삼켰다.

"……누가 있는데?"

겨우, 힘겹게 말을 꺼냈다. 문득 누군가가 생각났다. 연두색 머리카락을 가진. 카루나는 시스가 꼴도 보기 싫었다. 원래도 보기 싫었지만 지금 이 순간, 더더욱 꼴 보기 싫었다. 그런 카루나의 마음을 알아주듯 시스의 얼굴이 저 멀리로 밀려났다.

"제가 있지요, 아가씨."

세나가 시스를 밀어내고 카루나의 얼굴 옆에 쭈그려 앉았다. 세나는 등에 저보다 큰 사내를 짊어지고 있었다. 다 죽어 가는 얼굴로 헥헥대고 있는 황태자였다.

"……."

황태자는 말할 힘도 없는지, 카루나에게 손을 들어 보였다가 축 처졌다.

"세나 경."

카루나가 나직한 목소리로 그녀를 불렀다.

세나는 콧잔등을 살짝 찡그렸다.

"라안 님 밑에 우리 아가씨가 깔려 있군요."

세나가 목멘 목소리로 조그맣게 중얼거렸다.

"예전에도 이와 비슷한 일이 있었지요."

그때 세나는 혼자가 아니고 동료들과 함께였다. 카루나는 어린 아이의 모습이었고, 카루나와 세나는 자신이 그때를 떠올린다는 걸 숨기려 했으나, 동시에 상대방이 그날을 기억하고 있다는 걸 알아차렸다.

"꺼내 드릴까요?"

세나가 애써 웃으며 어깨를 으쓱였다. 못 해도 네 명 정도는 되어야 라크안의 양 팔다리를 잡고 번쩍 들어 올릴 것 같은데. 세나는 혼자서 할 수 있다는 양 물었다.

"아니, 아니요."

카루나는 느리게 고개를 흔들었다.

"이제 나는 어린아이가 아니니까, 괜찮을 거예요. 그러니까."

카루나는 마른침을 삼키며 말을 이었다.

"잠깐, 잠깐 이대로 있어요. 우리."

카루나는 세나에게 손을 내밀었다.

"……."

세나는 그 손을 가만히 내려다보았다. 그러고는 소리 없이 웃으며 카루나의 손을 꼭 움켜잡았다.

"네, 아가씨. 그래도, 무거우면 꼭 말씀해 주세요. 지금도 아가씨가 잘 안 보이거든요."

세나는 능숙하게, 황태자의 망토를 풀어 라크안의 위를 덮었다. 카루나는 한 팔로 라크안을 끌어안고 다른 손으로 세나를 꼭 붙든 채, 다시 하늘을 올려다보았다.

장막 아래, 살아남은 자들의 함성이 들렸다. 아득했다. 아주 멀리서 들리는 것처럼 느껴졌다. 세나와 맞잡은 손마저 제 손이 아닌 듯 느껴졌다.

가깝게 느껴지는 건, 불덩이처럼 뜨거운 라크안의 온기뿐. 카루나는 라크안의 품에 안겨, 라크안을 끌어안은 채로 눈을 감았다. 따뜻했고, 편안했다. 안심이 되었다.

지금 이 순간만큼은, 이것만으로도 충분했다.

* * *

연결이 끊어졌다. 그 감각이 텅 빈 심장 자리를 할퀴었다. 여러 감정이 소용돌이쳤으나 아카론이 이름을 아는 감정은 단 하나였다.

아프다.

'아파.'

고통스러울 정도로 아팠다.

'아파, 카나……'

이 세상의 하나뿐인 반쪽. 존재의 이유. 그의 여동생이 다시 그를 떠났다. 아카론은 숨 쉴 수 없을 만큼 극심한 고통을 느꼈다.

"크윽."

녹주석에 기대 앉아 있던 몸이 옆으로 미끄러지듯 쓰러졌다. 우수수, 녹주석이 부서져 내려 그에게로 쏟아졌다. 파직, 파직. 녹주석이 부서지는 속도가 더욱 빨라졌다. 녹색 눈이 녹주석 파편에 덮였다.

"카, 나……."

* * *

장막에 매달려 카루나에게로 기어오르던 눈 그림자들은 한순간, 사라져 버렸다. 얼어붙은 장막은 속수무책으로 녹아내렸다. 시스는 다시 물로 돌아오려는 장막을 홀로 감당하지 못했다.

어쩔 수 없이 황태자가 옆에서 도왔다. 넘실거리는 거대한 물이 바람에 감겨 다시금 거대한 벽을 만드는 모습은 장관이었다. 시체를 수습하고, 퇴군 준비를 하던 연합군은 하던 일을 멈추고 올려다보았다.

겨우 물의 장막을 유지시킨 뒤, 시스와 황태자는 나란히 기절했다. 라크안과 카루나에 이어 시스와 황태자까지. 연합군의 주요 인사들이 줄줄이 후방으로 실려 갔다.

유일하게 제 발로 걷는 건 세나뿐이었다. 하지만 그녀도 정작 전투 때는 정신을 잃고 쓰러져 있었기에, 물의 장막 위에서 무슨 일이 있었는지는 정확히 알지 못했다.

그럼에도 세나는 곧바로 라미라와 루시온에게 호출됐다. 사정을 알 리 없는 일반 병사들은 자신들이 하루 동안 경험한 걸 어떻게 받아들여야 할지 몰라 얼떨떨해했다. 특히나 제국 출신들이 더욱 혼란스러워했다.

"조금 전에 그 거대한 마법들, 저편에서 불어오던 눈보라를 봤어?"

"어릴 때 읽었던 동화책 내용이 사실이었다니. 우리 황태자 전하께서 마법사라는 거잖아!"

"마법사가 아니고, 초대 황제처럼 여신께 바람의 칼을 받은 신의 대리자인 거지."

"뭐? 내가 읽은 책에서는 신이었는데 대륙을 지키기 위해 인간으로 태어난 거라고 그랬는데. 우리 황태자 전하도 역시, 신인 거 아닐까?"

제국민들은 상처를 치료하며 저들끼리 수군댔다. 어이없다는 표정으로 지켜보던 사막의 전사나 숲의 일족들이 그들의 무지를 일깨워 주었다.

"너희 황태자와 우리의 왕은 시조의 위대한 능력을 이어 받은 거다. 악룡으로부터 대륙을 구할 수 있는 힘이지. 마법이나 신성력 따위가 아니야."

"카루나 아가씨는 숲의 능력을 이어 받으신 차기 숲의 장로십니다. 눈의 땅은 그분의 능력을 탐내 그분을 납치한 거였지요. 이제 그분이 우리에게로 돌아왔으니, 눈의 땅은 감히 공격해 오지 못할 겁니다."

그들의 설명이 뒤섞여 소문이 부풀었다. 얼마 안 되어 카루나와 황태자, 라크안, 시스 등은 천 년 전 전설 속에 나오던 인물들의 환생이 되었다. 지금까지 싸워 온 전투는 대륙을 구하기 위한 전설적인 전쟁이 되었다.

누구 하나 허풍이라고 지적하지 않았다. 그러기엔 그들이 여태까지 겪었던 전투들이 엄청났으니까.

사정을 제대로 모르는 이들이 멋대로 떠들어 댈 동안, 정작 이야기 속 주인공들은 고요와 침묵 속에 누워 있었다. 카루나는 의술에 조예가 깊은 숲의 일족 여인 둘에게 극진한 치료와 보살핌을 받았다.

약초 물로 몸을 씻고, 깨끗한 천으로 지은 옷을 갈아입고. 부드러운 천을 쌓아 부풀린 침대에 몸을 뉘였다. 그러는 동안에 그녀는 단 한 번도 눈을 뜨지 않았다.

그녀가 몸을 뉘인 막사 주변은 철십자 기사단이 철통같이 방어했다. 그런 카루나에게 루시온이 찾아왔다. 카루나는 쓰러져 정신을 못 차리고 있는데 너는 왜 멀쩡한 거냐고. 라미라가 세나를 쥐 잡듯이 잡는 걸 뒤로 하고 슬쩍 빠져나온 것이었다.

철십자 기사단은 루시온을 막아섰으나, 이내 그가 세나의 표식을 내밀자 길을 열어 주었다. 세나가 라미라에게 탈탈 털릴 때 흘린 것을 슬쩍한 것이었다. 세나는 기척에 예민했으나 라미라에게 시달릴 동안은 그 예민함을 잃고 휘둘렸다.

천막으로 들어온 루시온은 카루나의 머리맡에 의자를 끌고 와 앉았다. 눈을 감고 있는 카루나의 얼굴을 찬찬히 살피다가, 이불 밖으로 나와 있는 손을 붙잡았다.

그녀의 손은 미지근했다. 처음 후방으로 왔을 때에 비하면 따뜻해졌지만, 아직 보통의 체온은 아니었다. 그걸로 충분했다. 루시온은 그녀가 제 곁으로 돌아왔다는 걸 실감했다.

루시온은 카루나의 손을 두 손으로 감싸 쥐고, 이마에 툭 대며 긴 한숨을 내쉬었다. 내내 긴장했던 몸이 비로소 이완되었다.

카루나가 납치된 그날부터, 루시온은 단 하루도 제대로 잠든 적이 없었다. 아니, 단 한순간도 제정신이었던 적이 없었다. 오직, 카루나를 되찾아야 한다는 일념으로 자신을 내던졌다.

먼저 황태자를 찾아가 고개를 숙였다. 신귀족파의 반대를 무릅쓰고 바이켈드 공작 구출 파병에 힘을 보탰다. 황태자의 참모로서 참전하기까지 했다.

"살아 있는 당신을 되찾지 못한다면, 시체라도 돌려받길 원했습니다."

루시온은 카루나의 손등에 짧게 입을 맞추며 속삭였다.

"……."

카루나는 아무 말이 없었다.

'무슨 말도 안 되는 소릴 하는 거야. 시체? 내가 죽길 바랐다는 거야? 당연히 날 살려서 구출할 생각만 했어야지!'

카루나가 눈을 뜨고 있었다면 이렇게 말하지 않았을까. 루시온은 카루나의 카랑카랑한 목소리를 상상해 보았다. 상상 속 카루나의 말대로, 어떻게든 카루나를 살려서 구할 생각만 해야 했겠지만. 루시온은 감히, 카루나의 죽음까지 염두에 두었다. 아니, 설사 카루나가 죽었다 해도 되찾는 걸 포기하지 않겠다고 각오했다.

'죽었다 해도 내 품에 돌아와야 합니다.'

열 살의 어린 카루나를 처음 봤을 때부터 지금까지. 그녀를 지켜보고, 돌본 건 자신이었으니까. 그녀의 남은 모든 삶을 탐냈다. 죽음인들 단념할까. 루시온은 카루나의 죽음마저도 제 것이길 원했다.

카루나가 죽었을지 모른다는 최악의 상황까지 가정하고서라도, 황태자를 떠밀어 올벤의 국경을 넘었건만. 정작 루시온의 눈앞에 펼쳐진 건, 그의 상상력을 넘어서는 현실이었다.

천 년 전의 전설이 재현되었다. 마법도 신성력도 아닌 신비로운 힘의 대결이 하늘을 뚫고 땅을 뒤흔들었다. 카루나는 그 한가운데 존재했다. 제국에서 온 모두가 놀라고 혼란스러워했다. 황태자마저도. 하지만 루시온은 차분했다. 그의 무표정한 얼굴은 조금도 흔들리지 않았다.

"설마, 나도 몰랐던 것들을 경은 알고 있었던 건가? 그런 게 아니고서야…… 어떻게 이렇게 아무렇지 않을 수 있는 거지?"

황태자는 여전히 차분하고 냉정한 태도를 유지하는 루시온을 보며 혀를 내둘렀다. 황태자의 생각은 합리적이었으나 정답은 아니었다. 루시온도 황태자처럼 이곳에 와서야 처음으로 전설이 진짜 존재했던 일이라는 알게 됐다. 그 전설 속 악룡에 대한 이야기가 현재 진행형이라는 것 또한.

다만, 루시온에게 그 이야기가 중요하고 대단하지 않았기 때문이었다. 루시온의 평정심을 흔든 건 오직 두 가지 소식뿐이었다.

카루나가 전설 속의 인물처럼 신비로운 능력을 가지고 있다는 것. 그리고 그 능력 때문에 눈의 땅으로 다시 납치되었다는 것. 제 손에서 빠져나가 바이켈드 공작에게로 날아가 버리더니. 이제는 더 멀리 도망가려 하고 있다. 천 년도 전에 일어났던 전설 속으로.

'그런다고 내가 당신을 놓칠 리 없는데.'

루시온은 조소했다.

"아가씨, 일어나기만 하십시오. 눈을 뜨고 제게 다시 친애의 웃음을 보여 주십시오. 저를 경멸하셔도 상관없습니다. 전설 속의 존재가 되신들, 그 역시 상관없는 일입니다."

눈앞에 카루나가 살아 있다. 카루나를 되찾았다. 카루나의 옆에 있을 수 있다.

"그저, 다시 눈을 떠 저를 봐 주시기만 하면 됩니다."

카루나가 계속 있기를 바란다. 감히, 카루나의 죽음까지 생각했던 적도 있지만. 막상 이렇게 살아 숨 쉬는 카루나를 보니 욕심이 들었다.

계속 카루나가 살아 있기를. 녹색 눈을 반짝이며 환히 웃는 모습을 볼 수 있기를. 루시온은 아직까지도 카루나를 향한 제 마음이 사랑인지, 집착인지, 아니면 또 다른 무언가인지 알지 못했다. 또한 굳이 그중 하나의 이름표를 붙여야 할 필요성도 느끼지 못했다.

사랑이고 집착이고, 또 다른 어떤 감정인들 어떠한가. 그녀의 가까이에서 함께 숨 쉬며 그녀가 살아 있음에 안도할 수 있으면 되는 것을. 그녀는 숨 한 오라기로 그의 세상을 회색빛으로 바꾸었다가 오색찬란하게 돌려놓는 존재니까.

"당신을 포기할 순 없지만, 당신의 마음이 풀릴 때까지 바이켈드 공작을 곁에 두는 것 정도는 이해해 드리겠습니다."

카루나가 후방에 도착했을 때, 루시온은 가장 먼저 뛰쳐나왔다. 그답지 않게 크라바트를 풀어헤치고, 재킷 단추를 제대로 잠그지도 않은 채였다. 구두끈은 죄다 풀려, 그는 태어나 처음으로 구두 뒤축을 꺾어 신었다.

그렇게 맞이한 카루나는, 라크안과 함께였다. 아무것도 입지 않은 라크안의 품속에 카루나가 안겨 있었다. 둘은 마침내 꼭 맞는 반쪽을 찾았다는 듯, 한 치의 틈 없이 붙어 있었다.

사람이 너무 화가 나고 어처구니가 없으면 웃게 된다는 걸, 그때 알았다. 지금, 루시온은 그때와는 다른 온도로 웃었다. 아니, 울었다. 눈가에 눈물은 고이지 않았지만. 입가에 옅은 미소가 드리워져 있지만. 그럼에도 분명 우는 것이었다.

* * *

가장 먼저 눈을 뜬 건 라크안이었다.

"카루나!"

라크안은 카루나부터 찾았다. 하지만 막사 안 어디에도 카루나는 보이지 않았다.

"젠장."

몸을 일으키려던 라크안은 바로 신음을 내뱉으며 쓰러졌다. 온몸의 뼈가 조각조각 부서져 잘그락잘그락 흔들리는 것 같았다. 도무지 몸을 가눌 수가 없었다.

"크윽."

라크안은 이를 악물고 가까스로 상체를 일으켰다. 허억, 헉. 고작 그정도 움직였다고 숨이 거칠어지며 땀이 비 오듯 흘렀다.

온몸은 상처투성이였다. 꿰매고 약초를 바른 뒤 붕대를 감아 놓은 상처는 그가 무리하게 움직이자 다시 터져 버렸다. 라크안은 붕대를 손으로 잡아 뜯으며 침대 아래 바닥에 발을 디뎠다.

"큭."

수백 개의 바늘이 발바닥에 박히는 것 같았다. 닿는 것만으로도 토악질이 몰려들었다. 잠깐이지만 눈앞이 까매지기도 했다. 그래도 라크안은 움직이는 걸 포기하지 않았다.

"카루나, 카루나……."

바로 눈앞에 있었는데. 분명 이 두 손으로 끌어안았던 것 같은데 카루나를 또 잃었다. 그게 몸이 아픈 것보다 더 고통스러웠다.

'설마 또 놓친 건가?'

쓰러진 자신을 버리고 훌훌- 눈의 땅으로 돌아가는 카루나를 상상하는 것만으로도, 눈가가 시뻘게졌다. 침대 옆, 물그릇이 놓인 협탁을 움켜잡은 손이 파르르 떨렸다. 팔뚝에 힘줄이 도드라졌다. 콰직, 움켜쥔 협탁 모서리가 바스러졌다.

라크안의 마음속에서도 그와 비슷한 소리가 들렸다. 시스의 주술이, 라크안의 분노와 절망을 이기지 못하고 부서지는 소리였다.

"카, 루나."

안 그래도 붉은 눈이 시뻘겋게 물들었다. 발작의 징조였다. 바로 그때.

"오늘은 일어나시려…… 라안 님!"

세나가 약을 들고 안으로 들어왔다. 그녀는 일어났을 뿐 아니라 앉아 있기까지 한 라크안을 보고는 기겁하며 달려왔다.

"아이쿠, 라안 님! 잠시만, 잠시만요!"

"카루나는 어디 있지?"

라크안은 세나가 다가오자마자 그녀의 멱살을 움켜쥐었다. 그렇게 세나의 목을 잡은 채로 일어섰다. 이상하게도 더 이상 몸의 고통이 느껴지지 않았다.

"컥!"

세나의 두 발이 허공에 들렸다. 벗어나려고 했으나 그럴 수 없었다. 목을 잡은 손은 강철 같았다. 온몸이 상처투성이인 사람답지 않은 악력이었다.

세나는 발을 바동거리며 캑캑댔다. 뭔가를 말하려고 해도, 말을 할 수가 없었다. 초반은 그래도 어떻게든 버텨 보려고 했으나, 그 충심은 오래가지 않았다. 얼굴이 시뻘게질 정도로 목이 졸리자, 세나는 라크안의 팔을 주먹으로 내리쳤다.

겨우 아문 상처가 다시 찢어지고 피가 흘렀다. 그래도 라크안은 눈 하나 깜짝하지 않았다. 아예 아픔을 못 느꼈다.

'큰일 났다. 설마, 발작?'

믿고 싶지 않았지만, 본능이 경고하고 있었다. 눈앞의 저 미친 늑대를 피하라고, 도망치라고.

'어째서…… 주, 술이 완전히, 깨진 건가?'

세나는 라크안에게 시스의 주술이 남아 있다는 걸 끔찍하게 여겼다. 그와 동시에 그 주술 때문에 발작이 일어나지 않는 것에 안심했다. 그래서 방심했다. 그 격렬한 전투 때도 이성을 지켰던 라크안이 이제 와서 발작을 일으키려 하다니.

'아가씨, 카루나 아가씨 때문일 거야.'

세나는 라크안이 자신을 보자마자 카루나는 어디 있냐고 물었던 걸 놓치지 않았다.

"큭, 라……안……니……. 카, 르……. 아, 가씨, 있, 있는……!"

세나는 라크안의 팔뚝을 손톱으로 긁었다. 몸부림치며 어떻게든 소리를 냈다. 그럼에도 라크안은 세나를 놓아주지 않았다. 세나는 눈이 희미해지는 걸 느꼈다.

'늦은 건가?'

이렇게 어이없이 죽게 되다니.

'어이없네…….'

절 기다리고 있을 반려, 그 비쩍 마른 마탑의 마법사 양반에게 미안해졌다.

'이럴 줄 알았으면, 좀 더…….'

그렇게 정신을 놓으려는 순간. 라크안이 세나를 놓아주었다. 털썩. 세나는 바닥에 떨어지자마자 목을 붙잡고 거칠게 숨을 몰아쉬었다.

"허억, 허억, 헉."

숨 쉬는 게 이렇게 기쁘고 즐겁고 행복하고 감사한 일일 줄이야. 코와 입으로 빨려 들어오는 공기가 너무 감사해서 눈물이 다 났다.

"나중에, 카루나 아가씨께 다……켁, 이를 겁니다."

세나는 흑흑, 우는 소리를 내며 투덜거렸다. 진심이었으나, 의도한 오버액션이기도 했다.

"…….."

세나를 내려다보는 라크안의 얼굴이 누그러졌다. 장난스런 말투가 의미하는 바를 알아차렸기 때문이었다. 라크안이 침대에 도로 주저앉아 두 손으로 얼굴을 감싸 쥐었다.

목이 졸린 건 세나인데, 목을 조른 라크안의 두 손이 바들바들 떨렸다. 눈을 감고 깊게 심호흡했다. 파괴 충동으로 미쳐 날뛰는 마음을 가라앉히려고 노력하며 카루나를 떠올렸다.

"자, 잘, 하고 계십니다. 라안 님, 그렇게, 그렇게요."

세나가 캑캑대면서 응원했다.

잠시 뒤, 라크안이 눈을 떴다. 세나는 라크안의 눈부터 확인했다. 다행히 살기는 없었다.

"진짜 너무하시는 거 아닙니까? 저, 이제 반려가 있는 몸입니다. 이렇게 함부로 대하시면 곤란합니다."

"미안하게 됐군."

라크안이 픽, 웃으며 손을 내밀었다. 다시 고통이 몰려왔다. 더 아프면 더 아프지, 덜 아프지는 않았다. 세나는 바닥에 나뒹굴고 있는 약 그릇과 라크안의 손을 번갈아 바라보다가 한숨을 푹 내쉬며 어깨를 내밀었다.

라크안은 세나의 어깨를 잡고 그녀를 목발 삼아 걸음을 내디뎠다. 한 발 한 발, 내디딜 때마다 입가에서 엷은 신음이 샜다.

'여기에서 저기 갈 때까지만 약간 발작 일으킨 상태가 되고, 아가씨를 만난 뒤엔 다시 원래대로 돌아오면 안 될까.'

세나가 이런 말도 안 되는 생각을 할 만큼 라크안의 상태는 심각했다. 라크안이니까 그나마 살아서 숨 쉬고, 남의 부축을 받아서라도 움직이는 것이었다. 다른 숲의 일족이었다면 벌써 죽어 땅에 묻혔으리라.

라크안은 그런 고통 속에서도 이성을 유지해 기어이 카루나에게로 갔다. 정작 발작이 일어날 뻔한 것은 카루나의 막사 안에 들어가서였다. 막사 안은 고요했으나 카루나는 혼자가 아니었다. '홀로' 있어야 할 그녀의 옆에 누군가 있었다.

평소의 단정한 모습은 온데간데없이, 풀어진 크라바트와 구겨진 셔츠를 걸치고 있는 루시온이었다.

'맙소사.'

세나는 그를 보자마자 막사 앞을 지키고 서 있던 철십자 기사들에게 원한을 품었다. 라크안은 감히 이곳에 발을 들인 당사자에게 분노했다. 다시 눈이 시뻘게졌다.

"감, 히!"

"으아악. 라안 님! 라안 님!"

세나는 그저, 울고 싶은 마음으로 라크안에게 매달렸다. 이번엔 세나가 라크안의 목을 졸랐다. 아니, 정확히는 라크안의 목에 대롱대롱 매달렸다.

세나는 라크안이 한 걸음 내딛는 것조차 힘들어하는 환자라는 생각은 머릿속에서 지워 버렸다. 조금 전, 그 환자에게 목이 졸려 죽을 뻔했던 경험이 그녀에게 준 생존 지식이었다.

"다들 들어와! 어서 들어와서 라안 님을 막아!"

세나의 말이 떨어지기 무섭게, 밖에서 대기하고 있던 철십자 기사들이 뛰어 들어왔다.

"라안 님, 진정하십시오."

"모, 몸에서 피가 납니다."

"상처가!"

"라안 님!"

기사들은 각각 두 명씩 짝을 지어 라크안의 팔과 다리를 붙잡았다. 총여덟 명의 기사가 다치고 지친 라크안을 붙잡는데 동원됐다. 다치고 지친 몸은 그 여덟 명을 당해 내지 못했다.

"놔, 놔아!"

라크안은 붙잡힌 늑대처럼 몸부림치며 루시온을 노려보았다. 루시온은 이런 소동 중에도 눈 하나 깜짝하지 않았다. 라크안에게도 시선 한번 주지 않고 그저 카루나를 바라만 보았다. 루시온이 카루나의 머리카락을 뒤로 넘겨 주려 손을 들었을 때,

"그 손 치워."

라크안이 참지 못하고 짙은 살기를 드러냈다. 순식간에 주변 공기가 무거워졌다. 잘 훈련된 기사들마저 숨 쉬는 게 버거워졌다. 몸을 짓누르는 압박을 느꼈다.

침대에 누워 있는 카루나의 숨도 조금 거칠어졌다. 그 순간. 루시온이 고개를 들었다. 원수를 노려보는 듯한 사나운 눈빛이었다. 라크안은 조금 전 거친 행동이 환상이었다는 듯, 깨끗하게 살기를 거둬들였다. 카루나의 숨소리 한 번의 위력이 이 정도였다.

"……."

"……."

라크안과 루시온은 서로를 바라보았다. 붉은 눈과 남색 눈에 담긴 감정은 거의 비슷했다.

짜증, 분노, 증오, 질투, 그리고 질투.

루시온은 평소, 사람이 아니라 인형 같다는 말을 들을 만큼 제 감정을 드러내지 않는 사람이었다. 그런 그가 눈에 띌 정도로 격렬한 감정을 드러냈다.

"당신 따위가 뭐라고 내 아가씨가……."

"당장 카루나에게서 떨어져."

루시온의 목소리가 체념에 가까웠다면, 라크안의 목소리는 적의 살을 씹어 먹으려는 듯한 원한과 분노에 가까웠다.

"당장 저 자를 끌어내라."

라크안은 저를 붙잡은 기사들에게 명령을 내렸다. 기사들은 라크안을 계속 붙잡고 있어야 할지 아니면 그의 명을 따라야 할지 잠시 고민했으나, 이내 그의 명을 받들었다.

루시온은 반항하지 않고 순순히 일어서 그들에게 포위된 채 막사를 나갔다. 라크안은 루시온이 앉아 있던 의자를 부숴 버리려는 듯 발을 들었으나, 카루나의 야트막한 숨소리를 듣고는 얌전히 발을 내렸다. 잠들어 있는 카루나 옆에서 더는 큰 소리를 내고 싶지 않았다.

세나가 재빨리 새 의자를 가지고 왔다. 라크안은 카루나의 옆에 자리를 잡고 앉으며 세나에게 손짓했다. 세나는 밖의 소란이 안까지 들리지 않도록, 문을 꼭꼭 여며 주었다.

그제야 비로소, 라크안은 카루나를 볼 수 있었다. 라크안은 루시온 대신 흘러내린 머리카락을 제 손으로 쓸어 넘겨 주었다. 눈앞의 카루나가 환상일까 봐. 그래서 닿았을 때 온기가 느껴지지 않을까 봐. 가느다란 숨마저 거짓일까 봐. 두려움에 손이 떨렸다. 그 바람에 실수로 카루나의 이마에 손끝이 닿았다.

"……."

그 순간, 라크안은 숨을 멈췄다. 거짓이 아니었다. 환상도 아니었다. 정말로 카루나였다.

"으으……."

카루나가 작게 몸을 뒤척였다. 꿈을 꾸는 건지, 뭔가 찾는 듯 보였다. 이불 밖으로 나온 손가락이 자꾸만 주변을 더듬었다. 혹시나 눈의 땅에 있다는 그 어떤 존재를 찾는 것일까? 생각만으로도 피가 식는 기분이었다.

라크안은 정체 모를 그 존재를 향한 살기를 억누르느라 또 한 번 숨을 참았다. 그 바람에 작게, 아주 작게 달싹이는 카루나의 입술을 볼 수 있었다.

"……라, 안……."

하마터면 라크안의 숨소리에 묻힐 뻔한 작은 부름.

"……."

라크안은 북받치는 감정을 견디지 못하고, 고개를 숙였다. 조금 전, 자신을 보며 감정을 드러냈던 루시온을 이해할 수 있을 것도 같았다. 만약 카루나가 지금, 자신 말고 다른 남자의 이름을 불렀다면. 맹세컨대, 대륙 끝까지 쫓아가 반드시 그자를 죽였으리라.

라크안은 자신이 믿지 않는 이 세상 모든 신들께 감사드리며, 조심스럽게 카루나의 손을 붙잡았다. 카루나는 비로소 원하는 것을 찾았다는 듯, 라크안의 두 손가락을 꼬옥 움켜쥐었다.

손은 작고 가느다랬다. 조금만 세게 쥐어도 부러질 것 같았다. 이렇게 작고, 따뜻한 손을 놓쳤다. 영영 잃을 뻔했다. 이렇게 따뜻한데. 울컥, 울음이 복받쳤다.

'다시는, 절대 놓치지 않겠어. 죽는 한이 있어도.'

라크안은 그녀의 손을 놓지 않았다.

라크안이 깨어난 다음 날, 황태자와 시스도 차례로 눈을 떴다. 시스는 소식을 듣고 달려온 올가와 눈물겨운 상봉의 시간을 보냈다.

황태자는 카루나는커녕 라크안과 루시온조차 찾아오지 않는 것을 섭섭해했다. 하지만 곧 아직까지 카루나가 눈을 뜨지 못하고 있으며, 라크안과 루시온이 그녀를 두고 첨예하게 대립하고 있다는 소식을 전달받고는 도로 침대에 누웠다.

"나도 카루나처럼 아직 눈을 뜨지 못한 거로 해 주게."

안타깝게도 그 바람은 이루어지지 않았다. 황태자가 눈을 뜨자마자 주요 인사들에게 소식이 전달되었으니.

홀로 연합군을 다스리고 자리를 지키고 있던 라미라는 라크안과 황태자, 시스에게 사람을 보내 회합을 청했다. 그때까지도 카루나는 눈을 뜨지 않았다. 잠든 것처럼 고요히 누워 가느다란 숨을 이어 갈 뿐이었다.

라크안은 카루나의 곁을 떠나지 않았다. 낮에는 물론 밤에도 자는 둥 마는 둥 하며 곁을 지켰다. 약이나 물, 음식도 먹지 않았다. 카루나가 눈을 뜨기 전에는 아무것도 입에 대지 않겠다는 것이었다.

라크안의 회복력은 같은 숲의 일족이 보기에도 경이로운 수준이다. 하지만 그 회복력에도 한계는 있었다. 지독한 전투를 겪은 후 아무것도 먹지 않고, 잠도 제대로 안 자고 버티는데 몸이 나을 리 없었다.

"라안 님, 이러시다가는 정말 큰일 납니다."

"카루나 아가씨는 곧 깨어나실 텐데, 아가씨가 아시면 얼마나 화를 내시겠습니까!"

철십자 기사들은 돌아가면서 말렸지만 라크안은 들은 척도 하지 않았다. 보다 못한 세나가 황태자를 찾아가 도움을 청했다. 황태자는 라미라보다 카루나가 누워 있는 막사를 먼저 찾아갔다. 근위기사가 옆에서 그를 부축해 주었다.

"라안!"

"전하를 뵙습니다."

"쓸데없는 격식은 치워 둬."

"하지만……."

"물의 장막 위에서 나 보고 지크라고 부르던 건 어디의 누구였지?"

"……."

라크안이 얼굴을 굳히자 황태자가 사르르 웃으며 고개를 내저었다.

"여긴 황궁이 아니고, 의심 많은 내 아버지도 없지. 그러니까 내 말대로 해. 무릎 꿇을 필요 없어."

황태자는 일어서려는 라크안을 만류하고, 근위기사를 막사 밖으로 내보냈다. 라크안은 세나의 말과 달리, 상태가 그리 나빠 보이지 않았다. 특별히 초췌해 보이지도 않았으며, 온몸에 난 수십 개의 상처에서 피를 철철 흘리지도 않았다. 단지 좀 야위고 지독히 피곤해 보일 뿐이었다. 또 피 냄새도 좀 났다.

"카루나가 죽을 거라고 생각하는 거야? 아니, 정말 낫길 바라긴 하는 건가?"

황태자는 다정하게, 하지만 거침없이 물었다. 한동안 루시온과 지냈더니 그의 말투가 무의식중에 머리에 남아 있었던 듯했다.

"전하, 아무리 전하라도……."

라크안은 꼭 루시온처럼 말하는 황태자를 보며 미간을 찌푸렸다. 루시온처럼 내쫓을 수 없는 게 아쉽다는 눈빛이었다.

"그게 아니라면 왜 동반 자살이라도 할 것처럼 굴고 있는 거야. 나중에 카루나가 눈을 떴을 때 그 옆에 죽은 미라로 있고 싶은 거야? 그게 아니라면 식사를 하고 밥을 먹어. 계속 그녀를 지켜야 할 것 아냐."

황태자의 말은 틀린 게 하나도 없었다. 황태자가 오기 전, 철십자 기사들이 라크안을 말리며 했던 말이기도 했다. 다른 게 있다면 말하는 사람의 차이였다. 황태자냐 철십자 기사단이냐.

"……먹을 수가 없어."

라크안은 차마 제 휘하의 기사들에게는 할 수 없었던 속내를 털어놓았다.

"뭐?"

"먹을 수가 없다고."

말 그대로였다. 몸이 뭔가 먹는 걸 거부했다. 처음엔 카루나를 되찾고 긴장이 풀려 속이 안 좋은 건가 생각했지만, 시간이 지나도 나아지지 않았다. 물만 한두 모금, 겨우 삼킬 수 있을 뿐이었다.

"어, 째서? 왜? 목을 다치기라도 한 거야?"

"그런 건 아냐."

"그러면?"

"……."

"라안, 너 설마……."

황태자는 아연한 표정을 지었다. 가끔, 사교계에서 치정 스캔들이 한차례 몰아치고 나면, 젊은 영애, 혹은 영식이 헤어진 연인을 그리워하며 식음을 전폐하고 사경을 헤맨다는 소문이 뒤따랐다. 라크안의 증상은 소문 속 그들과 비슷했다.

"……카루나가 빨리 눈 뜨길 바랄 수밖에 없겠군. 그래도, 카루나를 생각해서 억지로라도 먹긴 해 봐."

황태자는 고개를 설레설레 저었다. 사랑하는 여인이 눈을 뜨지 않아 음식을 삼킬 수 없다는데, 무슨 말이 더 필요할까. 제 어의를 불러 카루나를 돌보도록 하는 게 황태자가 할 수 있는 최선이었다.

* * *

라미라가 소집한 회의는 라크안이 불참하는 가운데 진행됐다.

카루나를 구하는 즉시, 카루나를 장로로 추대하고 숲의 장로로 데리고 돌아가려 했던 숲의 원로, 라미라.

라크안과 카루나를 구하면 즉시 올벤에서 철수하여 제국으로 돌아가기로 약속한 제국의 황태자.

그리고 눈의 땅에게 침범당해 엉망이 된 북쪽 경계를 겨우 지켜 내고 한숨 돌리게 된 올벤의 왕, 악시스.

셋은 목표를 달성했다. 카루나의 탈환. 이다음이 문제였다. 전설을 전승하면서도 정말 눈의 땅과 다시 싸우게 될 거라고는 생각지 못했던 두 일족. 전설 자체를 잊어버리고 두 일족의 보호 아래서 안락하게 살았던 제국.

두 일족과 제국의 대표들은 새삼, 물의 장막과 숲의 목책 너머에 '어떤 존재'가 분명히 존재한다는 걸 경험했다. 그 존재는 카루나를 세뇌시키고, 눈의 땅에서 온 존재들을 군대처럼 부려 남쪽으로 침범할 정도로 강력한 힘을 가지고 있었다.

이 상황에서 카루나를 구했으니 협력은 끝난 거라고 돌아서 발을 빼기엔, 후환이 두려웠다. 그들은 천 년 전에 대륙이 불탔던 것처럼 이번엔 대륙 전체가 얼어붙을지도 모른다는 위기의식을 공유했다.

카루나를 빼앗긴 충격으로 공격을 멈춘 건지, 아니면 더 큰 전투를 앞두고 전열을 가다듬고 있는 건지는 알 수 없으나. 그날의 전투 이후 눈의 땅에서는 아무 움직임이 없었다.

앞으로도 계속 이렇게 눈의 땅이 조용할까? 다시 물의 장막과 숲의 목책을 넘어오지는 않을까? 답을 알 수 없는 질문은 눈의 땅과 싸우는 걸 회피하고 싶은 마음에서 나온 것이었다. 누구도 그 허망한 질문에 확실하게 답을 주지 못했다.

카루나를 되찾고 난 지금. 눈의 땅과 더 싸워야 할 것인가. 아니면 이대로 흩어져 각자 살던 대로 살아갈 것인가. 무엇이 자신의 일족, 자신의 나라를 위한 일일까.

그들은 치열히 고민하고, 또 치열하게 의견을 나누었다. 하나 답은 쉽게 나오지 않았다.

* * *

깊은 밤. 라크안은 여전히 카루나의 곁을 지켰다. 혹시나 카루나의 숨이 더 가늘어지지 않나 신경을 곤두세우고, 카루나의 손을 놓지 않았다.

"혹시 내가 손을 잡고 있어서, 그래서 네가 깨지 못하는 걸까? 너무 깊게 잠들어서?"

맞잡은 손을 보고 있자니 문득, 옛 기억이 떠올랐다. 라크안은 오랫동안 불면증에 시달렸다. 술이나 약으로도 해결할 수 없는 수준이었다. 그런데 이상하게도 카루나와 함께 있으면 잘 수 있었다.

그래서 카루나와 계약을 하고, 그녀에게 잠을 부탁했다. 카루나는 밤마다 손을 잡아 주었다. 그때 잡았던 손은 지금보다 훨씬 작고 가느다랬다. 라크안은 구명줄을 잡듯 그 손을 꼭 붙들고 잠들곤 했다.

부끄러워 말하진 못했지만, 든든하고 따뜻하고 편안했다. 발작에 시달린 이래, 처음 느껴 본 평안이었다. 단지 손만 잡고 있을 뿐인데도 마음이 놓여 잠을 잘 수 있었다. 카루나도 그런 게 아닐까. 만약 그런 거라면, 손을 놓으면 카루나가 눈을 뜰까?

라크안은 맞잡은 손을 가만히 내려다보았다. 절실히 붙잡고 있는 건 라크안이었다. 카루나의 손은 그의 손 안에서 힘없이 갇혀 있을 뿐이었다.

'놓아 볼까.'

불쑥 생각이 들었으나.

'싫어.'

강한 반발이 울컥, 치솟았다. 놓고 싶지 않았다. 겨우 되찾았는데. 이제야 겨우 다시 함께 있을 수 있게 됐는데. 잠시라도 떨어지고 싶지 않았다.

"뇌줄 수가 없어. 그러니까 이제 일어나야 되겠다 싶으면 어서 일어나. 카루나."

라크안은 카루나에게 나지막이 속삭이고는 눈을 감았다. 잠은 오지 않지만, 몸을 지탱하고 버티려면 잠깐씩 눈이라도 감고 있어야 했다.

"얼마든지 버틸 거야. 버틸 수 있어. 그러니까 걱정 말고 푹 자. 자고 싶은 만큼."

붙잡은 손에 힘을 주었다.

"푹 자고, 일어나기만 해. 기다릴 테니까. 계속 옆에 있을 테니까. 꼭 지켜 줄 테니까."

긴 잠 속에서 길을 잃지 말고, 맞잡은 손의 온기를 따라 제게 돌아와 주기를. 그것만을 바랄 뿐이었다.

* * *

카루나는 어둠 속을 헤맸다. 가도 가도 끝없이 이어지는 길을 걸었다. 왜 걷는 건지, 어디로 가는 건지도 모른 채 그저 걷고 또 걸었다.

걷다 보면 여러 기억들이 발에 채였다. 아카론이 말해 주었던 아버지와 어머니. 또 아카론과 자신이 함께 있는 모습. 그것들은 굵직한 돌이었다. 카루나는 발이 배기는 줄도 모르고, 그들의 모습을 넋 놓고 바라보았다.

어머니를 끌어안고 우는 아버지. 그런 아버지의 눈물을 닦아 주며 환히 웃는 어머니. 두 사람의 손이 겹쳐져 소중히 감싸고 있는 어머니의 배.

카루나는 둘의 모습에서 눈을 뗄 수 없었다. 이대로 영원히, 계속 보고만 있어도 좋을 것 같은데. 카루나는 계속 걸을 수밖에 없었다. 부모님의 모습이 점점 멀어졌다.

이어 밟히는 건 자잘한 자갈이었다. 둥글둥글하지만 마음을 불편하게 하는 돌. 그 안에 담긴 건 바이켈드 공작저에서 쌓았던 기억들이었다.

공작저의 유쾌하고 상냥한 사람들. 환히 웃는 리센. 어깨에 칼을 얹고 건들거리는 세나. 후추 때문에 콜록콜록 기침하는 황태자. 그들은 고맙고 미안한 사람들이었다. 카루나는 그들을 주저 없이 이용하며 마음 한구석에 쌓이는 죄책감을 애써 외면하곤 했다. 그 죄책감이 발바닥에 부딪쳤다.

한참 자갈밭을 걷고 나니, 뾰족한 잔돌들이 발바닥을 콕콕 찔렀다. 춥고 축축하고 냄새나는 뒷골목 구석에 웅크리고 앉아서는, 굶주림을 견디며 애써 눈물을 참고 또 참던 아이의 모습이 보였다.

"사실 나에게도 나만을 위한 사람이 있어. 이 세상에서 단 한 명, 나만을 사랑하고 내 사랑만을 바라는 나만의 사람. 내가 지금 힘들고 불행한 건 그 사람을 만나지 못해서 그런 거야."

아이는 주문을 외듯 중얼거렸다. 그러다 옆에 누워 있던 중년 사내에게 욕을 한 바가지로 얻어먹었다. 그 어린아이는 마카레나 백작에게 끌려가 화려하고 아름다운 방에 갇혔다. 몸에 맞지도 않는 치렁치렁한 레이스 잠옷을 걸치고는, 커다란 침대 구석에 몸을 동그랗게 말고 바들바들 떨었다.

"왜, 왜 안 오는 거야. 빨리 나타나서 날 구해 줘. 누구라도 좋아. 날 구해 줘. 날 좀 사랑해 줘. 날 지켜 줘."

밤마다, 밤마다 빌었다. 나만을 사랑해 주는 사람이 어서 빨리 찾아오기를. 만나러 와 주기를.

그토록 간절했던 마음을 잃어버린 건 언제부터였을까. 더 이상 밤에 울지 않게 된 건 언제부터였을까. 자신을 구하러 와 줄 사람 같은 건 없다고 포기하게 되었던 건 언제부터였을까.

기억나지 않았다. 대신, 카루나는 라크안을 처음 만났을 때를 떠올렸다. 서로 못 죽여 안달하던 그 시절. 라크안만 보면 괜히 화가 치밀었다.

저를 경멸하듯 바라보는 붉은 눈이 미웠고, 어울리지 않게 여기저기 사교 모임에 들락거려 다른 영애들에게 여지를 주는 헤픈 모습이 싫었다. 도망치는 황태자를 붙잡아 억지로 춤이라도 추면 원수를 보듯 노려보는 시선이 짜릿해서, 일부러 더 황태자를 괴롭히기도 했고.

그 시절의 기억들이 고운 모래가 되어 발을 간지럽혔다. 클레이엔의 대역으로 살았던 고단한 시절인데도, 라크안과 함께였던 기억만큼은 뾰족한 돌이 아니라 고운 모래가 되었다. 카루나는 간지럼을 견디지 못하고 순순히 속마음을 털어놓았다.

"내가 그때부터 당신을 좋아했었나 봐. 첫눈에 반했던 모양이지. 그래서 날 싫어하는 당신을 보며 더 화가 났었나 봐."

라크안과 함께했던 기억은 고운 모래와 같았다. 간질간질한데, 털어 낼 수 없었다. 그게 행복인 줄 모르고 행복했다. 아버지와 어머니의 행복을 엿보고야 깨달았다. 자신이 라크안과 함께 있을 때 얼마나 행복했던지.

그걸 깨닫는 순간. 오른손이 묵직하게 따뜻해졌다. 그제야 카루나는 어떤 힘이 자신의 손을 잡아당기고 있다는 걸 느꼈다.

고운 모래밭 위.

이대로 여기에 머무르고 싶은데. 겨우 깨닫게 된 행복을 계속 지켜보고 싶은데. 그러면 안 된다며 카루나를 잡아당겼다. 카루나는 그 힘에 이끌려 다시 걷기 시작했다.

손을 잡아당기는 온기에 이끌려 길고 긴 길을 걷고 또 걸었다. 이제는 발에 밟히는 게 자갈인지 모래인지도 구분이 되지 않았다. 다만, 고운 모래에 알알이 담겨 있던 행복하고 즐거운 옛 기억들과 멀어지는 서러움이 깊어졌다.

'이대로 자갈이나 뾰족한 돌이 깔려 있는 길로 돌아가는 건 아닐까?'

불쑥, 두려움이 몰려왔다.

"그건 싫어."

카루나는 불안한 마음을 참지 못하고, 손을 빼내려 했다.

"난 그냥, 여기 있을래. 놔줘!"

하지만 손을 감싼 온기는 카루나를 놔주지 않았다.

"싫어. 더 이상 외롭고 힘든 건 싫어."

오직 살아남는 것만 생각하며 살아왔다. 그렇게 뒷골목 소매치기로, 마카레나 백작가의 클레이엔 영애로 살아왔다. 행복이나 기쁨을 바랄 여유 따윈 없었다. 늘 살얼음판을 걷는 듯 불안하고 무섭고 두려웠다.

그러다 라크안을 만났다. 그 행복한 기억들이 저기 가득 쌓여 있었다. 그런데 왜 저것들을 두고, 이 어두운 길을 계속 걸어야 하는 걸까. 계속 저 기억 속에 머물러 있으면 안 되는 걸까.

'제발!'

카루나는 손을 잡아당기는 온기에서 벗어나려 발버둥 쳤다. 그러다 마음속에 있는 한 사람을 떠올렸다.

"라안 님, 라안…… 라안."

카루나는 울음을 터뜨렸다. 그녀의 저항이 심해지자, 손을 잡아당기던 온기가 그녀를 끌어안았다. 그의 품은 따뜻하고 포근했다. 그리고 익숙했다.

'어?'

카루나는 놀라 울음을 멈추고, 눈을 떴다.

"……어?"

어두운데, 방금 전처럼 어둡지만은 않았다. 팔랑팔랑 흔들리는 천으로 덮인 천장이 보였다. 천막 기둥에 달린 작은 등불은 살랑살랑 흔들리고 있었다. 발가락을 꼼지락꼼지락 움직여 보았다. 모래가 묻어 있지 않았다. 카루나는 느리게 눈을 감았다 뜨며 멍하니 천장을 올려다보았다.

'……꿈?'

뭐가 뭔지 분간이 안 됐다.

'그러고 보니.'

막혀 있던 기억들이 물밀 듯 쏟아졌다. 카루나는 눈을 뜬 채, 지난 기억들을 더듬더듬 기억해 냈다. 눈의 땅. 올가. 목걸이. 그리고 아카론.

"……!"

그의 차가운 손길. 상냥한 목소리가 떠올랐다. 그의 주술에 걸려 라크안과 사람들을 공격했던 기억들마저 선명했다. 그리고 그런 자신을 끝까지 포기하지 않고, 달려들던 라크안의 모습까지.

'나는…… 돌아온 건가?'

바람에 흔들리는 막사는 올벤의 것이었다. 눈의 땅에는 이런 것이 없었다. 오로지 추운 바람과 눈, 그리고 부서져 내리는 녹주석뿐이었다. 그러니 이쪽으로 돌아왔다는 건 알 것 같은데 '이쪽'이 어느 쪽인지는 알 수 없었다.

라크안이 아직도 시스의 주술 아래 있는 건지, 아니면 무사히 도망쳐서 제국군과 함께 자신을 구하러 온 건지.

고민은 정신을 맑게 해 주었다. 꿈과 현실을 분간 못 하고 흐려졌던 녹색 눈이 생기 있게 변했다. 무뎌졌던 감각도 원래대로 돌아오기 시작했다. 그러자 조금 전까지 느끼지 못했던 걸 느낄 수 있게 되었다. 카루나는 옆에서 누군가의 숨소리가 들린다는 걸 알아챘다.

'누구?'

고개를 돌려 옆을 보았다.

"……!"

라크안이 조그만 의자에 앉아 눈을 감고 있었다. 까만 머리카락이 우수수 앞으로 쏟아진 채였다. 남자의 손은 침대 위에 놓여 있었다. 그 손이 카루나의 손을 꼭 잡고 있었다. 손을 감싸는 따뜻한 온기가 어쩐지 익숙했다.

'이 손이었던 건가?'

카루나는 어둠 속에서 계속 자신을 잡아끌던 온기를 떠올렸다. 울컥, 서럽고 미안한 감정이 솟구쳤다.

'잡으면 잡았다고 말을 해 줘야지, 불안하게. 하마터면 놓칠 뻔했잖아.'

카루나는 라크안의 손을 맞잡았다. 손가락을 살짝 오므렸을 뿐인데, 라크안이 눈을 번쩍 떴다. 어둠 속에서 붉은 눈이 선명하게 빛났다.

라크안은 눈을 뜬 채로 우두커니, 멈춰 섰다. 언뜻 보기에도 훨씬 더 놀란 것 같아 보였다.

"……카, 루나?"

라크안이 믿을 수 없다는 듯 읊조렸다. 누군가에게 조종당해 이지를 잃은 듯한 목소리는 아니었다. 순전히 자신의 감정을 드러내어 부딪치는 정직한 목소리였다.

'다행이다.'

카루나는 자칫 울음을 터트릴 뻔했다. 자신이 아카론의 세뇌에서 벗어났다는 것보다, 라크안이 원래의 라크안으로 돌아왔다는 게 더 다행이었다.

긴장이 탁, 풀렸다. 카루나는 애써 눈물을 참으며, 라크안을 올려다봤다. 아, 아아. 목소리를 내자 라크안이 화들짝 놀라며 카루나에게 귀를 가져다 댔다. 늑대 귀도 아니고 사람 귀인데, 귀가 쫑긋 서는 것같이 보였다. 그 바람에 카루나는 웃음을 터뜨릴 뻔했다. 꾹 다문 입술이 살짝 떨렸다.

'울고 싶다가 웃고 싶다가…… 이게 뭐야.'

카루나는 반갑고 믿고, 고맙고, 사랑하는 마음을 담아 라크안의 귀에 대고 속삭였다.

"안녕, 하세요. 이번엔 옷을 입고 계시네요."

어려져서 처음 라크안을 봤을 때가 떠올라 생긋 웃자.

"……이제는, 꼬맹이가 아니네."

라크안은 용케 알아듣고 그때와 비슷하게 대답했다. 그 역시 목멘 목소리였다. 목소리가 왜 그러냐고 타박하려고 다시 입술을 달싹이는데, 툭 뜨거운 눈물이 뺨에 떨어졌다. 라크안의 것이었다.

"왜…… 울어요."

카루나는 손을 뻗어 라크안의 뺨을 문질렀다.

"……모르겠어."

라크안은 잘 길든 늑대처럼, 그 손바닥에 뺨을 부비며 눈을 감았다. 굵은 눈물방울이 하염없이 툭, 툭, 떨어져 내렸다. 카루나의 손이 눈물로 함뿍 젖어도, 라크안은 눈물을 멈추지 못했다.

"다행이야, 정말 다행이야."

라크안은 같은 말을 반복했다. 뭐가 괜찮다는 건지 물어보고 싶었다. 그런데 물어보지 않아도 알 것도 같았다. 그래서 카루나도 덩달아, 울고 싶어졌다.

'나를 위해 울어주는, 내가 사랑하는 사람.'

울지 말라고 달래 주고 싶다가도 나를 위해 더 울어 달라고 매달리고 싶었다. 그 마음을 감당치 못하고, 힘겹게 몸을 일으켰다.

라크안은 본능적으로 손을 뻗어 카루나를 부축했다. 카루나의 허리를 감싸 안은 손이 움찔, 떨렸다. 자신이 붙잡고도 스스로 놀란 것이었다. 카루나가 괜찮다는 듯 토닥토닥 두드리자, 머뭇거리던 손이 좀 더 강하게 카루나를 끌어당겼다.

두 사람의 얼굴이 가까워졌다. 라크안은 무심코, 좀 더 허리를 숙여 카루나에게 다가갔다. 별다른 생각이 없었다. 아니, 정확히는 그럴 겨를이 없었다. 그저 카루나의 숨소리를 좀 더 가까이에서 듣고 싶을 뿐이었다. 그녀의 온기를 확인하고, 그녀가 제 품 안에서 살아있다는 걸 느끼고 싶었을 뿐.

그런 라크안에게, 카루나는 대담한 방법으로 자신의 존재를 확인시켜 주었다. 두 손으로 라크안의 옷깃을 잡아 제 쪽으로 당겼다. 라크안은 그 힘없는 손길에도 순순히 끌려 내려왔다.

쪽.

두 사람의 입술이 살짝 닿았다 떨어졌다.

"……!"

라크안은 눈을 크게 뜬 채로 돌이 되어 버렸다. 카루나는 그런 라크안을 보고 푸스스 웃으며 스스럼없이 그의 품에 기댔다.

"어…… 어…….."

라크안은 카루나가 불편하지 않도록 고쳐 안으면서도, 여전히 제게 무슨 일이 일어났는지 이해하지 못하고 버벅댔다. 그저 심장만이 카루나를 알아보고 터질 듯 뛰어 댈 뿐이었다.

카루나는 그의 왼쪽 가슴에 귀를 대고 그 심장 소리를 들었다. 두근두근, 빠르게 뛰는 심장이 힘껏 소리치고 있었다. 카루나를 좋아한다고. 좋아서 어쩔 줄 모르겠다고.

'나도, 나도 그래.'

카루나는 속으로 답해 주었다.

"카루나."

이를 악물고, 끓어오르는 감정을 어쩌지 못한 채로 부르는 이름. 절절한 목소리. 카루나는 제 이름이 이 정도로 뜨겁고 격렬하게 들릴 수도 있다는 걸, 오늘 처음 경험했다.

"카루나."

라크안은 흘러넘치는 감정을 어쩌지 못하고, 카루나를 꽉 끌어안았다. 그녀를 제 품에 가두듯 안고는, 그녀의 어깨에 얼굴을 묻었다.

"나 아픈데요, 공작님. 조금만 살살……."

"라안."

"응?"

"라안."

"……."

"제발."

라크안이 숨 막히는 듯한 목소리로 속삭였다.

"……라안."

카루나는 잠시 심호흡을 하고, 조심스럽게 속삭였다. 라안. 라크안의 가짜 약혼녀가 되어 사교계를 휘젓고 다닐 때, 허락도 받지 않고 부르고 다녔건만. 그때는 아무렇지 않았는데.

이상하게도 지금은, 괜히 목소리가 떨렸다. 뭔가 대단한 고백을 하는 것처럼. 그런 생각을 한 건 카루나만이 아닌 듯했다.

"……"

라크안은 아무 말이 없었다. 카루나는 어깨가 뜨겁게 젖어드는 걸 느끼며 작게 웃었다.

"울보였네요, 우리 공작님, 아니 내 라안."

"……"

카루나는 라크안이 소리를 내지 않으려 이를 악다무는 걸 느꼈다. 카루나를 끌어안은 굵은 팔이 가늘게 떨렸다. 카루나는 그의 소리 없는 오열을 받아 주며, 그의 어깨를 천천히 쓸어내렸다.

제 손길을 따라 잔뜩 긴장해 있던 근육이 이완되는 게 느껴졌다. 아무도 감히 길들이지 못했던 커다란 늑대가 제 손짓 하나에 누그러지고 있었다. 뿌듯한 충족감이 차올랐다.

라크안이 너무 꽉 끌어안아서 숨쉬기 버거웠지만, 조금만 더 참아 보자고 생각했다. 제 어깨뿐 아니라, 온몸을 눈물로 적실 듯한 라크안을 위해서. 꽉 끌어안겨 있는 게 싫지만도 않았다. 손만 잡고 있을 때보다 훨씬 따뜻하고 안락했으니까. 마음이 놓이니, 눈꺼풀이 무거워졌다.

'아, 나는 여기로 돌아오기 위해서, 그렇게 오래 걸었던 거구나.'

머리끝부터 발끝까지 뿌듯한 감정이 차올랐다. 이제는 이 감정의 이름을 알았다. 기쁨, 그리고 행복. 카루나는 만족스럽게 숨을 내쉬며 눈을 깜빡였다.

다시 눈꺼풀이 무거워졌다. 아무래도 조금 더 자야 할 것 같았다. 지난

잠은 고단했다. 무언가를 찾기 위해 계속 계속 걸어야 했으니까. 이번에는 걷지 않는 잠을 잘 수 있을 것 같았다.

마침내 도착해 이 품 안에 안겨 있으니까. 라크안이 다시는 자신을 놓칠 리 없을 테니까.

'내 하나뿐인 사람, 나의 라안.'

카루나는 긴 숨을 내쉬며 눈을 감았다.

* * *

한숨 푹 자고 눈을 뜨니, 라크안의 얼굴이 보였다. 자기 팔을 베고 누워 있었는데 남은 한 손으로는 카루나를 끌어안고 있었다. 카루나는 금세 눈이 말똥해져서는 라크안을 올려다보았다.

침대는 카루나가 혼자 쓰기엔 넉넉하지만 두 사람이 눕기에는 비좁았다. 라크안처럼 덩치 큰 사내가 눕기에는 더더욱 그랬고. 그 좁은 침대에 웅크려 누워 있는 게 힘들기도 할 텐데, 편안해 보이는 표정이었다.

카루나는 이불 속에 파묻혀 있는 팔을 빼내 라크안의 팔을 토닥토닥 두드려 보았다. 그래도 라크안은 일어나지 않았다. 덕분에 카루나는 마음 편히 손을 뻗어 라크안의 눈가를 살살 쓸어내렸다.

코와 뺨에 긁힌 상처가 가득했다. 입술인 터져서 피딱지가 고여 있고. 무엇보다 눈 밑이 시커멨다. 눈의 땅으로 끌려가기 전, 마지막으로 보았던 때보다 상태가 더 안 좋았다.

'잘생긴 얼굴을 막 굴리면 어떡해.'

짜증이 날 만큼 속상했다. 얼굴의 상처야 자신 때문일 테고. 눈가의 다크서클 역시 자신 때문일 테고. 모든 게 자신 때문이라서 더 속상했다. 카루나는 다시 이불 속에 폭 감싸여, 그대로 라크안의 품에 파고들었다.

"으음……."

불편했는지 라크안은 뒤척이면서도, 카루나를 안은 손에 힘을 주었다. 덕분에 카루나의 뺨이 라크안의 탄탄한 가슴에 짓눌렸다.

"으우."

카루나는 답답했지만 라크안을 밀어내지는 않았다. 오히려 몸에 힘을 풀고, 얌전히 라크안의 품에 몸을 기댔다. 따뜻하고 안락했다. 할 수만 있다면 영원히 이렇게 있고 싶었다.

천 하나를 둘러 만든 안과 밖. 라크안과 단둘이 있는 안쪽 세상은 고요했다. 기둥에 걸려 있던 등불은 꺼져 막사 안은 어두웠다. 밖에서는 별다른 소리가 들리지 않았다.

낮인지 밤인지, 시간은 얼마나 지났는지 알 수 없었다. 지금 여기가 이 세상의 전부라면 얼마나 좋을까. 라크안의 품속에서, 두 귀를 닫고 두 눈을 감고, 모든 걸 외면하고 숨어 버릴 수만 있다면.

'하지만 그럴 순 없겠지. 그래선 안 되겠지.'

라크안의 품은 이다지도 따뜻하고 안락한데, 천막 안의 한 뼘 땅과 작은 침대 속 세상은 이다지도 고요한데. 이 작은 행복을 지키기 위해서는 천막을 걷고 밖으로 나가야 한다.

'……아카론.'

카루나는 그를 떠올렸다. 눈의 땅의 주인. 눈처럼 하얀 머리카락. 자신과 똑같은 녹색 눈을 가진 청년. 태어나면서 지금까지 혼자서 추위를 견디며, 오직 자신만 찾고 자신만 기다렸던 쌍둥이 오라버니.

'지금도 아마 혼자겠지…….'

주술에 걸렸다 해서 눈과 귀가 닫히는 건 아니었다. 자신의 의지만 없을 뿐. 무슨 일이 벌어지고 있는지, 자신이 무슨 일을 하고 있는지는 모두 보고 들을 수 있었다. 때문에 카루나는 아카론의 모습과 목소리를 모두 기억하고 있었다, 그의 냉기, 그의 외로움이 새삼 뼈에 사무쳤다.

'날 기다리고 있을 거야.'

손끝이 파르르 떨렸다. 먹먹한 감정이 눈처럼 내려 심장 위로 내려앉았다. 그렇게 아카론에 대한 감정에 빠지려 할 때. 붉은 눈이 뜨였다. 그 눈은 심장을 감싼 살얼음 따위 단번에 녹여 버릴 열기를 가지고 있었다.

"카루나."

라크안은 카루나의 손을 움켜잡았다. 차게 식어 있는 손에 온기를 나누어 주었다. 긴 눈꺼풀이 느릿하게 뜨였다 감겼다. 막 깨어나 졸음을 견디기 힘든 듯했다.

"으음."

그는 긴 숨을 내쉬며 카루나의 정수리에 얼굴을 묻었다. 그러고는 깊게 숨을 들이켰다. 카루나는 머리끝부터 라크안에게 빨려 들어가는 기분을 느끼며, 몸을 살짝 떨었다.

라크안은 그걸 카루나가 제 품에서 벗어나려는 움직임으로 오해하고는, 아예 두 손으로 카루나를 끌어안았다. 그러더니 급기야 카루나의 머리에 턱을 가져다 댔다.

"윽, 답답해요."

카루나가 주먹 쥔 손으로 라크안의 등을 두드렸지만 라크안은 못 들은 척했다. 살짝만 풀어 줘도 물거품처럼 사라져 버릴까 봐, 잃어버릴까 봐, 놓을 수가 없었다.

또 카루나를 놓친다? 생각만으로도 울컥, 서러움이 밀려들었다. 라크안은 이를 꽉 다물고 빈 허공을 노려보았다. 마치 거기에 카루나를 빼앗았던 적이 있는 것처럼.

카루나는 라크안의 표정을 볼 수 없으면서도, 자신을 감싼 몸이 잔뜩 긴장한 것에서 그가 분노하고 있는 걸 알아차렸다. 카루나는 주먹을 풀고, 손으로 라크안의 어깨와 등을 쓸어내렸다.

괜찮다고, 다시는 당신 곁을 떠나지 않겠다고, 그렇게 말하는 듯했다. 적어도 라크안은 그렇게 느꼈다. 라크안은 긴장을 풀고 자세를 느슨하게 바꿨다.

물론, 카루나를 껴안은 손은 느슨해지지 않았다. 카루나는 어쩔 수 없다는 듯 풋, 웃음을 터뜨렸다. 라크안은 그 웃음소리를 듣고도 또 듣고 싶었다. 영원히 듣고 싶었다.

"또 웃어 줘."

속삭이듯 말하자.

"웃을 수 있게 해 줘야 웃죠."

카루나가 새침하게 말하며 얼른 팔을 풀라고 재촉했다. 찰싹찰싹 팔뚝을 내리치기까지 했는데, 그는 또 못들은 척하였다. 두 사람은 잠시 실랑이를 벌였다. 승자는 라크안이었다.

라크안은 아예 카루나가 베고 있던 베개를 쑥 빼서 침대 밑으로 던져 버렸다. 콩. 머리를 침대 바닥에 부딪친 카루나가 째려보자 얼른 다시 팔베개를 해 주었다. 이게 목적인 듯했다.

카루나는 어쩔 수 없다는 듯 라크안의 팔을 뱄다. 두 사람의 얼굴은 서로의 숨이 닿을 만큼 가까워졌다. 카루나도 라크안도 뒤늦게 부끄러워했으나 뒤로 빼지는 않았다.

"피곤하면 좀 더 자요."

카루나가 라크안의 머리카락을 쓸어 넘겨주며 소곤소곤 말했다. 라크안은 울컥, 흘러넘치는 감정을 참지 못하고 카루나의 이마에 입을 맞췄다.

"……!"

메마르고 거친 감촉이었다. 카루나는 깜짝 놀라 눈을 크게 떴다.

"아."

사고를 친 당사자도 덩달아 놀랐다.

카루나도 라크안도, 그나마 남아 있던 잠기운이 모조리 달아나 버렸다.

"……"

"……"

"……충분히 잤어. 그대야말로 피곤하면 좀 더 자."

라크안이 머뭇거리며 뒤늦게 답했다.

'내 품에서.'

카루나는 라크안의 말 뒤에 숨겨진 한 구절을 바로 알아챘다.

엉큼하기는.

이렇게 핀잔주고 싶었지만. 카루나는 벌게진 라크안의 귀를 보고는 간질 거리는 입을 꾹 다물었다. 그러면서 정작 제 얼굴이 빨개진 줄은 몰랐다. 라크안은 홍조가 도는 카루나의 뺨을 멍하니 바라보다가, 오물오물 움직이는 카루나의 입술을 또 홀린 듯 바라보았다.

꿀꺽. 마른침을 삼켰다. 입 안이 바짝 말랐다. 목이 마른 것도 같았다. 물 말고 다른 걸 맞대면 괜찮아질 것 같은데. 막상 카루나와 눈이 마주치자, 그런 생각을 한 게 부끄러워졌다. 제가 그녀와 한 침대에 누워 어떤 모습을 하고 있는지는 까맣게 잊은 채, 그렇게 숙맥처럼 굴었다.

"좋아해."

고백은 불현듯 툭, 튀어나왔다.

"정말로 좋아해. 사랑해, 카루나. 그대를."

도무지 벅찬 마음을 감당할 수가 없었다. 평생토록 카루나, 사랑해, 단 두 마디만 말하래도 그럴 수 있을 것 같았다. 아니, 그렇게 평생 말해도 이 벅찬 마음을 다 표현할 수 없을 것 같았다.

그저 카루나가 좋았다.

제게 포도주통을 날리고 후추를 뿌리는 카루나가. 생긋, 웃으며 손을 내미는 카루나가. 발작을 일으켜 날뛰는 절 끌어안아 준 카루나가. 어느 한 순간이라도 사랑스럽지 않은 적이 없었다. 클레이엔인 줄 알고 만났던 첫 만남조차도.

그날. 부채로 얼굴을 가리고 톡- 쏘아붙이던 카루나를 보는 순간. 심장이 덜컹 내려앉았다. 마카레나 백작에 대한 혐오감이 딸에게도 이어진 거라 생각했건만. 그게 아니었다.

처음 느껴보는 감정이어서 몰랐던 것이었다. 자신을 두려워하지 않고 빤히 바라보던 그 녹색 눈동자에. 자신감 넘치는 목소리에. 부채를 쥔 가느다란 손에. 얇은 레이스로 가려진 작은 어깨에.

첫눈에 반했던 거였는데.

아직도 그 날의 카루나를 선명하게 기억하고 있는 걸 보면, 분명 그 감정은 혐오나 증오가 아니라 사랑이고 설렘이었다. 왜 진작 못 알아본 걸까. 서러워서, 속상해서, 눈물이 났다. 라크안은 카루나에게 눈물을 보이지 않으려고 눈을 감았다. 그래도 눈물은 소리 없이 흘러내렸다.

"그대를 사랑해. 그대가 무엇이든."

조그만 천막. 밖에서 흘러드는 급박한 전투의 기운. 한풀 나아졌지만 여전히 다치고 지친 모습. 피와 쓴 약초 냄새. 목멘 목소리.

사랑을 고백하는 남자는 이다지도 볼 것 없고 초라했다. 화려한 저택도, 눈부신 샹들리에도, 아름다운 보석 반지도, 웅장한 음악도 없었다. 이게 뭐냐고, 제대로 준비해서 다시 하라고 구박해야 하는데. 그럴 수가 없었다.

눈물도 전염되는 건지, 카루나의 눈꼬리에도 눈물이 맺혔다. 카루나는 제 눈물을 닦는 대신, 두 손을 뻗어 라크안의 얼굴을 잡아당겼다.

"말했잖아요, 나도. 좋아한다고. 사랑한다고."

부끄럽지만, 몇 번이든 말해 주고 싶었다. 이 사람이 눈물을 그치고, 자신을 향해 환히 웃어 줄 때까지. 카루나는 다시 피가 흐르는 라크안의 입술에 입을 맞췄다.

"……."

라크안은 잠들기 전에 입맞춤했을 때처럼 놀라지는 않았다. 다만, 물기 젖은 눈으로 카루나를 뚫어져라 바라보았다. 굳게 닫힌 입술은 더 이상 사랑을 속삭이지 않았다.

주변 분위기가 무겁게 가라앉는 것 같았다. 돌변한 분위기에 눌린 카루나가 쭈뼛하게 라크안을 올려다보았다.

"라, 안?"

그 순간. 라크안의 얼굴이 불쑥, 다가왔다. 놀란 카루나가 다시 그를 부르려 했으나 그 목소리는 라크안에게 먹혔다.

"라…… 읍!"

딱, 이가 부딪쳤다. 아프다고 느낄 겨를 없이 입술이 맞닿았다. 어설프고, 성급하고, 다급한 입맞춤이었다. 그래도 좋았다. 놀라 라크안을 밀어내던 카루나는 이내, 라크안의 목을 끌어안았다.

첫 키스는 피, 그리고 눈물 맛이 났다.

'남들은 레몬 맛, 포도 맛이 난다고 하던데.'

카루나는 사교계에서 미혼 영애들과 어울리며 주워들었던 이야기를 떠올렸다. 영애들이 꿈꾸고 경험한 낭만적인 첫 키스의 정석은 이러지 않았는데.

'우리는 왜 항상 이 모양일까.'

꽃과 편지 대신 포도주통과 후추. 사랑 고백 후 약혼이 아니라 약혼 후 사랑 고백. 아마 그 때부터 다른 길로 빠져 버린 게 아닐까. 그게 싫진 않았다. 라크안답고, 또 자신다웠으니까.

카루나는 손을 내려 라크안의 손을 붙잡았다. 라크안이 깍지를 꼈다. 맞물린 두 손이 서로를 꼭 맞잡았다. 다시는 놓치지 않겠다는 듯이.

'이대로 영원히 함께할 수 있다면 얼마나 좋을까.'

'이대로 시간이 멈춰 버렸으면 좋겠어.'

끝이 예정되어 있기에 더욱 달콤한 것인지 모른다. 아직 해결된 건 아무것도 없다. 그저 둘이 다시 만났고 서로의 마음을 확인했을 뿐. 그러니 이제는 일어나 천막 밖의 세상으로 나가야 한다.

하지만 둘이서 함께인 지금 이 순간이 너무도 소중해서, 카루나와 라크안은 아무 말도 하지 못했다.

"라안."

먼저 침묵을 깨트린 건 카루나였다.

"음."

라크안은 대답인지 한숨인지 모를 소리를 내며 카루나의 정수리에 얼굴을 묻고 숨을 들이켰다. 카루나는 라크안의 가슴에 뺨을 대고 천천히, 그간의 이야기를 털어놓았다.

올가를 살리는 대신 눈의 땅으로 끌려갔고, 거기서 아카론을 만나게 된 것. 그리고 부모님의 이야기까지. 라크안은 말을 거들지도, 중간에 가로막지도 않고 듣기만 했다. 카루나의 어머니가 시에나이고, 아버지가 무려 천 년 전의 시조라고 들어도 놀라지 않았다.

"반려란 대체 뭘까요."

카루나는 한숨 쉬듯 말했다. 부모님에 대해 알고 나서는 더더욱 숲의 일족이 말하는 '반려'라는 게 무엇인지 알 수 없어졌다.

생에 단 하나뿐인 사랑. 절대적인 영혼의 각인. 그간 경험하지 못했던 기쁨과 행복을 주는 존재. 한눈에 알아보든 천천히 알아 나가며 알아보든, 어쨌든 알아볼 수밖에 없는 영혼의 반쪽. 그게 숲의 일족의 반려였다.

반려에 대한 갈망은 시조 카스라의 주술에서 시작되었다. 늑대로 변신해 악룡과 싸울 수 있는 강력한 힘을 얻은 대가. 인간과 짐승, 둘 모두이면서 둘 중 무엇도 아니게 된 영혼의 균열. 그 균열을 채울 수 있는 유일한 방법.

하지만 카루나는 자신이 반려라고 말하는 리셴 대신 라크안을 사랑하게 되었다. 카루나의 어머니, 시에나 역시 카젤인을 뒤로하고 눈의 땅으로 들어가 사랑하는 사람을 찾았다.

"나와 내 어머니가 숲의 심장이라 불리는 능력을 가지고 있기 때문일까요?"

카루나가 생각하기에 제일 적당한 이유는 이것이었다.

"아니. 그건 아닐 거야."

그런데 라크안은 단호하게 고개를 저었다.

"답을 알고 있는 사람처럼 말하지 말아요."

틀렸다는 말을 듣는 건 그리 기분 좋은 일은 아니었다. 카루나는 뾰족한 목소리로 대꾸했다.

"왜 내가 답을 모른다고 생각해."

"그럼, 이유가 뭔지 아는 거예요?"

"물론."

"어떻게요? 아니, 이유가 뭔데요."

"질문은 둘인데 답은 똑같군."

라크안은 정말 답을 아는 사람처럼 굴었다.

카루나는 두 손으로 라크안의 옷깃을 잡고 매달렸다. 라크안은 고개를 숙여 카루나의 귓가에 속삭였다.

"내가 그대를, 또 그대의 아버지가 그대의 어머니를, 진심으로 사랑했기 때문이지."

꽤 로맨틱한 말이었다. 하지만 지금 카루나가 원하는 건 입에 발린 사랑의 세레나데가 아니라 명확한 해답이었다.

"그게 뭐예요, 무슨, 그런 말도 안 되는 소리를 진지하게 하는 거예요?"

카루나의 눈이 매서워졌다.

'사랑으로 모든 게 해결된다? 사랑하니까 그런 거다? 아이들이 읽는 동화에나 나올 말을 하고 있어.'

달콤한 저음이 듣기 좋았다는 감상과는 별개로, 라크안이 당당하게 내놓은 답은 전혀 마음에 들지 않았다.

'그럼 지금까지 반려를 만났던 다른 숲의 일족들은 뭐, 당신이 날 좋아하는 것보다 반려를 덜 사랑했다는 거야?'

카루나는 뚱한 표정으로 라크안을 올려다보았다. 정신 차리라고 한 마디 할 생각이었건만.

"공작 각하, 정신 좀……."

채 말을 끝맺지 못했다.

"공작이 아니라 라안."

라크안이 속삭였다. 달콤한 목소리보다 더 달콤한 눈빛과 웃음을 머금은 채로.

"어……."

이렇게 부드럽고 다정한 라크안을 보는 건 처음이었다. 아마 라크안 본인도 이런 모습을 한 건 처음이 아닐까 싶은데.

'거울, 거울이 필요해.'

이 얼굴을 하고선 어떻게 그런 낯간지러운 말을 해서 사람 마음을 흔들어 놓느냐고, 거울로 얼굴을 비춰 주며 말해 줘야 하는데. 그럴 수 없다니. 괜히 억울했다. 그리고 새삼 설렜다.

'뭐야, 딱 내 취향이잖아.'

잘생긴 얼굴. 이 험한 세상을 어떻게 살려고 저럴까 싶을 정도로 순하게 웃는 미소. 오직 자신만 바라보고, 절대 한눈팔지 않는 눈. 더없이 카루나의 취향이었다.

이미 반했는데, 다시 한번 반해 버리다니. 화르륵- 소리가 날만큼 빠르게, 빨갛게 카루나의 얼굴이 달아올랐다. 살짝만 깨물어도 톡- 터질 것 같았다. 라크안은 호기심을 참지 못하고 카루나의 뺨을 살짝 깨물어 보았다.

"뭐, 뭐, 뭐 하는 거예요!"

카루나가 깜짝 놀라며 라크안의 등을 주먹으로 퍽퍽 내리쳤다. 사랑하는 것과 별개로, 때릴 땐 얼마든지 세게 때릴 수 있었다. 이런 점도 좋았다. 아야. 간지럽지도 않으면서. 라크안은 엄살을 부리며 카루나를 더 꼭 끌어안았다.

"정말이야. 내가 지금 겪고 있는 일인데, 내가 경험자인데 왜 안 믿는 거지?"

"믿고 자시고를 떠나서, 말이 안 되잖아요."

"왜 말이 안 돼. 내 영혼의 균열과 상관없이, 그대를 사랑하게 됐다는데."

"으으!"

"이런 말도 할 줄 아는 사람이었어요?"

"내가 뭘."

웃음기 가득한 그의 목소리가 귓가를 간지럽혔다.

"지금 내가 얼마나 진지하게 이야기하고 있는데!"

"나도 진지해, 카루나."

카루나. 세 음절의 이름.

숲의 전통대로라면 그녀의 진짜 이름은 카나였다. 그래서인지 아카론은 꼬박꼬박 그녀를 카나라고 불렀다.

반려에게 진짜 이름을 불리면 충만한 행복과 기쁨을 느낄 수 있다던데. 카루나는 오히려, 저를 카루나라고 부르는 라크안의 부름에서 충만한 감정을 느꼈다. 벅차오르는 감정의 이름은 분명 기쁨이요, 행복이었다. 라크안의 말대로 사랑하면 됐지, 반려든 뭐든 어떠랴 싶은 생각이 들었다.

'이런 기분을, 당신도 느끼고 있는 걸까?'

세상을 다 가진 듯 환하게 웃고 있는 얼굴이 보기 좋았다. 붉은 눈은 누굴 홀리려는지 곱게 접혀 눈웃음 치고 있었다. 이 얼굴을 세상 밖에 내보여야 한다니. 대륙 모든 여자들이 다 반하지 않을까? 맙소사.

"믿어 줄 테니까 밖에선 그렇게 웃지 말아요."

카루나가 다급한 목소리로 말했다.

"응?"

"알았죠?"

"……그렇게 별론가?"

"별로든 아니든, 아무튼요."

"내가 그동안 많이 안 웃어 봐서 그런 건데, 좀 익숙해지면……."

"빨리요. 대답!"

"어? 어어, 어."

환히 웃던 얼굴이 금세 시무룩해졌다. 카루나는 그런 그를 달래듯, 조금 전 자신이 때렸던 너른 등을 쓸어내리며 중얼대듯 말했다.

"……우리는 앞으로 어떻게 될까요."

그저 치고 박고 싸우기 바쁜 공작과 백작 영애였는데. 반려를 찾고 싶은 늑대와 마법의 약을 먹고 어려져 버린 악녀였는데. 천 년의 세월 동안 침잠해 있던 진실을 마주하게 되었다.

'이대로 외면하고 도망친다면 어떻게 될까. 맞서 싸우다가 또 당신을, 아니면 나를 잃게 되면 어떡하지?'

카루나의 팔이 가늘게 떨렸다. 살아남아야 한다는 목표보다는 또 라크안과 헤어지게 될지도 모른다는 두려움이 그녀를 흔들었다. 아카론의 차가운 숨결이 뼛속까지 스며든 것같이 추웠다. 카루나는 추위를 피해 라크안의 품속으로 파고들었다.

"그래서 그대는 어떻게 하고 싶은데?"

라크안은 카루나의 머리카락을 쓸어내리며 다정한 목소리로 물었다. 카루나는 입술을 깨물고 머뭇거렸다. 라크안은 기다리며 손가락에 감긴 머리카락 끝부분에 입을 맞췄다.

"난……."

카루나는 주저했다. 라크안은 대답을 다 들었다는 듯 웃으며 속삭였다.

"무엇을 원하든 그대가 원하는 대로 하겠어. 그러니까 마음 가는 대로 해."

* * *

카루나가 눈을 떴다는 소식은 빠르게 전달됐다. 시스는 카루나를 바로 불러와 회의에 참여시켜야 한다고 주장했다.

황태자와 라미라는 격렬하게 반대했다. 첫째도 둘째도 카루나의 회복이 우선이었다. 그동안 의논하던 중요한 안건들을 뒤로 미뤄 놓고 치열하게 대립했건만.

그 시간이 무색하게도, 카루나는 제 발로 그들을 찾아왔다. 아니, 제 발로 찾아온 건 아니었다. 라크안의 품에 안겨 있었으니까.

"……."

그 모습을 본 루시온의 눈썹이 살짝 꿈틀, 했다.

"살아 있는 모습을 보니 반갑군. 지금 내 꼴을 보고, 지금까지 내가 잘 못한 걸 기꺼이 용서해 주길 바랄 뿐이야."

시스는 두 팔 벌려 상처투성이인 제 몸을 보이며 미리 자비를 구했다. 황태자와 루시온은 제국의 예법에 맞춰 인사를 건네고, 라미라는 퍽 감격 스럽다는 눈빛으로 카루나를 바라보았다. 그녀는 카루나를 처음 보는 것이었다.

카루나는 그들에게 고개를 끄덕이며 인사한 뒤, 라크안의 부축을 받아 자리에 앉았다. 그다음 라크안에게 말해 주었듯 자신이 눈의 땅에서 겪었던 걸 말해 주었다.

"그는 눈의 땅에서, 녹주석 앞에서 떠나지 못해요. 악룡의 피 때문이지요. 그는 그 힘을 억누르면서도, 한편으론 그 힘을 이용하고 있어요. 그리고 서서히, 악룡의 피에 잠식되어가고 있구요. 그의 이름은…… 아카론이라고 해요."

비로소 아카론의 존재가 눈의 땅 밖에 알려졌다.

"이런."

아카론의 이름을 말하자, 별다른 설명을 하지 않았는데도 라미라가 눈을 질끈 감았다.

"그렇다면, 당신은……."

라미라가 카루나를 바라보며 말꼬리를 흐렸다. 그녀는 시에나와 카젤인을 알고 있었다. 카루나와 아카론. 시에나가 늘 입버릇처럼 말하던 이름이었다.

카루나의 이름을 들었을 땐 그저 우연이라 치부하고 넘어갔지만, 아카론이라는 이름까지 거론되자 라미라는 어떤 합리적인 의심을 하게 되었다.

숲의 능력은 피를 통해 이어진다. 오래전, 눈의 땅에서 뛰어난 장로 후계자가 실종되었다. 시간이 지나 지금, 숲 밖에서 발견된 어떤 혼혈 늑대가 숲의 능력을 가지고 있다.

"네, 맞아요. 저와 아카론은 쌍둥이예요. 우리의 어머니는 시에나, 그리고 아버지는……."

카루나는 고개를 들어 시스를 바라보았다. 시스의 얼굴은 잔뜩 굳어 있었다. 마치, 천 년도 전에 있었던 전설이 눈앞에서 현실로 나타난 듯이.

"넷이 되어야만 눈의 땅으로 갈 수 있다고 말했지요? 그런데 우린 셋뿐이라 넷이 될 수 없다고. 당신의 말은 틀렸어요. 우린 이미 넷이에요. 내가, 내 아버지와 어머니의 딸이니까."

숲의 심장이자, 눈의 딸. 넷을 완성하는 하나가 나타났다. 카루나의 발언으로 인해 회의는 급물살을 탔다.

"이렇게 되면, 당신들이 말하던 그 전설대로 된 겁니까? 카루나가 혼자서 두 사람 몫을 하게 되었으니 말입니다."

황태자가 시스와 라미라 쪽을 바라보며 물었다.

"……."

"……."

시스와 라미라는 침묵했다. 하나같이 표정이 심각했다. 카루나의 말을 들은 그대로 받아들이는 건 황태자를 비롯한 제국 측 인사들뿐이었다. 전설에 대해 아는 것이 없기에, 오히려 아무 사심 없이 받아들일 수 있는 것이었다.

숲의 일족과 올벤은 천 년 동안 시조의 업적을 기억하고 전승해 왔다는 자부심을 가지고 있었다. 전설을 까맣게 잊고 있던 제국에게 어느 정도 우월감을 가지고 있기도 했다. 카루나의 이야기는 그들의 자부심에 금이 갈 만한 내용이었다.

'우리가 알고 있던 게 완전하지 않았다니.'

'그간 눈의 땅과 싸워 왔던 건 무슨 의미가 있었던 거지? 정말 악룡과 싸워 왔던 건 천 년 전이나 지금이나 시조 소렌뿐인 것을. 우리는 그저 변경까지 밀려난 잔챙이나 처리하면서 허덕였을 뿐이란 말인가.'

숲의 일족과 올벤 측 사람들의 충격은 상당했다.

"잠깐, 잠깐만. 시간을 좀 줘."

시스가 손을 들어 올리며 말했다.

"나도 같은 마음이네."

라미라는 손으로 이마를 짚었다. 골치 아파 보였다. 카루나와 제국 쪽 인사들은 혼란스러워하는 그들을 위해 기꺼이 기다려 주었다. 한참 후 시스가 한숨을 내쉬며 말했다.

"아무튼, 넷이 되었다는 건가."

"그래, 그게 중요한 거겠지. 넷이 되었다는 것."

라미라도 시스의 말에 동의했다.

넷이 되는 날,
우리는 다시 만날 수 있을까.

전설처럼 다시 넷이 되었지 않은가. 중요한 건 이것이었다. 시스와 라미라는 일단, 다른 복잡한 생각은 뒤로 미뤘다.

"그런데 정말로 봉인이, 그러니까 그 녹주석이란 것이 부서지고 있었습니까?"

라미라가 카루나에게 물었다. 카루나는 자신이 봤던 대로 자세히 설명해 주었다. 그러자 시스와 라미라의 표정이 심각해졌다.

"악룡의 피를 봉인했던 주술이 부서져 가고 있는 거로군."

라미라가 쯧, 혀를 찼다.

"그래서 최근에 공격이 빈번해졌던 건가."

시스는 표정을 굳히고 올가를 돌아보았다. 올가는 잠시 생각하는 듯하더니 고개를 끄덕였다.

"맞는 것 같습니다. 최근 장막을 지키는 전사들의 사망자 수가 늘었습니다."

올가의 목소리가 회의장 바닥에 낮게 깔렸다. 회의장은 다시 침묵에 빠져들었다.

숲의 능력을 집어삼킨 눈의 땅의 위력은 어마 무시했다. 숲의 일족, 올벤, 제국. 가릴 것 없이 많은 사상자를 낳았다. 셋은 모두 지쳤고, 자신의 영역을 지키고 싶어 했다.

한편으로는 이참에 눈의 땅을 완전히 밀어내, 영원히 눈의 땅의 위협으로부터 벗어나고 싶은 마음도 없지는 않았다. 숲의 일족과 올벤은 특히나.

하지만 막상 전쟁을 계속하자고 말하기는 쉽지 않았다. 봉인이 시시각각 부서져 가고 있다는 소리를 들어도. 지금까지 눈의 땅의 위협을 모르고 살았던 제국 측, 황태자는 더더욱 그러했다.

넷이 됐다는 말에 순수하게 기뻐했지만. 전쟁이란 그저 넷으로만 할 수는 없는 일이기에, 머뭇댔다.

'이대로 물러나서 그냥, 지금처럼 계속 살 수는 없는 걸까.'

라크안도 카루나도 다 구했다. 카루나를 빼앗긴 후부터 지금까지 눈의 땅은 잠잠하기만 하다. 녹주석이란 것에 대한 카루나의 기억이 착각이라고 우기고 싶을 따름이었다.

"천 년 전 우리의 시조들이 마무리 짓지 못했던 일을 우리가 지금 여기에서 끝내야 하는 건가?"

시스가 한숨을 쉬듯 중얼댔다. 그 말의 무게는 상당했다.

"……."

"……."

"……."

회의장 안 그 누구도 쉽사리 입을 열지 못했다. 지금까지보다 더 많이 희생될 목숨들, 지금 하지 않으면 앞으로도 존재할 눈의 땅에 대한 부담감이 두 어깨를 짓눌렀다.

감히 이대로 눈의 땅을 내버려 두고 물러나자는 말도, 감히 장막과 목책을 넘어 눈의 땅을 쳐들어가자는 말도, 쉽게 할 수 없었다. 침묵이 길어지자, 보다 못한 카루나가 다시 말문을 열었다.

"지금 우린, 당신들이 그렇게 원하던 넷이 됐잖아요. 이번 기회를 놓치면 안 돼요."

"그래, 맞는 말이야."

시스가 순순히 고개를 끄덕였다.

"어쨌든 이번이 기회이자 위기인 건 맞는 것 같습니다."

라미라도 굳은 얼굴로 말했다.

"……이대로 놔두면 정말, 제국이 위험해지겠지."

황태자 역시 동의했다. 그렇게 두 일족과 제국의 대표들이 뜻을 모았으나, 논의가 더 깊게 이어지지 않았다.

"앞으로 어떻게 눈의 땅과 맞서 싸울지, 일단 좀 더 생각해 보고 모였으면 좋겠습니다."

황태자의 말에 모두들 기다렸다는 듯 자리에서 일어섰다. 그렇게 회의가 그렇게 마무리되었다.

라미라는 가장 먼저 카루나에게 다가와 경의를 표하고, 따로 만날 것을 청한 뒤 자리를 떴다. 그녀는 카루나가 당황할 정도로 정중했다. 카루나를 시조 카스라의 화신으로 보고 있는 게 아닐까 싶을 정도였다. 카루나가 가진 숲의 능력을 직접 눈으로 보고 몸으로 겪었으니, 그럴 만도 했다.

"아까의 그 말은 우리를 위한 건가, 아니면 북쪽에서 홀로 버티고 있다는 그대의 오라비를 위한 건가?"

시스는 올가의 부축을 받아 카루나에게 다가와 그녀에게만 들릴 만한 작은 목소리로 물었다. 시스이기에 할 수 있는 질문이었다.

"……!"

카루나는 답하지 못했다. 시스는 그럴 줄 알았다는 듯 한쪽 입꼬리를 비죽 들어 올려 웃어 보이고는 자리를 떴다. 이후 황태자와 루시온이 다가와 뭐라 말을 했지만 하나도 귀에 들리지 않았다.

모두가 떠난 뒤.

카루나는 끝까지 자신의 곁을 지켜 주고 있는 한 사람을 바라보았다. 라크안은 계속 그녀의 옆에 앉아 손을 잡고 있었다. 카루나는 그의 따뜻한 온기를 느끼며, 이와 비교할 수 없을 정도로 차가웠던 아카론의 손길을 떠올렸다.

'그의 말대로야. 내가 정말 신경 쓰고 있는 건, 이 대륙의 멸망 같은 게 아니니까.'

녹주석이 부서지면, 그래서 봉인이 깨지면, 이 세상은 다시금 악룡의 피로 덮일 것이다. 대륙 전체가 위험에 처할 것이다.

……라는 건 솔직히, 실감이 나지 않았다. 그보다는 눈의 땅에 또 혼자 남겨진 아카론을 생각하는 게 차라리 더 현실성이 있었다. 평생 있는지조차 몰랐던 쌍둥이. 그런데 그는 눈을 뜬 그날부터 지금까지 자신을 찾고 기다렸다고 했다.

카루나는 그가 자신을 만지던 손길을 똑똑히 기억하고 있었다. 그는 그 무엇보다 그녀를 소중히 다뤘다.

'나는 그런 사람을 죽이자고…… 죽이러 가야 한다고 말한 거야.'

카루나는 비어 있는 시스의 자리를 바라보았다. 시스의 옆에는 몸이 성치 않은 상태에서도 기어이 시스의 곁을 지키던 올가가 서 있었다. 카루나는 회의 내내, 그 모습을 바라보았다.

'우리는 저렇게 될 수 없을까?'

누구에게든 묻고 싶었다. 하지만 아무에게도 물을 수 없었다.

* * *

그날 저녁.

카루나가 눈을 뜨길 기다렸다는 듯 눈의 땅의 공격이 다시 시작되었다. 높게 달이 뜬 밤. 어마어마한 수의 흰 그림자들이 물의 장벽을 넘어오는 모습은 장관이다 못해 끔찍했다.

잠깐의 평화에 느슨해져 있던 연합군은 경악하며 다시 무기를 들고 뛰쳐나갔다. 전투는 밤새 계속되었다. 눈의 땅은 약해지지 않았다. 카루나를 빼앗기고 오히려 더 강해진 듯싶었다. 전장에 나선 라크안, 황태자, 시스, 라미라는 처음으로 패배를 생각했다.

동이 틀 무렵. 흰 그림자들은 눈의 땅으로 물러났다. 또다시 물의 장막 주변은 연합군들의 시체로 뒤덮였다. 시체가 가득한 땅 위에 선 산 자들은 붉은 피 한 방울 묻지 않은 무기를 땅에 박고 몸을 지탱했다.

어디선가 시작된 울음이 금세 온 평원을 뒤덮었다. 카루나를 구했으니 전투는 끝났고, 살아서 집에 돌아갈 수 있다. 그렇게만 생각하고 있던 병사들은 끝나지 않은 전투, 끝나지 않은 동료의 죽음에 절망했다.

시스, 라미라, 황태자는 물론이거니와 라크안과 루시온까지 그 현장에 발을 딛고 서 있었다. 카루나는 혹시라도 눈의 땅에서 그녀를 노릴 걸 대비해 후방으로 피신해 있었다. 세나가 카루나를 호위했다.

전투가 모두 끝났다는 말을 듣고야 카루나는 세나와 함께 물의 장막으로 나왔다. 그렇게 모두가 시체와 울음뿐인 전쟁터 위에 섰다.

"……!"

카루나는 다리에 힘을 잃고 넘어질 뻔했다.

"아가씨!"

세나가 재빨리 그녀를 부축했고.

"카루나!"

라크안이 급히 그녀에게 달려와 그녀를 껴안았다.

"라, 라안……."

카루나는 덜덜 떨며 라크안의 품에 매달렸다. 아카론의 주술에 걸려 있을 때의 일들을 기억하고 있다. 허나 실감은 없었다. 남의 이야기를 보듯, 한 발 떨어져 지켜보는 것같이 기억하고 있을 뿐이었다.

막상 전쟁터에 나와 저가 그러했듯 아카론이 죽여 버린 연합군의 시체들을 보니, 비로소 그때의 기억이 생생하게 밀려들었다. 자신이 숲의 능력과 눈의 능력을 써서 어떻게 그들을 죽였는지. 눈 하나 깜짝하지 않고, 더 많은 자들을 죽이려 안달 냈는지.

'내가 그랬어. 내가 한 일이야.'

카루나의 얼굴이 하얗게 질렸다.

"보지 마. 네가 한 일이 아니야."

라크안은 카루나의 두 눈을 손으로 가렸다. 사시나무 떨듯 덜덜 떨리는 그녀의 몸을 꽉 끌어안고 쉼 없이 속삭였다. 그럼에도 카루나는 견디지 못하고 울음을 터뜨렸다. 카루나는 울다 지쳐 실신했다. 라크안은 그런 카루나를 안고, 물의 장막 너머를 노려보았다.

으득, 악다문 잇새에서 핏물이 흘러내렸다. 카루나가 느낀 고통과 슬픔이, 날카로운 화살과 창이 되어 라크안의 심장을 갈가리 찢었다. 손안에 느껴지는 가느다란 심장 소리가 아니었다면, 바로 발작하여 홀로 눈의 땅으로 뛰어 들어갔으리라.

눈의 땅에 증오를 느낀 건 라크안만이 아니었다. 살아남은 연합군의 모두가 물의 장막 너머를 보며 피눈물을 흘렸다.

"왜, 왜 이렇게까지 하는 거야."

"언제까지 이렇게 당하고만 있어야 하는 거지?"

"차라리 저 벽을 넘어, 우리가 먼저 쳐들어가서 다 죽여 버리자. 그러면 더는 못 쳐들어 내려오겠지."

숲의 라미라. 올벤의 시스. 제국의 황태자와 루시온. 그들은 말없이 서로를 바라보았다. 핏발 선 눈이 그들의 마음을 보여 주고 있었다.

직전 회의에서 계속 싸울지 말지 고민했던 것이 우습게도, 전투는 다시 시작되었다. 계속 싸울지 말지를 결정하는 건 이쪽이 아니었다. 장막과 목책을 넘어오는 눈의 땅이 결정할 일이었다.

그것도 모르고. 자신들이 이대로 물러나면, 예전처럼 눈의 땅이 얌전해질 거라 멋대로 착각하고, 싸울지 말지를 고민했다. 회의가 끝나자마자 서로 물밑으로 접촉하며, 전쟁 없이 이 상황을 끝낼 수 있는 방법을 찾았다.

천 년 전 봉인이 부서진다 해도, 물의 장막과 숲의 목책을 강화하는 것으로 눈의 땅을 막을 순 없을까. 아예 영영 눈의 땅 자체를 격리시키고 봉인시켜 버릴 방법은 없을까. 악룡의 피 따위, 눈의 땅 안에서 영원히 살아서 날뛰든 말든 상관없이.

그런 생각이나 하고 앉았던 조금 전 자신들의 모습이 우습기만 했다. 부끄러운 자괴감, 견딜 수 없는 분노가 그들을 휘감았다.

"점점 봉인이 약해져 악룡의 피가 강해지고 있는 거겠지. 어쩌면 잠시나마 카루나 님과 접촉한 게 붕괴를 앞당긴 건지도 모르겠군요."

라미라가 이를 갈며 말했다.

"이대로면……."

뒷말은 굳이 하지 않아도 됐다. 모두 이미 같은 마음이었으니까. 망설이던 마음은 이번 전투로 짓밟혔다. 다들, 결심을 굳혔다. 이번에 끝내지 않으면, 이 지리한 전투와 희생은 계속되리라. 아니, 더욱 커지리라.

싸울지 말지를 결정하는 건 저쪽의 문제였고, 저쪽은 이미 마음을 정한 듯했다. 그렇다면 이쪽에서 선택할 수 있는 방법은 달리 없었다. 그저 싸울 수밖에.

* * *

전투의 뒤처리가 끝나기도 전에 다시 회의가 열렸다. 두 일족과 제국의 대표들은 계속 힘을 합쳐 눈의 땅과의 전쟁을 이어 나가기로 합의했다. 단지 물의 장막 앞에서 공격을 막기만 하는 게 아니라 물의 장막을 넘어 눈의 땅을 공격하기로.

황태자와 라미라는 제국과 숲에 연락을 보내 최대한 지원을 끌어오기로 했다. 시스는 기꺼이 길을 열어 그들을 받아들이기로 했다. 전국에 다시 한번 명을 내려 전사들을 끌어모으고자 올가가 급히 떠났다.

라크안은 진통제를 한 통 통째로 씹어 먹고는 일선에 나가 살아남은 연합군을 수습하고 군 기강을 바로 세웠다. 그렇게 다가올 격전을 준비하는 가운데, 카루나는 줄을 이어 저를 만나러 오는 사람들을 상대해야 했다.

가장 먼저 찾아온 건, 철십자 기사단의 철통같은 방어를 뚫고 몰래 숨어들어 온 시스였다.

"영애, 잠깐 나가서 이야기 좀 할까."

"거절하겠어요."

카루나는 고개를 획 돌렸다. 얼굴을 마주 대하고 싶지도 않았다. 자신을 이리로 납치해 온 일은 둘째 치고라도, 라크안에게 세뇌 주술을 건 일은 큰 죄였다. 넙죽 엎드려 사죄해도 모자를 판국에, 자신은 아무 잘못도 없다는 듯 고개를 빳빳이 들고 찾아오다니.

'사람이 염치가 없어도 유분수지.'

시스는 난감한 표정을 지으며 몇 번이고 카루나의 마음을 돌리려 애썼지만, 카루나는 꼼짝도 하지 않았다. 목소리도 듣기도 싫어 두 손으로 귀를 틀어막기까지 했다.

"지금 내가 소리치면, 밖에 지키고 서 있는 기사들이 뛰어 들어올 거예요. 그러길 바라시나요?"

"그렇게까지 말씀하신다면야……."

시스는 어쩔 수 없다는 듯 물러났다. 카루나는 축축하게 젖은 흙바닥을 보고는 흥, 코웃음을 쳤다.

'물의 장막 근처라 살맛 난다 이건가?'

물의 능력을 이런 데 펑펑 쓰는 모습 또한 좋아 보이지는 않았다.

이후로도 시스는 몇 번 더, 물의 능력을 이용해 카루나를 조용히 찾아왔다. 침대에 앉아 멍하니 시간을 보내고 있노라면 땅 한쪽이 꺼지고 시스가 뿅- 하니 나타났다. 카루나는 그 때마다 빽- 소리 지를 준비를 한 채로 시스를 구박해 돌려보냈다. 어깨가 축 처져 돌아서는 시스의 모습에도 카루나는 눈 하나 깜짝하지 않았다.

'누구 마음대로 들락거리는 거야. 짜증 나게.'

정작 자신은 철통같이 보호하는 철십자 기사들 때문에 막사 밖으로 한 발자국 나가기도 힘든데. 카루나가 돌아온 이후, 라크안은 카루나를 지키는 데 혈안이 되어 있었다.

'그래도 이건 좀 심하지 않나?'

싶은 수준이었다.

카루나를 아예 자신의 막사에 옮겨다 놓고는, 철십자 기사단을 막사 주변에 삼중으로 둘렀다. 자신 없이는 막사 밖으로 한 발자국도 못 나가게 했다.

문제는 라크안이 연합군의 총사령관으로서 할 일이 많다는 것이었다. 자연히 카루나가 혼자 있는 시간이 길어졌다. 혼자 있다 보면 불쑥불쑥, 아카론과 함께였던 기억들이 떠올랐다. 그럴 때마다 시스를 보노라면, 그와 올가의 관계가 자연히 떠올랐다.

시스는 올가를 죽여야 왕이 될 수 있었다. 하지만 올가를 죽이지 않았고 왕도 되었다.

'나도 그럴 수는 없는 걸까?'

천 년 전의 봉인이 풀리고 있다. 봉인이 풀리면 대륙은 큰 위험에 빠진다. 그걸 막는 길은 단 하나, 봉인의 매개인 아카론을 죽이는 것.

분명, 아카론이 보여 준 기억 속 소렌―카루나와 아카론의 아버지는 시에나에게 그렇게 말했다. 자신을 죽이면 악룡의 피 또한 함께 소멸시킬 수 있다고. 그건 소렌의 모든 걸 이어받은 아카론에게도 해당되는 말이었다.

아카론을 죽여야 세상을 구할 수 있다. 그렇다면 시스처럼, 아카론을 죽이지 않고 세상도 구할 순 없는 걸까.

'아니, 내가 정말 바라는 건 그게 아냐.'

'세상의 멸망'이나 '대륙의 위기' 같은 말은 너무 멀게 느껴졌다. 카루나가 원하는 건 그보다 가까운 것이었다.

'그 사람을 죽이지 않고, 그 사람을 그곳에서 구해 낼 수는 없는 걸까.'

평생 눈의 땅에 갇혀, 악룡의 피와 주도권 싸움을 하며 버텨 왔던 삶. 그 삶의 끝이, 악룡의 피에 먹혀 대륙을 위험에 빠트리는 악당이라는 건 너무 슬픈 결말이 아닐까.

'여동생은 악녀고, 오…… 라버니는 악당이라니. 너무 웃기잖아.'

이렇게 생각하다 보니 자연스럽게, 시스를 더 미워하게 되었다.

'알아, 이런 건 화풀이에 불과하다는 걸. 하지만…….'

카루나는 홀로 웅크리고 앉아, 일렁이는 자신의 마음을 삭였다. 라크안은 카루나의 얼굴이 수척해진 걸 보고는, 자신이 카루나를 본의 아니게 가둬 놓아 그렇게 된 거라고 생각했다.

오해였지만 카루나는 굳이 해명하지 않았다. 어쨌든 라크안이 자신을 하루 종일 혼자 놔두고, 막사 안에 가둬 놓다시피 한 건 맞으니까. 라크안은 어쩔 수 없이 낮에 카루나가 자신 없이 혼자 산책할 수 있도록 허락했다.

'허락이라니?'

보호라는 이름하에 감시받고 참견을 받는 것 같아 기분이 나빴지만.

"다시는 그대를 잃고 싶지 않아. 다시는."

라크안의 거칠고 딱딱한 손이 파르르 떨리는 걸 보자니, 불만을 입 밖으로 꺼내 말할 수 없었다.

'난 라안한테 너무 약해.'

카루나는 속으로만 투덜댔다.

'난 카루나에겐 속절없이 물러지는군.'

라크안은 카루나의 낮 산책을 허락해 준 걸, 해 주자마자 후회하며 한탄했다.

그렇게 맞이한 첫 낮 산책.

카루나는 점심 식사 후 세나와 함께 막사 근처를 걸었다. 라크안은 철십자 기사들을 줄줄이 달고 다니라고 했지만, 카루나는 끔찍스러워하며 세나에게 호소했다.

"세나 경, 경만으로도 안전하잖아요. 네?"

세나는 카루나의 부탁을 거절하지 못했다. 아예 떼어 놓을 수는 없지만, 멀찍이 떨어져 걷게 하는 정도로 합의를 보았다. 카루나는 모처럼 자유로운 기분을 만끽하며 좀 더 멀리까지 걸었다. 그래 봤자 막사 근처이긴 하지만. 못 보던 사람들이 보였다.

제국군이든, 숲의 일족이든, 올벤의 전사든, 카루나를 본 사람들은 카루나를 귀신 보듯 했다. 레이스가 달린 화려한 드레스는 아니지만, 소박한 드레스나마 입고 군 진영을 휘젓고 다니다니. 병사들은 '밤마다 병영을 뛰어다니는 발 없는 여자 귀신' 전설을 떠올리고는 오싹해했다.

'하지만 지금은 낮인데?'

뒷목까지 소름이 돋아 찌릿-해지고야 지금이 낮이라는 걸 깨달을 정도였다. 뒤늦게 갈색 머리카락과 녹색 눈을 보고 그녀가 카루나라는 걸 알아차린 사람들의 눈빛은 두려움과 존경으로 물들었다.

두려움을 느낀 사람들은 전쟁터에서 직접, 카루나의 공격을 경험해 본 이들이었다. 아무리 세뇌당해 있었다고는 해도, 아군을 공격한 마녀 같은 여자가 아군이 되었다는 걸 받아들이는 건 쉽지 않았다.

존경과 찬사는 숲의 일족과 올벤 쪽에서 많이 나왔다. 카루나는 주변의 시선이 부담스러워, 사람들이 덜 모여 있는 곳으로 발길을 틀었다. 그러다 시스를 마주쳤다.

"오, 이런 우연이."

시스는 우연스러운 만남에 놀라워했지만, 카루나는 속지 않았다.

"여전히 아름다우시군요. 영애."

시스가 정중히 인사했다. 카루나는 '여전히 아름답다'는 말에 괜히 빈정이 상했다.

'내가 그동안 얼마나 고생을 했는데, 여전히 아름답다니?'

그동안 고생한 걸 대수롭지 않게 여기는 것처럼 들렸다. 괜히 트집 잡는 걸지도 모른다는 생각이 들었지만, 딴 사람은 몰라도 시스는 얼마든지 트집을 잡아도 되는 사람이었다.

"정말 우연이 맞나요?"

"우연이 아니면 운명일까요? 전 그쪽이 좀 더 반갑긴 합니다만."

카루나는 떨떠름한 표정으로 시스를 바라보았다.

'운명은 무슨.'

이건 우연도 운명도 아니었다.

"날 감시한 건가요?"

"감시라니요. 감시는 영애의 늑대가 하고 있는 짓이 아닙니까."

"그럼 날 뒤쫓았군요."

"굳이 제가 뒤쫓을 필요가?"

"사람을 시켜서."

"……거짓말을 한들, 안 속아 주시겠지요?"

"물론이지요."

카루나는 시스에게 눈을 흘겼다. 카루나 옆에 서 있는 세나의 눈빛은 흉흉하기까지 했다.

"잠시 산책 중이신 것 같은데, 함께할 수 있는 영광을 주시겠습니까?"

시스가 과장된 행동으로 정중히 인사하며 청했다. 이젠 거절하기도 지쳤다. 이번에도 거절하면, 다음번엔 또 어디서 어떻게 나타날까 싶고, 또 시스가 할 말이 있어 계속 접근해 오는 것처럼, 카루나도 그에게 묻고 싶은 말이 있었다.

"좋아요. 그렇게 할 일이 없으시다면야."

카루나는 시스가 내민 손을 붙잡았다.

"아가씨!"

세나가 말렸지만 카루나는 세나를 뒤로 물렸다. 두세 걸음 뒤에서 쫓아오도록 했다. 기척이 예민한 세나라면, 두 사람의 대화를 모두 알아들을 수 있는 거리였다. 세나는 귀를 쫑긋 세우고 시스의 등을 노려보았다. 여차하면 칼이 아니라 이빨로 물어뜯을 기세였다.

"등이 너무 따갑습니다만."

시스는 카루나에게 하소연했지만.

"견디세요. 우연이고 운명이라면요."

카루나가 새초롬하게 받아쳤다.

"그나저나 라안은 매일 바쁜데, 어째서 당신은 호위 하나 없이 이런 곳에서 어슬렁거리고 있나요."

불공평했다. 카루나가 불만 어린 시선으로 시스를 보았다. 시스는 빙그레 웃으며 답했다.

"영애와 만나기 위한 저의 노력이 아닐까요?"

"오호라."

카루나가 그럴 줄 알았다는 듯 한쪽 입꼬리만 비죽 끌어 올렸다.

"역시나 우연도, 운명도 아니었군요."

끄응. 시스가 목을 움츠렸다. 카루나가 일방적으로 시스를 몰아붙이자, 세나는 굳은 어깨를 늘어뜨렸다.

'역시 우리 아가씨.'

마음속으로 카루나를 응원했다.

"그래서 나한테 하고 싶은 말이 뭐죠? 이유 없이 날 계속 찾아오지는 않았을 거잖아요."

"저는 저의 청을 계속 거절하던 영애가 갑자기 제 청을 받아 주신 이유가 더 궁금하군요."

"……."

"……."

두 사람의 시선이 허공에서 부딪쳤다. 카루나는 씩, 웃는 시스의 미소가 능글맞아 보인다고 생각했다.

"좋아요. 내가 먼저 말하죠."

"제가 답을 드릴 수 있는 거라면 무엇이든 말씀드리겠습니다."

"답할 수 없더라도 말해야 할 거예요. 경, 내 약혼자에게 건 주술이 완전히 깨지지 않았다고 들었어요."

시스가 올벤의 왕인 것을 알면서도 굳이 경이라 부른 것은, 작은 심술이었다.

"마침 제가 묻고 싶은 것과 연결되는 질문이군요. 또한 제가 답을 드릴 수 있는 질문이기도 하구요. 기꺼이 말씀드리지요, 영애."

시스는 그 심술을 모르는 척 받아넘겼다.

'그래, 나한테 맺힌 감정이 많겠지. 내가 다 이해하마. 마음껏 심술을 부려 보거라. 그래 봤자 내게는 통하지 않겠지만.'

이렇게 말하는 듯했다. 피해 의식일지도 모른다는 생각이 들었지만 상관없었다.

'난 피해자야. 피해 의식이든 뭐든 가져도 된다고.'

카루나는 마음껏 시스를 째려보았다.

"주술은 거의 다 깨졌습니다. 약간만 남아 있을 뿐이지요. 그 약간 남은 주술이 바이켈드 공작의 발작을 누르는 봉인으로 작용하고 있습니다. 그렇기에 나도, 공작도 그 주술을 풀지 않기로 동의했던 겁니다."

시스의 말에 카루나는 아랫입술을 깨물었다. 카루나는 이제 숲의 능력을 자유자재로 다루었다. 능력을 사용하는 게 숨 쉬듯 자연스러워지니, 라크안에게 남아 있는 주술도 선명히 느껴졌다. 자신의 것에 남의 흔적이 남아 있는 것 같달까. 그리 좋은 기분은 아니었다.

잠들기 전, 라크안을 추궁하니 라크안은 머뭇대다가 주술이 완전히 깨지지 않았다고'만' 고백했다.

'뭐? 주술을 그냥 놔두기로 했어? 동의했다고? 그런 말은 없었잖아.'

왜 주술을 아직까지 남겨두고 있는 건지. 시스를 향했던 분노는 방향을 바꿔 라크안에게로 쏟아졌다.

"당장 그 주술, 풀어요."

카루나가 이를 깨물고 시스를 째려보았다. 순식간에 카루나가 발을 디딘 땅 주변에서 녹음이 돋아 올랐다.

"이런."

시스는 얼른 한 걸음 뒤로 물러섰다. 무서워하는 척했지만, 입가엔 여전히 웃음이 어려 있었다.

"화를 내기 전, 제 질문에 먼저 답해 주시지요."

"왜 당신의 산책 제안을 받아들였는지는 이미 말했는데요?"

"아니요. 그것 말고, 이제부터 할 질문 말입니다."

카루나가 눈을 치켜떴다.

"감당할 수 있겠습니까?"

"뭘를요?"

"발작에 대한 아무런 제약이 걸리지 않은 늑대를 말입니다."

"……."

카루나는 멈칫, 했다. 뒤따르던 세나 역시 마찬가지였다.

"당신은 그 늑대의 반려가 아니지 않습니까."

시스가 확인 사살을 하듯 말을 덧붙였다. 그 즉시, 카루나는 두 손을 뻗어 시스의 멱살을 움켜잡았다.

'어린 상태가 아니라 다행이야.'

손만 뻗으면 목을 움켜잡고 짤짤 흔들 수 있으니. 카루나는 기뻐하며 있는 힘껏 시스를 잡아당겼다. 시스의 몸이 크게 휘청이며 허리가 반으로 접혔다. 카루나는 그의 귓가에 대고 달콤하게 속삭였다.

"그 입 닥쳐요."

시스의 눈이 휘둥그레졌다. 카루나는 그 모습이 아주 마음에 들었다.

"반려, 반려. 툭하면 반려. 그놈의 반려가 다 도대체 뭔데? 일생의 하나뿐인 사랑이라면서. 그럼 당사자가 느낀 감정이 진짜겠지. 왜 주변에서 반려이니 아니니, 마음대로 떠들어 대는 거죠?"

"하지만, 적어도 그 늑대는 분명……."

"돌연변이. 그래 돌연변이겠죠. 딱 봐도 돌연변이 같아요. 주변에 둘러봐도 라안처럼 잘 생긴 늑대는 못 봤으니까."

풋. 등 뒤에서 웃음소리가 들렸다. 안 돌아봐도 세나인 줄 알 수 있었다. 시스는 눈살을 찌푸렸다. 자신이 말한 '돌연변이'라는 게 그런 걸 의미하지 않음을 알지 않느냐고 묻는 눈빛이었다.

"내가 라안의 반려예요. 라안은 나의 반려고."

카루나는 그 눈빛을 피하지 않고 마주 보았다. 그리고 경고했다.

"숲의 능력을 가진 내가 그렇게 정했으니까, 그걸로 끝이에요. 올벤의 왕 주제에, 간섭하려 들지 마요. 더는 가만히 있지 않겠어."

계속 마음에 안 들었다. 그깟 전설이 뭐라고. 천 년이나 지났으면 잊어버릴 수도 있지. 그것 좀 기억하고 있다고 유난스럽게 구는 꼬락서니라니.

알고 보니 전설을 제대로 기억하고 있는 것도 아니었다. 눈의 일족에 대해서도 몰랐고, 소렌이 천 년 내내 살아서 나머지 세 일족이 돌아오길 기다리고 있는지도 몰랐다. 그저 '이제는 다시 넷이 될 수 없다.'고 나불거리기나 했지. 제 일족과 여동생만 챙기겠다고 사람을 납치하고 세뇌하고. 툭하면 자신이 아버지라도 되는 양 충고하고.

'내 진짜 아버지도 그런 식으로 굴지 않았어.'

카루나의 아버지는 무려 천 년 전의 시조 소렌이었다. 소렌과 시에나가 만났을 때에도 주변 사람들은 시에나의 반려가 다른 사람이라고 말했다. 하지만 시에나는 소렌을 선택했고, 소렌은 그녀의 사랑을 받아들였다. 시에나의 영혼을 채워 줄 수 있는 존재가 자신이라는 것에 감사하고, 그저 시에나를 사랑했다.

그런 사랑도 있었다. 그런 둘의 사랑을 통해 태어난 게 카루나였다. 그런데 그들의 딸인 카루나가 남의 말에 휘둘려 제 반려를 헷갈릴 리 없지 않은가.

"영애, 영애가 어떻게 생각하고 싶어 하든, 그가 반려 없는 돌연변이 늑대라는 건 변함없는 사실입니다."

"반려가 왜 없어요? 내가 그의 반려라니까?"

"그가 영애와 함께 있을 때 발작이 안 일어나는 건 영애의 말대로 영애가 숲의 심장이기 때문이지요. 만약 모든 일이 끝나고 영애가 그 능력을 잃게 되기라도 한다면……."

시스는 여전히 멱살 잡혀 허리를 구부린 채로 말했다.

"그 늑대는 더 이상 당신을 사랑하지 않는다고 할지도 모릅니다. 당신과 함께 있어도 발작이 일어날 수도 있고. 그러면 어떡하겠습니까."

보라색 눈은 담담했다. 카루나는 아마, 시스가 이 눈을 한 채로 제 이복형제들을 죽이지 않았을까 생각했다. 가장 차분하고 이성적인 상태야말로 상대를 죽이기에 최적의 모습이니까. 바로 지금처럼. 쯧, 카루나는 혀를 찼다.

"웃기는 소리네요."

그리고 카루나는 그의 무능력한 이복형제 따위가 아니었다. 옷깃을 움켜쥔 손으로 여린 풀잎이 파고들었다. 카루나가 그걸 가리키듯 고개를 까딱였다.

"고작 이런 능력이 없어졌다고 라안이 날 사랑하지 않게 된다고요? 발작이 일어나게 된다고? 얼마든지 그러라고 해요."

카루나는 기꺼이 시스와 눈을 마주치며 생긋, 웃어 보였다.

"절대 가만두지 않을 테니까. 반드시 나를 다시 사랑하게 만들 거예요. 발작? 일어날 때마다 포도주통 더미에 깔아뭉개고 후춧가루를 욕조 가득 채워 목욕시켜 버리면 되죠."

"⋯⋯!"

시스는 예상치 못한 대답에 얼떨떨해했다. 그 모습만으로도 시스가 얼마나 쭉정이 같은 조언자였는지 알 수 있었다.

'나와 라안이 함께 겪어 온 세월 따위 알지도 못하면서 함부로 말하다니.'

갑자기 전투 의지가 팍 꺾였다. 흥미가 사라졌다. 아무것도 모르면서, 아는 체하는 남자 따위를 더는 상대해서 무엇 할까. 카루나는 시스의 옷깃을 놓고 그의 어깨를 밀었다.

시스는 또 한 번 휘청이며 뒷걸음질 쳤다. 카루나는 더러운 것을 만진 것처럼 손을 털어 내는 시늉을 했다. 세나가 얼른 손수건을 꺼내 카루나의 손을 닦아 주었다.

"쓰잘데기없는 질문을 하려거든 다시는 찾아오지 말아요."

카루나가 손을 저었다. 어서 꺼지라는 의미였건만. 시스는 꺼지지 않고 하핫, 웃음을 터뜨렸다.

'뭐야.'

카루나는 얼굴을 찌푸리며 시스를 삐딱하게 올려다보았다.

"영애가 전쟁을 앞두고 마음이 흔들릴까 봐 걱정했습니다만. 영애의 말대로 괜한 걱정이었군요. 다행입니다."

시스는 자신이 제정신이라고 변명하며 깍듯이 말했다. 그러고는 고개를 돌려 물의 장막을 바라보았다. 그의 보랏빛 눈이 일렁였다.

"그렇게 굳건하다면, 걱정할 게 없겠군요. 저기에 무엇이 있든지 말입니다."

"……"

시스를 멸시하듯 쳐다보던 카루나의 눈빛이 살짝 누그러졌다. 그의 말 뜻을 대략 짐작했기 때문이었다.

'……을 죽여야 할지도 모르는데. 그 죽음의 결과가 사랑하는 사람을 잃는 거라면.'

흠칫, 저도 모르게 어깨를 떨었다.

'누구든 흔들릴 수밖에 없겠지.'

왕이 되기 위해 여동생을 죽여야 했으나 여동생을 죽이지 않고 불안정한 상태로 왕이 된 시스기에 할 수 있는 걱정이었다. 누가 뭐라든 물의 장벽 너머, 눈의 땅에서 그녀를 기다리고 있는 사람은 그녀의 하나 남은 혈육, 쌍둥이 오라비였으니까.

라크안의 사랑이 식을지도 모른다는 같잖은 말을 하며 자신을 떠보려 했던 건 여전히 마음에 안 들었지만, 그를 하찮게 여겼던 평가는 조금

수정했다. 그 또한 누군가의 오라비였다. 동생의 삶을 지키기 위해, 동생과 함께 살아갈 세상을 지키기 위해선 무슨 일이든 할 터였다. 설사 그것이 다른 누군가의 여동생이 제 오라비를 죽이도록 하는 일일지라도.

시스를 바라보던 카루나의 눈빛이 차분해졌다. 시스는 그 시선을 눈치채고는 능글맞게 웃어 보였다.

"그렇게 뜨거운 눈으로 보시다니, 부끄럽습니다. 영애. 제가 아직 당신의 구혼자라는 걸 기억해 주시길 바랄 따름입니다. 그런 뜨거운 눈빛, 저로서는 다른 생각을 할 수밖에 없게 만드는군요."

"구혼자가 아니라 납치범이겠지요."

"아쉽군요. 뭐, 이미 바이켈드 공작에 대한 대단한 사랑 고백을 들은 뒤니, 실망스럽지는 않습니다만. 뒤의 저이도 저와 같은 상태일지는 모르겠습니다."

시스가 카루나의 어깨 너머를 보았다.

"누구?"

카루나가 그 시선을 좇아 뒤를 돌아보았다. 세나와 대치하고 있는 한 남자가 보였다. 먼지와 피로 얼룩진 전쟁터에서도 여전히 빛나는 은발, 인형의 눈처럼 무감정한 남색 눈. 단정한 차림과 꼿꼿이 허리를 세운 바른 자세. 방금 그림에서 튀어나왔다 말해도 믿을 모습이었다.

"루시온?"

"이런."

루시온 대신 세나가 먼저 말을 뱉었다. 카루나 몰래 루시온을 치워 버리려던 계획이 어그러진 것이 속상해서였다.

"아가씨."

루시온은 세나에게 어깨를 붙잡힌 상태에서도 우아하게 인사했다. 카루나는 손짓으로 세나를 말렸다. 세나는 불만 가득한 표정을 지으며 옆으로 물러섰다.

"아, 난 빠져 주지. 삼각관계면 모를까 사각관계에서 세 번째가 되고 싶은 마음은 없거든."

자신이 구혼자였다고 주장하던 납치범은 슬쩍 빠져나갔다. 루시온은 세나에게 붙잡혔던 어깨를 손수건으로 털어 내고는 그 빈자리를 채웠다. 두 사람 사이엔 한동안 아무 말도 오가지 않았다. 카루나는 루시온이 어째서 여기에 있는지, 루시온과 자신의 관계는 어떠했는지 생각했다.

루시온을 마지막으로 봤던 날부터 지금까지, 너무 많은 일이 있었다. 무엇보다 아카론에게 세뇌당했다 풀려난 이후로 루시온과 둘이서 마주치는 건 처음이었다. 현실처럼 느껴지지 않았다.

루시온은 카루나가 혼란스러워하는 걸 알고 기다려 주었다. 두 사람은 나란히 서서 물의 장막을 올려다보았다. 제국 출신인 두 사람에게는 여전히 이질적인 광경이었다.

물이 거대한 벽을 이루고 있다니. 그 압도적인 크기에 숨이 막혔다. 당장 이쪽으로 쏟아져 내릴 것 같아 무섭기도 했다. 이처럼 거대한 벽을 쌓아서라도 막아야 했던 눈의 땅, 악룡의 피. 그리고 이 위험을 모른 채 천년 동안 편안했던 제국. 그 제국에서 권력 다툼을 하고 치고받고 싸웠던 지난날.

물의 장막 앞에 서면, 그 지난날들이 하찮게 느껴졌다. 카루나는 루시온도 자신과 비슷한 생각을 하고 있을지 궁금했다.

"아가씨."

그 생각이 끝나기 무섭게 루시온이 카루나를 불렀다.

"어? 어."

카루나는 살짝 어깨를 움츠렸다. 곧바로 태연한 척했지만 루시온의 시선을 피해 가지는 못했다.

"대륙의 운명을 결정짓는 전쟁이라……."

루시온은 거창한 문구를 읊조렸다. 황태자가 지원을 요청하며 제국의 황제에게 보낸 편지의 첫 구절이었다.

[위대하신 황제 폐하를 대신하여 대륙의 운명을 결정지을 거대한 전쟁을 앞둔, 폐하의 후계자가 청하옵건데…….]

라크안을 통해서 대강의 내용을 전해 들었기에 카루나도 알고 있는 내용이었다.

"황태자 전하가 그새 아주 노련해졌어. 황제를 제 손에 넣고 주무른다 니까."

카루나는 킥, 웃었다. 그녀가 클레이엔의 대역 역할을 할 때만 해도 황태 자는 자신이 황태자라는 것 자체를 버거워했다. 황태자비로 유력한 클레이 엔―의 대역이었던 카루나―를 피해 도망 다니는 게 유일한 반항이었다. 의심 많은 황제와 늘 부딪쳤고, 백성들에게는 호구처럼 굴면서 귀족들에게 는 쌩쌩 찬바람 부는 얼음이었다.

그랬던 황태자가 이제는 황제에게 입 안의 혀처럼 굴며 자신이 원하는 걸 얻어 낼 줄 알게 되었다. 이제는 황제파의 수장인 라안과 귀족파의 수 장인 루시온을 양손에 쥐고 큰 전쟁을 치르고 있었다.

'달라진 건 황태자만이 아니야.'

클레이엔의 대역에 불과했던 카루나도, 마카레나 백작의 측근에 불과했 던 루시온도 변했다. 그들을 둘러싼 상황도 크게 달라졌다. 대륙의 운명을 결정짓는 전쟁.

'어쩌다 이렇게 됐을까.'

카루나는 헛웃음을 지었다. 그 때.

"역시 아가씨다우십니다."

루시온이 말했다.

"으응, 그러게…… 어?"

무심코 고개를 끄덕이던 카루나가 눈을 깜빡였다.

"지금, 뭐라고?"

말도 안 되는 일이 일어났다. 현실감이 없다. 어쩌다 이 지경까지 왔는지 모르겠다, 등등. 그런 말을 할 줄 알았건만.

"역시 나의 아가씨다우십니다."

루시온은 폴라비오 후작의 후계자로서 신귀족파를 이끌고 나타났을 때처럼 카루나의 예상을 비껴 났다. 카루나는 그가 혹시 저 무표정한 얼굴로 비꼬는 말을 내뱉은 건가 싶어, 루시온의 얼굴을 유심히 살폈다. 하지만 루시온은 더없이 진지했다.

"루시온?"

혹시나 전쟁 중 머리를 잘못 맞아서, 자신이 아는 루시온과 다른 루시온이 되어 버린 건 아닐까. 카루나는 그렇게 의심하며 조심스럽게 루시온을 불렀다. 그러자 루시온은 루시온답게 자신이 루시온이라는 것을 증명해 보였다. 카루나의 앞에 한쪽 무릎을 꿇고 제 마음을 고백했다.

"말씀드렸지 않습니까. 어디든, 어떻게든 따라가겠다고 말입니다. 물론 가장 이상적인 상황은 아가씨를 저만 아는 곳에 안전히 모셔 두는 것이지만 말입니다."

그리고 손등에 입을 맞추려 할 때였다. 퍽- 뭔가 날아와 카루나와 루시온 사이를 갈랐다.

"아가씨!"

그와 동시에 세나가 달려들어 카루나의 허리를 두 손으로 잡고 번쩍 들어 올렸다. 카루나는 놀라서 비명 지를 생각도 못 한 채로 칼이 날아온 쪽을 바라보았다. 거기에 라크안이 있었다.

거리가 제법 멀었지만, 기사들에게 둘러싸여 있는 라크안의 모습은 선명히 보였다. 까만 머리가 바람에 흩날렸다. 붉은 눈은 번뜩이며 이쪽을 바라보고 있었다. 옆에 서 있던 기사의 허리춤에는 검집만 달랑댔다.

그 기사에게도 제 검이 이리로 날아온 건 갑작스러운 일이었는지, 당황한 기색이 역력했다. 카루나 쪽을 바라보며 입만 뻐끔거리고 있었다.

"아이구야."

세나가 카루나를 든 상태로 한숨을 내쉬었다. 그 한숨에 웃음이 섞여 있었다.

'곤란해하는 게 아니야. 즐기고 있잖아.'

카루나는 세나가 무슨 생각을 하는지 단번에 알아차렸다.

'재미있어하고 있어?'

아무리 세나라도 미워질 수밖에. 카루나는 버둥거렸다. 멀리 있는 라크안은 나중을 기약하더라도, 자신을 애처럼 들고 있는 세나의 발이라도 밟아야 속이 시원할 것 같았다.

"아이고, 아가씨."

세나는 아까와는 다른 의미로 신음하며 카루나를 좀 더 높게 들어 올렸다.

"제가 아가씨가 위험하도록 놔둘 리가 없지 않겠습니까. 너무 절 미워하지 마십시오. 이번엔 라안 님이 너무 빠르셨습니다."

세나는 카루나가 화내는 이유를 오해하고는 억울해했다. 라크안이 검을 던진 걸 늦게 알아차리고 늦게 반응한 것은 맞다. 그나마 세나니까 검이 날아오는 도중에라도 알아챈 것이지, 다른 철십자 기사가 있었다면 검이 바닥에 꽂힌 뒤에야 멍청한 얼굴로 눈을 깜빡였을 것이다.

라크안이 카루나를 다치게 할 리 없다. 검은 당연히 루시온을 노린 것일 터. 세나는 굳이 움직일 필요가 없었다. 그럼에도 카루나를 들어 올린 건, 카루나를 루시온으로부터 최대한 멀리 떼어 놔야 라크안이 또 검을 던지지 않을 거라 생각했기 때문이었다. 세나가 너무 억울해하자, 카루나는 마음을 누그러뜨렸다.

"나도 그건 알아요."

그러고는 이 모든 상황의 원인 제공자를 가볍게 째려보았다. 저 멀리서도 시선이 느껴지는 걸까. 라크안은 어깨를 으쓱였다. 당연히 해야 할일을 했다는 표정이었다. 쯧. 카루나가 아니라 카루나 옆에서 혀 차는소리가 들렸다.

"버릇없는 개로군요."

루시온이 제 발치에 박힌 검을 내려다보며 말했다. 자칫 잘못했으면 그검이 자신의 몸을 관통했을지도 모르는데. 루시온은 여전히 차분했다.

"개가 아니라 늑대야."

카루나는 라크안을 대신하여 사과하는 대신, 루시온을 구박했다.

"주인에게 길들었다면 개처럼 굴어야지 않겠습니까?"

자신처럼. 루시온은 순종적인 개처럼 카루나를 바라보았다.

'어디서 길든 척하고 있어.'

카루나는 루시온을 흘기고는.

"하나뿐인 공작 각하께 할 말은 아닌 거 같은데? 예의를 좀 갖추지?"

대놓고 라크안의 편을 들어 주었다.

"제 앞에서 개의 편을 드시는 겁니까?"

"개가 아니라 늑대라니까."

카루나가 작게 한숨을 내쉬며 말했다. 쯧, 루시온은 다시 한 번 혀를 찼다. 눈앞에 검이 날아와 꽂혀도 카루나에게서 떨어지지 않았던 남색 눈이그제야 라크안에게 닿았다.

허공에서 남색 눈과 붉은 눈이 마주쳤다. 주변에서는 불과 얼음이 부딪친다고 생각했지만, 세나가 보기엔 불과 불의 충돌이었다. 마구 날뛰는 불과 얼음인 척하는 불. 세나는 슬쩍, 한 걸음 더 물러났다. 여전히 카루나를 번쩍 든 채였다.

"경은 언제까지 날 들고 있을 건가요?"

카루나가 발을 동동거리며 물었다.

"음……."

세나는 슬쩍, 라크안의 눈치를 보았다. 라크안이 주변의 기사들을 물리고 이쪽으로 뚜벅뚜벅 걸어오는 게 보였다.

"곧 내려드리겠습니다."

세나의 대답을 들은 카루나는 루시온을 바라보았다.

"루시온, 당신은?"

"저 말입니까?"

"하고 싶은 말이 있다면 빨리 해요. 당신 눈에는 손이 덜 탄 것처럼 보이는 내 늑대가 이리로 오고 있는 중이니까."

카루나가 생긋, 웃으며 말했다.

"드리고 싶은 말씀은 하나뿐입니다."

"그게 뭔가요?"

"원하는 결말을 맺으십시오. 힘껏 돕겠습니다."

"돕겠다고?"

카루나는 저도 모르게 되물었다가 앗, 하며 두 손으로 입을 가렸다.

이미 돕고 있는 건 알고 있다. 황태자와 함께 군대를 이끌고 이곳에 왔고, 황태자가 추가 지원을 받으려 할 때마다 신귀족파를 동원해 도움을 줬다는 것도 전해 들었으니까. 하지만 이렇게 직접, 말로 듣는 건 또 다르게 느껴졌다.

"이곳은 제게 익숙한 장소가 아닙니다. 그리 이로울 것도 없지요."

루시온은 보라는 듯 눈짓으로 라크안을 가리켰다. 라크안은 태풍 같은 기세로 다가왔다.

"카루나!"

다급히 카루나의 이름을 부르며 손을 뻗었다. 세나에게 안겨 있는 것도 마음에 들지 않는다는 표정이었다. 세나는 치사하고 더럽다는 표정을 숨기지 않으며 카루나를 내밀었다. 카루나는 스스럼없이 라크안에게 손을 뻗었다. 그리고 그 손을 루시온이 잡아챘다.

'어?'

하고 놀랄 때는 늦었다. 허공에 뻗은 카루나의 손이 라크안의 어깨에 걸쳐져 루시온에게 붙잡혔다. 라크안이 카루나를 품에 꽉 끌어안는 그 순간, 루시온이 카루나의 손등에 입을 맞췄다.

"루……."

카루나가 채 말을 잇지 못하고 눈을 동그랗게 뜨자, 루시온이 씩- 웃어 보였다.

'웃어? 루시온이?'

눈으로 보고도 믿지 못할 광경에 경악할 새.

"그러니 다시금 아가씨를 제게 익숙한 곳, 이로운 곳으로 모셔 온 뒤에 계속해야 되지 않겠습니까?"

전 아직 당신을 놓지 않았습니다.

루시온이 속삭였다.

카루나는 아무 말도 못 하고 눈을 깜빡였다.

"감히!"

반응은 라크안 쪽에서 나왔다. 그는 즉시, 세나의 허리춤에서 검을 빼 들어 휘둘렀다.

"까악!"

카루나는 제 손 위로 휙- 지나가는 은빛 잔상에 비명을 질렀다. 자신이 다칠 거라고는 조금도 생각하지 않았다. 루시온의 손이 검에 찔려 피를 철철 흘리게 될 거라고 예상하고 눈을 질끈 감았을 뿐이었다.

하지만 조금 시간이 흘러도 주변은 잠잠했다. 카루나는 슬그머니 눈을 떠 앞을 바라보았다. 루시온의 팔목 위에 검 끝이 놓여 있었다. 당장 팔을 꿰뚫어도 이상하지 않을 만큼 가까웠다. 그럼에도 피는 한 방울도 나지 않았다.

"놓고 물러서라. 두 번 경고하지는 않겠다."

라크안이 나직한 목소리로 경고했다. 카루나 앞에서 피를 보이고 싶지 않기에 마지막으로 인내심을 발휘한 것이었다. 낯선 곳, 이롭지 않은 상황에서 적과 싸우는 것은 어리석은 짓.

루시온은 카루나에게 말했던 대로 순순히 물러났다. 물러난다는 게 단지 카루나의 손만 놓아주었을 뿐이지만. 카루나는 루시온의 서늘한 손이 떨어져 나가는 것을 지켜보았다. 라크안이 제 손으로 카루나의 눈을 가려 버렸다.

"보지 마."

화난 듯한 목소리가 귓가에 닿았다. 허리를 끌어안은 팔에도 힘이 잔뜩 들어갔다. 카루나는 심각한 상황인 걸 알면서도 살며시, 웃을 수밖에 없었다.

"웃지도 마. 저놈이 보는 앞에서."

라크안은 그마저도 마음에 들지 않는다는 듯, 카루나를 아예 자기 품에 숨기고 망토로 감싸 버렸다. 밝은 갈색 머리카락 한 올도 밖으로 꺼내 놓지 않았다.

"무엇이 불안하셔서……."

"그 손목, 잘리고 싶지 않으면 당장 내 눈앞에서 사라지는 게 좋을 거야."

"난폭하시군요."

"여기는 전쟁터다. 너보다는 내게 익숙한 곳이지. 내가 난폭한 만큼 적도 난폭할 테고, 난 난폭한 적에 의해서 아군이 죽은 걸 안타까워하며 그 시체를 태워 버릴 수도 있다."

머리 위로 살벌한 목소리가 들렸다.

"아우, 어우. 라안 님. 진정하십시오."

세나가 예의상 말리는 소리도.

"제국으로 돌아가서가 기대되는군요."

루시온의 정중한 목소리도 이어서 들렸다. 카루나는 망토 속에 감추어진 채로 그들의 목소리를 들었다. 두근두근. 그들의 목소리보다 라크안의 왼쪽 가슴에서 들리는 소리가 좀 더 가깝게 느껴졌다.

카루나는 살짝, 그의 가슴에 귀를 가져다 댔다. 쿵쿵 울리는 소리가 카루나를 안심시켰다. 카루나는 긴장을 풀고 라크안에게 기댔다.

머리 위에서 들리는 다투는 소리는 꽤 오래 이어질 것 같았다. 그 잠깐 동안, 카루나는 바빠서 얼굴 보기도 힘들었던 라크안의 품에 안겨 그의 온기를 마음껏 즐겼다.

이 온기와 떨어지게 되면, 다시 차가운 눈의 세상으로 가야 할 테니까. 이 잠깐의 시간이 너무도 소중했다.

* * *

라크안은 카루나의 발끝에 흙 알갱이 하나 닿는 것도 싫다는 듯 그녀를 안고 막사로 돌아왔다. 세나가 뒤따라오며 투덜댔지만 라크안은 꿈쩍도 하지 않았다.

막사로 돌아오니 손님이 와 있었다. 희끗해진 녹색 머리를 가진 라미라였다.

"오늘은 손님 방문의 날인가요."

시스에 이어 루시온, 거기다 라미라까지. 세나가 질렸다는 듯 고개를 설레설레 저었다. 카루나 역시 라미라가 자신을 찾아왔다는 것에 살짝 놀랐다.

라크안은 미리 라미라와 이야기가 되어 있었는지 놀라지 않았다. 그는 카루나를 편한 의자에 앉히고는 그 옆자리에 앉았다. 라미라가 눈쌀을 찌푸리며 자리를 비켜 달라고 요청했으나 요지부동이었다.

문제는 라미라도 한 고집 한다는 것이었다. 라크안과 라미라는 입을 꾹 다문 채 서로를 바라보았다. 그 사이에 낀 카루나는 한숨을 푹 내쉬고는 중재에 나섰다.

"라안 님은……."

"라안."

라크안이 나직히 말했다. 라미라는 픽, 비웃음을 흘렸다. 아직도 카루나와 고작 그 정도 사이밖에 안 되었느냐는 비웃음이었다. 라크안 말고 카루나의 얼굴이 살짝 붉어졌다. 카루나는 어떤 이유에서건 라크안이 그런 취급을 당하는 게 싫었다.

"라안은 내 약혼자예요."

카루나는 보란듯이 라크안의 손을 맞잡고 그의 어깨에 얼굴을 기댔다.

"이이와 저는 한 몸과 다름없으니, 이이 없이 저 혼자 방문객을 맞이할 수 없을 것 같네요."

카루나는 한마디를 덧붙였다.

"상황이 상황이잖아요?"

생긋, 웃어 보이기까지 했다. 라미라의 얼굴이 살짝 굳어졌다.

"……알겠습니다."

라미라는 금방 수긍했다.

'어라?'

카루나가 놀랄 정도로 빠른 속도였다.

"저는 장로님께……."

"잠깐만요. 전 아직 장로가 아니에요."

"하지만 곧 장로가 되실 분이시지요."

"하지만……."

"후계자라 불리길 바라십니까? 아직 준비가 되지 않았으니, 겸손하겠다는 태도는 보기 좋습니다. 하지만 말씀하신 것처럼 상황이 상황이니만큼,

장로 자리가 비어 있는 상황에서 후계자가 후계자로만 존재하는 것은 어려운 일이지요."

라미라는 방금 전 카루나가 했던 말을 고대로 카루나에게 돌려주었다. 이번엔 카루나의 얼굴이 살짝 굳었다.

"저는 장로님을 준비시켜 드리기 위해 찾아왔을 뿐입니다. 경계를 푸시지요."

라미라가 옅게 웃으며 품속에서 낡은 두루마리를 꺼내 내밀었다. 라크안은 보자마자 두루마리의 정체를 알아차렸다. 숲의 원로인 라미라가 카루나에게 내밀 두루마리라면 그것뿐이었다. 카스라가 남겼다는 고대 주술이 적혀 있는 두루마리. 대대로 숲의 장로에게만 전해지는 숲의 보물이었다.

"난 아직 한 번도 못 열어 봤어. 영 안 보여 주시더라고. 어릴 땐 몰래 열어 보려다가 들켜서 많이도 혼났지. 이상하게 그걸 안 보여 주시려고 하는 게 꼭, 나를 후계자로 인정하지 않는 것같이 느껴져서 더 기를 쓰고 보려고 했던 거 같아."

라크안은 리센이 말했던 걸 떠올리며 두루마리를 내려다보았다. 천 년이 넘는 세월 동안 숲 밖으로는 단 한 번도 나온 적이 없으며 장로의 후계자도 장로의 허락 없인 감히 볼 수 없다는 그것이 지금, 숲 밖에 나와 있는 카루나에게 건네지고 있었다.

"이게 뭐죠? 무척 낡았네요, 펼칠 수는 있나요?"

그 두루마리가 무엇인지 알 리 없는 카루나는 더없이 가벼운 마음으로 받아 들었다. 손짓은 더 가벼웠다. 오래된 물건에 대한 기본적인 예의는 지켜 살짝 잡기는 했으나, 천 년 세월을 버틴 숲의 보물을 받아 드는 태도로는 한없이 부족했다.

"이걸 숲에서 들고 나오다니……."

라크안이 믿을 수 없다는 눈빛으로 라미라를 바라보았다.

"물건은 주인이 필요로 할 때 곁에 있어야 하는 법이지."

라미라는 쯧, 혀를 차며 말했다.

'저렇게 담약한 늑대가 장로의 곁에 서려 하다니.'

라크안이 영 못마땅한 눈치였다. 그건 라크안 역시 마찬가지인지라.

"다른 원로들이 허락을 했습니까?"

떨떠름한 목소리로 다시 물었다. 이 두루마리로 인해 카루나가 곤란해진다면, 라미라를 용서치 않으리라. 라크안의 눈빛이 날카로워졌다.

"제깟 것들이 반대한들, 그게 무슨 소용이 있지?"

"……몰래 가지고 나왔다는 거군요."

맙소사. 라크안은 고개를 내저었다.

라크안 역시 일족의 전통에 순종적인 늑대는 아니었다. 카루나를 되찾고자 숲 안에서 일족끼리 싸우는 것을 금기시 여기는 것을 어기고 중무장한 철십자 기사단과 숲에 쳐들어갔던 적도 있으니까. 그렇다 해도 감히 장로의 자리를 넘보거나 고대 주술이 담긴 두루마리를 훔칠 생각은 하지 않았다.

라크안의 시선이 불량해지자.

"날 뭘로 보고 그딴 말을 지껄이는가? 몰래 가지고 나오지 않았어."

라미라가 당당히 말했다.

"난 분명히 그들이 보는 앞에서 꺼내 들고 나왔다."

"순순히 보내 줍디까?"

"흥. 안 보내 주면 지들이 어쩌겠어."

"……."

라크안은 라미라가 두루마리를 당당하게 들고 나온 상황을 능히 짐작했다.

'안 된다고 말리고 매달리는 다른 원로들을 다 뿌리치고 내치고 잡아족치고 짓밟고 실컷 팬 후 전리품 삼아 들고 나왔겠지.'

라크안은 라미라를 새삼스럽게 쳐다보았다.

그녀는 정작 라크안이 철십자 기사단을 이끌고 숲에 쳐들어왔을 때, 숲의 장로와 경비대가 숲 안으로 달려가도 자리를 이탈하지 않고 숲의 목책을 지켰다. 숲의 일족 내에서 내분이 일어나든 뭐하든 자신은 눈의 땅과 싸우겠다는 것이었다.

라미라는 주전주의자, 과격파라고 불릴 정도로 눈의 땅을 싫어했다. 늘 눈의 땅으로 쳐들어가 저들을 멸살시켜야 한다고 주장했다.

젊은 숲의 일족들은 라미라가 왜 그렇게까지 눈의 땅을 싫어하는지 궁금해했다. 나이가 지긋한 숲의 일족들은 그녀가 눈의 땅에 원한이 깊다고들 말하면서도 무슨 원한인지는 말해 주지 않았다. 때문에 허황된 소문이 떠돌았다. 남편과 아이가 눈의 땅에 끌려갔다든가, 가족이 모두 숲의 경비대였는데 눈의 땅과 싸우다가 죽었다든가. 하나같이 비극적인 이야기였다.

그 정도 되는 신념을 가지고 있으니 카루나를 장로로 받아들이고, 카루나를 위해 두루마리를 숲 밖으로 유출하는 걸 두려워하지 않았으리라.

"이거, 뭔가…… 사연이 있는 물건인가요?"

카루나는 라크안과 라미라의 대화를 가만히 듣고 있다가 조심스럽게 물었다.

"그건……."

"아닙니다."

라미라가 냉큼 라크안의 말을 가로막고 대답했다.

"흐음."

카루나가 고개를 갸웃하고 두 사람을 번갈아 바라보았다. 라크안은 뭔가 말하고 싶어 하는 눈치이고, 라미라는 두루마리를 든 카루나가 흐뭇한지 웃고 있었다.

"어서 열어 보십시오."

재촉하기까지 했다.

'위험한 거였으면 라안이 진작 말리거나 뺏었겠지.'

카루나는 잠깐 고민하다가 훌훌 풀어 보았다. 천 년의 세월을 버틴 양피지가 카루나의 손 안에서 바스락바스락 구겨졌다.

길게 풀린 두루마리에는 빼곡히 글자가 쓰여 있었다. 당연하게도 카루나는 한 자도 읽을 수 없었다. 숲의 일족이 천 년 전에 썼다는 고어로 적혀 있었으니까.

"숲의 능력을 가졌다고, 언어까지 통달하게 되는 건 아닌가 보네요."

당연히 술술- 읽을 수 있지 않을까 기대했건만. 카루나는 피이, 김빠지는 소리를 내며 투덜댔다. 라크안과 라미라는 누가 먼저랄 것 없이 웃음을 머금었다.

"제가 읽어 드리고 가르쳐 드릴 겁니다."

"그딴 거 몰라도 돼. 신경 쓰지 마."

둘이 동시에 말했다.

"……."

"……."

잠깐, 두 사람의 눈빛이 허공에서 맞부딪쳤다. 그리고 둘은 서로에게 뒤질세라 다시금 입을 열었다.

"저만 믿으십시오. 곁에서 하나하나 다……."

"읽고 싶다면 세나 경을 시켜 번역을……."

또. 두 사람은 말을 채 끝마치지도 않고 서로를 노려보았다. 눈에서 불똥이 튀기는 듯 보였다.

"어른에 대한 예의를 갖춰라, 이벤의 아들아."

이벤은 라크안의 아버지의 이름이었다.

"원로님이야말로 제 약혼자와 저에게 기본적인 예의를 갖추시길 바랍니다."

라크안은 밀리지 않고 맞섰다. 두 사람은 그렇게 카루나를 사이에 두고 치열한 신경전을 벌였다.

"카루나, 그대는 어떻게 하고 싶지?"

"장로님. 이건 앞으로의 싸움에 유용한 지식입니다. 제가 가르쳐 드릴
수 있지요."

판결은 카루나의 몫이었다. 내편을 들어달라는 눈빛이 뜨겁다 못해 따
갑기까지 했다.

"두 분 다 제 뜻을 따라 주실 건가요?"

카루나는 두루마리를 성의 없이 말아 어깨를 툭툭 두드리며 물었다. 누구
편을 들 건지는 아까 둘이 싸우기 시작할 때부터 정해 놓았다.

"당연하지."

"맹세합니다. 저의 영혼을 걸고."

라크안과 라미라는 퍽 진지했다.

"좋아요, 그럼⋯⋯."

카루나는 주저 없이 두루마리를 오른쪽으로 내밀었다.

"앞으로 잘 부탁드려요."

"과연 현명하십니다."

라미라가 씩, 웃으며 고개를 조아렸다.

"어째서!"

라크안은 자신이 선택받지 못한 상황을 쉬이 받아들이지 못했다. 억울한
표정으로 카루나를 바라보았다.

"라안 님⋯⋯."

"라안."

"네, 뭐, 음. 라안. 라안은 이 글을 못 읽는다면서요."

"⋯⋯."

발작이 일어나 제국의 변경을 떠돌며 살았다. 고어 따위를 익힐 여유도,
시간도 없었다. 딱히 숲의 일족 고어 따위는 관심도 없었고. 그걸 후회한

적이 없건만. 오늘, 라크안은 처음으로 후회했다. 아무리 힘들고 지쳐도, 고어 정도는 익혀 놓을 것을.

"세나 경을……."

라크안은 밖에서 성실히 보초를 서고 있는 세나를 끌어들여 반전을 노렸으나.

"그럴 바엔 여기 계신 숲의 원로님께 배우는 게 낫죠."

카루나는 단호했다. 한 번 내린 결정을 돌이키지 않았다.

"편하게 라미라라고 불러 주십시오."

라미라는 득의양양하게 라크안을 보며 말했다.

"네, 그럼 라미라 님."

"뒤에 붙인 님 자 또한 불필요하나, 뭐, 차차 떼기로 하고."

라미라가 라크안에게 손을 까딱였다.

"이제 관련 없는 사람은 나가 줬으면 좋겠군. 군사령관이 이리 한가하게 굴 때도 아닌 거 같은데."

"설마, 이걸 노리고 사령관직을 사양한 겁니까?"

"글쎄. 굳이 대답해 주고 싶지 않군."

라미라가 무뚝뚝하게 말했다. 라크안은 라미라의 얼굴에 슬그머니 번지는 미소를 보고 확인했다. 하지만 너무 늦은 깨달음이었다. 사령관직을 떠맡은 라크안은 막사 밖에 서성거리는 그림자들 때문에라도 일어서야 했다.

"다녀오세요."

카루나는 방긋 웃으며 라크안을 배웅했다. 라크안이 떠나도 하나도 아쉬워 보이지 않았다.

"……."

라크안은 천근만근 무거운 발을 억지로 떼어 막사 밖으로 나왔다.

원래도 매일 아침, 카루나와 헤어지는 것이 아쉬웠지만. 라미라와 함께인 카루나를 두고 밖으로 나가는 건 더 힘들었다.

숲의 장로든 대륙의 운명이든, 그런 무거운 짐을 카루나에게 얹히고 싶지 않은데. 상황은 자꾸만 라크안이 원하지 않는 쪽으로 흘러갔다. 등 뒤에서 카루나와 라미라의 웃음소리가 들리자 더 속이 꼬였다.

하지만 돌아서 두 사람 사이에 끼어드는 유치한 짓을 할 수는 없었다. 카루나 앞에서 멋지게만 보이고 싶을 뿐더러, 카루나가 고대 주술을 배우면 눈의 땅에서 덜 위험해질 테니까.

라미라의 말마따나 군 사령관 자리는 그리 한가한 자리가 아니었다. 눈의 땅과 혈전을 앞둔 지금은 더더욱. 라크안은 밖으로 나서자마자 대기하고 있던 기사들에게 둘러싸였다.

그들은 군 업무와 관련된 보직을 맡은 자들로, 그 잠깐 새 쌓인 보고를 다급히 쏟아 냈다. 라크안은 정신은 카루나가 있는 막사 쪽에 둔 채로, 기계적으로 업무를 처리해 나갔다.

군 업무 처리는 라크안에게 숨 쉬는 것만큼 쉬운 일이었다. 철들기 전부터 제국 국경의 전투 지대를 떠돌며 군대를 이끌었으니까. 라크안이 그렇게 연합군을 정비하고 운영해 나가는 동안 카루나는 라미라의 도움을 받아 고대 주술을 익혀 나갔다.

라미라가 도와줄 수 있는 건 두루마리에 적힌 고어를 읽어 주는 정도였다. 라미라는 장로가 아니었고, 때문에 두루마리에 적힌 주술을 알지 못했다. 이제 와서 익히지도 못했다.

두루마리에 적힌 고대 주술은 숲의 능력을 가지고 있어야 쓸 수 있는 것들이었다. 전반부에는 숲의 능력을 어떻게 사용하는 게 효율적인지, 숲의 능력으로 어떤 일까지 할 수 있는지, 숲의 능력으로 악룡의 피를 어떻게 제압할 수 있는지 등이 적혀 있었다.

후반부에는 바람, 물, 눈의 능력과 숲의 능력이 어떻게 어우러질 수 있는지 쓰여 있었다. 물은 바람을 통해 눈이 될 수 있다. 눈은 다시금 물이 되어 숲을 틔운다. 숲은 바람을 감싸 물을 보완한다. 눈과 바람은 얼음이 되어 바람과 숲을 보호한다.

두루마리의 마지막 문장은 이렇게 끝났다.

다시 넷이 되는 날, 그의 심장에 영원한 안식을.

카루나의 눈이 오래도록 그 문장에 머물렀다. 역대 숲의 장로들이 우아한 인사말, 혹은 어떤 비유라고 보고 넘겼을 그 문장이 유독 눈에 들어왔다.

"뒷부분은 공용어, 그러니까 제국어로 번역하여 황태자 전하와 올벤 쪽에도 보내도록 하죠."

카루나의 말에 라미라는 불만스러운 표정을 지었으나 이내 수긍했다. 카루나는 라미라의 도움을 받아 두루마리 뒷부분을 베껴 황태자와 시스에게 보냈다.

그렇게 본격적으로 고대 주술을 익혔다.

두루마리에 나와 있는 술식들은 그리 어렵지 않았다. 역대 장로들은 어느 것 하나 쉬이 익힐 수 없었을지 모르나 카루나는 사정이 달랐다.

그녀는 태어나자마자 눈의 땅에서 악룡의 피와 눈의 힘이 섞인 날것의 숨을 들이켜 죽을 뻔했고, 어머니의 희생을 통해 최초의 샘에서 새로운 생명을 얻었다. 그 과정에서 어머니의 숲의 능력을 전해 받았다.

자라면서 늘 녹주석을 몸에 지니고 있었던 터라 숲의 능력은 녹주석을 뚫고 몸 밖으로 나가지 못했다. 그리하여 숲의 능력은 카루나의 몸 안을 뱅글뱅글 돌며 그녀의 능력을 더욱 키웠다.

거기에 최초의 샘에 다시 잠겨 장로 후계자였던 리센의 생명과 능력을 전달받았다. 최초의 샘에서 두 번이나 목숨을 건진 것이다. 이는 숲의 천년 역사에 유례없는 일이었다.

이후엔 눈의 땅으로 끌려가 세뇌당해, 눈의 땅을 위해 한계까지 숲의 능력을 끌어냈다. 개인적으로는 다시 겪고 싶지 않은 끔찍한 일이었으나 능력적인 면에서는 쉽게 경험할 수 없는 최고의 훈련을 받은 셈이었다.

시에나와 리센의 능력을 이어받고, 한계까지 숲의 능력을 끌어내 전쟁을 벌이는 경험까지 했다. 카루나는 시조 카스라 이후 다시없을 숲의 능력자였다.

'나를 사랑해 줬던 사람들이 나를, 강하게 만들어 준 거구나.'

카루나는 고대 술법을 익히다 말고 울컥했다.

어머니 시에나. 대가 없는 사랑을 준 리센. 그들의 희생이 그녀의 안에 남아 있었다.

시에나의 마지막은 전혀 기억나지 않지만, 리센의 마지막은 기억난다. 카루나는 눈의 땅에서 온 존재, 아카론에게 꼭두각시처럼 이용당하는 그의 시신을 끌어안아 재로 흐트러뜨렸다. 다시는 이용당하지 않게. 다시는 안식을 방해받지 않기를 바라며. 그날의 슬픔, 그때 손끝에 남아 있던 그의 마지막 감촉이 아직도 생생했다.

리센을 생각할 때마다, 그의 안식조차 지켜 주지 못했다는 것에 죄책감을 느끼며 괴로워했다. 그런데 그가 남겨 준 능력이 자신의 안에 남아 있다니.

카루나는 자신의 왼쪽 가슴 위에 손을 올려 보았다. 두근두근, 박동하는 심장 소리를 따라 온 몸에 가득 찬 숲의 능력이 움직이는 게 느껴졌다.

'이 힘은 어머니와 리센이 내게 남겨 준 거야.'

그 숲의 능력에 눌려 느껴질락 말락 한 희미한 냉기─눈의 능력은 역시나 기억도 나지 않는 아버지, 그리고 평생 자신을 기다려 왔다는 아카론으로 인한 것.

"……."

카루나는 고개를 들어 라미라를 바라보았다.

라미라는 카루나가 고대 주술을 빠르게 습득하는 것에 감탄하기 바빴다.

뒤늦게 카루나의 시선을 눈치채고는 그녀와 눈을 마주쳤다.

녹색 눈 위로 하얀 서리가 스쳤다. 흰 기운은 눈 깜짝할 새 사라졌지만, 녹색 눈은 더욱 맑게 빛났다.

카루나가 앉아 있는 의자를 타고 새싹이 돋았다. 젖은 땅을 다진 바닥은 오랫동안 메마른 사막의 한 조각이었으며, 얼마 전까지는 차갑게 얼어붙어 있었다. 생명을 움틀 힘이라고는 조금도 남아 있을 것 같지 않은 그 죽음의 땅에서 기어이 푸른 싹이 움텄다.

싹이 자라나 카루나의 손바닥을 간지럽혔다. 카루나는 여린 잎사귀를 손으로 어르며 작게 웃었다.

* * *

카루나는 빠르게 고대 주술을 익혀 갔다. 두루마리에 적혀 있는 내용을 모두 익히는 데 채 일주일이 걸리지 않았다. 라미라는 역시 숲의 장로답다며 찬사를 아끼지 않았다. 라크안은 매일 아침 막사를 뒤덮는 담쟁이덩굴을 보고는 고개만 설레설레 저었다.

고대 주술을 익힐수록 카루나의 힘은 더욱 강해졌다. 또한 정교해졌다.

의식이 있을 때의 그녀는 숨 쉬듯 자연스럽게 숲의 능력을 다루고 사용했다. 문제는 그 반작용으로, 잠들었을 때 숲의 능력이 마구잡이로 날뛴다는 것이었다.

그 수준이 그저 주변을 울창한 식물원으로 만드는 정도이니 다행이지만. 덕분에 막사를 지키는 철십자 기사단은 새벽녘마다 넝쿨을 뜯어내고, 자신의 허리만큼 두꺼워진 나무를 뽑아내야 했다. 함께 보초를 서는 제국군들은 사정없이 담쟁이 넝쿨을 뜯어내는 철십자 기사들, 그러니까 혼혈 숲의 일족을 보며 놀람을 감추지 못했다.

"……그, 렇게 막 뜯어도 되는 겁니까?"

"숲의 일족은 나무둥치에 집을 짓고, 함부로 나무를 베는 사람들을 홀려서 죽게 만들고 그런다면서……."

한마디로 '숲의 일족이라 불리는 너희들이 어떻게 그렇게 함부로 식물을 죽일 수 있어.'라는 경악이었다. 철십자 기사단은 그런 소리를 들을 때마다 더 사악하게 웃으며 담쟁이 꽃을 좍좍 찢었다. 개중 특히 세나의 연기력이 일품이었다.

"우리가 무슨 꽃이 시들면 따라 죽는 꽃의 요정인 줄 아나."

한편, 소식을 듣고 구경 온 시스는 진심으로 카루나를 탐냈다.

"눈의 땅을 공격해 들어가기 전에 한 달, 아니 열흘 만이라도 우리나라 한가운데 누워 있어 주면 좋겠군. 대신 영애가 만들어 준 숲에 영애의 이름을 붙여 주지. 최초의 숲보다 울창하고 아름다운 카루나 숲."

"쓸데없는 소리."

라크안은 시스의 제안을 단칼에 거절하며, 카루나가 잠에서 깨기 전 시스를 내쫓았다.

그리고 그날 저녁. 라크안은 홀로 시스를 찾아갔다.

"흠, 쓸데없는 말이나 늘어놓는 타국의 왕에겐 무슨 용무로 찾아오셨는지?"

싱글싱글 웃는 얼굴과 달리 말에는 뼈가 느껴졌다.

"왕이시여."

시스의 오른편에 서 있던 올가가 라크안 대신 한숨을 내쉬었다. 시스는 '내가 뭘?'이라는 표정을 지어 올가와 라크안의 속을 뒤집었다.

"용건은 서한을 보내 전달했습니다만."

라크안이 무뚝뚝하게 대답했다.

"서한이라면 조금 전, 무사히 도착했습니다."

올가는 시스가 또 실없는 농담을 던지기 전, 재빨리 말했다.

시스는 불만스런 눈으로 올가를 보았으나 올가는 꿈쩍도 하지 않았다.

"영애와는 이야기를 나누고 오신 겁니까."

올가가 물었다.

"그녀의 뜻이 곧 저의 뜻입니다."

지금 자신이 찾아온 게 곧 카루나의 뜻이라는 의미였다. 라크안이 시스를 찾아온 건, 시스가 건 주술을 잔해를 모두 털어 내기 위함이었다.

과거, 시스는 그 잔해가 라크안의 발작을 막는 마지막 울타리라고 말했다. 시스는 돌연변이 늑대에게 반려가 있을 리 없다고 생각했고, 라크안이 계속 자신의 주술 아래 있기를 바랐다. 카루나를 찾기 전만 해도 라크안은 시스의 말에 동의했다. 스스로를 제어하지 못하는 아군은 적군보다 위험한 법이니까.

카루나를 되찾고 나서도 라크안과 시스의 생각은 변함없었다. 그런데 카루나의 생각이 달랐다.

"왜 아직도 그러고 있는 거예요?"

카루나는 라크안에게서 시스의 주술 파편을 느끼고는 바로 항의했다.

"당장, 가서 없애고 와요. 당신에게서 나 말고 다른 사람의 흔적이 남아 있는 게 싫으니까."

그녀의 말 한마디가 라크안의 심장을 터질 듯 뛰게 만들었다. 라크안은 본능적으로 고개를 숙여 카루나에게 입을 맞추려고 했다. '너는 내 것'이라고 말해 주는 카루나에게 입을 맞추지 않고는 숨을 쉴 수 없을 것 같았다.

"하지 마요."

카루나가 고개를 돌려 라크안을 거부했다.

"……!"

라크안은 그대로 돌처럼 굳어 버렸다. 카루나에게 거부당했다는 것만으로 눈앞이 캄캄해졌다. 라크안은 세상이 무너진 것 같은 표정을 지으며 카루나를 바라보았다.

"오, 라안. 놀라지 말아요."

카루나는 라크안의 뺨을 손으로 쓸어 주며 그를 달랬다.

"나한테 닿고 싶으면 당장, 그 빌어먹을 것부터 모조리 뽑아내고 와요. 내가 억지로 뽑아내기 전에."

아니, 명령했다.

그리하여 라크안이 한밤중 시스를 찾은 것이었다.

주술이 완전히 풀리면 다시 발작을 걱정하는 삶을 살아야 한다. 두려운 일이었으나 전혀 두렵지 않았다. 이제 카루나가 옆에 있으니까. 자신이 사랑하고, 자신을 사랑해 주는 세상 유일한 사람.

카루나를 생각하는 것만으로도 왼쪽 가슴이 뻐근하게 저려 왔다. 이 마음이, 이 사랑이 자신을 지켜 주리라. 라크안은 태어나 처음으로, 낙천적인 낙관론자가 되었다.

시스는 싱글벙글한 라크안이 꼴도 보기 싫다는 듯 고개를 저었다. 라크안은 시스가 자신을 외면해도 전혀 상관하지 않았다.

돌연변이 늑대 주제에 사랑에 빠져 어쩔 줄 몰라 하는 꼴불견을 오래 보지 않으려면, 빨리 용건을 해결하고 내보내는 수밖에 없었다.

시스는 급히 자리에서 일어나 라크안을 데리고 막사 안쪽으로 들어갔다. 시스의 막사는 라크안의 막사보다 훨씬 컸다. 천으로 벽을 쳐 방을 여러 개 만들어 냈다.

그들은 방 두 개를 거쳐 세 번째 방으로 들어갔다. 그곳엔 아무것도 없었다. 아니, 모든 게 있었다. 천막 바닥에는 물이 차 있었다. 안으로 발을 딛자 물이 발목까지 차올랐다. 물 위에 크고 작은 청금석이 떠 있는 게 보였다. 청금석은 라크안이 알아볼 수 없는 진을 그리고 있었다.

시스와 라크안이 방 안으로 들어가자, 올가는 천을 내려 문을 닫고는 그 앞을 지키고 섰다. 돌연변이 늑대를 세뇌하는 주술은 거는 것보다 푸는 것이 훨씬 복잡하고 위험했다. 애초부터 풀어 줄 생각으로 만든 주술이 아니기 때문에 그러했다. 아주 어려운 주술은 아니나, 복잡한 모든 주술이 그렇듯 도중에 방해를 받으면 시전자인 시스가 위험해질 수도 있었다.

두 남자는 올가의 보호를 받으며 주술을 푸는 데에만 집중했다. 시스는 둘둘 말아 벽에 걸어 둔 양피지를 꺼내 펼쳤다. 양피지는 당장이라도 닳아 없어질 것처럼 낡고 낡았다. 마치, 라미라가 카루나에게 건넨 두루마리 같았다.

시스는 몇 백 번, 몇 천 번 읽었을 그것을 다시 한번 꼼꼼히 읽었다. 시험을 앞둔 아카데미 학생 같아 보였다.

"주술을 되돌리는 방법이 없다 했던 것 같은데."

라크안은 세뇌당하기 직전, 올벤의 왕궁 감옥에서 시스가 했던 말을 떠올렸다.

"쓸 일이 없으니 있어도 익히지 않았고, 그래서 없다고 했을 뿐이야."

시스는 손에 든 양피지를 기울여 보였다.

"안 그래도 요 얼마간 익히느라 고생했다네. 나의 자애로움에 존경을 표하는 걸 허락해 주지."

시스가 짐짓 너그럽게 말하였으나, 돌아오는 건 존경하는 마음이 담긴 찬사가 아니었다.

"심심한 위로를 전합니다. 아둔함이 죄는 아니니, 너무 자책하지는 마시길."

"……뭐?"

"참고로 말씀드리자면, 내 약혼녀는 그보다 많은 고대의 주술을 단 며칠 만에 완벽히 익혔습니다만. 괜한 자격지심은 느끼지 않으셨으면 좋겠습니다."

자랑이었다. 제 약혼녀인 카루나가 얼마나 똑똑하고 영특한지를 뽐내는 자랑질.

"……."

시스는 떨떠름한 표정으로 라크안을 바라보았다. 그래도 라크안은 자랑스럽고 뿌듯한 마음을 숨기지 않았다.

카루나를 되찾기 전만해도, 자신이 눈의 땅에서 온 존재인 양 냉기를 폴폴 풍기고 다녔으면서. 카루나를 되찾자마자 세상에 둘도 없는 팔불출이 되었다.

'약혼녀 없는 사람은 어디 서러워서 살겠나.'

시스는 괜히 옆구리가 시렸다. 그만큼이나 카루나와 함께하는 라크안은 행복해 보였다. 또 굉장히 안정되었다.

'안정?'

시스는 방금 자신이 떠올린 감상에 스스로 놀랐다. 안정, 안정이라니. 다른 것도 아닌 안정이라니. 돌연변이 늑대에게 가장 어울리지 않는 단어였다.

'무슨 말도 안 되는…….'

착각으로 치부하려 했지만 그럴 수 없었다. 문득, 지난번에 카루나를 만났을 때가 떠올랐다. 괜스레 카루나에게 잡혔던 목이 조이는 것 같았다.

"내가 라안의 반려예요. 라안은 나의 반려고. 숲의 능력을 가진 내가 그렇게 정했으니까, 그걸로 끝이에요. 올벤의 왕 주제에, 간섭하려 들지 마요. 더는 가만히 있지 않겠어."

자신만만한 목소리와 흔들리지 않던 녹색 눈은 라크안에 대한 애정을 고스란히 드러내고 있었다. 시스가 저도 모르게 부럽다는 생각을 할 만큼 올곧고 깊은 애정이었다. 그런 사랑을 받기에 눈앞의 돌연변이 늑대는 이토록 편안해 보이는 걸까. 시스는 묘한 눈으로 라크안을 바라보았다.

'……사랑의 힘이란 이처럼 위대하다, 인 건가? 동화도 아니고.'

헛웃음이 나왔다. 나름 두려움, 그리고 대견함을 담아 바라봤건만. 라크안은 다른 의미로 받아들였다.

"왜 그렇게 보는 거지?"

붉은 눈이 사납게 일렁였다. 아무튼 이 늑대는 제 약혼녀만 곁에 없으면 사나워졌다. 그게 불안정한 상태로 느껴지지 않는다는 게 신기할 따름이었다.

"그냥, 꽤 안정되어 있는 게 놀라워서?"

시스는 순순히 속마음을 털어놓았다. 그래봤자 라크안은 미심쩍은 시선을 거두지 않았지만.

'그러고 보니 내가 이 늑대를 편하게 부른 게 언제부터지?'

숲의 일족, 제국군과 힘을 합치기로 한 후 제국의 황태자가 중용하는 라크안을 마냥 무시할 수 없었다. 올가 또한 훗날 외교적인 관계를 생각해서라도 멸시하는 호칭을 고치는 게 좋을 것 같다고 청했다.

그래서 라크안을 '바이켈드 공작'이라고 부르기 시작했다. 라크안도 그런 이유로 시스에게 존댓말을 쓰기 시작했고.

처음엔 돌연변이 늑대를 돌연변이 늑대라 부르지 않는 게 영 입에 안 붙고 껄끄러웠다. 하지만 언제부터인가, 시스는 스스럼없이 그를 바이켈드 공작이라고 부르기 시작했다. '돌연변이 늑대'라는 멸칭에도 다정함이 깃들었고.

돌연변이 늑대가 숲의 능력을 가진 카루나에게 끌리고 목매는 건 당연한 거라고 생각하면서도. 그럼에도 목숨을 아끼지 않고 카루나를 지키고 되찾으려 하는 라크안을 나름 인정하게 된 게 아닐까.

라크안은 그의 인정 따위 필요 없다며 학을 뗄지 모르지만.

'인정할 건 인정해야겠지.'

시스는 이 돌연변이 늑대가 꽤 마음이 들었다. 그러니까 위험을 무릅쓰고 주술을 완전히 풀어 주려고도 하는 거 아니겠는가.

시스는 양피지를 도로 벽에 걸고 라크안을 진의 중앙으로 이끌었다. 라크안은 경계를 하면서도 시스를 뒤따랐다. 길든 늑대가 주인의 명령 때문에 어쩔 수 없이 마음에 안 드는 인간을 따라다니는 것 같이 보였다. 시스는 웃음이 나왔으나 라크안이 비웃는다 생각할까 봐 애써 참았다.

라크안이나 시스나 마음을 가라앉히고 생각을 단순히 할 필요가 있었다. 괜히 라크안의 심기를 거스르면 둘 다 위험해질지도 몰랐다.

라크안은 진 중앙에 무릎을 꿇고 앉았다. 망토와 옷이 물에 잠겼지만 젖지 않았다. 시스는 물속에 손을 담가 손바닥만 한 단도를 꺼냈다. 청금석을 갈아 만든 단도였다. 쇠를 두드려 만든 것만큼 날이 날카로웠다.

시스는 단도로 손바닥을 그었다. 툭, 투둑. 피가 물 위에 떨어졌다. 고작 한두 방울 떨어졌을 뿐인데, 물이 출렁였다.

"눈을 감고 나의 힘을 받아들여. 머리로 받아들여서 발끝으로 내보낸다고 생각해. 어지럽고 구역질이 날 수도 있지만 버텨야 해. 절대 눈을 뜨지도, 입을 벌리지도 말고."

시스가 경고했다. 라크안은 진지하게 듣고 눈을 감았다. 시스가 상처 난 손으로 라크안의 이마를 덮었다. 주르륵. 피가 라크안의 뺨을 타고 내렸다. 마치 라크안이 피눈물을 흘리는 것 같았다. 그 상태로 시스는 눈을 감고 주문을 외기 시작했다.

방법은 카루나의 세뇌를 풀 때와 비슷했다. 다른 점이 있다면 라크안에게 걸린 주술은 자신이 건 것이라 좀 더 풀기 쉽다는 것이었다. 충분히 준비할 시간이 있었기에 주변에 물의 힘을 깔고, 자신의 보호석인 청금석을 깔아 두었다는 점도 다른 점이긴 했다.

시스는 물의 힘을 라크안에게 쏟아부었다. 차고 맑은 물을 뒤집어씌우는 원리였다. 몸에 붙어 있던 먼지와 땀, 더럽고 불완전한 것들이 쓸려 나가도록.

시스가 주문을 외울 때마다 두 사람 주변의 물 바닥이 격하게 출렁였다. 발목에 닿았던 물이 출렁이며 허벅지 위를 넘실거렸다. 라크안과 시스, 두 사람에게 지독한 현기증이 몰려들었다. 라크안은 이를 악물고 참았다.

이윽고, 주술이 깨지는 순간.

시스가 왈칵, 피를 토했다. 붉은 피가 물에 닿자마자 구슬처럼 뭉쳐 가라앉았다. 허억, 허억. 시스의 거친 숨이 방 안에 가득 찼다. 그래도 라크안은 움직이지 않고 눈을 감고만 있었다.

"이제, 눈을 떠도 좋아."

시스가 비틀거리며 뒤로 물러섰다. 라크안은 눈을 떠 천천히 고개를 들었다. 붉은 눈은 더없이 차분했다. 간간이 눈 위로 드러났다 사라지던 주술의 파편은 보이지 않았다.

"끝난…… 겁니까?"

라크안의 목소리가 살짝 쉬어 있었다.

주술을 푸는 과정은 당사자에게 큰 고통을 주었다. 라크안은 그걸 신음 한 번 내뱉지 않고 버텼다. 시스는 질린다는 표정을 지었다.

"뭔가 느껴지는 게 없어?"

"그냥……."

라크안은 손을 주먹 쥐었다 폈다. 딱히 달라진 게 느껴지지 않았다.

그저 카루나가 보고 싶을 뿐이었다. 주술이 풀렸으니 어서 카루나에게 돌아가, 아까 하지 못했던 걸 마저 이어 하고 싶었다. 라크안은 조금 급하다 싶게 몸을 일으켰다. 시스는 그런 라크안을 보며 쓴웃음을 지었다.

'주술로 발작을 억눌러 평온할 때와 주술이 풀린 상태가 다르지 않다니. 그만큼 안정되어 있다는 건데. 역시 영애의 힘인가?'

그간 라크안의 발작을 걱정하고 염려한 게 어리석게 느껴졌다.

'거봐, 내 말이 맞다니까?'

이렇게 말하며 의기양양하게 웃는 카루나가 눈에 선했다.

'그래, 영애가 옳았어.'

시스는 백기를 들 수밖에 없었다.

* * *

카루나를 되찾은 이후로도 눈의 땅은 몇 번이고 물의 장벽을 넘어왔다. 두 일족과 제국이 눈의 땅과 끝까지 싸울 것을 결심한 그날의 전투 이후, 눈의 땅의 공격이 약해졌다.

눈의 땅에서 온 존재들—흰 그림자들은 정찰병 수준의 규모에 불과했다. 연합군 중 낙천적인 자들은 혹시나 눈의 땅이 힘을 다해 약해진 게 아닐까 기대했다. 하마터면 또 그만 싸우고 물러나도 되지 않겠느냐는 의견이 생길 뻔했다.

하지만 물의 장막을 올라 그 너머를 보고 온 올벤의 전사들의 보고가 다시금 경각심을 불어넣어 주었다. 눈의 땅엔 그 어느 때보다 흰 그림자들이 드글드글했다. 그들만으로도 눈의 땅이 빼곡히 찰 듯했다.

흰 그림자들은 저들끼리 뭉쳐 형체를 알아볼 수 없을 정도로 커다란 형상을 만들기도 했다. 그들 중 일부가 밀려나고 밀려나 물의 장막을 넘어온 것이라고 했다.

"총공격을 준비하는 건 우리만이 아닌 모양이군."

라크안이 쓰게 웃으며 말했다. 그 말에 회의용 막사에 모인 사람들의 간담이 서늘해졌다. 연합군의 군기는 더욱 날카롭게 벼려졌다.

라크안은 사령관으로서 군을 능숙하고 유연하게 군을 운용했다. 라크안이 혼혈 늑대라고 은연중에 무시하던 숲의 일족들마저 결국에는 그를 따를 수밖에 없었다.

최초의 숲과 제국에서는 연일 지원군이 도착했다. 숲은 경계를 지킬 최소한만 남고 모두가 올벤의 국경을 넘었다. 제국에서도 많은 병사와 보급을 보냈다. 제국 인근 여러 왕국들의 사절단도 뒤꽁무니에 달고 왔다. 황제는 대륙을 지킨다는 명분으로, '인간'의 대표로서 대전쟁에 참전한 제국의 위용을 그들에게 보여 주고자 했다.

천 년 전의 전설, 네 시조의 약속. 악룡과 악룡의 피. 황태자는 이곳에 와서 알게 된 내용을 간략히 서한에 써서 보냈으나 황제가 제대로 이해한 것 같지 않았다. 숲과 사막의 사람들을 인간이 아닌 다른 무언가로 생각하는 듯했다. 황태자는 굳이 그 오해를 바로잡지 않았다.

"오해하고 싶으시다면, 그렇게 두는 것도 나쁘지 않겠지."

황태자는 황제의 편지를 루시온에게 보여 주며 말했다. 루시온은 화려한 수사 속에 담긴, 굳이 숨길 생각이 없어 보이는 격양된 감정을 들여다보았다.

황제는 눈의 땅과의 대결로 인해 자신이 역사에 길이길이 남는 명군이 될 것을 기대하고 있었다. 천 년 전 전설을 완성하는 자. 숲에 숨어 있던 늑대와 사막의 모래 속에 고개를 웅크리고 있던 올벤을 이끌어 내, 극악무도한 악룡의 땅을 쳐들어가 악룡의 후예를 무찌른 황제.

'의심병왕 할버트 8세'로 기록될 뻔했던 황제, '대륙왕 할버트 대제'가 된다.

"황제 폐하께서 이렇게 낭만적이신 분인 줄 미처 몰랐습니다."

루시온은 단조로운 목소리로 답했다.

"그러게."

"다 영명하신 황태자 전하께옵서 이곳의 상황을 제대로 보고해 신임을 얻은 덕분이겠지요."

"……그냥 대놓고 물어보지 그러나. 어떻게 아부했기에 폐하의 마음을 돌린 거냐고."

"이런. 전하, 제가 어찌 감히 그런 불충한 생각을 품을 수 있단 말입니까."

루시온은 눈썹하나 까딱하지 않고 되물었다. 다른 귀족이었다면 황태자의 말을 들은 즉시 안색이 변했을 것이다. 심약한 자라면 부들부들 떨면서 결코 그런 생각 따위 하지 않았다고 빌 것이고.

하나 루시온은 그저 인형같이 가만히 서서 황태자를 바라볼 뿐이었다. 예전이라면 루시온의 그런 모습을 불편해했겠지만, 이제는 아무렇지 않았다. 아니, 오히려 편했다. 불필요한 미사여구, 격식을 동원해 빙빙 돌려 말할 필요가 없으니까.

'마카레나 백작은 대단한 측근을 가지고 있었군. 그러니 그렇게 막강한 권세를 휘두를 수 있었던 거겠지.'

루시온 한 명만 봐도, 이런 인재를 알아보고 거두고 곁에 두었던 마카레나 백작의 저력이 실감났다. 그 정도 되는 권세가라면 곁에 아부와 아첨을 일삼는 가신들을 얼마든지 거느릴 수 있었을 텐데. 루시온같이 무감정하고 이성적인 자를 곁에 두어 일을 맡겼다.

'예전의 나라면, 그럴 수 있었을까?'

황태자는 바로 고개를 저었다. 아직 황태자비가 되지 않았는데도 사교계를 휘어잡고 흔들어 대던 클레이엔. 꾸민 웃음, 입 발린 말 대신 무표정한 얼굴로 국정 업무를 헤집던 루시온.

얼마 전까지만 해도 황태자는 이 두 사람을 무작정 피하고 도망쳐 다니기만 했다. 맞서 싸울 생각 따위는 하지도 못했다. 클레이엔이 황태자비로 결정 나는 순간, 그의 반대는 아무 영향도 끼치지 못했다. 그만큼 나약하고 어리석은 황태자였다.

일련의 일들을 겪지 않았다면, 영영 자신의 나약함 따위 깨닫지 못한 채 황제가 됐으리라. 의심병왕 할버트 8세에 이은 소심왕 지크프리히트 3세. 제국을 귀족 간 내분으로 말아먹은 두 황제로 나란히 역사책에 기록됐을지도 모를 일이었다.

"폐하께서 의심이 많은 건 자신의 평판을 매우 신경 쓰기 때문이야. 오랫동안 황제파와 귀족파의 균형을 추구하며 황권을 강화하려 애쓰신 것도 그래. 훗날 역사책에 '황제파 귀족들에게 휘둘린 황제'라거나 '귀족파 귀족들의 발호를 막지 못한' 황제로 불리고 싶지 않아 그러시는 거거든."

"그런 걸 제게 알려 주셔도 괜찮은 겁니까?"

"뭐 어떤가. 마카레나 백작도 알고 있었을 테고. 소후작, 그대도 최소한 짐작은 하고 있었을 텐데. 이 전쟁이 무사히 끝나 제국으로 돌아가면, 이후 정치 행보를 정할 때 좀 더 신경을 쓰도록 하게."

"…….명심하겠습니다."

황태자를 바라보는 루시온의 눈빛이 사뭇 달라졌다. 지금은 협력하고 있다 하나 전쟁 후 제국으로 돌아가면 루시온은 다시금 눈엣가시 같은 존재가 될 것이다. 그런데도 황태자는 스스럼없이 황제의 친필 서한을 보여 주고 속내를 내보였다.

'그것만이 아니지. 황제를 제 손안에 넣고 움직이고 있어.'

의심 많은 황제가 반역의 조짐을 걱정하지 않고 순순히 지원 병력을 보내 주고, 천 년 전 전설로 인한 전쟁이라는 허황된 명목의 전투를 적극 지원해 주고 있다.

의심병 황제가 대범한 대륙의 구원자를 자처하게 만든 것이다. 다른 누구도 아닌 황태자가.

'변했군.'

자신이 변하고 라크안이 변했듯, 황태자 역시 이전과 달라졌다. 루시온은 그 어느 때보다 확실하게 실감했다.

'이 전쟁이 끝난 후가 기대되는군.'

루시온은 황제의 친필 서한을 힐끗, 바라보았다. 서한의 말미에는 전쟁이 끝난 뒤 눈의 땅 영토 분할에 대한 당부가 쓰여 있었다. 절대 숲과 올벤에게 양보하지 말고, 되도록 많은 영토―가능하다면 눈의 땅 전부를 제국령으로 만들었으면 좋겠다는 다정한 조언, 아니 명령.

변한 듯 보이지만, 황제는 여전했다. 그저 황태자의 노련한 조련에 의해 이끌리고 있을 뿐. 자신도 변했고 라크안도 변하고 황태자마저 변했건만. 누군가는 변했고 누군가는 변하지 않은 이유가 무엇일까.

루시온은 맑은 녹색 눈을 가진 여인을 떠올리며 한쪽 입꼬리를 치켜올렸다.

"어?"

황태자가 그 모습을 보고는 눈을 크게 떴다. 방금 두 눈으로 똑똑히 보고도 제가 본 것을 믿을 수 없어 하는 눈치였다. 루시온은 굳이 설명하지 않았다. 황제의 친필 서한을 반듯이 접어 돌려주었을 뿐이었다.

* * *

라크안이 군기를 유지하고 간간히 물의 장벽을 넘어오는 흰 그림자들을 처리하는 동안 카루나는 라미라의 도움을 받아 고대 주술을 완벽히 익혔다.

황태자 또한 매일 시스를 찾아가 바람의 능력을 정교히 다루는 법을 배웠다. 특히나 물의 능력과 바람의 능력을 합쳐 더 큰 위력을 만들어 내는 데 집중했다. 카루나가 고대 두루마리를 베껴 보내 준 내용이 마음에 걸려서였다.

연합군과 눈의 땅. 양측은 물이 가득 찬 컵과 같았다. 한 방울만 더 떨어져도 안에 든 것들이 넘쳐 버릴 아슬아슬한 상태. 먼저 흘러넘친 건 연합군 쪽이었다.

'전쟁터는 눈의 땅이어야지 올벤, 혹은 더 남쪽의 대륙이어서는 안 된다.'

두 일족과 제국의 대표들은 연합군이 먼저 물의 장막을 넘자고 결의했다.

출전의 날.

이 날만을 기다리며 날 선 칼처럼 벼려진 연합군이 진군 준비를 마쳤다. 말을 타고 병사들을 이끄는 제국의 기사들. 흥분하여 털을 부풀리고 이를 드러낸 늑대들, 늑대 위에 올라타 커다란 창을 움켜잡은 사막의 전사들.

시스와 카루나가 단상에 올라 그들을 마주했다. 거대한 함성과 병장기 부딪치는 소리가 땅을 뒤흔들었다. 카루나는 지평선을 이루는 거대한 군대를 보고 약간 기가 질려 있는 상태였다. 거기서 귀가 먹먹해질 정도의 함성까지 들으니, 너무 긴장하다 못해 오히려 긴장이 탁- 풀려 버렸다.

"너무 대놓고, 우리가 쳐들어간다고 티 내는 거 아닌가요?"

옆에 선 시스에게 속삭였다.

"어차피 우리가 숨소리도 안 내고 움직인다 해도 저쪽에서 알아챌 텐데. 이왕이면 우리가 이만큼 세다고 기선 제압을 하는 거지."

함성 때문에 딱히 들릴 거라고는 생각하지 않았는데, 시스는 용케 알아듣고 답했다. 둘 사이가 가까워지자 뒤에 서 있던 라크안이 살짝 인상을 찌푸렸다. 마찬가지로 뒤에 서 있던 올가는 그런 라크안을 보며 피식, 웃었다.

함성이 잦아들자, 카루나와 시스는 마음을 가다듬고 각기 숲의 능력과 물의 능력을 끌어 올렸다. 눈의 땅은 눈보라에 악령의 피와 숨이 섞여 있어 함부로 발을 디디면 채 백 발자국을 걷기 전 죽게 된다.

녹주석 파편을 지니고 있으면 안전하지만, 연합군 모두에게 나눠 줄 녹주석 파편을 구할 방도가 없으니 고대 주술의 힘을 빌려야 했다. 숲과 사막에는 각각 악룡의 피로부터 일족을 보호하는 보호 주술이 전해져 내려오고 있었다. 카루나와 시스는 연합군 전체에 그 주술을 펼치고자 했다.

이 대군을 두 사람 힘만으로 감당할 수 있을까.

카루나는 불안해했지만 시스는 자신만만했다.

"난 무리겠지만 영애는 가능할 거야."

"내가 안 될 것 같아 불안해하는데 왜 그쪽에서 장담하는 거예요?"

책임을 자신에게 떠넘기는 것 같아 카루나가 발끈해도 시스는 꿈쩍도 하지 않았다. 결국, 일단 둘이서 해 보고 안 되면 황태자가 힘을 보태기로 결론을 내렸다. 그리하여 카루나는 시스와 단둘이 단상에 올랐다.

'이 사람들 모두를 내 권속으로 두겠다는 마음으로, 천천히 힘을 펼치면 되는 거야.'

카루나는 두루마리에 나온 대로, 또 라미라의 조언을 되새기며 크게 심호흡했다.

'다 내 부하들이다. 내가 보호해야 하는 내 밑의 사람들이야. 내 거, 내 사람들. 내가 지켜야 하는 사람들.'

심장이 뜨거워졌다. 그 열기가 두 손을 타고 내려 발로 딛고 선 땅 근처를 데우고 그 아래로, 아래로 파고들었다.

척박한 대지.

씨앗 한 톨 없는, 싹을 틔우기 힘든 땅.

그 속에서 카루나는 기어이 작은 씨앗 한 톨을 찾아냈다. 씨앗은 땅속 깊이 파묻혀, 제가 씨앗인 줄도 모르고 웅크리고 있었다. 그거면 충분했다. 카루나는 두 손을 모아 잡았다. 땅 속에 있는 씨앗이 손 안에 있는 것처럼 감싸고 어르자, 씨앗이 땅 속에서, 그 어둡고 깊은 곳에서 싹을 틔웠다. 그리고 그 싹이 힘겹게 자라나 땅을 뚫고 세상의 빛을 보았다.

"와아."

"아, 아름다워."

"시조 아탈라시여, 당신의 영광을 위해 죽으리다."

"꽃, 꽃이다. 꽃이 피었어."

사방에서 탄성이 쏟아졌다. 카루나는 눈을 떠 앞을 바라보았다. 연합군이 서 있던 땅은 메마르고 얼어붙은 땅이었다. 흔한 잡초, 풀 한 포기 나지 않은 흙바닥이었건만. 온 땅이 푸르른 녹음으로 덮여 있었다. 풀과 꽃들이 발목까지 자라나 살랑살랑 흔들렸다.

하얀 꽃은 나비와 꿀벌 없이도 씨앗을 영글었고, 그 씨앗은 누가 만지지 않아도 톡- 터지며 하얀 입자를 쏟아 냈다. 눈 같은 꽃가루가 아래에서 위로 솟구치며 연합군을 감쌌다.

제국군 중 꽃가루 알레르기가 있는 사람들, 꽃가루에 익숙하지 않은 사막의 전사들이 놀라 두 손으로 코와 입을 가렸다. 죽으러 가는 사람처럼 눈을 질끈 감는 사람들도 있었다. 하지만 그들 중 누구도 숨 막혀 괴로워하거나 쓰러지지 않았다. 오히려 까닭 모를 상쾌함과 자신들을 지켜 주려고 하는 카루나의 마음을 느꼈다.

"……상쾌해."

"눈? 꽃이 아니라 눈인가?"

"아버지, 어머니!"

두껍고 따뜻한 외투를 걸친 기분이었다. 자상한 누군가의 손길이 머리와 어깨를 쓸어 주며, 아무 걱정 말라고 말해 주는 것 같았다.

감수성이 예민한 사람들은 떠나올 때 마지막으로 보았던 부모나 아내, 자식을 떠올리며 왈칵, 눈물을 쏟았다. 사람들은 너도 나도 할 것 없이 손을 뻗어 꽃가루를 한 움큼씩 움켜쥐어 보았다.

꽃가루는 사람에게 닿자마자 눈 녹듯 스르륵, 사라졌다. 감촉은 첫 눈처럼 보드랍고 시원했다. 연합군은 자신들이 전투를 앞두고 있는 병사라는 걸 잠시 잊은 채, 꽃가루를 맞으며 즐거워했다.

"대단하군."

어느샌가 한 발 뒤로 물러나 있던 시스가 빙긋 웃으며 박수를 쳤다. 시스는 물의 능력으로 사막의 전사들을 축복하려다 말고 멈췄다. 바로 옆에서 폭발적인 힘을 느꼈기 때문이었다.

시스의 예상대로였다. 카루나의 능력은 연합군 모두를 감싸기에 충분했다. 시스의 능력은 물이 가득 든 대접에 물 한 컵을 더 붓는 정도였다. 시스는 펼치려던 능력을 다시 갈무리하고 뒤로 물러섰다. 그리고 카루나가 제 능력을 마음껏 펼치도록 지켜만 보았다.

전설을 끝맺는 전쟁.

날카롭게 벼린 군의 기강 속에 숨겨져 있던 죽음에 대한 두려움, 허황된 전쟁에서 소모품처럼 희생될 뿐이라는 절망감이 눈 녹듯 사라졌다. 이토록 강력한 능력을 가진 사람과 함께라면 살아남을 수 있을 거라는 희망이 그 빈자리를 채웠다.

"카루나 님께 영광을!"

"시조 카스라의 후예시여!"

"카루나! 카루나! 카루나!"

연합군은 한마음이 되어 카루나를 연호했다.

그녀가 얼마 전까지 자신들을 공격했던 무시무시했던 적이라는 것을 잊고, 그녀의 가호에 감사했다. 라미라를 비롯한 숲의 일족은 당장 울음이라도 터뜨릴 것 같은 표정으로 그녀를 올려다보았다. 이제까지 카루나를 새로운 장로로 인정하지 않고 있던 숲의 일족조차도 지금 이 순간만큼은 그녀의 영향력에서 벗어나지 못했다.

꽃가루가 가라앉고 장내가 진정되자 황태자가 단상에 올랐다. 카루나와 시스는 그의 뒤에 섰다. 황태자는 두 일족과 제국을 대표해 선전포고를 외쳤다.

전쟁은 예전에 시작됐고, 그들은 수많은 전투를 벌렸다. 그럼에도 이제와 눈의 땅에 선전포고하는 것은 군 병사들에게 우리 쪽이 선하고 올바른 대의를 가지고 있다는 걸 알리기 위해서였다.

황태자가 대표로 나선 것은 숲과 사막의 배려였다. 숲의 일족, 사막의 전사들과 달리 제국군들은 아직도 이번 전쟁의 명분을 헷갈려 했다.

천 년 전의 전설은 천 년 동안 그걸 잊고 살아온 사람들에게 너무도 막연하고 허황된 것이었다. 그런 상황에서 카루나나 시스가 연설을 한다면, 자신들의 싸움이 아니라 남의 싸움이라 생각하게 될 가능성이 있었다. 그렇기에 황태자에게 연설을 양보해 제국군의 사기를 좀 더 북돋으려는 것이었다.

황태자는 굳은 얼굴로 군중을 내려다보았다. 제국군, 그중에서도 기사들은 주먹 쥔 손을 왼쪽 가슴에 가져다 대고 고개를 숙이며 황태자에게 예를 표했다. 빛나는 금발에 푸른 눈. 아름다운 황태자는 태양신이 땅에 내려온 것처럼 빛났다. 그의 주변에 은은히 감도는 바람이 그를 더 신비롭게 만들었다.

"제군들, 혼란스러울 모르네. 말도 안 되는 일에 휘말렸다고 생각하고 있을지도 모르고. 나만 해도 그랬으니까. 여기 오기까지 나의, 아니, 우리의 목표는 오직 바이켈드 공작과 그 약혼녀를 구하는 것뿐이었으니 말이야."

황태자의 말에 제국군 쪽에서 바람 빠진 웃음소리가 샜다. 황태자도 옅게 웃으며 말을 이었다.

"하지만 우린 이제 다른 목표를 가지고 있네. 우리의 적이라 생각했던 납치범들과 손을 잡고, 우리가 구해야 한다고 생각했던 카루나 영애가 내려 준 승리의 가호를 받아, 저 장벽 너머로 나아가야 하네. 그러지 않으면 저 너머의 차가운 눈과 얼음이 제국과 온 대륙을 뒤덮을 테니까."

힘 있는 목소리가 쩌렁쩌렁하게 울렸다.

"영원한 겨울을 막기 위해 나아가자. 우리 제국군 앞엔 오직 승리만 있을 테니. 내가 맨 앞에 서서 그대들과 함께할 것이다."

황태자가 주먹 쥔 손을 왼쪽 가슴에 얹고 고개를 숙였다. 그에게서 소용돌이 같은 바람이 뿜어져 나와 제국군을 감쌌다.

"황태자 전하 만세!"

"제국 만세!"

"카루나 님 만세!"

"바이켈드 공작 각하 만세!"

제국군은 흥분하여 환호성을 지르며 황태자를 연호했다.

"영애를 따라 한 것 같은데?"

시스가 카루나에게 슬쩍 말했다. 카루나는 대답으로 시스의 발을 꽉 밟았다.

"윽!"

"딴 소리하지 말고 앞이나 봐요."

입술을 거의 움직이지 않으며 말했다. 얼굴은 여전히 정면을 바라보며 환하게 웃고 있었다. 카루나는 뒤를 돌아보았다. 라크안과 세나가 서 있었다. 세나는 카루나와 눈이 마주치자 방긋 웃으며 왼쪽 가슴을 주먹으로 두드렸다. 카루나는 그녀에게 생긋, 웃어 주고는 라크안 쪽으로 눈을 돌렸다.

당연히 눈을 마주치고 미소 지어 줄 거라고 생각했건만.

"……."

라크안은 카루나를 모른 척하며 반대편으로 고개를 돌렸다.

"라안 님? 라안 님!"

세나가 라크안의 옆구리를 쿡 찌르며 카루나를 가리켰지만 라크안은 끝내 고개를 돌리지 않았다. 당연히 카루나의 눈이 뾰족해졌다.

출정식이 마무리된 후. 전군은 집결하여 눈의 땅을 향해 나아갈 준비를 했다. 천막이나 취사도구는 챙기지 않고 놔두었다.

눈밭 위에서 장렬하게 죽거나, 승리하여 돌아와 녹음이 피어난 이 땅에서 따뜻한 수프를 마시고 잠들거나. 주어진 미래는 둘 중 하나일 테니까. 병사들은 후자를 꿈꾸며 자신의 머리카락을 약간 잘라 내 땅 속에 파묻었다.

올벤의 풍습이었는데, 사람은 반드시 제 몸의 일부가 묻힌 곳으로 돌아온다는 미신을 들은 제국군과 숲의 일족이 너 나 할 것 없이 따라했다.

황태자의 말처럼 두 일족과 제국의 대표들이 선봉에 서기로 했다. 카루나는 세나의 도움을 받아 숲의 일족의 훈련복으로 갈아입었다. 다리에 달라붙는 가죽 바지와 목 끝까지 조이는 셔츠가 답답했지만 악룡의 원한이 섞인 눈보라로부터 몸을 지킬 수 있다고 하여 어쩔 수 없이 입었다.

카루나가 말에 올라타려 하자.

"잠깐만."

라크안이 세나를 뒤로 물리고 다가왔다. 그러고는 손수 카루나를 안아 들어 말 위에 올려주었다.

"먼저 안 갔어요?"

"그럴 리가."

"내가 나올 때까지 기다린 거예요?"

"……."

"고마워요."

말에 탄 카루나는 라크안보다 눈높이가 높아졌다. 살짝 고개를 숙여 라크안을 내려다보는데, 라크안이 카루나의 눈을 피했다. 잠깐이지만 마주 본 얼굴 표정이 이상했다. 화가 난 것 같지는 않은데, 애써 담담한 척하려는 기색이 역력했다. 카루나의 허리를 붙잡은 손도 살짝 떨렸다.

"라안?"

카루나가 라안을 불렀다. 라안은 못 들은 척하며 카루나의 두 손에 말고삐를 단단히 들려 주었다.

'또?'

아까도 못 본 척하더니 지금도 못 본 척이었다. 두 배로 화낼 상황이었으나 카루나는 아까처럼 세모눈을 뜨지 않았다.

'떨고 있잖아. 왜?'

라크안은 철장갑을, 카루나는 가죽 장갑을 끼고 있었다. 그럼에도 라크안의 손이 떨리는 게 느껴졌다.

"안장은 튼튼하게 매어 뒀겠지, 등자도 손봤을 테고."

라크안은 단단히 고정된 안장을 점검하는 등 괜히 부산스럽게 움직였다.

"라안."

카루나는 조금 급하게 라크안의 팔을 붙잡았다. 라크안의 얼굴을 보고 싶었다. 눈을 보면, 이유를 알 수 있을 것 같았다.

'왜 날 무시하고 안 보고, 그러는 거야. 갑자기 날 만지는 것도 싫어진 거야?'

생각만으로도 심장이 덜컹 내려앉았다. 라크안의 팔을 붙잡았던 손이 살짝 움츠러들었다.

'라안이 날 안 좋아하게 될 거라고, 괜히 그런 말을 해대서.'

다 시스 때문이었다.

한편, 라크안은 카루나의 손이 팔에 닿자 조금 전의 부산스러운 움직임이 환상이었다는 양 우뚝 멈춰 섰다.

"라안. 라안."

카루나는 그를 달래듯 살살 이름을 불렀다. 라크안의 팔을 손가락으로 톡톡 두드리자, 라크안은 더는 그녀의 부름을 거역하지 못했다. 까만 정수리가 뒤로 넘어가고 하얀 얼굴이 드러났다. 불안정하게 흔들리는 붉은 눈도.

"……."

입은 굳게 다물린 채로 열리지 않았다. 굳이 말을 하지 않아도 충분했다. 그의 얼굴, 그의 눈을 봤으니까.

'뭘 그렇게 무서워하는 거예요.'

혹시나 제게 서운한 게 있나, 아니면 뭐에 화가 난 걸까, 그도 아니면 벌써 자신이 싫어진 걸까. 짧은 새 많은 고민을 했건만, 모두 오답이었다. 안도감에 한숨이 절로 나왔다. 숨을 길게 내쉬자 라크안이 어깨를 움찔 떨었다. 역시나 그의 얼굴 표정은 서운하다기보다, 화가 났다기보다, 슬퍼 보였다. 무척이나.

"라안."

카루나는 고삐를 놓고 두 팔로 라크안의 목을 끌어안았다. 그 바람에 몸이 기우뚱, 아래로 기울었다. 라크안은 화들짝 놀라며 카루나를 끌어

안았다. 하체는 말에 걸치고 있는데, 상체는 라크안에게 기댄 모양새가
됐다.

"워, 워워."

라크안은 일단 말을 진정시켰다. 괜히 말이 놀라 잘못 움직이면 카루
나가 다칠까 봐 염려해서였다.

"라안."

카루나는 라크안의 뺨을 손으로 감싸 잡아당겼다. 그렇게 라안의 시선을
다시 자신에게로 돌렸다. 눈이 마주치자마자 라크안은 눈을 아래로 내리깔
았다.

"······."

하지만 카루나가 아무 말도 하지 않고 계속 바라만 보자, 어쩔 수 없이
다시 눈을 들어 카루나를 보았다. 그 순간, 라크안의 눈가에 눈물이 어렸
다. 그걸 본 카루나도 울컥, 했다.

"왜 울어요."

카루나는 라크안의 눈가를 쓸어내렸다. 손끝을 적시는 뜨거운 물기에
심장이 저려 왔다.

"왜, 어째서, 그대가······."

악다문 잇새로 목소리가 새어 나왔다. 하지만 그마저도 완벽히 이어지
지는 못했다. 라크안은 채 말을 잇지 못하고, 카루나를 끌어안았다.

카루나가 라크안의 품에 폭 감싸였다. 라크안은 이대로 그녀를 납치해
대륙의 끝, 눈의 힘이 닿지 않을지도 모를 곳으로 도망가고 싶은 충동에
사로잡혔다.

머리로는 안다. 이 싸움이 그녀의 싸움이라는 걸. 자신은 그저 보조하고
돕는 위치일 뿐이라는 걸. 그런데도 카루나의 싸움에 카루나가 나서는 게
싫었다. 무서웠다.

살아온 삶의 대부분을 전쟁터에서 보냈던 라크안은 누구보다 전쟁터의

살육과 죽음에 대해 잘 알았다. 그래서 카루나가 그걸 맨정신으로 겪어야 한다는 게 끔찍했다.

카루나의 몸은 가녀렸다. 조금만 더 힘을 주면 으스러질 것만 같았다. 그렇다고 힘을 풀면 어디론가 훌훌 날아가 버릴 것만 같았다. 이렇게 애틋한데. 이렇게 소중한데. 끔찍한 전쟁터에 함께 가야 한다. 저 차갑고 거친 눈보라 앞에 떠밀어야 한다.

생각만으로 숨이 턱턱 막히고 눈앞이 까매졌다. 손끝이 덜덜 떨렸다. 부모님을 모두 잃고 내쫓기듯 변경으로 떠나야 했을 때도, 처음 사람을 죽였을 때도, 이런 기분이 들지는 않았다.

"지켜 주겠다고 했는데……."

속에서 끓어오르는 울분에 찬 목소리가 카루나의 어깨에 부딪쳐 흩어졌다.

"지켜 주면 되잖아요. 지켜 줄 거잖아요. 응?"

"아니, 내가 바랐던 건 이런 게 아니었어."

라크안이 말했던 보호는 함께 전쟁터에 나가 그녀의 뒤를 지키고 함께 적을 때려 부수는 게 아니었다. 카루나를 사랑하는 만큼 그녀의 능력과 재능을 존경하지만. 그렇다고 하여 그녀의 능력을 전투에 써먹고 싶진 않았다.

바보 같은 생각이란 건 잘 알지만, 이미 몇 번이나 그녀가 자신을 구해 주었던 것도 기억하고 있지만. 자신이 그녀를 지키고 구하고 싶었다. 바늘이나 포크보다 위험한 것이 없는 안온하고 아름다운 곳에 카루나를 모셔 둘 수만 있다면, 평생 전쟁터만 떠돌아도 좋을 텐데. 홀로 눈의 땅으로 달려가 발작을 일으키고 폭주해 싸우게 되더라도 괜찮은데.

카루나만 안전할 수 있다면. 행복할 수 있다면.

라크안은 카루나를 만나기 전, 변방의 전쟁터를 떠돌며 피에 절어 살던 때를 떠올렸다. 그때의 절규와 각오가 찬 서리처럼 심장을 할퀴었다.

"제발 나타나만 줘. 그대만 사랑할 테니까. 그대의 사랑을 받기 위해서 발버둥 칠 테니까. 뭐든 할 테니까, 제발 이젠 내 앞에 나타나 줘. 날 사랑해 줘, 나만 사랑해 줘. 내 사랑을 받아 줘. 난 그대만 지키면서 살겠어. 그대가 행복할 수 있다면 뭐든 하겠어. 그대의 머리카락 한 올, 손가락 하나. 그 누구도 건드리지 못하게 할 거야."

'왜 반려를, 아니, 반려를 사랑하는 것보다 더 사랑하게 됐는데. 지키지 못하고, 위험한 곳으로 가려는데 막지 못하고 있는 걸까. 나는.'

어디에 있는 누군지도 모르고, 그저 반려를 그리고 원하던 시절. 그 시절의 간절함이 할퀸 상처를 타고 줄줄 흘러내렸다.

"울보가 다 됐네요. 내 약혼자."

카루나는 다정히 웃으며 라크안의 눈물을 손으로 닦아 주었다. 라크안은 뺨에 닿는 카루나의 온기를 느끼며 눈을 깜박였다. 이대로 평생 울어 볼까. 그러면 그녀는 제 눈물을 닦아 주느라 전쟁터에 나가지 않을지도 모르는데. 카루나를 전쟁터로 내보내지만 않을 수 있다면 무엇이든 할 수 있었다. 평생 우는 것조차.

"그대가 가지 않길 바라."

"걱정 말아요, 잊었어요? 내가 저쪽 편이었을 때 얼마나 강했는지?"

"그때와 지금은 달라."

"맞아요, 그때와 지금은 다르죠. 그때 나는 당신을 공격했지만, 이번의 나는 당신을 지키기 위해 싸우는 거니까."

"……."

갑작스런 고백에 놀란 라크안이 아무 말도 못하고 눈만 크게 뜨자, 카루나는 고개 숙여 그에게 입 맞췄다. 라크안의 입술은 여전히 뜨겁고 마르고 거칠었다. 카루나는 그의 목을 끌어안고 깊이깊이, 그의 숨을 적셨다. 이번에도 입맞춤은 짠 눈물 맛이 났다.

'당신이 좋아. 날 걱정해 주고 날 위해 울어 주고, 그렇게 날 사랑해 주는 당신이.'

그래서 이 전투에 용감히 나설 수 있음을, 부디 라크안이 끝까지 모르기를.

카루나는 라크안을 살짝 밀치며 말 위에 올라탔다. 그러고는 저를 바라보는 라크안에게 손을 내밀었다. 맞잡은 두 손을 바라보며 카루나는 그에게 들릴 정도로만 작게 속삭였다.

"이 전쟁이 끝나면 나, 당신한테 듣고 싶은 말이 있어요. 그러니까 꼭 말해 줘야 해요. 알았죠?"

카루나가 생긋 웃어 보였다. 라크안은 이번에는 고개를 돌려 눈을 피하지 않았다. 세상 누구보다 아름답고 행복하게 웃고 있는 그녀의 모습을 눈에 새기고자 오래오래 바라보았다.

입술에 남아 있는 열기가 심장으로 이어졌다. 심장 박동은 이미 그녀가 원하는 말이 무엇인지 알고 있었다. 내내, 그가 그녀에게 하고 싶었던 말이니까.

라크안이 희미하게 웃으며 맞잡은 손에 힘을 주었다.

"그러지, 이 전쟁이 끝난 뒤에."

맞잡은 두 손이 떨어졌을 때. 길게 뿔 고동이 울렸다.

전군, 전진.
천 년 전설을 끝낼 마지막 전투의 시작이었다.

* * *

연합군이 북으로 향했다. 군의 선두가 물의 장막 앞에 다가갔을 때, 시스가 두 손을 활짝 들어 올렸다. 그의 손짓을 따라 물의 장막은 커튼을 거둔 것처럼 양옆으로 밀려났다.

경탄을 자아낼 만한 광경이었다. 물의 장막에 익숙한 올벤인들마저 놀란 기색을 감추지 못했다. 물의 장막 너머에 그림으로 그린 듯한 광경이 나타났다.

천 년 동안 내린 눈으로 뒤덮인 새하얀 적막의 세계, 눈의 땅이었다. 정찰대가 봤던 흰 그림자들은 보이지 않았다. 그저 눈 내리는 설원만 존재할 뿐이었다.

'왜 아무것도 없는 거지?'

라크안은 등허리가 서늘해지는 기분을 느꼈다. 정찰병들이 봤다던, 스스로를 감당하지 못해 서로를 잡아먹으며 더 큰 괴물이 되어 간다던 흰 그림자들은 다 어디로 갔단 말인가.

라크안은 고요함 속에서 불안감을 느꼈다. 하지만 그건 노련하고 전쟁 경험이 풍부한 사령관의 생각일 뿐이었다. 병사들의 생각은 달랐다.

"뭐야, 정찰병들이 헛걸 본 거 아닌가?"

"우릴 보고 놀라 도망간 건지도 모르지."

병사들은 그럴 리 없다는 걸 알면서도, 그러길 바라는 마음으로 헛된 기대를 품었다.

"와아……. 이런 광경은 처음 봐."

"나도……."

"어, 어이. 이봐! 너희, 함부로 대열을 벗어나지 마!"

눈의 땅의 풍경, 그 자체에 순수하게 넋을 잃은 병사들도 상당수였다. 특히나 제국군의 상태가 심각해졌다. 연합군은 금방 긴장을 풀었다. 긴장이 풀리니 진이 흐트러지는 건 당연한 일이었다. 라크안만이 뒷목을 잡아 끄는 듯한 불안감을 내려놓지 못했다. 그는 급히 철십자 기사단에게 손짓했다.

"경계를 늦추지 마라. 긴장을 풀지 마!"

"옷깃을 잘 여미십시오. 우린 지금 적지에 발을 들인 겁니다!"

"이봐, 정신 차려, 우린 놀러 온 게 아니라고!"

철십자 기사단이 고래고래 고함을 질렀다. 그 소리에 쌓여 있던 눈 더미가 풀썩풀썩 무너질 정도였다. 넋 나가 있던 병사들이 귀를 움켜잡으며 퍼뜩, 정신을 차렸다.

"눈을 똑바로 보지 마. 눈이 멀 수도 있다."

"숨을 천천히 들이쉬었다 내쉬어야 해."

물의 장막을 지켰던 사막의 전사들도 급히 제국군을 단속했다. 멋모르고 눈의 땅을 쳐다보던 병사들은 찔끔 놀라며 눈을 질끈 감았다 떴다. 연합군이 모두 눈의 땅에 발을 디디기까지는 꽤 오랜 시간이 흘렀다.

'설마…… 우리를 이곳까지 유인하고 뒤쪽을 노린다거나, 그런 건 아니겠지.'

시스 역시 불안해하며 뒤를 돌아보았다. 크게 열린 물의 장막이 일렁이고 있었다. 장막 너머 저편, 척박한 올벤의 대지가 선명히 보였다.

'우리가 이곳에 버티고 있는 한, 쥐새끼 한 마리도 이곳을 지나가진 못할 거다. 하지만…… 혹시 모를 일이니.'

시스는 능력을 사용해 물의 장막을 닫았다. 쿠우웅! 반으로 갈라졌던 물기둥이 다시 하나로 합쳐져 퇴로를 막았다. 연합군들은 어느 일족이고 구분할 것 없이 물의 장막이 닫히는 굉음에 놀라 얼굴을 굳혔다.

시스는 눈의 땅이 역으로 올벤을 공격할까 걱정해 물의 장막을 닫은 거지만, 병사들은 다르게 받아들였다. 퇴로가 막혔다. 싸움이 시작되면 뒤로 도망칠 수 없다는 두려움이 추위처럼 몰려왔다.

병사들은 새삼, 추위를 느꼈다. 이전까진 긴장해서, 또 긴장이 풀려서 미처 체감하지 못했던 감각이었다. 카루나의 축복은 눈의 땅에 가득 찬 악룡의 숨결로부터 연합군을 보호해 주었다. 하나 추위까지 막을 수 있는 건 아니었다.

연합군은 두터운 외투와 갑옷을 두르고도 몰아치는 찬 바람에 몸을 떨었다. 병사들은 그제야 끝없이 이어진 설원 너머, 눈의 지평선을 보며 두려움을 느꼈다. 그러자, 그들의 두려움을 받아먹은 눈의 땅의 주민들이 나타났다.

"으아아악!"

"나, 나타났다. 나타났어!"

"유, 유령!"

아무것도 없던 눈밭 위에 흰 그림자들이 쑥쑥 나타나기 시작했다. 마치 찬바람을 맞고 자라는 유령 같았다. 흰 그림자들은 금세 늘어나 연합군을 켜켜이 둘러쌌다. 그 수를 감히 가늠할 수 없을 정도였다.

우워어어-

카, 나, 아, 우아아아아-

괴성을 내지르며 거리를 좁혔다. 정찰병이 봤다는, 거대하게 뭉친 흰 그림자들도 곳곳에서 나타났다. 그들이 움직일 때마다 쿵, 쿵, 땅이 울렸다.

"전군, 흐트러지지 마라. 진을 구축하라! 포위를 뚫는다!"

라크안이 검을 빼 들고 소리쳤다.

뿌우우-

나팔수들이 나팔을 불며 사령관의 명령을 전달했다. 철십자 기사단은 타고 있던 말을 버리고, 그 자리에서 늑대의 몸을 입었다.

크르르, 크르륵.

설원 위에 수십 마리의 거대한 늑대들이 나타났다. 그들은 라크안을 중심으로 뭉쳐 섰다. 혼혈 늑대들의 중심에 선 라크안은 거대한 털망토를 두른 것 같았다. 라크안은 그 털망토 속으로 숨어드는 대신 제가 든 검을 높이 치켜드는 걸 택했다.

"돌격!"

라크안이 눈앞의 거대한 형상에게 달려들었다.

크아악!

크르르!

수십 마리의 늑대들이 라크안을 따랐다. 늑대에 올라탄 사막의 전사들 또한 뒤따랐다. 말을 탄 제국의 기사, 창과 방패를 든 병사들 역시 그 뒤를 따랐다.

연합군은 뾰족한 창처럼 뭉쳐 흰 그림자들의 포위선을 뚫으려 했다. 늑대들이 날뛰며 흰 그림자들을 물어뜯었다. 사막의 전사들이 흰 그림자의 핵을 꿰뚫었다. 제국의 기사들이 흰그림자를 베어 쓰러뜨렸다. 그러면 병사들이 우르르 달려들어 칼과 방패로 흰 그림자를 산산조각 냈다.

죽이고 또 죽였지만, 그럼에도 길은 뚫리지 않았다. 흰 그림자들은 끝없이 끝없이 몰려들었다. 아무것도 없는 고요한 설원은 더 이상 존재하지 않았다. 흰 그림자 개체 열을 잡아 죽여도, 병사 하나가 피를 흘리고 쓰러지면 설원 위에 흩뿌려진 핏자국 위에서 수십 개의 흰 그림자들이 생겨났다.

"피를 흘리면 안 돼. 악룡의 힘을 부추기게 된다!"

시스의 목소리가 사방으로 퍼졌지만, 소용없었다.

"그게 어디 말처럼 쉬운 줄 알아!"

라크안이 이를 악물고 눈앞의 흰 그림자를 벴다. 그 흰 그림자가 물어뜯던 제국군 병사의 시체가 털썩, 눈밭 위에 쓰러졌다. 찢겨진 살갗에서 피가 분수처럼 뿜어져 나왔다. 그 피가 라크안의 얼굴을 적셨다.

설원만 붉은 핏빛인 게 아니었다. 라크안과 늑대 무리가 된 철십자단 역시, 아군의 피를 뒤집어써 피투성이였다. 연합군의 등 뒤엔 여전히 물의 장막이 일렁이고 있었다. 그들은 쏟아지는 흰 그림자를 맞서 싸우며 한 발도 앞으로 전진하지 못했다.

머리 위에 떠 있던 해가 한참 서쪽으로 기울었다. 시간만 하릴없이 지나가고 있었다. 연합군은 지쳐 갔으며 점점 더 많이 죽어 갔다. 눈의 땅은 인해 전술로 연합군을 압사시킬 생각인 듯했다.

'이대로는 안 돼.'

라크안은 기계적으로 흰 그림자들을 베며 주변을 살폈다.

'카루나, 카루나.'

카루나를 찾았다. 함께 선두에 섰던 카루나는 멀지 않은 곳에 있었다. 카루나는 코끼리보다 커다란 흰 그림자를 상대하는 중이었다. 쿠웅! 괴물 형상을 한 거대한 흰 그림자가 카루나를 밟으려 했다.

"까악!"

카루나는 비명을 지르면서도 물러서지 않았다. 그녀의 주변에서 풀과 나무가 단숨에 자라나 흰 그림자의 발을 얽어맸다. 다른 발이 그녀를 밟으려 하자.

"카루나!"

황태자가 바람의 능력으로 커다란 방패를 만들어 카루나를 감쌌다.

쿠웅, 쿵.

흰 그림자의 거대한 발은 바람의 방패를 뚫지 못했다. 오히려 발 두 개가 무력화되자 기우뚱– 몸의 균형을 잃고 흔들렸다.

"감히 날 공격해?"

그러자 카루나가 양손을 휘둘렀다. 그녀의 손길을 따라 채찍 같은 넝쿨이 자라나 흰 그림자를 꽁꽁 옥죄었다. 흰그림자는 괴성을 지르며 팍– 터졌다. 거대한 몸이 사방으로 터져 크고 작은 눈 그림자가 되었다.

카– 나– 카아아아–나아아아악!

쿠워어어어!

그들은 괴성을 지르며 카루나에게 덤벼들었다.

크아악!

늑대 한 마리가 카루나 앞을 지키며 그것들을 물어뜯었다. 와그작. 날카로운 이빨로 흰 그림자들의 핵을 부쉈다. 늑대로 변한 세나였다. 그렇게 카루나와 황태자, 세나는 한 팀이 되어 거대한 형상의 흰 그림자들을 상대하고 있었다.

흰 그림자들은 카루나만 보면 정신을 못 차리고 달려들었다. 카루나는 그것들을 가차 없이 무찔렀다. 그런 그녀 역시, 앞으로 한 발도 내딛지 못하고 있었다.

'이대로는 안 돼.'

라크안은 최전선에서 저만큼이나 치열하게 싸우고 있는 카루나를 보며, 이를 악물었다.

"이대로는 안 돼."

인정해야 했다. 방어진을 구축해 군 병력으로 흰 그림자들을 밀어내며 녹주석이 있는 곳까지 카루나와 시스, 황태자를 안전하게 이동시킨다는 계획은 안전한 방법이나 안일했고, 결과적으로 눈의 땅의 더 많은 대군에 말려 실패했다.

이젠 다른 방법을 찾아야 했다. 라크안은 카루나에게서 고개를 돌려 반대편으로 몸을 움직였다. 라미라가 보였다. 그녀와 함께 싸우고 있는 시스와 올가도 보였다.

"라미라, 올가!"

라크안이 고함쳤다. 그 부름에 시스가 고개를 들어 라크안을 보았다.

"……."

"……."

잠깐 눈이 마주쳤다. 그것으로 충분했다. 시스는 고개를 끄덕이고는 제 옆에서 흰 그림자들을 베고 있는 올가를 보았다.

"가십시오. 어서요!"

올가가 이를 악물며 다그쳤다.

"……절대로 죽지 마라. 마르타."

"제가 하고 싶은 말입니다, 오라버니."

올가가 빈손을 내밀었다. 시스는 그 손을 꽉 쥐었다 놓고는 올가를 등졌다. 그러고는 흰 그림자와 아군을 가리지 않고 징검다리 건너듯 밟고 뛰었다.

창을 쥔 손등에 뼈가 희게 도드라졌다. 라크안이 시스와 엇갈려, 라미라와 올가가 있는 쪽으로 달려갔다. 라크안과 시스. 두 사내의 어깨가 잠깐 스쳤다.

잠깐의 순간.

'카루나를 반드시…….'

'올가를 부탁한다.'

라크안은 시스가, 시스는 라크안이 말하는 걸 읽어 냈다. 둘은 엇갈린 채로 멀어졌다. 라크안은 방금 전까지 시스가 서 있던 곳으로 뛰어들어 검을 휘둘렀다.

라미라가 걸어 준 숲의 마법이 사그라들자 검은 바로 얼어붙었다. 검신은 흰 그림자들에게 닿자마자 산산조각 나며 부서졌다. 라크안은 미련 없이 검을 집어 던졌다.

"한 점. 길을 뚫는다. 넷을 보낼 정도로만 뚫으면 돼!"

"알겠습니다!"

올가가 대답했다. 그녀는 왼팔이 부러져 덜렁덜렁 흔들리고 있었다. 그럼에도 신음 한 톨 허투루 흘리지 않았다.

"그 말을 기다리고 있었다."

라미라가 발을 구르며 답했다. 찢어진 이마에서 피가 철철 흘러넘치고 있었다. 라크안은 양손으로 그 둘의 목덜미를 잡아채고는 최전방으로 집어 던졌다. 둘은 화살처럼 날아갔다.

"길을 뚫는다!"

라크안의 외침에 흩어져 싸우고 있던 철십자 기사단, 혼혈 늑대 무리가 응답했다. 사방에서 늑대의 울부짖는 소리가 울렸다. 그 소리를 좇아 늑대들이 한 점을 향해 달려갔다.

흰 그림자들이 뒤에서 늑대들을 덮쳤지만, 흰 그림자에 잡아먹힐망정 멈추지 않았다. 그 울림 속에서 라크안은 제 몸을 감싼 옷을 잡아 찢으며 눈을 질끈 감았다.

다시 눈을 떴을 때, 붉은 눈은 가운데가 반으로 갈라진 짐승의 핏빛 눈동자로 변해 있었다. 전장을 뒤덮는 듯한 거대한 울부짖음. 그 울음을 토해 낸 검은 늑대가 눈밭 위에 발을 내디뎠다.

날카로운 발톱이 푹, 푹, 눈에 박혔다. 검은 늑대는 눈밭을 박차며 달렸다. 그가 지나가는 길에 스친 흰 그림자들이 파사삭, 부서져 내렸다. 발을 디딘 곳마다 흰 그림자들의 파편이 튀었다.

어느새 늑대들은 라크안의 곁으로 모여들어 거대한 무리를 이뤘다. 새까만 늑대 무리는 얽히고설킨 흰 그림자들을 뚫으며 길을 만들어냈다. 라미라와 그녀를 따르는 숲의 경비대, 올가를 뒤쫓는 사막의 전사 정예병들이, 제국의 기사들이 합류했다.

그들은 한데 뭉쳐 날카로운 화살촉이 되었고, 흰 그림자들이 겹겹이 두른 포위를 뚫기 시작했다. 한 마리 늑대가 그들이 뚫은 길을 따라 달렸다.

늑대의 등에는 세 사람이 매달려 있었다. 아니, 정확히는 한 사람이 올라타 두 사람을 양손에 든 채였다. 늑대를 타고 있는 건 시스였고, 그에게 붙잡혀 덩달아 늑대의 몸에 매달린 건 카루나와 황태자였다. 카루나와 시스, 황태자가 함께 뭉쳐 있자 그걸 본 흰 그림자들은 미쳐 날뛰었다.

공격이 거세졌다. 길을 뚫는 건 더 버거워졌다. 하지만 검은 늑대를 따르는 누구도 포기하지 않았다. 쓰러지는 건 오직 힘이 다해 죽음을 받아들여야 할 때뿐이었다.

사막의 전사들은 흰 그림자에게 빼앗긴 창에 꿰여 쓰러졌다. 제국 기사들이 말에서 떨어져 내려 설원에 피를 흩뿌리며 죽어 갔다. 늑대들은 흰 그림자들에게 켜켜이 짓눌려 압사당했다.

수는 점점 줄었지만 공격은 더욱 예리해졌다. 늑대 한 마리 정도는 지나갈 만한 구멍이 뚫렸을 때. 검은 늑대가 울부짖었다. 회색 늑대가 때를 놓치지 않고 있는 힘껏 땅을 박찼다. 회색 늑대가 뚫린 포위 밖으로 뛰어나가는 잠깐의 순간.

카루나는 검은 늑대를 보았다. 허공에서 녹색 눈과 붉은 눈이 마주쳤다.

"라안!"

카루나가 손을 뻗었다. 검은 늑대가 그녀를 쫓아 달렸다. 그녀의 작은 손에 검은 늑대의 털 한 움큼이 잡힐 듯 말 듯했으나.

"……!"

끝내 잡히지 않고 멀어졌다. 둘 사이는 다시금 흰 그림자들로 막혔다. 검은 늑대는 달리기를 멈췄다. 대신 몸을 날려 흰 그림자들을 부수고는 뒤따라 달려오는 늑대들을 지나가게 했다.

한 무리의 늑대와 사막의 전사, 제국의 기사들이 회색 늑대를 뒤따랐다. 검은 늑대는 마지막에 마지막까지 흰 그림자들을 짓밟고 부수며 하나라도 더 많은 호위를 내보내고자 애썼다.

그렇게 넷이 된 셋을 태운 늑대가 포위를 뚫고 나가자, 흰 그림자들이 일제히 움직임을 멈추고 그쪽으로 몸을 돌렸다. 알아들을 수 없는 괴성을 내지르지도 않았다.

설원은 처음의 적막을 되찾았다. 그 적막은 오래지 않아, 다시금 흰 그림자들에 의해 깨졌다.

카, 나아아아아아!

우워어어어어어-

흰 그림자들이 설원 위를 내달리는 회색 늑대를 쫓으려 했다.

우우우우-

검은 늑대의 하울링이 설원을 뒤덮었다. 지쳐 쓰러져 있던 늑대들이 다시금 몸을 일으켰다. 늑대들의 몸은 군데군데 얼어붙어 있었다. 그러나 제 몸 부서지는 것은 아랑곳하지 않고, 흰 그림자들에게 몸을 부딪쳐 가며 그들을 밀어내고 한쪽으로 몰아넣었다. 늑대들이 길게 늘어져 흰 그림자들을 몰아세우자.

"막아라!"

"저지하라!"

라미라와 올가가 각 군을 독려했다. 이제 전투의 양상은 돌변하였다. 연합군은 적을 포위하고자 했다. 흰 그림자들은 기를 쓰고 그 포위를 벗어나 눈밭에 점점이 난 회색 늑대의 발자국을 좇으려 했다.

막으려는 자들과 뚫으려는 자들의 필사적인 전투가 이어지는 동안. 끝없는 설원의 지평선에는 회색 늑대의 발자국이 점점이 늘어졌다.

* * *

달릴수록 눈보라는 점점 짙어졌다. 회색 늑대는 기를 쓰며 앞으로, 앞으로 나아갔다. 시스뿐 아니라 카루나와 황태자도 회색 늑대의 등에 꼭 달라붙어 그녀의 털 속에 얼굴을 파묻고 눈보라를 피했다.

간간이, 사방에서 흰 그림자들이 나타나 그들을 덮쳤다. 그러면 어느새 뒤좇아 온 아군이 제 몸을 날려 그들을 막아섰다.

"제국에 영광을! 황태자 전하 만세!"

제국의 기사들이 가장 먼저 스러졌다. 황태자는 이를 악물고 울음을 삼켰다.

"왕이시여, 뜻하는 바를 이루소서."

사막의 전사들은 하얗게 얼어붙어 죽어 가면서도 시스를 경애했다. 시스는 굳은 얼굴로 눈보라 치는 앞을 볼 뿐, 그들을 돌아보지 않았다. 솟구치는 눈물은 꾹꾹 눌러 심장에 담아 두었다. 뜨거운 눈물 한 방울, 눈의 땅에 흘리지 않겠다는 게 그의 의지였다.

칼바람 같은 눈보라 속에서 울리는 늑대들의 하울링은 카루나의 마음을 할퀴었다. 카루나는 고대 주술을 완벽하게 익혀 숲의 능력을 자유자재로 다룰 수 있게 되었다. 숲의 능력으로 인해 예민해진 오감, 특히나 청각은 늑대의 울음소리에 담긴 애정과 존경을 굳이 알아들었다.

카루나는 자신을 지키기 위해 기꺼이 목숨을 내던지는 늑대들의 한없는 애정을 견디며 울음을 삼켰다. 그렇게 회색 늑대를 따르던 호위들이 모두 나가떨어졌을 때, 그들의 눈앞에 거대한 흰 그림자가 나타났다.

회색 늑대는 어떻게든 그것을 피해 보려 날쌔게 움직였으나 소용없었다. 코끼리의 다섯 배는 될 듯 보이는 흰 그림자는 움직임이 둔하고 느렸으나, 온몸에 눈이라도 달린 것처럼 정확하게 공격해 왔다. 몸통에 빙 둘러 달린 수십 개의 손이 쿵, 쿵, 바닥을 내리찍었다. 회색 늑대의 숨이 거칠어지는 게 등에 올라탄 사람들에게도 느껴졌다.

"혼자선 안 돼, 우리가 도울게요."

카루나는 회색 늑대에게 속삭이며 숲의 능력을 끌어 올리려 했다. 그러자 회색 늑대가 구슬프게 울었다. 우우우, 낮은 하울링이 카루나를 말렸다. 힘을 아껴 두라는 것이었다.

"하지만!"

카루나가 반박하려 하자 회색 늑대는 흰 그림자로부터 멀찍이 떨어져서는 등에 탄 사람들을 떨어뜨렸다. 카루나와 시스, 황태자는 눈 바닥에 데굴데굴 굴러 버렸다. 회색 늑대는 카루나의 앞에서 앞발을 굴렀다.

크르르.

낮은 울림은 여전히 이 싸움이 끼어들어서는 안 된다고 말하고 있었다.

"세나 경."

카루나가 손을 뻗었다. 회색 늑대는 잠시 멈칫, 하더니 흰 그림자가 어디까지 따라왔는지 확인했다. 아직 여유가 있다 싶자 조심스럽게 카루나의 손에 제 얼굴을 비볐다. 회색 늑대의 털은 눈보라에 덮여 뻣뻣하고 차가웠다.

얼음처럼 찬 냉기는 잠시뿐이었다. 카루나의 온기에 얼음이 녹자, 이내 늑대의 뜨거운 열이 오히려 카루나의 손을 덥혀 주었다.

살아 있음을 증명하는 온기. 그 온기는 오직 카루나만을 걱정하고 있었다. 회색 늑대는 카루나와 눈을 마주치고 고개를 숙이더니, 이내 뒤돌아 달려 나갔다.

쿠워어어어-

흰 그림자가 괴성을 지르며 수십 개의 발로 사방을 내리쳤다. 푸욱- 땅이 파이고, 땅에 덮여 있던 눈이 먼지처럼 솟구쳐 자욱한 눈안개를 만들었다. 눈안개 속에서 흰 그림자의 거대한 덩치와 그 주변을 날래게 뛰어다니는 회색 늑대의 음영이 보였다.

카루나는 두 손을 모으고 숲의 능력을 끌어 모았다. 회색 늑대는 힘을 아끼라고 말렸지만, 그렇다고 그녀 혼자서 싸우는 걸 지켜보고만 있을 순 없었다.

시스와 황태자는 카루나를 말리는 대신 혹여 다른 눈 그림자가 나타날까 주변을 경계했다. 눈밭 위로 힘겹게 싹을 틔운 넝쿨들이 자라나 흰 그림자의 팔들을 칭칭 감아 붙들었다. 흰 그림자의 둔중한 몸이 기우뚱, 기우뚱, 넝쿨의 움직임에 따라 흔들렸다.

흰 그림자의 움직임이 봉쇄되자, 회색 늑대가 이를 드러내며 달려들었다. 핵이 있으리라 예상되는 곳을 날카로운 발톱으로 할퀴었을 때.

퍽-

그 안에 숨겨져 있던 또 다른 손이 튀어나와 늑대를 내리쳤다.

"세나 경!"

카루나가 비명을 지르며 흰 그림자를 향해 뛰어나가려 했다.

"카루나, 진정해."

"영애!"

황태자와 시스가 그녀의 양 어깨를 한 쪽씩 붙잡고 그녀를 막아섰다.

눈밭에 처박혔던 흰색 늑대가 비틀거리며 다시 일어났다. 흰 그림자의 손이 다시금 늑대를 짓밟으려고 하자ㄷ

"안 돼!"

카루나가 비명을 지르며 힘을 끌어 올렸다. 어디선가 가느다란 넝쿨이 뱀처럼 날아들어 흰 그림자의 손을 칭칭 동여맸다. 회색 늑대는 그 손을 밟고 뛰어, 손 아래 드러난 흰 그림자의 핵을 이로 악물었다. 까득. 핵이 늑대의 이빨에 산산이 부서졌다. 그러자 거대한 흰 그림자의 몸통이 맥없이 뒤로 넘어갔다.

쿠웅―

흰 그림자의 몸통이 쓰러지자, 지진이라도 난 듯 땅이 흔들렸다. 흰 그림자의 손을 밟고 서 있던 회색 늑대는 균형을 못 잡고 다시금 눈밭 위로 떨어져 내렸다.

"세나 경!"

카루나가 몸부림치며 황태자와 시스의 손을 뿌리쳤다. 두 사내도 더는 카루나를 막지 않았다. 카루나는 눈밭 위를 뛰어가 회색 늑대의 머리를 끌어안았다. 뒤따라 달려온 황태자와 시스는 눈 그림자가 완전히 부서져 내릴 때까지 경계를 늦추지 않았다. 감겼던 늑대의 눈이 가늘게 열리더니.

크르르르―

회색 늑대가 나직이, 목울대를 울렸다. 카루나는 그녀의 목에 얼굴을 묻었다. 어깨가 떨렸다. 회색 늑대는 제 목을 적시는 뜨거운 눈물을 느끼고는, 으르렁거림을 멈췄다. 대신, 어떻게든 다시 몸을 일으키려고 했다. 흉통의 뼈가 모조리 부서지고, 뒷다리 두 개가 비틀린 걸 알면서도. 당장 숨 쉬는 것도 버거우면서도, 어떻게든 다시 일어서려고 했다.

다시 등에 세 사람을 태우고, 녹주석인지 뭔지가 있는 곳으로 달려가야 한다.

회색 늑대의 머릿속엔 오직 그 생각뿐이었다.

"됐어요, 이제 됐어."

카루나가 늑대의 목을 꽉 끌어안고 말렸다.

크르르르-

"괜찮다니까. 여기까지 왔으면 됐어. 그걸로 충분해. 그러니까 이제 쉬어도 돼요. 세나 경."

카루나가 회색 늑대에게 속삭였다. 회색 늑대 주변에서 다시 새싹들이 자라났다. 가느다란 넝쿨들이 회색 늑대의 몸을 부드럽게 감쌌다.

크르르-

회색 늑대는 반항하려 했으나 저를 쓰다듬는 카루나의 손길을 이기지 못하고 털썩, 녹음 위에 누워 버렸다.

"옳지, 착하다. 착해."

카루나는 눈물이 그렁한 얼굴로 애써 웃음 지으며, 늑대의 코에 살짝 입을 맞췄다.

"여기서 날 기다려요. 이다음은 내가, 아니, 우리가 갈게요. 갈 수 있으니까, 아무 걱정하지 말고. 응?"

카루나의 속삭임은 달콤한 자장가였다. 회색 늑대는 온몸의 뼈가 부러지고 비틀리는 고통도 잘 참아냈지만, 카루나의 속삭임만은 견뎌 내지 못했다. 회색 늑대는 카루나의 속삭임에 홀려 느리게 눈을 감았다.

회색 늑대가 완전히 긴장을 풀고 늘어지자, 그새 자라난 녹음이 이불처럼 얽히고설켜 회색 늑대를 덮었다. 녹음이 빈틈없이 회색 늑대를 감싼 것을 본 뒤, 카루나가 고개를 들었다.

"카루나."

"영애."

황태자와 시스가 손을 내밀었다. 카루나는 두 사람의 손을 잡고 몸을 일으켰다.

이제 넷이 된 셋만 남았다.

셋이 발을 딛고 선 설원은 놀랍도록 고요했다. 한 치 앞도 내다볼 수 없을 정도로 거친 눈보라도, 또 다른 흰 그림자도 보이지 않았다. 다만 저 멀리, 흰 지평선 위로 불쑥 솟은 녹빛이 보였다. 카루나가 회색 늑대를 감싼 부드럽고 따뜻한 녹음과 달리 뾰족하고 싸늘해 보였다.

"저기예요."

카루나는 황태자와 시스의 손을 놓고 한 발 먼저 앞서 걸었다.

"시조 아탈라 이후, 저 녹주석을 본 건 내가 최초이려나."

시스는 쓰게 웃으며 중얼댔다.

"……."

황태자는 마음속으로 시조 칼리오를 떠올렸다. 무리하게 전쟁 준비를 하다 동생에게 암살당했던 초대 황제.

'그렇게나 무리하게 전쟁 준비를 했던 게, 이곳으로 돌아오기 위함이었던 겁니까?'

황태자는 처음으로, 천 년 전 선조를 역사책 속 고리타분한 문장이 아니라 인간으로서 이해할 수 있을 것 같았다.

'아카론.'

시스와 황태자가 천 년 전의 인물을 떠올릴 때, 카루나는 지금 이 순간에도 저곳에 있을 흰 머리카락의 사내를 떠올렸다. 가슴 한구석이 따끔하게 아파왔다.

카루나는 그 아픔을 잊고자, 애써 씩씩하게 걸음을 내디뎠다. 푹푹, 걸을 때마다 무릎까지 눈 속에 파묻혔다. 눈을 헤치고 걷는 일은 쉽지 않았다. 그래도 눈보라를 헤치고 흰 그림자의 공격을 막는 것보다는 쉬웠다.

눈보라나 흰 그림자의 방해 없이 걸으니, 멀게만 보였던 녹빛은 금세 가까워졌다. 카루나는 어느새 황태자와 시스를 멀리 떨어뜨릴 정도로 앞서게 됐다.

"카루나. 잠시만."

"영애, 너무 앞서 걷지 말고 주변을 좀 더 경계해야 될 것 같은데."

녹주석이 가까워지자 시스와 황태자는 앞서 걷는 카루나를 걱정하며 그녀를 불렀다. 그들의 걱정이 옳았다. 카루나는 잠시 멈춰서 거칠어진 숨도 가라앉히고 다른 두 사람을 기다려야 했다. 하지만 카루나는 멈추지 않았다. 아니, 멈출 수 없었다.

'우릴 막을 힘이 다한 걸까?'

잠잠해진 눈보라. 더 이상 나타나지 않는 흰 그림자. 푹푹 발이 파이는 눈밭 위의 고요. 그런 것들이 그녀의 머릿속에 꽉 들어차 다른 생각을 하지 못하도록 만들었다.

'아니면…….'

카루나는 고개를 내려 발아래를 보았다. 무릎에서 무릎 아래로, 그 아래 발목으로. 점점 얕아지는 눈밭마저도 카루나가 녹주석에 다가가는 걸 돕는 듯했다.

'우리가 단지 우리 셋이 되기만을 기다리고 있었던 걸까.'

녹주석 가까이 도착했을 때.

카루나는 그 질문의 답을 찾는 것이 의미 없는 일이라는 걸 깨달았다. 하늘을 찌를 듯 높이 솟은 녹주석은 당장이라도 꺾여 쓰러질 정도로 위태로워 보였다.

언제부터 저렇게 허리 부분이 파여 있던 걸까. 파사삭, 부서져 우수수- 비처럼 떨어져 내리는 녹주석 파편들. 그 파편들이 고스란히 그의 어깨에 쌓였다. 그의 어깨에 쌓이고 쌓인 파편이 또 우수수- 흘러내려 눈밭 위에 떨어지는 것을 보았을 때.

카루나는 제 등 뒤에 선 두 사람의 기척을 느꼈다. 그리고 녹주석 아래에 기대앉아 그 파편을 고스란히 맞고 있는 남자와 눈이 마주쳤다. 붉은 빛이 감도는 녹색 눈이 부드럽게 휘어졌다. 마치, 라크안에게 웃어 주는 카루나를 따라 하듯이.

"카나, 내게 돌아왔구나."

그가 생긋 웃으며 카루나를 향해 손을 내밀었다. 카루나는 구면이었으나 시스와 황태자는 그를 처음 보는 것이었다.

"정말로, 있었군."

"카루나와 같은 녹색 눈이라니……."

딱히 카루나의 말을 의심했던 건 아니나, 듣기만 한 것과 실제로 보는 건 큰 차이가 있었다. 가슴을 풀어 헤친 셔츠, 느슨히 묶은 가운. 흐트러진 차림의 청년은 그가 앉아 있는 곳이 눈의 땅의 극점이라는 걸 잊게 만들었다.

얼굴은 카루나와 많이 닮지 않았다. 흰 머리카락도 이질적이고. 허나 생긋, 웃는 모습은 어딘가 모르게 카루나를 연상시켰다.

"아니, 돌아온 게 아냐."

카루나는 그의 손을 잡지 않았다.

"그러면?"

아카론은 화내는 대신 신기해했다. 재미있어 하는 것도 같았다. 입가에서 웃음이 떠나지 않았으니까.

"나는 당신을 무찌르기 위해 온 거야."

"나를 무찔러?"

아카론이 이해할 수 없다는 듯 고개를 기울였다.

"어째서?"

"당신이 곧……."

악룡의 피에 완전히 먹힐 테니까. 그 전에 당신을 죽이려고. 그래서 라안과 그가 사는 세상을 지켜야 하니까.

"곧……."

카루나는 채 말을 잇지 못했다.

"카나, 착한 내 동생. 설마 내가 온 세상을 집어삼키려 할까 봐 걱정해서 저들을 이끌고 찾아온 거니? 그래서 돌아오지 못하겠다고 말하는 거야?"

"아니, 애초부터 당신은 내가 돌아갈 곳이 아냐!"

"그런 거라면 걱정하지 마렴. 네가 걱정하는 일은 일어나지 않을 테니까."

"내 말을 듣고 있는…… 뭐?"

카루나가 고개를 들어 아카론을 바라보았다.

"원한다면 내 존재를 걸고 새로운 맹약을 맺어도 좋아. 기꺼이 약속하지. 언제까지나 저들이 정해 놓은 그 우스운 경계 따위, 넘어가지 않겠다고."

아카론의 말에 카루나는 물론이거니와 시스와 황태자마저 잠시 숨 쉬는 걸 잊었다. 아카론의 말은 한때 두 일족과 제국의 대표들이 간절히 바랐던 것이었으니까.

'그럼 여태 싸워 왔던 건 다 무슨 의미가 있었던 거지? 고작 저자의 말 한마디에 끝날 거였다면?'

황태자는 혼란스러워했다.

"……."

시스는 미심쩍은 눈으로 아카론을 보았다. 아카론은 세 사람의 시선을 한 몸에 받으며 생긋, 웃었다. 그리고 말했다.

"네가 나와 함께한다면."

이전의 평화를 되찾을 수 있는 단 하나의 조건을.

"네가 나와 함께한다면 모든 건 원래대로 돌아갈 거야, 카나."

원하는 건 오직 하나, 카루나뿐이었다.

'나만 있으면 된다고?'

카루나는 아카론의 말뜻을 완벽하게 알아차렸다.

'혼자서는 채 몇 년도 더 버티지 못하겠지만, 나와 함께라면 다르겠지.'

카루나는 숲과 눈의 능력을 함께 가지고 있다. 카루나가 지닌 능력은 역대 그 어떤 숲의 장로와 후계자들보다도 강했다. 심지어 시조 카스라가 남겼다는 고대 주술까지 완벽히 익혔다.

'나라면, 내 능력이라면. 내 능력으로 녹주석을 감싼다면 또다시 천 년을 버틸 수 있을지도 몰라.'

사랑하는 사람들을 버리고 아카론과 단둘이 함께하는 천 년. 카루나는 당연하게도 라크안을 떠올렸다. 헤어지기 전, 채 닿지도 못했던 그의 온기가 손끝을 아리게 만들었다.

"너만 나와 함께한다면, 모두 더는 다치지 않고 행복해질 수 있을 거야. 카나."

그러니 어서 내게 오렴. 아카론이 손을 까딱였다.

"……."

카루나는 저도 모르게 주춤, 뒤로 물러났다.

"저런."

아카론이 안타까워했다.

"혼자만, 자기 편한 대로 하고 싶은 거야? 이기적이네, 카나."

달콤한 비난이었다.

'이기적이라고?'

살아오며 숱하게 들었던 말이었다. 이기적이라며 비난하는 사람들 앞에서 카루나는 늘 당당했다. 내가 착하고 순진했더라면 여태까지 살아남을 수 있었겠냐고 매섭게 받아치곤 했다.

하나 이번엔 그러지 못했다. 평생 자신을 기다리며 외롭게 눈의 땅에서 버틴 쌍둥이. 그가 건네는 비난은 무게가 달랐다.

그의 곁에 있겠다고 말만 하면, 더는 아무도 죽지도 다치지도 않을 것이다. 저를 시조의 화신 보듯 하는 숲의 일족도, 묵묵히 전쟁터에서 죽어

가는 사막의 전사들도, 영문도 모른 채 싸움에 휘말려 죽고 또 죽는 제국의 병사들도. 눈보라 속에 버려진 세나도 더는 위험해질 일 없이 그녀의 반려에게 돌아갈 수 있겠지.

그리고 라크안은.

'라안은…….'

밤마다 악몽을 꾸며 깊게 잠들지 못하는 그의 모습이 아직 눈에 선했다. 손을 잡아 주고 괜찮다고 달래 주어야 겨우 잠드는. 식은땀을 살짝 닦아 주면 더는 싸우고 싶지 않다고 흐느끼던.

그녀가 아카론의 손을 잡으면, 라크안은 이 차가운 땅에서 더는 싸우지 않아도 될 것이다.

'그래, 더는 싸우지 않아도 되겠지. 나 하나만 희생하면…….'

늘 자신이 살아남는 걸 최우선으로 하며 살았던 카루나의 마음에서 희생이라는, 낯선 단어가 싹을 틔웠다. 그 싹은 날 때부터 하얗게 살얼음이 끼어 있었다. 덩달아 카루나의 녹색 눈도 흐려졌다.

카루나는 흐려진 눈으로 아카론을 보았다. 그는 여전히 녹주석 아래 주저앉아 있었다. 그의 손이 아까보다 훨씬 가깝게 느껴졌다.

"나 하나만……."

카루나가 제 의지가 아닌 어떤 힘에 홀려 손을 들어 올렸다. 그렇게 아카론의 손을 잡으려 할 때였다.

"안 돼, 카루나."

황태자의 손이 카루나의 두 눈을 가렸다.

"웃기는 소리군. 더 들을 가치가 없어."

시스가 카루나의 손을 낚아챘다.

눈꺼풀에 닿은 손도, 손목을 움켜쥔 손도 모두 따스했다. 심장에 막 돋은 얼음 싹을 흔적도 없이 녹여 버리기에 충분했다.

"아!"

카루나는 잠에서 깨어난 듯 눈을 깜빡였다. 살얼음 끼었던 녹색 눈이 원래의 빛으로 돌아왔다.

"변형된 주술인가? 오히려 한 번 세뇌됐던 늑대에게만 쓸 수 있는 현혹이라니."

시스가 이를 갈며 낮게 중얼댔다.

"카루나는 내 제국의 사람이다. 나는 그녀를 지키고 보호할 의무가 있지. 그런데, 그녀를 고작 너 따위에게 넘길 것 같은가."

황태자가 카루나를 제 등 뒤로 숨기듯 끌어다 놓으며 아카론을 노려보았다. 그의 몸에서 은은한 바람이 뿜어져 나왔다.

오호라, 아카론이 탄성을 내뱉으며 들어 올린 손을 뒤집었다. 카루나를 비롯한 세 사람은 바짝 긴장했으나 공격은 아니었다. 아카론의 손 위에 얇고 둥근 얼음 거울이 나타났다. 얼음 거울의 면이 햇빛을 받아 눈부시게 빛났다.

카루나와 시스, 황태자는 적 앞이라는 것도 잊고 눈을 감았다. 눈부심이 가라앉자마자 세 사람은 눈을 떴다. 얼음 거울 안에서 이곳이 아니라 다른 곳, 흰 그림자들과 싸우고 있는 연합군의 모습이 보였다.

흰 그림자에게 먹히는 병사들, 피 흘리며 죽어 가는 제국의 기사들. 올가의 지휘를 받고 창을 휘두르다 그 창에 꿰여 죽는 사막의 전사들. 끝없이 달려드는 흰 그림자들을 감당 못해 쓰러지는 숲의 늑대들.

지켜보는 시스와 황태자의 눈에 핏발이 섰다.

"이들은 너의 백성이 아닌가?"

아카론이 태연한 목소리로 물었다.

"……나를 현혹하려 들지 마라."

황태자의 악다문 잇새에서 억눌린 목소리가 샜다. 그의 몸에서 거센 바람이 뿜어져 나왔다.

"동감이야. 경비를 서 보니, 물의 장막은 없어져야 되는 게 맞더라고."

시스 또한 비죽 웃으며 물의 힘을 끌어 올렸다. 칼날 바람과 물로 빚은 화살이 얼음 거울을 향했다. 아카론은 다른 손을 내저어 그것들을 흐트러 트리려 했다. 때맞추어 휘익- 소리가 났다. 연둣빛 넝쿨이 아카론의 손목에 감겼다. 어느새 발밑 땅에서 움튼 것이었다.

"……카나?"

아카론이 의아하다는 표정으로 카루나를 보았다. '어째서 나를 공격하는 거야?'라고 묻는 얼굴이었다. 카루나는 넝쿨로 아카론의 팔을 더 꽁꽁 움켜쥐는 것으로 대답을 대신했다.

'그래, 나는 이기적이야.'

아카론이 불쌍했다. 지금까지 있는지조차 모르고 살았다는 게 미안하기도 했다. 이 추운 곳에서 홀로 버티고 기다렸던 그를 죽이려는 자신이 냉정하고 잔인하다는 생각도 들었다.

하지만, 그래도, 어쩔 수 없었다. 현혹하기 위한 거짓말인지 진실을 담은 진심인지는 알 수 없으나, 어느 쪽이든 그와 함께하는 천 년을 감당할 자신이 없었다.

그녀에게는 그녀가 무사히 돌아오기만을 바라고 있는 커다란 늑대가 있었다. 혼자서는 제대로 잠도 못 자는. 좋아한다는 말 한 마디 하는 게 어려워 내내 속 썩이던 눈물이 많은 늑대가. 그 늑대를 두고 이곳에 머물 수 없었다.

'난 라안에게로 돌아갈 거야.'

카루나는 흔들림 없는 녹색 눈으로 아카론을 마주했다. 그런 그녀를 본 아카론의 얼굴에서 금이 갔다.

"……나를, 버릴 셈이야?"

믿을 수 없다는 듯 중얼거리던 목소리는.

"나를? 다른 누구도 아닌 네가?"

금방 독을 품었다.

아카론이 얼음 거울을 허공에 띄우고 손을 내저었다. 그것만으로도 그의 주변에 사나운 눈보라가 일었다. 허공을 가르고 달려들던 칼날 바람과 물의 화살촉이 눈보라에 막혔다. 손목을 얽맨 넝쿨 역시 얼어붙어 산산조각 났다. 아카론은 손목을 가볍게 흔들어 얼음 조각을 털어냈다.

"이제 시작이야."

"고작 그 정도로 자신만만해하지 말라고."

시스와 황태자는 호기롭게 외쳤다.

"우리는 넷이니까 질 리가 없지."

시스가 카루나와 황태자를 바라보며 씩, 웃었다. 카루나와 황태자의 얼굴에도 옅은 웃음이 번졌다.

"……."

아카론은 웃고 있는 카루나를 멍하니 바라보았다. 얼음 거울을 통해, 다른 이의 눈을 빌려 보는 것과는 전혀 달랐다. 바로 눈앞에서, 다른 사람에게 환히 웃어 주는 카루나라니.

주술을 이용해 함께했을 때, 아카론은 카루나에게 웃어 보라고 말한 적 있었다. 그때 아카론이 원했던 것이 바로 저렇게 웃는 카루나였다. 그때의 카루나는 저렇게 웃지 않았는데.

지금, 카루나는 그가 아닌 다른 이에게 스스럼없이 웃어 주고 있었다. 손을 뻗으면 닿을 듯 가까이에 있는데. 그럼에도 '저걸' 가질 수 없다니. 환히 웃는, 나를 향해 웃어 주는 카루나를.

"……."

아카론은 손을 들어 왼쪽 가슴을 쓸어내렸다. 이상한 일이었다. 분명 이 안은 비어 있는데, 텅 비어 있을 텐데. 있지도 않은 것이 갈기갈기 찢기는 듯한 통증이 느껴지다니.

'다 저것들 때문이야.'

고통에 일그러진 녹색 눈이 카루나 옆에 선 시스와 아카론을 노려보았다.

증오스러웠다. 카루나 곁의 모든 것이.

'저것들만 아니면, 카루나는 날 그리워하고 내게 돌아왔을 텐데.'

자신과 달리 혼자가 아닌 카루나가 원망스러웠다. 하지만 카루나를 미워할 순 없었다. 그녀는 소중한, 너무도 소중한 동생이니까. 그러니 분노는 오로지 카루나 주변을 향했다.

'다, 모두 다 없애 버리면- 그러면 되겠지.'

카루나도 내 곁으로 돌아올 수밖에 없을 거야.

'그래도 안 되면 이 세상을 모두 '태워' 버리자.'

방금 든 생각이 마음에 쏙 들었다. 카루나가 더는 도망치지 못하게, 카루나의 곁에 더는 아무것도 남지 않게, 모든 걸 '불태워' 버릴 생각을 하니 기분이 나아졌다. 가슴속 통증도 가라앉는 듯했다.

아카론은 미소 지었다. 녹빛 눈동자에 금이 가며 뜨거운 불길이 스며들었다. 그의 주변에서 눈보라가 일었다. 여전히 눈발이 휘날렸지만, 아카론이 선 자리의 눈은 천천히 녹고 있었다. 눈보라는 점점 더 거대해졌다. 마치 녹주석을 삼켜 버리겠다는 듯한 기세였다.

"으윽."

카루나는 눈의 힘을 이용해 얇은 얼음으로 방어막을 쳐 눈보라를 견뎌 냈다. 눈보라에 휩쓸린 녹주석이 보였다. 안 그래도 위태로워 보이던 것이 더 빠르게 부서져 내리고 있었다. 곧 시스와 황태자도 녹주석의 상태를 알아차렸다.

"봉인이 완전히 부서지기 전에 모든 걸 끝내야 해."

시스가 이를 갈며 말했다. 카루나와 황태자는 동의하며 각자의 힘을 끌어 올렸다. 카루나는 숲의 능력과 눈의 능력을 양손에 휘감았다. 두 힘을 동시에 사용하는 건 어렵지는 않으나 균형을 잡는 게 어려웠다. 월등히 강한 숲의 능력이 자꾸만 눈의 힘을 집어삼키려고 했다.

"윽……!"

그 반발을 누르고 두 힘을 고르게 사용하는 데 꽤 많은 정신력이 소모되었다. 카루나의 얼음 방어막에 보호받던 시스와 황태자는 눈빛을 교환했다. 계속해서 카루나 뒤에 숨어 있을 순 없었으니까.

둘은 누가 먼저랄 것 없이 아카론을 향해 달려들었다. 그렇게 넷이 된 셋과 하나의 전투가 시작되었다.

카루나가 가진 눈의 능력은 아카론의 힘에 맞서 눈보라를 뚫고 길을 만들어 냈다. 황태자는 검에 바람을 둘러 전설에 나올 법한 바람의 칼을 꺼내 들었다. 시스의 창에서는 아홉 갈래의 물줄기가 뿜어져 나왔다.

길목마다 힘겹게 싹을 틔운 녹음이 자라나 눈보라를 막고, 두 사람과 함께 아카론을 공격했다. 아카론은 제게 덤비는 시스와 황태자를 보며 싸늘하게 웃었다.

"그래, 그렇게 죽기를 원한다면 기꺼이 죽여 주지. 내게 닿으면 타 버릴 버러지 같은 것들이여."

아카론은 양손에 얼음 검을 쥐고 황태자와 시스의 심장을 노렸다. 그 검이 둘의 가슴에 닿기 전, 녹음이 엉켜 만든 방패가 얼음 검을 튕겨 냈다.

"……!"

순간, 아카론의 눈에서 불꽃이 튀었다. 타오르는 원망과 분노가 카루나를 향했으나.

"아니, 아니야. 그래선 안 돼."

카나를 미워하다니. 어떻게 그럴 수 있단 말인가.

"윽."

아카론은 혼란스러운 듯 머리를 움켜쥐며 뒤로 물러섰다.

"우리 앞에서 한눈을 팔다니!"

"천 년 전 끝맺지 못한 일을 이제 끝내지!"

시스와 황태자는 그 틈을 놓치지 않았다. 둘은 한 몸인 것처럼 움직여 아카론의 머리와 심장을 노렸다. 그들의 창과 검이 아카론에게 닿기 직전. 그가 눈을 번뜩이며 고개를 들었다. 바로 눈앞까지 다가온 창검을 보며 이를 갈았다.

"너희 같은 것들이 카나 옆에 있기 때문에!"

허공에서 수십 개의 얼음 화살이 생겨났다.

"그래서 내가, 카나를!"

얼음 화살이 시스와 황태자를 향해 쏟아졌다. 두 사람의 창검은 얼음 화살에 부딪쳐 비껴 났다.

"으윽."

"큭!"

황태자와 시스는 급히 뒤로 물러섰으나 얼음 화살을 모두 피하진 못했다. 카루나의 엄호도 한계가 있었다. 어깨와 팔, 허벅지에 얼음 화살이 스쳤다. 쩌적- 소리가 나며 닿은 부위가 얼음으로 뒤덮였다. 그곳에서부터 뼛속까지 시리게 만드는 한기가 올라왔다.

두 사람은 이를 악물고 한기를 참아 냈다. 시스는 허벅지의 상처를 덮은 얼음을 창으로 부쉈다.

"다시 간다."

시스가 다시 아카론에게 달려들었다. 황태자가 뒤따랐다. 두 사람은 상처에도 아랑곳하지 않고 아카론을 쉼 없이 공격했다. 눈보라 한가운데 우뚝 선 아카론은 그들의 공격에 끄떡도 하지 않았다.

카루나가 있는 힘을 다해 녹음을 피워도 얼어붙어 부서졌다. 대항하듯 새로이 뿜은 눈보라도 아카론의 눈보라에 손쉽게 먹혔다. 시스와 황태자는 금세 피투성이가 되었다. 상처는 두 사람의 움직임을 둔하게 만들었다. 시스와 황태자가 아카론의 빈틈을 놓치지 않았듯, 아카론 역시 그러했다. 얼음 검이 다시 황태자의 심장을 노렸다.

"……!"

황태자는 미처 피하지 못하고 눈을 질끈 감았다.

"안 돼!"

아카론의 공격에 밀쳐져 바닥을 뒹굴던 시스가 벌떡 일어서 황태자를 밀쳤다. 동시에 얼음 검이 산산이 부서졌다. 날카로운 파편들이 두 사람의 몸에 박혔다.

"아악!"

"큭!"

두 사람은 바닥을 뒹굴며 고통에 몸부림쳤다. 그 위로 눈보라가 큰 입을 벌린 악어처럼 쏟아져 내렸다.

"안 돼!"

카루나가 안간힘을 써 땅 속의 넝쿨을 끄집어냈다. 밖으로 나오자마자 하얗게 얼어붙은 넝쿨은 시스와 황태자, 두 사람을 낚아채 카루나 쪽으로 던졌다. 털썩. 두 사람이 바닥에 떨어지자마자, 넝쿨은 완전히 얼어붙었다. 눈보라는 얼어붙은 넝쿨을 집어삼켰다.

와그작.

"윽!"

카루나는 두 손으로 배를 움켜잡았다. 순간, 배가 꿰뚫리는 것 같은 고통이 몰려들었다. 불완전한 주술의 반작용이었다.

하악, 하악.

카루나는 거친 숨을 몰아쉬며 시스와 황태자를 확인했다. 두 사람 다 살아는 있었다. 주르륵, 이마에서 굵은 땀이 흘러내렸다. 피가 아닌 게 어딘가. 카루나는 안도했다.

물의 장막 근처는 설령 눈의 땅이라 할지라도 땅속 깊은 곳에 생명을 품은 씨앗들이 잠들어 있었다. 하지만 녹주석이 박힌 이곳은 달랐다. 땅을 깊숙이 헤집어도 씨앗이 만져지지 않았다.

씨앗이 없으면 싹을 틔울 수 없는 것이 생명의 법칙. 숲의 능력은 생명의 법칙 위에 존재하는 힘이었다. 그러니 이곳에서는 숲의 능력을 쓸 수 없어야 한다.

하지만 카루나는 숲의 능력을 사용했다. 카스라가 남긴 두루마리 덕분에 가능한 일이었다. 천 년 전, 카스라는 악룡의 불길로 모든 게 타 버린 대지 위에서 새싹을 틔워 악룡과 맞섰다. 새까만 죽음의 땅 위에 숲을 일궜다.

자기 자신을 씨앗으로 여기고, 자신의 생명을 갈아 내 녹음을 피운 것이었다. 주술 자체가 위험할뿐더러, 주술이 방해받으면 시전자에게 되돌아오는 반동이 상당했다. 카루나는 그 반동을 견디며, 거친 숨을 토해 냈다. 그 순간. 쿨럭. 기침과 함께 입가에서 피가 흘러내렸다.

'⋯⋯다행이라고 그랬던 거 취소.'

카루나는 손등으로 입가를 문질렀다. 하얀 설원 위에 붉은 피가 흩뿌려졌다. 그 피는 이내 시스와 황태자 주변에 번진 핏물과 섞여 들었다.

"크윽, 젠장⋯⋯."

"윽. 큭."

황태자와 시스는 몸을 일으키고자 애쓰고 있었다. 둘 중 특히나 시스의 상태가 심각했다. 황태자를 구하다 당한 마지막 공격이 지독한 상처를 남겼다. 온몸의 살갗이 다 베이고 찢겼다.

"어, 째서. 우린 분명, 넷인데."

시스는 주먹 쥔 손으로 설원을 내리치다 균형을 잃고 다시 눈밭 위에 쓰러졌다.

"고작 이 정도인가?"

아카론이 빙긋 웃으며 그를 조롱했다. 눈보라를 휘장처럼 두른 아카론은 눈의 왕, 그 자체였다. 물론 그 역시 아주 멀쩡한 건 아니었지만, 황태자와 시스에 비하면 아무것도 아니었다. 머리카락과 옷차림이 흐트러지고, 뺨과 손등에 가벼운 생채기가 여럿 생긴 정도였으니까.

아카론을 바라보는 세 사람 중 누구도 그가 멀쩡하다고 생각하지 못했다.

눈. 아카론의 두 눈 때문이었다. 카루나와 꼭 닮은 녹색 눈이 불꽃처럼 타오르는 붉은색에 먹히고 있었다. 벌써 절반 이상, 붉었다.

'위험해.'

카루나는 본능적으로 느꼈다. 아카론의 몸에서 흘러나오는 기운은 차가운 눈이라기보다 숨 막히는 독에 가까웠다. 카루나가 가진 눈의 능력이 자꾸만 아카론의 눈보라에 먹히는 것도 그 때문이었다. 악룡의 숨이 깃든 눈의 힘에 비하면, 희고 차갑기만 한 카루나의 눈은 솜사탕 같은 것이나 다름없었다.

"카나."

아카론이 생긋 웃으며 손을 내밀었다.

"내 제안은 아직 유효해."

"……"

카루나는 아랫입술을 깨물고 아카론을 올려다보았다.

"계속 이렇게 너 하나만을 위해 이들을 다 희생할 생각이야?"

아카론이 안타깝다는 듯 말했다.

'날 꽤나 착하게 보고 있나 보네.'

급박한 상황에서도 이런 태평한 생각이 들었다. 문제는 아카론의 뜻대로 그 착한 협박이 그녀의 마음을 흔든다는 것이었다.

'나 하나만 포기하면 다른 모든 사람들이 살 수 있겠지.'

그건 분명 '나 하나만 살 수 있다면 다른 사람 따위 어떻게 되어도 상관 없다.'고 생각하며 살아온 그녀의 신념과 정반대되는 생각이었다. 그런데 그 말이 더없이 매력적으로 들렸다.

'저 손을 잡고 이 모든 걸 중단하면 어떨까. 고작 천 년, 라크안과 헤어질 뿐인 건데.'

이런 마음이 들었다. 시스의 말대로 아카론이 변형된 주술을 사용하기 때문일까? 그렇다면 아카론의 눈을 보지 않고 눈을 감고 있으면 이 마음이 가라앉을까.

'아니.'

카루나는 그 생각을 부정했다.

'내가 변한 거야.'

어느새 다른 사람 따윈 어떻게 되어도 상관없다고 생각할 수 없게 되어 버렸다. 황태자가, 세나가, 저를 따르는 숲의 일족과 제국군이. 밉지만 싫어할 순 없는 시스와 올가, 올벤인들마저, 무엇보다 라크안이.

소중했다. 그들을 위해서라면 자신을 희생할 수도 있을 것 같다는 생각까지 하게 되었다.

'다른 누구도 아닌 내가.'

피식, 헛웃음이 새어 나왔다.

'하지만 그래서 싫어.'

희생할 수 있다는 마음만큼이나 '나'를 지키고 싶은 마음도 컸다. 이전처럼 나 혼자만 살아남으면 된다는 단순한 이기심이 아니었다. 소중한 사람들, 어떻게 되면 안 되는 사람들과 함께 행복해지고 싶었다. 그들 속에서 그들의 사랑을 받는 카루나로 계속 살아가고 싶었다.

"싫어."

아카론의 말에 흔들리면서도 끝내, 그의 손을 잡지 않는 것은 그 때문이었다.

"싫어!"

카루나는 뒤로 물러서며 아카론을 거부했다.

"카, 나?"

아카론의 얼굴이 일그러졌다. 검은 늑대를 떨궈 버렸다. 옆에서 얼쩡거리던 물과 바람의 능력 계승자들마저 쓰러뜨렸다. 이제 이 드넓은 설원 위, 몰아치는 눈보라 속에서 단둘뿐인데. 그런데도 카루나는 아카론과 함께하는 걸 원치 않았다.

"어째서?"

아카론이 물었다.

"어, 째서!"

카루나가 채 입술을 달싹이기도 전에 아카론이 소리쳤다. 원망. 미움. 분노. 절대 카루나를 향해선 안 될 감정들이 날뛰었다.

"카나, 카나…… 카나아아!"

아카론은 손으로 얼굴을 감싸며 소리쳤다. 그의 목소리는 울음을 닮아 있었다. 하지만 두 눈에서는 눈물 한 방울 흐르지 않았다. 그의 눈은 타오르는 숲이었다. 녹빛이 점점이 남아 있으나 시뻘건 불길 앞에 맥없이 사그라들 뿐이었다.

"이게 다, 저것들 때문이야. 저것들……. 이 세상 모든 것들, 감히 내게서 너를 빼앗아 가는 그 모든 것들!"

카루나가 원망스러웠다. 그녀를 붙들고 놔주지 않는 세상이 원망스러웠다. 카루나를 증오했다. 그녀가 자신에게 올 수 없게 만드는 모든 것들을 증오했다. 이 세상 모든 것에 대한 분노가 들끓어 그의 힘, 차가운 눈을 집어삼켰다. 그의 눈에 핏빛이 감돌았다.

"계속 네가 나와 함께하는 걸 거부한다면 어쩔 수 없지. 네가 어디로 도망가든 널 잃지 않기 위해서 이 세상을 나의 힘으로 덮어 버릴 수밖에."

아카론의 몸에서 눈보라가 폭발적으로 뿜어져 나왔다. 이제 눈은 뜨거웠다. 닿자마자 모든 걸 녹여 버릴 독기로 차 있었다.

"크윽."

"윽, 으윽."

황태자와 시스가 목을 부여잡으며 괴로워했다. 카루나는 서둘러 그들의 위로 얼음을 방패처럼 둘렀다. 하지만 카루나의 힘은 아카론의 눈보라에 닿자마자 허무하게 녹아내렸다. 아니, 잡아먹혔다.

눈보라는 카루나도 덮쳤다.

"읏."

카루나는 뒤로 물러서며 옷소매로 코와 입을 가렸다. 금세 눈앞이 어질어질해졌다. 숨을 쉴 때마다 속이 타들어 가는 것처럼 아파 왔다. 카루나는 후들거리는 두 다리에 억지로 힘을 주며 겨우 버티고 섰다.

세찬 눈보라 위로 얼음 거울이 떠올랐다. 얼음 거울은 흰 그림자들과의 전투에서 고전하고 있는 연합군의 모습을 계속 보여 주고 있었다.

검은 늑대가 보였다. 그는 땅을 딛고 서 있는 게 용할 정도로 너덜너덜해진 상태였다. 누구의 것인지 모를 피에 젖은 데다, 털은 군데군데 얼어붙었다.

그의 주변엔 쓰러진 늑대들로 가득했다. 얼어 죽었거나, 흰 그림자에게 잡아먹혔거나. 검은 늑대와 몇몇 늑대만이 비틀대면서도 다시 일어서 이를 드러냈다.

그곳에도 악룡의 숨을 품은 눈보라가 몰아치고 있었다. 그나마 버티고 있던 늑대들이 눈보라를 맞아 피를 토하며 쓰러졌다. 검은 늑대 역시 켁켁대며 피를 토했다.

'라안!'

카루나는 눈을 크게 떴다. 독을 품은 눈보라는 연합군에겐 재앙이었으나 흰 그림자들에게는 생명수와 같았다. 흰 그림자들은 눈보라에 휩싸여 몸집을 불렸다. 거대해진 흰 그림자들은 다시금 검은 늑대를 공격했다. 검은 늑대는 물러서지 않았다. 싸우고 또 싸우고. 다치고 또 다치고. 그렇게 버티고 있었다.

"카나."

눈보라 속에서 아카론의 손이 나타났다. 카루나는 눈물로 젖은 눈으로 그 손을 노려보았다.

"카, 루나."

등 뒤에서도 부름이 들렸다. 쓰러져 있던 황태자가 기어와 카루나의 발목을 붙잡았다.

"안 돼, 안…… 돼."

그가 다 죽어 가는 목소리로 소리쳤다. 그래 봤자 눈보라에 막혀 개미 목소리만 하게 들렸으나, 카루나에게는 닿았다.

"널 지키겠다고, 라안과 약, 속했어……. 그러니까 하, 지 마."

황태자는 그리 말하며 어떻게든 몸을 일으키려 애썼다.

"걱정 말아요. 날 뭘로 보고."

카루나는 새침하게 말하려고 애썼으나 목소리가 살짝 떨렸다. 더 말하면 울음이 나올 것 같아 말을 하다 말았다. 쯧. 아카론은 혀를 찼다. 황태자를 바라보는 눈이 매서워졌다. 갑자기 눈보라가 거칠게 몰아쳤다. 유독 황태자에게 몰아치는 듯 느껴지는 건 단지 기분 탓만은 아니리라.

"그만둬!"

카루나는 황태자 앞을 막아서려 했지만, 오히려 눈보라에 휘말려 날아갈 뻔했다. 그 속에서 카루나는 녹주석을 보았다. 녹주석이 눈보라에 휘말려 부서지고 있었다. 특히나 밑동 부분이 깎이고 깎여 움푹 들어가 있었다. 그마저도 깎이면 녹주석은 완전히 부서질 터였다.

'저건…….'

그 가느다래진 부분의 색이 유독 짙었다. 뭔가 붉은 돌 같은 무언가가 들어 있는 것처럼 보였다. 계속 모르고 있었다면 그냥 지나치고 넘겼겠으나 한 번 인식하니 눈을 뗄 수 없었다.

카루나는 눈보라로부터 자신을 보호하는 것도 잊은 채 그것을 바라보았다. 그건 심장이었다. 두근, 두근. 박동이 느껴졌다.

'……설마.'

카루나는 눈보라 속에 서 있는 아카론을 보았다. 주술에 걸려 그와 함께했을 때의 기억은 선명했다. 그의 손길은 차가웠고, 그의 품은 싸늘했다. 무엇보다 그에게선 심장 소리가 들리지 않았다.

'심장…… 봉인.'

문득, 아카론이 보여 주었던 과거 부모님의 이야기가 떠올랐다. 시에나가 아이를 가졌다는 걸 알기 전, 소렌은 시에나를 이곳까지 데리고 와 녹주석을 보여 주었다. 녹주석까지 오는 길을 알려 주고, 그를 죽이라고 했다. 심장이 악룡의 피와 완전히 합쳐지는 순간. 그 순간에 죽여야 한다고 당부했다.

"……!"

카루나는 흠칫, 몸을 떨었다.

'왜, 봉인이 부서지기 전 모든 걸 끝내야 한다고 생각했던 거지?'

시스도 황태자도, 카루나마저도 당연하게 그런 거라고 생각했다. 봉인이 풀리면, 더는 악룡의 피를 감당해 낼 수 없을 거라는 두려움이 눈을 가리고 귀를 틀어막았던 것이다. 그러는 동안 아카론은 계속해서 봉인을 망가 뜨리며 힘을 사용했고.

'지금까지 우리가 상대했던 건 악룡이나 악룡의 피가 아니었어. 악룡의 피를 봉인한 그였던 거지.'

그러니 넷이 된 그들의 공격이 통하지 않을 수밖에.

"……."

카루나는 아카론, 점점 더 악룡의 피에 물들어 가는 자신의 쌍둥이를 바라보았다. 눈보라 속에서도 붉은빛이 감도는 녹색 눈은 선명하게 보였다. 그는 이제 카루나에게 손을 내밀지 않았다. 꾸며 낸 듯한 웃음도 짓지 않았다.

"카, 나…… 커, 흑……. 카, 나……."

아카론은 오로지 카루나에 대한 집착만으로 정신을 유지하며, 눈보라를 뿜어 대고 있었다. 이 세상 모든 것을 다 얼려 버리면 카루나를 되찾을 수 있다고 믿듯이.

카루나는 이를 악물고 일어섰다. 돌아서 시스와 황태자를 보았다. 그들은 용케 눈보라 속에서도 몸을 일으키려 애쓰고 있었다. 시스가 그나마 황태자 보다는 상태가 나아 보였다.

카루나는 황태자를 부축하며 시스에게 눈짓했다. 시스는 녹주석을 보더니 카루나와 같은 걸 알아차렸다. 그가 눈보라를 헤치고 한 걸음 한 걸음, 힘겹게 카루나와 황태자에게로 걸어왔다.

"위험, 해……."

황태자는 괴로워하면서도 바람의 능력으로 카루나와 시스를 보호하려고 했다. 카루나는 시스가 가까이 다가오자마자 한 손으로 그의 멱살을 붙잡아 당겼다.

"윽, 영애."

시스가 크게 몸을 휘청였다. 카루나는 사과하는 대신.

"녹주석을 부숴요."

시스의 정신마저 흔들어 놓았다.

"뭐? 말도 안 되는 소릴…… 크헉."

시스가 말을 하다 피를 토했다.

"우린 넷이에요."

"……그래, 우리가 넷이긴 하지."

'정말 넷인지는 의문이지만.'

시스는 뒷말을 삼켰다. 카루나가 눈의 능력과 숲의 능력을 가지고 있으니 셋이서도 넷이 된 거라고 생각했다. 하지만 그들의 공격은 아카론에게 먹히지 않았다. 시스는 자신들이 정말 넷이 맞기는 한 건지 의심했다.

카루나는 시스의 흔들리는 눈동자를 보고 그의 마음이 흔들리는 걸 알아챘다. 흔들리는 마음을 붙잡으려, 상처투성이인 사람의 멱살을 쥐어 흔드는 것쯤이야 얼마든지 할 수 있었다.

"여, 영애. 컥!"

"이제 와서 약해지지 말아요. 항상 고민했잖아요. 날 납치까지 했던 주제에."

"……."

옳은 말이라 시스는 감히 반박하지 못했다. 흔들리던 눈동자도 제자리를 찾았다.

"우리가 이 자리에서 반드시 끝맺어야 해요."

카루나가 또박또박한 목소리로 새기듯 말했다. 시스가 얼굴을 굳혔다. 카루나는 그가 올가를 생각하고 있다고 짐작했다.

"카루나."

결심을 굳힌 건 황태자 역시 마찬가지였다. 그는 카루나의 어깨를 잡고 스스로 몸을 지탱했다. 굳은 의지는 고통을 누르고 다시 싸울 힘을 주었다.

"그래서, 계획이 있나?"

시스가 물었다. 카루나는 자신이 생각한 것을 황태자와 시스에게 말해 주었다. 시간이 없어 자세히 설명하지도 못했다.

"봉인을 우리가 부수자고?"

"그러다 저 자식의 힘이 더 강해져서 우리가 감당할 수조차 없게 되면, 모든 게 끝이야!"

당연히 황태자와 시스는 반발했다.

"뭘 걱정해요? 우린 넷이에요. 악룡을 무찌를 수 있는 넷."

카루나는 물러서지 않고 밀어붙였다.

"하, 이런."

시스는 어이없어했고,

"그 방법밖엔 선택지가 없다고? 그럴 리가."

황태자는 절망했다.

"선택 따위 할 필요 없어요. 선택할 기회도 없거니와 내가 기다려 주지 않을 테니까."

카루나가 단호하게 말했다.

시스와 황태자는 녹주석을 바라보았다. 그들의 눈에도 녹주석은 위태로워 보였다. 그리고 녹주석 안에 갇혀 있는 심장이 보였다.

"좋아. 영애, 그대를 따르지."

시스가 창을 고쳐 쥐었다.

"난 전설에 대해 잘 알지 못하니, 잘 아는 사람의 의견을 따를 수밖에."

끝까지 망설이던 황태자도 어쩔 수 없다는 듯 한숨을 내쉬었다. 세 사람은 잠시간 말없이 서로의 손을 움켜잡았다.

"가요, 여긴 내가 맡을 테니까."

카루나는 있는 힘껏 시스와 황태자를 밀었다. 두 사람은 상처 입은 몸으로, 상처 입은 적 없다는 듯 눈보라를 헤치고 나아갔다. 그들의 목표는 아카론이 아니었다.

아카론이 그들을 노리려고 할 때.

"오라버니!"

카루나가 냅다 소리 질렀다.

"……!"

순간, 눈보라가 멈추는 듯했다.

"카, 나?"

아카론이 바로 고개를 돌려 카루나를 바라봤다. 악룡의 피에 물들어 폭주하는 중에도 아직 이성은 남아 있는 걸까. 카루나는 제게 반응하는 아카론을 착잡하게 바라보았다. 물론 그런 마음을 품는 건 잠깐이었다. 아카론의 침묵 역시 딱 그만큼이었다.

"카나."

카루나의 이름을 부르기 무섭게.

"크윽."

텅 빈 왼쪽 가슴이 갈가리 찢기는 듯 아파왔다. 차갑게 얼어붙은 몸속에서 뜨거운 불덩이가 날뛰는 것 같았다. 아카론은 왼쪽 가슴을 움켜쥐고 허리를 꺾었다. 흰 머리가 눈보라에 사정없이 흩날렸다.

파사삭- 아카론의 고통을 부추기듯 녹주석이 부서져 내렸다. 속에 갇힌 심장이 좀 더 선명하게 드러났다.

"카…… 나……."

흰 머리카락과 흰 눈보라. 흰 것들에 가려진 두 눈은 보일 듯 안 보일 듯 카루나를 바라보았다. 카루나는 눈의 힘으로 아카론에게 맞섰다.

'이제 한 번, 해 봤자 두 번 정도겠지?'

고대 주술로 녹음을 피워 내는 것도 한계가 있었다. 카루나는 곧 다가올 순간을 준비하며 숲의 능력을 아꼈다. 그러면 남은 건 눈의 힘뿐. 그것만으론 아카론을 상대할 수 없었다. 카루나는 맞선다고 말하기 처참할 정도로 밀렸다.

"어째서 내게 오지 않는 거야? 너만을 기다렸는데."

아카론은 무섭게 카루나를 몰아쳤다.

"널 지켜야 해, 저 세상은 너무 위험해. 너도 그렇게 생각했잖아? 만날 순 없었지만 나는 알 수 있었어, 네가 힘들어하는 걸. 날 기다리고 있다는 걸."

뜨거운 열기가 카루나를 바짝 말려 버리려 달려들었다. 아무리 눈보라를 만들어 내도 순식간에 뚫렸다.

"윽."

카루나의 두 손이 화상을 입어 시뻘겋게 달아올랐다. 카루나는 두 손을 움켜쥐지도 못한 채 뒤로 한 걸음, 물러섰다.

"카나, 내 동생. 작고 작은 내 아가. 너를 지켜야 해."

"훗!"

하얀 불이 카루나를 덮쳤다. 머리카락이 타들어 갔다. 옷이 녹아내리며 어깨가 드러났다. 하얀 살갗 위로 누가 긁어내린 듯 날카로운 생채기가 그어졌다. 카루나는 눈으로 어깨를 덮었다. 그건 그리 좋은 생각은 아니었다. 눈 속에 깃든 악룡의 숨은 카루나에게 독이었다. 상처 속으로 독이 스며들었다. 카루나의 왼팔은 힘을 잃고 늘어졌다.

"우린 가족이니까. 내 쌍둥이 누이, 더는 날 외롭게 하지 마."

"이잇!"

옷이 찢기고, 드러난 맨살이 화상을 입었다 얼어붙었다. 눈앞이 캄캄해질 만큼 화끈거리다가 쨍하게 시렸다. 온몸이 아렸다가 그 감각마저 사라졌다. 그래도 카루나는 버티고 또 버텼다.

카루나가 아파하는 데도 아카론은 멈추지 않았다. 아니, 오히려 카루나가 아파하는 걸 보고 만족해했다. 카루나의 몸에 자신이 만든 상처가 하나하나 늘어 갈 때마다 웃음 지었다.

'이게 사랑이라고? 날 지키기 위해서? 나와 함께하고 싶어서? 그럴 리 없잖아.'

카루나는 자신을 상처 입히면서 즐거워하는 그를 똑바로 바라봤다.

"거짓말, 거짓말이야……. 당신, 날 이렇게 아프게 하고 있잖아!"

"카나, 널 사랑해서 그래."

아카론은 당연한 걸 묻는다는 듯 답했다. 카루나는 고개를 저었다.

"아니, 아니야. 당신은 날 사랑하지 않아."

"……뭐?"

아카론이 멈칫, 했다. 카루나는 훤히 드러난 자신의 어깨, 쇄골을 오른손으로 감쌌다. 그녀의 하얀 몸에는 아카론이 방금 새긴 상처 외에, 오래전 생긴 듯한 상처가 있었다. 어깨에서 가슴, 배까지 가로지르는 커다란 상처였다.

"……!"

아카론은 충격받았다. 그녀의 몸에 큰 상처가 있다는 것에 충격받은 것이 아니었다. 자신 말고 다른 누군가가 자신보다 먼저 그녀의 몸에 상처 입혔다는 것에 충격받았다.

"그 늑대 놈. 반드시 갈가리 찢어 죽여 버리고야 말겠다!"

아카론은 그 상처를 누가 만들었는지 알았다. 그리하여 잠시나마 카루나를 향한 원망을 잊고, 검은 늑대를 향한 분노를 불태웠다. 카루나는 그런 그를 보면서 아랫입술을 앙다물었다.

'역시 당신은 아니야.'

라크안이 발작을 일으켜 그녀를 할퀴었을 때. 카루나는 보았다. 자신을 알아보고 경악하던 라크안의 얼굴을. 자신을 끌어안고 오열하며 괴로워하던 라크안을.

그리고 리센. 자신에게 생명을 넘겨주고는 대신 죽음을 맞이했던 사람. 카루나가 배운 사랑은 그런 것이었다.

사랑하는 사람을 다치게 하고는 죽을 만큼 후회하며, 이후로 함부로 다가오지도 못하는 것. 사랑하는 사람을 다치게 하는 게 아니라, 사랑하는 사람을 되살리기 위해 자신의 모든 것을 바치는 것.

사랑하는 사람을 상처 입히고 행복해하는 건 사랑이라 할 수 없었다. 사랑하는 사람을 제멋대로 휘두르고 곁에 붙들어 놓으려고 하는 건 사랑이 아니었다.

그러니까.

'나는 당신의 손을 잡지 않을 거야.'

악녀답게 이기적으로 선택하는 것뿐이다. 자신을 사랑해 주는 사람의 곁에 서리라. 저 마음을, 사랑이라 여기며 받아들이지 않으리라.

카루나는 그리 생각하며 있는 힘껏, 그에게 맞섰다. 시스와 황태자는 가까스로 녹주석 근처로 다가갔다. 가까이에서 보는 녹주석은 경탄스러웠다.

하늘 높이 솟구친 거대한 기둥이 시시각각 부서져 녹색 파편의 비를 내렸다. 그 광경은 진정 이 세상 것이 아닌 듯했다. 무엇보다 녹주석에 갇혀 있는 심장.

두근, 두근. 심장은 녹주석 안에서 박동하고 있었다. 주변엔 끊임없이 시뻘건 피가 흘렀다.

"이렇게 천 년 동안 봉인되어 있었던 건가."

"돌 속에 피가 흐르다니……."

시스와 황태자는 그것이 악룡의 피임을 직감했다. 두 사람은 마지막 힘을 다해 각자의 창과 검에 물의 능력과 바람의 능력을 실었다. 지치고 다친 몸이 제 생명을 포기하면서까지 끌어낼 수 있는 마지막 힘이었다.

눈보라 속에서 검과 창이 희미하게 빛났다. 둘은 동시에 손에 든 것을 휘둘렀다. 콰직. 검과 창이 녹주석에 박혔다. 그러나 무엇도 녹주석 속 심장에 닿지 못했다. 그걸 안타까워 할 새도 없이, 두 사람은 그 상태로 천천히 무너져 내렸다. 눈을 감는 그 순간까지도 손에 쥔 검과 창을 놓지 않았다.

쿠웅- 물과 바람의 힘이 담긴 쇠붙이가 진동했다. 진동은 점점 커져 녹주석을 뒤흔들었다. 파직, 검과 창이 꽂힌 주변에 금이 갔다. 금은 녹주석 전체로 퍼져 나갔다.

굉음이 울리며 녹주석의 한쪽으로 기울었다. 아슬아슬하게 버티고 있던 녹주석이 쓰러졌다. 그 거대한 기둥이 쓰러지자.

쿠우웅-

눈의 땅 전체가 뒤흔들렸다. 남은 건 약간의 밑동과 그 위에서 드디어 모습을 드러낸 심장. 심장의 바로 밑에 박혀 있는 창과 검. 그 창과 검을 움켜쥔 채 쓰러진 시스와 황태자. 드디어 봉인에서 풀려난 심장은 본래 제가 있어야 할 자리로 되돌아갔다.

"컥!"

아카론이 피를 토하며 고꾸라졌다. 그는 온몸의 피를 모두 쏟아내려는 듯 계속 피를 토했다. 몸이 더 이상 그의 피를 필요로 하지 않는 듯했다.

"왜, 어, 째서……."

아카론은 제 왼쪽 가슴에서 울리는 소리에 경악하며 두 귀를 움켜쥐었다. 두근, 두근. 심장이 뛰었다.

한 번도 심장을 가져 본 적 없던 아카론은 그 소리, 그 박동, 그 울림을 감당해 내지 못했다. 심장은 박동하며 그의 몸을 천 년간 봉인되어 있던 악룡의 피로 채웠다.

"으아아아악!"

아카론이 몸부림 쳤다. 눈의 땅을 뒤엎을 듯 불어 대던 눈보라가 그쳤다. 때문에 카루나는 바로 눈앞에서 아카론이 피를 쏟으며 쓰러지는 것을 선명히 볼 수 있었다. 아카론은 입뿐만 아니라, 귀와 눈, 온몸으로 피를 쏟아내고 있었다. 눈에서 흐르는 피 때문에 그가 피눈물을 흘리는 것처럼 보였다.

"카, 나……."

아카론은 피를 토하는 와중에도 카루나를 향해 손을 뻗었다.

"오라버……."

무심코 그를 부르며 손을 뻗으려던 카루나는 제풀에 놀라 손을 뻗다 말았다. 조금 전 아카론을 오라버니라고 불렀던 건 그의 시선을 끌기 위해서였다. 그 이상도, 이하도 아니었건만. 카루나는 혼란스러워하며 뒤로 물러섰다.

"커흑. 흡."

아카론이 그런 카루나를 보며 푸흐흐, 웃었다.

"나는, 너를…… 너를……."

피눈물을 흘리며 카루나를 처연히 바라볼 새. 그를 중심으로 거대한 회오리바람이 일기 시작했다. 아니, 그건 바람이 아니라 불길이었다. 뺨에 살짝 닿았을 뿐인데, 살이 찢기고 까맣게 타들어 갔다. 눈의 힘 따윈 느껴지지 않았다. 오롯이 악룡의 숨, 독으로 가득 찬 바람이었다.

"읏."

카루나는 오른손으로 얼굴을 가리면서 버텼다. 손가락 사이로 아카론이 보였다. 그의 모습이 불길에 가로막혀 사라지려고 할 때. 카루나는 남은 힘을 다해 고대 주술을 펼쳤다.

천 년간 얼어 있었고, 이제는 불타 버릴 땅.

생명이라고는 한 움큼도 끌어 모을 수 없는 그 땅에서, 모든 걸 태워 버리겠다고 날뛰는 불길을 뚫고 싹이 텄다. 새싹은 기어이 넝쿨로 자라났다. 카루나는 제 팔을 타고 오르는 여린 풀줄기를 꽉 움켜쥐었다.

'주저해선 안 돼.'

봉인이 풀리고 심장이 몸에 완전히 적응하기 전, 모든 걸 끝내야 한다. 카루나는 이를 악물고 불길 속으로 뛰어들었다. 열기가 확- 몰려들었다. 자라난 넝쿨과 풀잎이 그녀를 감싸 안았지만, 그래도 열기를 완전히 막아 주지는 못했다.

악룡의 숨은 그녀를 집어삼키려 했다. 녹음이 그녀를 대신했다. 넝쿨 줄기가 새까맣게 타 재도 남지 않은 채 사라졌다. 그 빈자리에는 금세 새로운 넝쿨이 자라났다.

불타고 새로 자라나고, 다시금 싹을 틔워 불타 버리고. 죽음과 생명의 끝없는 싸움 속에서 카루나는 힘겹게 한 발, 한 발 내디뎠다. 죽을지 모를 급박한 상황인데, 이상하게도 라크안이 아니라 다른 사람들이 생각났다.

시스와 올가.

돌아가면 여동생을 죽이게 될 줄 알면서도 돌아간 오라비, 차라리 오라비의 손에 죽고 싶어 온갖 수모를 겪으면서도 그가 살아 돌아오길 기다렸다는 동생.

죽이기 위해 되돌아가는 삶. 죽기 위해 기다리는 삶.

그런 것도 사랑이라 할 수 있는 걸까. 가족이란 걸 한 번도 가져 본 적 없기에 이해할 수 없는 걸지도 모른다고 생각했다. 그런데 비슷한 상황에 처해 버렸다.

태어나자마자 버려진 거라 믿고 가족 같은 건 그리워하지도 않고 살았는데. 사실 가족이 있었단다. 평생 저를 기다리고 찾은 쌍둥이가 있었다고. 그리고 지금, 그 쌍둥이 형제를 죽이러 가고 있다.

시스처럼 반쪽 왕이 되는 걸 감수하면서까지 그를 구할 순 없다. 세상을 반쪽만 구할 수 없으니까. 이대로 천 년간 그와 함께 봉인을 지탱하며 살아 갈 수도 없으니까.

뜨거운 불길보다 마음속에서 울리는 비난이 더 고통스러웠다. 그래서 막상 불길을 헤치고 다시 아카론을 마주했을 때, 카루나는 스스로도 놀랄 만큼 차분해졌다.

그가 고개를 들어 카루나를 바라보았다. 두 사람의 눈이 마주쳤다.

"기어이 왔구나, 날 죽이러."

비죽, 아카론이 한쪽 입꼬리를 비틀어 웃었다. 아카론의 미소일까, 아니 면 악룡의 미소일까. 카루나는 알지 못했다. 그의 몸에서 불꽃이 뿜어져 나왔다.

불길 위로 불꽃이 피어올랐다. 사방은 불바다가 되었다. 불은 살아 있는 뱀처럼 고개를 쳐들고 카루나에게 달려들었다. 카루나는 그것들을 피하며 아카론의 뒤에 떠 있는 얼음 거울을 보았다. 얼음 거울은 불꽃의 열기를 견디지 못해 녹고 있었다. 반쯤 녹은 거울에 비치는 건 밖의 모습이었다. 시시각각 장면이 바뀌었다.

"황태자 전하?"

시스와 황태자는 여전히 정신을 잃은 채였다. 주변의 일렁이는 불꽃이 그들을 집어삼키려 벼르고 있는데, 그들은 여전히 녹주석에 박힌 검과 창 을 움켜잡고 있었다.

잡은 손을 통해 그들의 힘—바람과 물의 능력이 녹주석으로 전해지고 있었다. 카루나는 바지 주머니에서 녹주석 파편을 꺼내 손에 꾹 움켜쥐 었다. 파편에서 바람과 물의 힘이 느껴졌다. 얼음 거울이 반으로 쭈그러 들며 세나를 비췄다.

"세나 경!"

세나는 세 발로 버티고 서서 제게 몰려드는 흰 그림자들을 맞서고 있었다. 흰 그림자들은 눈 녹듯 녹으며 기괴한 형상을 만들어 냈다. 불꽃 같기도 하고, 모닥불을 피우면 우쭐우쭐 일어나는 그림자 같아 보이기도 했다.

이어 물의 장막 근처에서 싸우고 있는 연합군의 모습이 보였다. 그곳에서 흰 그림자들은 더 이상 희지 않았다. 숯같이 까맣게 변해서는 몸에 뚫린 구멍으로 시뻘건 용암을 쏟아내고 있었다.

그들과 닿은 부위는 시커멓게 썩어 들어갔다. 그들과 맞서는 연합군은 원래 수의 절반도 안 되어 보였다. 선두에서 선 검은 늑대는 몇 안 남은 늑대들을 지키며 그것들과 싸우고 있었다.

얼어붙었던 털은 녹아 뭉치거나 시꺼멓게 탔다. 불로 지진 듯한 화상 자국이 늘어 갔다. 고개를 든 검은 늑대와 눈이 마주친 것 같다는 착각이 들었을 때.

아카론이 손을 뻗어 얼음 거울을 움켜쥐었다. 얼음 거울은 그의 손안에서 순식간에 녹아 버렸다. 으득. 카루나는 이를 깨물고 아카론을 노려보았다.

"말했잖아, 네 주변에 있는 모든 걸 다 없애 버리겠다고. 너한테 나밖에 안 남도록."

아카론이 무심히 말하며 손을 뻗었다.

"으읏."

카루나는 그가 뿜어내는 불길을 피하지 않았다. 오히려 그 불길 속으로 달려갔다. 불을 뚫으며 아카론에게 손을 뻗었다. 그 손을 감싸고 있던 넝쿨이 뻗어 나가 아카론의 어깨를 감싸 쥐었다.

아카론은 피하지 않았다. 닿자마자 화르륵- 넝쿨이 타 버렸다. 그 뒤를 이어 새로운 넝쿨이 다시 그를 붙잡았다. 타고 붙잡고, 다시 태워 버리고 그럼에도 다시 엉기는, 불의 죽음과 숲의 재생이 반복되었다. 엎치락뒤치락, 얽히고설킨 싸움에서 카루나의 오른손은 불길에 휩싸였다.

"……!"

아팠다. 뜨거웠다. 고통스러웠다. 그래서, 견딜 수 있었다.

'이 정도는 아무것도 아냐. 나한테는!'

카루나는 아카론의 어깨를 꽉 움켜잡은 채로 몸을 날렸다. 아카론을 넘어뜨리고 그 위에 올라탔다. 그녀의 몸에서 퍼져 나간 녹음이 아카론을 뒤덮었다. 그를 감싼 녹음에는 하얗게 살얼음이 껴 있었다. 줄기는 물기를 머금었고, 잎사귀는 바람에 살랑살랑 흔들렸다.

넝쿨이 시작된 건 카루나의 오른손에서부터였다. 그 오른손에는 금 간 자국이 선명한 작은 녹주석 파편이 들려 있었다. 파편에선 실낱처럼 가느다랗게 물의 힘과 바람의 힘이 전해졌다. 녹주석 기둥에서 전해지고 있는 것이었다. 물과 바람, 그리고 눈과 숲. 넷이 불을 붙잡았다. 불은 그것마저 태우진 못했다.

카루나는 아카론을 내려다보았다. 우수수 흘러내린 흰 머리카락 사이에 보이는 눈은 더없이 붉었다. 피와 불꽃의 색이었다. 눈동자 속에 꽉 들어찬 붉은 기운은 끊임없이 움직였다. 악룡의 불이 살아 움직이는 것 같았다. 죽음은 이다지도 강렬할 수 있었다.

"카나."

그 눈이 부드럽게 휘며 카루나를 불렀다.

"……미안해."

카루나가 말했다. 당신을 알지 못해서. 당신을 사랑하지 못해서. 당신과 함께하지 않으려고 해서. 당신을 죽이려고 해서.

"사랑해."

아카론이 답했다.

"당신을 몰랐어."

비겁한 변명에도.

"늘 지켜봤어."

아카론은 눈을 깜빡이는 것조차 아쉬워하며 카루나를 보았다.

"당신과 함께할 수 없어."

"늘 함께하고 싶었어."

"당신도 살고, 다른 사람들도 살 수 있는 방법을 모르겠어."

"난 너만 있으면 돼. 너를 만나고 너를 지키는 게 내가 살아야 하는 이유니까."

"우리가 차라리 만나지 않았다면……."

"우린 반드시 만날 운명이었어."

"……."

"내가 널 반드시 찾았을 테니까."

"……차라리, 나 같은 건 찾지, 찾지 말지."

"너를 찾는 것만이 내가 존재하는 이유였어."

"그럼 차라리 일찍, 아주 일찍 찾지. 내가 아무도 못 만나고 외롭고 아플 때."

"늦어서 미안."

"……."

"사랑해, 카나."

투둑, 툭. 아카론의 뺨 위로 뜨거운 눈물이 떨어졌다. 카루나는 그것이 제 눈물인지 알았으나, 왜 자신이 울고 있는지는 알 수 없었다.

"난 악녀가 맞나 봐, 이런 방법밖에는 모르겠어."

카루나는 아카론의 왼쪽 가슴 위에 손을 올렸다. 손끝에서 피어난 녹음이 녹주석 파편을 아카론의 왼쪽 가슴으로 밀어 넣었다.

"난…… 늘 함께 있고 싶었어. 그래서 그런 방법밖에는 알지 못했어."

아카론은 신음을 참으며 천천히 말했다. 이기적이고 자기밖에 모르는 악녀. 세상을 멸망시킬 힘을 가진 악당. 둘은 태어나자마자 헤어져 스무 해를 떨어져 살았지만, 꼭 닮은 쌍둥이였다.

카루나는 녹주석 파편이 악룡의 피로 물든 심장을 파고드는 감각을 생생히 느끼며, 몸서리쳤다.

"……사랑해. 내 카나."

팔을 붙들고 있던 넝쿨이 풀어지며 아카론의 손이 자유로워졌다. 그 손으로 카루나의 목을 움켜잡을 수도, 심장에 박힌 녹주석 파편을 뽑아 버릴 수도 있겠지만.

아카론은 그러지 않았다. 대신, 카루나의 뺨을 쓸어내렸다. 눈물이 그의 손에 닿자마자 하얗게 얼어붙었다가 이내 녹아서 흔적도 없이 증발해 버렸다.

"예쁘다."

아카론이 생긋, 웃었다.

"……."

"이건, 날 위한 거지?"

그는 카루나가 흘리는 눈물의 의미를 알지 못했다. 다만 그것이 자신만을 위한다는 게 마음에 들었다. 카루나는 고개를 끄덕였다. 더 많은 눈물이 흘러내려 그의 뺨을 적셨다. 그녀가 그에게 줄 수 있는 건 그것뿐이었으니까.

"내가 없어도 행복한 거지?"

파편이 심장에 박혔을 때, 아카론은 물론이거니와 카루나까지 그걸 느꼈을 때. 아카론이 물었다.

"……."

카루나는 생긋, 미소 지었다. 아카론은 긴 숨을 내쉬며 눈을 감았다. 녹주석 파편은 그의 심장을 얼게 만들었다. 그의 심장을 물들인 악룡의 피를 씻어 냈다. 그의 심장에 담긴 죽음의 독을 생명으로 피워 냈다. 그리고 그의 심장을 영원히 잠재웠다.

"나는……."

아카론은 마지막 말을 끝맺지 못하고 눈을 감았다. 카루나의 눈물이 맺혔던 손이 툭- 떨어져 내렸다. 아카론을 옥죄고 있던 넝쿨이 느슨하게 풀렸다.

카루나는 아카론에게 손을 뻗었다. 그가 자신에게 했듯, 그의 뺨을 손끝으로 살짝 쓸어내렸다. 그러자, 카루나의 손이 닿았던 그곳에서부터 아카론의 몸이 부서져 내리기 시작했다.

카루나는 이 같은 광경을 이전에도 한 번 본 적이 있었다. 그녀는 그때와 똑같이 행동했다. 사라져 가는 아카론의 몸을 끌어안았다. 그는 더 이상 차갑지 않았다. 카루나는 그가 제 품 안에서 영원히 사라질 때까지 그를 놓지 않았다.

이윽고 품이 텅 비어 버리자, 그가 애초부터 이 세상에 존재했던 적이 없었다는 양 사라지고 나자. 비로소 소리 내어 오열했다.

"미안, 미안해요. 미안…… 미안."

주변의 불길은 그녀의 눈물에 닿기도 전 허무하게 흩어졌다. 숨쉬기 버거울 정도로 버거운 열기가 가셨다. 어디선가 시원한 바람이 불었다. 카루나는 고개를 들어 바람이 불어오는 쪽을 바라보았다.

그곳에 황태자와 시스가 서 있었다. 둘은 서로를 부축하고 있었다. 황태자가 하늘을 향해 손을 뻗으며 바람을 불게 만들었다. 바람은 눈의 땅에 가득 찬 악룡의 숨을 몰아냈다.

시스도 물의 능력을 끌어 올렸다. 아니, 끌어 내렸다. 투둑, 툭. 카루나 정수리에, 뺨에 차가운 물방울이 떨어졌다. 손을 들어 올리니 물방울이 더 많이 쏟아졌다.

쏴아아- 비가 내렸다. 비는 눈의 땅을 모두 적실 기세로 내렸다. 카루나는 그 빗속에서 못다 흘린 눈물을 마저 흘려 버렸다.

* * *

비가 그치고 난 뒤. 시스와 황태자는 절뚝이며 카루나에게 걸어왔다. 황태자는 뒤늦게 망토를 벗어 카루나의 어깨에 둘러 주려 했다. 얼어붙고 불타 원래 크기의 반도 남아 있지 않은 망토였다. 그마저도 비를 맞아 흠뻑 젖어 있었다.

카루나는 그 망토라도 건네주려는 황태자를 보며 힘없이 미소 지었다. 그런 넝마를 주는 의도가 뭐냐고 톡 쏠 수도 있을 테고, 이미 다 젖었는데 이제 와서 예의를 차리면 뭐하냐고 빈정댈 수도 있겠지만, 그러지 않았다.

카루나가 말없이 고개를 젓자, 황태자는 민망해하며 망토를 바닥에 깔고 주저앉았다. 그때, 저편에서 땅이 울리는 소리가 들렸다. 세 사람은 모두 별생각 없이 그쪽으로 고개를 돌렸다.

그동안은 몰랐는데 세 사람이 서 있는 곳은 언덕 위였다. 저 언덕 아래, 멀리서 누군가 달려오고 있었다. 누가 이런 상황에서 저렇게 힘차게 뛰어올 수 있는 걸까. 세 사람은 넋을 잃고 바라보았다. 아카론이 부활하여 다시 나타나도 놀랄 힘이 없었다.

"혹시나 그가 다시 나타난다면, 그냥 가장 먼저 죽고 말겠어."

시스가 부러진 창을 바닥에 꽂아 지팡이 삼으며 말했다. 카루나와 황태자는 말없이 고개를 끄덕였다.

눈도 불도 없는 지평선 너머에서 달려오는 이가 누구인지 가장 먼저 알아본 건, 그가 부활한 아카론이라 해도 놀라지 않겠다고 말한 당사자였다.

"이런."

시스가 곤란스러워하는 말투로 작게 중얼댔다. 정말 아카론, 혹은 또 다른 악룡의 계승자이기라도 한 걸까. 카루나는 느리게 눈을 깜빡이며 점점 커지는 그림자를 바라보았다.

"영애."

시스가 그런 카루나에게 말을 걸었다. 카루나는 시스를 보지도 않고 고개만 까딱였다. 어째서인지, 저 멀리서 다가오는 인영에게서 눈을 뗄 수 없었다. 아니, 떼고 싶지 않았다. 누군지도 모르는데 그냥 마음이 그랬다.

"어지간히들 좀 하지."

시스는 그런 카루나를 보며 작게 혀를 차며 말했다.

"모든 게 끝난 건 아닐 거야."

"……아."

카루나는 한 박자 늦게 반응했다. 그렇다고 그의 말뜻까지 늦게 간파했다는 것은 아니었다. 카루나는 곧바로 시스가 무슨 말을 하고 싶어 하는지 금방 알아챘다.

아카론은 죽었다. 천 년 동안 대륙을 위협해 왔던 악룡의 위협은 마침내 종지부를 찍었다. 그렇다고 눈의 땅과 싸우다 죽은 사람들이 살아 돌아오는 것은 아니다.

죽은 자의 시신을 수습하고, 그들의 가족을 위로하고 피해를 보상하는 일은 결코 쉬운 일이 아니었다. 제국에는 여전히 의심 많은 황제와 라크안에게 대적하는 신귀족파가 기세등등하게 버티고 있을 터.

이번 전쟁에 참여하지 않고 멀찍이 떨어져 있던 그들은 이번 전쟁을 뭐라고 여길까. 전쟁 피해를 수습하려는 라크안과 카루나를 가만 놔두기는 할까.

이번 전쟁에서 함께 합을 맞췄다고는 하나, 루시온은 제국에 돌아가면 바로 태세를 전환할 터. 그는 전쟁 후의 상황을 수습하려는 라크안을 방해하고, 카루나에게 예전 약속을 지키라며 온갖 계략을 펼칠지도 모른다.

숲은 여전히 카루나를 새로운 장로로 삼으려고 할 것이다. 카루나가 제국이 아니라 숲에 머물러야 한다고 주장하며 시스처럼 납치를 불사할지도 모르고.

무엇보다 라크안.

"악룡의 힘이 영원히 사라졌으니, 악룡을 상대하기 위해 대대로 전해지던 우리의 힘은 어떻게 될까. 당장 오늘, 내일 사라질지도 몰라."

시스는 축축하게 젖은 눈의 땅을 둘러보며 말했다.

"숲의 일족에게 걸려 있는 변신의 주술은 어떨까? 주술을 건 시조 카스라가 죽은 뒤 천 년 동안 이어져 내려온 주술인데. 악룡이 사라졌다고 사라질 수도 있겠지만, 그와 상관없이 계속 이어질 수도 있겠지."

"……."

"최악의 상황을 가정해 보자고, 영애. 우리의 능력이 사라지고, 반려를 원하는 숲의 일족의 특성은 사라지지 않는 내일을. 돌연변이 늑대는 숲의 심장이 아닌 그대를 여전히 사랑할까? 영애의 곁에서 발작을 일으키지 않을까?"

"상관없어요."

카루나가 벌떡 일어서며 말했다. 그녀의 눈은 여전히 저편에서 달려오는 인영에게서 떨어지지 않았다.

"정말 상관없어?"

"이전에 분명 말했던 것 같은데."

"그건 그때고, 지금은……."

"다를 건 하나도 없어요."

카루나의 얼굴에 웃음이 번졌다. 드디어 저기서 달려오고 있는 이가 누군지 알아보았으니까.

"몇 번이고 날 사랑하게 만들 테니까. 발작이 일어나도 괜찮아. 몇 번이고 내가 지켜 줄 거니까. 내가 손을 잡아 주고 재울 거니까."

카루나는 그 말을 마지막으로, 시스와 멀어졌다.

"어어……."

"위, 위험해! 천천히!"

등 뒤에서 말리는 소리가 들렸다. 자글자글하게 타 버린 머리카락 몇 가닥이 붙드는 손에 걸린 것도 같지만. 카루나는 달렸다. 왼쪽 팔은 여전히 아무 감각이 없었다. 얼음에 닿고 불에 그슬린 다리는 시리고 화끈거렸지만, 상관없었다.

'맞아, 그의 말처럼 그럴 수도 있겠지.'

조금도 불안하지 않았다고 한다면 그건 거짓말이겠지. 시스의 말은 아카론을 죽인 것에 대한 죄책감과 앞으로의 일에 대한 두려움으로 약해진 카루나에게 파도처럼 밀려들었다.

그 파도에 그대로 쓸려가 버릴 뻔했지만. 저 멀리서 달려오는 이가 카루나를 붙들어 주었다. 늑대 체면에 말을 타는 건 달갑지 않다면서 조신한 귀족 영애처럼 마차를 타고 다니던 사내가 다치고 지친 몸을 이끌고 말을 몰아 달려왔다.

그와 눈이 마주치는 순간. 저를 보며 울컥한 표정을 짓는 그를 보는 순간, 다른 건 아무래도 좋았다.

"라안!"

카루나는 우뚝 솟은 둔덕 위에서 그를 향해 몸을 날렸다.

"카루나!"

라크안이 말고삐를 내던지고 두 팔을 벌려 카루나를 끌어안았다. 두 사람은 서로를 끌어안자마자 추락했다. 라크안은 카루나를 제 품에 가두듯 끌어안고 바닥을 데굴데굴 굴렀다.

말은 그대로 달려가 언덕 위를 올랐다. 아마도 시스와 황태자는 사람이 타지 않은 말을 만나게 되리라. 시스는 이미 라크안을 알아봤으니 상관없지만. 황태자는 웬 말이 혼자 이곳까지 왔나 의아해할지도 모른다.

카루나는 라크안의 품속에서 그런 생각을 하며 키득키득 웃었다. 라크안이 그녀를 소중히 끌어안았기에, 바닥을 구르는 상황에서도 그런 생각을 할 수 있었다.

구르던 몸이 멈췄다. 라크안이 바닥에 깔리고, 카루나가 그 위에 올라탄 자세가 되었다. 한숨 돌리자, 카루나가 쏙- 고개를 들었다. 녹색 눈과 붉은 눈이 마주쳤다.

"라안."

카루나가 활짝 웃자.

"위험하게 뭐 하는 짓이야!"

라크안은 버럭 소리쳤다. 분명 말을 타고 올 때까지만 하더라도, 언덕 위에서 달려 내려오는 카루나를 볼 때까지만 하더라도, 다른 의미로 울컥했는데. 그 울컥함이 슬그머니 사라지고, 화가 치밀어 올랐다.

겨우 만났는데. 얼마나 소중한데. 이렇게나 사랑하는데. 다치면 어떡하려고. 라크안은 다른 의미로 울고 싶어졌다. 카루나가 다칠 뻔했다는 데까지 생각이 닿자, 라크안은 비로소 그녀가 자신만큼이나 크게 다친 상태라는 걸 알아차렸다.

라크안은 방금 전 소리친 게 거짓말처럼, 허망한 표정을 지었다. 손을 들어 뺨의 상처를 만지려다가 채 손을 대지도 못하고 움찔, 떨었다.

"……."

라크안의 눈가에 물기가 어렸다. 카루나는 빙긋 웃으며 고개를 기울여 그의 손에 뺨을 가져다 댔다. 상처가 쓸리니 아팠지만, 그걸 감수할 만큼 좋았다. 라크안의 손은 카루나의 얼굴을 반 이상 덮을 정도로 컸다. 그 손은 카루나와 마찬가지로 얼어붙고 불탄 흔적이 가득했다.

"나 듣고 싶은 말이 있다고 했는데."

어서 해 보라고, 당당히 말하고 싶었는데. 카루나 역시 울음을 참느라 목소리가 떨렸다. 울음이 나고 떨리는 건 라크안이 먼저였다. 라크안은 카루나의 말을 듣고도 한동안 말을 잇지 못했다. 한참, 한참 뒤에야 겨우 입을 열었다.

"……결혼하자."

"……."

"나와 결혼해 줘, 카루나."

뺨에 닿은 손이 파르르 떨렸다.

"제국으로 돌아가서 가장 성대한 결혼식을 열고, 세상에서 가장 귀한 것, 값진 것, 아름다운 것을 모두 다 바치겠어."

"……."

"그러니 제발, 나와 평생 함께해 줘."

라크안은 다 쉰 목소리로 나직이 말했다.

"사랑해. 영원히 내 곁에 함께 있어 줘."

사랑하는 사람에게 이 한마디 말을 하기 위해, 얼마나 많은 일을 겪고, 많은 시간을 버텨야 했던가. 그간 겪었던 일들이 눈앞을 스치고 지나갔다. 그 끝에는, 저를 보며 웃고 있는 카루나가 있었다.

"좋아요. 좋아."

카루나가 라크안의 입술에 입을 맞췄다. 시작은 카루나였지만, 입맞춤을 이어 간 건 라크안이었다. 라크안은 살짝 닿았다 떨어지려는 카루나를 다시 끌어안고 깊이 키스했다. 다급하고도 거칠고 서툰 입맞춤이었다.

카루나는 푸흐흐, 웃으며 눈을 감았다. 긴 속눈썹에 맺혀 있던 눈물이 흘러내렸다. 그 눈물이 라크안의 눈물과 만나 함께 땅에 떨어졌다.

톡.

그 자국에서 연둣빛 새싹이 돋아났다. 악룡의 피가 걷힌 눈의 땅에 처음 틔운 생명이었다.

〈完〉

외전 1
나아가다

전쟁이 끝났다. 눈의 땅에서는 더 이상 눈이 내리지 않게 되었다. 카루나는 저를 천 년 전 시조 영웅 보듯 하는 병사들을 뒤로하고 부상자들이 머무는 막사로 달려갔다. 천막을 젖히며 뛰어 들어가니 이미 기척을 느끼고 있었던 환자는 놀라지도 않고 카루나를 반겼다.

"오셨습니까."

세나였다. 그녀의 몸은 반 이상이 붕대에 감겨 있었다. 이마와 왼쪽 눈역시 붕대로 칭칭 감긴 상태였다. 쾌활한 목소리와 여유로운 태도 때문에세나인 줄 안 거지 혹여 정신을 잃고 있었다면 누군가 저 널브러져 있는 붕대 귀신이 세나라고 말해 주지 않는 한 그녀인 줄 몰랐으리라.

"……."

카루나는 막사 입구에서 덜컥, 멈춰 섰다. 오면서 연합군의 병사들의 시체와 처참하게 다친 모습을 숱하게 봤다. 바로 눈을 질끈 감긴 했으나 별다른 생각은 없었다.

그런데 막상 세나가 이렇게나 심하게 다친 모습을 보니, 숨 쉬는 걸 잊을 정도로 충격적으로 다가왔다.

세나는 어떤 순간에서고 능글맞게 말장난 치고, 앞서 나가 싸우면서도 크게 다친 적 없는 최고의 기사였다. 라크안 역시 그녀의 실력과 판단력을 믿어 위급 상황마다 카루나의 호위를 맡겼고, 리센을 대신하여 철십자 기사단 부단장 자리를 대행하도록 했다.

늘 큰 칼을 어깨에 척 올리고 능글맞게 웃으며 동료들의 엉덩이를 뻥뻥 차고 다니던 그녀가. 온몸에 붕대를 감고 드러누워 있었다. 카루나는 새삼, 이번 전투가 얼마나 위험한 일이었는지를 실감했다. 자신이 무슨 일을 저지를 뻔했는지도.

"카루나."

뒤따라 들어온 라크안이 카루나의 어깨를 붙들었다. 괜찮을 거라고 위로하는 손길이었으나 카루나의 감정은 오히려 더 격해졌다. 이 자상한 손길마저, 라안마저 잃을 뻔했다는 생각으로 이어졌다.

"세나 경."

카루나가 물기 어린 눈동자를 들어 세나를 보았다.

"아가씨, 무사하셔서 다행…… 윽."

세나는 씩 웃으며 몸을 일으켰다. 아니, 일으키려고 했다. 이 정도 다친 것쯤이야, 하고 여유 있게 굴려는 생각이었던 것 같지만. 그 몸으론 역시나 무리였다.

"억!"

세나는 배를 움켜잡고 도로 고꾸라졌다. 배에 감은 붕대에서 피가 배어 나왔다.

"의료병, 상처가 터진 거 같은데."

세나는 남의 상처 구경하듯 태평하게 의료병을 불렀다. 저쪽에서 다른 병사의 어깨에 붕대를 감아 주던 의료병이 한숨을 푹 내쉬었다.

"기사님, 제발 가만히 좀 누워 있으십시오."

"뭐야. 여기에만 콕 박혀 있어서 모르나 본데, 나 사실 숲의 일족 혼혈이야. 늑대로도 변신할 수 있다니까? 이깟 상처는 금방 나아."

"네에, 네에. 여기 실려 오신 철십자 기사단 분들은 다 그렇게 말씀하시더군요. 그러면 전 이렇게 말씀드리곤 합니다. '그래서 거기 누워 계십니까? 그 대단한 치유력이 발동될 때까지 제발 좀 닥치고 얌전히 누워 계십시오. 계속 그렇게 떠들며 움직이면 숲의 일족 혼혈이 아니라, 숲의 일족 장로인지 원로인지도 과다 출혈로 죽을 겁니다.'라고요. 기사님께도 똑같이 말씀드리고 싶네요."

의료병이 성큼 다가와 성의 없는 손길로 터진 상처를 꾹 눌렀다.

"으악!"

세나가 비명을 지르며 베개에 얼굴을 파묻었다.

"읏."

카루나도 눈을 질끈 감으며 고개를 돌렸다. 라크안은 얼른 카루나를 끌어안아 제 품에 기대게 했다.

"보십쇼, 아가씨. 제가 이런 취급을 당하고 있습니다."

세나는 흑흑, 소리 내 우는 척하며 카루나에게 손을 뻗었다.

"허어."

의료병은 그런 세나를 하찮게 내려다보았다. 세나의 목소리 때문에 실눈을 뜬 카루나는 애절하게 손을 내미는 세나를 보며 저도 모르게 풋, 웃고 말았다.

"입만 살았군."

라크안은 절레절레 고개를 저었다. 의료병은 세나의 허리에 다시 붕대를 감아 주며, 제발 가만히 있으라고 신신당부했다. 하찮은 취급을 당하고 있지만, 세나가 입은 상처는 결코 가볍지 않았다. 그걸 의료병도, 카루나와 라크안도 모르지 않았다.

그러니 세나가 웃음으로 때우지 않았다면, 의료 막사 안 분위기가 제법 무거워졌을 것이다. 세나는 그게 싫어 제 한 몸을 희생해 그럭저럭 웃음소리를 만들어 낸 것이었다. 카루나와 라크안은 그런 세나의 마음을 눈치채곤 노력을 헛되게 만들지 않으려 모르는 척했다.

"치료해 주는 사람 말을 잘 들어야 해요, 세나 경."

카루나는 세나의 곁에 앉아 밝은 목소리로 꾸짖었다. 라크안은 의료병을 손짓하여 세나의 상태를 확인하고, 의료 막사에 물자가 부족하진 않은지 물었다.

"바이켈드 공작 각하께서 오셨어."

"그럼 정말로 이제 다 끝난 건가? 집에 갈 수 있는 거야?"

"빌어먹을, 살아서 돌아갈 수 있게 되다니. 제기랄."

"악룡을 죽이고 오신 거야?"

막사 안에 누워 있던 부상자들이 라크안을 우러러보았다. 라크안은 그들의 시선을 한 몸에 받으며, 흐트러짐 없이 의료 막사의 일을 진두지휘했다. 물자 상황을 보고받고, 더러워진 곳을 청소하고. 충분한 약과 음식, 물을 환자들에게 공급했다. 그 자신의 몸도 정상은 아니건만 전혀 내색하지 않았다.

세나와 카루나는 막사 한가운데 우뚝 선 라크안을 바라보았다. 그 바람에 대화가 끊겼다. 침묵은 제법 길었다. 카루나는 별생각 없이 고개를 돌려 세나를 바라보았다.

"……."

그런데 어느덧 표정을 달리한 세나는 라크안을 향해 흐릿한 시선을 보내고 있었다. 옅은 눈동자는 초점이 분명하지 않았다. 지치고 한풀 꺾인 멍한 눈빛, 멍한 표정이었다. 조금 전의 쾌활한 모습은 비에 씻긴 듯 지워져 있었다.

"세나 경?"

카루나는 세나의 손을 감싸 쥐었다.

"아…… 하하, 아가씨."

세나는 곧바로 표정을 바꿨다. 콧잔등을 찌푸리며 말장난이나 늘어놓으려 했는데.

"우린 이제 집으로 돌아갈 거예요."

카루나에게 선수를 빼앗겼다.

"……."

세나는 조금 전과는 다른 의미로 멍해졌다. 그 멍한 시선으로 카루나를 바라보았다. 밝은 갈색 눈동자. 여린 나무껍질을 닮은 눈은 깊은 호수가 되어 세나를 감쌌다. 세나는 너덜너덜해졌던 제 마음이, 영혼이 그 따뜻한 물에 잠기는 듯한 기분을 느꼈다. 찢겼던 부위에 새살이 오르고, 막혔던 울음이 끓어올랐다.

'왜 이러는 거야.'

스스로도 놀라 울음을 참기 위해 입을 꾹 다물었다. 하지만 어깨가 들썩이는 것까지는 막지 못했다. 그러면서도 카루나의 눈을 피하진 않았다. 아니, 세나에겐 감히 먼저 눈을 돌린다는 선택지가 없었다. 세나는 홀린 듯 카루나를 한참 바라보다가 겨우 한마디를 내뱉었다.

"네, 집으로……."

목소리가 잔뜩 쉬어 있었다.

카루나는 싱긋, 웃으며 세나를 끌어안았다. 목에 대롱대롱 매달리던 열두 살의 모습일 때와는 달랐다. 카루나는 온전히 세나를 끌어안을 수 있었다.

늘 자신을 지켜 주었다. 소중한 동료를 잃고도, 겨우 찾은 반려를 뒤로하면서까지 자신을 지켜 주었던 강하고 멋진 기사님. 카루나는 온몸에 붕대를 감고 있는 상처투성이의 그녀에게 속삭였다.

"모든 게 다 끝났어요."

상처로 가득한 그녀의 등을 쓸어내렸다. 문득 손끝에 뭔가가 걸렸다. 눈에는 보이지 않지만 얇은 유리 파편 같은 것이었다. 태어날 때부터 그녀의 심장에 박혀 있었을 오래된 주술의 한 조각. 이제는 필요 없는 것이었다. 카루나는 숨 쉬듯 자연스럽게 그것을 털어 냈다.

"아……"

일순, 세나가 작게 탄성을 내지르며 몸을 휘청였다. 박혀 있던 화살이 쑥- 빠져나가는 듯한, 시원하고 서늘한 감각이 심장 부근에서 온몸으로 퍼져 나갔기 때문이었다. 스무 살의 카루나는 제게 기대오는 세나를 온전히 지탱해 주었다.

"아가씨……"

세나는 늘 지켜야 한다고 생각했던 카루나가 이렇듯 저를 지탱해 주는 것에 대한 감격, 그리고 왠지 모를 허전함에 울컥했다. 그 감정을 홀로 감당하지 못하고 카루나의 어깨에 얼굴을 묻고 긴 한숨을 내쉬었다.

다 끝났다. 안도감은 탈진하는 감각과 비슷했다. 카루나의 품 안에서 다친 어깨가 축 늘어졌다.

"다행, 정말 다행입니다."

세나는 고개를 들어 다시 카루나를 바라보았다. 밝은 갈색 눈동자가 반짝, 빛나는 게 보였다. 가슴 한편이 따뜻해졌다. 카루나를 향한 애정이 새삼 퐁퐁 솟아났다. 그건 전혀 새로운 감정이었다.

이전까지는, 카루나와 눈을 마주치면 절로 무릎에 힘이 빠졌다. 왠지 무릎을 꿇어야 할 것 같았다. 잠에서 덜 깬 듯한 기분이 들었다. 카루나의 말에 무조건 복종해야 할 것 같았다. 겨우 찾은 반려보다 그녀의 말 한마디가 더 중요하게 느껴졌다. 그렇지만 단 한 번도 그게 이상하다고 생각하지 않았다. 아니, 못 했다.

그런데 이상하게도 이제 더는 그런 감정이 들지 않았다. 절대적이고도 강제적인 복종심이 봄 햇살에 눈 녹듯 사라졌다. 그 빈자리를 채우는 것은,

봄바람처럼 살랑이는 달콤한 기억들이었다.

어린 소녀였던 그녀를 귀여워하고, 다시 어른이 된 그녀의 재치와 흉계에 감탄했던 기억들. 그것들이 차곡차곡 쌓여 친애의 감정이 되었다. 이전과 같이 어떤 절대적인 힘에 의해 강제된 절대적인 복종 따위가 아니었다.

카루나의 옆에서 그녀를 직접 겪으며 생긋 웃는 모습이 어여쁘다 생각했고, 꾸미는 계략마다 감탄을 금치 못했다. 그 날것의 감정. 온전히 제 것이었던 감정으로 쌓아 올린 애정이었다.

세나는 둑 터지듯 몰려오는 감정의 홍수에 파묻혀 허우적댔다. 유일하게 잡고 버틸 수 있는 건 카루나뿐이었다. 그래서 카루나를 끌어안고 오래도록 놓지 않았다.

'카루나 아가씨. 내가 모시는, 나의 아가씨.'

세나는 크게 숨을 들이쉬었다 내쉬었다. 코끝에 감도는 피 냄새, 그리고 달달한 향기가 심장을 감싸 도는 것 같았다. 그렇게 모처럼 감상적이 되어, 그동안 지켜 왔고 앞으로도 지키기 위해 애쓸 아가씨를 향한 친애의 감정을 확인하고 있건만.

"잠든 척하지 말고 당장 떨어지는 게 좋을 거야."

그 아가씨의 사납고 잘생긴 약혼자가 으르렁거리며 세나를 위협했다. 딱히 잠자는 척하고 있었던 것은 아니었으나 상대방이 그렇게 오해한다면 기꺼이 그렇게 해 줄 수밖에. 세나는 일단 눈을 질끈 감고 잠자는 척했다. 그리고 고민했다.

'어떡하지?'

계속 이렇게 카루나의 품에 안겨 있는 것도 나쁘지 않았다. 눈을 떠 열받은 라크안을 마주하는 건 무섭고.

'그러니까 그냥, 계속 잠든 척할까?'

아픈 사람을 설마 죽이기야 하겠어. 그렇게 안일한 생각을 하는 순간.

"다 듣고 있는 거 알고 있어. 못 들은 척하지 말고."

낮게 깔린 라크안의 목소리가 세나의 머릿속을 뒤흔들었다. 다시 눈보라가 내리기 시작한 걸까. 갑자기 주변 공기가 싸늘해졌다. 괜히 팔다리가 시렸다. 그 한파의 원인은 라크안이었다.

'계속 가만히 있다가는 목숨 부지하기 힘들겠군.'

세나는 제국에 두고 온 마른 빗자루 같은 제 반려를 떠올렸다. 그간의 고된 전투도 다 버티고 버텨 이렇게 살아남았건만. 이제 와서 죽을 순 없지 않은가.

세나는 자는 척하는 걸 포기하고 찔끔, 눈을 떴다. 그저 살려만 달라고 말하려 했는데.

"뭐 하는 거예요, 환자한테!"

카루나가 매섭게 라크안을 혼내며 세나를 얼싸안았다. 원래도 안아주고 있었지만 더 세게 끌어안아 주었다.

"컥."

아직 자는 사람이어야 하는 세나가 자신의 설정 값을 잊고 숨을 턱, 토해 낼만큼 강력한 포옹이었다.

"세나 경은 환자예요. 몸에 감긴 이 붕대가 보이지 않으시나요? 라안, 세나 경에게 너무 무례한 것 같네요."

카루나가 세나를 꽉 끌어안고는 째릿, 라크안을 올려다보았다. 라크안은 세나를 겁박했던 음산한 기운은 온데간데없이 깨갱- 움츠러들었다. 하지만 여전히 카루나에게 소중히 안겨 있는 세나를 보고는 잠시 잊었던 전투력을 불태웠다.

"그대도 힘든데 괜한 엄살을 부리고 있으니까 그러지."

물론 그 전투력이 향한 곳은 세나였다. 어찌 감히 카루나를 노려볼 수나 있겠는가. 라크안은 저와 카루나 사이의 불화를 조장하는 세나를 응징하고자 손을 뻗었다. 뒷목을 잡아 채 번쩍 들어 저 멀리, 영영 안 보이는 곳으로 날려 버릴 생각이었건만.

라크안의 손이 세나에게 채 닿기도 전에.

"라안!"

카루나가 그 손을 매섭게 내리쳤다. 찰싹!

"세나 경은 잠들었다니까요."

"……."

라크안은 제 손등을 묵묵히 바라보았다. 그 순간 세나의 뒷목에서 식은 땀이 흘렀다.

'느껴진다, 느껴진다. 내 명줄이 댕강 잘리기 직전이라는 운명의 경고가…….'

딱히 이쪽을 보고 있지는 않으나 라크안의 몸에서 뿜어져 나오는 살기가 온통 이쪽을 향했다. 서로 껴안고 있는데 카루나에게는 닿지 않고 자신에게만 닿는 이 정교함이라니. 세나는 더는 지체해선 목숨을 부지할 수 없다는 절박함에 휩싸였다.

"으음, 음."

세나는 막 잠에서 깬 척 눈을 떴다. 연기가 살짝 어설펐으나 다행히 카루나는 눈치채지 못 했다. 라크안의 싸늘한 눈빛은 좀 더 진해졌고.

"소란스러웠나요? 미안해요, 세나 경."

카루나가 상냥하게 사과했다. 상냥하게. 사과.

"……."

막 일어난 척 연기하려 눈을 가늘게 뜨고 있던 세나는 다시 눈을 감고 싶어졌다.

카루나는 그저, 함께 죽을 고비를 넘기고 자신 때문에 오랫동안 고생한 자신의 호위 기사가 고맙고 미안해 정답게 구는 것뿐이었다. 그러나 방금 전까지 그 죽을 고비를 함께 넘기고, 오랫동안 다른 의미로 고생한 라크안에게는 매우 섭섭한 상황이 아닐 수 없었다.

겨우 좋아하는 여인과 마음이 통하고, 둘만의 시간을 보낼 생각에 설렜건만. 눈의 땅에서 귀환해 가장 먼저 발길이 닿은 곳이, 단둘이 있을 수 있는 곳이 아니라 그 호위 기사가 다쳐 누워 있는 의료 막사라니.

머리로는 이해하나 마음으로는 인정할 수 없는 상황도 꾹 참고 가만히 있었지만, 카루나와 세나는 보란 듯이 찰싹 붙어서 도통 떨어질 생각을 하지 않았다.

마치 '연인이라도 된 듯' 서로에게 기대 더듬고, 주물럭대는 모습이라니. 붉은 눈동자가 흉폭하게 일렁였다. 세나에 대한 카루나의 감정은 라크안의 예상보다 크고 깊었다. 덕분에 세나에 대한 라크안의 분노 역시 정비례로 커지는 중이었다.

세나는 특히나 기척에 예민했다. 살갗이 따가울 정도로 쏟아지는 라크안의 분노와 질투를 모를래야 모를 수 없었다.

"아, 제가 무례를……."

세나는 살기 위해, 카루나에게 안겨 있던 걸 이제야 깨달았다는 듯 혼신의 연기를 펼치며 카루나의 품에서 벗어나려 했다. 라크안을 힐끔힐끔 보며 '이보세요, 제가 이렇게나 노력하고 있다고요.' 하고 어필하기도 했다.

"세나 경?"

카루나는 세나의 안색이 창백해진 걸 걱정하며 의료병을 부르려 뒤를 돌아보았다. 라크안이 그 틈에 성큼 다가와 한 손으로 세나를 툭, 밀어내고는 카루나를 제 품 안으로 당겨 안았다.

"꺅!"

카루나는 누군가 저를 끌어안는 느낌에 놀라 가볍게 비명을 질렀다. 하지만 이내 등에 와 닿는 단단하고 안락한 온기가 누구인지 알아채고는 흠흠, 헛기침했다. 민망함을 감추기 위해, 제 허리를 감은 라크안의 팔뚝을 찰싹찰싹 내리쳤다.

"뭐 하는 짓이에요!"

'당장 이거 풀어요.'

차마 세나 앞에서 소리 내어 말하진 못하고 눈빛으로 말했건만.

'뭘?'

라크안은 못 알아들은 척 하며 오히려 팔에 더 힘을 주었다.

"아까 하는 말 못 들었어? 저 정도 다친 건 아무것도 아니라잖아."

카루나의 귀 가까이에 입술을 대고 소곤소곤, 속삭이듯 말했다. 라크안은 카루나가 절 봐 주지 않고, 엉뚱한 놈—이 아니라 소중한 호위 기사였지만—이나 끌어안고 있는 것에 잔뜩 심통 나 있었다. 카루나를 품에 안지 않으면 더는 견딜 수 없을 것 같아서, 살기 위해 카루나를 끌어안았다. 생존은 중요한 욕구이니까.

라크안의 얼굴은 뻔뻔하기 이를 데 없었다. 오직 카루나를 향한 손길, 목소리만 부드러웠다.

"그렇지 않은가?"

확인하듯 묻는 목소리, 고개를 들어 힐긋 바라보는 눈빛. 세나를 향한 것들은 세나를 눈덩이로 만들 만큼 싸늘하기 이를 데 없었다. 살기 위해 넙죽 엎드려야 한다는 걸 모르지 않았으나. 하지만.

'넵, 그렇습니다. 그렇고말고요.' 하고 넙죽 수그리지 않았다.

카루나의 어깨와 팔을 먼지 털 듯 털어 내는 라크안의 태도가 세나의 반항심을 부채질했다.

'저 위친 분명 나랑 닿았던 자리인데.'

내가 더러워? 대놓고 물어볼 순 없으나. 두 번 목숨의 위협을 느꼈으니 한 번은 꿈틀, 반항하는 것이 인지상정.

"으윽."

세나는 왼쪽 어깨를 움켜쥐고는 침대에 고꾸라졌다. 참고로, 라크안이 민 건 왼쪽 어깨이고, 크게 다쳐 붕대를 감고 있는 건 오른쪽 어깨였다.

"아이구, 어깨야."

나 죽네- 하고 엄살을 부렸다. 저쪽에 가 있던 의료병은 그 멀리서도 꾀병인 줄 알아챘는지 오지 않았다. 라크안 역시 같잖다는 듯 혀를 찼다.

"꺅! 세나 경!"

카루나만이 세나를 걱정하며 손을 뻗었다. 지금 카루나는 세나 한정으로 뛰어난 관찰력과 판단력이 흐려진 상태였다. 세나에게 그저 미안하고 고마워서, 세나의 말이라면 다 곧이곧대로 들었다.

"아, 아가씨."

세나는 허벅지를 꼬집어 만들어 낸 눈물을 글썽였다. 두 사람이 애틋하게 손을 맞잡기 직전. 쯧, 라크안이 혀를 차며 다시 카루나를 당겨 안았다. 허공에서 카루나와 세나의 손이 아슬아슬하게 닿지 못하고 스쳤다. 흑흑, 세나는 서러워하며 붕대 감은 팔뚝에 얼굴을 파묻었다.

"적당히 나으면 본대로 복귀하도록."

라크안은 가차 없이 명령하고는 카루나를 안은 채로 돌아섰다.

"자, 잠깐. 잠깐만요. 세나 경이!"

카루나가 당황하여 라크안의 어깨를 두드렸지만, 라크안은 안마를 받는 듯 시원한 표정을 지었다. 카루나의 발걸음으로 종종 걸어왔던 거리가 라크안의 발로 몇 번 성큼 걸으니 끝났다.

라크안은 몸져누워 있는 부하를 한 번 돌아보지도 않고 의료 막사를 휙 - 나가 버렸다. 존재만으로도 눈길을 끄는 두 사람이 떠나 버리니 의료 막사는 순식간에 조용해졌다.

원래 의료 막사는 이런 분위기였다. 이런 분위기여야 했고. 하지만 어째서인지 좀 전과는 달리 썰렁함이 느껴졌다.

"하하, 맙소사."

세나의 웃음소리가 그 썰렁한 고요를 깼다.

"아, 윽."

웃다 보니 배가 당겼다. 방금 간 붕대가 또 피에 젖지나 않을는지, 의료병이 예의 주시하고 있건만. 세나는 아랑곳하지 않고 배를 잡고 킥킥댔다.

"끝났네, 정말 다 끝난 거야."

세나의 표정은 개운했다. 그 여세를 몰아 제 몸이 엉망인 걸 잠시 까먹고 길게 기지개를 켰다.

"으갸갸갸, 으악. 컥. 의, 의료병!"

그러다 배의 상처가 당겨 침대 위를 뒹굴다 의료병의 경멸 어린 시선을 받게 되었지만. 그래도 세나의 얼굴에선 웃음이 지워지지 않았다.

뭐라 말로 표현할 수 없는 개운함이 온몸을 감싸 돌았다.

이날 이후.

세나는 늑대로 변신하지 못했다. 숲의 일족이 늑대의 몸으로 변신하지 못하게 된 최초의 사례였다. 그 소식은 당연히 올벤의 왕, 시스에게 바로 전달되었다.

* * *

'늑대로 변신하지 못하게 된 늑대들이 생겨나고 있다.'는 보고가 들어왔다. 논리적으로 말이 안 되는 문장이지만 시스를 날뛰게 만들기엔 충분했다.

느긋하게 전후 상황을 수습해 나가던 시스는 그 자리에서 하던 일을 집어던지고 라크안을, 아니, 라크안과 함께 있는 카루나를 찾아갔다. 그때 카루나와 라크안, 두 사람은 당연하게도 둘만의 시간을 보내고 있었다.

"드디어 둘만 있을 수 있게 됐군."

"음…… 당연한 말인데, 좀 느끼한 거 알아요?"

"느끼? 뭐가?"

"뭐, 잘생겼으니까 봐줄게요."

어설프지만 그럭저럭 풋풋한 분위기에 폭 빠져 본격적으로 연인의 시간을 보내 보려 했건만.

"잠깐, 잠깐. 오, 잠깐."

시스가 천막의 문을 확 젖히며 위풍당당하게 걸어 들어왔다.

"뭐예요?"

카루나는 표독스럽게 시스를 노려보며 제 손톱이 얼마나 긴지 확인했다.

"……."

라크안은 아무 말 없이 허리춤에 찬 칼을 뽑았다. 세나에 이어 시스까지. 카루나와 단둘만의 시간을 두 번이나 방해받은 그의 눈엔 더 이상 뵈는 게 없었다. 시스는 그런 라크안과의 눈싸움을 피하지 않고 말했다.

"당장 제국으로 돌아가 결혼식을 올리고 오래오래 행복하게 살았습니다, 를 즐기고 싶은 마음을 모르는 건 아닌데. 아, 공작. 그렇게 날 죽일 듯이 노려보지 말고, 당장 제국에 사람을 보내 결혼식 날짜를 뒤로 미뤄 두는 게 좋을 거야. 미안하지만, 난 당분간 당신들 두 사람을 내 나라 밖으로 한 발자국도 내보내지 않을 생각이거든."

시스의 말이 끝나기 무섭게, 막사 주변의 공기가 바뀌었다.

"오, 살아 있었군."

"숲의 늑대치고 나쁘지 않은 실력을 가지고 있던데."

"그쪽이야말로."

회포를 풀며 화기애애하게 대화를 나누던 사막의 전사들과 철십자 기사단이 돌변했다. 철컥, 철컥. 창과 검을 뽑아 들고 살기 어린 눈으로 서로를 노려보았다. 어제까지의 아군이 단번에 적군이 되어 버린 것이다. 시스의 말 한마디 때문에.

"그 말은 무슨 의미지?"

라크안이 카루나를 제 등 뒤에 숨기며 눈을 번뜩였다.

"들은 그대로지. 뭔가 다른 의미가 숨겨져 있길 바라는 건가?"

시스가 씩, 웃으며 답했다. 당장에라도 남의 약혼녀를 납치해 갈 것 같은 악당의 미소였다. 라크안은 바로 검을 빼 들었다. 시스에게 가졌던 약간의 동료애는 순식간에 사라졌다.

남의 약혼녀를 한 번도 아니고 두 번씩이나 빼앗으려는 불한당에게 동료애는 무슨. 대륙을 한 번이 아니라 열 번을 구한대도, 다시는 동료애를 느낄 일은 없으리라. 빼 든 검으로 시스의 심장을 겨누려 할 때였다.

"……!"

라크안은 막사 쪽으로 빠르게 다가오는 어떤 기척을 느꼈다. 그 기척의 주인이 누구인지 짐작할 즈음, 퍽- 소리가 났다.

"윽!"

시스가 앞으로 고꾸라졌다. 그가 무너진 자리에 우뚝 선 것은 올가였다. 급히 뛰어온 건지 숨을 헐떡이고 있었다.

"분명 안 좋은 소식인데, 그걸 듣고 싱글싱글 웃으며 달려가는 모습이 예사롭지 않더라니."

올가의 손엔 두툼해 보이는 검집이 들려 있었다. 라크안은 픽 웃으며 검을 느슨하게 내렸다

"어라? 저건?"

근처에 서 있던 솔토가 고개를 갸웃하며 제 허리춤을 더듬었다. 올가가 들고 있는 검집이 아무리 봐도 영 눈에 익었다.

'설마?'

솔토는 섬뜩한 기분에 제 허리춤을 더듬었다. 역시나. 다리 옆에 달려 있어야 할 게 잡히지 않았다.

"내 거? 언제?"

솔토가 기겁하며 소리쳤다. 라크안은 제국으로 돌아가자마자 철십자 기사단의 훈련 강도를 늘리리라 생각했다.

"죄송합니다. 오라버니가 오랫동안 지고 있던 마음의 짐을 벗어서 그런지

시도 때도 없이 농담을 하지 말입니다."

올가는 카루나와 라크안에게 깍듯이 고개를 숙였다. 솔토에게도 검집을 돌려주며 사과했다.

"장난?"

라크안은 눈살을 찌푸리며 불편한 기색을 드러냈다. 카루나를 감싸안은 팔 또한 풀지 않았다. 올가 역시 카루나를 납치한 주범 중 한 명이었다. 라크안은 혹시나 하는 마음에 경계를 늦추지 않았다.

"오라버니라구요?"

카루나는 다른 단어에 반응했다. 라크안의 뒤에서 삐죽 고개를 내밀고는 올가와 눈을 마주쳤다.

"밝히기로 한 건가요?"

"……예. 왕께서, 아니, 오라버니가 더는 숨길 이유가 없지 않느냐고 해서."

올가는 잠시 머뭇거리다 겨우 대답했다.

"잘됐네요."

"저의 존재로 인해 소란스러워질 것을 생각하면 마음이 편치 않지만. 축하는 감사히 받겠습니다. 그리고 다시 한 번, 제 오라버니의 무례에 사과드립니다."

절도 있는 올가와 그녀의 발치에서 혹이 난 뒤통수를 문지르며 꿈틀대는 시스. 누가 봐도 시스보단 올가가 왕족다웠다. 품위마저 느껴졌다. 이미 올벤인들 사이에선 이야기가 된 것인지, 주변에 선 사막의 전사들은 놀라지도 않았다. 올가의 걱정과 달리, 존경하는 올벤 최고의 전사가 왕의 여동생이 었다는 걸 큰 혼란 없이 받아들이는 듯했다.

카루나는 순간, 시스를 밀어내고 올가가 올벤의 왕이 되는 걸 생각해 보았다. 56개의 청금석을 두른 커다란 터번은 올가에게 썩 잘 어울릴 것 같았다.

'하지만 그럴 일은 일어나지 않겠지?'

안타깝게도.

이제야 비로소 오라버니를 오라버니라고, 동생을 동생이라고 부를 수 있게 된 오누이는 우애가 꽤 깊으니까. 하극상은 일어나지 않으리라. 카루나는 올가에게 생긋 웃어 보이며 아쉬운 마음을 숨겼다.

'앞으로 제국과 올벤 사이에 교류가 늘어날 텐데, 올벤에 좀 더 이성적이고 현명한 왕이 있길 바라는 건 당연한 거잖아?'

올가는 카루나가 시스의 무례를 넘어가 주겠다는 의미로 미소 지은 건 줄 알고 대놓고 안심했다.

눈의 땅과의 전쟁은 끝났지만, 올벤은 아직 메마른 사막이었다. 시스의 꿈처럼 푸르른 초원의 나라가 되기 위해서는 카루나의 협력이 절대적으로 필요했다. 그러니 카루나의 심기를 거스르는 일만은 어떻게든 막아야 했다.

"왕이시여, 정신 차리십시오."

올가는 얼른 시스를 부축하여 일으켜 세웠다.

"윽…… 마르타, 누가, 누군가가 나를 공격했다."

"기절할 정도로 내리친 건 아니니 엄살 마십시오."

"네가 그걸 어떻게…… 으, 머리가 울려."

오누이는 정답게 대화를 나누었다. 라크안은 그 둘을 당장 막사 밖으로 내쫓고 싶어 했으나.

"일부러 찾아왔는데, 올가 경을 봐서라도 이야기나 들어 봐요."

카루나가 그런 라크안을 말렸다. 일단 무슨 이야기인지 들어 보자며 자리를 내어 주었다. 시스는 의자에 앉아 혹 난 뒤통수를 문지르며 자신이 어떤 의도로 그런 무례한 말을 한 건지 찬찬히 설명했다.

올가는 혹시나 자신의 오라버니가 또 본인만 즐거운 말장난을 하지 않도록 감시했다. 솔토에게 정식으로 빌린 검집을 단단히 움켜쥐고 시스의 옆에 섰다.

"그쪽의 늑대 하나가 더는 늑대의 몸으로 변신하지 못하게 됐다고 하던데."

"세나 경이예요."

"그래, 그 세나 경인지 네나 경인지. 지금은 그 늑대뿐이겠지만, 곧 그런 현상이 숲의 일족 전체로 번져 나가지 않을까?"

"그래서? 숲의 일족의 미래를 걱정하고 싶은 거라면 잘못 찾아온 것 같군. 숲의 원로를 찾아가야 하는 걸 텐데?"

라크안이 삐딱하게 되물었다. 안 그래도 숲의 원로 라미라가 카루나를 최초의 숲으로 모시고 가겠다고 억지를 쓰고 있어 골치가 아프던 중이었다. 라미라가 절대 카루나를 만나지 못하도록 단단히 막고 있건만. 애먼 납치범이 찾아와 카루나의 앞에서 숲의 일족을 운운하니, 괜스레 마음이 불안해졌다.

카루나에게 청혼했고, 카루나가 청혼을 받아 주었다. 이제 제국으로 돌아가 정식으로 결혼식을 올리고 행복하게 살기만 하면 되는데. 사방에서 카루나를 원하고 찾아 대니, 하루도 마음 편할 날이 없었다. 라크안은 카루나를 사수하기 위해 고슴도치처럼 가시를 세우고 까칠해졌다.

"라안."

카루나가 라크안의 손등을 부드럽게 쓸었다. 카루나와 닿자마자 라크안의 눈빛이 유순하게 가라앉았다. 이빨을 드러내던 성난 늑대가 조련사의 손짓 한 번에 순하게 변하는 걸 보는 듯했다.

하하하, 시스는 재미있다는 듯 웃었다.

"미리 흥분하지 말고, 내 말을 마저 들어 보라고. 나는 그저, 부탁을 하고 싶을 뿐이야. 그 힘이 사라지기 전에, 내 나라의 땅이 다시 푸르러질 수 있도록 도와달라고."

"부탁?"

"그게 부탁이었다고요?"

라크안과 카루나가 동시에 황당하다는 표정을 지었다.

"오, 부부는 닮는다더니."

"괜히 말 돌리지 말아 줬으면 좋겠는데."

"쓸데없는 말 돌리기가 아니라 농담을 한 거지. 거 참 빡빡하군, 제국의 바이퀠드 공작."

흠, 시스는 낙담한 척 어깨를 추욱 늘어뜨리며 변명했다.

"딴 의미가 없으니 들은 그대로 알아들으라고 하지 않았던가?"

라크안은 쯧, 혀를 차며 쏘아붙였다.

"그래, 들은 그대로. 내가 지금 당장 제국으로 돌려보내줄 수는 없다고 하지 않았던가? 왜 그러냐고 이유를 물었어야지 숨겨진 뜻이 없는지 물으면, 어떡하나."

"왕이시여, 제발."

올가가 옆에서 손으로 이마를 감싸 쥐고 한숨을 푹푹 내쉬었다.

"오라비라고 불러야지, 마르타."

시스는 그런 올가를 올려다보며 웃음 지었다. 올가를 바라보는 눈빛은 한없이 부드러웠다. 그녀가 조금 전, 제 뒤통수를 내리쳤다는 걸 모르는 것 같아 보였다.

카루나는 그런 시스를 신기하게 바라보았다. 큰 짐을 내려놓고 한숨 돌리고 나니, 본래의 성격이 드러나는 걸까. 시스는 올가의 말마따나 좀 달라 보였다. 웃고 있어도 독을 품고 있던 눈이 부드러워졌다. 늘 의뭉스럽던 말과 표정은 장난스러워졌다.

본래 시스라는 사내는 저렇게 개구지고 엉뚱한 사람이었던 걸까? 실없는 농담을 하고는 혼자 좋아 낄낄대고, 여동생에게 뒤통수를 얻어맞아도 큰 소리 한 번 안 지르고 그러려니 하는.

카루나의 시선이 시스에게 오래 머물자, 라크안이 못마땅한 표정을 지었다.

"카루나."

라크안은 슬그머니, 탁자 밑으로 손을 잡았다. 그냥 잡는 것만으로는 만족스럽지 않은지 깍지를 꼈다. 카루나는 라크안의 어깨에 기대며 깍지 낀 손가락을 까딱였다. 그리고 고개를 들어 라크안의 얼굴을 확인했다. 라크안은 굳은 얼굴로 시스와 올가를 보고 있었다. 아직도 긴장을 풀지 않고 있었다.

'라안은 어떨까?'

문득, '진짜 라크안'이 궁금해졌다. 늘 주변을 경계하고 긴장한 모습은 아닐 것이다. 자신을 지키고 구하기 위해 다치고 또 다쳐도 아픈 내색 한 번 하지 않고 묵묵히 참고 견디는 성격 또한 아닐 것이고.

이렇게 슬그머니 손을 잡아 오는 수줍음, 기댈라치면 얼른 어깨를 내미는 상냥함. 그게 원래 성격의 파편 같은 게 아닐까. 이런 생각이 드니, 괜히 마음이 조급해졌다.

'조금 더 당신에 대해 알고 싶어. 발작 같은 게 일어나지 않았다면, 어떤 모습이었을지 궁금해.'

시스가 이전의 자신을 완전히 내려놓고 원래 자신의 모습을 드러내듯, 라크안 역시 이제 그만 긴장을 풀고 편한 모습을 내비쳐 줬으면 좋겠다는 생각이 들었다.

"으윽, 조금 전 얻어맞았던 뒤통수가 징하게 울리는군. 조금의 망설임 없는 잔인한 일격이었어."

제발 품위를 좀 지키라고 잔소리하는 올가를 견디다 못한 시스가 뒤통수를 부여잡고 엄살을 부렸다. 얼마나 채신머리없던지, 주변에 서 있던 사막의 전사들이 눈을 껌뻑이며 뜨악한 표정을 지었다.

"왕이시여, 제발 좀!"

부끄러움은 올가의 몫이었다. 올가의 귀가 발갛게 달아올랐다. 카루나는 올가를 위해서라도 아무렇지 않은 척, 은은히 미소 지었다. 부디, 라크

안의 원래 모습이 무엇이든 저렇게 철없고 실없는 모습은 아니기를 바랄
뿐이었다.

* * *

시스의 태도 때문에 가벼운 해프닝 정도로 마무리되어 지나치게 될 줄
알았건만. 다음 날, 올벤은 제국의 황태자에게 정식으로 협조 요청 공문을
보냈다.

바이퀼드 공작 라크안과 그의 약혼녀 카루나, 그리고 공작의 개인 기사
단인 철십자 기사단. 이들이 귀국을 미루고 올벤의 전후 수습을 도와줬으
면 좋겠다는 내용이었다.

눈의 땅과 싸울 때 주 전쟁터는 눈의 땅, 그리고 올벤이었다. 황폐해진
올벤의 복구를 도와달라는 요청은 지극히 당연하고 타당했다. 때문에 황
태자는 제 선에서 바로 거절하지 못했다.

황태자는 올벤 왕의 서명이 담긴 공식 문서를 들고 라크안과 카루나를
찾았다.

'세나 경이 더는 늑대로 변신할 수 없게 된 상황을 꽤나 심각하게 받아
들이는가 보네.'

올벤의 공식 문서를 본 카루나의 감상은 딱 이 정도였다. 라크안은 황
태자의 손에 들린 문서를 들여다보는 것조차 불쾌해했다. 하지만 나서서
거절하지 않았다.

"그대는 어떻게 하고 싶어?"

대신 카루나에게 의견을 물었다.

카루나는 고민 끝에 시스의 부탁을 들어주자고 마음먹었다. 내심, 앞으로
올벤과 좋은 관계를 유지하길 원했던 황태자는 카루나의 결정을 반겼다.

라크안은 뚱한 표정을 지으면서도 카루나의 의견에 따랐다.

황태자는 함께 올벤에 남아 있고 싶어 했으나.

"그럼 제가 먼저 귀국하여 전후 사정을 황제 폐하께 말씀 올리고, 여러 분들을 맞을 준비를 해 놓겠습니다."

라고 말하는 루시온 때문에 마음을 바꿨다.

전쟁 중 루시온은 훌륭한 책사로서 황태자를 완벽하게 보좌했다. 전쟁이 끝난 뒤에도 입 안의 혀처럼 굴며 제국군의 피해를 수습하고 귀국 준비를 해 나갔다.

그럼에도 그는 황태자의 측근은 아니었다. 신귀족파의 수장인 그에게 군대를 맡겨 홀로 돌려보내는 건 있을 수 없는 일이었다. 황태자는 제국군을 이끌고 루시온과 함께 제국으로 돌아가기로 했다.

소식을 전해들은 라미라가 숲의 경비대를 이끌고 라크안과 카루나에게 합류했다.

'네놈이 아무리 날 방해해도 소용없다. 눈의 땅에서 악룡의 흔적을 몰아내신 그분이야말로 숲의 장로가 되셔야 할 분! 반드시 숲으로 모시고 가리라.'

올벤을 돕는 카루나를 도우며, 그녀를 살살 꼬드겨 최초의 숲으로 모셔 갈 속셈이었다. 라크안은 라미라의 속내를 눈치채고 그녀를 경계했다.

카루나는 클레이엔 대역 때 갈고닦았던 사교 능력을 십분 활용하여 라크안과 라미라의 사이를 중재했다. 라미라는 카루나의 중재를 받아들이는 척하며 툭하면 카루나를 몰래 찾아가 둘만의 시간을 가졌다. 라미라는 카루나와 라크안의 결혼을 결사반대했다.

"내 눈에 흙이 들어와도 이 결혼은 안 됩니다!"

전혀 예상치 못한 장애물이었다. 라크안은 결혼을 반대하는 장모에게 시달리는, 모지라고 덜떨어진 신랑이 되어 모진 구박을 받아야 했다.

"일단 한 번만, 숲에 와 보십시오. 그놈보다 잘생기고 능력 좋고 건강하고 싱싱한 젊은 늑대들이 많습니다. 이번 전쟁에서 살아남은 놈들이니, 말해 무엇 합니까. 한 번 쭉— 돌아보고 마음에 드는 놈들로 추려 어울려 보십시오. 다시는 숲 밖의 저 덜떨어진 혼혈 늑대 따위는 생각나지 않을 겁니다."

라미라는 카루나에게 숲의 순혈 늑대를 소개시켜 주지 못해 안달이었다. 카루나는 그런 라미라에게 자신은 제국으로 돌아갈 것이며 숲의 장로가 될 생각이 없다는 것도 분명히 밝혔다.

"전 라안을 좋아해요."

"네, 지금은 좋아하시겠지요. 하지만 숲으로 가서 다른 젊은 늑대들을 보면 분명 마음이 달라지실 겁니다."

"좋아하는 마음이 어떻게 달라지나요."

"사랑은 움직이는 겁니다!"

"숲의 일족은 평생 단 한 명의 반려만 사랑하잖아요?"

"그런 혼혈 늑대가 당신의 반려일 리 없지 않습니까! 다른 늑대들도 자신의 반려를 만나기 전, 다른 사람들을 많이 만나 보고 자신의 반려가 누구인지 찾고 깨닫습니다. 카루나 님, 당신께서도 그러셔야 합니다. 지금 당장은 그놈만 눈에 보이시겠지만……."

"하지만 라안은 제가 라안의 반려라고 했는데요?"

"그건 그놈 생각입니다!"

"저도 라안을 사랑해요. 그와 함께 제국으로 돌아가고 싶은걸요. 아, 청혼도 받았어요."

"……크윽."

계속 못 들은 척하던 라미라는 끝내 절망하여 한탄했다.

"당신이 아니라면, 누가 숲의 장로가 된단 말입니까."

"어머? 왜 그런 말을 하시나요? 저만큼이나, 아니 어쩌면 저 이상으로 다음 대 숲의 장로가 되어 마땅한 분이 있잖아요?"

카루나는 깜찍하게 눈을 깜빡이며 천연덕스럽게 말했다.

"누가 말입니까? 설마 그 놈을 말씀하시는 거라면, 아무리 당신의 말씀이라 할지라도 받들 수 없습니다."

라미라는 카루나가 제 약혼자 라크안에게 콩깍지가 씌여, 그에게 숲의 장로 자리를 넘길까 지레 짐작하고는 눈을 부릅떴다.

"아니요, 제 약혼자는 저와 함께 제국으로 돌아가야지요."

"그렇다면 누굴……."

"제 앞에 앉아 있는 분이요."

"……!"

"숲의 원로로서 오랜 시간 동안 최초의 숲을 지켜오셨지요. 가장 먼저 저를 찾아오셨고, 항상 최전방에서 숲의 경비대를 이끌고 전쟁에 나서셨어요. 숲의 장로가 없는 상황에서, 누구보다 숲의 장로답게 숲의 일족을 이끌고 싸웠지요."

"그건……."

"숲의 장로 자리가 비었기 때문에, 숲의 원로로서 당연히 해야 할 일을 했기 때문에, 라고 말하려는 거라면. 바로 그 점이 새로운 장로가 되어야 하는 이유라고 말씀드리겠어요. 저는."

"……."

라미라는 입을 떡 벌린 채 아무 말도 못했다.

"저는 전대 숲의 장로로부터 숲의 장로 자리를 넘겨받은 사람으로서, 정말 숲의 장로 자리에 적합한 사람을 지목하여 그 사람을 세우고자 합니다. 숲의 원로, 라미라 님. 당신이요."

카루나가 생긋, 웃어 보였다. 그렇게 새로운 숲의 장로가 누가 될 것인지에 대한 논란도 정리됐다.

뒤늦게 정신 차린 라미라가 자신은 받아들일 수 없다 항의했으나. 카루나는 올벤에 남아 있는 숲의 일족을 모아 놓고 라미라를 새로운 숲의 장로라 발표해 버렸다.

대다수의 숲의 일족은 라미라가 새로운 숲의 장로가 되는 것에 찬성했다. 카루나의 말마따나, 선봉에 서 전쟁을 이끌었던 라미라의 헌신은 함께 전쟁에 참여한 숲의 일족의 뇌리에 깊게 박혀 있었다.

"맨날 전쟁 전쟁 노래를 부르니, 전쟁에 미친 할망구인 줄 알았는데. 라미라 님이 평소에 하시던 말씀이 맞았어."

"맞아. 결국 우리는 이렇게, 눈의 땅과 맞서 싸우고 있잖아."

"저분은 항상 제일 앞에서 우리와 함께 하시는군."

"그나저나, 항상 라미라 님 말씀을 무시하고 숲에 틀어 박혀 있던 다른 원로들은 뭐 하나 모르겠네. 뒤늦게라도 이리 와야 하는 거 아냐?"

"만약 카루나 님 말고 다른 누군가가 장로가 되어야 한다면, 그건 당연히 라미라 님이어야지."

순혈의 숲의 일족들은 혼혈인 데다가 숲에서 나고 자라지조차 않은, 낯선 카루나보다는 라미라를 장로로 받아들이는 게 편했다. 시조 카스라의 환생이라 불리는 카루나마저 라미라를 적극 지지하니, 받아들이지 않을 이유가 없었다.

끝까지 카루나가 숲의 장로가 되어야 한다고 주장하는 사람이 없지는 않았다. 숲의 장로로 지목된 라미라마저도 그 주장을 버리지 않았다.

"아니요, 이건 아닙니다! 카루나 님, 당신께서 숲으로 돌아와 우리를 이끌어 주셔야 합니다. 시조 카스라님께 이어받은 그 능력으로 말입니다!"

하지만 카루나는 제게 매달려 오는 사람들을 가볍게 털어내며, 그들의 간절한 부탁을 한 귀로 듣고 한 귀로 흘렸다.

"나는 카루나예요. 내가 무엇이 될 건지는 내가 결정해요. 그리고 난 숲의 장로가 되고 싶지 않아요."

살기 위해 클레이엔의 대역이 되어 10년을 살았다. 이제 다시는 누군가의 강요에 의해 스스로 원하지 않은 무엇이 되어 살고 싶지 않았다. 지금 카루나가 원하는 건 라크안과 함께 있는 것이었다.

"내 약혼자가 이미 새로운 숲의 장로를 밝혔는데, 어째서 계속 내 약혼녀에게 달라붙는 거지?"

라크안은 든든한 방패였다. 그는 카루나에게 숲의 장로가 되어 달라 달려드는 숲의 일족을 마른 낙엽 털어내듯 훌훌 떨쳐냈다. 특히나 라미라를 밀어낼 때, 그 어느 때보다 적극적이었다.

"카루나는 날 선택했으니 원로님께서는 그만 포기하시지요."

'이겼다.'라는 속내를 표정으로 고스란히 드러내 라미라의 분노를 한 몸에 받았다.

"내가 숲의 장로가 된다면 네 놈은 평생 숲에 한 발자국도 들이지 못하게 하겠다."

"듣던 중 반가운 소리군요. 기대하고 있겠습니다. 아, 그러기 위해서라도 꼭 장로직에 오르셔야 되겠군요."

라크안은 내가 고작 그런 걸 겁낼 줄 아냐는 듯 눈썹 하나 까딱하지 않았다.

"그새 사이가 좋아졌군."

올가가 공주 마르타라는 것을 밝히고 그녀를 다시 공주의 위치로 올린 뒤, 세상이 마냥 아름답게만 보이는 시스가 두 사람 사이에 끼어들어 밝게 웃었다.

"그 눈에 씐 허물을 내 직접 벗겨 드리지."

"눈이 삐었군."

라미라와 라크안은 동시에 대답하며 시스에게 즐거움을 안겨 주었다.

그렇게 새로운 숲의 장로로 라미라가 오르는 게 당연시되자, 라크안이 이끄는 철십자 기사단과 라미라가 이끄는 숲의 경비대 사이는 한결 편안해졌다.

철십자 기사단은 카루나를 빼앗길까 신경을 곤두세우지 않아도 되었고, 숲의 경비대는 카루나가 철십자 기사단 같은 혼혈들을 숲으로 끌고 들어와 요직에 앉히고 세력을 형성할까 걱정하지 않아도 되었다.

그건 그만큼 제국에서 라크안을 중심으로 뭉친 철십자 기사단의 세력이 강력해졌다는 의미이기도 했다. 숲의 일족 순혈들은 라크안의 지휘 아래 일사분란하게 움직이며 활약하는 철십자 기사단을 보며, 그간 가졌던 혼혈에 대한 편견 어린 시선을 바꿔 나갔다.

올벤에 남은 철십자 기사단과 숲의 경비대 사이가 이렇게 바뀔 동안, 카루나와 시스는 어떻게 하면 올벤의 사막 땅을 초원으로 바꿀 수 있을지 의논했다.

"뭐 고민할 게 있나? 영애, 그대의 능력으로 올벤 전역에 새싹을 틔워 주면 되는데."

"그게 말처럼 쉬운 일이 아니잖아요."

"그냥 파바박!"

"왜요? 아예 저 물의 장막을 단번에 와장창 쏟아부어서 올벤을 물의 나라로 만들어 버리지?"

"오, 나와 같은 생각을 하다니. 역시 우리는 천생연- 흠흠, 바이켈드 공작. 농담, 농담이네. 그렇게 죽일 듯 노려보지 좀 말고…… 하아, 영애. 약혼자 좀 말려 주게. 여기서 내가 죽으면, 제국과 올벤은 전쟁, 전쟁이야. 내 동생이 반드시 내 원수를 갚아 줄 테니 말이야."

"오라버니, 저는 제국과 원활한 관계를 유지하기 위해 최선을 다할 겁니다."

"내가 제국의 공작에게 죽임을 당해도? 하, 동생 키워 봤자 소용이 없군."

"올가 경, 언제든 더 높은 자리를 꿈꾸고 싶어진다면 내게 은밀히 연락을 넣어요. 적극적으로 돕겠어요."

"말씀만으로도 감사드립니다. 영애."

"……내 눈 앞에서 반역을 모의하지는 말아 줬으면 좋겠는데, 영애.

그리고 마르타."

논의는 올벤의 왕궁으로 향하는 낙타 위에서 왁자지껄하게 이어졌다.

카루나와 라크안은 정식으로 초대를 받아 올벤의 왕궁에 입성했다. 철창에 갇히거나 묶여서가 아니라, 푹신한 양탄자를 덮은 낙타 위에 올라 왕성의 제일 큰 문을 지나쳤다.

마중 나온 올벤인들은 자신들의 왕과 함께 대륙을 구한 영웅들을 열렬히 환영했다. 여인들은 건물 지붕에 올라 소쿠리에 가득 담은 꽃잎을 뿌렸다.

북쪽의 끝, 네가 기다리는 곳.
우린 다시 넷이 될 수 있을까.

아이들은 길가에 늘어서 모두에게 익숙한, 네 시조에 대한 노래를 줄기차게 불렀다. 행렬을 뒤따르던 사막의 전사들은 울며 달려오는 가족들을 껴안고 재회의 기쁨을 나누었다.

카루나는 머리 위로 계속 쏟아지는 색색의 꽃잎을 털어내며, 그 꽃잎들이 하나같이 말린 꽃잎임을 알아차렸다. 그러고는 시스의 부탁을 받아들이길 잘했다는 생각을 했다.

'기쁜 날 뿌리는 꽃잎조차 생생히 살아 있는 걸 쓰지 못하고 말린 걸 쓰다니.'

풍요로운 남쪽 제국에서는 상상도 못할 일이었으니까. 올벤의 왕궁은 지붕을 금으로 덮은 휘황찬란한 곳이었다. 규모는 제국의 황성보다 작았지만, 화려함은 더 심했다.

건물은 커다란 오아시스 위에 세워져, 오아시스 위 연꽃들에 둘러싸여 있었다. 궁궐의 벽에는 온갖 보석들이 박히고 천장에는 화려한 궁정 그림들이 빼곡했다. 이곳은 카루나에게는 하마터면 시스의 신부로 끌려올 뻔한 곳이었으며, 라크안은 시스에게 세뇌당했던 곳이기도 했다.

정작 두 사람은 대수롭지 않게 생각했으나, 납치극을 벌인 당사자가 두 사람의 눈치를 보았다. 시스는 둘에게 세 번째로 큰 방을 내주면서도 슬쩍, 눈치를 봤다.

"약혼한 사이이고 곧 결혼할 사이이니, 한방을 함께 쓰는 게 좋겠지? 뭐, 침실은 세 개가 붙어 있으니 각자 나눠 써도 되고. 한곳에서 자도 되고."

능글맞은 농담을 하며 애써 분위기를 밝게 만들려 했지만. 너무 눈치를 봐서 오히려 어색해 보였다.

카루나는 뭐라고 톡 쏘아붙여 주려다가, 시스만큼이나 시무룩해진 올가를 보고는 마음을 고쳐먹었다. 시스와 올가는 카루나와 라크안을 극진히 대접했다.

두 사람은 '왕의 귀빈'이라는 호칭으로 불리며, 왕과 동등하게 먹고 입었다. 카루나는 지난번에 납치됐을 때와는 다르게, 기꺼이 올벤의 의복을 즐겨 입었다. 허리를 날렵하게 조이고, 팔다리의 소매 통을 크게 만든 올벤의 옷은 늘 풍성한 드레스만 입던 카루나에게 색다른 즐거움을 주었다. 라크안은 시스가 보내 준 올벤의 의복을 사양했으나.

"한 번 입어 봐요. 나랑 같은 색이네. 와, 터번도 있어요. 나, 라안이 이 터번 두른 모습, 꼭 한 번 보고 싶은데. 날 위해서라도 입어 주면 안 돼요?"

카루나의 꼬드기는 말에 바로 넘어가 돌아가려는 하인을 불러 세워 환복했다.

카루나는 시스가 보내 준 하인이 라크안의 머리에 칭칭 터번을 감고, 주먹만 한 마노석을 주렁주렁 다는 걸 바로 옆에서 흥미진진하게 지켜보았다.

올벤의 복식을 갖춘 라크안은 색다른 매력을 뽐냈다. 꽉 끼는 듯한 조끼 때문에 날렵한 허리와 탄탄한 가슴, 딱 벌어진 어깨가 고스란히 드러났다. 소매는 여성복처럼 통이 크면서도 하늘하늘한 재질이라 움직일 때마다 팔다리에 착착 감겼다. 시스가 입고 있는 걸 볼 때는 아무 생각이 없었는데, 막상 라크안이 입으니 이상하게 자꾸 눈이 가고 군침이 돌았다.

'오호, 이거?'

카루나는 새로운 매력에 눈을 떠, 그 뒤로 계속 라크안에게 올벤 복장을 강요했다. 매일 아침 눈을 뜨자마자 옷장을 열어 그날 입을 옷과 터번을 고르며 즐거워하니, 라크안은 귀찮아하면서도 거절하지 않았다. 나중에 가서는 목욕한 후 젖은 머리를 털며 얌전히 앉아, 카루나가 옷을 골라주길 기다리기까지 했다.

"사랑해요, 라안."

카루나는 그런 라안이 너무 귀엽고 좋아서, 저보다 한참 큰 남자를 소파에 앉히고 그의 뺨에 입맞춤을 퍼부었다.

라크안은 흠흠, 헛기침을 하며 부끄러워했지만 절대 피하지 않았다. 아니, 오히려 슬쩍 고개를 돌려 입술을 내밀며 실수인 척 뽀뽀를 시도하기도 했다.

올벤의 왕궁에서 보내는 시간이 길어지자 차츰 철십자 기사단과 숲의 경비대 사이에서 더는 늑대로 변신하지 못하는 숲의 일족이 생겼다.

이미 세나가 겪었던 일이고, 시스가 곧 모든 숲의 일족에게 일어날 일이지 않겠냐고 추측한 덕에 혼란은 크지 않았다. 평생 자유자재로 늑대로 변해 드넓은 숲을 내달렸던 숲의 일족 개개인에게는 물론 받아들이기 쉽지 않은 일이긴 했으나. 다들, 천 년 동안 기다려 왔던 시조의 맹세가 완성되었기 때문이라고 생각하며 오히려 자랑스럽고 의연하게 받아들이고자 애썼다.

그런데, 숲의 일족이 혼혈, 순혈 가리지 않고 늑대로의 삶을 잃어 가는 것과는 별개로. 라크안은 오히려 늑대로서의 본능이 강해지는 듯했다. 라크안은 카루나의 곁에서 한시도 떨어지지 않으려 했다. 자신 외의 다른 사내가 카루나의 곁에 다가오는 것을 경계했다.

올가가 보낸 하인이 카루나에게 새로운 의복을 바치는데 다가와서는 한 손으로 목을 움켜쥐고 들어 올려 집어 던졌다. 카루나에게 인사를 하려 다가온 올벤의 귀족 사내의 팔을 부러뜨리기도 했다.

하루에도 몇 번씩, 왕궁 여기저기에서 비명 소리가 들렸다. 문제는 그 모두가 자각 없이 일어난 일이라는 것이었다.

으아악!

카루나에게 다가온 사내가 팔이든 다리든, 어디 한 군데가 부러져 비명을 지르고 쓰러지면.

"아, 이런."

라크안은 잠에서 깬 듯 정신을 차리고는, 사내의 팔이나 다리를 꺾어 쓰러뜨린 제 손을 멍하니 내려다보았다.

"라안?"

카루나가 놀라 그의 이름을 부르면 멍한 얼굴로 카루나를 바라봤다. '어쩌지?'라고 묻는 우울한 표정이었다. 사고 치고 난 뒤에 시무룩해진 커다란 강아지를 보는 듯했다.

"괜찮아요? 무슨 일이에요!"

카루나는 라크안이 딴 사람의 팔을 꺾어 넘어뜨리는 걸 보고서도 바닥에 쓰러진 사람이 아니라 라크안을 걱정했다. 라크안은 카루나가 저만 걱정해 주는 것이 좋아서, 다가오는 카루나를 꽉 끌어안았다.

"라안? 라안. 잠깐, 잠깐만요. 잠깐만."

남의 나라 왕궁 복도 한가운데서 남의 나라 사람 팔을 부러뜨리고는 대뜸 약혼녀를 껴안고 있는 모습이라니.

"이거 좀 놔 봐요, 지금 여기가 어딘 줄 알고!"

카루나는 지나는 사람들의 힐끗대는 시선을 느끼며 라크안의 팔을 팡팡 내려쳤다. 허나 라크안은 간지러워하지도 않았다.

"카루나."

한숨을 쉬듯 카루나를 부르며 그녀의 어깨에 얼굴을 묻을 뿐이었다. 나직한 목소리에 안도감과 두려움이 묻어났다.

'……어째서?'

카루나는 라크안을 때리다 말고 멈칫, 했다. 분명 피해자는 발밑에 쓰러져 대굴대굴 구르고 있는 저 사람인데.

어째서 라크안이 더 안쓰럽게 느껴지는 걸까.

'저쪽에서 뭔가, 라안의 눈에 거슬리는 짓을 했겠지. 라안이 괜히 그랬어?'

내 약혼자가 아무 이유 없이 사람을 막 패고 다니는, 그런 사람 아니란 말이에요! 팔은 안으로 굽는다고, 카루나는 라크안에게 이로운 쪽으로만 생각했다.

'그리고 뭐 어때? 내가 내 약혼자를 안고 있다는 건데.'

다른 사람들의 시선을 의식했던 것도 잠깐뿐이었다. 카루나는 볼 테면 보라는 듯 적극적으로 라크안을 끌어안았다. 왠지 그래야 할 것 같았다.

그리고 그 생각은 아마도 옳은 방향인 듯했다. 하아.

라크안은 긴 한숨을 내쉬며 몸에서 힘을 풀었다. 잔뜩 굳어 있던 어깨가 늘어지는 걸 눈으로 볼 수 있을 정도였다. 덕분에 발아래서 데굴데굴 구르고 있는 남자는 팔 하나 부러지는 선에서 살아남을 수 있게 되었다.

'뭐지? 뭔가 이상해. 라안이 원래 이랬었나?'

카루나는 고개를 갸웃했다.

"라안, 우리 방으로 가요."

허나 속마음을 내색하지 않았다. 대신 라크안의 너른 등을 쓸어내렸다. 라크안은 카루나의 손길을 즐기며 으음, 나른하게 숨을 뱉다가.

"……!"

근처에 누가 다가오자 단번에 돌변해서는 눈빛으로 살벌한 기운을 뿜었다.

"히익, 사, 살려 주십시오!"

길 한가운데 서 있는 두 사람에게 다가오던, 봉사 정신 투철한 하인은 얼굴이 하얗게 질려서는 부들부들 떨며 달아났다.

"응? 저기, 라안? 방금……."

"아무것도 아니야."

카루나가 등 뒤에서 들리는 비명에 놀라 몸을 젖히려 하자, 라크안이 얼른 그녀의 뒤통수를 꾹 눌렀다. 카루나는 라크안의 탄탄한 가슴에 이마를 박고는 바로 고개를 들어 라크안을 째려보았다.

"뭐가 아무것도 아닌데요?"

"아무것도 아니라니까."

라크안은 홀린 듯 카루나를 내려다보며 중얼댔다. 제 품에서 저를 올려다보는 녹색 눈이 얼마나 사랑스러운지 본인은 알까. 붉은 입술이 오물거리며 이야기하는 게 얼마나 어여쁜지 아는 사람이 나 말고 또 누가 있을까.

아는 자가 있다면 누구든 반드시 죽여 버리고 말리라.

라크안은 제 대답이 마음에 안 든다는 듯 입을 삐죽이는 카루나를 보고는 깜빡, 이성을 잃어버렸다. 더는 참을 수가 없어서, 자신도 모르게 고개를 숙여 카루나의 뺨에 쪽쪽 입을 맞췄다.

그나마도 카루나에게 닿기 직전 겨우 정신을 차려서, 입술까지 내려가지 않은 것이었다. 그런데 카루나는 시방 위험한 짐승이 얼마나 참고 노력하고 있는지는 알아주지 않고.

"꺅, 어, 어딜! 허락도 없이!"

꺅꺅 비명을 지르며 두 손으로 라크안의 어깨와 가슴을 찰싹찰싹 내리쳤다. 라크안은 순간, 카루나가 저를 밀어내는 줄 알고 서글퍼질 뻔했다. 하지만 곧 손바닥으로 얻어맞은 부위가 전혀 아프지 않다는 걸 깨닫고는 그 서운한 마음을 모두 쓸어버렸다.

카루나가 마음먹고 때리면 그 손맛이 얼마나 매서운지 숱하게 경험했다. 어디 손뿐인가. 포도주통에 후추까지 동원하여 기어이 매서운 맛을 보여 주었더랬다. 정말 싫었으면 힘을 담아 찰싹찰싹 때렸을 텐데. 없는 후추라도 어떻게든 구해 와 착착 뿌렸을 것. 지금은, 간지럽지도 않을 정도로 포근포근하게 찰싹찰싹 내리치고 있었다.

'날 거부하는 게 아냐.'

안심이 되니, 입가에 절로 웃음이 번졌다.

"허락을 받으면 계속해도 되는 건가?"

라크안이 불쑥 얼굴을 들이대며 물어보았다.

카루나는 그 얼굴이 매우 능글맞아 보인다고 생각했다. 손만 잡아도 얼굴을 붉히던, 얼마 전까지와는 전혀 다른 모습이었다.

'어머? 왜 이래?'

카루나는 질척대며 들이대는 라크안의 머리를 꾹꾹 눌러 밀어내며 눈을 동그랗게 떴다. 라크안은 나른하게 웃으며 그 동그래진 눈가에 입을 맞추고 싶어 입맛을 다셨다.

'목말라.'

카루나를 보면 자꾸만 목이 탔다.

'내 눈앞에서 사라지지 마.'

카루나가 눈에 보이지 않으면 화가 치밀었다.

'내 반려. 내 약혼자. 나의 카루나.'

제 품에 안겨 이렇게 저만 바라보는 모습이, 사랑스러워 미칠 것만 같았다.

"돌아가지, 방으로."

라크안은 카루나를 팔에 앉혀 번쩍 들어 올렸다.

"꺅!"

카루나는 또 한 번 비명을 지르며, 라크안의 목을 두 팔로 끌어안았다.

카루나의 발이 남의 나라, 딴 놈의 땅에 닿는 게 싫었다. 카루나의 발에 닿는 바닥에게 질투가 났다. 그래서 안아 들었는데, 막상 카루나를 안고 걸으니 이 자세가 꽤 마음에 들었다.

이대로 카루나의 발이 다시는 땅에 닿지 않도록 평생 안고 다니면 어떨까? 카루나는 말도 안 되는 생각이라고 핀잔을 주겠지만, 라크안은 자신의 생각이 꽤 마음에 들었다. 그래서 카루나의 품에 얼굴을 파묻은 채로 킥킥, 웃었다.

"뭘 웃어요. 당장 내려놓지 못해요?"

귓가에 울리는 카루나의 목소리가 좋았다. 찰싹, 찰싹 내리치는 손길마저도.

"윽. 이번엔 아프잖아."

아까와는 비교도 안 될 정도로 따가웠지만.

"이번엔? 아까는 안 아팠단 말인가요? 좋아요, 그럼. 아까 안 아팠던 만큼 지금 더 아파 봐요!"

라크안은 카루나의 매서운 손길 아래에서도 웃음을 멈추지 못했다.

* * *

팔이 부러진 사람은 근처를 지나던 다른 사람들의 도움을 받아 치료하러 보냈다. 라크안에게는 또 그러지 말라고 단단히 주의를 주었다. 라크안은 온순하게 알았다고 대답했다.

그렇게 마무리 지어도 될 일이었다. 하지만 카루나는 방심하지 않고, 만일의 사태를 대비해 미리 면책을 받아 둘 필요성을 느꼈다. 면책권을 가진 이는 이 왕궁의 주인, 시스였다.

'미리 말해 둬야겠어. 괜히 꼬투리 잡히면 골치 아프니까.'

시스에게 가려 일어나자, 옆에 얌전히 앉아 있던 라크안이 덩달아 일어났다.

"으음."

카루나가 미간을 찌푸리며 라크안을 올려다보았다. '안 돼.'라고 눈빛으로 말했지만 라크안은 못 알아먹은 척했다. 카루나는 어쩔 수 없이 옆에서 실실 웃고만 있는 세나에게 라크안을 맡겼다.

"……제가, 말입니까?"

세나는 몸이 다 낫지도 않았는데 기를 쓰고 카루나의 호위로 복귀한 상태였다.

'그러니까 누가 이렇게 일찍 복귀하래?'

카루나가 약간의 심술을 담아, 거리낌 없이 세나에게 부탁했다. 세나는 자신이 너무 빨리 복귀한 게 아닐까, 적어도 오늘은 지나고 내일쯤 복귀했어야 하는 건데, 등의 뒤늦은 후회를 늘어놓았다.

"제발, 꼭, 부디, 반드시, 일찍 돌아오셔야 합니다. 아시지요? 전 이제 늑대의 몸으로 변신하지도 못합니다. 더없이 연약하고 평범한 사람이지요. 그러니까 절대로 절 버리시면 안 됩니다."

세나의 눈빛이 퍽 애절했다. 라크안은 카루나가 저를 두고 혼자 시스를 만나러 가는 게 마음에 들지 않아 화가 난 상태였다.

"금방 다녀올게요. 리안, 당신까지 함께 가면 당신이 직접 올벤의 왕에게 사과하는 것 같은 모양새가 돼 버리잖아요? 그래서 이러는 거예요."

카루나가 나름 상냥하게 설명했다. 라크안은 카루나의 동정심을 자극하기 위해 어깨를 축 늘어뜨렸다.

"그대와 떨어져 있고 싶지 않아."

힘없는 목소리가 카루나의 마음을 콕콕 찔렀다.

"……."

세나는 그런 라크안을 떨떠름하게 바라보았다. 라크안의 계산대로, 카루나는 라크안의 축 처진 어깨에서 쉽게 눈을 떼지 못했다. 하지만 라크안의 생각과 달리, 금방 미련을 날려 버렸다.

"잠깐인걸요, 뭐. 다녀올게요."

그 잠깐이 누군가에겐 천 년보다 길게 느껴질 수 있다는 걸, 카루나는 알지 못했다. 카루나는 사뿐사뿐 걸어 나갔다.

문이 닫혔다. 방 안에는 라크안과 세나, 둘만 남게 되었다.

"……."

"……."

방 안엔 무거운 침묵, 그리고 그보다 더 무거운 살기가 감돌았다.

"음……."

세나는 닫힌 문만 바라보았다. 그녀의 등 뒤에는 카루나를 '잃고' 흉포해진 맹수가 놓여 있었다. 소파에 나른하게 기대앉아서는 제 뒤통수를 죽어라 노려보고 있는.

라크안이나 세나나 카루나에게 싫다고 말하지 못하는 건 똑같았다. 그러니, 방에 둘만 남은 이 사태에 대한 원망을 서로에게 쏟아 낼 수밖에. 문제는 라크안이 세나의 상사이며, 월등하게 세다는 것이었다. 세나는 깨갱, 바로 항복했다.

'아가씨가 빨리 라안 님의 상태를 눈치채 주셨으면 좋겠는데.'

같은 숲의 일족으로서 지금 라크안이 어떤 심정일지 짐작할 수 있기에, 안쓰러운 마음도 없잖아 있었다.

"미리, 미리 말씀드립니다."

아무튼 살기 위해서. 세나는 두 손을 머리 위로 들어 올리며 최대한 비굴하게 목소리를 꾸몄다.

"살려만 주십시오. 저 죽이시면, 카루나 아가씨가 많이 많이 화내고 슬퍼하실 겁니다."

"……그 말을 들으니, 더 살려 두고 싶은 마음이 없어지는군."

등 뒤에서 울리는 으르렁대는 숨소리를 들으며, 세나는 한숨을 푹 내쉬었다.

"아, 진짜. 카루나 아가씨가 저 예뻐하는 게 하루 이틀 일도 아닌데 그러십니까."

그리고 말하자마자 후회했다.

'아차차.'

* * *

카루나는 하녀의 안내를 받아 시스의 집무실로 갔다. 시스는 서류에 파묻혀 있었다. 일이 많은지 알현하러 온 사람들을 만나면서도 서류에서 눈을 떼지 못했다. 신기하게도, 사람들의 하소연을 듣는 둥 마는 둥 하는 것 같으면서도 용케, 적절한 답변을 말해 주었다. 항상 곁을 지키던 올가는 보이지 않았다.

'그래서 더 바쁜가 보네.'

얼마 전, 제국으로 먼저 떠난 황태자가 사람을 보냈다. 라크안과 카루나에게는 개인적인 서신이, 시스에게는 공식적인 외교 문서가 도착했다.

제국과 올벤이 앞으로 평화롭게 교류하길 바라며, 평화 사절을 교환하자고 제안한 것이었다. 황태자가 올벤을 떠나기 전 이미 논의했던 일이기에, 시스는 기꺼이 받아들였다.

'대표로 올가 경을 보내고 싶었던 건 아닌 것 같지만.'

그런데 올가가 갑자기, 시스와 상의도 하지 않고 사절 대표가 되어 제국으로 가겠다고 말했다. 자신이 제국에 가겠다고 말하던 올가가 살짝 들떠 보였던 건 착각이었을까?

용케 그 미세한 변화를 알아채고는 불편한 심기를 팍팍 드러냈던 시스의 태도를 보노라면, 착각은 아닌 듯도 한데. 아무튼 올가는 제국으로 떠날 준비를 하느라 바쁜 듯했다. 늘 함께하던 올가가 없으니, 시스가 꽤 쓸쓸해 보였다.

"영애, 무슨 일이지?"

시스는 앞서 찾아온 사람들을 대할 때와는 달리, 카루나가 방에 들자마자 고개를 들었다.

살짝 피곤해 보이지만, 그럼에도 여전히 날카로운 빛을 잃지 않은 보랏빛 눈이 카루나를 향했다.

"올벤의 왕을 뵙습니다."

카루나가 무릎을 까딱이며 인사하자 시스는 관두라며 손을 흔들었다.

"우리 사이에, 격식은 무슨."

"어머? 우리 사이가 무슨 사이라고요? 더더욱 격식을 지켜야 하지 않겠어요?"

"그렇게 격식을 따지는 분께서 무슨 이유로, 격식을 무시하고 바로 날 만나고자 찾아오셨을꼬?"

시스는 재미있다는 듯 웃더니.

"아!"

딱- 손가락을 튕겼다.

"혹시 그 뛰어난 머리를 놀리고만 있으니 심심해서 날 도와주러 온 건가? 그런 거라면 내 기꺼이 비어 있는 왕비 자리를……."

"어머나? 아무리 심심해도 그렇지, 그런 쓸데없는 소리를 들으러 왔겠어요? 이 뛰어난 머리를 가진 내가?"

카루나가 생긋 웃으며 시스의 말을 싹둑 잘랐다.

"그럼?"

"이미 보고를 받았는데 모르는 척하시는 거겠지요. 아시다시피 조금 전에, 약간 불미스러운 일이 있었답니다. 그에 대한 양해를 구하러 왔어요. 어쨌든 올벤의 사람을 건드린 거니, 제 이름을 걸고 사과는 드릴게요. 치료비도 지급하겠어요."

혹여나 시스가 이 일을 꼬투리 잡아 곤란한 부탁을 할까 봐 선수 쳤건만.

"아, 그거? 됐어. 뭐 그런 사소한 걸 일일이 신경 쓰고 그러나. 정 미안하면, 또 이런 일이 없도록 그쪽 늑대를 잘 단속해 두라고. 꽤 불안해 보이던데, 그럴 만도 하잖아?"

"……그럴 만도 하다고요?"

카루나는 눈을 동그랗게 뜨고 시스를 올려다보았다.

"그게 무슨 말인가요?"

"뭐야, 아무것도 모르고 있는 거야? 그 대단한 약혼자가 설명을 안 해 줘?"

"……."

아무리 생각해 봐도 딱히, 라크안에게 무슨 설명을 들었던 건 없었다. 그런데 순순히 들은 적 없다고 말하면 지는 것 같은 기분이 들어 대답하지 않았다. 시스는 카루나의 표정만 봐도 대충 짐작하겠다는 듯 픽, 웃었다.

"흐음, 내밀하다면 내밀한 이야긴데. 내가 말해 줘도 되려나?"

시스가 놀리는 태도로 물었다. 작정했는지 펜을 내려놓고는 길게 기지개를 켜기까지 했다.

"제가 올벤을 위해 적극 협력하고 있다는 걸 기억하고 있으신지 모르겠네요."

"음?"

"그런 제가 당신께 또한 적극적인 협력을 원하는 게, 무리한 요구는 아니겠지요?"

카루나가 더없이 정중히 말했다. 네가 가지고 있는 정보를 순순히 말해 주지 않는다면, 나도 올벤이 초원의 땅으로 돌아오는 데 순순히 협력하지 않겠다, 라는 뜻이 숨겨져 있었다.

"이런, 굳이 나랏일을 끌어들여야겠어?"

시스가 투덜거렸다. 모처럼 카루나를 놀릴 수 있는 귀한 기회를 얻었건만, 한 번 휘둘러 보지도 못하게 된 게 영 아쉬운 듯했다.

'어림없지.'

카루나는 생긋, 웃어 보였다.

"그래서, 내 약혼자가 왜 그러는 건가요?"

내 약혼자의 사정을 남에게 물어봐야 하는 것처럼 기분 더러운 일도 없으리라. 카루나는 이마에 삐죽삐죽 솟는 힘줄을 꾹꾹 눌러 삼키며 물었다.

"글쎄. 쉽게 한 문장으로 딱 정리해 말할 수 있는 상태는 아니지, 확실히."

"……."

"알았어, 말하지. 그런 눈으로 좀 보지 마. 어후, 옆에 마르타가 없으니 왠지 더 섬뜩한단 말이야."

"늘 옆에서 당신의 편이 되어 주는 동생을 소중히 아껴 주세요."

"그 여동생이 먼 길을 떠나려 하니, 요즘 내 속이 말이 아냐. 아, 이참에 영애가 내 동생을 찾아가서 말을 좀 해 주려나? 제국은 아주 위험하고 무서운 곳이라 혼자 가면 안 된다고 말이야."

"혼자가 아니라 수십 명의 사절들을 이끌고 가는 걸 텐데요? 그리고, 이미 한 번 다녀왔으니 아시겠지만 제국은 그렇게 위험하지 않아요."

"그거야 모를 일이지."

시스는 계속 툴툴거리며 카루나를 자리로 안내했다.

곁에서 마르타 대신 문서 수발을 들던 하인이 재빨리 마실 음료와 간식거리 몇 가지를 가져와 늘어놓았다.

푹푹 찌는 더위에 일상인 올벤에서는 차 문화가 발달하지 않았다. 대신 과일주나 박하향이 나는 풀잎을 재워 만든 음료를 즐겨 먹었는데, 카루나와 시스의 앞에 그 박하향 나는 음료가 놓였다. 얼음까지 동동 떠 있었다.

시스는 카루나에게 음료를 권하고 그 자신의 것을 시원하게 들이켰다.

"자, 그럼. 어디서부터 이야기를 하면 좋을까."

그러고는 의자 등받이에 등을 기대고 편히 앉아, 이야기보따리를 풀어 놓는 자상한 할아버지 미소를 지어 보였다.

* * *

시스의 집무실에서 머문 시간은 30분 남짓이었다.

아쉬워하며 좀 더 있으라고 말하는 시스를 외면하고 문을 나오니, 왕과의 알현을 청한 사람들이 복도에 길게 늘어져 있었다. 30분 전보다 줄이 더 길어 보였다. 카루나는 하인의 안내를 받으며 편히, 기존의 줄을 스치고 새 치기하듯 입장했더랬다.

제가 나오길 기다리고 있던, 앞줄 사람들의 간절한 얼굴을 보니 시스를 30분이나 붙잡고 있었던 게 괜히 미안해졌다.

'다 내 탓은 아니지.'

애써 어깨를 으쓱이며 죄책감을 털어냈다. 실제로, 시스가 자꾸 쓸데 없는 말을 하며 샛길로 새지만 않았더라도 5분에서 10분가량이면 끝났 을 것이다.

'뭐, 그 마음이 이해 가지 않는 건 아니지만.'

산더미같이 쌓인 서류. 하나같이 왕의 도움을 바라는 사람들. 매일매일 서류와 알현을 원하는 자들에게 둘러싸여 있다 보니, 시답잖은 농담을 하 며 머리를 식힐 시간이 절실하였을 것이다.

카루나가 중간에 끊지 않았다면 카루나가 시스의 집무실에 머무는 시간 은 고작 30분이 아니라한 시간이나 두 시간, 그 이상까지 늘어났을지도 모른다.

"온 김에 저녁 식사나 하고 가지 않겠어? 논의해야 할 일도 있는데."

시스는 카루나에게 저녁 식사까지 권했다. 하지만 카루나는 단호히 거절하고 돌아섰다. 그의 머리 식히는 시간, 즉 왕의 알현 시간을 뒤로 미루는 역할을 맡고 싶지도 않을뿐더러. 라크안을 오래도록 혼자 놔두고 싶지 않았다. 세나와 함께 있으니 혼자라 할 순 없겠지만.

'나랑 같이 안 있으니까 혼자가 맞아.'

카루나는 바삐 걸음을 옮겼다.

"처, 천천히 가시지요."

"맞아요. 위험하십니다."

"넘어지기라도 하시면…….'

뒤따르는 하녀들이 뒤따르며 앞다퉈 걱정했다.

올벤의 여인들은 전사가 아니더라도 다들 키가 크고 체격이 좋았다. 이곳은 여인들이 취미로 차를 마시고 꽃꽂이나 자수를 하는 대신 창을 휘두르며 몸을 단련한다. 전사들이 싸우러 떠난 뒤 빈 성과 집을 지키는 것은 전사가 아닌 자들의 몫이니까.

때문에 그들과 함께 있으면 카루나가 상대적으로 작아 보였다. 카루나도 제국에선 작다거나 어리다는 소리를 들은 적 없건만 이곳의 여인들은 카루나를 연약한 아이 취급했다.

'내가 빨리 뛰다 넘어져 다리라도 부러질 줄 알고? 날 뭘로 보는 거야.'

카루나는 저를 다섯 살 아이 취급하는 하녀들을 돌아보지도 않고 쌩- 하니 바쁘게 걸었다. 라크안이 기다리고 있을 방이 가까워질수록 괜히 마음이 뛰었다.

"점점 천 년의 본성이 사라지고 있다고는 해도, 일단 늑대는 늑대니까. 게다가 돌연변이 늑대니, 안에 채워지지 않은 본성이 더 지독하면 지독했지, 모자라지는 않을 거야."

"뜬구름 잡는 말 늘어놓지 말고, 간략하게 말해요. 간략하게.'

"이 이상 어떻게 간략할 수 있겠어? 세상에서 제일 약고 앙큼한 척하는 이 둔하고 순진한 아가씨야. 그대의 약혼자는 지금, 십수 년 만에 겨우 자신의 반려라 할 수 있는 존재를 발견했어. 제 둥지에 감추고, 품에 감추고 자신만 들여다봐도 아깝고 귀할 텐데. 이런저런 일을 겪으며 계속 떨어져 있었지.”

“이러저러한 일이란 게 구체적으로 말하자면, 당신이 날 납치했단 일이겠지요?”

“그것도 그중 하나일 수 있겠지, 크흠, 아무튼. 당장 영애를 위험에서 구하고, 전쟁을 치르는 것에 급급해 뒤로 밀려 있던 본성이 이제야 확- 불타오르게 된 거라고 하면, 직접적인 설명이 될까?”

“……..”

“그런 표정 짓지 말고 얼른 그대의 약혼자에게 돌아가 백 번이고 천 번이고 안아 주라고. 아, 그전에 나랑 저녁 식사나 하고 갔으면 좋겠는데. 영애의 약혼자만큼은 아니더라도, 지금 나도 영애의 도움이 절실히 필요한 상태긴 하거든.”

“그러니까, 라안은 지금……..”

“그대를 독점하고 싶어 미칠 것 같은 상태겠지. 아니, 그 전에 많이 불안할 거야. 젊은 늑대들이 반려를 찾은 초기에 일시적으로 보이는 불안 상태라더군. 간혹, 반려와 오래 떨어져 있던 늑대에게서도 보였다고 하고. 원래, 늑대들은 반려를 찾으면 한동안은 그 주변에 다른 늑대가 다가오기만 해도 이성을 잃고 싸움을 건다던데. 기록에 따르면 제 집에 반려를 10년이나 가둬 둔 늑대도 있다고 하고. 정도만 다를 뿐이지, 아무튼 제 반려를 제 둥지에 두고 독점하고 싶어 하는 욕구는 다들 어느 정도 가지고 있는 것 같아.”

“……..”

“그러니 내 왕궁에서 사내들 몇 팔다리 부러뜨리는 것 정도는 이해해 주지. 당장에라도 그대를 입에 물고 제국 내의 제 영지로 돌아가고 싶었을 그 늑대의 길을 막고 이리로 데리고 온 건 나니까 말이야. 다만, 그 이상은 곤란해. 아무튼 영애가 알아서 잘 다독여 주길 바랄 따름이야.”

카루나는 시스의 말을 들으며 볼이 화끈해지는 걸 숨길 수 없었다.

"그런 표정을 지을 줄도 아나?"

시스는 능글맞게 카루나를 놀렸지만, 진심으로 라크안의 상태를 걱정해 주고 있었다. 왕이 직접 초청한 저녁 식사를 마다하고 가 봐야겠다고 벌떡 일어선 카루나를 고이 보내 준 것도 그런 마음에서 나온 행동이었다.

카루나는 커다란 문 앞에 서서 숨을 가다듬었다. 이 문 너머에 라크안이 있었다.

"그대를 독점하고 싶어 미칠 것 같은 상태겠지. 아니, 그 전에 많이 불안할 거야."

시스의 말이 귀에 쟁쟁 울렸다. 뺨은 여전히 터질 듯 붉게 달아올라 있었지만. 카루나는 애써 숨을 골랐다. 라크안을 보면 무슨 말을 해야 할지, 머릿속이 어지러웠다. 아무 말도 안하고 모르는 척해도 되겠지만. 그러고 싶지 않았다. 뭔가, 말하고 싶었다. 말해 주고 싶었다.

남의 팔다리를 아무렇지 않게 분지르며 멍한 표정을 짓던, 그러다가 절 보며 순간적으로 울 것 같은 표정을 짓던 라크안의 모습이 시스의 말과 합쳐지니 감정이 울컥 솟구쳤다. 눈가가 시큰하게 아려 왔다.

'뭐가 불안해요? 내가 옆에 있잖아요. 지금도 함께이고 앞으로도 계속 함께일 텐데.'

라고 말하면, 라크안은 분명 희미하게 웃으며 맞다고 고개를 끄덕일 것이다. 마음속으론 그렇게 생각 안 하고 계속 불안해할 거면서. 그러면서 앞으론 더더욱, 불안한 마음을 티 내지 않으려고 애쓰겠지.

'날 독점하고 싶어요?'

그렇다고 이렇게 직접적으로 묻고 싶진 않았다. 생각만으로도 머릿속이 어지러울 만큼 부끄러우니까.

'그 남자들이 나한테 찝쩍거릴까 봐 미리 때린 건가요?'

라고 말하면 어떨까?

아니, 이미 다 알고 있는 걸 괜히 묻는 듯해 더 부끄러웠다.

'다녀왔어요. 당신이 패 버린 사람들에 대한 처리는 깔끔하게 마치고 왔어요.'

라고 말하는 건 또 너무 딱딱할 것 같고.

"으으으."

카루나는 두 손을 꾹 움켜쥐고 발을 동동 굴렀다. 그와 동시에 문이 벌컥 열렸다.

"어?"

열지도 않았는데 문이 열리다니? 카루나는 깜짝 놀라 고개를 번쩍 들었다. 열린 문 사이로 드리워진 긴 그림자는 카루나를 덥석 집어삼켰다. 그림자는 라크안의 발끝에 매달려 있었다.

"라안?"

카루나는 문을 연 사람의 이름을 불렀다.

"……."

그는 조금 곤란한 듯한 표정을 짓다가 이내, 희미하게 웃으며 마른 입술을 달싹였다.

"카루나."

나직한 저음이, 한숨 같은 숨이 공기 중에 흩어졌다.

"어떻게……?"

내가 문 밖에 서 있는 줄 알았어요- 하고 물으려다 말았다. 라크안은 세나만큼 기척에 예민했다. 문 밖에서 발을 동동 구르고 있는 사람의 기척을 못 느낄 리 없지.

라크안은 카루나를 빤히 내려다보다가 손을 뻗었다. 손은 잠시 멈칫하더니, 기어이 뺨에 닿았다. 뭔가 묻은 걸 닦아 내는 것처럼 문지른다.

그러고는 아무것도 묻지 않은 제 손을 신기하다는 듯 내려다보았다.

"아……."

카루나는 제 뺨에 닿는 조심스러운, 하지만 거칠고 투박한 손길에 눈을 크게 떴다. 뺨을 만지는 것조차 이렇게 조심스럽고 수줍어하는데. 낯선 곳, 낯선 사람들에게 둘러싸여 있는 상태에서 자신을 독점하지 못해 불안해하고 있다니. 왠지 귀엽고, 왠지 불쌍했다. 그리고 좀 화가 나기도 했다.

'내가 이런 말, 남에게 듣지 않게 좀 더 팍팍 티를 내란 말이야.'

카루나는 라크안의 손목을 붙잡았다.

"카루나?"

라크안은 의아해하면서도 순순히 손을 내주었다. 카루나는 그 손을 제 뺨에 턱 하니 올려놓고, 손바닥에 뺨을 비볐다.

"……!"

라크안의 붉은 눈이 화들짝 놀라며 커지는 게 보였다. 그 순진한 반응에 등줄기를 타고 짜릿한 감각이 피어올랐다. 내면에 숨겨져 있던, 굳이 꺼내 필요 없었던 심술궂은 마음이 불쑥 고개를 들었다.

카루나는 눈을 새초롬하게 뜨고, 손을 뻗어 라크안의 뺨에 가져다 댔다. 라크안은 움찔하며 뒤로 물러나는가 싶더니 더는 도망가지 않고 얌전히 카루나의 손길을 받았다. 마음이 라크안에 대한 감정으로 뿌듯이 차올랐다.

"라안."

누군가의 이름을 부르는 일이 이렇게나 달콤할 수 있는 거구나.

"카루나."

누군가에게 이름을 불리는 게 이렇게나 기분 좋은 일일 수 있는 거고.

"좋아해요, 정말로."

"……."

라크안은 쩌적, 소리가 들리는 것 같은 착각이 들 만큼 빳빳하게 굳어 버렸다.

'이렇게 순진해서 어떡하지?'

라크안이 좋았다.

마음 편히 웃어 본 적 없어 항상 무표정한 얼굴을 하고 있는 것도. 자신 말고 딴 사람에게는 약간의 온기도 허락하지 않고 찬바람 쌩쌩 부는 모습도. 오직 자신에게만 곁을 내주는 그 조신함도. 자신에게 딴 남자가 접근할까 봐 전전긍긍하면서도 티는 안 내고, 그냥 다가오는 남자들의 팔다리나 분질러 버리고 마는 무지막지함마저.

마음에 들었다.

'이 마음을 안다면, 절대 그렇게 불안해하진 않을 텐데.'

그런 거라면 잔뜩 안아 줘야지. 그리고 말해 줘야지.

카루나는 생긋 웃으며 두 손을 뻗어 라크안의 목을 감싸 안았다. 끌어당기니 라크안은 어정쩡하게 허리를 숙였다. 카루나의 손길을 거부한다는 선택지는 애초부터 그에게 없었다. 카루나가 이끌면 이끄는 대로 끌려갈 뿐이었다. 물론, 카루나가 민다고 해서 밀려날 생각도 없었다.

카루나는 라크안을 끌어안고 속삭였다.

"불안해하지 말아요. 라안, 당신 때문에 내 눈이 꽤 높아져서, 웬만한 남자들은 눈에 들어오지도 않으니까. 아아, 당신을 보다가 딴 남자들을 보면 너무 못생겨서 눈이 아파요. 내 눈이 나빠지면 그건 다 당신 탓인 줄이나 알아요. 왜 이렇게 잘생겨서 사람을 피곤하게 해요?"

"내가, 잘생겼어?"

라크안이 되물었다.

몰라서 묻는 건가 싶었지만 목소리는 제법 진지했다.

"내 눈에만요."

카루나는 흥, 코웃음을 치며 라크안의 목을 껴안은 팔에 힘을 주었다.

"그러니까 그 얼굴, 어디 딴 데 가서 써 먹을 생각은 하지 말아요. 괜히 여자들 근처에 가기만 해 봐. 팔다리를 부러뜨려 버릴 거야."

"나를? 그 여자들을?"

"당연히 당신이죠. 그 여자들이 뭔 죄예요. 잘생긴 게 다가오니 넋을 잃고 쳐다본 죄밖에 없지. 그러니까 얼굴 간수 잘하고, 나한테만 웃고 나한테만 잘생겨 보여요. 알았죠?"

카루나의 말에 라크안이 웃음을 터뜨렸다. 어깨를 들썩이며 웃는 게 느껴졌다. 카루나는 눈을 감고 그의 어깨에 얼굴을 기댔다. 라크안이 얼마나 즐거워하는지 느껴 볼 생각이었다.

라크안는 한참 웃은 뒤 조심스럽게, 두 손으로 카루나를 끌어안았다. 여전히 허리를 굽히고 어정쩡한 자세였다. 그래서 카루나를 끌어안아 봤자 어깨만 닿을 뿐이었지만, 그래도 좋았다.

시스에게 무슨 말을 듣고 왔는지는 알 수 없으나, 절 걱정해 주고 좋아해 주는 카루나의 마음이 여실히 느껴졌으니까. 카루나의 말마따나, 자신보다 못생긴 남자에게 갈잖은 질투심을 느꼈던 과거가 하찮아졌다.

'얼굴이 다치지 않게 주의해야겠군. 결투를 하게 된다 해도, 혹시 모르니까 투구를 꼭 써야겠어.'

잘생겨서 좋다고 하니, 잘생긴 얼굴을 잘 간수해야지 않겠는가.

'더 잘생겨지기 위해선 뭘 해야 할까.'

진지하게 고민하고 있는데. 흠흠. 등 뒤에서 달갑지 않은 소음이 들렸다.

"안에 사람 있습니다만. 이제 저는 눈에 들어오지도 않으십니까?"

뚱한 목소리가 들렸다. 조금 전까지 홀로 라크안의 살기를 온몸으로 견뎌 내고 있던 세나였다.

"아, 깜빡했어요."

카루나는 눈을 뜨고서 라크안의 어깨 너머로 세나를 확인했다.

"……."

라크안의 입가에 슬그머니 웃음이 번졌다. 카루나가 안에 있는 세나를 까먹을 정도로 자신만 생각하고, 자신만 걱정해 줬다는 게 마음에 들었다.

세나를 알아차리고도 목을 감싼 팔이 풀어지지 않는 것 또한 마음에 드는 부분이었다.

"세나 경, 뒤돌아서서 눈 감아요."

카루나가 세나에게 명령했다.

"눈 감거나 뒤돌아서거나 하나만 하면 안 될까요?"

"귀도 막아요."

"네?"

"코도 막을래요?"

"……살려 주십쇼."

세나가 얼른 돌아서서 눈을 질끈 감으며 대답했다. 까르륵, 라크안의 품 안에서 밝은 웃음소리가 터져 나왔다. 그 웃음소리가 심장에 부딪쳐 그간의 모든 불안함을 깨트렸다. 그간의 불안감이 거짓말처럼 사라졌다. 그 빈자리를 채우는 것은 한없이 따뜻한 감정, 가루나를 향한 애정이었다.

라크안은 카루나를 꽉 끌어안았다. 그러자 카루나의 두 발이 허공에 동동 떴다. 어머나? 놀라는 목소리도, 떨어질까 봐 목을 더 꽉 끌어안은 손길도, 어깨에 닿는 숨소리마저도 달았다.

하아. 라크안은 머리끝부터 발끝까지 차오르는 충족감을 느끼며 깊은 숨을 내쉬었다. 등 뒤에서 투덜대는 부하의 목소리, 내리쬐는 따뜻한 햇살. 품에 얻은 온기. 그리고,

"라안?"

자신을 불러주는 이 목소리.

십수 년간 기다려 왔던 충족의 순간이었다. 카루나와 함께한 뒤 매 순간 경험함에도 늘 경이롭고 찬란한 이 순간을 다시 한 번 실감하며, 라크안은 제 심장의 주인에게 답했다.

"카루나."

세상에 단 하나뿐인 이름.

나의 반려.

"그래요, 나예요. 라안."

당연하다는 듯 화답해 오는 카루나의 목소리를 들으며, 라크안은 울컥 치솟는 울음을 참기 위해 이를 악물었다. 그 울음의 여운이 카루나에게 고스란히 전해졌다. 카루나는 저를 끌어안고 놔주지 않는 라크안을 먼저 놓지는 않겠다고 다짐하며, 그의 너른 어깨를 다정히 쓸어내렸다.

"저 아직도 뒤돌아 있습니다. 눈도 감고 있습니다. 귀도 막고 있습니다. 다 끝나면 말씀해 주십시오."

"코도 막으라고 했을 텐데요?"

문 안에서 들리는 호위 기사의 유쾌한 놀림에 화답해 주며.

* * *

오랜 논의 끝에, 다소 무식하나 확실한 방법으로 일을 진행하기로 결정됐다. 점점 늑대로 변신하지 못하는 숲의 일족이 늘어나고 있는 만큼, 전력이 더 손실되기 전에 빨리 일을 해결하자는 게 모두의 생각이었다.

숲의 장로로 추대된 라미라는 올벤과의 평화로운 교류를 위한 선물로, 많은 씨앗을 보내 주었다. 짐마차 열두 대분이었다. 아직 늑대로 변신할 수 있는 숲의 일족과 철십자 기사단은 늑대로 변해 씨앗이 가득 담긴 자루를 어깨에 실었다.

길 안내를 하기 위해 사막의 전사들이 늑대의 위에 올라탔다. 수백 마리의 늑대들이 왕궁에서 올벤 전역으로 뻗어 나갔다. 늑대들이 짊어진 씨앗 자루는 구멍이 뚫려 있었다. 늑대들이 뜀박질을 할 때마다 씨앗이 사방으로 흘렀다.

시스는 최소한의 호위만 데리고 물의 장막으로 갔다. 물의 장막은 아직도 굳건히 서서 눈의 땅과 올벤 사이를 가로막고 있었다. 시스는 라미라의 도움을 받아 물의 장막 앞에 고대의 주술진을 그렸다. 능력을 증폭해 주는 주술이 담겨 있었다. 그 중앙에 홀로 앉은 시스는 눈을 감고 자신의 능력을 모두 끌어 올렸다.

우르릉―

거대한 물의 장막이 그의 의지에 따라 움직였다.

'아아.'

그 순간, 시스는 본능적으로 느꼈다. 이게 자신에게 주어진 마지막 사명이라는 것을. 숲의 일족이 점점 늑대로 변신하지 못하는 것처럼, 자신 역시 이 일이 끝나면 더는 물의 능력을 쓸 수 없게 된다는 것을.

아쉽지 않다면 거짓말일 터. 하지만 시스는 물의 능력에 집착하지 않았다. 물의 능력은 언제나 수단이었지 목적이 아니었다. 동생을 지키기 위해, 메마른 땅에서 고통 받는 백성들을 지키기 위해, 눈의 땅이라는 거대한 적에게 맞서기 위해. 그러기 위해 필요했을 뿐.

동생을 지켰다. 눈의 땅과의 싸움에서 승리했다. 이제 메마른 땅을 천년 전의 초원으로 되돌릴 수만 있다면, 물의 능력을 영영 잃어도 좋았다.

'이런 마음이었던 건가?'

숲의 일족들이 늑대로 변신하지 못하게 되는 것을 의외로 담담히 받아들이기에 이상하게 여겼건만. 비슷한 상황에 처하니 실소가 터져 나왔다.

"좋아, 이런 능력이 없어도 난 내 나라의 왕이다. 다시는 이 땅에 왕의 딸과 아들들의 피 한 방울이라도 흘리게 할 것 같으냐."

시스는 물의 능력을 있는 대로 끌어내 물의 장막에 쏟아부었다. 구우우웅― 물의 장막이 육중한 소리를 내며, 분수처럼 하늘 높이 솟구쳤다.

그로부터 사흘 밤낮. 올벤, 56개의 오아시스를 가지고 있을 뿐인 그 메마른 땅에 비가 내렸다. 시스가 머무는 곳의 하늘엔 그 사흘 밤낮 동안 지지 않는 무지개가 떠올랐다.

* * *

하늘에서 비가 내리고, 땅에는 씨앗이 흩뿌려졌다. 녹음을 피우기 위한 준비가 끝났다. 사흘 후, 카루나는 왕궁의 정문 앞에 섰다. 그녀의 옆에는 거대한 늑대가 한 마리 서 있었다. 늑대는 검은 털로 뒤덮여 있었다. 눈은 루비처럼 붉었다.

올가와 세나가 마중 나왔다.

"조심히, 조심히 다녀오십시오."

세나는 우울한 표정을 감추지 못하고 고개를 숙였다. 그녀는 늑대로 변할 수 없게 된 최초의 숲의 일족이었다. 비교적 쉽게 받아들였지만, 지금에 이르러서는 원통했다. 늑대로 변할 수만 있었다면 카루나를 태우는 건 라크안이 아니라 세나였을지도 모른다. 설사 라크안이 그것을 허락하지 않는다 해도, 호위하겠다는 명목으로라도 따라붙을 수 있었으리라.

늑대로 변하지 못하는, 인간 모습의 세나는 늑대로 변한 라크안의 속도를 따라잡을 수 없으니 잠자코 물러설 수밖에.

"부탁드립니다. 영애, 모든 존경과 영광을 당신께."

올가는 시스를 대신해 카루나에게 정중히 예를 올렸다.

"다녀올게요. 아무 걱정 말고 기다리고 있어요."

카루나는 둘의 인사를 가볍게 받고는 저를 기다리고 있는 커다란 늑대에게로 갔다. 늑대는 카루나가 제 앞에 서자마자 고개를 숙였다. 카루나는 늑대의 얼굴을 끌어안았다.

"읍."

빳빳하면서도 포근한 털 속에 카루나의 얼굴이 폭 파묻혔다.

"후, 하."

얼굴을 뒤로 빼내고 참았던 숨을 내쉬니, 늑대가 앞발을 굴렸다. 크르르, 낮게 목울대 울리는 소리가 어쩐지, 비웃는 것처럼 들렸다.

"라안?"

카루나가 커다란 늑대를 째려보았다. 늑대는 얼른 입을 다물었다. 늑대의 모습을 하고 있으면 뭘 하나. 영락없는 사람인 것을. 카루나는 혼내 줄 심산으로 늑대의 털을 양손 가득 잡아 죽죽 잡아당겼다. 그러다가 다시, 늑대의 품에 폭 안겼다.

단 한 번도 늑대의 모습을 한 라크안이 무서웠던 적이 없었다. 라크안의 날카로운 발톱에 할퀴어 피를 뿌리고 쓰러지는 그 순간에마저. 그래서였다. 카루나는 일부러 라크안과 단둘이 있을 때 슬쩍, 말을 꺼냈다.

"올벤 전역을 돌아다니며 녹음을 틔워 주려고 해요. 이곳에 가만히 앉아서 올벤 전역에 새싹을 틔우는 건 무리일 거 같거든요. 예전이라면 가능했을지도 모르는데, 지금은 잘 모르겠어요. 내가 가지고 있는 숲의 능력 역시 마지막 전투 이후로 점점 약해지고 있는 거 같아요."

"위험해."

"아니요, 그보다는 시간이 부족하지요. 황태자 전하께서 보낸 편지에도 바람을 다루는 힘이 약해진 것 같다는 내용이 있었잖아요? 올벤의 왕도 비슷한 말을 하더라구요. 아무래도 우리들이 가지고 있는 능력이 함께 사라져 가고 있는 것 같아요."

늑대로 변신하지 못하는 숲의 일족이 늘어나듯이.

"그래서 가장 빨리 움직일 수 있는 방법을 찾았어요."

"가장 빨리 달릴 수 있는 방법?"

해 봤자 말, 아니면 낙타일 텐데. 라크안이 의아해할 새.

"숲의 일족이요. 사막에서도 늑대가 가장 빨리 달릴 수 있다면서요?"

카루나가 아무렇지 않게 말했다.

"……"

라크안의 얼굴에선 핏기가 가셨다. 카루나는 그런 라크안을 눈치채고도 못 본 척하며, 괜히 딴청을 부렸다.

"아, 세나 경이 아직 늑대로 변신할 수 있었다면 세나 경한테 말했을 텐데, 그게 안 되니 고민이네요. 세나 경 다음으로 빠른 게 솔토 경이라면서요?"

"아니."

라크안이 발끈하여 벌떡, 자리에서 일어섰다.

카루나는 고개를 젖혀 한참 위에 있는 라크안의 얼굴을 올려다보았다. 라크안만 담긴 녹색 눈에 반짝, 웃음기가 스쳤지만 라크안은 알지 못했다.

"……내가 더 빨라."

라크안은 머뭇거리다가 슬그머니, 카루나의 손을 잡았다. 그 넓은 어깨가 어느새 축 처져 있었다.

라크안은 그날을 아직도 생생히 기억하고 있었다. 카루나를 할퀴어 다치게 만들었던 날을. 매일 밤, 잠 못 이루게 만드는 악몽은 늘, 같은 장면으로 끝났다.

눈앞에서 피를 뿌리며 쓰러지는 카루나. 그녀의 피로 흠뻑 젖은 두 손. '안 돼! 안 돼! 이건 아냐!' 울부짖으며 카루나에게 손을 뻗는 자신. 그리고 손에 닿지 않는 카루나.

아마도 영원히 잊지 못할 것이다. 그래서였다. 감히 카루나에게, 내 등에 타라고 말할 수 없었다. 카루나에게 늑대인 모습을 보여 주는 것도 무섭고, 늑대로 변한 자신을 보고 그날의 기억을 떠올릴 카루나의 창백한 얼굴을 보는 것도 무서웠다.

그렇다고 카루나가 다른 늑대의 등에 올라타는 것을 두고 볼 수도 없었다. 카루나가 자신 말고 다른 늑대와? 절대 있어서는 안 될 일이었다. 카루나의 손목을 움켜쥔 손에 힘이 들어갔다.

"윽, 나 아픈데."

"아, 미안."

하지만 이내, 카루나의 신음 소리 한 번에 놀라 손을 느슨하게 풀었다. 물론, 놓아주지는 않았다.

"……."

카루나가 다른 늑대를 타는 게 싫지만, 카루나를 자신의 등에 태울 수도 없다. 라크안은 카루나를 말리지도, 날 타라고 말하지도 못했다. 라크안이 고개를 떨궜다. 그때. 라크안의 손등에 카루나의 손이 더해졌다.

"맞아요, 다들 그러더라구요. 솔토 경이 세나 경 다음으로 빠르다고. 그런데 가장 빠른 건, 바이켈드 공작 각하. 내 약혼자라고."

"……."

"라안, 나랑 함께 가 줄래요?"

"……어?"

라크안이 고개를 퍼뜩 들었다. 까만 머리카락이 허공에 흩날렸다. 우울한 빛을 띠고 있던 붉은 눈에 빛이 돌아왔다. 카루나는 라크안의 손등을 토닥이며 생긋 웃어 보였다.

그녀는 라크안의 걱정과 달리 딱히 그날의 일에 트라우마를 갖지 않았다. 고작 그 정도 일로 충격을 받기엔, 그 이후에 일어난 일들이 너무도 험난했다. 상흔은 남았지만, 아무튼 그날 입은 상처도 깨끗이 나았고.

'다시는 당신이 날 상처 입히지 못하게 할 거예요. 그러고 나면, 당신이 더 아파한다는 걸 이젠 아니까.'

자신이 그날 일을 아무렇지 않게 생각하고 있다는 걸 라크안에게 알려주고 싶었다.

'뭐, 다른 마음이 없었던 것도 아니었고.'

카루나는 혼자 힘으로 늑대 위에 올라타려 했지만, 연달아 실패했다. 책에서 나오는 것처럼, 또 평소에 철십자 기사단의 기사들이 말을 타는 것처럼 훌쩍 올라탈 수 있을 줄 알았는데. 등에 올라타기는커녕 쭈르륵― 미끄러져 버렸다.

"아, 귀여워 미쳐 버리겠네."

세나가 뒤에서 중얼거리며 큭큭, 웃었다. 올가는 동의한다는 고개를 끄덕였다. 입술이 꿈틀꿈틀하는 게, 웃음을 꽤 열심히 참고 있는 듯했다. 크르르- 라크안이 웃는 것도 고스란히 느껴졌다.

카루나의 뺨이 붉어졌다.

"가만있어요!"

카루나는 괜히 늑대의 다리를 찰싹찰싹 때렸다. 늑대는 간지럽지도 않을 거면서 괜히 끼잉- 소리를 내며 엄살을 부렸다. 카루나가 그런 라크안을 눈으로 곱게 흘기고는 뒤를 돌아보았다.

"두 분!"

눈을 치켜뜨니.

"아이고, 아가씨. 갑니다."

세나가 그제야 후다닥 달려와 카루나를 도왔다.

차마 라크안의 등에 안장까지 얹진 못하고, 대신 제 망토를 끌러 라크안의 등에 묶었다. 그런 다음 그 위에 카루나를 앉혀 주었다. 카루나는 세나의 부축을 받아 안전하게 자리를 잡은 뒤, 라크안의 등쪽 털을 손으로 쓸어 보았다. 거칠고 포근한 융단을 만지는 느낌이 났다. 카루나는 늑대의 등에 얼굴을 묻고 뺨을 비벼 보았다. 바짝 마른 태양빛의 냄새가 났다.

'이제 곧 라안도 다시는 늑대로 변하지 못하게 되겠지? 그 전에 한 번쯤은 올라타 보고 싶었다고.'

라크안이 카루나 앞에서 늑대로 변했을 때는 늘, 상황이 급박하게 돌아갔다. 라크안이 발작을 일으키거나, 카루나가 위험하거나, 라크안이 납치당해 철창에 갇혀 있거나. 그래서 한 번도 마음 편히 늑대로 변한 라크안을 안아 줄 수조차 없었다.

이제야 늑대로 변한 라크안 위에 올라타니, 10년 묵은 체증이 쑥 내려가는 기분이 들었다. 헤헷, 카루나는 오랜만에 아무 계산 없이, 그저 순수하게 즐거워하며 웃었다. 혹여나 카루나가 미끄러지거나 떨어질까 전전긍긍하며 올려다보던 세나는 그런 카루나를 보고는 함박웃음을 지었다.

카루나의 웃음소리를 들은 늑대가 고개를 돌렸다. 그 바람에 몸이 들썩이니, 카루나의 몸도 따라서 들썩였다.

"어어, 위험. 위험합니다! 라안 님, 앞만 보십시오. 아무리 아가씨가 보시고 싶어도 그렇게 막, 거칠게 뒤돌아보고 그러시면 안 됩니다. 우리 아가씨 떨어지기라도 하면 어떡하려고!"

세나는 매섭게 라크안을 구박했다. 그러다가.

"어라?"

기가 차다는 듯 숨을 뱉었다.

"와, 오래 살고 볼일입니다. 라안 님이 이렇게 늑대의 몸을 입었는데, 제가 이렇게 태평하게 있을 수 있다니."

세나의 얼굴은 만감이 교차해 보였다. 카루나는 후훗, 따라 웃으면서 세나의 심정에 백번 공감했다. 카루나마저도 늑대로 변한 라크안을 좋은 상황에서 본 기억이 없건만. 라크안의 발작을 막기 위해 애썼던 세나는 오죽할까.

세나와 철십자 기사단에게 라크안의 늑대화는 재앙을 의미했다. 어떻게든 온몸을 내던져 막아야 하는 재앙. 그 재앙이 얌전 떨며 다소곳하게 앉아 있다니. 세나는 오래도록 감격스러워했다.

늑대로 변한 라크안의 표정은 알아보기 힘들었다. 하지만 카루나는 그가 꽤 부끄러워하고 있을 거라고 생각했다. 카루나는 두 팔을 가득 벌려, 있는 힘껏 늑대의 목을 끌어안았다. 그래도 다 안을 수 없었지만. 크르르- 울리는 목울대를 느낄 수 있는 것만으로도 좋았다.

"라안, 가요. 우리."

카루나가 속삭였다.

크르르-

검은 늑대는 기다렸다는 듯, 네 발로 땅을 딛고 달리기 시작했다.

"어어, 이렇게 갑자기 가시다니! 조금 더, 제가 감동을 즐길 수 있게……. 에이, 모르겠다. 조심히, 조심히 다녀오십시오!"

등 뒤에서 우렁찬 세나의 목소리가 들렸다.

카루나는 빠르게 바뀌는 주변의 풍경을 바라보며 생긋, 미소 지었다.

* * *

꼬박 여러 날. 카루나와 라크안은 달렸다. 왕궁이 선 가장 큰 오아시스에서 출발하여, 오아시스와 오아시스 사이를 달렸다. 축축하게 젖은 땅 위에 늑대의 발자국이 찍혔다. 그 위로 푸릇한 새싹이 피어올랐다.

새싹은 단숨에 자라나 넝쿨이 되고, 나무가 되어 꽃을 피웠다. 긴 넝쿨, 둥근 잎사귀, 가느다란 줄기들은 연둣빛으로 자라나자마자 바람에 따라 흔들리며 제 몸을 길게 뻗었다.

방금 지나간, 자신들에게 생명을 준 존재를 붙잡으려는 욕심이었으나 욕심으로 끝났다. 바람을 가르며 달리는 늑대는 단 한 번도, 그들에게 잡히지 않았다.

커다란 검은 늑대를 탄 생명의 근원, 푸르른 녹음을 가져온 여신은 제가 피워 낸 녹음을 뒤로 하고 사라졌다. 그녀가 지나간 자리마다 꽃이 피었다.

카루나는 늑대의 커다란 등에 엎드려 손을 아래로 뻗었다. 땅에 닿지 않아도 상관없었다. 물을 함빡 머금은 대지. 그 위에 흩뿌려진 씨앗을 느낄 수 있었다.

모래 폭풍을 피해 땅 속으로, 벽돌 집 속으로 숨어들었던 사람들은 하나둘 밖으로 나와 발아래 흐르는 냇물을 맛보았다. 물가 옆에서 자라나는 과실수에서 싱싱한 과일을 따먹고, 활짝 편 꽃잎에 코를 파묻고 향기를 맡았다. 그리고 자신들에게 그 모든 걸 주고 간 검은 늑대와 여신을 찬양했다.

그렇게 열사와 죽음의 사막이라 불렸던 땅은 푸르른 녹음으로 뒤덮인 초원이 되었다. 56개의 오아시스는 땅 위로 흐르는 크고 작은 냇물로 연결되어 녹음을 먹이고 키우는 깊은 강이 되었다.

마지막 오아시스를 막 지났을 때.

라크안과 카루나는 푸르른 초원을 맞닥뜨렸다. 시스의 궁전을 출발하면서 지금까지, 두 사람 앞에 나타난 풍경은 늘 사막, 사막, 그리고 사막이었다. 등 뒤에 녹음이 피어났으나 그건 두 사람의 눈에 담기지 않았다.

그런데 비로소, 눈앞에 푸르른 초원이 나타났다. 두 사람으로부터 시작된 것이었다.

짙은 녹빛의 초원, 여기저기서 소담히 피어난 작은 꽃망울의 하얀 꽃들, 손톱만 한 열매가 알알이 매달린 키 낮은 덤불, 이제 막 자라난 연한 색의 줄기가 타고 오르는 나무, 그 나무를 덮은 야생 포도나무 덩굴.

그 광경을 보는 순간.

카루나는 비로소, 제 몸 안에 가득 차 있던 숲의 능력이 우수수- 빠져나가는 걸 느꼈다.

"아!"

허전함, 아니, 그 말로도 설명할 수 없을 정도의 무언가가 해일처럼 몰려왔다가 썰물처럼 물러나며 모든 것을 쓸어가 버렸다. 카루나는 그 느낌을 견디지 못하고 비명과도 같은 탄성을 내질렀다.

마지막. 드디어 그녀의 피를 타고 흐르던 옛이야기의 마지막 장이 덮인 것이었다. 두 눈에서 뜨거운 눈물이 흘러내렸다.

"라안, 라안."

카루나는 늑대의 등에 얼굴을 묻으며 라크안을 불렀다. 라크안은 한 줌 남은 마지막 사막의 땅을 내딛었다. 그 발자국에서 새싹이 자라남과 동시에, 라크안 역시 카루나와 비슷한 감정을 느꼈다.

끝이었다.

늑대로 변할 수 있는 것도. 또한 발작도.

설마 그런 일이 일어날까 싶어 단 한 번도 감히 바란 적 없었던 끝이 닥쳤다. 높이 허공을 날아오른 검은 늑대의 몸이 줄어들었다. 검은 털이 사라졌다. 두꺼운 근육과 날카로운 발톱이 줄어들었다. 거대한 늑대는 순식간에 검은 머리카락과 붉은 눈을 가진 한 사내가 되었다.

"이런."

라크안은 기뻐할 새도 없이, 난색을 표하며 몸을 돌렸다. 푸른 하늘 아래, 더 푸르른 초원 위. 라크안과 카루나는 허공에 떠 있었다. 라크안은 실 한 오라기 걸치지 않은 맨몸이었고.

"⋯⋯!"

카루나는 방울방울 눈물을 흘리며 그런 라크안과 눈이 마주쳤다. 둘 사이에는 오직, 세나의 망토만이 있을 뿐이었다. 허공에 붕- 떠 있는 찰나의 순간인데, 시간이 멈춘 것처럼 느껴졌다.

"까악!"

카루나의 입에서 비명이 터져 나온 순간. 멈춰져 있던 시간이 째깍, 움직였다. 라크안과 카루나의 몸이 아래로 뚝- 떨어졌다.

"이런!"

라크안은 아까와는 다른 의미로 당황하며 손을 뻗었다. 세나의 망토를 잡아채 대충 몸에 두르고는 카루나를 끌어안았다. 카루나를 안자마자 등이 땅에 닿았다.

라크안은 카루나를 품에 꼭 안은 채로 바닥을 데굴데굴 굴렀다. 사막의 모래 바닥이었다면 크게 다쳤을 것이다. 품에 안은 카루나 역시 무사하지 못했을 터였고. 하지만 그들이 떨어진 곳은 푸르른 초원이었다. 한껏 자라난 보드라운 녹음이 그들을 받아 주었다.

카루나와 라크안은 꽃과 풀로 엮인 덤불 위를 뒹굴었다. 꼭 껴안은 두 사람의 몸이 딱, 멈추었을 때.

"하아."

라크안은 안도하며 마저 몸을 굴려 바닥에 등을 댔다.

"카루나?"

그리고는 제 가슴에 턱하니 놓여 있는 갈색 실뭉치. 아니, 잔뜩 엉클어진 카루나의 머리를 쓰다듬었다. 가시 없는 산딸기나무 덤불을 만지는 것처럼, 부슬부슬해서 기분이 좋았다.

"라안, 괜찮아요?"

그 머리가 쑥 위로 들리며, 카루나의 얼굴이 나타났다. 다행히 상처는 없었다. 카루나는 라크안이 워낙 철저히 감싼 덕에 작은 타박상 하나 없이 무사할 수 있었다. 라크안은 혹시나 싶은 마음에 물어보았다.

"나는 괜찮아, 그대는?"

"난 완전 괜찮아요. 정말 괜찮은 거지요?"

그렇게 서로가 무사함을 확인한 뒤.

"뭐예요, 이게."

"그러게."

두 사람은 이마를 맞대고 웃음을 터뜨렸다. 조금 전의 섬뜩하리만치 허전했던 기분은 온데간데없이 사라졌다.

텅 빈 곳을 가득 매우는 건, 놀랍게도 단 한 사람을 향한 애정이었다. 이미 그를 사랑하고 있는데도. 그 감정을 깨달았고 받아들였음에도. 그런데도 매 순간순간, 다시금 깨닫고 인정하게 된다.

'내가, 당신을 정말로 많이 좋아해.'

지금 이 순간. 이렇게 엉망진창인 상황에서조차 함께이기에 웃을 수 있었다.

"라안."

카루나는 라크안의 왼쪽 가슴 위에 손을 올렸다. 그 손에 힘을 주고 몸을 살짝 들었다. 당연하다는 듯 따라 올라와 제 허리를 감싸는 라크안의 팔을 느끼고는 다시금 웃음을 터뜨렸다.

"카루나."

라크안은 제 심장에 새겨진 단 하나의 이름, 그 이름의 주인을 올려다보았다. 그녀의 손이 닿은 왼쪽 가슴이, 그 아래 박동하고 있는 심장이 뜨거워졌다.

태어났을 때부터 하자 있었다는 심장이었다. 영원히 메울 수 없는 틈이 나 있다는 영혼이었다. 그것들이 비로소, 완벽해지는 기분이 들었다. 천 년을 이어져 내려온 주술. 그 주술의 부작용으로 태어난 불쌍한 돌연변이 늑대. 반려도 없이, 발작에 시달리다 폭주해 미쳐 죽어 버릴 운명.

그 운명이 바뀐 건 주술이 사라졌기 때문이 아니었다. 바로 눈앞에 있는, 사랑스럽게 웃고 사랑스럽게 울고 있는 단 한 사람 때문이었다.

"내 반려."

늘 마음에 품고 있었으나 감히 입 밖으로 꺼내기 힘들었던 말이었다. 라크안은 손을 뻗어 카루나의 눈물을 닦아 주었다. 카루나가 화답하듯 고개 숙여 속삭였다.

"내 약혼자."

"……내, 약혼녀."

라크안은 입술에 닿고 흩어지는 카루나의 숨결이 아쉬워서, 조금이라도 더 오래, 더 가까워지고자 고개를 들었다. 녹빛 눈과 붉은 눈이 오직 서로만을 비추었다. 그 눈이 동시에 감기는 순간, 두 사람의 입술이 맞닿았다.

"나의 라안."

"나의 카루나."

두 사람을 축복하듯, 혹은 가려주듯, 꽃덤불이 훌쩍 자라나 두 사람을 감싸 안았다. 푸른 하늘, 따사로운 햇살. 포근한 꽃덤불 속. 홀로 죽어 가는 늑대도, 살기 위해 악독해진 악녀도 더 이상 거기에 없었다.

그저, 서로를 좋아하는 두 연인이 함께 있을 뿐이었다.

외전 2
돌아오다

달그락. 굽 낮은 구두에 밟히는 건 자갈처럼 잘게 부서진 녹주석과 하얀 얼음. 간간이 보이는 푸릇한 새싹.

카루나는 햇빛을 반사시켜 눈부시게 빛나는 하얀 눈밭 위에 섰다. 군데군데 눈이 녹고 젖은 땅이 드러났으나 그럼에도 아직은 눈으로 덮여 있었다. 언 땅을 깨고 푸릇한 새싹이 피어올라도 잎사귀에 살얼음이 맺혔다.

올벤은 시스와 카루나의 힘으로 메말랐던 천년의 더께를 떨치고 푸른 녹음으로 덮였지만, 그 기운이 눈의 땅으로까지 번지려면 아직 시간이 더 필요할 듯했다.

연둣빛 공단으로 감싼 구두가 유독 녹주석 파편이 가득 튀긴 곳에서 멈췄다. 카루나는 들고 온 꽃다발을 그 위에 내려놓았다. 바스락, 바스락. 꽃을 감싼 은빛 종이가 바람에 흔들렸다.

꽃다발로 엮인 건 모두 카루나가 좋아하는 꽃들이었다. 향이 강하진 않아도, 꽃잎이 탐스럽지는 않아도, 추위에 오래 버티는 올망졸망한 꽃들.

"제국과 올벤, 그리고 숲의 일족까지. 누구든 원한다면 자유롭게 이곳에 오가도록 할 거예요. 각자의 백성들을 보살피기 위한 관리소도 따로 세울 거고."

휘잉- 바람이 불어 긴 갈색 머리카락이 흩날렸다. 카루나는 머리를 쓸어 넘기며 생긋, 미소 지었다.

"난, 가장 먼저 학교를 세우고 싶다고 했어요. 이 근처에."

유일하게 눈의 일족의 피를 이은 카루나의 뜻이었다. 당연히 라크안이 적극 밀어붙일 테고 시스와 라미라는 반대하지 않을 테니, 카루나의 뜻대로 이루어지리라.

"대륙 곳곳에서 학생들이 모여들어 밤이고 낮이고 떠들어 댈 거예요. 아주 많이 시끄럽겠죠. 우리가 만났던 그 마지막 날을 기념해서 축제를 벌일지도 몰라요. 천년이나 이 땅에서 홀로 버티며 악룡의 피와 싸웠던 소렌, 그리고 아카론. 당신을 계속 기억할 거예요."

불현듯, 눈물이 흘러나왔다. 뺨을 타고 내린 눈물이 톡- 바닥에 떨어졌다. 그제야 카루나는 자신이 우는 줄 알았다. 어머나. 작게 소리 지르고는 손등으로 슥슥 눈물을 닦았다.

"안 울기로 약속했는데."

바닥에 생긴 눈물 자국을 내려다보았다. 그 자국에서 새싹이 싹트거나 하지는 않았다. 더 이상.

"……."

카루나는 눈물을 마저 떨구고는 다시 고개를 들었다. 그녀 말곤 아무도 없는데, 카루나는 꼭 누가 있는 것처럼 찬 바람이 휘도는 빈 허공을 바라보며 말했다.

"난 행복해질 거예요. 다시는 누구도 날 불행하게 만들도록 하지 않을 거예요. 내가 혼자가 아니라는 걸 이제는 아니까."

사는 이유는 그저, 살아남기 위해서였다. 이왕 태어났으니 비참하게 죽진 말아야지. 크게 한 탕 해서, 제대로 편안하고 부유하고 즐겁게 살아 봐야지.

리센은, 그리고 아카론은 그런 카루나에게 혼자가 아니라는 걸 알려 준 사람들이었다.

'영원히, 절대로 잊지 않아.'

그들이 알려 준 사랑을 마음에 품고 살아가리라. 매일매일, 행복해지기 위해 노력할 것이다. 단지 살아남는 것만을 목표로 하는 삶 말고. 사랑하고, 사랑하는 삶을 살기 위해서.

"두고 봐요. 내가 얼마나 행복해지는지."

카루나는 애써 밝은 목소리로 말하며 빙글, 돌아섰다. 그렇게 떠나려 했으나 몇 걸음 못 가 멈춰 섰다. 돌아서 녹주석 파편으로 덮인 눈밭을 바라보았다. 고작 꽃다발 하나가 기리고 있는 그곳의 죽음을.

"……."

마른 입술이 달싹였다. 휘잉- 불어온 찬바람이 그녀의 목소리를 집어삼켰다. 그 바람이 꽃다발을 감쌌다. 카루나의 그 한마디 말만이라도 그가 독점할 수 있도록.

"……안녕."

카루나는 고개를 돌리고 다시 걸었다.

눈길 위엔 한 쌍의 발자국만 찍혀 있었다. 그 발자국을 따라 걷노라니, 등 뒤에서 누군가의 목소리가 들리는 듯도 했다. 하지만 카루나는 다시는 돌아보지 않았다.

걷고 걸어 눈에 찍힌 발자국이 끝난, 혹은 시작되었던 곳에 이르렀을 때. 누군가의 발이 길을 막아섰다. 꽤 커서, 카루나가 살짝 발등에 올라타도 될 것 같았다. 카루나는 고개를 들어 검은 제복을 입은 남자의 얼굴을 확인했다.

"라안."

카루나의 입가에 옅은 미소가 어렸다.

"울지 말라니까."

라크안은 손끝을 이로 물어 가죽 장갑을 벗고는, 손바닥으로 카루나의 뺨을 감쌌다. 카루나의 얼굴이 한 손에 들어왔다. 카루나는 살짝 눈을 감고 그의 손바닥에 얼굴을 비볐다. 굳은살과 상처로 뒤덮인 거친 감촉이 느껴졌다. 따뜻한 온기가 차갑게 젖은 뺨을 녹여 주었다.

"그러게요, 왜 울었지?"

"내가 없는 곳에서 울지 마."

"다 보고 있었으면서."

"……다 보지는 못했어."

구차한 변명이었다. 카루나가 그 점을 지적하자 라크안은 딴청을 부렸다.

사막의 나라가 녹음으로 함빡 물들었던 날.

라크안은 세나처럼 다시는 늑대로 변신할 수 없게 되었다. 천년 주술에서 벗어나 숲의 일족 특유의 능력이 모두 사라졌다. 대신이라고 말해도 될지 모르겠으나, 발작의 위험에서도 벗어났다. 애초부터 그 주술에 의해 영혼이 일그러져 발생한 게 돌연변이 늑대고, 그 때문에 발생한 발작이었으니까.

그럼에도, 십수 년간 전쟁터를 떠돌며 갈고닦았던 능력과 감각은 여전했다. 라크안은 여전히 제국 최고의 기사였으며, 시야가 밝고 기척에 예민했다.

라크안은 홀로 녹주석이 있던 곳까지 걸어간 카루나를 내내 지켜보고 있었다. 그녀의 눈물을 닦아 주지 못하는 걸 안타까워하며, 어서 그녀가 제 품으로 돌아오길 기다리고 있었고.

라크안이 숨긴다고 카루나가 모를 리 없었다.

"……뭐, 그렇다고 하죠. 그러니까 당신도 오늘까지만 좀 봐줘요, 오늘만요."

카루나가 명랑하게 목소리를 꾸며 냈다. 라크안은 그런 카루나를 가만 바라보다가 남은 팔을 뻗어 카루나를 끌어당겼다. 카루나가 라크안의 품에 폭- 안겼다.

"라안?"

하고 부르는 카루나의 머리 위로 망토가 덮였다. 라크안은 찬 바람 한 오라기 감히 카루나에게 닿지 못하도록 그녀를 꽁꽁 감싸 안고, 그녀의 정수리에 턱을 얹었다.

"뭐하는 거예요, 다들 보는데!"

카루나가 바동거리자, 라크안은 고개를 삐딱하게 틀었다. 멀지 않은 곳에 세나와 철십자 기사들이 서 있었다.

"……."

라크안은 그들을 아무 말 없이, 지그시 노려보았다.

"야, 뒤돌아. 돌아서. 순순히 돌아서면 유혈 사태는 없을 것입니다."

누구보다 기척에 예민한 세나가 가장 먼저 살기를 눈치채고는 동료들을 닦달했다.

"이제 아무도 안 보니까 됐지?"

라크안이 뿌듯이 말했다. 그의 목소리가 정수리에서부터 흘러내려 발끝까지 카루나를 따뜻이 감쌌다. 어째서일까. 괜히, 감정이 울컥 흔들렸다. 눈시울이 다시 뜨거워졌다.

"뭐예요, 그게."

카루나는 눈물을 참으려 눈을 부릅뜨며 라크안의 품에서 벗어나려 몸을 틀었다.

"그러니까 마음 편히 울어. 내 품에서."

"……네가, 언제 또 운다고 그랬나?"

"괜찮아. 내가 있잖아."

"아까는, 아까는, 울지 말라고 했으면서!"

망토 안에서 물기 섞인 목소리가 삐져나왔다. 라크안은 그 목소리마저 제 품에 끌어안고 다독였다.

품속에 안긴 사람은 너무 작고 가늘었다. 조금만 세게 안아도 부러져 버릴 것 같은데, 그렇다고 느슨히 안으면 어느새 사라져 버리고 만다. 이 작고 가는 사람에게 보호받았고 구원받았다. 이 재빠르고 똑똑한 약혼녀를 느슨히 잡고 있다 여러 번 빼앗겼고 힘겹게 되찾았다.

남을 위해 흘리는 그녀의 눈물마저 오롯이 제 품 안에 담아내고 싶은 건, 과한 욕심만은 아니리라. 품어 안은 이 사람이 사랑스러워서, 차마 말로 다 할 수 없는 감정을 라크안은 어쩔 수 없이 말로 표현했다.

"어서 제국에 가서, 결혼하자. 카루나."

품속에서 버둥거리던 작은 여인이 우뚝, 멈춰 섰다.

"……뭐예요, 갑자기!"

"갑자기는 아니지. 난 늘, 말하고 있잖아."

"처음에 허락해 줬잖아요. 왜 자꾸 그런 말을 하고 그래요!"

카루나가 두 손으로 양 귀를 감쌌다. 망토를 두르고 있는데도, 귓불에 라크안의 숨이 닿은 것 같아 화끈해졌다.

"잊어버릴까 봐."

"난, 한 번 들은 건 안 잊어 먹거든요?"

"그래? 다행이네. 그러니까, 어서 나랑 결혼하자, 카루나."

"……."

"사랑해, 당신을."

"……알거든요, 그러니까 그만 말해도……."

"매일 말할게. 매일, 당신을 끌어안고 이렇게 속삭일 거야."

라크안은 씩, 웃으며 나직한 목소리로 속삭였다.

"그러니까 내 품에선 울어도 돼."

그 말은 마치 마법과 같았다.

"으흑."

말이 끝나기 무섭게 카루나의 두 눈에서 눈물이 주르륵 흘러내렸다. 카루나는 라크안의 너른 가슴에 얼굴을 파묻고 울음을 터뜨렸다. 라크안은 그녀의 등을 천천히 쓸어내리며 먼 곳 저편을 바라보았다. 카루나가 두고 온 꽃다발이 놓여 있을 그곳을.

* * *

제국으로 돌아가는 여정은 평탄했다. 카루나와 라크안, 철십자 기사단뿐 아니라 올벤의 사절단과 숲의 경비대가 따라붙었다. 올벤의 사절단은 동행하기 위해서였고, 숲의 경비대는 순전히 카루나를 호위하고자 하는 것이었다.

올벤의 사절단 대표는 이번에도 올가였다. 마르타 공주라는 이름과 위치를 되찾았지만, 그녀는 여전히 올가라는 이름을 사용했다. 시스만 꼬박꼬박 마르타라고 불렀다.

"꼭 네가 갈 필요는 없는데……."

시스는 마지막까지 구질구질하게 매달리다가, 어쩔 수 없다는 얼굴로 배웅했다. 막상 카루나와 라크안에게는 큰 관심이 없어 보였다. 올가는 그 점을 대신 사과했으나 카루나와 라크안은 개의치 않았다. 솔직히, 카루나는 구질구질하게 매달리는 시스를 구경하는 게 재미있었다.

"오빠인지 아빠인지 모르겠네요."

생긋, 웃으며 말하니 올가가 얼굴을 붉혔다.

"결혼하시면 좀 철이 드시겠지요."

"올가 경이 먼저 혼인하겠다고 하면, 식장에서 울 거 같네요."

"……그럴 리야 있겠습니까."

그렇게 대답해도, 올가의 얼굴은 '설마.' 하는 표정이었다. 카루나는 킥킥,

웃으며 라크안의 어깨에 머리를 기댔다. 라크안도 고개를 숙여 카루나를 바라보며 웃었다. 그렇게 오붓한 분위기에 빠지려는 찰나.

"흠흠, 흠. 어서 마차에 오르시지요. 카루나 님. 밖의 공기가 더럽습니다."

라미라가 불쑥 나타나 둘 사이를 갈라놓았다.

"……."

라크안의 입꼬리가 꿈틀, 했다.

"라안, 라안."

카루나는 얼른 라크안의 팔을 붙잡아 다독였다.

"흥."

라미라가 코웃음을 치며 카루나를 라크안에게서 떼어 내 마차에 실었다. 그렇게 짧은 이별이 시작되었다.

국경에 닿기 전까지, 라미라와 숲의 경비대는 철통같이 카루나를 감싸고돌았다. 약혼자인 라크안이 감히 가까이 다가갈 수 없을 정도였다.

'네놈이 카루나님의 반려라니.'

라미라에게 오염된 숲의 경비대는 모두 화르륵 불타올라 라크안을 못마땅하게 바라보았다. 덕분에 라크안의 인내는 매일매일 차곡차곡 낮아졌다. 카루나는 처음엔 좀 아쉬웠지만, 매일매일 새롭게 펼쳐지는 라크안과 라미라의 신경전을 구경하느라 아쉬움을 잊었다.

마차 안에서 창밖으로 펼쳐지는 드넓은 초원을 조용히 구경하는 것도 좋은 경험이었다. 라크안이 옆에 있다면, 라크안을 신경 쓰느라 밖을 제대로 내다보지 못했을 테니까.

카루나가 나름의 즐거움을 찾아가고 라크안의 인내가 바닥을 보일 때즈음, 숲의 일족 일행이 갈라졌다. 라미라와 숲의 일족은 마지막까지 카루나에게 예를 다했다.

"언제든 숲으로 와 주십시오. 저희 숲의 일족은 언제나 카루나 님을 기다리고, 그리워하고 있겠습니다."

이제 숲의 장로가 된 라미라는 카루나의 손등에 입을 맞추며 변함없는 존경심을 드러냈다.

"결혼식에 꼭 와 주세요."

"초대해 주신다면 반드시 참석하겠습니다. 비록 신랑이 마음에 안 드나 신부께서 더없이 고귀한 분이시니, 그 식이 더없이 기대되는 바입니다."

설령 이 대륙에 새로운 악룡이 나타나 온 세상이 불바다가 된다 해도, 카루나의 결혼식만은 참석하고야 말리라는 열의가 돋보였다. 끝까지 라크안을 미덥지 않게 보는 눈빛은 여전했다.

라크안은 발끈하여 맞서는 대신, 라미라가 잡고 있는 카루나의 손을 빼내고 보란 듯 카루나를 끌어안는 것으로 라미라의 신경을 긁었다.

"왜 하필 저놈을……!"

라미라는 라크안을 보며 이를 갈았다. 카루나는 어색하게 웃으며 손을 흔들었다. 여기서 괜히 라크안이 얼마나 괜찮은 남자인지 말해 봤자 라미라의 화만 더 돋울 뿐이었다.

라미라와 숲의 경비대가 한없이 아쉬워하며 떠나가자마자, 라크안은 카루나의 옆자리를 꿰찼다. 어쩐지 표정이 뚱해 보였다.

"화났어요?"

원래는 삐졌냐고 물어보고 싶었지만, 그랬다간 정말로 삐질 거 같아 그럴 수 없었다.

"……."

"화났네? 조금 전까지 날 사랑한다고 했던 내 약혼자가 왜 화가 났을까요?"

"……."

"나는 모르겠는데. 설마, 벌써 내가 싫어졌……."

"그럴 리 없잖아."

카루나의 말이 끝나기도 전에, 라크안이 얼른 카루나를 끌어안았다. 카루나는 그의 품속에서 숨죽여 웃었다. 그래 봤자 라크안을 속일 순 없었지만.

"웃어?"

네가 어떻게 나한테 이럴 수 있어. 라크안의 표정이 더 뚱해졌다. 빼꼼히 고개를 내밀어 라크안을 올려다본 카루나는 크게 웃음을 터뜨릴 수밖에 없었다.

"그렇게 서운했어요?"

"……."

자신을 편들어 주지 않고 은근히 라미라와 잘 어울리던 카루나가 못내 서운했던 라크안은 차마 아니라고 대답할 수 없었다.

"에구에구, 우리 잘생기고 잘 삐지는 약혼자님을 어떻게 하면 좋을까?"

카루나는 아이를 어르듯 라크안의 등을 토닥토닥 두드려 주었다. 그러기 위해서는 두 팔을 활짝 벌려 그를 끌어안아야 했는데. 아무리 손을 뻗어도 두 손이 만나는 일은 없었다.

라크안은 자꾸만 흐물흐물 풀리려는 입가를 애써 굳히며, 카루나에게 표정을 들키지 않으려 고개를 돌렸다. 이미 카루나가 안아주자마자 화는 눈 녹듯 풀렸지만, 이대로 계속 예쁨을 받고 싶어 좀 더 화난 척 하고 싶었다.

"어? 이제 제국이에요. 봐요, 라안."

카루나가 창문 밖 풍경을 보며 탄성을 질렀다.

"그렇군."

라크안은 창문 가까이로 다가가느라 멀어진 카루나를 다시 끌어 당겨 품에 안고는, 창가 옆으로 옮겨 앉아 창문을 열었다.

와아아아아아-

사람들의 함성이 쏟아졌다. 하늘에선 끊임없이 꽃비가 내렸다. 갓 딴 듯 생생한 생화였다. 거리를 가득 메운 제국민들이 대륙을 구한 영웅들의 귀환을 반겼다.

카루나는 저와 라크안의 이름을 노래하듯 부르고 외치는 사람들을 바라보며, 라크안의 어깨에 기댔다. 멀리서 제국 황성 지붕이 보였다. 아직 보이진 않는데도, 그 아래 서 있을 바이켈드 저택이 눈에 선 했다. 그곳에서 자신들을 기다리고 있을 저택의 사람들도.

'드디어.'

카루나는 처음 느껴 보는 감정에 벅차하며 라크안의 손을 잡았다. 라크안은 작은 손을 덮어 감추듯 맞잡으며 카루나와 같은 방향을 보았다. 그리고 카루나와 같은 감정을 느꼈다.

"드디어 돌아왔네."

"……."

카루나는 라크안을 올려다보며 생긋, 웃어 보였다. 한때 세상 모든 녹음을 담았던 녹색 눈이 이제는 한 사람을 향한 감정으로 반짝, 빛났다.

"네, 돌아왔어요."

카루나와 라크안, 철십자 기사단은 화려한 개선식을 치르며 황궁에 입성했다.

황태자와 루시온이 군대를 이끌고 먼저 제국으로 돌아왔으니, 그들의 입을 통해 눈의 땅에서 일어난 일이 전해졌으리라 짐작하는 건 어려운 일이 아니었다. 카루나와 라크안, 철십자 기사단은 제국민의 열렬한 환호 정도는 조금쯤 예상했기에 그리 놀라지 않았다.

거리가 몰려나온 제국민들로 가득 차 라크안과 카루나가 탄 마차가 두 시간 넘게 옴짝달싹 못하고, 수도 경비대가 출동하고 나서야 겨우 길이 날 거라고는 미처 생각지 못했지만.

어쨌거나 카루나와 라크안, 철십자 기사단은 말과 마차 정도는 금세 파묻어 버리는 꽃잎 더미 속에서도 용케 살아남았다.

"뭐야, 이거 신귀족파 쪽 암살 수작은 아니겠지?"

헉헉거리며 꽃잎 더미를 헤치고 길을 내던 세나는 머리에 잔뜩 얹힌 꽃가루와 꽃잎을 연신 털어 내며 너스레를 떨었다. 모두들 꽃 덤불에 빠졌다 기어나 온 망아지 같은 서로의 모습을 보고는 웃음을 터뜨렸다. 그리 여유롭던 모습은 황궁에 도착하자마자 꽃잎으로 씻어 낸 듯 사라졌다.

"……역시, 꽃에 독이 묻어 있던 게 분명해. 봐 봐, 벌써 환각이 보이고 있잖아. 젠장."

세나가 이를 갈며 카루나의 앞을 막아섰다. 여차하면 카루나만 들고 나를 생각에서 나온 방어 자세였으나, 지금 이 자리에선 무례한 행동이었다. 하지만 누구 하나 그녀를 말리거나 잘못을 지적하지 않았다. 철십자 기사단은 물론 라크안까지 비슷한 생각이 들었으니까.

겨우 제국민과 꽃잎 더미를 헤치고 나온 그들의 앞에는 또 다른 환영 인파가 모여 있었다. 황제와 황후, 황태자와 황녀는 물론이거니와 황제파와 신귀족파의 귀족들까지 한데 어울려 빽빽하게 뭉친 모양새였다. 제국의 귀족들을 모두 싹싹 긁어모은 것 같았다. 그들이 손에 손을 잡고, 환히 웃으며 일행을 맞이했다.

"오, 영웅들이여. 나의 충실한 신하들이여, 어서들 오라. 그대들이 이 대륙과 제국을 구했도다."

황제가 두 팔을 벌리고 다가와 대뜸 라크안을 껴안았다.

'아, 환각이 아니구나.'

그제야 카루나는 이 상황이 현실임을 실감했다. 어색한 연극 톤의 말투와 언제부터 그렇게 라크안을 아꼈는지 보자마자 대뜸 끌어안는 퍼포먼스까지. 더없이 작위적이고 계산적인 황제의 태도를 보노라니, 상황이 대략 이해됐다.

'라안과 나의 인기에 스푼을 없을 셈인가?'

황제는 다 차린 만찬에 은 숟갈 하나 내려놓고는 업혀 가려는 속셈이었다. 그 속내가 빤히 보였다. 황제에게 덥석 안기지 않았던 사람이라 내릴 수 있던 냉철한 판단이었다.

물론, 난데없이 포옹당한 라크안은 놀란 나머지 혐오감을 느끼는 것조차 깜빡 잊어버리고 말았다.

"······!"

라크안은 얼음처럼 꽝꽝 얼어서는 얼굴만 와그작 구겼다. 평소라면 기회는 이때다 하며 놀렸을 세나와 철십자 기사단도 이번만큼은 잠잠했다. 표정으로나마 심심한 위로를 전하기도 했다. 카루나는 혹시나 자신도 당할까 싶어, 뒤로 물러나 세나의 뒤로 숨었다.

황제는 라크안을 꼭 끌어안은 채 황궁 안으로 걸어갔다. 라크안은 카루나와 세나에게 눈빛으로 구조 요청 신호를 보냈으나 두 사람은 고개를 돌렸다. 황태자마저 입만 벙긋대며 사과했다.

'미안.'

"······."

라안은 이를 악문 채, 노인의 품에 안겨 붉은 융단이 깔린 대리석 계단을 올라야 했다. 카루나와 세나는 눈을 마주치며 누가 먼저랄 것 없이 키득거렸다.

'내 생각보다 파급력이 더 크네.'

카루나는 저와 눈이라도 한 번 마주치고자 애쓰는 귀족들을 둘러보며 어깨를 으쓱였다. 아닌 게 아니라 악룡으로부터 대륙을 지킨 영웅들의 이야기는 카루나의 예상보다 더 파급력이 컸다. 대륙 남쪽은 천 년 동안 잊고 있던 전설에, 그리고 새로이 만들어진 전설에 열광했다.

신귀족파는 물론이거니와 평소 라크안을 이용하면서도 견제하고 경계하던 황제마저, 그와 친한 척하는 모습을 백성들에게 보여 줘야 한다는 위기의식을 느낄 정도로.

루시온이 황태자를 따라 원정에 나설 때 반발했던 신귀족파 귀족들은 입을 싹 닫고 루시온의 통찰력을 칭찬하며 납작 엎드려야 했다.

"약혼녀를 잘 두니 이런 날이 다 오는군."

겨우 황제에게서 벗어난 라크안이 한숨 쉬듯 말했다. 카루나는 라크안 쪽으로 몸을 기울이며 속닥였다.

"경험했으니까 앞으로 나한테 잘해요."

"물론. 평생을 바쳐 충성하지."

라크안은 당연한 말을 한다는 듯 망설임 없이 답했다. 씩, 웃으며 대답하는 얼굴에서 빛이 났다.

"어머?"

덕분에 약혼녀의 얼굴은 발그레해졌고.

"우웩."

뒤따르던 부하의 속은 뒤집어졌다. 라크안은 뻐기듯 세나를 한 번 보고는 카루나에게 손을 내밀었다.

"못 말려, 정말."

카루나는 웃으며 그 손을 잡았다. 두 사람은 황제의 재촉에 따라 대리석 발코니로 나섰다. 황제는 두 사람이 맞잡은 손을 끊고는 부득불 둘 사이에 비집고 섰다. 라크안과 카루나는 눈을 마주치며 고개를 설레설레 저었다. 그러고는 발코니 아래로 모여든 수많은 사람들에게 인사했다.

우와아아아아-

하늘과 땅을 뒤흔드는 듯한 거대한 함성. 황궁 주변은 제국 전역, 그리고 이웃 왕국에서까지 몰려든 인파들로 바글바글했다. 질리거나 겁먹을 만도 하건만. 카루나는 눈 하나 깜짝하지 않고 사르르 웃으며 손을 흔들었다.

카루나의 얼굴과 손짓을 볼 수 있는 건 발코니 근처에 선 사람들뿐이었으나. 그들이 카루나의 이름을 부르며 환호하니, 몰린 인파들이 카루나의 이름을 부르짖었다.

황제는 마법을 이용해 목소리를 크게 키우고 일장 연설을 했다. 카루나와 라크안을 영웅으로 추켜세우는 듯하나 결국은 그들이 충성하는 대상, 황제 자신에 대한 자랑으로 끝났다.

황제는 '황제 폐하 만세'라고 외치는 사람들을 내려다보며 흡족한 미소를 지었다. 그렇게 황제는 카루나와 라크안을 양 날개로 삼아 자신의 위엄과 권위를 만천하에 드러냈다.

"이제, 짐은 두 영웅에게……."

황금이나 주인 없는 빈 영지 몇 곳 정도를 상으로 내리며 자리를 마무리 지으려고 했건만.

"폐하, 어떤 값진 선물을 주시든 제가 바라는 건 단 하나뿐입니다. 부디 제 소원을 들어주십시오."

라크안이 잽싸게 말을 가로채며 황제의 앞에 한쪽 무릎을 꿇어앉았다.

"……!"

황제는 놀랐으며.

"우와아아아아아!"

관중은 열광했다.

그야말로 동화책에서나 나올 법한 모습이었으니까. 자애로운 황제와 그 황제의 앞에 무릎 꿇고 소원을 말하는 기사라니.

"뭐지? 황녀 전하와 결혼하고 싶다고 하려나? 원래, 그러잖아. 책 같은 거 보면."

"동화책 보고 막장을 꿈꾸냐? 저기 떡하니 약혼녀가 있는데 무슨 황녀 전하?"

"그래도……."

"맞아. 혹시 모를 일이지."

사람들은 웅성웅성 멋대로 떠들어 댔다. 그 목소리들이 대리석 기둥을 타고 올라 황제의 귀에 닿기 전.

"제 약혼녀와의 결혼을 허락해 주십시오."

라크안이 고개를 숙여 청했다. 굳이 마탑 마법사의 마법을 빌릴 필요도 없었다. 발코니 아래 서 있던 사람들이 비명을 지르듯 환호하며 제 귀로

들은 말을 뒤로, 뒤로 전했으니까.

"그건……."

황제는 드물게 당황했다. 그리하여 평소처럼 포커페이스를 유지하지 못하고, 저도 모르게 뒤를 힐끔 바라보았다. 황태자 옆에는 신귀족파의 수장 루시온이 서 있었다. 무표정한 얼굴은 칼날처럼 서늘해진 채였다.

루시온은 황제가 아니라 그 앞에 무릎 꿇은 라크안을 보았다. 허공에서 두 사람의 눈이 마주쳤다.

'내가 모를 줄 알았나?'

라크안은 씩, 여유롭게 웃어 보였다. 황태자와 루시온이 먼저 귀국했다. 황태자는 떠나기 전 라크안을 만나 최대한 루시온을 누르고 제국의 정치 상황을 안정시켜 놓겠다고 말했다.

라크안은 훌쩍 성장한 황태자를 믿었으나, 그와 별개로 방심하지 않았다. 루시온은 어떤 방법으로든 황태자 몰래 황제와 접촉해 그의 의심 병을 돋우고 라크안과 카루나의 결합을 막을 게 분명했다.

'그렇다면 이쪽에서는, 절대 막을 수 없는 수를 써야겠지.'

라크안은 다시 황제를 올려다보았다. 황제는 퍽 곤란해보였다. 그럴 수밖에. 카루나와 라크안의 명성만 쏙 빼먹고, 루시온과 야합하여 둘의 결혼을 지연시키려 했던 계획이 망가져 버렸으니까.

주변은 어느새 조용해져 있었다. 관중은 이제 황제의 입만 뚫어져라 바라보았다. 모두들 마치 동화 속의 한 장면에 들어와 있는 것 같은 기분을 느끼고 있었다. 당연히 황제가 두 사람의 결혼을 허락하고 축복할 거라 믿어 의심치 않았다. 그 장면을 직접 두 눈으로 보고 싶어 하는 열망에 사로잡힌 것이다.

황제는.

"……당, 연히 허락해야지. 허락, 하겠네."

그 기대감을 꺾을 수 없었다.

우와아아아아~

관중이 함성을 지르며 라크안과 카루나를 연호했다. 그간 바이켈드 공작을 신처럼 따르던 라크안교 신자들도, 그를 무서워하며 이름만 들어도 눈물을 뚝 그치던 아이들도, 그 순간만큼은 소리 지르길 주저하지 않았다.

라크안은 일어서 카루나에게 손을 내밀었다. 카루나는 기꺼이 그 손을 맞잡고 앞으로 나섰다. 카루나는 방긋 웃으며 관중에게 손을 흔들었다. 이 순간만큼은 카루나가 황후와 황녀보다 더 제국민들에게 사랑받는 최고의 여인이었다.

"언제 이런 생각을 다 했어요?"

카루나는 입술을 거의 움직이지 않은 채 작게 속삭였다.

"글쎄."

라크안은 픽, 웃으며 카루나의 어깨를 감싸 안았다. 귀가 먹먹해질 만큼 함성이 커졌다.

"말했잖아, 다시는 그대를 빼앗기지 않을 거라고."

귓가에 나지막한 목소리가 닿았다. 어깨를 감싸 안은 손에도 좀 더 힘이 들어갔고.

'내 남자가 늑대인 줄 알았더니 여우였네?'

카루나는 눈을 반짝였다. 잠든 늙은 사자처럼 굴며 정치적 계략이나 술수 따위는 강 건너 불구경하듯 지켜만 보던 남자가 저와의 결혼이 미뤄질까 봐 전전긍긍하며 얕은 수작을 부리는 게 마음에 들었다.

쪽─ 하고 뺨에 뽀뽀를 해 줄 만큼.

"……어?"

라크안의 얼굴이 화르륵 달아올랐다. 카루나는 그 모습을 보며 생긋, 웃어 보였다. 황궁의 수석 화가가 한쪽 구석에 앉아 둘의 모습을 빠르게 스케치했다. 서로를 바라보며 더없이 행복해하는 두 연인을.

* * *

　카루나와 라크안, 철십자 기사단은 왕실 기사단의 호위를 받으며 바이 켈드 저택으로 갔다. 황제는 며칠이고 황궁에 묵길 바랐으나, 라크안이 카루나의 마음을 헤아려 정중히 거절했다. 카루나는 눈에 익은 저택 건물이 보일 때부터 안절부절못했다.

　"하녀장님이나 다른 사람들은 다, 그대로 있겠죠?"

　"물론이지."

　"나를… 음, 그러니까, 나를 말이에요……."

　카루나는 쉽게 말을 잇지 못했다. 라크안은 카루나의 손을 꼭 잡고 그 손바닥에 몇 번이고 입을 맞추며 불안해하는 그녀를 달랬다.

　"다들 그대를 기다리고 있을 거야."

　"……그럴까요?"

　설렘과 두려움이 시시각각 교차했다. 카루나는 라크안의 품에서 어린 새처럼 떨었다. 그렇게 바이켈드 공작저에 도착했다.

　늘 닫혀 있던 철문이 활짝 열려 있었다. 저택 사람들은 가장 깨끗하고 좋은 옷을 꺼내 입고 문 앞까지 마중 나와 있었다. 가장 앞에는 하녀장과 피골이 상접한 비리비리한 사내가 서 있었다.

　카루나는 라크안의 에스코트를 받으며 마차에서 내렸다. 애써 차분한 척했지만 손끝이 떨리는 것까진 숨길 수 없었다. 라크안이 그 손을 감싸듯 꼬옥 잡아 주었다.

　'나를…….'

　반겨 줄까. 너무 돌아오고 싶었던 만큼, 다시금 환영받을 수 있을지 두려웠다. 너무 오래 이곳을 떠나 있었으니까. 너무 많은 일들이 있었으니까. 확신이 들지 않았다. 녹색 눈동자가 덧없이 흔들렸다.

　카루나는 말없이 마중 나온 저택 사람들을 한 명 한 명 바라보았다.

다행히도, 모두들 환히 웃고 있었다. 함께 지냈던 하녀들은 눈물까지 글썽였다. 마지막으로 가장 앞에 선 하녀장과 눈이 마주쳤을 때.

"어서 오십시오, 기다리고 있었습니다. 도련님, 그리고 아가씨."

하녀장이 우아하게 고개를 숙여 인사했다.

"카루나."

라크안이 살짝 카루나의 등을 밀었다. 한 발자국, 나선 카루나는 고개 숙인 하녀장을 한참 바라보다가 겨우 입술을 달싹였다.

"……다녀, 왔어요.'

그게 봉인을 해제하는 주문이었다.

"어서 오세요!"

"아가씨, 보고 싶었어요."

"무사하셔서 다행이에요. 정말로요!"

저택 사람들이 와앙- 울음을 터뜨리며 몰려들었다.

"아……."

카루나는 어쩔 줄 몰라 하다 라크안을 올려다보았다.

"내 약혼녀가 놀랐잖아, 다들 물러서지 못하겠나?"

라크안이 카루나를 제 등 뒤로 숨기며 손사래 쳤다.

"그게 무슨 섭섭한 말씀입니까."

"맞아요. 저희가 아가씨랑 얼마나 가까웠는데."

"아우, 라안 님. 아가씨 얼굴이 안 보이잖아요, 얼른 좀 비켜 주세요."

"그새 얼굴이 반쪽이 되셨네, 어쩜 좋아."

저택 사람들은 아우성치며 라크안 무서운 줄 모르고 꾹꾹 밀어 댔다. 라크안은 '내 약혼녀를 보려면 날 넘어뜨리고 지나야 할 것이다.'라고 말하듯 우뚝 버티고 서서 그 모든 공격들을 다 받아 냈다. 카루나는 라크안의 등에 바짝 붙어 있다가 얼굴만 빼꼼히 내밀었다.

"아가씨!"

"카루나 아가씨!"

저택 사람들이 합창하듯 카루나를 불렀다.

'……진짜로 돌아온 거구나, 내 집에.'

그제야 카루나는 배시시 웃어 보였다. 물론 라크안에게서 벗어나는 건 별개의 일이었다. 라크안은 카루나가 긴장을 풀고 저택 사람들에게 다가 가려고 해도 카루나를 놔주지 않았으니까.

때 아닌 카루나 쟁탈전과는 별개로, 한쪽 구석에선 두 연인의 눈물겨운 상봉이 이루어졌다.

"여! 나 왔는데."

세나가 싱겁게 웃으며 하녀장 옆에 서 있던 사내, 우리겐에게 손을 까딱 였다. 반려라는 걸 깨달은 지 얼마 안 되어 세나는 떠나야 했다. 그렇게 둘은 꽤 오랜 시간 동안 떨어져 있었다. 그래서 그런지 반가운 마음만큼이 나 어색한 느낌이 없잖아 있었다.

어떤 상황에 던져 놔도 넉살 좋게 떠들어 대는 세나였지만, 반려 앞에 서니 그 변죽 좋은 말솜씨도 빛을 잃었다. 우리겐은 세나가 기억하는 그대 로였다. 여전히 비리비리하고 우울해 보였다.

'좀 더 마른 것 같기도 하고.'

거기서 더 마를 데가 있다는 게 신기하지만. 아무튼 오랜만에 보는 건 데도, 헤어지기 전과 다를 바 없어서 다행이라 생각할…….

"어흐흑."

뻔했다. 갑자기 들린 이 울음소리만 아니었다면.

"어? 울어?"

세나가 눈을 껌뻑였다.

"당연하지요!"

우리겐이 빽- 소리를 질렀다. 그의 눈에서 연신 후드득 눈물이 흘러 내렸다.

"어, 어어? 어? 아니, 왜……."

"왜긴 왭니까! 아무리 기다려도 연락도 없고, 살았는지 죽었는지도 모르고, 내가 얼마나 걱정을, 걱정을 했는데, 왜냐니, 왜 냐니이이이!"

우리겐이 울음을 터뜨리며 세나에게 돌격했다.

"어어?"

세나는 얼결에 저보다 머리통 하나는 더 큰 우리겐을 끌어안았다.

"날 버리고오오오오- 가더니이이이이이."

우리겐은 세나의 어깨에 얼굴을 묻고 아예 통곡을 했다. 하, 세나가 숨을 한 번에 쏟아 내며 허탈하게 웃었다. 어색하던 분위기가 단숨에 사라졌다. 세나는 마음 놓고 편히 웃으며 우리겐의 등을 토닥토닥 두드렸다.

어깨가 축축해지는 만큼 가슴이 뜨끈해졌다. 늑대로 변신할 수 없게 된 후 더 이상 반려를, 예전처럼 그렇게 절실하게 사랑하지 못할지도 모른다는 말을 들었다. 반려를 애타게 원하는 마음 자체가 늑대로 변신할 수 있었던 주술의 대가였고, 그 주술이 사라졌으니 반려에 대한 갈망도 사라질지 모른다고. 그래서 사실, 제국으로 돌아오는 내내 남몰래 고민했다.

우리겐 길튼. 가진 거라고는 뛰어난 머리밖에 없는 남자. 체력도, 사회성도, 돈도, 명예도, 인성도, 뭣도 없는 남자. 그 비리비리하고 궁상맞고 예민하고 싸가지 없고 겁 많은 모습에 홀딱 반해 버렸다. 아니라고 부정할 새도 없이 반려로 받아들였고, 싫다고 도망쳐 대는 그를 열심히 붙잡아다 곁에 두었다.

'겨우 도망가는 걸 포기시키고 옆에 매어 놨는데, 그런 그를 사랑하는 마음이 식어 버린다면 어떻게 해야 되려나.'

아무리 고민해도 답이 안 나왔다.

'뭐, 어쩔 수 없지. 일단 가서 얼굴이나 보자. 여전히 내가 싫다고 하고, 나도 정말 마음이 식었으면 깨끗하게 보내주지, 뭐.'

라고 생각하면서도 마음 한구석이 괜히 휑했건만. 괜한 생각이었다. 우리겐은 툭하면 도망치던 지난날을 잊은 듯, 울음을 터뜨리며 세나에게 안 겼다. 세나도 우리겐을 끌어안으며, 그에 대한 마음이 여전함을 깨달았다.

반려라는 건 결국, 반해서 좋아하게 된 사람을 주술로 비틀어진 영혼의 틈에 박아 넣는 일 아니었을까. 주술이 사라지고 영혼이 바르게 펴져도, 좋아하는 마음이 사라지지 않는 한 반려는 반려인 것이고.

'뭐, 그리 복잡하게 생각할 거 있나. 아무튼, 내가 좋아하면 된 거지.'

세나는 그간의 고민을 털어 내고 크게 숨을 내쉬었다. 그러고는 여전히 저택 사람들에게 둘러싸여 있는 카루나와 라크안을 바라보았다. 라크안의 품속에서 까르르- 웃고 있는 카루나를 보니, 마음이 편해졌다.

아무튼, 좋은 게 좋은 거지.

"울지 말어. 당신 애인. 엄청 실력 좋다니까. 봐, 안 죽고 살아왔잖아."

"지금 그걸 말이라고오오!"

"울지 말란 말이지. 다시 만났잖아. 할 일도 많은데, 이렇게 울고만 있 으면 어쩌나. 응?"

세나는 능글맞게 웃으며 슬쩍, 우리겐의 허리를 더듬었다. 우리겐이 으 악! 소리를 지르며 뒤로 펄쩍 물러선 것과 동시에, 라크안이 카루나를 끌 어안고는 빠른 걸음으로 걸어 저택 안으로 쏙 들어갔다.

세나는 카루나를 부르며 라크안 뒤를 우르르 쫓아가는 저택 사람들을 보며 크게 웃었다. 그렇게 카루나와 라크안과 세나, 철십자 기사단은 집으 로 돌아왔다.

* * *

집으로 돌아온 그들은 오래오래 행복하게 살았습니다.

그렇게 한 문장으로 모든 일이 해결되면 얼마나 좋으랴마는. 현실은 그 리 호락호락하지 않았다. '대륙을 구한 영웅' 효과는 그리 오래가지 않았다.

전설은 전설, 현실은 현실이었다. 라크안은 얼마 가지 않아 다시금 저를 견제하는 황제와 루시온을 중심으로 똘똘 뭉쳐 덤비는 신귀족파를 맞닥뜨려야 했다.

라크안은 이제 더 이상 한 걸음 뒤에 서서 방관자 자세를 취하지 않았다. 예전엔 보쉬엔 자작이나 철십자 기사단장을 앞세워 황제파를 결속시키고 움직였지만, 이제는 직접 나섰다. 카루나의 남자가 되려면 그 정도 당당함은 지녀야 했다.

라크안은 황제파를 이끌며 루시온의 신귀족파와 치열하게 대립해 나갔고, 황후와의 관계를 개선하기 위해 노력했다. 황태자와도 자주 만나 국정에 대해 토론했다. 그토록 열심히 하는 이유는 단 하나였다. 카루나와의 결혼을 방해받지 않기 위해. 조금이라도 틈을 보였다간 황제와 루시온이 짝짜꿍을 치며 두 사람의 결혼을 방해할 게 분명했다.

카루나는 라크안과 발맞추어 황후의 시녀로서, 바이켈드 공작가의 예비 안주인으로서 해야 할 일을 완벽하게 수행했다. 그중 하나가 자신의 결혼식 준비였다. 예전에 황후의 시녀 후보로서 경연을 치렀던 경험이 꽤 도움이 됐다. 카루나는 어려움 없이 착착 결혼식 준비를 해 나갔다.

라크안은 국정 전반을 장악해 나가면서도 틈틈이, 아니, 할 수 있는 한 최대로 카루나에게 붙어 있으려 노력했다. 남의 시선을 신경 쓰지 않고, 카루나를 볼 때마다 끌어안고 입 맞추려고 했다.

당연히 예의범절이 몸에 밴 카루나는 기겁하며 그런 라크안을 밀어냈다. 밀어낸다고 밀려날 사람이 아니었지만.

"왜, 왜 이러는 거예요! 남들이 보잖아요!"

"남들이 보는 게 뭐가 중요하지?"

"아니, 이 사람이!"

"발작이 일어날지도 모르잖아. 무서워서 그래…… 혹시라도……."

라크안은 울망한 눈으로 카루나를 바라보며 불안함을 호소했다. 더 이상 늑대로 변할 수 없게 되었고, 전쟁이 끝난 이래로 단 한 번도 발작이 일어나지 않았건만. 라크안은 여전히 불안해했다. 카루나가 제 시선 밖으로 벗어나는 것도, 다른 남자와 간단한 대화를 나누는 것도 싫어했다.

카루나는 올벤의 왕성에서 라크안이 불안정했던 걸 떠올리고는, 더는 그를 밀어내지 못했다.

"어머어머, 한창 때네요."

"그러게 말이에요."

"바이켈드 공작 각하가 저런 분이셨나? 의외네요."

"그런데 아직 결혼도 안한 사이에, 저건 좀 너무하는 거 아녜요?"

파닥파닥 부채가 날개처럼 흔들리는 소리 너머로 소곤대는 소리가 들렸다. 시샘 반, 부러움 반이 섞인 소리를 들을 때마다 카루나는 뺨이 발갛게 달아오를 만큼 부끄러웠건만.

"깨물어 보고 싶게 생겼어."

라크안은 이런 말을 아무렇지 않게 하며 카루나의 뺨을 살짝살짝 깨물기까지 했다. 카루나가 아무리 째려봐도 행복해 보이는 미소를 지으며 카루나를 끌어안을 뿐이었다.

한 몸처럼 붙어 있는 건, 밤이 되어서도 여전했다.

어느 날은 라크안이 카루나의 방에, 또 어느 날은 카루나가 라크안의 방에 살금살금 숨어들었다. 하녀장의 눈을 피해 만나 손을 잡고 같이 잠들었다. 주술이 풀리고 제국으로 돌아와서도 라크안의 불면증은 여전했다. 그가 악몽을 꾸고 불면증에 시달리는 건 발작과는 별개의 일이었다.

깊은 밤.

카루나는 문득, 잠에서 깼다. 아니, 정말 깬 건 아니었다. 깬 건지 안 깬 건지 모른 채로 눈만 떴다. 그냥, 잘 자고 있는 라크안을 보고 다시 눈을 감을 생각이었는데.

라크안과 눈이 마주쳤다. 어느새 깬 건지, 라크안이 옆으로 누워 턱을

긴 채로 카루나를 보고 있었다.

"……안 잤어요?"

하아암. 카루나가 하품하며 눈을 뜨려 애썼다.

"방금 깼어."

"왜요?"

"설레서."

라크안이 씩, 웃으며 카루나의 이마에 입을 맞췄다. 카루나는 살짝 눈을 감으며 그의 입맞춤을 받고는 다시 눈을 떴다.

라크안과 달리 카루나의 눈꺼풀엔 졸음이 덕지덕지 묻어 있었다.

"좀 더 자."

라크안은 카루나를 품에 끌어당겨 안고는 등을 토닥토닥 두드려주었다.

"당신도요, 어서 자요…… 라안……."

재워 주는 건 내가 해야 하는데. 카루나는 그렇게 웅얼거리며 라크안의 너른 어깨를 쓸었다. 그 손길은 오래가지 않아 멈췄다. 카루나는 라크안의 품에 얼굴을 묻은 채로 다시 잠들었다.

품에서 새액, 새액. 고른 숨소리가 났다. 라크안은 심장까지 닿는 간지러움에 웃음 지으며 떨리는 숨을 내쉬었다. 창 밖 하늘은 아직 까맸다. 동쪽으로 기우는 달이 곧 새벽이 올 거라고 예고할 뿐이었다. 아직 아침이 오려면 멀었다.

하지만 라크안은 다시 잠들지 못했다. 그간 그를 괴롭혀 오던 불면증과는 엄연히 다른, 설렘 때문이었다.

"카루나."

라크안은 그 설렘의 원인을 나지막이 불렀다.

"우응."

대답하는 건지 잠꼬대하는 건지 모를 소리를 내며 뒤척이는 카루나를 내려다보는 것만으로도 가슴이 벅차올랐다. 이런 상태로 어찌 잠들 수 있을까. 라크안은 그대로 아침이 될 때까지 카루나를 바라보며 잠들지 않았다. 그렇게 아침을 맞이했다.

* * *

두 사람의 결혼식 날. 하늘은 구름 한 점 없이 푸르렀다. 이른 아침부터 바이켈드 저택은 하객들로 북적였다. 초대받은 모든 사람들이 참석했다.

가장 이르게 도착한 건 신귀족파의 수장 루시온이었다. 그에게 간 초대장엔 바이켈드 공작의 서명이 되어 있었다. 허나 그는 당연하게 카루나를 먼저 찾아갔다.

"한 번쯤 결혼하고 오셔도 저는 상관없습니다."

루시온은 결혼식을 앞둔 예비 신부에게 그리 말하고는 손등에 입을 맞추려다 황태자에게 잡혀 끌려갔다. 황태자는 이제 제법, 루시온을 다루는 법을 알게 된 듯했다.

뒤이어 카루나가 보낸 정장을 잘 차려입은, 여관 주인 부부와 잡화점 주인이 예식장 끝자리에 자리를 잡고 앉았다. 여관 주인 부부는 다이아몬드가 가득 박힌 하얀 드레스를 입고 베일을 쓴 카루나를 보자마자 눈물을 줄줄 흘렸다. 결혼식 끝날 때까지 그 눈물은 멈추지 않았다.

잡화점 주인은 라크안교의 신실한 신도였다. 라크안이 사람들을 헤치고 직접 그를 찾아가 악수하니, 입에 거품을 물고 기절했다.

숲에서는 당연히 라미라가 찾아왔다. 결혼식에 참석한 제국민들은 라미라와 숲의 일족들을 보고는 새삼, 카루나와 라크안이 전쟁 영웅임을 되새겼다.

올벤에선 따로 사절단을 보내지 않았다. 소식을 전해 듣기론 시스가 또 변장을 하고 오고 싶어 했으나 올가가 미리 알아채고 부하들을 시켜 막았다고 했다. 대신, 이미 제국에 와 있던 올가와 올벤의 사절들이 대표로 참석했다.

카루나는 올가가 황태자의 옆자리에 앉은 걸 보고는 고개를 갸웃했다. 어쩐지 올가와 대화를 나누는 황태자의 얼굴에 생기가 도는 것도 같았다. 옆에 앉은 황후도 '어라?' 하는 표정을 짓는 걸 보니 잘못 본 것은 아닌 듯했다.

"카루나."

황태자와 올가에게로 향하던 시선이 이 부름 한 마디에 바로 돌아갔다.

'아무렴 어때. 지금 이 자리는 나와 라안이 주역인걸.'

카루나는 제 옆에 선 라크안을 바라보았다. 두 사람은 눈이 마주치자마자 누가 먼저랄 것 없이 웃음 지었다. 더는 주변의 무엇도, 누구도 보이지 않았다.

"오늘, 신과 예식의 참석자들 앞에서 영원을 맹세할 두 사람은 제게로 걸어오십시오."

꽃과 비단으로 장식된 길 저편에서 사제가 두 사람에게 손을 내밀었다. 카루나와 라크안은 서로에게서 눈을 떼지 않고 순백의 길을 걸어 사제 앞에 섰다.

두 사람은 모두의 앞에서 평생 사랑하고 존경하며 의지할 것을 맹세했다. 라크안이 카루나의 베일을 걷고 입을 맞추자, 사방에서 온갖 환호 소리와 축하의 말이 쏟아졌다. 하지만 하나도 귀에 닿지 않았다.

"라안."

"카루나."

들리는 건 오직 하나, 서로의 목소리뿐이었다. 카루나는 손을 들어 라크안의 눈가를 문질렀다. 손끝에 뜨거운 눈물이 묻어났다. 카루나는 제 눈가에 이와 똑같은 것이 흘러내리는 걸 느끼며 생긋, 웃음 지었다.

우물쭈물 살다 내 이렇게 될 줄은 몰랐지.

설마 이 남자가 내 남편이 될 줄이야.

긴긴 시간을 거치고 거쳐 마침내 발견한, 아주 달콤하고 행복한 오판이었다.